新时代北外文库

英语文学的社会历史分析

A Social-Historical Analysis of English Literature

张 剑 著

人民出版社

作者简介
ABOUT THE AUTHOR

张剑　教授，北京外国语大学英语学院院长、博士生导师。北京外国语大学学术委员会副主任，国务院特殊津贴获得者，中国外国文学学会理事、英语文学研究分会副会长，中国英语诗歌研究会副会长。主要研究领域为英美诗歌和中外文学关系。曾主持教育部留学回国人员科研启动基金、国家社科基金、苏格兰文化委员会等重要科研项目。曾主讲国家级精品课程"英语文学概论"。主要出版物有《T.S.艾略特：诗歌和戏剧的解读》《英美诗歌选读》《文学原理教程》《燕卜荪传》《触碰现实》《苏格兰现代诗歌选》等书籍，在国内外重要学术刊物《外国文学》《外国文学评论》《Neohelicon》，以及《光明日报》和《中华读书报》等重要报刊上发表学术论文90余篇。

内 容 提 要
EXECUTIVE SUMMARY

　　本书的研究对象是英语文学，涉及英国、美国、澳大利亚、爱尔兰、加拿大文学，虽然它部分地涉及小说、戏剧和其他文类，但是它主要的研究对象还是诗歌，尤其是 19 世纪以来的诗歌。内容分为"文学理论""浪漫派与现代派""当代诗歌与小说""英美文学与中国"四个部分，涵盖从文学理论探讨和文学作品解读的各个方面。

　　本书所使用的研究方法主要是社会历史的研究方法，将文学与历史相联系，探讨他们之间的互动和交叉，特别是政治和社会矛盾在文学中的反映。通过还原历史语境，将文学植入历史背景中，拓展文学的审美价值，发现文学的广阔的社会意义和历史意义。同时，本书对生态文学和生态批评也特别关注，特别是英国浪漫派诗人和当代英美诗人的生态关怀，他们对环境受到破坏的忧虑，以及对非生态行为的批判。这些生态关怀在我们当今仍然具有现实意义，在环境问题日益严重的当今，这些生态关怀对提高公众的环保意识，自觉维护生态和环境的健康都有积极的意义。

　　本书也特别强调作为中国学者在阅读英语文学时的视角，在英语文学研究方面有什么作为？过去的学者有什么开拓性的工作？后来的学者应该怎样继承？同时，本书关注英语作家撰写的"中国作品"，包括感悟、游记和虚构作品，关注这些作家对中国的兴趣和他们塑造的中国形象，以批判的态度去探讨其中的中国形象，以及作家对中国的态度，并且对这些态度——有时候是积极正面的，但有时候也是扭曲偏差的——进行回应。

《新时代北外文库》编委会

出版说明

2021 年是中国共产党成立 100 周年,也是北京外国语大学建校 80 周年。作为中国共产党创办的第一所外国语高等学校,北外紧密结合国家战略发展需要,秉承"外、特、精、通"的办学理念和"兼容并蓄、博学笃行"的校训精神,培养了一大批外交、翻译、教育、经贸、新闻、法律、金融等涉外高素质人才,也涌现了一批学术名家与精品力作。王佐良、许国璋、纳忠等学术大师,为学人所熟知,奠定了北外的学术传统。他们的经典作品被收录到 2011 年北外 70 年校庆期间出版的《北外学者选集》,代表了北外自建校以来在外国语言文学研究领域的杰出成果。

进入 21 世纪尤其是新时代以来,北外主动响应国家号召,加大非通用语建设力度,现获批开设 101 种外国语言,致力复合型人才培养,优化学科布局,逐步形成了以外国语言文学学科为主体,多学科协调发展的格局。植根在外国语言文学的肥沃土地上,徜徉在开放多元的学术氛围里,一大批北外学者追随先辈脚步,着眼中外比较,潜心学术研究,在国家语言政策、经济社会发展、中华文化传播、国别区域研究等领域颇有建树。这些思想观点往往以论文散见于期刊,而汇编为文集,整理成文库,更能相得益彰,蔚为大观,既便于研读查考,又利于学术传承。"新时代北外文库"之编纂,其意正在于此,冀切磋琢磨,交锋碰撞,助力培育北外学派,形成新时代北外发展的新气象。

"新时代北外文库"共收录 32 本,每本选编一位北外教授的论文,均系进入 21 世纪以来在重要刊物上发表的高质量学术论文。既展现北外学者在外国文学、外国语言学及应用语言学、翻译学、比较文学与跨文化研究、国别与区域研究等外国语言文学研究最新进展,也涵盖北外学者在政治学、经济学、教

1

育学、新闻传播学、法学、哲学等领域发挥外语优势,开展比较研究的创新成果。希望能为校内外、国内外的同行和师生提供学术借鉴。

北京外国语大学将以此次文库出版为新的起点,进一步贯彻落实习近平新时代中国特色社会主义思想和党中央关于教育的重要部署,秉承传统,追求卓越,精益求精,促进学校平稳较快发展,致力于培养国家急需,富有社会责任感、创新精神和实践能力,具有中国情怀、国际视野、思辨能力和跨文化能力的复合型、复语型、高层次国际化人才,加快中国特色、世界一流外国语大学的建设步伐。

谨以此书,
献给中国共产党成立 100 周年。
献给北京外国语大学建校 80 周年。

文库编委会
庚子年秋于北外

目　录

文学理论

浪漫派与现代派

当代诗歌与小说

英美文学与中国

前　言

　　本书的研究对象主要是英美文学,但也部分涉及澳大利亚、爱尔兰、加拿大文学,因此"英语文学"是更加准确的描述。其内容可以分为"文学理论""浪漫派与现代派""当代诗歌与小说""英美文学与中国"四个部分。也就是说,本书的研究内容相当宽泛,涵盖从文学理论探讨到文学作品解读的各种文学批评。虽然也部分涉及小说、戏剧和其他文类,但主要的研究对象还是诗歌,并且以 19 世纪以后的诗歌作品为重,当然偶尔也涉及文艺复兴时期和中世纪,甚至更早的文学作品。这个研究范围与作者自身的研究领域、研究训练和知识体系有关。

　　本书所使用的研究方法主要是社会历史的研究方法,将文学与历史相联系,探讨它们之间的互动和交叉,特别是政治和社会矛盾在文学中的反映。通过还原历史语境,将文学植入历史背景中,拓展文学的审美价值,从而发现文学更加广阔的社会意义和历史意义。同时,本书对生态文学和生态批评也特别关注,特别是英国浪漫派诗人和当代英美诗人的生态关怀——他们对环境受到破坏感到忧虑,对非生态的行为进行批判。他们的生态关怀在当今仍然具有现实意义。在我们社会的发展进程中,在环境问题日益严峻的当今,这些生态关怀对提高公众的环保意识、自觉维护生态和环境健康都具有积极意义。

　　本书也特别强调作为中国学者在阅读英语文学时的视角,以及中国学者在英语文学研究方面有什么作为,过去的名家学者的开拓性工作是什么,后来的学者应该继承什么,中国的英语教育与英语文学有什么关系,等等。这些都纳入了本书思考的范围。同时,本书也关注英语作家撰写的关于中国的作品,这些"中国作品"有些是感悟,有些是游记,有些是虚构作品,反映了这些作家对中国的兴趣和关怀。其中的中国形象,以及他们对中国的认知和态度是普通中国读者和学者专家都感兴趣的话题,它们更可能激起中国读者的反响。本书以批判的态度去探讨西方文学作品中的中国形象,以及作家对中国的态度。我们可以看到,这些态度有时候是积极正面的,但有时候也有偏差和扭曲。

英国浪漫派诗人和理论家柯尔律治(Samuel Taylor Coleridge)在他著名的《文学生涯》(*Biographia Literaria*)第七章中使用了"武装起来的眼光"(armed vision)一词,用来说明文学批评应该具有智慧、学识、穿透力,知识分子在看问题时应该更加深入、透彻、发人深省。"武装起来的眼光"一词源自科学探索,常常用来指放大镜或显微镜。如果用这些科学武器来武装眼光,那么我们肉眼看不到的微生物、细菌等都可以尽收眼底。柯尔律治用了一个形象的比喻来说明这一点,即如果具有一种"武装起来的眼光",那么锋利的剃须刀在它的视野里,也会显出其锯齿。同样的道理,如果我们有了这样的感知力,那么帕塞尔(Heny Purcell)的音乐旋律也可能就会显露出其粗糙和断裂之处。柯尔律治所谈的境界很高,要做到很难,但它是努力的方向,是所有做学问和做研究的人应该把握在手、熟记于心的原则,否则学问和研究可能就无从谈起了。

在书稿的编写整理过程中,作者对引文的出处和引用的书籍、文章的名称与年代进行了进一步核实,对过去的一些过激或者偏颇的措辞和说法进行了修订,同时也对过去没有篇幅和时间进行深入思考的问题进行了拓展和扩充。这些都是必要的工作,是作者希望把有些想法固定下来,最终呈现给读者的必要努力。这些修订的经历告诉人们,也告诉作者自己,学问是无止境的,只有不断地追求,没有最终的完美和圆满。任何思考可能都带着个人的观点和视角,也可能带有个人的偏见和盲点,像所有其他文字和书籍一样,本书也不可避免地存在缺陷和不足,敬请读者批评指正。

文 学 理 论

西方文论关键词:他者

一、概说

他者(the other)是相对于自我而形成的概念,指外在于自我且与自我不同的一切人与事物。由于自我对于"他者"的认识缺失,自我往往将自己的想象和恐惧投射于"他者",因此"他者"往往是自我想象和建构的结果。

另一方面,"他者"对于自我的定义、建构和完善必不可少,自我的形成依赖于自我与他者的差异,依赖于自我成功地将自己与他者区分开来。善之所为善,是因为有恶,好之所以为好,是因为有坏。自我的建构依赖于对他者的否定。

"他者"的概念在西方哲学中有深厚的渊源,在后现代西方文学批评中被广泛使用。由于它暗示了边缘、属下、低级、被压迫、被排挤的状况,因此对于那些追求正义、平等、自由和解放的西方文论派别来说具有重要的意义,成为它们进行理论建构和具体批评的重要工具。

二、综述

(一) 哲学渊源

在西方哲学的源头,柏拉图(Plato)在《对话录》中曾经谈到了同者与他者

(the same and the other)的关系,认为同者的定位取决于他者的存在,而他者
的差异性同样也昭示了同者的存在。柏拉图在此提及的"同者"就相当于我
们所说的"自我"。在17世纪,笛卡尔(Rene Descartes)提出"我思故我在"的
重要命题,将自我与外部世界分离开来,形成了主体与客体的二元对立关系。
在笛卡尔以后,客体逐渐被沦为认识、把握、征服的对象。人们普遍相信,他们
可以运用理性来掌握自然界的规律,从而达到驾驭世界甚至宇宙的目标。也
就是说,客体逐渐成为外在于自我的"他者"。

真正将"他者"概念主题化的哲学家黑格尔(G.W.F.Hegel)在其著作《精
神现象学》(1807)中,通过奴隶主和奴隶的辩证关系,论证了自我与他者之间
既相互矛盾又相互依存的关系。黑格尔认为,奴隶主看上去很强大,很有权
威,但是他的地位与奴隶的承认密切相关。奴隶主看上去能够强迫奴隶去干
活,迫使他服从自己的意愿,奴隶也必须放弃他的自我以满足奴隶主的要求。
但是奴隶可以通过他的劳动改变世界,同时也改变他自己,而奴隶主却陷入了
完全依赖于奴隶的境地。由于不能通过工作改变世界,奴隶主无法实现他的
真正自我。因此可以说,奴隶与奴隶主之间谁主谁奴是一个辩证的问题。通
过这个常常被称为"主奴辩证法"(dialectics of master and slave)的寓言,黑格
尔暗示他者的存在是人类自我意识的先决条件。奴隶主获得奴隶主的身份,
取决于奴隶对他的承认。没有他者,人类无法认识自己。①

20世纪初,现象学创始人埃德蒙·胡塞尔(E.Edmund Husserl)不满西方
意识哲学中的主客体的二分法,认为意识本身已经包含意识的对象(客体)。
试想如果没有客体,何以形成意识? 也就是说意识永远是"关于某物的意
识"。但现象学也反对唯我论,即反对将外部存在归结为意识。现象学的外
部存在,"显象",不是意识的结果,而是意识过程的参与者,与主体不可区分、
互为依存。意识的两端,主体和客体,去掉任何一端,意识将不复存在。胡塞
尔在后期特别关注主体与主体的相互联系、相互作用。个人对世界的认识总
是会与他人对世界的认识产生互动,因此个人的意识总是依存于由不同意识

---

① Dani Cavallaro. *Critical and Cultural Theory*: *Thematic Variations*. London: Athlone Press,
2001, p.120.

构成的共同体,它总是在互动的过程中不断地生成和修正。这种主体之间的互动或共同体被称为"主体间性"或"交互主体性"(intersubjectivity),这个概念拷问人们:我是如何感知到"他者"的意识,我的意识如何区别于这些意识?"主体间性"的概念对于西方当代哲学中"自我与他者"主题的形成起到了重要的作用。

存在主义哲学家让-保罗·萨特(Jean-Paul Sartre)在分析"他者"对主体建构产生作用方面也有非常独到的观点。他认为,人的存在先于他的本质,人的本质是他自由选择的结果。人生下来没有善与恶的区分,也没有预设的人生轨迹,只有他进入的这个存在。而人的本质是后天形成的,人通过自由选择和自由行动,塑造了他的人生,成为他最终成为的人。在《存在与虚无》(1943)中,萨特还认为,在主体建构自我的过程中,他者的"凝视"(gaze)是一个重要因素。从某种意义上讲,他者的"凝视"促进了个人的自我形象的塑造。①

具体地说,人通过视觉器官凝视周围的一切,将可视的环境尽收眼底,通过认识和把握四周的一切,产生对环境的统辖感,成为它们的主宰。但同时人也会意识到他人对自己的凝视,以及他人在凝视中同样产生的居高临下的感觉:他者对我们的凝视、评价和判断,迫使自我追问"我是谁""我从哪里来"?从而使主体产生一种自我感,自我意识。如果换一个角度来看,我们可以说萨特对他者的分析表现出一种悖论性质:一方面,我们作为凝视主体获得一种自我的完善感和对环境的控制感,另一方面,只有当我们成为凝视的对象时,我们的自我才得以诞生:他人的承认昭示了我们的存在。存在主义认为,他者可以迫使主体对世界产生一种认识,并为自己在这个世界中进行定位。

正如所有二元对立体系总是暗示着对立双方的不平等关系,凝视也同样暗示了观察者和被观察者的不平等关系。可以说,凝视是一个物化的过程,是对他者进行归纳、定义、评判的过程。被凝视往往意味着被客体化、对象化,在这个过程中,主体"我"沦为对象"我",被他人的意识支配和控制。自我对他

---

① Dani Cavallaro. *Critical and Cultural Theory*: *Thematic Variations*. London: Athlone Press, 2001, p.121.

人的凝视,与他人对自我的凝视,总是一个控制与被控制、支配与被支配的关系。在生活中,自我与他者相互凝视、相互竞争的情况不可避免,从而形成一场为争夺支配权的权力斗争。

20世纪60年代的法国哲学家、现象学传承者伊曼努尔·列维纳斯(Emmanuel Levinas)是对"他者"概念进行系统化深入思考的西方哲学家。他认为,对于自我来说,他者是不可知的。我们无法断定,他者是否具有意识,他者的意识是否与我们完全相同。我们同样无法断定,他者的行为和语言是否可靠地反映了他者的意识,因此,他者具有完全外在于自我的陌生性,对于自我和自我的思想具有不可化约性。在《总体与无限》(1961)中,列维纳斯指出,他者同上帝一样,具有一种绝对的他异性(alterity),这使得他者绝对地、无限地存在于自我的意识之外。

正是这种他异性和不可知性使他者具有一种神秘感,同时在面对他者时,自我也会感到某种威胁,产生对他者进行收编、控制的冲动。他者的存在对自我的总体性和自发性构成了一种质疑。因此列维纳斯认为,整个西方哲学传统就是自我不断消化他者、吸收他者,不断将他者纳入自我意识、对其进行感知和认识的过程。西方哲学为了给他者定位和定义,从一开始就竭力对他者进行压制。由于他者的绝对他异性和外在性,任何对其进行定位和定义的企图都是在对他者的内在他异性进行驯化或"殖民化"。① 如果他人的言行对于我们来说不可理解,那么最容易解决的办法就是把它视为庸俗和低级的言行加以归纳和抛弃。这样一个过程也是一个不断使用压迫性的策略对他者进行收编、同化、驯化的过程,一个自我对于他者行使主观暴力的过程。

(二) 现当代他者话语:主体退隐与他者凸显

西方哲学从一开始就是关于主体的哲学,"他者"被排斥到了学术的边缘。从笛卡尔到康德,哲学的主要目标是探讨主体性,意识的形成、意识与存在的关系等成为哲学的核心议题。主体被赋予了自主性、自发性和居高临下

---

① Dani Cavallaro. *Critical and Cultural Theory*: *Thematic Variations*. London: Athlone Press, 2001, p.122.

的地位，它通过理性掌控外部存在。然而，从 19 世纪后期开始，西方哲学界对这种主体自主、自发和优先的观点产生了质疑。在西方主要语言英语、法语、德语中，主体(subject/subjet/subjekt)一词都有双重含义，一方面它表示自主、主动、主语；另一方面它表示臣服、屈从、臣民。主体具有主动性、自发性和行使判断的权威，而臣民则是听命、服从于权威的属下。应该说，从一开始"主体"就在词源上被注入了一种悖论性的含义，而西方古典哲学重视了第一层含义，而忘却了第二层含义。因此，现当代西方哲学越来越关注主体的限制性因素，而不是主体的能动性；越来越关注主体以外的力量对它的制约，而不是主体的掌控能力。

比如卡尔·马克思(Karl Marx)就认为，社会存在决定社会意识，经济基础决定上层建筑。他在《关于费尔巴哈的提纲》(1888)中说，"人的本质不是单个个人所固有的抽象物，在其现实性上，它是一切社会关系的总和。"①也就是说，主体不是自主和自立的；主体性是由各种各样的社会关系决定的。个人想什么、怎么想，决定于他在生产活动中的地位。个人如何看待这个世界，如何看待自己在这个世界中的位置，取决于他在生产活动中形成的经济关系，如生产活动中的分工关系、雇佣关系，劳资关系、分配关系以及人在生产活动中的作用和功能。在马克思的理论中，经济因素对于主体性的形成起到了决定性的作用，以至于有人认为马克思关于人的本质的论断有经济决定论的色彩。

如果说马克思凸显了经济关系对于主体性的决定作用，那么西格蒙·弗洛伊德(Sigmund Freud)则凸显了"性"对于主体形成的决定作用。在《梦的解释》(1900)一书中，弗洛伊德认为人的主体性由三个部分构成，即本我、自我、超我。本我(id)是意识不到的那一部分本能冲动和心理欲望，即无意识；自我(ego)是能够意识到的自我的本质，即意识；超我(superego)是理想的但目前又不能实现的自我。弗洛伊德认为，意识仅是心理的极小部分，犹如冰山一角。无意识占据心理的绝大部分，犹如冰山淹没在水下的那部分。无意识由本能冲动和性欲望构成，人们不仅无法意识到它的存在，而且无法控制它的活

---

① ［德］马克思著：《关于费尔巴哈的提纲》，载《马克思恩格斯选集》第 1 卷，人民出版社 1995 年版，第 56 页。

动。也就是说,人的主体性绝大部分由人无法控制的能量所构成。

无论是在马克思那里,还是在弗洛伊德那里,主体的自主、自立和能动性都受到了质疑。主体仿佛只是庞大的经济秩序中的一颗螺丝钉,受到经济关系的制约和规定;或者它只是不可控制的心理冲动的承受者,受到它们的左右和支配。马克思和弗洛伊德所关心的都是来自主体以外、对主体的压迫性力量。无论是经济秩序还是意识形态、无意识冲动还是法律宗教,都对人的自由意志和能动性形成一种限制。对主体来说,它们代表了一个对立面、一种威胁。这些观点对于后现代主体观和他者观都有深刻的启示意义。

路易·阿尔都塞(Louis Althusser)发展了马克思关于经济基础和上层建筑的思想,将它演变为意识形态理论。在《意识形态与意识形态国家机器》(1972)中,阿尔都塞认为意识形态(ideology)是进行阶级控制的强大工具,它保证了资本主义生产力和生产关系的再生产。"劳动力的再生产不仅要求再生产劳动力的技能,同时还要求再生产出对现存秩序的各种规范的服从。"①意识形态是国家对个体进行控制的基本手段,它通过学校、教堂、家庭、媒体、监狱、劳教所等等对个体的思想进行塑造。目标就是要使统治阶级的价值、观念、思维方式内化到个体的意识之中,从而形成一种不自觉的思维方式和价值取向。不难看出,对阿尔都塞来说,个人作为意识形态运作的对象,失去了自由和自主的能动性,成为无形的社会历史性力量支配和控制的"他者"。

米歇尔·福柯(Michel Foucault)的话语理论和权力理论与"他者"概念密切相关。他认为主体性的形成在某种程度上决定于特定历史时期的话语(discourse),即那个时期不断被重复的、与信仰、价值和范畴有关的言语或书写。话语决定什么能说、什么不能说,应该怎么说。它构成了看待世界的一种方式,构成了对经验的组织和再现,以及再现经验及其交际语境的语码。福柯的话语实际上是意识形态的另一种说法,它能把那些信仰、价值和范畴或看待世界的特定方式强加给话语的参与者,从而对其思想起到一种强制作用。也就是说,话语不仅致力于使现状合法化,而且对人们的意识实施控制。福柯认

---

① [法]路易·阿尔都塞著:《哲学与政治:阿尔杜塞读本》,陈越编,吉林人民出版社 2003年版,第 325 页。

为,每一个时代都有它的一套话语,所谓的"真理"其实就是由特定历史时期的话语构成,话语之外没有真实的存在。

福柯还认为,权力无所不在,控制着个体的行为。权力的实施不是靠国家的强制性武力,而是靠微观的控制性力量:规训(discipline)。他在《规训与惩罚》(1979)中说,人类发展史显示,社会对于个人的控制逐渐有了一整套技术,一整套方法,一整套知识、描述、方案和数据,从而形成了一种权力的"微观物理学"。① 权力的目标在于"驯服",一方面使人变得更有用,另一方面使人变得更顺从。社会将精神疾病患者关进疯人院,将罪犯关进监狱,都是实施规训的例子,同样的规训机制也存在于工厂、医院、军队和学校。这些机构的运行都依靠严格的等级划分、标准化的价值判断、任务的重复、严格的时间表和空间管理,使个体明白自己所处的位置,使其行为受到控制。在福柯看来,个人就是权利的"他者",疯癫就是文明的"他者",他们是实施控制的对象。福柯将这些社会结构的惩戒性特征形象地比喻为英国实用主义哲学家边沁描述的"圆形监狱"(Panopticon):每个人都在自己的牢房里,每时每刻都被一双无处不在的眼睛监视着,以至于在每个人心中形成一种永恒的"全景敞视"的意识状态,②从而使每个人变成自己的狱卒。

雅克·拉康(Jacques Lacan)将语言学引入弗洛伊德的理论,发展了一种后结构主义的心理分析。拉康的"他者"有不同的意思,但主要是指无意识。婴儿刚出生时没有独立的自我,处于一种与外界浑然一体的状态。母与子、内与外、我与他都没有区分,拉康把这一整体性的、令人眷恋的幸福状态称为"想象界"(the Imaginary)。通过观察同类,婴儿感觉到自己的存在。像照镜子一样,他者的形象反映出自我,从而产生一定的自我统一感,这就是所谓的"镜像阶段"。然而,婴儿的主体性主要是进入语言的结果。语言世界以法律、宗教、道德等建制为特征,是父亲权威的缩影,拉康称之为"象征界"(the Symbolic)。父亲的介入使婴儿与母亲所代表的外界完全分离,原初的浑然一体状态被打破,形成独立的自我,但同时也产生回到"前象征界"状态的欲望。

---

① [法]米歇尔·福柯著:《规训与惩罚》,杨远婴译,三联书店1999年版,第157页。
② [法]米歇尔·福柯著:《规训与惩罚》,杨远婴译,三联书店1999年版,第224—228页。

应该指出,这里的"母亲"和"父亲"都不是字面概念,而是具有象征意义的状态。母亲指婴儿早期发展的身体和心理依靠,父亲指幼儿主体形成过程中必须适应的社会与文化力量。而那些处于"想象界"和"象征界"以外、语言无法表现和命名的领域则被称为"真实界"(the Real)。

在拉康的理论中,主体发生断裂是一个重要事件,它意味着主体与母亲代表的外界永远分离,以及主体的形成。父亲代表的语言在此次事件中起到了一个抽刀断水的作用,强行将欲望和欲望对象分开。也就是说,语言将"言说"的我与"所说"的我分离,后者成为抽象的能指系统的一部分,无法表达"言说"的我的欲望对象。虽然"我"认为自己是说话的主体,但实际上"我"只是在被语言言说,因为我只能说语言允许说、能够说的内容。脱离了语言规约和习俗,世界就无法呈现。在拉康的体系中,被压制的"他者"是"言说"的欲望对象,即无意识。拉康一方面把无意识称为"大写的他者"或"他者的话语",另一方面又称"无意识具有语言的结构"。总之,主体是被动的,受语言制约的,它是外在于它的语言体系的产物,也无法从语言的结构中逃脱。进入语言体系,对于主体来说,一方面意味着获得社会性交流的能力,另一方面却意味着它永远处于一种断裂状态。①

雅克·德里达(Jacques Derrida)在《解构与他者》(1984)一文中,将"他者"概念纳入了解构主义思想体系。他认为语言的指涉性就是语言的"他者"。语言的意义,像爱伦坡在小说《失窃的信》中描写的那封信一样,从一个读者传到另一个读者,似乎不会有终点,永恒地游弋在不确定性之中。但是,他否认解构主义是对语言指涉性的悬置,所谓"语言的牢笼"是对他的误解。相反,他认为他对洛格斯中心主义的批判恰恰是对"语言的他者"(所指)的追求,同时也证明指涉性问题要比传统理论所认识到的要复杂得多。② 受列维纳斯的影响,后期的德里达对"他异性"和伦理学越来越感兴趣,陆续出版了《心理:他者的发明》(1993)和《死亡的礼物》(1995)等著作。在这最后一部著作中他宣称"所有他者是完全他异的"(Tout autre est tout autre),但是他同

① Dani Cavallaro. *Critical and Cultural Theory: Thematic Variations*. London: Athlone Press, 2001, pp.93-96.

② J.Hillis Miller. "Humanistic Discourse and the Others", *Surfaces*, 1994, Vol.IV.

时又强调我们对"他者"肩负伦理责任。两者之间的张力可以说是列维纳斯与传统的他异性理论的分歧。不过德里达从没有完全放弃传统的他异性概念，即认为同者的霸权使得他者总是在同者的视域中被部分地同化。从德里达和列维纳斯的著作中，从他们共同的"善待他者"的理念中，一种"文学伦理学"逐渐形成。

1986年，法国理论家米歇尔·德舍尔多（Michel De Certeau）出版了《他异学：关于他者的话语》，专门研究了法国文学和西方哲学中的他者话语，探讨了"他者"在当代西方心理学和哲学中的重要作用，可以说是一种将"他者研究"树立为一门专门学问的尝试。作者在书中特别同福柯进行了对话，对后者的权力理论进行了回应。如果福柯描述了一个强大的无处不在的权力体系，及其对他者实施的霸权性压迫，那么德舍尔多描述的是个人和团体对这个权力体系的反抗，以及反抗的策略和技巧。第一章"压抑者的归来"（the return of the repressed）暗示被放逐的他者重新回到了人们的视野之中。1994年希利斯·米勒（J.Hillis Miller）在著名的《表面》（*Surfaces*）杂志上发表了《人文话语与他者》，讨论了"他者"的定义，以及对美国大学英语系课程设置的巨大影响。① 同年美国宾夕法尼亚大学召开了一次圆桌会议，专门讨论米勒这篇论文。参加这次圆桌会议的有德里达、沃尔福冈·伊舍尔（Wolfgang Iser）、莫利·克里格（Murray Krieger）、哈扎德·亚当斯（Hazard Adams）等著名学者。"他者"作为一个概念越来越受到当代批评与理论的重视，成为不可回避的话题。

可以看出，在后结构主义理论中，主体的能动性和自由意志遭到了各种限制性力量的制约。主体不能自主，甚至书写的主体"作者"也对自己的作品失去了控制权和所有权。他成了语言的助产士，在语言生成话语后就消失了，用罗兰·巴特（Roland Barthes）的话来说，就是"作者死了"。正是这样的逻辑，使得拉康逆转了笛卡尔的名言，宣称不是"我思故我在"，而是"我在我不在之处思维，故我在我不思之处存在"。正是在这样一个主体被消解、他者被发明

---

① Dani Cavallaro. *Critical and Cultural Theory: Thematic Variations*. London: Athlone Press, 2001, pp.93—96.

大背景下,"他者"的作用被凸显出来,受到了后结构主义思想的追捧,成为一个西方哲学和文化批评的重要命题。

(三) 他者诗学:女权主义、后殖民主义、生态批评

"他者"概念首先被女性主义运用到对父权社会的批判中,即批判父权制将女性建构为"他者"。我们都知道,在英语中,男人(man)就是全人类,女人(woman)只是男人的附庸。根据《圣经》记载,男人(亚当)直接由上帝创造,而女人(夏娃)则是从亚当的肋骨变来。亚当说,"这是我骨中的骨,肉中的肉,可以称她为女人"(2:23)。圣经旧约如此,新约也一样。《哥多林前书》说,"女人在教会中要闭口不言,因为她们没有获准说话。正如法律所说,她们总要服从。她们若要问什么,应该在家里问她们的丈夫,因为女人在教会说话是可耻的"(14:34-35)。上帝把人类确定为世界主宰的同时,也把男人确定为女人的主宰。弥尔顿在《失乐园》中把亚当和夏娃的关系视为主导与从属的关系,认为古代社会应该建立在某种等级秩序的基础上:"两人不平等,正如他们的性别不平等,/他为思考和勇敢而生,/她为温柔和优雅而生,/他对上帝负责,她对他心中的上帝负责"(4.295-299)。

传统社会对女性的歧视很大程度上建立在男女身体的差异上。亚里士多德说,"女人之所以是女人,是因为她们的身体缺少某些性质"。圣托马斯·阿奎纳认为女人是一个"构造不完整的男人"。法国作家奔达认为"男人和女人身体构造不同是有意义的,女人的构造缺少重要性",因此"没有女人男人能独立思考,没有男人女人就无所适从"。西蒙娜·德·波伏娃(Simone de Beauvoir)在《第二性》(1949)中认为,这些都是因为"男人不就女人的本身来解释女人,而是以他自己为主相对而论女人的"①。弗洛伊德将象征权力和终极意义赋予了阳具,因此女性由于缺少阳具,而有一种阉割情结,同时也有一种阳具崇拜情结。女性性具不可看见,因此女性是一片"黑暗的大陆",等待着理性之光去把它照亮。埃兹拉·庞德甚至把女性描述为"一个元素""一团

① [法]西蒙娜·德·波伏娃著:《第二性》(全译本),陶铁柱译,中国书籍出版社1999年版,第10—11页。

混乱"和"一个生物过程"。正如露丝·伊里加蕾（Luce Irigaray）指出，"女性性征的理论化一直是基于男性参数进行的"，"男性的性得以运作，女性是必要的补充，常常以负面形象示人，总是为男性的性提供具有阳具意义的自我再现。"①

这些传统的本质主义女性观遭到了波伏娃等女性主义者的坚决拒绝，她认为所谓的"女性特质"与女性的生物学构造无关，而是一种文化建构："女人并非生来就是女人，而是变成女人的"。男性的自我意识总是"以他自己为主而论女人"，视女性为他者。波伏娃认为，"他者性是人类思维的基本范畴"，"他者这个范畴与意识一样原始。在最原始的社会，在最古老的神话中，都可以发现二元性的表达方式"。二元对立法曾经帮助人类区分阴阳、日夜、太阳和月亮。以同样方法看待两性，男人认为男人是的，女人肯定不是；相反男人不是的，女人肯定是。如果男人是太阳，女人肯定是月亮；男人是日，女人肯定是夜。波伏娃认为，"任何一组概念若不同时树立相对照的他者，就根本不可能成为此者。"②因此，两性关系逐渐被定位为充实与亏空、力量与温柔、主动与被动、理性与感性、光明与黑暗、逻辑与混乱等二元对立关系，而性别之间的不平等也逐渐被理论化、制度化。女性主义就是要揭露这种二元对立的不平等关系，改变女性的"他者"地位，从而在女性中树立解放意识。

在女性主义发展的第二阶段（1960—1980），用"他者"概念来分析女性地位和两性关系的做法已经成为女性主义批评的常规，可见于主要女性主义批评家的著作。凯特·米利特（Kate Millett）在《性别政治》（1969）中认为性别关系是一种政治关系，是霸权和支配等因素组合成的权力结构关系。但是由于女性内化了男权社会的价值体系，她们以为这一切都是应该的和自然的，以至不能认清压迫的实质和根源。日耳曼尼·格里耶尔（Germaine Greer）在《女宦官》（1970）中认为女性在心理上有一种宦官意识，觉得缺少某种东西。这种自卑感其实是一种社会建构，女性的解放必须首先彻底揭露导致心理自卑的社会原因。到女性主义发展的第三阶段（1980 以后），所谓的"后女性主

---

① Luce Irigaray. *This Sex Which Is Not One*. Cornell University Press, 1985, p.23, p.70.

② ［法］西蒙娜·德·波伏娃著：《第二性》（全译本），陶铁柱译，中国书籍出版社 1999 年版，第 12 页。

义"时期,女性的"他者性"又有了新的内涵。由于种族、地域、阶级等因素的介入,女性主义变得更加复杂,争取平等权利的斗争回归到个体。没有整体性的、普遍的妇女权利,只有个体的差异性的妇女权利。西方白人女性被视为特权阶层,批评实践更加关注黑人女性和下层女性的双重压迫状况。

克里斯蒂娃(Julia Kristeva)在《我们自己的陌生人》(1990)中认为,他者不是外在的人或物,而是我们心理的一部分。当一个社会将某一个群体定义为他者而进行排斥,它想要拒绝的和排斥的不是别人,而是自身内部的一部分,即那些它无法理解、无法接受的能量和冲动。任何社会,正如任何人,都不可能是完全统一的,其内部充满了矛盾和冲突。它们会给社会和心理造成一种不安和焦虑,一种危机感。因此社会往往会区分自己想要保留和尊重的部分,以及想要排斥和压制的部分,这后一部分就构成了他者。当人们歧视、侮辱他人的时候,人们实际上是在拒绝自己的一个侧面。当人们认为他者构成了威胁,并对他者实施暴力,是因为人们无法面对内心的"陌生人"。因为这个陌生人像无意识一样,无法被我们理解和控制,无法预测、无法确定,威胁着我们的主体意识。"面对这个我拒绝但又认同的陌生人,……我失去了安宁,我感到迷茫、模糊、朦胧。"①

这样的思考实际上已经超出了女性主义的范畴,其内涵构成了对社会和人类关系的普遍性思考。在很大程度上,它适用于东西方关系的描述。的确,他者概念被后殖民批评广泛运用于分析帝国主义,以及帝国与殖民地的压迫关系上。正如爱德华·萨义德(Edward Said)在《东方学》(1978)中指出,帝国主义不仅仅是武力的侵略和征服,同时也是一种西方优越论的话语建构。西方殖民主义至少从文艺复兴时期开始就将它的武力逐渐伸向东方,从远征到战争,这些遥远的甚至是血腥的碰撞使西方获得了广阔的海外殖民地,并对殖民地实施残酷的掠夺。同时这些行动也为西方提供了一大堆关于东方的想象性、刻板性和不真实的知识:东方代表沉默、淫荡、女性化、暴虐、独裁、落后,而西方则代表文明、开放、男性化、民主、理性、道德、进步。这些知识的积累所逐渐形成的"东方学"(Orientalism)在西方学术界主宰着关于东方的知识。但是

---

① Julia Kristeva.*Strangers to Ourselves*.New York:Columbia University Press,1990,p.187.

正如萨义德所说,在东方主义话语中,"东方并不是自然的存在",它是被西方人为建构起来的概念。东方是一套关于东方的知识,与实际的东方无关。

东方的他异性与西方的欧洲中心主义观念密不可分。欧洲中心主义是一种不停地将"我们"欧洲人与"他们"非欧洲人区分开来的"集体观念"。欧洲文化的核心,萨义德说,"正是使这一文化在欧洲内和欧洲外都获得霸权地位的东西——认为欧洲民族和文化优越于所有非欧洲民族和文化。"①在这种观念的支配下,东方不仅与西方相对峙而存在,而且为西方而存在,"东方过去不是(现在也不是)一个思想和行动的自由主体。"②它是西方殖民者评判、观察、认识的对象,而认识这样一个对象意味着"去统治它,对它施加权威……否认它[东方国家]具有自主的能力"。西方人了解它,就意味着"它正是按照我们[西方人]所认识的方式而存在的"③。这就是说,东方学所暗示的是一种霸权和支配关系,以及对东方的物化过程。正如巴特·穆尔-吉尔伯特(Bart Moore-Gilbert)指出,"东方主义帮助西方建立对东方的霸权,采用的主要方法就是推论东方是低于西方的'他者',并主动强化——当然甚至部分是建构——西方作为一种优越民族的自身形象。"④

后殖民批评往往采用异质性、沉默性和边缘性等概念来分析东方的他者性,而采用主权主体性、话语权和优越感等概念来批判西方的霸权。这样的分析模式和批判模式为众多的后殖民批评学者所运用,存在于大多数经典的后殖民批评著作中。弗朗兹·法农(Franz Fanon)的《黑皮肤、白面具》(1965)就运用了黑/白、主/奴的二元对立分析模式,对西方的霸权、黑人的自卑感,以及殖民主义在文化和语言上给非洲人造成的严重心理后果("从属情结")进行了分析。加亚特里·斯皮瓦克(Gayatri Chakravorty Spivak)在《属下能说话吗?》(1988)一文中,通过对福柯和德勒兹的主体理论的批判,揭露了西方将殖民主体建构成他者的计划,分析了作为属下阶层的殖民地穷人和妇女的沉

---

① [美]爱德华·萨义德著:《东方学》,王宇根译,三联书店2000年版,第10页。
② [美]爱德华·萨义德著:《东方学》,王宇根译,三联书店2000年版,第5页。
③ [美]爱德华·萨义德著:《东方学》,王宇根译,三联书店2000年版,第40页。
④ [英]巴特·穆尔-吉尔伯特著:《后殖民理论:语境、实践、政治》,陈仲丹译,南京大学出版社2004年版,第44页。

默、声音被剥夺、主体性和话语权遭到搁置的问题。比尔·阿什克洛夫特（Bill Ashcroft）等人在《逆写帝国》（1989）一书中同样有一种让无声者发声的意图。帝国主义通过强化英语文学的优越地位来维护其霸权，而殖民地的作家，要达到去殖民化的目的，必须用他们自己的文学来挑战英语文学的权威。书中多次使用了中心与边缘、帝国与殖民地、都市与外省的概念来分析英语文学与殖民文学的权力关系。正如萨义德在《文化与帝国主义》中所说，帝国的文化与帝国主义存在着某种共谋关系，因此挑战英语文学的霸权地位也就是挑战帝国主义和殖民主义。

　　这里特别值得一提的是加亚特里·斯皮瓦克在《三个女性文本与一种帝国主义批评》（1985）一文。文章从后殖民和女权主义视角分析了《简·爱》《藻海无边》和《弗兰肯斯坦》三本女性小说，把《简·爱》视为对"帝国主义公理"的复制，视为"帝国主义一般知识暴力的寓言"①。具体说来就是将《藻海无边》视为它的续篇，将《弗兰肯斯坦》视为对它的解构。显然，前两部小说与大英帝国在加勒比海的殖民活动密切相关，然而后者与帝国的关系似乎有点模棱两可。弗兰肯斯坦用科学手段创造的怪物反过来对人类进行报复的故事似乎更多地暗示着人与自然的关系。的确，玛丽·雪莱的小说对20世纪90年代兴起的生态批评有着重要的启示作用。在约纳森·贝特（Jonathan Bate）的《大地之歌》（2000）中，怪物既像是"一个未被发现的小岛的野人"，也像是"一种原始状态，一种自然状态"。②　他既像是后殖民文学中的凯利班（莎剧《暴风雨》中被欧洲人征服的小岛怪物），也像是一种原生态的自然状态。其实，在人类社会中，帝国主义与科学主义有诸多相似之处，正如贝特指出，"生态剥削总是与社会剥削相互配合的。"③在生态批评层面，小说所寓言的是，人类的智慧可以绕过自然规律，对自然进行改变和控制，然而自然也可能以某种形式对人类实施报复。

　　人类与自然的关系是一种最古老的关系。在《圣经》中，上帝赋予人以主

---

　　①　［印］加亚特里·斯皮瓦克著：《三个女性文本与一种帝国主义批评》，载《后殖民主义文化理论》，罗钢、刘象愚主编，中国社会科学出版社1999年版，第158—172页。

　　②　Jonathan Bate.*The Song of the Earth*.Harvard University Press，2000，p.50.

　　③　Jonathan Bate.*The Song of the Earth*.Harvard University Press，2000，p.48.

宰自然的权利,使他成为万物的灵长,以至于人类很自然地将自然界视为工具、资源、索取的对象。在《我们生态危机的历史根源》(1996)一文中,美国历史学家林·怀特(Lyn White)认为《圣经·创世纪》"不仅建立了人与自然的二元对立关系,而且认为人为了自己的目的而开发自然是上帝的意志"[1]。在文艺复兴时期和启蒙时期,西方对《圣经》的理解更强化了人们对自然的工具性认识,使人类对自然界的科学探索、技术管理、经济开发得以合法化。被尊为"现代科学之父"的弗兰西斯·培根就曾经以《圣经》为依据将人类对自然的征服视为上帝的合法授权。笛卡尔的主/客体的二元区分更是将人类与自然的对立提升到哲学的高度,使自然界成为人类认识、探索、控制的对象。这种认识在西方历史长河中进一步上升为广泛流传、并逐渐获得真理性地位的科学主义(scientism)和人类中心主义(anthropocentrism)思想体系:即认为自然为人类的利益而存在,它的价值在于对人类有用,人成为衡量自然价值的最终标尺。

生态批评的目标就是要揭露在人类与自然的关系中的压迫性实质:处于"他者"地位的自然一直被人类视为无声的、被动的接受者。人类有权探索它的神秘,征服它的野性,索取它的资源。不仅如此,在西方传统中,自然还常被想象为女性:它的作用与女性的养育功能类似,"大地"常常称为"母亲"。科学主义和工具理性更是将自然妖魔化为一个女巫,在男性科学家拷问下,被迫袒露其隐秘。培根将科学探索描述为"穿透"自然的"子宫"。伊拉斯莫斯·达尔文(Erasmus Darwin)赞扬科学和工程技术推进了人类社会的进步,"机械的精灵"刺穿了大地母亲的"深井",运河工程师的"锋利铁锹刺进了骚乱的泥土"。汉弗莱·戴维爵士告诫自然哲学家要用"强力"来"拷问"自然:"不能仅仅像一个学者,被动地寻求对她的运作方式的理解。要像一个主人,拿起工具主动出击"。西方科学传统对待自然的态度充满了这样的性别主义的暴力语言。正如凯文·哈钦斯(Kevin Hutchings)指出,对于生态女权主义来说,"自然的社会建构与女性的社会建构有着深刻的联系。"[2]

---

[1] Cheryll Glotfelty & Harold Fromm. *The Ecocritical Reader*. Athens: University of Georgia Press, 1996, p.10.

[2] Kelvin Hutchings. Ecocriticism in British Romantic Studies. *Literature Compass*, 2007, 4/1.

人类文明的历史就是对大自然进行巧取豪夺的历史。正如沃尔特·本雅明(Walter Benjamin)所说,"没有一份关于文明的文件不同时也是一份关于野蛮行径的文件。"①自然环境的退化与人类文明的发展有着不可分割的关系,人类的文化产品无不以大自然为代价。近现代西方科学的发展,给予人类更加强大的开发工具,傲慢和贪婪更加速了人类对自然界的索取,以至于违背自然规律和可持续性法则,造成包括空气污染、全球变暖、物种灭绝等在内的日益严重的生态危机。雷切尔·卡森(Rachel Carson)在《寂静的春天》中为人们描绘的可怕未来似乎正在向我们逼近。生态批评正是一种为无声的他者(自然)争取公平正义和对人类中心主义的自然观进行批判的话语。通过批判人类沙文主义和增强生态意识,它希望改变人们将自然他者化、客体化的做法,建立人类与自然的和谐关系,以解决当前人类共同面临的生态危机。

三、结语

"他者"的形成必须发生在二元对立的关系之中,而且对立的双方存在着某种不平等或者压迫关系。同者利用武力、语言、意识形态对他者行使霸权,对其进行排挤、支配和控制。"他者"往往由于各种历史和现实的原因被边缘化属下化,失去话语权,产生自卑感。在文学批评中,各种后现代的"他者诗学"旨在分析和揭露他者化过程中形成的霸权和压迫,揭露同者在身体、性别、语言、文化、意识形态方面对他者实施的暴力,分析他者的属下地位,分析他者对霸权的反抗,以及这种反抗所采用的各种各样的策略。通过揭露和分析,"他者诗学"旨在对压迫性的二元对立关系进行颠覆,实现他者的解放。

(该文原载《外国文学》2011年第1期,收入本书时略有改动)

---

① Walter Benjamin.*Illuminations*.trans.Harry Zohn.London & Glasgow.Collins,1973,p.258.

西方文论关键词:田园诗

一、概说

　　田园诗也称牧歌,是一种文类,同时也是一种文学模式。它往往描写乡村、田园、牧民的生活和生产劳作。作为文类,它是一种诗歌形式,歌颂乡村生活的简朴和纯洁,农牧民生活的快乐和单纯。作为一种文学模式,它不仅出现在诗歌之中,而且可能出现在小说、戏剧等其他文类之中。只要是描写和歌颂乡村生活、自然环境的写作都可以称之为田园诗。

　　作为一种文类,田园诗起源于希腊和罗马,一直延续到今天。最初,它的目的是增加人们对自然和农耕的理解和珍惜,同时也反映了一种回归自然的愿望。然而,在历史发展的过程中,特别是当它被引入英国之后,田园诗的内涵和传统发生了变化。它往往由居住在都市的诗人撰写,被同样居住在都市的读者阅读。田园诗对田园的描写逐渐偏离了乡村现实的轨道,变成一种诗化的田园。

　　在20世纪文学理论的放大镜下,这种歌颂乡村生活的淳朴和纯真的艺术形式显示出它的文学虚构本质,它的美好乡村景象掩盖了乡村严酷的政治和经济现实,反映了一种维护和强化现有社会秩序的意识形态。在人与自然的关系被重新解释的当代,田园诗被注入了更多的含义。田园诗呈现出更加多元化的主体定位,不仅仅从被忽视和被遗忘的平民视角来看待田园,也从环境和生态角度、性别角度、后殖民角度来看待田园,从而使田园诗重新回到理论界的视线,焕发出新的活力。

二、综述

(一) 古典源头

田园诗起源于希腊。最早的田园诗来自公元前 3 世纪的希腊诗人忒奥克里托斯(Theocritus),他的诗歌题目叫《牧歌》(Bucolica),意思是"放牛歌",背景是西西里岛的自然风光。诗歌分若干个部分,叫场景(Idyll),有牧民的放牧生活,也有他们的爱情烦恼。诗歌中描写的自然风光、山水花草、魅力景致给西西里这个地方增添了神秘色彩,使之成为一个想象的理想田园。

但是,真正对英美田园诗产生直接影响的是古罗马诗人维吉尔(Virgil),他的《牧歌》(Eclogues)描写希腊半岛东部的阿卡迪亚地区(Arcadia)和那里的牧民的简单纯朴的生活。维吉尔继承和发扬了特奥克里特的牧歌传统,将奥克里特的西西里变成了他自己的阿卡迪亚,塑造了另一个想象中的理想田园。

维吉尔的《牧歌》分成十个部分。在诗中,他描写牧羊人在放牧过程中的对话和对歌,他们在对歌中讲述了他们经历的苦难、他们对罗马政治的看法、他们甜蜜与苦恼的爱情、他们的诗学雄心。第四章想象罗马皇帝屋大维将开创的一个黄金时代,称他是众神之主朱庇特的后裔,并暗示在这个宏伟时代,维吉尔自己将从田园诗人成长为史诗诗人,超越古希腊的荷马,超越神话中的奥尔弗斯,甚至超越自然神潘神。

在第五章中,两个牧羊人悼念他们的同伴达芙尼斯,誓言要"用赞颂将他送上繁星的天堂"。他们和达芙尼斯曾经是同伴,也是诗歌竞赛的对手。牧羊人在祭奠达芙尼斯过程中表达了一种诗学愿望,即通过诗歌创造永生,而最终达芙尼斯在他们的赞扬声中变成了一个诗神。在第十章中,维吉尔创造了一个关于诗歌源头的新神话:阿卡迪亚。达芙尼斯和盖耶斯充满激情的声音将希腊那个遥远的、充满传奇色彩的潘神故乡变成了牧歌的源头,在西方文学和艺术传统中产生了巨大而深远的影响。

维吉尔还有一首长诗叫《农活》(Georgics),描写农业生产活动,模仿古希腊诗人赫西德(Hesiod)的《劳作与日子》(*Works and Days*)。诗歌分四部分,对应一年的四个季节。第一部分描写劳动工具犁头,认为生产劳作对于人类的繁荣和衰落至关重要,同时也说明自然灾害可能使辛勤劳动变成泡影。第二部分描写农业种植,果树、橄榄、葡萄等的生长和种植方法,歌颂意大利、歌颂春天。第三部分描写牛羊的养殖和繁殖,以及疾病和瘟疫给养殖造成的损失。第四部分描写蜜蜂,并将它们与人类相比拟:它们忠诚于国王,为集体牺牲自我等等。

维吉尔的《牧歌》和《农活》成为后世田园诗的典范:英美田园诗在某种意义上都是在模仿维吉尔。首先,维吉尔创造了一个理想田园阿卡迪亚,它远离文明中心,有和谐的青山绿水,花鸟虫鱼,是一个令人向往的幸福之地。第二,他开了田园悼亡诗的先河,固定了悼亡诗的结构:即从祭奠和悲伤,到振作和安慰的发展过程,死者最终进入天堂,获得永生。第三,田园诗一般将乡村与城市对立,用都市的尔虞我诈来对照田园的淳朴和谐。

然而,田园诗在历史的发展过程中经过了许多变化,形成了不同的类别。特里·吉福德(Terry Gifford)在《田园诗》(*Pastoral*,1999)一书中将田园诗分为三个种类:1)作为传统诗歌文类的"田园诗",以及内容涉及乡村生活、采用了田园诗模式的其他文类,如传奇、戏剧、小说等等;2)质疑传统田园诗的思维模式、运用现实主义手法来反对田园诗对乡村进行浪漫化和理想化的"反田园诗";3)具有更多现代生态意识、重建人与自然关系的"后田园诗"。① 下面我们对这三个种类进行一一陈述。

(二) 英国田园诗

田园诗在 16 至 17 世纪被引入英国,在英国诗人手中,它保留了关注乡村生活和农耕劳作的原本意图,但是它也逐渐成为一种宫廷娱乐手段。菲利普·西德尼爵士(Sir Philip Sidney,1554—1586)的《阿卡迪亚》(*Arcadia*)是一部用散文和诗歌写成的浪漫传奇。从它的题目,我们就能够看出它是仿照罗

---

① Terry Gifford. *Pastoral*. New Critical Idiom Series. London & New York: Routledge, 1999, pp.1-3.

马诗人维吉尔的牧歌而作。阿卡迪亚公爵巴西里乌斯(Bacilius)为了防止一个不祥的预言变成现实,与妻子和两个女儿帕米拉(Pamela)和菲洛克里娅(Philoclea)离开宫殿,隐居到乡村。两个王子穆西多勒斯(Musidorus)和皮洛克勒斯(Pyrocles)为了追求两个公主,装扮成牧羊人和女汉子也来到乡间。他们中间产生了一系列感情纠葛,发生了许多爱恨交织的传奇故事。

故事中的很多情节和人物,如男扮女装、两兄弟追求两姐妹、从城市到乡间的情景转换在后世作家的作品中都被借用过。它的田园诗包括两个牧羊人由于同时爱上神秘的尤雷里娅而作的怨情诗,赞美菲洛克里娅身体各个部位的艳情诗,以及十四行诗"我的爱人占据了我的心,我也占据了他"。《阿卡狄亚》是一个关于田园的浪漫传奇,通过诗歌和小曲歌颂了爱情、亲情、纯朴的乡村生活。

威廉·莎士比亚(William Shakespeare,1564—1616)在戏剧《皆大欢喜》(As You Like It)中讲述了米兰公爵被弟弟篡位、逐出宫廷的故事。公爵与他的随从来到阿登森林(Arden),在那里过着与世无争的隐居生活。在森林中,他的女儿罗瑟琳和贵族奥兰多相遇并相爱。奥兰多之兄阿立夫也来到了森林,并与公爵侄女西莉亚相爱。最后奥兰多继承了公爵的爵位和财产,娶了罗瑟琳为妻。阿利夫与西莉亚也结为夫妻。公爵弟弟洗心革面,公爵也回到宫廷,从而有了皆大欢喜的结局。我们可以看到,这是一个与《阿卡迪亚》类似的浪漫传奇。

公爵和他的随从从环境优越的宫廷被驱逐到野外,在田园生活中体验到下层生活的艰难,经受了大自然严酷天气的考验。但他们宁愿接受大自然的无情,也不愿回到宫廷的那种尔虞我诈、勾心斗角的环境中。剧中的小曲《不惧冬风凛冽》有着点题的作用。它将冬天的寒风与人世间的无情相比较,认为寒风的刺骨比不上"人世之寡情"。它还将冬天的冰雪与人情的冷酷相比较,认为严酷的寒冬也比不上"受施而忘恩"。诗歌充满了对世间人情冷暖的厌恶和对田园生活的向往。

最初的英国田园诗的主人公多是王公贵族,读者和听众往往也是同样的人群。诗人创作的作品在某种意义上迎合了这些人的认识和理解:他们不是真正的牧羊人,不需要从事农耕劳作,并且往往饭来张口、衣来伸手。因此,英国田园诗描写农耕劳作艰辛的并不多,也不反映真正的农民生活,而是专注于田园、爱情、娱乐。田园诗的主人公往往来自城市,他们对城市和宫廷的尔虞我诈感到厌烦,对乡村生活的淳朴和自然充满了向往。这种退隐之情通过文学形式反映出来,变成了对乡村生活的理想化。因此我们所看到的淳朴和谐的乡村不是乡村生活的现实,而是一种文学建构。

埃德蒙·斯宾塞(Edmund Spenser, 1552 — 1599)的《牧人月历》(*The Shepherd's Calendar*)是英国文学史上一首较早的田园诗,全诗分十二篇,正好对应一年中的十二个月份,酷似维吉尔的《农活》。诗歌首尾两篇是牧羊人柯林·克劳特(Colin Clout)的独白,其余是别的牧羊人的对话。诗歌中最重要的主题是爱情,十二篇中有7篇描写爱情。另有四篇讽刺教会的虚伪,一篇描写歌咏比赛,一篇抱怨诗歌不受重视。从总体上讲,作品描绘了乡村生活的淳朴与和谐,将美好的乡村爱情与教会的腐败堕落进行对比。它的宫廷娱乐作用体现在它对伊丽莎白女王"伊莱莎"的美德的颂扬,诗歌的听众或者读者是宫廷,而不是民众,更不是农夫。

克里斯托弗·马洛(Christopher Marlowe, 1564 — 1593)的《牧羊人恋歌》(*The Passionate Shepherd to His Love*)是英国文学中最著名和最优美的田园抒情诗之一,但也是为宫廷娱乐而写。在这首经典名作中,牧羊人为了获得姑娘的芳心,极尽巧言善辩之能事,用花言巧语对她发出了伶俐的爱情攻势。他首先描绘了一幅浪漫的田园景色:"在浅浅的小溪旁,/鸟儿随着潺潺流水把爱情歌唱";然后承诺给她所有的乡间欢乐:"我将用玫瑰编一顶花冠,/用成千的花束做床,/用爱神木的叶子做成长裙。"[1]最后他希望这些能够打动姑娘的心,从而说服她"和我生活在一起,做我的爱人"。诗歌运用田园抒情的手段,描写远离尘世喧嚣的山野生活,衬托出一种不可言传的美妙。

(三)田园诗的田园化

在 18 世纪,英国田园诗展示出更加明显地对乡村生活进行理想化和浪漫

① *The Norton Anthology of English Literature* vol.1, 5th ed. Ed. M. H. Abrams. New York: W. W. Norton, 1986, p.813.

化的倾向。詹姆斯·汤姆森(James Thomson,1700—1748)的《季节》(*The Seasons*)分为四个部分,每个部分描写一个季节。《冬季》描写暴风雪,以及人和动物在严酷的寒冬所经历的苦难:牧羊人在雪暴中丧生,而他的家人仍然在等待他的归来。《夏季》描写一天从早到晚的进程,我们看到了晒草、剪羊毛等农业生产活动,结尾是一首赞颂大不列颠的赞歌。《春季》描写这个美好季节对万物的影响,包括对人的影响,结尾是一首赞颂婚恋的赞歌。《秋季》生动地描写了收获、酿酒等与秋季有关的乡间景象,谴责狩猎和射杀动物的残忍,结尾是一首赞颂乡间生活的纯真快乐的赞歌。

奥利弗·哥尔斯密(Oliver Goldsmith,1730—1774)的《被抛弃的村庄》(*The Deserted Village*)是一首反"圈地运动"、歌颂传统乡村的长诗。在18世纪,英国的土地主为了赚取更多的利润,不再租赁土地,而是将这些土地从农民手中收回,把它们圈起来发展利润更加丰厚的其他产业。在诗歌中,工业化、商品贸易、奢靡之风、重商思想改变了曾经是欢乐的、田园式的乡村:农民从赖以生存的土地上被驱逐出去,被迫移居到陌生的城市或者移民到遥远的美洲。哥尔斯密对工业化和大规模生产模式对传统乡村的侵蚀感到异常愤怒,对在这个变化过程中受到伤害的农民给予了巨大的同情。

随着工业革命和城市的兴起,田园诗常常将乡村与城市对立起来,它所歌颂的乡村常常是工业化之前的、中世纪式的乡村有机社会。农夫们一般满足于单纯的农耕生活,满足于从土地得到的收获,没有不当的欲望给他们带来的苦恼。他们往往具有包括勤劳、坚忍、淳朴、善良、乐于助人等乡村美德,他们之间相互认识,关系趋于简单,形成一种和谐和有机的社会。相比之下,城市的商业化气息浓重,物欲横流,充满了犯罪、腐化和堕落。人与人之间关系更加复杂,常常充满了尔虞我诈。正是因为如此,威廉·考伯(William Cowper,1731—1800)在《任务》(*The Task*)一诗中说,"上帝创造了乡村,人类创造了城市"(God made the country and man made the town)。

《被抛弃的村庄》的意义并不在它于对"圈地运动"的负面后果的批判,而在于它对曾经甜美的、花园式的乡村的颂扬。诗歌对正在消失的乡村美德和田园生活方式充满了无限的忧伤。诗歌中的奥伯恩(Auburn)就是锡德尼的"阿卡迪亚"、莎士比亚的"阿登森林",这个虚构的理想田园酷似诗人的故乡里索(Lissoy)。哥尔斯密将他的美好田园定格在童年,以及他童年生活的那个乡村,这说明他本身有一种怀旧心态,对已经失去的时光和生活方式恋恋不舍。诗中的奥伯恩也许并不是哪个真实的地方,而是他的回忆所产生的理想化的结果:真实的情况是,怀旧使失去的时光比真实的情况更好。

亚历山大·蒲伯(Alexander Pope,1688—1744)在《论田园诗》(*An Essay on Pastoral*)中指出,"如果我们模仿自然,我们需要带着这样一个考量,那就是田园诗是我们称之为'黄金时代'的景象。因此我们不能如实地描写牧羊人,而是按照他们可能被想象的那个样子去描写他们…… 我们必须用幻象使田园诗优美可读,这就要求我们呈现牧羊人生活的最佳一面,隐藏其艰难困苦。"[①]这段评论显示,蒲伯非常了解他的时代,以及那个时代的文学追求。他不仅是这样说的,而且在《温莎森林》(*Windsor Forest*)一诗中也是这样践行的。雷蒙·威廉斯将这种理想化的田园诗称为"新田园诗"(neo-pastoral),因为它与古典田园诗已经大相径庭。[②]

19世纪的威廉·华兹华斯(William Wordsworth,1770—1850)在《序曲》(*The Prelude*)的开端,描写了他阔别多年之后,重新回到他的故乡英国中部的湖区。微风拂面,树木葱郁,他站在山岗上,俯视下面的田园,俨然就是一个伊甸园。的确,田园诗常常将乡村描写成世外桃源,或"阿卡迪亚"。在田园诗人的笔下,这个世外桃源要么是一个逃避烦恼的归隐之地,要么就是一个已经消失的"黄金时代"。也就是说,这个阿卡迪亚要么是在时间之外,要么是在空间之外,常常是一个已经消失,或者令人倍感珍惜的理想空间。正是这种将乡村理想化和浪漫化的倾向,使田园诗变成一种反映乡村生活的"幻象",使反田园诗的出现成为可能。

(四) 反田园诗

田园诗从某种意义上讲是对乡村生活的一种不真实的描写,反田园诗则是对田园诗的这种理想化和浪漫化倾向的质疑,是对乡村生活的更加现实主

① Terry Gifford.*Pastoral*.New Critical Idiom Series.London & New York:Routledge,1999,pp.32-33.

② Williams,Raymond.*The Country and the City*.New York:Oxford UP,1973,pp.20-22.

义的呈现,是一种关于乡村的去理想化和去浪漫化的写作。反田园诗(anti-pastoral)的目的是要打破传统上人们对乡村生活的浪漫幻想,让人们看到乡村生活的真相或者全貌,从而把田园诗从幻象拉回到现实。

沃尔特·拉里(Walter Ralegh,1552—1618)的《美女答牧羊人》(*The Nymph's Reply to the Shepherd*)回应了马洛的《牧羊人恋歌》,对后者刻画的田园景色和乡村生活进行了解构或去魅。首先,美女质疑牧羊人的话的真实性:"如果全世界和爱情都年轻,/如果所有牧羊人的话都可信,/这些快乐可能打动我的心,/和你住一起,做你的爱人。"①由于马洛的牧羊人在诗中刻画了一幅永恒夏季的乡间图景:阳光灿烂、莺歌燕舞,拉里的美女极力"抱怨即将到来的困苦",强调即将到来的冬季是多么的严酷和寒冷:大地结冻、鸟兽无踪。美女用以解构牧羊人幻象的逻辑是:世事变幻无常,所有美好的时光终将结束,从而打破了马洛所刻画的理想和浪漫的田园幻象。

乔治·克莱布(George Crabbe,1754—1832)在《村庄》(*The Village*)中,对哥尔斯密的理想田园进行了质疑,他的批评锋芒甚至指向了整个田园诗的传统。他首先挑战这个传统对乡村生活描写的不真实性,在诗歌开头他就写道:"乡村生活,以及困挠年轻农夫,/和衰老农民的每一个烦恼……/穷苦民众的真实面貌,/只需要一首歌,缪斯不会给更多。"②他认为传统的田园诗歌之所以描写幸福的牧羊人和甜蜜的爱情,是因为诗人不了解农民的疾苦,不了解农民过的是怎样的生活。他说,我承认田野和羊群有它们的迷人之处,"但在迷人的景象之中,我将追踪/这个地方穷苦和卖苦力的人们,/看正午的烈日、炙烤的阳光/在他们光秃的头上和衰老的两鬓舞蹈"。最后他质问,在了解这些真相之后,诗人还能把"这些真实的困苦隐藏/在诗歌那高傲的修辞背后吗"?

雷蒙·威廉斯(Raymond Williams)在《乡村与城市》(*The Country and the City*,1973)一书中将"反田园诗"称为"对抗田园诗"(counter-pastoral)。他通过仔细解读本·琼生(Ben Jonson)的《致彭斯赫斯特庄园》(*To Penshurst*)和托

---

① *The Norton Anthology of English Literature* vol.1,5th ed. Ed. M. H. Abrams. New York: W. W. Norton,1986,p.782.

② *The Norton Anthology of English Literature* vol.1,5th ed. Ed. M. H. Abrams. New York: W. W. Norton,1986,p.2526.

马斯·卡鲁（Thomas Carew）的《致萨克斯翰姆庄园》（*To Saxham*），展示了田园诗是如何将英国乡村的社会和经济现实隐藏或包装起来，并对之进行"神秘化"的。两首诗都描写乡间庄园，历数了庄园的富庶、食物的丰盛、筵席的豪华、主人的慷慨等等。野鸡、鹧鸪、牛、羊心甘情愿来到庄园，献上它们的肉。蔬果挂在树上，随手可得。餐桌上的食物供所有人共享，包括穷人和富人。①

威廉斯认为，这样的描写是对某些细节的选择和强调的结果，完全没有反映英国 17 世纪乡村的社会和经济现实。这些诗人都是庄园主人的客人，认同他们的社会地位，正在与他们一起消费他人的劳动成果。因此，传统的田园诗为他们想要表达的观点提供了一个不可多得的支持：诗人所描写的庄园就像《圣经》上的伊甸园：丰衣足食、无须劳作。大自然提供了一切，满足了人的所有需求。威廉斯说，诗歌正是用《圣经》的"自然秩序"代替了英国 17、18 世纪的社会和经济现实。物产丰盛、丰衣足食的假象是建立在从诗歌中"抽掉劳动者"这一艺术选择的基础上的。②

在威廉斯之前，威廉·燕卜荪（William Empson）的《田园诗的几种类型》（*Some Versions of Pastoral*，1935）就已经注意到田园诗的某些阶级属性，但是不同的是，燕卜荪认为英国的田园诗是城市资产阶级文化的产物，它的主要特征是"把复杂的东西放进简单的框架之中。"③当卑微的牧羊人表达着宫廷社会的思想和情感，那些复杂的社会和道德矛盾就被放入了一个新的情景，其效果可能是批判，也可能是赞扬。与威廉斯一样，燕卜荪认为田园诗依赖于对社会和阶级矛盾的调和忽略，创造出一幅伊甸园式的和谐场景，但是他同时也认为，在简单的表面背后，田园诗其实是一个具有复杂、多层次功用的艺术形式：它可以用来赞扬或者批判统治阶级。

罗杰·塞尔斯（Roger Sales）的《英国文学的历史视角 1780—1830：田园诗与政治》（*English Literature in History* 1780-1830：*Pastoral and Politics*，1983）将这种政治批批模式推向了一个新的高度。他把传统的田园诗总结为六个

---

① Raymond Williams. *The Country and the City*. New York：Oxford UP，1973，pp.29-30.

② Raymond Williams. *The Country and the City*. New York：Oxford UP，1973，pp.31-32.

③ John Haffenden. *William Empson：Vol I. Among the Mandarins*. Oxford：OUP，2005，p.377.

R:逃避(refuge)、回忆(reflection)、挽救(rescue)、安魂(requiem)、重建(recon-
struction)。他认为田园诗总是走向乡村或走向过去,涉及一种"逃避"。这个
理想化的乡村或过去不是现实,而是通过选择性"回忆","挽救"回来的美好
时代或理想田园,包括它们的价值取向。因此田园诗是对理想田园的一种
"建构",为这个理想的消逝奏响了"安魂曲"。塞尔斯甚至说,田园诗作为一
种诗歌形式有着不可告人的目的:它阻止人们去质疑支撑现有土地所有权的
权力结构甚至阻止人们质疑支撑整个社会运作机制的权力结构。①

(五) 后田园诗

正如我们看到,在威廉斯之后,"田园诗"逐渐有了一种负面的含义,劳伦
斯·布伊尔(Lawrence Buell)称之为"田园主义"(pastoralism),意思是田园诗
背后存在着各种各样的意识形态和政治目的。约翰·巴雷尔(John Barrell)和
约翰·布尔(John Bull)在《企鹅英语田园诗选集》(*Penguin Book of English
Pastoral Verse*,1974)中称田园诗已经消亡,认为在我们的时代,人们不可能再
写真正的包括牧羊人和阿卡迪亚的传统田园诗。的确,我们的时代对乡村和
自然的理解,在生态意识和环境意识的引导下,发生了巨大而深刻的变化,而
关于乡村和自然的写作,只要是优秀写作,可能都受到了影响。

泰德·休斯(Ted Hughes,1930—1998)如果是田园诗人,那也是很特别的
田园诗人。他不描写乡村的"永恒夏季",而是描写我们无法理解的大自然,
及其拥有的强大的自然力。《风》描写了一次风暴带来的恐惧,其力量足以掀
翻人类创造的所有建筑,其声响能够震破酒杯。《十一月》描写寒潮来临的威
慑力,像上古时代的冰纪一样,即将来临的冰封将锁住河流,锁住整个大地。
《蓟草》描写了这种野草的强大生命力,其每一片叶子都像是举起的一把剑,
像前赴后继的北欧海盗一样,被割掉之后,又会重新生长出来。

后田园诗(post-pastoral)从某种意义上讲是对人与自然关系的再思考。
传统田园诗所描写的那种和谐状态被认为是对自然的一种简单化理解:自

---

① Sales,Roger.*English Literature in History* 1780-1830:*Pastoral and Politics*.London:Hutchin-
son,1983,p.17.

然不顺应人的意志,也不按照人的意愿呈现。相反,人类文明的发展使我们离自然更远,离自然力和动物本能更远。这种异化的发生不是因为自然突然发生了改变,而是因为人对它的认识发生了改变。文化与自然的对立虽然是思想史的一个老话题,但在生态危机已日益严重的今天,它又有了它的新意。

谢默斯·希尼(Seamus Heaney,1939—2012)是我们时代典型的田园诗人,他的诗歌多以乡村为背景,并且与农耕劳作有着密切关系。《挖掘》(Digging)描写诗人家庭的农耕传统,同时也将这个传统与诗人自己的职业联系起来。这样,农业劳作与文学创作形成了一个连续和比拟的关系。同样,《个人的赫利孔泉》(Personal Helicon)将诗人孩提时在乡村观井的经历与他的创作关联起来。井水映射的是男孩自己的镜像,也有井壁生长的水草,以及男孩背后的天空和云朵。一块石头掉下去所激起的浪花和回响,现在仍然在诗人脑海里回荡。

在这样的写作中,诗人有一种强烈的自我意识,那就是他不再是农夫,而是一个诗人。他已经与那个农场分离,而隔在他们之间的恰恰就是他的职业。文化与自然的对立是后现代人的自我意识:文明程度越高,离自然就越远。诗歌反映了后工业时代人与自然关系的困境以及人类自身的异化感。我们的文化不可避免地把我们与自然分离开来,使我们不再可能像传统田园诗那样,去想象人与自然的完全和谐。

然而在希尼的诗歌中,我们又可以感觉到一种重建人与自然关系的冲动。儿时观井的经历不由自主地进入了他现在的想象和创作,从而突破了文化与自然之间被认为是不可避免的对立和隔阂。诗歌所描写的是自然,但同时也是创作。用加里·斯奈德(Gary Snyder)的话说,它使"文化成为自然,自然成为文化"。后田园诗的特征之一就是将异化的人类重新带回自然的怀抱,在人与自然之间建立一种新的连接。

劳伦斯·布伊尔(Lawrence Buell)的《环境想象》(Environmental Imagination,1999)一书中试图建立一种"新环境美学"(new eco-aesthetics),这种新的环境美学不仅要重建人对自然的敬畏,而且重新强调语言的指涉功能:语言不是一种自我指涉、自我封闭的牢笼,而是一种古老的象征符号体系,它指向外

部的、实实在在的客观世界。① 也就是说,要打破解构主义理论对"自然"和
"终极意义"(transcendental signified)的解构,建立人与自然的新型关系:即语
言是我们到达客观世界的桥梁,而不是障碍。

然而,人与自然的新型联系是以平等意识为基础的:人对自然应该有一种
敬畏,而不是居高临下。人应该摒弃传统的征服观念,避免对自然实施工具理
性式的攫取。卡罗琳·默钦特(Carolyn Merchant)在《自然之死》(*The Death of
Nature*,1980)一书中,将人类征服自然的心态与男性征服女性的心态对等起
来,批评人类在这两个领域同时建立起来的压迫关系。在早期资本主义社会,
她说:"妇女和自然实际上成了精疲力竭的企业家丈夫修养身心的资源。"②她
认为,这两个领域的压迫关系是相辅相成的,它们出自同一种思想根源,同一
种意识形态。

约纳·森贝特(Jonathan Bate)在《大地之歌》(*Song of the Earth*,2000)一
书中将殖民压迫与征服自然联系起来,认为历史上的殖民征服,实际上是西方
自然观的延伸:殖民地就是被物化的自然,可以随便攫取、随便处置。他认为,
西方人所定义的"他者"不仅仅是黑人和妇女,而且还有自然,莎士比亚的《暴
风雨》所反映的也不仅仅是文化与文化的冲突,而且也是文化与自然的冲突。
也就是说,"种族压迫和征服自然是相互关联的。"③如果压迫没有完全铲除,
自然界的平等就不会到来。只有在所有领域实现了平等,人与自然的平等才
能最终实现。

玛格丽特·阿特伍德(Margaret Atwood)在《这是一张我的照片》(*This Is
A Photograph of Me*)中就描写了女性与自然的关系。虽然诗歌题目提到
"我",但诗中没有"我"。人们通常认为,照片中的"我"只是这位女性在湖面
的镜像,但其实"我"有着更加复杂的意义。在照片中只有景致,如树、房屋、
山丘等,而"我"已经被"淹没"在湖里,融入了自然,成为自然的一部分。作为

---

① Lawrence Buell.*The Environmental Imagination:Thoreau,Nature Writing and the Formation of
American Culture*.Cambridge,MA:Harvard UP,1995,p.32.

② Carolyn Merchant. *The Death of Nature:Women,Ecology and the Scientific Revolution*. New
York:Harper & Row,1980,p.xxi.

③ Jonathan Bate.*Song of the Earth*.Cambridge,MA:Harvard UP,2000,p.89.

主体，"我"已经死亡。西方传统常常将女性与自然等同，如称大地为母亲等等，因此诗中的"我"已经被等同于湖，等同于客体。女性的命运与自然一样：被物化、被随意利用。

后田园诗从某种意义上讲就是浸润了后现代生态意识和环境意识的、关于自然或乡村的诗歌。特里·吉福德在《田园诗》一书中对后田园诗的定义作了模糊处理，实际上造成了人们对后田园诗理解上的障碍。应该说，反映后现代生态意识和环境意识的写作都可以被称为后田园诗，这些包括劳伦斯·布伊尔所定义的所有"环境写作"，包括诗歌、小说、游记、日记、散文等。其特点是：1）客观世界不仅仅是文本的框架手段，相反人类应该被理解为自然历史的一部分；2）人类利益不是唯一合法利益；3）人类对环境的责任是文本的伦理考量；4）客观世界被视为发展过程，而不是给定的客观存在。①

三、结语

我们看到，田园诗作为一个文类有一个很长的发展历史。它之所以在当代成为一个理论话题，不仅仅是因为它有一个古典传统，有一系列诗人创作此类作品，从而形成了一个环环相扣的、不断发展的文学传统，而且也因为它背后隐藏了许多文化历史因素，如工业化、圈地运动、"乌托邦"情结、"复乐园"冲动等等。但是如果把田园诗创作者，以及田园诗受众的社会层次纳入思考范围，我们可以看到，田园诗所关心的是他们那个社会层次所关心的问题，而不是乡村的真实状况。

里奥·马尔克斯（Leo Marx）在《花园里的机器》（*The Machine in the Garden*，1964）中对田园理想的描述有助于我们认识田园诗的发展历程。他将田园理想分为伤感型田园主义和复杂型田园主义，认为美国从"大发现"时期开始就有一种田园情结，这种田园情结一直延续到今天，表现在今天仍然流行的逃离都市的"幼稚愿望"中，"表现在对野营、狩猎、钓鱼、野餐、园艺等等的

① Lawrence Buell.*The Environmental Imagination*，pp.7−8.

热爱中"。从文化上讲,它是一种"更贴近自然"的集体想象,是"原始主义"的变体,是一种"花园神话",表达了一种伤感的怀旧情绪,或"孩子气的梦愿"。①

　　然而马尔克斯认为,真正的田园理想是一种更加复杂的"田园方案",他称之为复杂型田园主义。这种田园方案不是一种简单的逃避主义,而是在田园理想中引入一种"反作用力","将一个更加'真实'的世界与田园幻境相并置",从而表现一个"更大更复杂的经验体系"。② 他认为霍桑、华兹华斯、爱默生、梭罗的浪漫主义田园理想中都表现出这样一种田园方案,他们反复使用的寓意是:机器闯入一个宁静的田园空间,而且"机器被看作骇人的闯入者,它侵扰了田园乐趣的幻想"。③

　　后田园诗可以说是这种复杂田园主义的进一步发展。后现代理论为思考人与自然的关系提供了多种可能性,使后田园诗能够超越传统田园诗对田园的简单化理解。不仅自然的概念取代或拓展了乡村和田园的概念,而且人们在思考自然的时候也呈现了不同的、多样的主体定位和理论定位。自然思考更多地与人类自身的伦理关系、政治关系联系起来,从而实现将人视为自然一部分的生态理想。

（该文原载《外国文学》2017 年第 2 期,收入本书时略有改动）

---

　　① Leo Marx. *The Machine in the Garden：Technology and the Pastoral Ideal in America*. New York：Oxford UP，1964，pp.3-7.

　　② Leo Marx. *The Machine in the Garden：Technology and the Pastoral Ideal in America*. New York：Oxford UP，1964，pp.16-17.

　　③ Leo Marx. *The Machine in the Garden：Technology and the Pastoral Ideal in America*. New York：Oxford UP，1964，p.19.

西方文论关键词：细读

一、概说

　　"细读"（close reading）指对文本的语言、结构、象征、修辞、音韵、文体等因素进行仔细解读，从而挖掘出在文本内部所产生的意义。它强调文本内部语言语义的丰富性、复杂性，以及文本结构中各组成部分之间所形成纷繁复杂的关系。"细读"的主要特点是"确立文本的主体性"，强调文本内部的语义和结构对意义形成所具有的重要价值，而不主张引入作者生平、心理、社会、历史和意识形态等因素来帮助解读文本。从根本上说，它是一种以内部研究为特点的"文本批评"。

　　在西方，"细读"一直或多或少地存在于文学批评的实践中。对文学形式的研究、对文本结构的分析、对语言的内涵和外延的探索一直在文学批评中占有一定的位置。但是，作为一种重要的批评策略，它在 20 世纪前半期随着"新批评"的出现才被确立。作为一个批评派别，"新批评"使"细读"逐渐体系化和制度化，使之在文学批评的实践中被广泛地和有意识地运用。

二、综述

（一）"新批评"的起源

　　"新批评"于 20 世纪初起源于英国，其最重要的奠基人是艾略特和瑞恰兹。艾略特(T.S.Eliot)反对浪漫主义对个性的崇拜,提倡诗歌的"非个性化"。在《传统和个人天赋》(1917)一文中,他认为诗歌不是个性的发挥,而是个性的泯灭。"艺术家愈是完美,他本身中,感受的人和创造的心灵愈是完全地分开。"①文学作品一旦写成,它就进入了一个由所有文学作品构成的传统,成为这个传统的一部分。新作品将改变这个传统的形状,同时也被这个传统所改变,"每件艺术作品对于整体的关系、比例和价值就重新调整"。总之,它不再与作者有关,不再受到作者的观点和生平的影响。它的最不朽的地方往往是"过去的作家的光荣最闪耀的地方"②。这对于"新批评"将作品与作者剥离开来起了重要的启示作用。

艾略特还反对浪漫主义的感情宣泄,提倡"感性"和"理性"有机结合。在《玄学派诗人》(1921)一文中,他认为莎士比亚时期的戏剧和17世纪的玄学派诗歌是"思维感性化"的范例。然而从弥尔顿开始,英国文学就发生了理性和感性的分离,造成了一种"感性脱节"。③ 因此,他反对诗歌表达诗人的"内心声音",认为诗歌必须附属于外在权威,接受传统的约束。为此,艾略特对英国文学史进行重新梳理,对重要作家进行重新评价,企望建立一个能够承载西方文化价值体系的文学传统。这可以说就是"新批评"努力建设"经典"、使之成为大学教育的核心内容的开始。

"新批评"的另一位奠基人、剑桥大学教授瑞恰兹(I.A.Richards)否认文学作品内存在所谓的"幽灵般的审美状态",认为一切美都是读者心中产生的一种审美体验。在他看来,"文学批评是对各种经验进行区分和对它们进行评价,要做到这一点,就必须懂得这些经验的本质,并需要一套评价的理论和一套接受的理论。"在《批评原则》(1924)中,瑞恰兹指出,文学批评从本质上说是心理学的分支,它探讨作品传达的经验在读者心中所引起的心理状态。因此,他认为,"文学批评应该建立在两大支柱之上:一是对价值的描述;一是对接受的描述。"他将系统的心理学知识引入传统的文学批评范畴,希望建立了一整套完整的"批评原则",从而使文学批评成为一门系统的学问。这也是后

---

① Eliot.*Selected Prose of T.S.Eliot*.ed.Frank Kermode.London:Faber & Faber,1975,p.41.

② Eliot.*Selected Prose of T.S.Eliot*.ed.Frank Kermode.London:Faber & Faber,1975,p.38.

③ Eliot.*Selected Prose of T.S.Eliot*.ed.Frank Kermode.London:Faber & Faber,1975,p.38.

来"新批评"的一个目标:那就是在大学的英语系建立一个可操作的、具系统性的文学批评体系。

虽然瑞恰兹的心理学批评理论遭到后来的"新批评"的抵触,但他对诗歌语言的语义学分析获得了广泛认可。瑞恰兹认为,诗歌语言与一般语言有着本质的区别。如果一句话的目的是为了指涉,不管它正确与否,它就是"语言的科学式运用"。但是,如果一句话的目的是为了通过指涉激起感情和情绪,那么它就是"语言的感情式运用"。科学的语言"不仅必须力求做到指涉的正确,而且指涉的各个部分的联系和关系也必须符合逻辑"。它们不能相互抵触,它们的结构不能妨碍进一步的指涉。感情的语言就不需要这样。在诗歌中,"最重要的是指涉所激起的情绪应该具有适合它们自身的结构、具有它们自身的情感联系,而这种联系往往不依赖于这些指涉内容的逻辑关系"。

瑞恰兹不仅建立了一整套批评理论,而且将这些理论付诸实践,建立了一种能够在大学课堂里操作的"实用批评"。他做了一个试验,选择 13 首诗歌,去掉诗歌的作者和题目,让他的学生,在没有作者生平和历史背景的情况下,对诗歌进行解读和评价。然后,他对这个实验的结果进行了分析和总结,从而确定了"细读"的各种规则,建立了诗歌批评的若干范畴。① 《实用批评》(1929)一书引起了一场阅读的变革,它的批评方法在英美大学里被广泛地采用,产生了极大的影响。"新批评"避开作者生平、历史背景和社会文化等外部因素对作品进行"细读"的做法就来源于此。20 世纪 30 年代,瑞恰兹到哈佛大学任教,继续推广他的"细读"方法,这对于美国大学接受和使用该方法起到了一定的推动作用。

继瑞恰兹之后,"细读"方法在英国的主要诠释者是燕卜荪和李维斯。燕卜荪(William Empson)是瑞恰兹的学生,20 世纪 30 年代曾经在我国的燕京大学任教。他在《复义七型》(1930)中分析了从莎士比亚到艾略特的英国诗歌名篇,揭示了"含混"在这些诗歌中有意识和无意识地被使用所达到的特别的和出人意料的效果。燕卜荪将他的批评焦点锁定在诗歌语言的不稳定性上。词语的排列组合、标点符号的特殊运用、句式结构的变化常常在诗歌中形成两

---

① Richards,I.A.*Practical Criticism*.New York:Harcourt Brace & the World Inc.1929,pp.3-16.

个或者多个不同的、有时甚至是相互矛盾的意义。燕卜荪把这些不同的或相互矛盾的意义称为"含混",但是,对他来说,"含混"并不代表诗歌创作的缺陷,而是诗歌内部意义的复杂性和丰富性的表现,正是这些意义的相互联系、相互制约给予了诗歌艺术价值。①

燕卜荪的"含混"理论暗示了一种关于诗歌语言本质的"全新的看法"。如果"含混"是诗歌语言意义丰富的表现,那么"含混"就是一种价值,一种优越性。这听上去好像是鼓励诗人创造"歧义",好像只有意义复杂的诗歌才是优秀的诗歌。然而,燕卜荪真正的意思是,"复杂的意义不是好诗的唯一条件,甚至不是主要条件,但它往往是诗歌语言特殊魅力之所在。"②通过将"含混"视为诗歌语言的主要特征,并且在对这个特征进行分析时将诗歌的文本和背景隔离开来,燕卜荪将瑞恰兹的"实用批评"理论付诸了实施,展示了细致和创造性的"实用批评"所蕴含的巨大可能性,从而对后来崛起的美国"新批评"产生了巨大的影响。

李维斯(F.R.Leavis)是剑桥大学唐宁学院的院士,也是那个时代最受争议的批评家,以其独特的思想而著称。他的思想深受阿诺德和艾略特的影响,他认为文学是一个民族的文化价值的载体,正如阿诺德(Matthew Arnold)所说,它代表了"这个民族的最优秀的思想和最优秀的写作"。因此,文学研究是一个人性化的追求,对于社会和文明的发展有着重要的影响。它涉及人类生活的最重要的问题:生活意味着什么,怎样与他人建立有意义的关系,怎样把握生活的最基本的核心价值等等。通过《大众文明和少数派文化》(1930)等著作,李维斯成功地将文学研究升格为社会活动的中心,建立了文学与社会生活的相关性。他强调文学的道德力量,并希望以此来阻止现代社会的商业化和工业化倾向,以及由此引起的道德和文化的堕落。他认为,必须用文学或文化的力量来遏制"大众文化"和市侩价值观对英国传统文化的侵害。因此,英国文学的特殊使命对它的研究方法提出了特殊的要求:它必须抛弃业余的和印象主义的批评方法,建立一套严格的、专业化的分析方法。

---

① Empson, William. *Seven Types of Ambiguity*. London: Chatto & Windus 1930, p.xv.
② 赵毅衡编:《"新批评"文集》,中国社会科学出版社 1988 年版,第 304 页。

李维斯的文学批评直接和间接地服务于现代派文学，并且为之辩解。他的《英国诗歌的新方向》（1932）为艾略特和庞德在英国文坛确立地位起到了重要作用，但同时也受到了他们的思想的深刻影响。因此，李维斯从现代派文学的立场出发，对英国文学史进行了梳理，对过去的作家和作品进行"重新评价"，希望建立一个英国文学的"伟大传统"。由于受现代派的品位和评价标准的影响，他所确立的英国文学"伟大传统"包括了现代派所欣赏的"玄学派"诗歌，排斥了现代派所诋毁的一些重要的浪漫诗人；它包括了奥斯汀、乔治·艾略特、詹姆士、康拉德和劳伦斯，但却排斥了其他一些重要的小说作家。李维斯的批评方法可以归纳为一种"文本批评"，他主编的批评杂志叫作《细察》（1932—1953），他声称要将批评的目光专注于"纸页上的文字"。他希望通过所有批评家的共同努力，形成"对真正的判断的共同追求"。

（二）美国"新批评"

"新批评"虽然起源于英国，但它的发展和传播发生在美国。在美国南方的梵得比尔大学，兰色姆教授和他的学生退特、布鲁克斯和沃伦组成了"逃亡者"诗社，其宗旨是要保护南方传统的田园社会，反对北方的工业文明的入侵。20世纪30年代，他们创办了《南方评论》和《斯宛尼评论》杂志，逐渐从诗歌创作转向诗歌批评，并发表了一系列论文，来阐述他们批评观点。在20世纪40至50年代，这些批评观点逐渐形成一个理论体系，从而构成了一个派别。1941年，兰色姆出版了《新批评》一书，阐述了这个派别的基本观点，"新批评"从此而得名。

兰色姆（John Crowe Ransom）肯定和继承了瑞恰兹、艾略特和燕卜荪的思想，认为他们的著作暗示了英美文学批评的新方向。但是，他同时也认为几位前辈都还够不上他心目中的理想的批评家。他从感性和理性的关系出发，分析了现代诗歌的不同的语言特征。在他看来，现代诗歌因其侧重点的不同，可以分为三类。如果它重视感性，它就是"事物诗歌"；如果重视理性，它就是"柏拉图式诗歌"。然而，诗歌语言的最佳状态是感性和理性的有机结合，其结果就是他所推崇的"玄学诗歌"。在此我们可以看到艾略特思想的痕迹。

兰色姆将他自己的批评实践称为"本体论批评"，意思是反对伦理道德式的批评,重视对诗歌特质的研究,重视对诗歌内部结构和语言特征的研究。在《纯属思考推理的文学批评》(1941)一文中,他认为,诗歌由"构架"(structure)和"肌质"(texture)两个部分构成。构架是"诗歌的逻辑核心,或者说是可以释义而换成另一种说法的部分"①。肌质是无法用散文转述的部分,是诗歌的丰富的个别细节。诗歌与科学论文在本质上的区别在于它不仅具有特别丰厚的肌质,而且这些肌质并不完全从属于它附着的构架。要义与细节的发展有时是"成直角的"。因此,一首诗可以比喻为一个民主政府,它有一个权力核心,也有许多具有丰富个性的公民。它也可以比喻为一座房子,既有一个蓝图,也有丰富的个性化设计。兰色姆认为,诗歌的总体特征也许可以用黑格尔的"具体普遍性"来概括。②

同兰色姆一样,他的学生退特(Allen Tate)也专注于对诗歌的语义结构的分析。他认为诗歌应该是"所有意义的统一体,从最极端的外延意义,到最极端的内涵意义"。诗歌语言的内涵(extension)和外延(intension)往往形成一种"张力"(tension),因而构成了诗歌的内部结构。"张力"论的理论依据和理论基础比较晦涩,但它的基本意思并不难以把握。在《论诗歌的张力》(1938)一文中,退特指出,一首好诗的意义的特点往往"是它的'张力',即其内部所能够找到的所有内涵意义和外延意义被充分组织起来而形成的整体"③。退特似乎暗示,一首优秀诗歌的内部各个部分应该达到一种平衡,使抽象的和具体的因素、普遍的和特殊的因素形成一个有机的整体。因此,后来的批评家将"张力"理解为严肃和反讽的结合、不同倾向的对立统一、各种矛盾的协调解决或者任何一种在对立中形成的稳定性。而"新批评"的主要特点就是从诗歌内部去理清各种错综复杂的关系,观察这些关系怎样达到一种协调或者平衡的状态。从这个意义上讲,退特的"张力"论是"新批评"的重要的理论基础。

兰色姆的另一位学生沃伦(Robert Penn Warren)从另一个角度也阐述了诗歌的语义结构。他认为,诗歌是人类复杂经验的反映,它自然地会包含各种复杂的甚至是相互矛盾的因素。因此,他反对任何旨在从诗歌中排除不协调

---

① 赵毅衡编:《"新批评"文集》,中国社会科学出版社 1988 年版,第 83 页。
② 赵毅衡编:《"新批评"文集》,中国社会科学出版社 1988 年版,第 93—95 页。
③ 赵毅衡编:《"新批评"文集》,中国社会科学出版社 1988 年版,第 117 页。

因素的企图。在《纯诗与非纯诗》(1943)一文中,沃伦认为"纯诗论"由来已久,从菲利普·西德尼(Sir Philip Sidney)反对"悲喜剧"、德莱顿反对多恩艳情诗中的"奇喻",到埃德加·艾伦·坡(Edgar Allan Poe)反对"长诗"、艾略特排斥诗歌中概念性的"意义",都是"纯诗"学说的具体体现。但是,从诗歌的结构分析看来,"纯诗"论不仅违背诗歌的本质,而且纯净化也无法实现。在常人看来,一首诗的各种成分总会齐心协力地朝一个目标奋进。然而,事实上,"许多的成分,就它们本身而言,看来似乎却跟那个目标背道而驰,或者在到达那个目标的过程中不卖力气。"①这种现象在许多最优秀的诗篇中也是如此。

因此,沃伦认为,诗歌不必纯,也不需要纯。它应该是各种"张力"关系的集合体:"张力"关系不仅存在于"诗的韵律和语言的韵律之间",而且还"存在于韵律的刻板性与语言的随意性之间;存在于特殊与一般之间,存在于具体与抽象之间;存在于即便是最朴素的比喻中的各种因素之间;存在于美与丑之间;存在于各种概念之间;存在于反讽包含的各种因素之间;存在于散文体与陈腐古老的诗体之间"②。因此,一首诗实际上就是"那一整套相互关系",诗歌研究就是对它的结构的研究。它的各种因素在相互"抵抗"(resistance)中形成一个整体,"反讽"就是这种相互"抵抗"的一种具体形式。我们可以看到,"新批评"的重要概念在此被综合到一起,形成了理论整体。

兰色姆的第三位学生布鲁克斯(Cleanth Brooks)对诗歌结构的分析是从形式和内容的关系入手的,他反对将两者分离开来,主张将诗歌视为一个有机的整体。在《精制的瓮:诗歌结构研究》(1947)一书中,他认为"可以转述的内容"不等同于诗歌本身。人们常常误以为诗歌是一种关于事件或经历的"陈述",即用清晰、流畅和审美的语言将事件或经历陈述出来。他认为这是最常见的"谬误"的根源,因为"二元论"无法将形式和内容完全统一起来。这就造成了批评家要么对诗歌的"内容"进行释义,要么去探讨一个从外部强加于它的"形式"。布鲁克斯一方面反对将形式视为外部强加成分,另一方面反对将

① 赵毅衡编:《"新批评"文集》,中国社会科学出版社1988年版,第159页。
② 赵毅衡编:《"新批评"文集》,中国社会科学出版社1988年版,第182页。

"可以转述的内容"视为诗歌的核心。"诗歌所讲述的内容",他说道,仅仅是"脚手架","我们不能把它们误认为是建筑物的内部结构或者必要结构"。①

布鲁克斯认为,文学批评的任务不在于"释义",因为"释义"的结果意味着"抽象",并且"释义"的内容只代表诗歌的逻辑意义。在诗歌的逻辑意义之外,往往还有许多不协调成分。在一首好诗中,这些不协调成分往往可以对它的逻辑意义进行"修饰、修正和发展",诗歌的结构往往是这些不协调成分的统一、协调和一致。"一首诗的整体性通常表现为各种态度被统一在一个结构之中,且服务于一个总体的和综合性的态度……诗歌的结论往往是各种张力的统一,不管这些张力是通过什么手段形成的:陈述、隐喻还是象征都无所谓……这种统一代表了各种力量的平衡。"②因此,诗歌批评应该集中研究诗歌的"隐喻""象征""反讽"和"悖论",集中研究不同的态度如何最终达到"协调"和"平衡"。

从以上陈述,我们可以看出"新批评"具有四个主要特点。其一,它以诗歌为主要批评对象,它的理论主要是从诗歌研究中总结出来,反过来,它也主要适用于诗歌研究。虽然布鲁克斯和沃伦著有《理解小说》,虽然退特和戈登著有《小说之家》,但是"新批评"的杰出成就在于诗歌批评,它的努力使得诗歌研究在一段时间里成为文学研究的主流。其二,它是一种"形式主义"的文学批评,特别注重诗歌语言的研究。它关注诗歌语言与科学语言及一般散文语言的区别,即诗歌语言有什么特性和特征。从而揭示出诗歌中的各种成分所形成的结构,特别是其中的"张力""悖论""反讽"等。其三,它具有一种强烈的"文本中心主义"思想,只关注"纸页上的文字"。正如艾略特所说,对于诗歌,"我们必须首先把它看成诗歌,而不是别的东西"。文学批评不能够超出诗歌的范围而沦为心理学、社会学、历史学、传记等等。其四,"新批评"是一种"本体论"批评,它始终坚持文本具有"独立性",是一个"自给自足"的现象。它把诗歌视为"有机体",而不是各种成分的机械的堆砌。诗歌不能分

① Cleanth Brooks.*The Well Wrought Urn:Studies in the Structure of Poetry*.New York:Harcourt,Brace & Co.1947,p.199.

② Cleanth Brooks.*The Well Wrought Urn:Studies in the Structure of Poetry*.New York:Harcourt,Brace & Co.1947,p.207.

析，不能改写。正如麦克利希所说，"诗歌不表意，只存在"。文学批评只能在不损害其"生命"的情况下，对诗歌进行"细读"。

在20世纪40年代，"新批评"的"文本中心主义"进一步明朗化、极端化。1946年，其另一重要成员维姆萨特与美学家比尔兹利合作发表了著名论文《意图谬误》。他们认为过去的文学批评往往强调三个问题："作者一开始有何打算？他的原初计划是否合理？他在多大程度上实现了这一计划？"①因此，过去的文学批评是一种"意图主义"文学批评，即它将"作者意图"和"意图的实现"变成了评判文学的标准，它特别重视诗歌的"真挚""忠实""自发性""真实性"和"独创性"，它"重外部依据而轻内部依据"，从而陷入传记式批评或者历史性批评的泥潭。然而，维姆萨特和比尔兹利认为，"对文艺作品的评价是大众范围的，而这作品不是依作者本人的观点如何来衡量的"。而混淆关于作者身世的研究和关于作品本身的研究是危险的，这样的结果只能产生"一篇社会学方面、作者生平方面或者其他非美学的史学性的文章。"②因此，探讨作者意图是一种谬误，是文学批评必须回避的话题。

如果维姆萨特（W.K.Wimsatt）和比尔兹利（Monroe K.Beardsley）的《意图谬误》一文剥离了作品与作者的关系，那么，他们的另一篇文章《感受谬误》（1948）将剥离作品与读者的关系。所谓"感受谬误"是指文学批评的一种倾向，它"将诗和诗的结果相混淆，也就是将诗是什么和它所产生的效果相混淆"③。"感受主义"文学批评注重读者的心理感受，强调文学作品应该"感动"读者，给予读者"各种快感"，使读者灵魂得到"净化"，或者在读者心中引起一种"自愿终止怀疑的状态"，或者使读者内心的各种相互矛盾的"态度"得到协调。除了强调读者心理以外，感受主义文学批评还根据某一时期读者受感染的程度来衡量诗的价值。因此，维姆萨特和比尔兹利认为，感受主义批评"其始是从诗的心理效果推衍出批评的标准，其终则是印象主义和

---

① Vincent B.Leitch.*The Norton Anthology of Theory and Criticism*.New York：W.W.Norton & Co.2001，p.1377.

② Vincent B.Leitch.*The Norton Anthology of Theory and Criticism*.New York：W.W.Norton & Co.2001，p.1378.

③ Vincent B.Leitch.*The Norton Anthology of Theory and Criticism*.New York：W.W.Norton & Co.2001，p.1388.

相对主义"①。不管是"意图谬误",还是"感受谬误",它们都将批评引向文本以外的领域,"结果都会使诗歌本身作为批评判断的具体对象趋于消失"。这样,维氏和比氏将"新批评"的"文本中心主义"推到了极致。

"新批评"在美国的成功可能要归功于两本非常出色的教材。布鲁克斯和沃伦于1938年出版了《理解诗歌》。该书收录了从古至今的345首英语诗歌,用"新批评"的方法引导学生去分析和阅读这些作品。由于这本教材在美国大学中被广泛使用,并且占领大学文学课堂时间较长,从而产生了巨大影响。用米勒(James E.Miller)的话来说,它培养了一代人的阅读习惯,致使人们在批评一首诗歌的时候"都小心翼翼地不提诗歌的作者"②。另一本对"新批评"思想的传播起到重大作用的教材是韦勒克(Rene Wellek)和沃伦(Austin Warren)在1942年出版的《文学理论》。该书将文学批评分为"内部研究"和"外部研究"两大类型,从而对"新批评"的基本思想做了一个系统的总结。作者从理论角度论证了为什么"文学研究的合情合理的出发点是解释和分析作品本身"③。他们反对过分倚重生平、社会环境、背景等外部因素而"轻视作品本身"的做法,强调"文学研究的当务之急是集中精力去分析研究实际的作品"④。该书出版以后,被许多大学选用作文学教材,使"新批评"在大学教育中确立其地位产生了极大的影响。

(三)"细读"的类型

"新批评"的主要批评策略和阅读方法是"细读"(close reading),指通过仔细解读文本的语言、结构、象征、修辞、音韵、文体等因素,挖掘出在文本内部所产生的意义。它强调文本内部语言语义的丰富性、复杂性,以及文本结构的

---

① Vincent B.Leitch.*The Norton Anthology of Theory and Criticism*.New York:W.W.Norton & Co. 2001,p.1388.

② James E Miller.*T. S. Eliot's Personal Waste Land; Exorcism of the Demons*.University Park & London,1977,p.3.

③ [美]韦勒克、[美]沃伦著:《文学理论》,刘象愚等译,生活·读书·新知三联书店1984年版,第145页。

④ [美]韦勒克、[美]沃伦著:《文学理论》,刘象愚等译,生活·读书·新知三联书店1984年版,第146页。

各组成部分的相互联系,展示这些组成部分之间所形成的纷繁复杂的关系,从而揭示文本在这些复杂的关系中所产生的意义。"细读"强调文本内部语义和结构对意义形成所具有的重要价值,而不主张引入作者生平、心理、社会、历史和意识形态等因素来帮助解读文本。

作为阅读方法,"细读"在《圣经》研究中曾经被使用过,其的主要特点就是"确立文本的主体性",从而形成一种以"文本批评"为特点的研究方法。这种研究方法主要专注于对《圣经》文本的真实意义的探究,强调它的真实意义不受教会传统的影响。在西方文学传统中,"细读"一直或多或少地存在于文学批评的实践中,对文学形式的研究、对文本结构的分析、对语言的内涵和外延的探索等等一直在文学批评中占有一定的地位。但是,作为一种重要的批评策略,它在 20 世纪前半期才被确立。"新批评"使"细读"逐渐被体系化和制度化,在文学批评的实践中被广泛地和有意识地运用。

1. 意象和隐喻

"细读"非常关注语言的内涵和外延,关注词语在普通层面和引申层面的不同意义。通过对这些不同意义的探索,达到对文学作品结构和主题的理解。因此,"细读"的一种普遍使用的方法是对诗歌的"意象"和"隐喻"进行解读。"意象"指的是在诗歌内(重复)出现的具体形象,它可以是一个物体或一个人物的具体形象,也可以是一个动作或一种感觉。"意象"不是点缀,而是诗歌重要的组成部分。作为诗歌的"机质",它包含了关于该诗意义的重要暗示。"意象"在诗歌中往往形成一定的结构,而对"意象结构"的分析是进入诗歌的主题的重要途径。"新批评"推崇 17 世纪"玄学派"诗歌的重要原因之一就是因为它的"意象结构"很严谨,各个意象能够在读者心中相互联系,构成合理的图形。而"新批评"对雪莱等浪漫派诗人的批评也正是基于他们的"意象混乱"之原因。因此,在"新批评"看来,"意象"和"隐喻"的运用质量是判断诗歌优劣的标准之一。下面我们来看看如何对诗歌的"意象"和"隐喻"进行分析。

马弗尔(Andrew Marvell)的《致羞怯的情人》是一首深受"新批评"赏识的诗歌。诗歌第一行就引入了贯穿诗歌始末的两个主要意象:一个是时间,一个是空间。"时间"和"空间"构成了该恋人的求爱演说的逻辑核心。如果我们有"时间",我们就可以坐下来思考如何度过这恋爱的"漫长"的一天。我的爱将始于《圣经》记载的"大洪水"和"诺亚方舟"时代,一直延续到无法预见的未来也不会结束。我愿意用"一百年"来欣赏你的眼睛,"两百年"来欣赏你的胸脯,"三千年"来欣赏你身上的其他各处,每个部位需要"一个时代",直到最后到达你的心灵。第一段的"意象"使用了夸张的手法,给读者的印象是时间富裕,多得可以随便蹉跎。另外,"你"的美丽也值得我花这样的代价去爱"你"。

第二段笔锋急转,将第一段的命题扭转180度。由于前一段的所有承诺、夸张、调侃都维系于一个条件句,因此,当这个条件被证明无法实现时("时间"的富裕并不存在),它的命题也就自然崩溃下来。诗人从梦想回到了现实,他听到"时间之车"隆隆驶过,从而意识到个人的生命在宇宙时间中仅仅是微乎其微的一瞬间。这里的"飞驰"和疾驶与第一段的缓慢和"漫长"形成了鲜明的对比。作为个人,他意识到我们很快就会进入墓穴,进入"一片茫茫的永恒之沙漠"。因此,不管姑娘有多么美丽,他都不可能花"三千年"去慢慢地爱她,因为生命有限:在生命结束之后,"你怪异的贞操将是黄土一堆";"我的情欲也将全部化成灰"。

"空间"的意象也贯穿了全诗。第一段设想情人在印度的恒河"寻觅红宝石",而我却在英格兰的亨伯河岸唱着"相思的歌"。空间之宽阔,仿佛整个世界都属于我们。我的爱情将像植物一样生长,长得比"帝国"还要广大、还要宽阔。然而,在第二段中,这种空间无限的感觉也遭到了无情的逆转:广阔的空间变成了狭窄的"墓穴";广大的"帝国"也变成了"土一堆"和一捧"灰烬"。现实告诉诗人,生命的空间也有限,一个人不可能把全世界都据为己有,或者不可能等到游历全世界之后再来相爱。

诗歌中的"时间"和"空间"意象显示了对人生的一种基本认识。诗歌不仅仅是一首旧式的宫廷式情歌,宣扬"及时行乐"的主题;它也是对时间、对永恒、对生活态度、对来世等问题的哲学思考。实际上,马弗尔在这首短诗中引入了从"欲望"到"拯救"的一系列议题。另一个贯穿全诗的母题是"性"意象。第一段的"罪过"在17世纪常常指女性之失身,然而在此却被颠倒了过来,指女性之守节。接下来对女性身体各个"部位"的列举也充满了暗示,它像摄影一样，从一个部位转移到另一个部位。形象之具体，移动之确切，可以勾起许多联想。

第二段设想贞节在身后被蛆虫啃食的情景。蛆虫的形象显然与男性性具有一定的比拟关系，它暗示身前没有破裂的处女膜在身后将遭受同样的厄运。该段末尾的"隐私"和"拥抱"在这样的上下文当中自然是充满了"性"暗示。在第三段中，这种暗示从文雅转向了露骨；女士的态度也从羞怯转向了大胆。她的每一个"毛孔"都喷出了爱的火焰；像"相爱的猛禽"一样，将时间"猛吞"。"凭狠斗猛拼把我们的欢乐／硬拽过人生的两扇大铁门"。"人生的两扇大铁门"可以理解为人类出生的必经通道。诗歌暗示，要获得人生的欢乐，只有通过人类出生的通道（阴道）才可以获得；而不是通过天堂的大门进入"永恒的沙漠"和"大理石的殿堂"。至此，诗歌的主题已经完全清楚了。

对"时间""空间"和"性"意象的解读，加深了我们对《致羞怯的情人》中的"现世主义"和"及时行乐"思想的认识。正如格林（Wilfred L. Guerin）等人所说，一方面，"性主题从第一段的浪漫情怀变成了最后一段的几乎毫不掩饰的性暴露；而另一方面，诗歌也从对永恒和时间的意义以及它们的相互关系的探讨，进入到对人类所剩下的为数不多的现实情况的肯定。性主题的具体性和物象性为前边的关于'时间''空间'和'永恒'的哲学思考提供了答案。"[1]在此，我们可以看出，"细读"正是通过对"意象"和"隐喻"的解读，去揭示诗歌的主题和意义，从而达到对诗歌进行诠释的目的。

2. 含混

"细读"也关注文本的内部结构。在"新批评"看来，这些结构往往表现为含混、悖论、反讽、张力等矛盾关系。"含混"指一个语言结构具有两种或两种以上的不同或相反的意思。在一般的文体中，"含混"被认为是一种语言的缺陷，它会引起歧义。但是，在"新批评"的术语中，"含混"是一种"复义"，或者说是一种"一语多义"，它往往体现了诗歌语言的丰富性和复杂性。燕卜荪在《复义七型》中引用了莎士比亚的十四行诗（第83首），并且从中发掘出了许

---

① Wilfred L. Guerin, et al. *A Handbook of Critical Approaches to Literature*. Oxford: OUP 1999, rpt. Beijing: FLTRP 2004, pp.95-96.

多不同或者相反的意义。为了深入了解"含混"对"新批评"的重要性,有必要仔细了解燕卜荪对这首诗的分析。

> 我从不觉得你需要涂脂抹粉,
> 因而从不用脂粉涂抹你的朱颜;
> 我发觉,或以为发觉,你的丰韵
> 远超过诗人献你的无味缱绻:
> 因此,关于你我的歌只装打盹,
> 好让你自己生动地现身说法,
> 证明时下的文笔是多么粗笨,
> 想把美德,你身上的美德增华。
> 你把我这沉默认为我的罪行,
> 其实却应该是我最大的荣光,
> 因为我不作声于美丝毫无损,
> 别人想给你生命,反把你埋葬。
> 你的两位诗人所模拟的赞美,
> 远不如你一只慧眼所藏的光辉。　　　　（朱生豪　译）

诗歌既是对描写对象的赞美,又是对诗人自己的开脱。显然,诗人因没有赞美而受到了责怪。他辩解说,因为赞美对象的美实际上远远超出了任何语言对其的描述,因此没有必要"用脂粉涂抹你的朱颜"。他相信,赞美不但不会给你的美德"增华",反而会把你的丰韵埋葬。这是诗歌的主要意义,或者说是它的最明显的意义,朱生豪的译文正好译出了这个"意义"。然而,燕卜荪认为,诗中的"溢美之辞"和"过分的谦逊"都透露着一种怨恨,并且诗歌的语言结构和标点符号也使读者有理由对它产生不同的理解。比如说,原文前四行中的"从不"(never)和"发觉"(found)连接在一起,就可以理解为"我从来没有意识到你喜欢赞美,直到我发现你是这样的人"。另外,"无味缱绻"(barren tender)可以是"超过"(exceed)的宾语,也可以是"发觉"(found)的宾语。如果按后者理解,那么,(barren tender)也可理解为"刻薄的庇护者":"我发觉你是一个刻薄的庇护者,所以我停止了对你的赞美"。第八行"想把美德,你身上的美德增华"原文是 Speaking of worth, what worth in you doth grow.

按语法规则，它可与前一行连接，也可与后一行连接。如果与后一行连接，那么它可译为："谈到美德，你有何美德可言"。这几行在上下文中相互连接起来就可以理解为："时下的文笔由于对你的美德的赞美而变得多么的粗笨。"①

燕卜荪意识到，人们可能会将这个另类的解读视为"荒唐"，也许这样一首短诗不应该有，或者不需要有如此多的解释。但是他认为，诗歌所表达的感情并没有在这些"复义"的分析中分崩离析，并且从某种意义上讲，这些"复义"更准确地表达了莎士比亚当时的处境和复杂心情。他当时正在被 W.H. 所抛弃，因而在诗里他硬着头皮为自己的失误而开脱。② 这里面所包含了"痛苦、怨恨、温和、赞美"被交织在一起，形成了一个复杂而丰富的整体，需要有细致的分析才能揭示出语言在这里产生的神秘效果。从燕卜荪对该诗的分析可以看出，"含混"不是作者粗心的结果，而是语义丰富性的表现。分析"含混"需要对语言结构、标点符号、词语搭配等因素进行仔细分析，从而挖掘出文本内部的不同或者相反的意义。探讨这些意义如何在文本内部相互制约、相互支撑，从而构成一个和谐的整体是"新批评"的使命，也是"细读"的重要手段。

3. 悖论

"悖论"常常指一个命题听上去错误，但实际上正确。比如"欲速则不达"或者"知者不言，言者不知"。这些命题听上去似乎不合常理，但实际上却很合理。"悖论"也译作"似非而是"或者"二律背反"，表示命题内常常包含一些自相矛盾的因素，但是这些矛盾因素在更深层次上又表现出和谐和统一。"新批评"将"悖论"的含义进行了扩展，并且把它视为文学作品的重要语言特征。布鲁克斯在《精制的瓮》一书中说，"诗歌的语言就是悖论的语言…… 诗人要表达的真理只能用悖论的语言来表达。"③在"新批评"的术语中，"悖论"包括所有能够引起惊异感或反讽感的、对常理和常识的违背或抵触。最能够说明该问题的范例应该是布鲁克斯对济慈（John Keats）的《希腊古瓮颂》的

---

① William Empson.*Seven Types of Ambiguity*.London：Chatto & Windus 1930，pp.134-135.

② William Empson.Seven Types of Ambiguity.London：Chatto & Windus 1930，pp.138-139.

③ Cleanth Brooks.*The Well Wrought Urn*：*Studies in the Structure of Poetry*.New York：Harcourt，Brace & Co.1947，p.3.

分析。

济慈在该诗的最后两行中写道:"美即是真,真即是美"。有些批评家将此句总结性的名言视为败笔,认为它有强加于诗歌之嫌。布鲁克斯认为,如果我们能够看到诗歌中的"悖论"性结构,我们就可以看到该句名言与诗歌整体的关系,并且明白前面的细节如何为它做出了铺垫。在第一节中,古瓮被描写为"宁静"的新娘、"沉默"的少女,但是它又是一位"历史家",正在"叙讲"着如花的故事和"绿叶镶边的传说"。古瓮虽然冰冷僵硬,它所讲述的故事却充满了动作和激情:"疯狂的追求"和"忘情的狂喜"①。这样的悖论性语言贯穿了整首诗歌,使之在结构上达到前后惊人的一致。

第二节第一句写道,"听见的乐曲甜美,听不见的乐曲更甜美"。这是一句听上去有点荒唐,但其道理却千真万确。它比第一节中"沉默少女讲述历史"的悖论更大胆,更刺激,但又具有同样的合理性。多情的少年将永远爱着姑娘,因为他永远也得不到她;美丽的姑娘将永远被亲吻,因为她永远不会被吻到;歌声将永远响起,因为它根本没有响过。第三节继续描写甜美的爱情和甜美的乐曲,但是济慈为这些永恒不变的美景加上了一个脚注:这些动作不会停止,是因为它们根本就没有动;这些人们也不会死,是因为他们根本没有生命。这些悖论还可以被延伸得更远:爱情将永远热烈,因为爱情还未被品尝到。仿佛生活的一瞬间,当凝聚在艺术之中时,将比生活本身更具有活力。

第四节描写了古瓮的另一个画面:一个小镇的早晨,人们赶着祭祀的贡品,列队走向镇里的神庙。小镇的魅力可能在于它具有和谐的社会,天然的地理位置和我们无法理解的特殊信仰。然而,布鲁克斯认为,这一节真正的意义还在于它所包含的、与前边几节相同的悖论:对于济慈来说,小镇无名无据,无处考证,它却具有比真正的城市更大的魅力,给人以更大的真实感,就像听不见的乐曲比听见的乐曲更加甜美一样。小镇只存在于诗人的想象中,读者只能在古瓮上找到它,无须询问它为什么已经凋零。诗人通过最具想象力的方

---

① Cleanth Brooks.*The Well Wrought Urn*:*Studies in the Structure of Poetry*.New York:Harcourt, Brace & Co.1947,p.155.

式,暗示了小镇所拥有的"原初的真实性"①。

第五节又回到了古瓮本身。其上所反映的画面充满了生命的活力,但它本身却是"冰冷的田园"。布鲁克斯认为这个"冰冷的田园"构成了该诗"核心的悖论":一方面,田园牧歌有血有肉,另一方面,它又冰冷如顽石;一方面,古瓮所反映的生活充满了动作和激情,另一方面,它又是"被赋予了特殊形式的生活",因而是超出了生活的生活。② 作为"历史家",古瓮对我们传达了这样一个信息:这个"被赋予了特殊形式的生活"代表了我们对人类和自然的"最基本和最根本的认识";即"美即是真,真即是美",或者说,艺术的真实高于生活的真实。

如果我们这样看,布鲁克斯认为,这最后一句名言是诗歌的悖论性思维和悖论性语言的顶点,它是该诗的上下文结构的自然结果,完全没有"强加"的嫌疑。作为读者,我们也可以看到,布鲁克斯通过对悖论的分析,展示了诗歌意义在更深层次上的和谐和统一,展示了诗歌各个部分之间形成的丰富和复杂的关系。文章专注于诗歌内部结构的研究,专注于形式的研究,因此我们可以说,对悖论的分析既是"新批评"最基本的策略,也是"细读"的一个最基本的种类。在《精制的瓮》的最后一章,布鲁克斯说,"以这种方式对结构进行分析,可以说明为什么在前面的章节频繁出现了'含混''悖论''态度的复杂性'等词语,而且出现最多、最使读者恼火的可能是'反讽'"。

4.反讽

作为最使读者恼火的术语,"反讽"指的是话语的字面意思与真实意思不同或完全相反。布鲁克斯在《反讽:一种结构原则》(1949)一文中将"反讽"定义为"语境对一句话的意思的明显的扭曲"③。比如,在参加了一个并不愉快的晚会后,你可能会说:"啊,这真是一个非常有趣、无可挑剔的晚会!"然而,你的夸张口气和我们所知道的事实都暗示你的真实意思与之相反。你的

---

① Cleanth Brooks.*The Well Wrought Urn*：*Studies in the Structure of Poetry*.New York：Harcourt,Brace & Co.1947,p.162.

② Cleanth Brooks.*The Well Wrought Urn*：*Studies in the Structure of Poetry*.New York：Harcourt,Brace & Co.1947,p.163.

③ 赵毅衡编:《"新批评"文集》,中国社会科学出版社 1988 年版,第 335 页。

这句话就含有一种"反讽"。在"新批评"的术语中,"反讽"的意思宽泛而灵活。它指文本引入了不同的意思或者不同的态度,并在内部与之达到了"平衡"或"统一"。对于布鲁克斯来说,"反讽"是一种重要的结构原则,它使诗歌内部获得一种稳定性:"这种稳定性就像拱桥结构的稳定性:把石块拉向地面的力量,实际上形成了支撑它的力量——推力和反推力成为获得稳定性的手段。"①下面我们就来看看"反讽"在诗歌中的实际应用。

丁尼生(Alfred Tennyson)的诗歌一般被认为是真诚的、直白的:"反讽"和"机智"等修辞手段在他的诗歌中比较罕见。他的著名的诗歌《尤利西斯》,通过古人之口,表达了不畏艰难、勇往直前的精神。诗中的人物来自荷马史诗和但丁的《神曲》:在特洛伊战争之后,尤利西斯率领部下,经过十年的航行,历尽千辛万苦,回到了故土伊塞卡岛,回到了国王的宝座。然而,他并不满足于日常的平凡生活,他渴望着探险、渴望着迎接新的挑战、渴望去征服一块又一块未被发现的土地。一般认为,友人哈莱姆的去世给丁尼生造成了沉重打击,《尤利西斯》所要表达的就是一种想要走出阴影、干出一番伟大事业的精神。"在《尤利西斯》中有很多我自己的影子",丁尼生说,"它是在一种失落感笼罩下写成的,仿佛一切都完了,但是生活仍然需要战斗到底"。因此,诗中的航行可以被看作是一次象征航行,其目标是"自我发现"。

但是,在"新批评"的视野中,丁尼生的这首诗歌并不是一次简单的"自我发现"的历程,其意义也不是简单的"自我表现"。诗人通过戏剧独白形式,使自己和人物分离开来,使人物成为被观察和被判断的对象。这样,作者和人物的观点之间并不存在等同关系,而是形成了一种"反讽"关系。在第一部分,尤利西斯表达了对生活的不满:"贫瘠的土地","衰老的妻子","野蛮的民族"等等都使他感到社会和家庭生活枯燥乏味。然而,其语言又暗示了一种内心矛盾:一方面,他意识到对社会和家庭都负有责任,另一方面,他又怀有追求个人理想的强烈需求。他渴望通过不断的追求和不断的奋斗,实现他自己的崇高理想。事实上,尤利西斯所表达的是人类普遍的追求知识、追求经验的激情,因此,诗歌充满了激昂,具有震撼人心的气魄。在不断的追求中,人类渴

---

① 赵毅衡编:《"新批评"文集》,中国社会科学出版社 1988 年版,第 339 页。

望超越现世的寂寞和渺小。

然而,《尤利西斯》一诗并没有沿着这条主线延续到结束,而是有意识或无意识地引入了具有"悖论"和"含混"性质的细节。

> 虽然失去许多,许多仍然存留。虽然
> 我们现在已经不具有曾经拥有的力量,
> 去撼天动地,我们的本性没有改变——
> 英雄的心灵所具有的同样的性情,
> 虽被时光和命运削弱,但仍有坚强意志
> 去奋斗,去追求,去发现,而不屈服。

在这最后一段里,我们看到尤利西斯表达了勇往直前、至死不渝的决心,充满了不屈不挠的精神,然而,我们又发现有一些似乎是泄气的词语:"大海以众多的声音在哀鸣","我们现在已经不具有曾经拥有的力量/去撼天动地","(心灵)被时光和命运削弱"。这些细节都给他的巨大决心打了一笔折扣,从而使诗歌的主旨大意有了"复义"解读的可能性。正如骚塞姆(B.C. Southam)指出,该诗歌"在藐视一切和举手投降之间、在高涨的士气和诗歌的反向引力之间……都存在着裂痕"①。

另外,尤利西斯的"理想"是一种模糊的、浪漫的幻象,像海市蜃楼一样。他的追求越是接近它,它就会以同样速度向后退却,以至于他永远也追赶不上。这个理想就像一个窗口,通过它尤利西斯看到了"永恒"。然而,像夸父逐日一样,尤利西斯永远也无法接近它,因为它的"边缘永远在消失"。

更重要的是,尤利西斯不顾一切地"勇往直前"是以牺牲对家庭和国家的感情为代价的。他不满足于宁静的生活,不满足于平凡地度过余生,然而,他所追求的更有意义、更有价值的生活又需要他抛弃生活中最有意义、最有价值的成分:妻子、家庭和国家,而我们知道,正是这些构成了人类生活的精髓和核心价值。

具有"反讽"意义的是:一方面尤利西斯的"理想"是一种浪漫的幻想,可

---

① B.C. Southam. " Alfred Tennyson ," *British Writers* Vol. IV ed. Ian Scott – Kilvert. New York: Charles Scribler's Sons, 1981, p.333.

能最终无法实现;另一方面,为了这个理想,他又必须抛弃社会生活的最重要的部分。这个"悖论"使他的"勇往直前"的行为显得有些令人质疑。正是基于这一点,克莱斯特(Carol T.Christ)指出,丁尼生"将自己同他描写的感情剥离开来,使之显得危险、过分和具有违禁性"①。总之,这个反讽效果使我们认识到,丁尼生并没有毫无保留地赞扬人物所具有的"勇往直前"的奋斗精神,而是通过悖论性的语言,在对这种行为进行肯定的同时,对它的可行性表示了质疑。这一点反映了诗人当时犹豫不决的心情;更重要的是,它反映了那个时代的人们的普遍的心理状态。

(四)"细读"的延续

到20世纪60年代,"新批评"基本上已经过时,被新兴的、丰富多彩的文学理论所代替。这些理论,特别是"文化研究"和"女权主义"等派别,以反对"新批评"的"文本中心主义"和"本体论"观念为切入点,树立起它们以外部研究为特点的研究方法。"细读"作为一种文学批评的策略具有重要的意义:它强调文学作品的审美价值,将作品的审美价值放到了文学批评的核心位置。它将我们的注意力集中到作品本身,集中到作品内部的语言和结构,从而使文学研究成为名副其实的文学研究,而不是社会学、历史学和心理学研究。它为文学批评划定了界限,提醒文学批评家随时记住自己的使命,从而不偏离审美研究和艺术研究的方向。"细读"的方法在实践中也产生了种种良好的和奇特的分析效果:通过对作品的语言和结构的探索,它展示了文本内部结构的复杂性和语义的丰富性。它揭示文本内部所形成的各种纷繁复杂的关系,以及它们与作品主题之间的联系。这些都对理解文学作品提供了丰富和神奇的可能性,从而矫正了过去文学批评中只重视作者生平和历史背景而忽视文本的文学特质的倾向。

然而,作为一种批评方法和研究方法,"细读"有它的严重的局限性。在强调文本的"独立性"和"本体性"的同时,它形成了强烈的排他性:它拒绝承认文本与外部因素的联系,忽视文本产生的个人背景和社会背景。这些都使

① Carol T.Christ.*Victorian and Modern Poetics*.Chicago:University of Chicago Press,1984,p.25.

"细读"的方法论显得狭隘、保守、具有自闭倾向。另外，作为一种批评方法，它似乎只适用于抒情诗和短篇小说，对于长篇小说、戏剧和长篇的叙事诗，它的方法似乎并不是那么有效。如果用它来分析意象严谨、充满机智的"玄学诗歌"时，它显得得心应手；而用来分析弥尔顿（John Milton）的《失乐园》和拜伦（George Gordon Lord Byron）的《唐璜》时，它就显得缺乏洞见。在 20 世纪 40 年代末，芝加哥的"亚里士多德学派"就对"新批评"的方法论提出了质疑。在芝加哥学派和"新批评"的论战中，人们开始对形式主义文学批评进行反思。人们开始注意到，在价值判断上，"新批评"具有特别明显的倾向性。它钟情于适合形式主义批评的文学作品，而贬低不适合这种方法的文学作品。它抬高 17 世纪的"玄学诗歌"和 20 世纪初的现代派诗歌，贬低 19 世纪浪漫派和具有哲学训教倾向的诗歌。这些都使它的价值判断失去了相应的权威性。由于"新批评"将研究范围局限在文本内部，这使得批评家不遗余力地追寻文本内部的语义和结构的复杂性，追寻"意象""奇喻""含混""反讽""悖论"等等因素。仿佛批评活动变成了一种"寻宝行动"。

在"新批评"的"文本中心主义"和"本体论"受到了当代文学理论的挑战的同时，"细读"的理论依据和基础也受到了质疑。"细读"的目的是对具体文本进行解释，但是，从理论角度讲，它必须首先解决意义的产生过程和意义的本源问题。在阐释学看来，必须有一套理解文本意义的原则和方法，才能实现对具体文本的解释。伽达默尔（Hans-Georg Gadamer）认为，阅读过程涉及读者和文本双方的对话和"视野融合"。读者所带来的时空视野和个人视野构成了一个阅读过程的"前理解"，文本的意义就是读者的视野与文本的视野进行有效对话的结果。由于该理论认为文本意义主要由读者决定，它实际上将意义的本源从文本转移到了读者：即文本的意义是此时、此地和对我产生的意义。① 关于文本，没有一个稳定的"正确理解"，有多少读者就有多少解释。

与伽达默尔不同，赫希（E.D.Hirsch，Jr.）则认为意义来源于作者和作者的意图，文本的意思就是作者在创作时企图用文字表达出来的意思。赫希的观点直接挑战"新批评"的"意图谬误"说，他认为，文本意义是确定的和稳定的，

---

① M.H.Abrams.*A Glossary of Literary Terms*.Beijing：FLTRP，2004，pp.129-130.

并且可以被胜任的读者所转述。语言的定式和惯例以及作者观点和视野等内部和外部因素构成了"验证有效性"的逻辑,读者在阅读时必须通过该逻辑去识别作者的意图,从而获得文本的意义。① 虽然赫希将意义的根源定位于作者,然而,像伽达默尔一样,他也认为读者具有极大的重要性。在他看来,文本意义分为"含义"和"意义",后者包含了读者的个人境况、信仰、反应和他所处时代的文化背景、观念和价值体系。而这些意义都是不确定的和不断变化的,文学批评的任务之一就是要研究这些不确定的意义。

真正对"细读"方法进行发展和发挥的后现代理论是解构主义。德里达反对逻各斯中心主义,认为语言不反映现实存在,语言的意义也不受现实存在的控制。意义产生于语言系统内部,它由语言符号之间的"差异"构成。另外,言语符号(能指)与它的意义(所指)之间没有一一对应关系。一个符号的意义需由其他符号解释,其他符号又由更多的其他符号解释,因此,意义不存在于符号内,而是被无终止地"延迟",或者散布于一系列无终止的符号链条里。因此,意义总是滑动的、不确定的,人们无法控制它向各个方向的"播撒"。语言也就是延迟和差异(difference)的永无止境的游戏。

在此基础上,德里达(Jacques Derrida)建立了解构阅读的方法。其主要策略就是揭示语言在运作过程中所产生的矛盾和对立因素,从而达到瓦解和颠覆现有秩序的结果。他首先向西方形而上学思想传统发起挑战,指出在传统的"二元对立"体系中,两个对立项总是处于不平等地位。不管是言语/文字,还是理性/感性、文明/野蛮、灵魂/肉体、男人/女人、真理/谬误、先进/落后、我们/他者、西方/东方、主人/奴隶,前者总是高于后者,处于一种优越地位。它们被视为逻各斯的中心,或者第一原则。而后者则是处于从属、负面和消极的地位。它的存在以前者为依据,成为第二原则。德里达暴露了这种等级秩序中的自我矛盾,使其中的秩序在不可统一的自我矛盾中崩塌下来,从而实现自我解构。德里达称他的解构活动为"批判性阅读"(critical reading)。②

解构批评将德里达的"批判性阅读"运用于文学批评之中,形成了类似于

---

① M.H.Abrams.*A Glossary of Literary Terms*.Beijing:FLTRP,2004,pp.128-129.

② M.H.Abrams.*A Glossary of Literary Terms*.Beijing:FLTRP,2004,p.59.

"新批评"的"细读"的阅读方法。解构批评也强调对文本结构进行分析和细读,挖掘出其中的矛盾关系。但是,解构批评认为"新批评"的"细读"还不够"细"。除了对文本进行了更加细致的分析外,解构批评的目的也大不相同。"新批评"旨在呈现文本中的"张力"或者"悖论",证实它们在文本中形成了一个整体,表达一个可以确定的意义。而解构批评的目标是要证实这些矛盾关系不可调和、永远无法达到统一,从而在文本中形成所谓的"困境"(aporia)。① 另外,由于"能指"永远指向其他"能指",意义永远"缺场"、永远被"延迟",因此,意义具有"不确定性"(indeterminacy)。在这种情况下,阐释就没有正确和错误之分,所有阐释都将是"误读"。

比如,梭罗(Henry David Thoreau)的《瓦尔登湖》中"有底"与"无底"的对立,逐渐转化为"字面"阅读和"修辞"阅读的对立;二元结构中的优先项或价值项是变化的,前后是矛盾的;道德责任促使读者在两者间选择,但文本矛盾使选择成为不可能;与"新批评"不同,解构主义认为矛盾是绝对的,不可调和。在梅尔维尔(Herman Melville)的《比利·巴德》中,巴德,克拉格特(Claggart),维尔船长(Captain Vere)之间的故事,即叛乱,凶杀与绞刑,存在着"直截了当"与"拐弯抹角"的对比。它看似好与坏、善与恶的矛盾,实则能指与所指的矛盾,两个批评阵营的矛盾。除此以外,船长是第三个读者,即政治阅读。

三、结语

可以说,"新批评"并没有完全消失。在结构主义和符号学的"作者已死"的概念中,我们似乎还能够看到"新批评"的"非个性化"理论的影子;在解构主义的"两难之境"(aporia)和"多义性"(polysemism)概念中,我们似乎也还能够看到"新批评"的"悖论"和"含混"理论的影子。虽然各种文学理论都突破了"新批评"的"内部研究"的界限,但是,经过了"新批评"的洗礼之后,多

---

① M.H.Abrams.*A Glossary of Literary Terms*.Beijing:FLTRP,2004,p.59.

数文学理论派别,特别是"新历史主义"和"心理分析"批评,在运用理论对具体作品进行分析时,都吸收了"细读"方法的合理成分。可以说,"细读"作为一种阅读方法,将长期存在于具体的文学批评实践中。

（该文原载《西方文论关键词》,赵一凡、张中载等编,外语教学与研究出版社 2006 年版,收入本书时略有改动）

玩弄概念:文学批评中的关键词

一

从 20 世纪 70 年代开始,西方文论一直在欧美学界蔓延,到今天它仍然被视为文学和文化批评的利器,在大学教育和批评界起着巨大的作用。对于初学者来说,西方文论内容纷繁、流派众多、不易理解。但是把握西方文论有一个捷径,那就是研究关键词。有些理论本身就是从一个关键词延伸出去,从而发展成为一个理论体系。有些理论对人们常用的词汇进行重新定义,赋予它们不同的意义,从而产生关键词。因此关键词可以为研究西方文学理论打开一扇大门。

关键词的重要性自 20 世纪 70 年代以来已经广为人知。1976 年英国批评家雷蒙·威廉斯(Raymond Williams)出版了《关键词:文化与社会的词汇》(*Keywords:A Vocabulary of Culture and Society*)。虽然该书表面上是在追溯词汇的发展渊源,考察它们的历史变迁,但实质上该书也重新诠释了它搜集的词汇,凸现它们的文化和政治含义。虽然威廉斯对关键词的研究大致遵循了尊重历史的原则,但他的政治观点渗透到各个词语的解释之中。威廉斯的贡献在于他揭示了这些词语背后隐藏的政治含义,增加了人们对这些词汇的政治意义的警觉,从而避免了在使用这些词汇时掉入它们的意义陷阱。比如"标准"在工业化时代是褒义词,但在这个时代的人文领域却含有贬义。如果资本主义大机器生产把所有人都变成一样,使他们的行为和思维标准化,那么就是一个不可想象的悲剧。另外"失业"在原始资本主义时代常常与"懒散""不思进取"联系在一起,这些含义在当代就是一种不可想象的政治不正确。①

威廉斯出生于工人家庭,对英国社会的等级分化有着亲身体验。他在剑桥大学读书时发现当时流行的"文化"概念具有他那个阶层无法理解的精英主义色彩,占据主流的"文化"完全将社会下层人民排除在外。② 威廉斯的理论建构在某种意义上讲,就是要对这种精英主义的文化观进行拨乱反正。从表面上看,他所定义的"标准"和"失业"等词汇看上去不是我们今天意义上的西方文论关键词,而是经济学和社会学领域的词语,但是威廉斯也定义了"异化""霸权""生态""种族""精英""文化""消费者""阶级""共同体""存在""资本主义"等等。他对这些词语所下的定义合起来,可以说也定义了他自己所代表的英国左翼知识分子的"文化唯物主义"观点。因此,我们可以说关键词常常与某一种理论具有不可忽视的关联。

另一本在学界具有巨大影响的关键词图书是 M.H.亚伯拉姆斯(M.H. Abrams)编辑的《文学术语汇编》(第 7 版)(*A Glossary of Literary Terms*,1999)。该书第一版出版于 1957 年,但是随着时代的发展,特别是 20 世纪 70 年代欧陆文论登陆英美文学界之后,它经过了多次修订,增加了许多术语。该书的 1981 年版和 1988 年版本增加了许多关键词词条,对以前的词条也进行了补充和修改,逐渐被视为研究文学的基础性重要图书。

该书主编亚伯拉姆斯是著名的英国浪漫主义诗歌研究专家,出版过《镜与灯》(1953)、《自然的超自然主义》(1971)、《英国浪漫派诗人》(1975)等浪漫主义研究经典著作,以及著名的大学文学教材《诺顿英国文学选读》。他的研究重点是浪漫主义的传统,以及这个传统在当代的延续。他特别重要的贡献在于揭示了浪漫主义对基督教传统的世俗化,从而把基督教教义中的某些观念、仪式、结构用于现世的诗歌创作之中。他同样重要的贡献在于将浪漫主义审美观置于整个西方美学发展史之中,从而凸显了浪漫主义审美观的表现

---

① [英]雷蒙·威廉斯著:《关键词:文化与社会的词汇》,刘建基译,生活·读书·新知三联书店 2005 年版,第 455 页。

② [英]雷蒙·威廉斯著:《关键词:文化与社会的词汇》,刘建基译,生活·读书·新知三联书店 2005 年版,第 503 页。

主义特征，以区别于模仿主义、实用主义和客观主义的批评模式。

从严格意义上讲，他主编的《文学术语汇编》不是"西方文论"的关键词图书，而是涉及所有文学术语的词典。它收录了许多一般性文学术语，涵盖文学的种类、形式、主题、概念、流派、批评、历史等，如"哥特小说""成长小说""神秘剧""自由诗""三一律""乌托邦""意识流""客观对应物""否定感受力""通感"等，甚至包括关于诗歌、戏剧和小说形式的各种术语如"格律"、"悲喜剧"、"情节"和"人物"等。这些词条为一般读者和学生提供了难得的基础知识，但不是人们所说的"西方文论"关键词。

但是，我们不能以此就认为该书是一本传统的文学术语汇编。如果我们仔细阅读，我们会发现它也收录了许多我们现在认为与文学理论和批评理论密切相关的词条，如"原型批评""结构主义批评""后结构主义""解构""形式主义""新批评""新历史主义""阐释与阐释学""心理分析批评""马克思主义批评""文化研究""后殖民研究""女性主义批评""读者反应批评""现象学与批评""符号学""酷儿理论"等。这些词条所涉及的概念是所有做文学理论的人都熟悉的概念，如"意图谬误""经典""陌生化""狂欢""文化唯物主义""文化诗学""影响的焦虑""前景化""霸权""杂糅""性别""互文性""询唤""意识形态""想象界""阳具中心主义""元小说""多元文化主义""潜文本""属下""颠覆—收编""超验所指""不可靠叙事者"等。

在以上这两本书中，每一个词条可以说都是一篇长短不一的论文，最长的词条如"文化"（威廉斯）和"后结构主义"（亚伯拉姆斯）有 6 页纸，英文 2900 词左右，最短的词条可能只有半页纸，300—400 词。[1] 词条对概念的阐释高度浓缩，有时区区几页纸就可以让读者把握这个概念的来龙去脉、发展历史、重要人物、主要著作和主要主张。两本书在撰写层面都达到了言简意赅、深入浅出，常常用最少的文字把一个复杂的理论解释清楚。然而，两本书却代表了两种不同类型的关键词图书，即"综合类术语图书"和"专门类术语图书"。

---

[1]　M.H.Abrams.*A Glossary of Literary Terms*.Beijing：FLTRP，2004，pp.238-243.

<h1 style="text-align:center">二</h1>

在西方出版的关键词图书中,比较重要的包括《牛津简明文学术语辞典》《路特里奇文学术语辞典》《文学术语手册》《企鹅文学术语与文学理论辞典》《布莱克维尔文学理论指南》《文化理论关键词》《文化与批评理论关键话题》《企鹅批评理论辞典》《文学理论关键概念》等。在国内出版的关键词图书种类也不少,包括汪正龙、李永新译《关键词:文学、批判与理论导论》、张卫东等译《文化理论关键词》、王逢振等译《霍普金斯文学理论与文学批评指南》、廖炳惠编《关键词200》、汪民安编《文化研究关键词》、赵一凡、张中载、金莉等编《西方文论关键词》(第一卷、第二卷)。这些图书看上去纷繁复杂,但是它们都大致可以分为以上所说的两个大的类别:亚勃拉姆斯式的综合术语类,威廉斯式的专门术语类。从图书名称上,我们就大致可以看出它的类别:"文学术语辞典"一般是综合术语关键词,"文学理论辞典"一般是专门术语关键词。

玛丽·克拉格斯(Mary Klages)的《文学理论关键词》(*Key Terms in Literary Theory*,2016)属于专门类术语图书,专注于文学理论的术语,与威廉斯的《关键词:文化与社会的词汇》有更多的相似之处。但是在文学理论术语的选择方面,它又与亚伯拉姆斯的《文学术语汇编》有一些类似,可以说有部分的重合现象,毕竟西方文学理论就是人们所熟知的那几个流派和那几个理论家。与前辈的这两本著作比起来,玛丽·克拉吉斯的书算不上大作,但作为专门术语类关键词图书,它比较典型,因此可以作为例子来说明,把握关键词是全面掌握西方文学理论的一个途径。

第一,该书选择的概念更加细致,更加微观。比如它的词条中既有"后结构主义""马克思主义""新历史主义""形式主义""女性主义""读者反应理论"等大概念,又有更加细致、更加微观、更加难以把握的"二元对立""中心""缺场/在场""阳具逻各斯中心主义""他者""指涉"等。说实话,在学习文学理论的过程中,小概念比大概念更加难以把握,更加难以捉摸。如果小概念把握好了，那么大概念自然就明白了。比如，"凝视"（gaze）一词被使用在许多领域，特别是女性主义批评和后殖民主义批评。但是它的来源是存在主义哲学和心理分析，与萨特、弗洛伊德和拉康的学说联系在一起。在这些理论家的著作中，凝视是自我建构的一个手段，幼儿在镜子中看到自己的镜像，意识到那就是"自我"。但在拉康的心理分析理论中，凝视也是权利，它是把握、掌控、居高临下的标志，它在某种意义上起到了物化他者的作用，即把凝视对象视为物体，而非主体。[①]

这个例子向我们展示这样一个道理，即从小概念入手更容易弄清一个理论。在具体的文学批评中，人们也往往是从这些小概念入手，去评析一个具体的文学作品。与凝视相关的概念可能是"本质主义"（essentialism），这是一个传统的人文主义概念，在后现代被拿出来当成了靶子批判。它认为所有事物都有一个核心，一个不变动本质，这是一个事物得以存在的条件。把这个概念用于"自我"，人们可以得出这样的结论：自我是由一个固定的本质构成的，是一个稳定的、不变的实体。这样的认识与后结构主义的信念就完全抵触。前边我们说过，凝视帮助一个个体建构自我，而自我在一个个体的生命中处于不断建构的过程之中，不是一成不变的、没有固定的本质。

女性主义认为性别是一种操演，没有所谓的生理基础。生理上的女性并不决定一个人就必须具有女性气质，同样生理上的男性也不一定决定一个人一定具有男性气质。女性之所以成为女性是因为社会期待，文化塑造的结果，而不是生而有之。同样，后殖民理论认为一个人的种族也不决定他/她一定具有某种性格特征或者种族特性，因此不能把所有的恐怖分子与某个地区的人联系在一起，也不能把高利贷与某一个人种类型在一起。按照后结构主义的逻辑，所有人类身份都是社会或文化建构的结果，因此是不断变化的和可以改变的。[②] 因此从某种意义上讲，可以说后结构主义理论基本上是"反本质主义"的。

第二，该书对大概念的解释采取了集群阐释的方法，从而形成概念集群。

---

① Mary Klages.*Key Terms in Literary Theory*.Beijing：FLTRP，2016，pp.32-33.

② Mary Klages.*Key Terms in Literary Theory*.Beijing：FLTRP，2016，p.27.

我们前边说过,该书对大概念介绍不多,对小概念介绍比较详细。但是大与小的关系读者需要做出辩证的认识,我们不能抓小放大,也不能抓大放小。两者必须相辅相成、互补共赢,形成一个整体。在这一点上该书也抓住了当前学生的难点,并且针对这个难点提供了一个解决方案。比如,书中的大概念"马克思主义"的词条很短,大致有 1 页半,800 词,但是这个大概念不是书中唯一的关于马克思主义的词条,它与其他更加微观的词条进行配合,形成合力,共同组成了对西方马克思主义的阐释。与"马克思主义"大词条形成合力的小词条或微观词条有"资本主义""价值""异化""经济基础与上层建筑""过度决定""意识形态""霸权"和"询唤"。

我们都知道,马克思主义由马克思创立,但是马克思主义在西方是一个思潮,在马克思之后又有许多理论家共同参与了建构马克思主义。书中词条的关注点主要是马克思的理论,但也延伸到马克思之后,特别是 20 世纪的西方马克思主义。"价值"介绍了马克思对资本主义商品的分析,包括商品价值、剩余价值、交换价值等。"异化"(alienation)介绍了马克思对资本主义工业化生产的弊病的批判,如劳动者与商品的分离,劳动者与劳动的分离,也就是说商品不属于劳动者,劳动也不属于劳动者,因为他们干的工作并不一定是他们喜欢干的事情,他们仅仅是以劳动换取工资,这双重的分离被称为异化。"经济基础与上层建筑"介绍了马克思对人类社会的经济活动和经济关系的分析,以及由它们所决定的文化、政治、法律、宗教等社会因素。上层建筑(马克思有时也称之为意识形态)由于产生于经济基础,因此也用以维护经济基础。如果要改变上层建筑,那就必须改变经济基础。

以上这些概念都是马克思用以分析资本主义社会的弊端,揭露资本家剥削工人的事实的强大理论武器。同时在分析经济基础和上层建筑时,马克思也指明了上层建筑的统治阶级本质,它的功用是维护现有社会制度,从而形成了马克思主义理论的颠覆性质。然而,该书的词条也关注 20 世纪理论家对经典马克思主义的发展。"霸权"(hegemony)这个词条便是来自 20 世纪的马克思主义理论家葛兰西。与马克思不同,葛兰西认为意识形态与经济基础没有直接联系,是一个相对独立的思想和信仰体系。其中有一部分被国家用于思想控制的目的,为统治阶级服务,但是另有一部分是社会自发产生的,与统治阶级无关。这些思想和信仰为大多数人接受,从而形成主导或"霸权"。

"意识形态"(ideology)和"询唤"(interpolation)来自另一位著名马克思主义理论家阿尔都塞。他认为意识形态总是表现为个人的行为和选择,并且意识形态总是在"询唤"每个个人,强制他们进入某种世界观或者主体意识,在这样的世界观或主体意识里那些思想和信仰才显得"真实",才获得认可。① 不管是"霸权"还是"询唤"都反映了意识形态的弥散性、强制性,以及对个人思想的压力和深刻影响。从这些例子我们可以看到,该书对一个大概念的定义不是通过一个词条,而是通过词条集群来实现的。

第三,该书辞条由易到难、难易兼顾,循序渐进、层次分明。它出版于2007年,在总结众多前人工作的基础上,它可以说更加能够吸取教训、查漏补缺,与我们当前的关切进行对接。在文学理论中,人们最为熟悉的理论可能就是我们先前提到过的女性主义、后殖民研究和马克思主义,而后来出现的、相对较复杂的理论人们可能不一定很熟悉。福柯、拉康、利奥塔、德勒兹、瓜塔里、鲍德里亚、齐泽克,这些理论家的论述可能在许多初学者视野之外,但是这并不意味着它们的重要性不大。可以说,这些理论家对于当今更加重要,或至少非常重要,也非常有必要被学习者掌握。

从整体上看,该书分"关键词""主要人物"和"重要作品"三个部分。在"主要人物"部分中,该书对它所提到的每一个理论家都做了简要介绍。在"利奥塔"词条中,作者突出了利奥塔在"后现代"研究中的关键作用,以及他对德勒兹和瓜塔里的影响。所谓的"后现代"在利奥塔看来其实就是对启蒙运动的"宏大叙事"(grand narrative)的反叛。启蒙运动试图寻找一种知识模式,以便在所有领域都能够接近或到达"普遍真理"。然而事实证明这些所谓的"普遍真理"其实不过是某个时代、某个群体建构的知识模式所产生的知识而已。因此,利奥塔认为"后现代"不是某个时代、某个运动,而是与启蒙运动相对立的知识模式。

关于利奥塔的思想,该书的关键段落这样写道:"利奥塔的后现代主义的基本特征是对宏大叙事的质疑,对微观叙事的弘扬——这种思维和知识模式

---

① Mary Klages.*Key Terms in Literary Theory*.Beijing:FLTRP,2016,pp.42-43.

试图解释局部或当前的现象,而不是寻求'普遍真理'"。他凸显了在后现代文化中起着重要作用的阐释模式多样性和意义群体多样性,很像巴赫金所定义的"狂欢化"(carnivalization)。他把这种情况比喻为说不同语言的人在各说各话,而每一个人都认为自己的话优于他人的话,从而建立起某种语言、某种文化、某种思维模式的优势。"利奥塔认为后现代知识属于具体的时间和地点,其思想碎片化,不具有连续性和完整性,仅仅解释局部和临时现象……利奥塔的后现代理论强调断裂和中断;历史不是一个连续的故事,而是关于具体时间点的微观叙事,对现有认识和权力结构具有颠覆性。"①

从以上这个例子我们可以看到,这些"主要人物"词条不是介绍人物的生平,而是介绍他们的理论。对后现代理论感兴趣的学习者还可以查阅"德勒兹"和"鲍德里亚"两个词条。前者的"块茎"(rhizome)概念是对西方哲学和思想的高度总结和批判,同时也是对后现代思想特征的定义和描述。他认为传统西方哲学像一棵大树,有根有中心,而后现代的思想像菌类或"块茎",无根无中心。鲍德里亚的贡献在于他揭示了后现代大众媒体创造的"类像"(simulacrum)文化,他认为在历史上符号与真实的分离有三个阶段:巴罗克时代、大机器生产时代和后现代。在三个阶段里,首先艺术超越了真实,然后机器生产的大量复制夺走了真实的光环,最后人们只生活在"类像"里,真实不复存在。在这些例子中,每一个词条都是重要的理论阐释,真正可以被视为词条,因此不能把它们看成简单的人物介绍以弃之一旁。

三

关键词图书一般被视为辞书,供人们查阅,在必要时提供信息。然而,玛丽·克拉格斯的这本《文学理论关键词》在我看来比较特别。由于篇幅较短,语言简单明了,我认为它完全可以被当成西方文学理论的入门级图书来通读,而不仅仅是作为参考书或辞书供偶尔查阅。从整体上看,该书的 110 余词条

---

① Mary Klages.*Key Terms in Literary Theory*.Beijing:FLTRP,2016,p.111.

大致可以分为几大块:除了我们介绍过的"女性主义""后殖民主义""马克思主义"和"后现代主义"以外,还有"结构主义""解构主义""心理分析""新历史主义""酷儿理论"。其内容大致涵盖了西方文论的主要内容,因此完全可以从中获得一个整体的介绍。由于编写年代离我们更近,所收集的信息更新,因此可以说该书更加贴近读者的需求,更加贴近当今的关切。但是我们也需要承认,作为入门级文论图书,它可能在概念解释方面有优势,在整体解释方面可能会有欠缺。最好能够参考同一作者的另一本书《文学理论:困惑者的指南》(*Literary Theory: A Guide for the Perplexed*)。

西方文论已经经历了差不多半个世纪的发展历程,人们对这股思潮的基本轮廓已经有了基本了解,但是这些理论在具体运用中如何操作可能不是所有人都很熟悉。特别是对于最初接触到理论的学生,他们特别需要知道如何在实际批评中应用这些理论。由于该书的性质所限,它无法在这个方面发挥它的作用,但是读者应该明白学习理论不是目的,真正重要的目的是能够把这些理论运用到我们对文学文本的解读当中。比如,人们对福柯的理论已经有所了解,该书收录的"圆形监狱"(panopticon)这个概念也已经把握,但要把它具体运用在文本阐释中可能有些人就会存在问题。在阅读现存的学术论文和学位论文中,我们可能会发现生拉硬扯或牵强附会的现象,可能会感觉到里边的文论与文本是两张皮,没有很好地对接。实际上,问题就在于有些作者对理论把握不够准确,没有真正消化吸收。这是文学理论的学习者必须戒除的,必须戒除拿着概念到处乱用的坏习惯。如果该书要做到完整,那么它还需要一本实际应用的书与它配套。

2003 年著名文学理论家特里·伊格尔顿(Terry Eagleton)出版了一本《理论之后》(*After Theory*)的专著,针对文学理论的未来提出了一个严峻的问题:文学理论已经存在了近半个世纪,最著名的理论家(德里达、萨义德、布尔迪厄、巴特等)一个个去世,那么理论将走向何方? 理论会不会即将过时? 21 世纪的理论是什么? 这些都是非常严峻的问题,也许是当前仍然无法很好回答的问题,也许更多的是伊格尔顿这样的理论家思考的问题。对于一般的英语文学研究者来说,我们可以说凡是研究文学的人,都需要掌握文学理论。正如伊格尔顿所说,那些期待他暗示"理论终结"的人要失望了,"如果理论意味着合理而系统地反思我们的指导性观念,理论将永远是不可缺少的。"①如果我们仅仅像过去那样凭着印象去解读作品,那么不仅我们个人的研究事业将不会有未来,甚至文学研究作为一个学科都不会有未来。

    (该文原载[美]玛丽·克拉格斯著:《文学理论核心术语》(*Key Terms in Literary Theory*),张剑注,外语教学与研究出版社 2016 年版,收入本书时略有改动)

---

① Terry Eagleton.*After Theory*.New York:Basic Books,2003,p.2.

从 0 到 1：外国文学研究
如何进行理论创新？

一、理论时代

外国文学研究在 20 世纪的中国经历了作品译介时代、文学史研究时代和作家+作品研究时代，如果我们查阅申丹和王邦维主编的《新中国 60 年外国文学研究》(2015)，我们就可以看到，在 20 世纪 80 年代，在改革开放后的中国，特别是在 20 世纪 90 年代以后，外国文学研究进入了文学理论研究时代。译介外国文学理论的系列丛书"知识分子图书馆"和"学术棱镜"等大量出版，充斥着我们的图书市场。在大学的外国文学课堂使用比较多、影响比较大的教程，中文的包括朱立元主编的《当代西方文艺理论》(华东师范大学出版社 2002 年版)，英文的包括张中载等主编的《20 世纪西方文论选读》(外语教学与研究出版社 2002 年版)和朱刚主编的《20 世纪西方文艺批评理论》(上海外语教育出版社 2001 年版)。这些书籍所介绍的西方文学理论和批评理论，以张中载的《20 世纪西方文论》为例，包括俄国形式主义、新批评、原型批评、结构主义、精神分析批评、接受美学与读者反映理论、后结构主义、西方马克思主义、女权主义、后现代主义、新历史主义、后殖民主义、文化研究等等。

经过十多年之后，这些理论大多已经被我国的读者和学者消化、吸收，在外国文学研究领域被广泛使用。有人说，外国文学研究已经离不开理论，离开了理论的批评是不专业、不深刻的印象主义式批评。这话正确与否，我们不予评论,但它至少让我们了解到,理论在外国文学研究中的作用,在大多数学者和学生心中的分量。许多学术期刊在接受论文时,首先看它的理论,然后看它的研究方法。如果在这两关没有通过,那么自然就会遭到退稿。在学位论文的评阅中,评阅专家同样也会看这两个方面,并且把它们视为论文是否合格的必要条件。这些都促成了中国的外国文学研究的理论时代的到来。我们应该承认,西方理论在中国读者中可能有消化不良的问题,可能有唯理论的马首是瞻的问题。在有些领域,特别是在博士论文和硕士论文中,可能有某些理论和概念被生搬硬套地强加于作品,产生两张皮的问题。但是,总体上讲,理论研究时代的到来是一个进步、一个值得我们去探索和追寻的方向。

二、批评实践

在这个理论时代,我们首先应该思考的问题是理论与实践的关系:唯理论或者为理论而理论,都可能是不可取的空泛倾向,也是理论可能带来的最负面的影响。理论的目的是指导实践,理论与实践的关系归根结底是运用理论的工具深入文学作品的内里,揭示人们看不到的东西,从而为文学批评带来理论的深度。那么,如何运用理论才是恰到好处,而不是生搬硬套? 过去半个世纪的文学批评实践,及其具体的批评案例都可以显示,文学批评的路径和方法都在不断地发展和更新,而这种发展和更新大致可以描述为由大及小、由总体及具体的理论实践。

在十年前,人们谈论文学理论时,最可能涉及的是某一个大的领域,如新历史主义、女性主义、后殖民批评等。而现在,人们更加关注的不是这些大概念,而是它们下面的小概念,或者微观概念,比如互文性、主体性、公共领域、异化、身份等等。原因是大概念往往涉及一个领域或者一个方向,它们背后往往包括许多思想和观点,在实际操作中可能有尾大不掉的情况发生。相反,微观概念在文本解读过程中往往具有很强的操作性,能够在分析作品时帮助人们看到更多的意义,帮助人们更好地理解人物、情节、情景,以及这些因素背后的历史、文化、政治、性别缘由。

在英国浪漫派诗歌研究中,这种批评的实例比比皆是。有些时候,我们甚至可以从这些批评著作的题目中就可以看出,比如莫德·鲍德金(Maud Bodkin)的《诗歌中的原型图案》(*Archetypal Patterns in Poetry*)就是运用荣格的原型理论对英国诗歌传统中出现的模式、叙事结构、人物类型等进行分析。在荣格的理论中,"原型"指古代神话中出现的某些结构因素,它们已经扎根于西方的集体无意识,在从古至今的西方文学和仪式中不断出现。想象作品的原型能够唤醒沉淀在读者无意识中的原型记忆,使他们对此作品做出相应的反应。鲍德金在书中特别探讨了柯尔律治的《古水手吟》中的"重生"和《忽必烈汗》中的"天堂地狱"等叙事结构原型,认为这些模式、结构、类型在诗歌作品中的出现不是偶然,而是自古以来沉淀在西方集体无意识中的原型在具体文学作品中的呈现。[1] 同时她也认为,不但作者在创作时毫无意识地重现原型,而且这些作品对读者的吸引也与集体无意识有关,他们不由自主地对这些原型做出了反应。[2]

在更近一些的著作中,使用微观概念来分析具体文学作品的趋势就更加明显。大卫·辛普森(David Simpson)的《华兹华斯的历史想象:错位的诗歌》(*Wordsworth's Historical Imagination:Poetry of Displacement*)显然运用了西方马克思主义理论,但是它凸显的关键词是"历史",即用社会历史视角来解读华兹华斯。在绪论中,辛普森批评文学界传统上将私人领域与公共领域对立起来,将华兹华斯所追寻的"孤独"和"自然"划归到私人领域。实际上,他认为华氏的"孤独"有其"社会"和"历史"层面的含义。[3] 辛普森使用了湖区的档案,重建了湖区的真实历史,认为这个地方并不是华兹华斯的逃避场所。在湖区,华氏理想中的农耕社会,及其特有的生产方式也正在消失。圈地运动改变了家庭式小生产模式,造成一部分农民与土地分离,也造成了华兹华斯所描写的贫穷和异化。华兹华斯所描写的个人与自然的分离以及想象力的丧失,似

---

① Maud Bodkin.*Archetypal Patterns in Poetry:Psychological Studies of Imagination*.London & Oxford:Oxford University Press,1934,pp.26-89.

② Maud Bodkin.*Archetypal Patterns in Poetry:Psychological Studies of Imagination*.London & Oxford:Oxford University Press,1934,pp.90-114.

③ David Simpson.*Wordsworth's Historical Imagination:Poetry of Displacement*.New York & London:Metheun,1987,pp.1-4.

乎都与这些社会的变化和转型有着密不可分的关系。① 在具体文本分析中，历史、公共领域、生产模式、异化等概念要比笼统的马克思主义概念更加有用，更加能够产生分析效果。

奈杰尔·里斯克（Nigel Leask）的《英国浪漫派作家与东方：帝国焦虑》（*British Romantic Writers and the East: Anxiety of Empire*）探讨了拜伦的"东方故事"中所呈现的土耳其奥斯曼帝国，雪莱的《阿拉斯特》和《解放的普罗米修斯》中所呈现的印度，以及德昆西的《吸食鸦片者的自白》中所呈现的东亚地区的形象。他所使用的理论显然是后殖民理论，但是全书建构其观点的关键概念"焦虑"来自心理学。在心理分析理论中，"焦虑"常常指处于一种"不安""不确定""忧虑"和"混乱"的心理状态，伴随着强烈的"痛苦"和"被搅扰"的感觉。里斯克认为，拜伦等人对大英帝国在东方进行的帝国事业持有既反对又支持、有时反对有时支持的复杂心态，因此他们的态度中存在着焦虑感。② 同时，他也把"焦虑"概念用于描述英国人对大英帝国征服的地区的人们的认识，即这些东方"他者"对欧洲自我的"同一性"的威胁，以及由此给他们造成的焦虑。

如果我们的目标是批评实践，是用批评理论来进行文本分析，那么拉曼·塞尔登（Raman Selden）的《实践理论与阅读文学》（*Practicing Theory and Reading Literature*, 1989）一书可以为我们提供一个可以借鉴的参考。该书是他先前的《当代文学理论导读》（1985）的后续作品，主要是为先前的著作所介绍的批评理论提供一些实际运用的方法和路径，或者实际操作的范例。在他的范例中，他凸显了不同理论的关键词，如关于新批评，他凸显了其"张力""含混"和"矛盾态度"；关于俄国形式主义，他凸显了"陌生化"；关于结构主义，他凸显了"二元对立""叙事语法"和"比喻与换喻"；关于后结构主义，他凸显了意义、主体、身份的"不确定性"；关于新历史主义，他凸显了主导文化的"遏制"作用；关于马克思主义，他凸显了"意识形态"和"狂欢"。

---

① David Simpson. *Wordsworth's Historical Imagination: Poetry of Displacement.* New York & London: Metheun, 1987, pp.84–89.

② Nigel Leask. *British Romantic Writers and the East: Anxiety of Empire.* Cambridge: Cambridge University Press, 1992, pp.2–3.

虽然这个系列并不全面,我们现在所使用的概念的数量和种类都可能要超过它,但是它给我们的启示是,要进行实际的批评实践,我们必须关注各个批评派别的具体操作方法,以及它们所使用的具体路径和工具。外语教学与研究出版社"外国文学核心话题系列丛书"就是一套大力凸显实际操作、集理论与运用于一体的学术丛书。丛书的"核心话题"共分 5 个大类,即"传统/现代/后现代研究""社会/历史研究""种族/后殖民研究""自然/性别研究""作者/伦理研究",每个大类下设 3—5 个最核心的"概念"撰写成一本书,探讨该"话题"在国内外的研究脉络、发展演变、经典研究案例等。通过把这些概念运用于文本分析,达到介绍这个批评派别的目的,同时也希望展示这些概念在具体的文学批评中的作用。

三、理论创新

当然,一套"外国文学核心话题系列丛书"并不能完全解决太多的问题,至少在创新的意义上,它还有很多无法做到的地方。实际上,理论创新是长期困扰中国外国文学研究界的问题,因而外国文学研究界,特别是外国文学理论界,也因此承受了巨大的压力。有人甚至批评说,在中国研究外国文学理论的人好像有很大的学问,其实仅仅就是"二传手"或者"搬运工",把西方的东西拿来转述一遍,完全就是"拿来主义"。中国的文艺理论界普遍存在着"失语症",没有自己的话语和话语体系。这些批评应该都说有一定的道理,它警醒我们在理论建树方面不能无所作为,不能满足于仅仅把西方的东西译介过来。那么什么是理论创新? 怎样做才能算理论创新? 准确把握创新的路径和方法就显得尤为重要。

理论创新的最难之处莫过于思维范式的创新,也就是托马斯·库恩(Thomas S.Kuhn)在《科学革命的结构》(*The Structure of Scientific Revolutions*,1962)中所说的范式(paradigm)的改变。哥白尼的"日心说"就是对传统的和基督教的宇宙观的全面颠覆,达尔文的"进化论"就是对基督教的"存在的大链条"和"创世说"的全面颠覆。这样的改变范式的创新有可能完全推翻以前人们对世界的认识,从而建立一套新的知识。福柯(Michel Foucault)在《词与物》(*The Order of Things*,1970)中将这样"范式"称为"范型"或"型构"(episteme),他认为这些"型构"是一个时代知识生产与话语生产的基础,也是判断这些知识和话语正确还是错误的基础。[①] 能够改变这种"范式"或"型构"的理论应该就是创新性最强大的理论。

在科学上,这种创新被称为从0到1的创新,或者从无到有的创新。从学科分布来看,它可能意味着从前并不存在的一个学科的创立。换句话说,就是通过一个新的发现,创立一套新的学说或者建立一套新的知识。马克思把"唯物主义"的范式引入经济学,发现了资本主义社会经济关系中的"剩余价值""剥削""异化"等现象,提出了"经济基础"决定"上层建筑"观点,从而创立了一种新的理论,形成了一套新的知识。弗洛伊德将精神分析方法引入心理学,发现了"无意识""俄狄浦斯情结""性冲动"对人们的思想和行为的决定性作用,从而改变了人们对心理和人格的认识。索绪尔的语言学将结构的范式引入了对语言的研究,发现语言符号往往是自我指涉的封闭体系,意义产生于符号之间的差异,从而开启了结构主义语言学,不仅改变了人们对语言的认识,也改变了人们对世界的认识。

这些都是从无到有的创新,是创新性最大的创新,可以描述为"哥白尼式的革命"。在科学界,创新就是生命线,它的重要性怎么强调都不过分。在清华大学、北京大学和一些重要的"985"院校,人们已经把"世界一流"作为大学的建设目标、学科的建设目标,目的就是要鼓励创新、引领,而不是仅仅是跟跑、模仿。"唯论文论英雄"的做法已经受到了质疑,发表了上百篇 SCI 的论文,然而没有一项研究可以算得上创新的情况告诉人们,创新一定是一种突破、一种新的发现,而不是论文的数量。在中国,算得上突破性研究的成果可能应该包括在航空航天领域最先到达月球背面的嫦娥二号;在通信方面最先使用量子通信技术的墨子号;在农业方面解决中国和世界人口的吃饭问题的袁隆平杂交水稻技术。这些都可以说是重大的科研创新,有些是从无到有的

---

① Foucault, Michel. *The Order of Things: An Archaeology of Human Sciences*. New York: Vintage Books, 1970, rpt.1992, pp.xxi-xxiii.

首创性成果,有些是范式上的颠覆性成果。

在人文领域,从 0 到 1 的创新特别不容易,中国到目前为止是否做出过这样的重大创新成果,可能是存疑的。如果没有从 0 到 1 的创新,那么从 1 到 2,或从 2 到 3 的创新也应该鼓励,是值得称道的。我们都知道,任何创新都要从整理传统和阅读前人开始,用牛顿和爱因斯坦的话来说,就是"我之所以能够看得远一点,是因为我站在前人的肩膀上"。福柯曾经提出了"全景敞式监控"(panopticism)的概念,用来分析个人在权利的监视下的困境,在中国的学位论文中得到比较广泛的应用,但是这个概念来自英国功利主义哲学家边沁；福柯还提出了一个"异托邦"(heterotopia)的概念,用来分析文化差异和思维模式的差异,在中国的学术界也很有知名度,但是这个概念是由"乌托邦"(Utopia)的概念演化而来,它的源头可以追溯到古希腊的柏拉图和 16 世纪的英国作家托马斯·莫尔(Sir Thomas More)。拉康对"主体性"(subjectivity)的分析曾经对女性主义和文化批评产生过很大影响,但是它是对弗洛伊德的心理分析的改造,可以说是后结构主义语言观与弗洛伊德的心理分析的巧妙结合。詹明信的"政治无意识"(political unconscious)概念常常被运用在西方马克思主义批评中,但是它也是对马克思和阿尔都塞的"意识形态"理论的发展,可以说是传统的马克思主义与后结构主义和心理分析的巧妙结合。甚至文化唯物主义和新历史主义批评的两个标志性概念"颠覆"(subversion)和"遏制"(containment)也是来自别处,很有可能来自葛兰西、雷蒙·威廉斯或其他马克思主义批评家。

也就是说,学习是创新之前的一个必要的准备过程。在经济和科技领域,人们也是首先学习、消化和吸收,然后再争取突破和超越,这就是所谓的"弯道超车"。高铁最初不是中国的发明,但是中国通过消化和吸收高铁技术,拓展了这项技术,使我们在应用方面达到了世界前列。互联网技术也不是中国的发明,但是中国将互联网技术应用到了电子商务、共享经济、线上支付等领域,使中国在这几个领域也走到了世界前列。这就是说,创新有多个层面、多个内涵。可以说,理论创新、方法创新、证据创新、应用创新都是创新。

应该说,我们的学术界对西方文论进行消化和吸收的时代或者高峰期已经结束。虽然对于每一个个人来说,消化和吸收是必须经过的一个阶段,但是我们都不能停留在学习阶段。在外国文学理论方面,我们已经学习西方几十年,现在应该是有所作为、有所贡献的时候了。创新是我们每一个外国文学研究者必须思考的问题,我们每一个人都应该回答:我能够为外国文学理论和研究做出什么样的贡献? 在这样的问题背后,是长期的艰苦和扎实的工作,戒除浮躁心态的决心。要十年磨一剑,但是这一剑就应该是一把好剑、一把亮剑。

四、中国视角

应该说,中国学者研究外国文学是有许多短板的。对于他们来说,外国文学意味着外国语言、异质文化等必须逾越的因素,也就是说,中国学者要比外国学者付出更多的努力,克服更多的障碍,才能谈得上与后者平起平坐。另外,资料的获取、机会的获得等,都可能对中国学者不利。比如,最近又有一批关于美国诗人 T.S.艾略特的新资料解禁出版,这些资料得以问世,是因为艾略特曾经在 1965 年去世前留下遗嘱,规定他的私密资料,包括书信等,在他去世后 50 年内不得面世。2015 年解禁之后,这些资料由一批英美学者整理、编辑,并陆续出版。中国学者没有参与这些资料的编辑和出版工作,不是因为中国没有人研究艾略特,而是因为我们没有机会。因此,中国学者在外国文学领域真正做出突破性贡献是相当困难的。

但是,中国学者也不是完全没有机会和空间。有些领域可能是外国学者的盲点,有些不是他们的兴趣所在,中国学者可以在这些领域发出自己的声音。虽然艾略特诗歌的方方面面都被研究得非常透彻了,似乎没有什么拓展的余地。比如他与传统的关系,法国象征派、英国玄学派、浪漫派、但丁、印度教等对他的影响,他的思想意识,包括基督教思想、帝国意识、仇女心态,以及他与反犹主义和法西斯思想、与精英主义和保守思想的关系等,似乎都被放在当代思想的放大镜下面,被看得真真切切,没有什么细节没有被研究过。但是,仍然有一个方面似乎还没有人触及,那就是艾略特与中国的关系。虽然艾略特并没有特别关注中国,但是他毕竟在许多时候提及中国,并且显示出他对中国有一定的认知。虽然没有西方学者问津,但是对于中国学者来说,这可能是一个比较有意思的研究对象。如果真正能够在这一方面做出一些新发现，那么它就可能成为一种突破或者一种创新。

因此，我认为外国文学研究的创新可以从建立中国的视角和发出中国声音开始。老一辈学者范存忠、钱钟书、陈寿颐等的学术成就之一就是研究 17 至 18 世纪西方文学中所反映的中国，这个领域可能是西方学者关注不够的领域，因此研究成果很有可能产生新意。后来，华裔学者叶维廉、钱照明、钟玲、赵毅衡也在庞德研究、斯奈德研究、美国诗人与中国关系的研究中都取得创新性成就。这些研究之所以在西方会产生影响，是因为它们都涉及中国文化和中国文学，而这些学者身为中国人具有一些天生的优势，从而弥补了他们作为外国人研究英美文学的不足。因此，我们可以说比较文学的研究、中外文学关系的研究，是最有可能做出创新性成果的领域。如果我们的学者都把创新作为己任，朝着这方面去努力，那么我们真正可能做出一些巨大的成就。

当然，批评实践只是一个方面，而且是相对较容易的方面，理论创新才是更加艰巨的任务。"失语症"的原因究竟是因为我们缺少话语权？还是我们根本就没有话语？这一点值得我们认真思考。我们都知道，李泽厚是受到西方关注到的第一位中国现当代本土文艺理论家。美国权威的文学理论教材《诺顿理论与批评文选》第 2 版（*Norton Anthology of Theory and Criticism*，2010）收录了李泽厚的《美学四讲》第二讲"艺术篇"中的"形式层与原始积淀"。这说明中国文艺理论在创新方面并不是没有话语，而可能是话语太少。应该说，老一辈学者如王国维、朱光潜、钱钟书对"意境"的表述；叶维廉和张隆溪对道家思想在比较文学中的应用都是创新性的思想。后两者在提升道家美学思想的知名度方面做了很多工作，在国际上的影响力也在逐步提升，但是如果要产生更大的影响，他们的思想可能还需要进一步的概念化和体系化。同时，中国的学者群体需要共同努力，去支持、跟进、推动、应用和发挥，以使这些思想产生应有的影响。

概念化和体系化是新理论创立的必不可少的过程。一套新理论往往是由一个或几个核心概念组成，其他的论证可能都是围绕这几个核心概念进行。它们往往需要提升到哲学的高度，才能形成理论，而在这方面我们可能做得还不够。比如，在翻译理论方面，我国的理论创新应该说早于西方。中国是翻译大国,20世纪是中国翻译活动最活跃的时代,出现了林纾、朱生豪、傅雷、卞之琳等翻译大家,在翻译西方文学和科学著作的过程中积累了大量的实践经验。在中国翻译家提出"信雅达"的时候,西方的翻译理论还没有出现。但是西方的学术界和理论界特别擅长把他们的思想进行概念化和理论化,因此有后来居上的态势。但是如果仔细审视,西方的热门翻译理论概念如"对等""归化和异化""明晰化"等,都没有逃出"信雅达"的范畴。

因此,新理论的创立不仅要有新思想,而且要对新思想进行精心的整理、归纳和升华,在这个方面,我们应该加大力度。新思想不仅在理论的设计本身表现出新颖,而且要在新思想的理论化和概念化方面进行跟进。申丹所提出的"隐性进程"概念在叙事学方面很可能成为一个理论创新;曹顺庆在比较文学领域提出的"变异学",我个人认为,也是一个很有意义的尝试,也有可能成为理论创新。但是,在理论化和概念化方面都有所欠缺,同样需要做更多的工作。我们可以想象,如果亚勃拉姆斯在《镜与灯》提出的"文艺批评四要素"仅仅是前言的篇幅,没有后面的翔实的资料和阐释的支撑,那么可以说它很难在人们心中留下深刻的印象,也很难产生它后来产生的效果。

五、不断努力

外语教学与研究出版社出版的"外国文学研究核心话题系列丛书"是中国学者尝试原创的系列图书,它兼具学术性、应用性:每一本书都是对一个核心话题的理解,它既是理论阐释,也是研究方法指南。丛书中的每一本都遵循如下的结构,包括:1)概说:话题的选择理由、话题的定义、话题的当代意义。如果是跨学科话题,还注重与其他学科理解上的区分。2)渊源与发展:梳理话题的渊源、历史、发展及变化。可以以历史阶段作为分期,也可以以重要思想家作为节点,对整个话题进行阐释。3)案例一:经典研究案例评析,精选1—2个已有研究案例,并加以点评分析。案例二:原创分析案例,由作者运用所阐述的理论分析一个文学作品,展示该理论在具体批评中的效力。4)选题建议、趋势展望:提供以该话题视角可能展开的研究选题,同时对该话题研究趋势进行展望。

丛书还兼具普及性和原创性：作为研究性综述，丛书的每一本都是在一定高度上的普及；同时它对核心话题的深层次理解。原创案例分析、未来研究选题的建议与展望等都具有原创性。虽然这种原创性只是应用方面的原创，但是它是理论创新的基础。丛书旨在增加研究生和年轻学者对关键话题的理解和应用能力，进一步扩大知识分子的学术视野。丛书的出版是累积性的，不指望一次性出齐。随着时间的推移，丛书的数量会上升，最终在规模上和质量上都将成为该话题研究的必读图书，从而打造出一套外国文学研究经典。

丛书的话题将凸显文学性：为保证丛书成为文学研究核心话题丛书，话题主要集中在文学研究领域，如果有社会学、经济学、政治学领域话题有所入选，那么它们必须在文学研究领域有相当大的应用价值；对于跨学科话题，必须从文学的视角进行阐释，所针对的原创案例的对象应是文学素材。丛书的大类设置将具有一定的合理性：分类常常有一定的难度，常常有难以界定的情况、跨学科的情况、跨类别的情况，但考虑到项目的定位和读者期望，对丛书进行分类具有相当大的必要性。因此要求所分类别具有一定体系，分类依据也有合理解释。

在西方，我们都知道，著名的路特里奇出版社（Routledge）在 20 世纪 80 年代曾经陆续出版过一套名为"新声音"（New Accents）的西方文论丛书，产生过很大的影响，其中的有些书籍如《逆写帝国》（*The Empire Writes Back*）、《小说叙事学》（*Narrative Fiction*）、《性别／文本政治》（*Sexual/Textual Politics*）、《另类莎士比亚》（*Alternative Shakespeares*）等都成了经典。路特里奇的"新声音"一直延续了 20 多年，出版了上百种书籍，甚至现在都还在延续。我们这套"外国语言文学核心话题系列丛书"也希望能够以不断积累，不断摸索和创新的方式，为中国学者们提供一个发展平台，让优秀的思想能够在这个平台上发挥和发展，发出中国的声音。丛书希望为打造中国的学术思想和学术派别，展示中国的视角和观点，贡献自己的力量。

（该文原载《中华读书报》2019 年 5 月 1 日，收入本书时略有改动）

浪漫派与现代派

英国浪漫主义诗歌与新历史主义批评

一

传统的浪漫主义研究有一些很显著的共同特征和关注焦点。比如,19世纪的阿诺德认为华兹华斯的哲理诗算不上优秀诗歌,因为它们趋于抽象,没有足够的感情和想象力。[1] 然而我们也发现,20世纪的布莱德勒认为华兹华斯的哲理诗是优秀诗歌,理由恰恰也是因为它们不乏感情和想象力。[2] 也就是说,传统的浪漫主义研究多以想象力为研究的出发点,探讨想象力如何将感情和事件转变为艺术。实际上,在新历史主义批评出现之前,几乎所有浪漫主义的批评家们都无法回避想象力问题,无论是批评还是赞扬。

传统的浪漫主义研究离不开想象力这个议题,可能是因为浪漫主义诗人在他们自身的著述中非常关注想象力。华兹华斯曾经说,"事物的影响力并不来自它们自身,而主要来自那些与它们交流或受到它们影响的人们的心灵和这些心灵所赋予它们的想象。"[3]华兹华斯的创作原则是"选择那些平凡的事件和情景,使用日常生活的语言,然后在它们之上渲染上想象力的色彩"。

---

① Matthew Arnold, "Wordsworth", in *Essays in Criticism Second Series*. London: Macmillan, 1925, pp.135-136.

② A.C.Bradley, *Oxford Lectures on Poetry*. London: Macmillan, 1950, pp.127-128.

③ M.H.Abrams, *The Mirror and the Lamp: Romantic Theory and the Critical Tradition*. London and Oxford: OUP, 1971, p.54.

柯勒律治也说,"诗歌的意象,不管它们多么美丽,不管它们是否拷贝于自然,不管它们是否准确地表达于文字之中,都不是诗人的特征,只有当它们被一种不可抗拒的激情所改变,它们才能成为创造性天才的证据。"①英国19世纪诗人似乎对想象力有着不同寻常的崇拜。

著名文学理论家威勒克认为,浪漫主义时期形成了一个统一的历史潮流,具有突出的时代特征。总结起来说,浪漫主义艺术有三个标准,即"诗艺观上的想象力,世界观上的自然,诗歌风格上的象征和神话。"②也就是说,浪漫主义文学在形式、内容和诗学上都与之前的文学有所不同。著名文学批评家亚伯拉姆斯将这个区别形象地比喻为"镜子"与"明灯"的区别。如果浪漫主义之前的诗学所强调的主要是艺术反映现实,即"文学向自然举起一面镜子"的话,那么浪漫主义主要强调的是诗歌的想象力如何去改变现实,如何用想象力的光明去照亮现实。亚伯拉姆斯的《镜与灯》和《自然的超自然主义》将传统浪漫主义批评对想象力的崇拜充分突显了出来,这两部著作是对传统的浪漫主义批评迄今为止最为系统的总结和描述,因此代表了传统的浪漫主义研究的卓越成就。

二

然而,传统的浪漫主义研究有着过分依赖于浪漫诗人自己的思想和著述的倾向,仿佛浪漫诗人对自己的创作具有绝对权威的解释权。浪漫诗人对想象力的崇尚暗示了对艺术创造的一种认识,即创作的源泉来自诗人的内心,而不依赖于外部现实的存在,它主要是诗人的一种内心活动。仿佛诗歌中的一切都发生在诗人的大脑里,而外部的世界不存在或者不重要。这种思想在布卢姆的"内在化"理论得到了充分的体现,仿佛主人公的漫游一定是一种心路

---

① M. H. Abrams, *The Mirror and the Lamp: Romantic Theory and the Critical Tradition*. London and Oxford: OUP, 1971, p.55.

② Rene Wellek, *Concepts of Criticism*. ed. S. G. Nicols, New Haven, Conn.: Yale University Press, 1963, p.161.

历程,他的寻觅活动一定是一种内心追求。① 弗莱也提出过类似的看法,认为浪漫时期的诗人总是向心灵内部去寻找事物的动力,他们不再像弥尔顿那样,仰望苍天,寻求神的支持。当他们需要支持的时候,他们总是向地下或者内心深处去寻求。② 因此,华兹华斯和雪莱被视为"灵视者"或者"预言家":仿佛现实的世界不是他们关注的对象,他们关心的是他们自己的心灵活动。

　　问题是诗人的心灵并不是一个封闭的系统,诗人也不是完全孤立的个体。他是一个生活在社会当中的人,是构成那个社会的成员,传统的浪漫主义研究正好忽视了这一点。正如巴特勒指出,"将作家和文本的关系视为封闭的体系,是我们经常面临的危险,而事实上文学创作的过程在两端都是开放的。"③作家从他的环境当中获得语言和素材,而作品最终将回到社会当中被读者阅读。也就是说,文学的创作并不仅仅发生在作家的大脑当中,因为作者的大脑参与了社会运作的过程,并被他参与的社会过程所塑造。因此,作家不是作品的唯一作者,从某种意义上讲,作品是由公众创作的,文学创作是一个集体活动,是特定时期和特定社会的社会因素所决定的。因此,巴特勒认为,浪漫主义文学的研究应该反对"孤立主义"(isolationism),应该将作品与它的社会背景和历史过程结合起来。

　　要避免传统浪漫主义研究的自我封闭,我们必须思考这样一些问题:想象力和创造力能否用来定义浪漫主义时期的文学? 它是这个时期的文学的客观描述,还是浪漫主义诗歌的自我表述? 应该承认,想象力、个性、独创性等概念是浪漫主义诗人用以推销自己和塑造形象的手段,但并不一定是研究浪漫主义文学的最佳研究视角和最佳切入点。浪漫主义研究不能总是受制于浪漫主义作家的自我表述,总是从浪漫主义作家的观点出发、用他们自己的眼光来研究他们的作品。麦甘认为,传统的浪漫主义研究恰恰是"受制于一种浪漫主

---

① Harold Bloom, "The Internalization of Quest Romance", in *Romanticism and Consciousness*. New York: W. W. Norton, 1970, pp.3-24.

② Northrop Frye, *A Study of English Romanticism*. New York: Random House, 1968, p.20.

③ Marilyn Butler, *Romantics, Rebels and Reactionaries: English Literature and its Background* 1760-1830. Oxford: OUP, 1981, p.9.

义意识形态,受制于对浪漫主义自我表述的不假思索的吸收。"①比如,浪漫主义诗歌中到处存在着情景的升华和概念化,一些很实际的社会问题被移植到理想化的环境之中,从而失去了它们原本的社会历史意义。新历史主义方法恰恰是要将这些被置换和理想化的内容充分展示出来,使之重新回归它们的社会历史环境。麦甘还指出,社会历史的分析方法并不排斥传统的形式风格研究,正好相反,它很重视形式风格研究。但是这种研究必须建立在社会历史的分析之上,并为之服务。②

三

新历史主义是后现代思潮中兴起的一种批评方法,是对历史的一种全新的认识。它原本是一个哲学问题,探讨历史研究的方法。在文学领域中,新历史主义关心两个基本问题:一是历史的真实性问题,二是文学和历史的界限问题。新历史主义认为,审美活动与其他的社会活动密不可分。我们上公园游玩是一种娱乐和休闲活动,但是当我们观看景点时,我们又会意识到有某一首诗歌或某一篇散文曾经描写过这个地方,而这首诗歌或这篇散文又与某位历史人物联系在一起。根据统计,好莱坞出身的美国前总统里根在各种政治演说中频繁使用电影台词,引用台词如此之多,以至于人们无法分清他是作为总统还是作为演员在说那些话,或者更准确地说,人们很难分清他是在演戏还是在做政治演说。"他已经把自己和听众投射进一个模仿与现实毫无差别的境地。"③又比如,诺曼梅勒的《行刑者之歌》就是一本关于杀人犯最终伏法的"真实生活小说"。当作者将官方文件、私人通信、报刊剪辑等写进小说之时,

① Jerome McGann, *The Romantic Ideology: A Critical Investigation*. Chicago & London: Chicago UP, 1983, p.1.

② Jerome McGann, *The Romantic Ideology: A Critical Investigation*. Chicago & London: Chicago UP, 1983, p.1.

③ [美]史蒂芬·格林布拉特著:《通向一种文化诗学》(*Toward a Poetics of Culture*),盛宁译,载《新历史主义与文学批评》,张京媛主编,北京大学出版社1993年版,第8页。

这些资料也就由社会话语转化为审美话语。同时小说主人公坦诚地承认,他是观看电影《飞越疯人院》成长起来的一代人,他们的观点、感情特征、行为规范都是由大众文化和通俗小说塑造的。①

也就是说,艺术话语和社会话语两者之间是相互渗透、相互穿插的结构体系。两者的关系并不是传统美学所描述的前者反映后者,而是双方之间循环往复。它们之间的"谈判""交易"和"协议"最终产生了艺术作品。新历史主义认为,文学批评的目的就是要再现社会话语和审美话语之间的这种"谈判"和"交易",要拆掉文学和历史、审美和真实之间的藩篱。一方面文学批评一定要"历史化",要将文学放入一个大的历史环境中去考察。另一方面,它也在尝试将历史"文学化",比如,史蒂芬·格林布拉特近年出版的《尘世的莎士比亚》就将传记写成了文学,将文学的想象大胆地还原到生活中去。这种带有新历史主义倾向的文学实践以及目标类似的批评实践被格林布拉特称为"文化诗学"。

由于吸纳了当代批评理论,新历史主义具有了更多的阐释学意义上的复杂性,因此具有了更多的洞察力。比如,它强调历史的建构性,将其视为叙事或者再现,永远不可能达到历史的真实。历史学家只能在叙事和再现的意义上去认知他们研究的对象。另外,它强调历史学家的主体不确定性,突出了历史学家个体的倾向性、历史性和视角的特殊性,从而使"超越利益"的历史学成为不可能,使"客观"的历史成为泡影。所谓的"大历史"和"小历史"的区别、正史和野史的区别,实际上是叙事视角的差别。因此,没有所谓的正史或者权威历史,而只有多种多样的、相互矛盾的历史文本。而文学研究正是要将所有历史,不管是文学的历史还是非文学的历史,纳入一个超级的互文结构之中。

方法论的变化往往会引起一个学科的革命。由于新历史主义对历史学的目的、方法和对象都有了更多的"自我意识",它仿佛上升到了一个新的学术高度。当它从这样的高度来审视本学科的运作模式和运作过程时,它自然就

---

① [美]史蒂芬·格林布拉特著:《通向一种文化诗学》(*Toward a Poetics of Culture*),盛宁译,载《新历史主义与文学批评》,张京媛主编,北京大学出版社 1993 年版,第 13 页。

会看到传统的历史研究在方法和结论上的一些缺陷和漏洞,就会对它产生怀疑和不满。比如,悌利亚德在那本权威的《伊丽莎白时期的宇宙图景》中为读者描绘了 16 世纪英国人的宇宙观,即由各种生命形式构成的所谓的"生命之链":上帝、天使、人类、动物、植物,从上至下,以贵贱顺序依次排列。在文艺复兴时期的人们看来,这个"生命之链"是上帝的安排,也是宇宙的秩序。而文艺复兴时期的文学艺术从很大程度反映了这样一个宇宙观。从旧历史主义的观点来看,这没有任何问题。但是从新历史主义角度来看,它犯了历史研究的两个大忌:第一,它将文学艺术视为对历史的简单反映。第二,它将历史视为铁板一块的、单一不变的体系。而事实上,伊丽莎白时期的历史是复杂的和相互矛盾的,它的宇宙观也不是单一的、基于基督教的宇宙观,而是具有更大的复杂性。[①] "伊丽莎白时期的宇宙图景"可能反映了悌利亚德本人和他的时代对那个历史时期的解读,反映了他的思想倾向,满足了他的时代的批评诉求:即文学的反映论和对文学作品自身的完整性的追求,但它不是那段历史的真实描述。这样他成为新历史主义批评的反面教材也就不足为奇了。

四

在文艺复兴研究领域的新历史主义将悌利亚德沦为批评对象的同时,浪漫主义研究领域也在发生着同样的事情。首当其冲的是浪漫主义研究的权威亚伯拉姆斯和他的学生布卢姆。在新历史主义看来,两位学者也至少存在两个问题:第一,他们认为浪漫主义的起点能够确定;第二,他们认为浪漫主义是19 世纪英国文学的一个大一统的运动。其实,浪漫主义作为一个历史概念在19 世纪后期才被使用,浪漫主义作家根本不知道他们是浪漫主义作家。巴特勒认为,无论认为浪漫主义始于 1789 年还是 1798 年,都无法回答为什么在文学和绘画中这个运动不能同步的问题。另外,浪漫主义总是与法国大革命联

---

① Raman Selden, et al., *A Reader's Guide to Contemporary Literary Theory*. Beijing: FLTRP, 2004, pp.187-189.

系在一起,被认为是与政治变革同步的文学变革。但是德国浪漫主义作家一开始并不支持法国大革命,英国浪漫主义作家有的支持,有的反对,更有的是先支持、后反对。因此,浪漫主义时期的文学并不是铁板一块的,里边存在着许多断裂、矛盾和冲突。巴特勒说,我们不知道应该将他们描述为"浪漫主义者""叛逆者",还是"反动派。"①

麦甘也对传统的浪漫主义研究的"整体性视角"进行了批评,他认为浪漫主义常常被建立在一些简单化的概念如"创造性""想象力""激情""个性化"等之上。亚伯拉姆斯对"后革命时期"浪漫主义运动的建构,即在社会和政治理想无法实现的情况下,诗人将这种愿望内在化,使之成为一种精神和宗教的追求,是建立在对个别作家的分析之上的,它根本无法涵盖这个时期的所有作家。同时"整体性视角"也是对这个时期创作理念和策略的多样化的一种忽视,无法解释拜伦,甚至无法解释华兹华斯的《皮尔城堡》、柯尔律治的《地狱边沿》、雪莱的《生活的凯旋》和济慈的后期诗歌。麦甘认为,将某个个别的定义普遍化的做法在传统的浪漫主义研究中是很常见的,批评家"在描述他们的对象时,告诉我们更多的是他们自己的意识形态选择。"②

1986年,列文森宣称,"一个新的词汇在华兹华斯研究领域中流行:历史主义"。这些历史主义批评家拒绝了布卢姆、哈特曼、德曼、甚至亚伯拉姆斯的"唯心主义"阐释模式,也拒绝了厄德曼、伍德林、汤普森的旧历史主义批评模式。他们将他们的批评立场定义为对浪漫主义文本和浪漫主义阐释模式的"去神秘化"解读。他们反对用实证主义的方法对待历史事实,重视文本中的缺失和对立成分,他们充分意识到他们自己的历史视角的局限性。一句话,他们将用历史,或者社会政治意义上重建的历史,来对抗包括亚伯拉姆斯和布卢姆在内的"耶鲁学派的控制。"③

新历史主义的批评策略往往是从文本中的一个微不足道的细节开始,挖

① Marilyn Butler, *Romantics, Rebels and Reactionaries: English Literature and its Background 1760-1830.*Oxford:OUP,1981,pp.8-9.

② Jerome McGann,*The Romantic Ideology:A Critical Investigation.*Chicago & London:Chicago UP,1983,p.24.

③ Marjorie Levinson,*Wordsworth's Great Period Poems:Four Essays.*Cambridge:Cambridge UP,1986,p.1.

掘出这个细节背后所包含的历史渊源,然后利用这个历史渊源作为支点对文本中的意识形态或者思想倾向进行批判。比如,列文森在华兹华斯诗歌中发现了一个有趣的现象:即诗歌题目与具体的时间地点有密切关联,但是诗歌本身却比较抽象,似乎与具体的时间地点无关。在这些诗歌中似乎存在着一种想要抹去或者删除其创作起因的愿望。比如,《丁登寺》描写了一幅由草地、森林、岩石、流水构成的田园风光,同时也追溯了诗人心灵的成长过程、或诗人心灵与自然关系的变化成熟过程。可是,题目中那个具体的地点"丁登寺"在诗歌中始终没有出现。如果我们再看一看诗歌的完整标题:《诗行:重游怀河河谷后写于丁登寺上游几英里,1798 年 7 月 13 日》,我们会感到更加不可思议。因为它提供了关于这个地方的众多细节,似乎有一种让读者了解这个具体地点的强烈愿望。我们会问:丁登寺究竟是一个什么地方? 1798 年 7 月 13 日是一个什么日子? 为什么读者需要知道这么详细? 然而诗歌并没有回答这些问题。这是一个比较典型的例子,在列文森所研究的四首"华兹华斯的伟大时期诗歌"中,至少有三首存在着这种题目与内容的矛盾。因此列文森认为,华兹华斯诗歌中存在着一种抽象化和唯心化(idealization)的倾向:一个具体的事物和事件往往被升华和置换,在这个过程中,真实的人物和事件被拆解,并以新的面目被重新塑造出来(de-and re-figured)。[1]

列文森的目标就是要回到那些诗歌中已经暗示、但最终又被压抑下去的层面,回到被普遍化和象征化的内容背后的具体历史。换句话说,就是要回到诗歌中并未出现的丁登寺,去看一看 1798 年 7 月 13 日那里究竟是什么景象,那里究竟发生了些什么? 这样做的结果是她发现丁登寺当时是一片废墟,而它的荒芜与两个世纪以来的政治宗教斗争不无相关。另外,丁登寺下游已经成为一个工业区,运煤船在怀河上到处可见,而且丁登寺已经成为失业者、无家可归的流浪汉的避难所,那里到处布满了穷人撑起的帐篷。更有意思的是在当时的社会意识中,这里曾经发生的政治宗教斗争被视为英国历史上的"法国大革命",而且贫穷和潦倒也是爆发这场革命的火种。这些政治意义和

---

[1] Marjorie Levinson, *Wordsworth's Great Period Poems: Four Essays*. Cambridge: Cambridge UP, 1986, p.5.

不和谐因素自然被排除在诗歌之外,因而我们所看到的是一首关于心灵成长、具有普遍意义的诗歌。从批评方法上讲,列文森既是唯物主义的,又是解构主义的。一方面,她不停地将文学文本"历史化",凸显它们的指涉价值;另一方面,她又精于发现文本中的断裂、矛盾、缺失,并且在这种断裂、矛盾、缺失中寻找文本的意义。通过对在场和缺场、所指和能指之间的复杂关系的分析,她旨在让"沉默"发声,让"不可言说"之事言说。她引用了阿尔都塞的话说,"我听见了这个沉默,它是一种话语受到另一种话语的压力和压迫而可能形成的弱势,这另一种话语通过这种压抑取代了第一种话语……我的目标就是要使第一种话语的沉默发声,以驱逐第二种话语。"①

五

新历史主义似乎特别适合对济慈的批评,因为传统的济慈评论似乎提供了一个可以被完全颠覆的对象。传统的济慈评论总喜欢将他与政治历史剥离开来,将他的诗歌创作视为一种纯粹的美的追求:"美就是真,真就是美"。传统的济慈经典《夜莺颂》《希腊古瓮颂》《秋颂》等似乎都是对这句名言的诠释,而济慈本人也被尊崇为唯美主义诗歌的先驱。这样的观点几乎从19世纪一直延续到20世纪80年代,从济慈的传记作者米尔恩斯,到20世纪初的浪漫主义专家塞林柯,甚至到20世纪70年代的解构主义批评家德曼和哈特曼。根据这种观点,济慈的生平几乎完全就是一个作家的生平;他的心智成长几乎完全就是一种创作历程;他对他的时代所发生的那些令人兴奋的革命浪潮和政治变革几乎毫不关心;他对那个时代的政治和社会发展走向、对人类的未来、对"自由、平等、博爱"等观念几乎毫无兴趣:他的兴趣几乎完全集中在"美"之上。

然而,新历史主义批评却把注意力放到了济慈诗歌美背后的历史,关注使

---

① Marjorie Levinson, *Wordsworth's Great Period Poems*: *Four Essays*. Cambridge: Cambridge UP, 1986, p.9.

他的思想和心灵得以形成的特殊文化环境(cultural matrix)。由于任何人都不可能生活在真空之中,他的思想、观念、态度的形成都会与他的教育、阅读、交往、家庭背景、生活环境形成密切的关系。因此,一方面新历史主义反对将济慈诗歌视为自我封闭、自给自足的文字组合,强调它具有"完全的社会特殊性"(complete, social particularity);另一方面新历史主义强调意识形态对诗人的观念和态度的影响。通过对济慈就读的学校的调查,通过对济慈交往的朋友圈子(所谓的"伦敦佬诗派")的调查,新历史主义发现他并非对社会历史毫不关心。他的信件和"非经典"诗歌表明,他和他的朋友考登·克拉克和李·亨特一样,非常关注英国的宪政自由和宗教宽容,非常关注英国政治制度的改革和发展,以及法国大革命后英国政治制度的倒退问题。济慈的表达方式是隐讳的,历史内容有时被审美意图所掩盖,有时因规避风险而改头换面(displacement),但是他的风格和用词选择都暗含了社会政治意义的存在。它们与当时的社会政治话语有着很强烈的对应效果。

新历史主义批评超越了传统的济慈批评,在唯美主义的济慈之外看到了一个政治性的济慈。同时随着关注点向政治转移,人们在传统的济慈经典之外又看到了一些通常没有引起人们注意的作品,如《咏和平》《写于李亨特出狱之日》《写于查尔斯王复辟周年纪念5月29日》等。更进一步说,它让人们对传统济慈经典有了新的认识和新的理解。比如《秋颂》传统上被认为是最唯美、最无社会政治背景的诗歌,它发出的是"真正非自我化"的声音,表达的是一种"寂静主义"(quietism)或者"遁世主义"(escapism)的倾向。但是正是这样一首诗歌在新历史主义的放大镜下,却显示出它的社会政治面目。最典型的新历史主义解读来自麦甘的论文《济慈与文学批评中的历史方法》和尼克拉斯·罗的论文《济慈的共同体》。根据罗的观点,《秋颂》不仅仅是一首秋季的颂歌,它表达的是对"社会公正"(social justice)的一种渴望。秋天的果实是大自然给人类的赠予,而这些赠予如何能够在人类成员中进行公正合理的分配是诗歌的主题之一,也是一个唯美主义批评家无法注意到的潜文本。公平和正义的象征之一是"天平",虽然在《秋颂》中没有天平的形象,但它刻画的女神"秋"在当时的话语中并不少见,她几度出现在对济慈创作非常重要的语境之中。在曼彻斯特的圣彼得原野,争取政治改革和社会公正的群众高举

"正义女神"的旗子:她一手举着火炬,一手拿着天平。另外,李·亨特在他的杂志《审视者》的一个政论栏目"自然的年历"中,刻画出一个更加政治化的黄道神"九月":一手握秤,一手握收割工具,监视着丰收果实的公正分配。如果将《秋颂》置于这样一个语境之中,那么诗歌中的许多词汇和形象将会呈现新的意义:太阳与大地的"合谋"(conspiring)可能会被理解为富人与政客的"阴谋";"果酒榨汁机"(cider press)中流出的"最后汁液"(last oozings)可能被理解为富人对穷人的剥削,或者"彼得卢惨案"(Peterloo Massacre)中流淌的鲜血。从这个意义上讲,《秋颂》不仅仅是颂秋,"重新审视这样的诗歌如何通过抒情干预与历史进行谈判的策略是有益的。"①正如济慈在另处所说,美的事物是"永恒快乐"的源泉,但它也是一位"山林的历史家"(Sylvan historian)。

六

任何文学理论都有它的文类基础,同时它又对这些文类的批评最有效。比如,"新批评"来源于英美诗歌批评,它最精彩的批评观点和批评实践也产生于对诗歌的批评。20 世纪 70 年代开始出现的各种后现代批评理论似乎主要以小说为文类基础,因此它们似乎更适合对小说进行分析和研究。20 世纪 80 年代出现的"新历史主义"似乎是一个例外,因为它对于小说、诗歌和戏剧似乎同样有效。当然,它也有它的成功领域,我们了解的"新历史主义"以莎士比亚和文艺复兴时期的文学为它的第一兴奋点,以英国 19 世纪浪漫主义诗歌研究为它的第二兴奋点。

然而,在浪漫主义诗歌的批评中,"新历史主义"也存在着适应性的差异:它更适合某些作家,更能够在某些作家的批评中产生奇异的效果。由于"新历史主义"倾向于探讨文本背后被压抑或"缺场"的历史因素,因此它往往更倾向于寻找那些表面上是唯美的,而实际上与社会历史有"交易"和"对话"的

---

① Nicholas Roe, ed. *Keats and History*. Cambridge: Cambridge University Press, 1995, p.209. See also Jerome McGann, "Keats and the Historical Method in Literary Criticism," *The Beauty of Inflections. Literary Investigations in Historical Method and Theories*. Oxford: Clarendon, 1985, pp.17–65.

诗人和作品。而那些有明显的政治倾向的作家和作品往往被认为过于明了，不需要"新历史主义"对其政治社会内容进行"解密"，拜伦和雪莱可能就属于这一类作家。雪莱从大学开始就是巴特勒所定义的"叛逆者"：他因"无神论"的言论而被牛津大学开除，他因娶了一个出生卑微的女孩而与家庭割裂，他因英国殖民统治爱尔兰造成的贫穷而发出呐喊，他为建立一个公平合理的新世界而发出预言，他的社会政治倾向不言而喻。

拜伦的叛逆精神并不在雪莱之下，他的政治观和道德观都与他的时代格格不入。他是一个孤独的"革命者"，以个人的浪漫主义精神与社会抗争。他不惧毁灭，反而对毁灭有一种向往，渴望像著名的叛逆英雄那样走向一个辉煌的结局。因此在他的作品中，他塑造了曼弗雷德和该隐这样的大逆不道的叛逆者，叛逆、惩罚和死亡对他们有一种特别的吸引力。这样的心理使他们以叛逆为荣，以叛逆为乐。越是为社会所不容的事情他们越是要做，越是为社会褒扬的事情他们越是要抨击。在拜伦的内心深处，他追求着一种自由，但这种自由似乎不是人民大众所渴望的那种自由，正如哲学家罗素所说，他追求的自由是他的祖先曾经拥有的贵族式的我行我素。① 在《唐璜》和《恰尔德·哈罗德》等长诗中，他用最犀利的笔锋对欧洲和英国的政治和社会进行了讽刺，对当时发生的历史事件进行了无情的评析。政治和社会历史在拜伦的作品中是一个很明显的主题。

但是，雪莱和拜伦的革命、叛逆和改革都涉及一个目的问题，不能不引起人们思考，也就是说，他们的叛逆、革命和改革究竟为了谁？正如多森在评论雪莱时指出，这里有一个"家庭背景和成长经历与有意识地设计出来的政治哲学"之间的差异问题，二者"在多大程度上能够和谐共处？"②从这里可以看出，"新历史主义"在某种程度上与"文化唯物主义"是共通的，"文本的历史化"与政治意识和阶级意识只有一步之遥，历史批评和政治批评不可分离。雪莱对社会的分化和分配的不公给予了极大的关注，在《给英国人民的歌》中

---

① Bertrand Russell, *History of Western Philosophy*. London: George Allen & Unwin, 1974, pp. 716-718.

② P.M.S.Dawson, "Shelley and Class", in *The New Shelley: Later Twentieth-Century Views*. ed. Blank, G.Kim.Basingstoke: Macmillan Academic and Professional, 1991, p.34.

他写道,"英国人民啊,何必为地主而耕?/他们一直把你们当贱种!"(1—2,查良铮译文)你们像"工蜂"一样不知疲倦地劳作,生产出粮食、布匹和武器,难道是为了让统治者剥削和镇压你们? 在《1819 年的英国》中,他把统治阶级比喻为"蚂蟥",正在吮吸着人民的鲜血,并预言这些剥削和压迫人民的社会政治制度将成为它自身的坟墓。《西风颂》中那既是毁灭者,又是保护者的"西风"和《1819 年的英国》中那照亮风雨之日的"幽灵"都预示着革命的即将到来。

　　然而另一方面,雪莱为工人阶级抗争的事实并不意味着他真正成为工人阶级的一员。所有证据都表明,他的生活、穿戴、举止都显示着他的"绅士"身份。他自己也非常明白,一个不同政见者的观点,即使他常常竭力排除偏见和庸俗的干扰,在仔细观察后,都可能显示出他极力反对的政见的残留。雪莱抛弃了他的贵族出生,为下层人民鸣不平,然而他作为一个知识分子又未真正加入下层社会,从而造成他的阶级身份的模糊和模棱两可。他在 1811 年写道,"我是贵族的一员……压迫民众的机器正在我身上建设,届时我也将成为一名压迫者"。因此,正如多森指出,雪莱的叛逆和改革总是有一定限度的,他所为之奋斗的理想不一定是实实在在的社会正义,而可能是一些抽象的哲学概念,如"公正、平等、仁慈和理智"①。这个观点可能显得有点激进,但是如果我们看一看雪莱后期的《被解放的普罗米修斯》和《生活的凯旋》,我们便会意识到,雪莱的革命主要是对个人内心的改造:即如果人人内心的主宰都是爱,而不是恨,那么雪莱的新世界也就诞生了。

七

　　布莱克与历史的关系也是一个值得关注的问题。旧历史主义批评家厄德曼、伍德林和汤姆森常常将布莱克与法国大革命、黑奴买卖和基督教唯信仰论

---

① P.M.S.Dawson,"Shelley and Class",in *The New Shelley*:*Later Twentieth-Century Views*.ed. Blank,G.Kim.Basingstoke:Macmillan Academic and Professional,1991,p.38.

简单地联系在一起,以证实他对这些历史事件的兴趣和关注,但是布莱克与历史的对话可能更为复杂,里边涉及的关系也更为纷繁。新历史主义批评往往会深入现象的背后,去进行话语分析,去探讨主体建构,身份界定等深层次的问题,即将布莱克还原到他的社会历史环境中去考察他与那个社会的主流意识的对话,以实现对他的政治、审美、哲学和宗教观点的定义和定位。

萨瑞·麦克迪西在《威廉布莱克:1790 年代的不可能发生的历史》一书中,对英国 18 世纪最后十年的历史进行了重写。由于这段历史正是布莱克创作最活跃的年代,因此正确认识这段历史,以及布莱克与这段历史的互动关系就显得至关重要。根据麦克迪西的说法,18 世纪 90 年代不仅是法国大革命的时代,而且也是英国激进主义运动的年代。与处死国王的法国大革命一样,英国的激进主义运动也有共和主义的倾向,它反对旧王朝的专制,反对贵族的奢侈、腐败和堕落,提倡人权、自由和理性。不同的是它也反对下层人民所谓的"过度狂热"或过度革命。因此英国激进主义运动总体上是一场中产阶级的革命运动,它在反对没落贵族的专制堕落和下层人民的非理性狂热中建立起资产阶级的价值体系和主体意识:这就是延续至今的西方现代人的主体意识。

这个主体意识是建立在一系列最基本的概念性认识之上的,这些最基本的概念包括稳定统一的主体(stable unitary subject)和拥有主权的个体(sovereign individual)。在激进主义运动的代表人物培恩、塞尔沃尔和伍尔斯顿克拉夫特等人的著述中,自由、选择和权利的话语被凸显出来,被视为这个"主权个体"的基本条件,从而成为压倒其他一切话语的、具有霸权意义的主流话语。可以看到,这个现代西方主体是建立在与"他者"的差异的基础上的,同时与"他者"形成结构性的二元对立关系:西方的现代自我的建构不但排斥没落贵族和狂热暴民,而且也排斥西方以外的其他种族。对这个具有霸权意义的主流话语,布莱克的态度是质疑、抵抗和批判。

更有意思的是,在麦克迪西重建的历史中,激进主义话语与殖民话语是相互支持、合谋共通的关系。激进主义运动所反对的专制、腐败、堕落、奢侈和非理性也被投射到非西方的其他种族身上,特别是阿拉伯人和印度人身上。东方的"发现"和东方文本的翻译使"东方"成为浪漫主义时期的一个重要主题,柯尔律治的《忽必烈汗》、骚塞的《毁灭者塞巴拉》、兰朵的《杰比尔》、拜伦的土耳其故事和《唐璜》、雪莱的《奥兹曼迪斯》和《伊斯兰叛乱》、托玛斯·莫尔的《拉拉·鲁克》和德·昆西的《鸦片吸食者的自白》等都说明了东方在英国作家的想象中的重要性。这些作家对东方的态度各不相同，从同情到敌视皆有，但是他们或多或少都染上了萨义德所说的"东方主义"。我们都知道，西方建立其主体身份的基础是与"他者"的差异，认识"他者"也就意味着获得了关于"他者"的知识，以及控制和支配"他者"的力量。欧洲与这些"他者"的殖民关系从某种意义上说迫使这个时期的作家去思考和定义他们与这些他者的差异，从而促成一种欧洲主体与它所统治的亚非客体的新型关系的产生。在这个问题上，似乎只有布莱克是一个例外。

在《天真之歌》中有一首诗叫《神的形象》，布莱克在诗中写道，"人人都必须爱这个人形，/不论它是异教徒、穆斯林或犹太人。/只要哪里有仁慈、爱和怜悯，/哪里就有上帝与它们同在"。（7—20，杨苡译文）这里并没有暗示一种主体与客体的关系、帝国与殖民地的关系，而是一种唯信仰论的宗教观和反帝国主义的政治观。正如麦克迪西指出，它"对正在崛起的英帝国主义的文化政治提出了激烈的挑战。"① 与帝国密切相关的英国国教正是建立在与"他者"的区别之上的，而对于"唯信仰论"的布莱克来说，"所有宗教都是一种宗教，正如所有人都是相同的（虽然呈现出无限的多样化）"。这种政治宗教美学是对一种更古老的泛神论的一种回归，它超越了激进主义话语所倡导的"差异"和"区别"，而提倡一种内在性的统一。也就是说，所有民族在原初状态只有一种语言，一种宗教，其后出现的多样性仅仅是表现的不同。这种思想暗示了各文化和各种族的一种平等关系，因此布莱克的《黑小孩》在雕版画中与白小孩差别不大，他的亚洲和非洲人物也显得更高尚、更英勇，丝毫不像弥尔顿所说："亚洲的人民"更倾向于接受"奴隶制"②。

---

① Saree Makdisi, *William Blake and the Impossible History of the* 1790s. Chicago & London: Chicago UP, 2003, p.247.

② Saree Makdisi, *William Blake and the Impossible History of the* 1790s. Chicago & London: Chicago UP, 2003, p.252.

八

　　"新历史主义批评"是浪漫主义研究的一个特殊现象,它有明确的理论向导和理论意图。但是"理论"本身对于浪漫主义研究的适应性是一个有争议的话题,因为理论暗示的思辨和理性对浪漫主义所代表的想象力和感性至上的思维模式是一个否定。我们想起了济慈在《拉米亚》中所描写的那个可怕的结尾:当里修斯与拉米亚即将举行婚礼,当他们憧憬的幸福即将来临,哲人阿波罗尼的理性的双眼识破了拉米亚的外衣,结束了她与里修斯的幸福美梦。感性"美"被哲学的慧眼肢解,成为支离破碎的丑恶。这也许是济慈给我们的一个警告,当理论和逻辑被用来分析诗歌美的时候,它们将使"美"烟消云散;①"哲学将剪去天使的翅膀,拆开彩虹"。也许正是因为如此,华兹华斯说,"春天树林的律动,胜过/一切圣贤的教导",(21—22,杨德豫译文)理智的运用将"毁损万物的完美形象——/剖析无异于屠刀"。(27—28,杨德豫译文)然而,理论与浪漫主义的对立依赖于对浪漫主义的一种特殊认识。经过"新历史主义",特别是经过"解构主义"之后,人们已经认识到将浪漫主义等同于想象力和感性的判断是对浪漫主义的一种建构,而我们仍然可能有其他不同的建构浪漫主义的方式,因而浪漫主义可能呈现出一些不同的特质。我们不只是有一种浪漫主义,而是有多种浪漫主义,②也许这正是"新历史主义"给人们的一种启示。

　　历史并不是过去发生的事情,也不是古物的陈列,而是"描写过去事情的方式",它主要"由一些文件和阅读、诠释这些文本的策略组成"。后现代批评的核心可以描述为一种泛文本化的信念:即"我们只有通过文本才能思考、存

---

　　① 丁宏为著:《济慈看到了什么?》,《外国文学评论》2004 年第 4 期。另见丁宏为著:《理念与悲曲:华兹华斯后革命之变》,北京大学出版社 2002 年版,第 53—54 页。

　　② David Simpson, "Romanticism, Criticism and Theory", *The Cambridge Companion to British Romanticism* ed.Curran, Stuart.Shanghai: SFLEP, 2003, pp.8-9.

在和感知,文本除了是我们能知道的一切外,还是唯一使我们感知到这一切的形式。"①这些"新历史主义"的理念凸显了历史的叙事性和建构性,强调了认知主体与认知对象之间的不可消除的障碍:即知识与真理之间的断裂。因此,辛普森对"新历史主义"的批评,说它并未意识到"知识的或然性"(the prob-lematics of knowledge),是不公正的。② 华兹华斯在《抒情歌谣集》的序言中有一句名言,即"诗歌是强烈的感情的自然流露,它起源于在平静中回忆起的情感"。对这句名言的理解就可以充分体现历史的文本性:传统的批评往往强调这句名言的前半部分,认为"情感"是华氏诗学的核心;后现代的批评可能会强调它的后半部分,认为"平静中的回忆"才是华氏诗学的核心。两种理解的差异在于"平静中的回忆"暗示了强烈感情已经趋于平息,理智的干预已经开始。它暗示了心智对感觉的把握和控制,对这种感觉进行了有意识的组织和引导,因此理性的指引是华氏诗学的核心。③ "新历史主义"认为,这种理解上的差异源于读者的立场的差异,它反映了读者个人或其时代的需求。同时由于时间在不停地变化,你也不可能两次站在同一地点。因此,对一种历史建构,"新历史主义"首先要问的是谁在建构,何处是他的立场,他处于什么时代。

亚伯拉姆斯在《论〈抒情歌谣集〉的政治解读》一文中对"新历史主义"的政治倾向进行了猛烈抨击,认为"新历史主义"的政治批评派,所谓的"马克思的儿子"们,对文学中的政治意义有一种强制的假设,也就是说,他们首先预设文本有一种他们必须找到的意义,然后再发明一种方法将文本中在场和不在场的因素转化为表现这个预设意义的潜文本。只要他们有足够的生平和历史资料、有足够的小聪明,亚伯拉姆斯说,他们就一定能进行政治解读。因此"这种解读实际上是一种自我证实的伎俩,在实证意义上无法解释自己,它是一种预设政治意义、然后再成功地找到它的批评程序的结果。"④亚伯拉姆斯

① 张京媛主编:《新历史主义与文学批评》,北京大学出版社1997年版,第56—59页。

② David Simpson,"Romanticism,Criticism and Theory",*The Cambridge Companion to British Romanticism*.ed.Curran,Stuart.Shanghai:SFLEP,2003,p.21.

③ Saree Makdisi,*William Blake and the Impossible History of the 1790s*.Chicago & London:Chicago UP,2003,pp.235-236.

④ M.H.Abrams,*Doing Things with Texts:Essays in Criticism and Critical Theory*.New York & London:W.W.Norton and Company,1991,p.30.

的批判源于他与一个后现代基本理念的分歧,即文本的意义究竟来源于作者,还是来源于社会。"新历史主义"认为文本并不存在于真空中,而是存在于给定的语言、给定的实践、给定的想象中,语言、实践和想象又都产生于一种结构和一种主从关系体系的历史中。因此文本并不完全是作者个人的创造,因为作者的意识是由他生活的那个社会和历史塑造的,他从某种意义上讲是组成那个社会和文化的大众的特权代言人,他的创作也必定是一个集体创作的结果。正如福克斯·杰诺维塞指出,"文本是人类存在中无以避免的政治本质的产物","它们是从它们无法从中彻底抽身的政治关系中产生出来的。"①从这个意义上讲,所谓的"预设的政治意义",实际上是无处不在的政治关系的体现。

　　"新历史主义"反对大一统的历史建构,对历史的宏大叙事存有疑虑。它认为历史存在于过去发生的那些事件的细节之中,因此对过去遗留下来的各种细致的资料存有极大的兴趣。这些资料往往包括报纸、趣闻轶事、个人日记等等,因而也给人一种避重就轻、强调细枝末节的印象:仿佛新历史主义过于"拘泥于边角废料的'小史'考据",因而"难以支撑起其还原'大历史'的雄心壮志。"②应该说这是对新历史主义的一种误解,新历史主义从实质上讲避免了对历史的一种简约化解读,所谓"大历史"是对历史的一种高度概括和总结性建构,正如我们平时所看到的所谓"大历史"总是帝王将相的历史,仿佛这些人创造了历史,而其他的人和事件都不存在,新历史主义就是对这种宏大叙事的一种反动。比如当我们想到英国维多利亚时代的时候,我们总会想到以帝国扩张为特征的科技发展和社会进步、想到以信仰危机为特征的宗教辩论和进化论思想、想到以刻板僵化和压抑人性为特征的道德规范和性禁忌。这些都是利顿·斯特拉齐的《维多利亚人》等书籍给人留下的印象。但是英国维多利亚时代的历史要比这样的高度概括性文字复杂得多。新历史主义旨在进入那段历史的内部,以暴露主流与支流、潮流与逆流之间的互动关系,就像我们常常强调在帝王将相的历史以外还有人民大众的历史一样。罗杰·麦

---

① 张京媛主编:《新历史主义与文学批评》,北京大学出版社1997年版,第62—63页。
② 张旭春著:《没有丁登寺的〈丁登寺〉:英国浪漫主义研究中的新历史主义范式》,《国外文学》2003年第2期。

克唐纳在小说《达尔文的射手》中描写了达尔文的仆人塞姆考文敦的故事。他在达尔文的贝格尔号科学考察船的探险过程中,协助达尔文收集标本、整理资料,但是最后《物种起源》连提也未提到他。如果这样的历史只能算作"野史",那么它也是值得称道的史学举措。

从 20 世纪 90 年代以来,我国的浪漫主义诗歌研究逐渐涉及新历史主义的批评方法,但是论者多以否定的态度对新历史主义方法进行描述,不免在某些方面有扭曲和不公之处,很难让我国读者全面了解浪漫主义诗歌批评史上的这一段有意思的插曲。如果我们能够以一种中间和独立的态度来对待新历史主义的得与失,呈现出它的优势,同时也指出它的缺憾,让读者充分地了解其作为,然后做出自己的判断,那么,我们对浪漫主义研究的新历史主义转向、新历史主义在文学批评中的起源和发展、新历史主义在浪漫主义研究中的具体运用,以及它所引起的一些争议就会有更加平和的把握,那么研究这段历史和这个现象对浪漫主义文学研究才会有更重要的意义。

（该文原载《外国文学评论》2008 年第 4 期,收入本书时略有改动）

英国浪漫主义诗歌与生态批评

一、生态危机与生态批评

生态批评,简单地说,是研究人与自然关系的批评理论,它探讨人对自然的态度,涉及主体与客体的关系,涉及自然哲学和人生态度等问题。这样的理论看上去没有什么新颖之处,可以说,人与自然的关系历来都是文学和哲学思考的问题。如果不进一步加以界定,这个理论就像是旧瓶装新酒,变换了一套术语而已。要领会生态批评的要旨,必须关注其起源和目标:生态批评之所以成为生态批评,是因为它是对 20 世纪地球所经历的生态危机所做出的一种反应,有着明确的指向性和紧迫性;另外,它有非常明确的行动目标,那就是要改变人们的生活习惯;改变人们对待自然的态度;挽救地球于危机之中。

雷蒙·威廉斯(Raymond Williams)在著名的《乡村与城市》一书中指出,英国人对环境恶化的危机感并不始于当今,事实上,每一个时代都有类似的危机感。20 世纪回望 19 世纪,怀念传统英国的"有机社会";19 世纪回望 18 世纪,悲悼一个"幸福的伊甸园般的时代"的终结;以此类推,18 世纪怀念 17 世纪,17 世纪怀念 16 世纪,16 世纪怀念中世纪,每一个时代都怀着一颗怀旧的心在回望历史,似乎一个有机的乡村英国和一种健康的生活方式消失了。①威廉斯所描述的现象的确存在,它是英国文化阶层对英国不断发展的工业化

---

① Raymond Williams: *The Country and the City*. New York: OUP, 1973, pp.9-12.

和商业化倾向所表达的不满:怀旧是一种对当今的抗议。但是,目前的生态危机与以前的各种类似危机都有所不同,它不仅仅是威廉斯所说的"视角的问题",不仅仅是一种浪漫的怀旧情绪的结果,而是实实在在的生态灾难,它就像一把利剑,悬在我们所有人的头上,随时都有可能掉下来,产生灾难性后果。

18世纪工业革命以来,人类社会处于"加速度"发展的时期。"加速度"而不是"加速",因为人类社会的发展越来越快,像一匹脱缰的野马,或者像刹车失灵的列车,无法停止下来。其速度可以说成几何级数增加,过去需要几十年甚至几百年完成的变革,如今只需几年。特别是进入21世纪后,发展缓慢都是一种落后。过去,十年前的电脑还可以使用,现在,一年前的电脑就已经过时。去年的技术,今年可能就已经老掉了牙。这种高速度的发展对地球的资源形成了极大的消耗,对地球的生存环境造成了极大的破坏,对除了人以外的其他生物物种构成了极大的威胁。如果查一下基本数据,我们就可以知道,在过去五十年人类消耗的不可再生的化石能源,可能相当于过去五百年的总和;在过去五十年消失的生物物种,可能相当于过去五千年的总和;过去五十年地球气温上升的幅度,可能相当于过去五百年的总和。这样的发展是一种不可持续的态势,它将威胁着人类的延续和生存。

在全球范围内,从联合国到各国政府,从公民社会到民间组织,人们在寻求解决问题的方法和路径。联合国气候会议、京都议定书、可持续发展计划、动物保护组织、野生动物保护区、简略的生活方式、塑料袋的禁止使用、绿色蔬菜种植基地等,这些我们耳熟能详的事件,都是人类在政治、经济、科学、技术等方面为挽救地球所采取的行动。猛地一看,生态危机是一个政治和技术层面的问题,似乎与文化没有什么关系。其实它与思想意识密切相关,因为有什么样的生活哲学,就会有什么样的生活态度,什么样的生活方式,就会产生什么样的生态后果。如果我们要挖掘目前地球所面临的生态危机的根源,我们必将会挖掘到人们的思想意识之中,挖掘到产生这种思想意识的历史根源。这就是生态批评产生的缘由,也是在文学生态批评更广阔的思想史范围内的意义所在。

二、浪漫主义的研究与其生态诉求

我们都知道,欧洲的浪漫主义运动一直与"回到自然"和"自然崇拜"的思想联系在一起,也就是说,"自然"是浪漫主义文学特别重要的一环。美国生态文学批评家劳伦斯·布依尔(Lawrence Buell)在《环境想象》一书中,为生态文学下了如下四条定义:1)环境在文本中不只是场景,而是存在,暗示人类历史存在于自然历史之中;2)人类的利益在文本中不是唯一合法利益;3)人类对自然的责任是文本的伦理指向的一部分;4)文本至少暗示,环境是一个过程,而不是既定事实,或者恒定存在。① 可以说,英国浪漫主义文学特别符合生态文学的定义,是生态文学的典型种类。正是因为如此,在生态批评的视野中,英国浪漫主义文学处于一个特别重要的位置。事实上,生态批评使英国浪漫主义文学研究又掀起了一个新的高潮。如果我们追溯一下浪漫主义研究在过去五十年的历史,我们就会更清楚地看到为什么生态批评作为一种批评模式会出现在浪漫主义研究领域开花结果,并且形成一个宏大的批评浪潮。

从 20 世纪 60 年代开始,浪漫主义一直是英国文学研究的热点,并且长期以来一直保持着这种热度。从一方面讲,这是浪漫主义文学在现代派时期受到打压的一种反弹,有批评家就曾经公开宣称,现代派时期的"反"浪漫主义倾向是一种自我塑造的策略,并不代表对浪漫主义的公正评价。从另一个方面讲,浪漫主义文学研究的繁荣也是该领域内部在批评方法上不断创新的结果。这个繁荣的态势首先应该归功于美国耶鲁大学的四位重要的批评家:M. H.亚伯拉姆斯对浪漫主义文学理论进行了富有成效的梳理,他的"镜与灯"的比喻突出了想象力在文学创作中的重要作用:心灵不再像一面镜子被动地反映现实,而是像一盏明灯主动地照亮现实。哈洛德·布卢姆对浪漫主义作家的创作心理进行了弗洛伊德式的分析,突出了诗人在成长过程中个人与传统

---

① Lawrence Buell:*The Environmental Imagination:Thaureau,Nature Writing and the Formation of American Culture*.Cambridge,Mass:Belknap Press,1995,pp.7-8.

的博弈,以及过去的伟大作家和作品给他们造成的心理压力,即影响的焦虑。杰弗里·哈特曼和保罗·德曼则将19世纪德国唯心主义哲学和20世纪解构主义哲学引入了浪漫主义诗歌的研究,对文学中反映出的人与自然的关系进行了革命性的分析。哈特曼将自然归结为人的意识的反映,文学中不存在真实外在的自然。① 如果说在亚伯拉姆斯和布卢姆那里,人与自然形成了一种良性互动的关系,那么在哈特曼和德曼这里,自然已经由一个外在的客观存在转变成为心灵的产物,人与自然的关系变成了人与其灵魂的自我对话。

进入20世纪80年代,浪漫主义文学研究又开始了新的一轮批评模式的变革,即从强调想象力为特征的唯心主义批评模式走向强调历史相关性为特征的唯物主义批评模式。这种新的批评模式,即"新历史主义"反对以抬高想象力作用的方式来否定客观现实的存在,认为浪漫主义的文学创作同样依赖于一些不可缺少的外部条件:即历史事件、读者大众、出版状况以及诗人接受的教育和成长的环境在他心中塑造起来的艺术观、道德观和意识形态。新历史主义的倡导者玛丽莲·巴特勒、杰里米·麦甘、马杰里·列文森等反对将艺术的来源定位于作家的心灵,强调文学与历史、与外部世界存在着千丝万缕的关系。巴特勒认为诗歌描写的经验不是"在大脑里发生的事情",而是在"自我之外的世界里上演的戏剧"。② 批评家的任务就是要将艺术的来源还原到外部世界和历史。麦甘认为20世纪的浪漫主义批评严重受制于"浪漫主义意识形态",即用浪漫主义作家自己的批评理念来衡量和判断他们的文学,因此跳不出想象力和唯心主义的怪圈。列文森则将新历史主义与解构主义结合起来,试图去挖掘诗歌中被掩盖或被压抑的历史根源,让无声者重新发声,从而揭示浪漫主义作家的政治意识,以及在法国大革命失败后他们不得不压抑下去的革命热情。新历史主义批评作为一种后现代批评模式,借鉴了马克思主义的思想精髓,具有极强的政治性,有时被称为"政治批评"。从某种意义上讲,它也是20世纪60年代西方激进主义从社会退守大学校园的大趋势的

---

① Geoffrey Hartman: *Wordsworth's Poetry* 1787–1814. New Haven and London: Yale UP, 1964 & 1971, pp.39–42.

② Marilyn Butler: *Romantics*, *Rebels and Reactionaries*, *English Literature and Its Background* 1760–1830. Oxford and New York: OUP, 1981, p.7.

一个部分。

到九十年代,浪漫主义文学研究又产生了一种新的、旨在超越先前批评模式的冲动,这种新的思路和新的批评模式特别强调与当下的关切相结合,从而产生出新的批评力量。生态批评不满足于新历史主义对浪漫主义研究的政治化,也不满足于耶鲁派批评家对浪漫主义自然的解构。约纳森·贝特(Jonathan Bate)在《浪漫主义生态学》中认为,新历史主义纠缠于华兹华斯的政治态度(革命者还是反动派?),虽然其分析非常细腻和老练,但其实是一种"粗糙的非左派即右派的旧模式"。同时他也认为,耶鲁学派将浪漫主义的自然悬置起来,认为诗人的想象力是一个自为的功能,完全独立于外部存在,其实是一种"抛弃自然,以换取超验想象力"的做法。① 贝特强调,浪漫主义文学研究应该尽可能与目前全球所关心的问题更加紧密地联系起来,将文学批评的政治化从红色向绿色转移,以满足当前的一些更加紧迫的政治诉求。

三、华兹华斯与自然的"复魅"

1798 年,威廉·华兹华斯(William Wordsworth)从伦敦回到了他阔别已久的湖区,回到了大自然的怀抱。他回归自然的冲动最终得以实现:不是衣锦还乡,而是回来定居。清风拂面,他思绪万千,感慨不已,"从那个大城市里逃脱,在那里我困苦已久,一个不愉快的逗留者"。他像一个囚徒,终于获得了自由。"自然"对华兹华斯的重要性可以从他轻松和愉快的心情中略见一斑。在英国工业化发展吸引大批人员从乡村流入城市,以寻求更加富裕生活的时候,华兹华斯却反其道而行之,从城市回到乡村。这里面的原因,一方面有他的政治抱负无法实现的失落,同时也有他对城市文明感到失望的厌倦。在他看来,城市的发展并不一定意味着美好前景,作为人类文明的重要标志之一,城市也是滋生邪恶、腐败和犯罪的场所。科学的发展促进了工业的"进步",

---

① Jonathan Bate: *Romantic Ecology: Wordsworth and the Environmental Tradition*. London and New York: Routledge, 1990, p.3, p.8.

但也滋生利欲熏心的拜金主义，以及贪婪的思想意识。相反，自然却是那样的纯洁和美好，人与自然的融合是那样一种崇高的生活境界。要了解华兹华斯的自然观，以及他所理解的人与自然的关系，让我们先从一首诗歌谈起。

在《采坚果》(Nutting)一诗中，华兹华斯描写了一次发生在乡村的平常经历，然而就是这样一次简单的采坚果行动，让他记忆深刻，给他震撼，使他无法释怀。诗人首先发现了一处静谧的树林，人迹罕至，花朵盛开，树木葱郁，溪水潺潺，一幅原生态的景象。他在那里度过了快乐的一瞬间，然后在没有任何理由的情况下，他动手将树枝折断，一根又一根，直到这片树林被完全毁坏。"采坚果"是乡村生活中的一种常见的行为，是生存的一部分，无可厚非。然而从某种意义上讲，这首诗又包含了一层深刻的含义，它是一个寓言：人类的生存，无论与自然多么和谐，都是对自然的一种索取和破坏。正如本雅明在另一个场合指出，"没有一本文明发展史不是一本血淋淋野蛮行径的历史。"①林地被开垦、水土被污染、动物被猎杀等都是人生存的必要行动，然而这也是人与自然矛盾对立的缩影：如果人类生存必然对自然造成破坏，那么，除非人类不存在，自然无法获得完全的保护。难道文明与自然必然对立吗？

可以承认，"采坚果"是乡村生活中的一种常见的行为，是生存的一部分，毫无恶意，然而在华兹华斯笔下，这一简单的行为被描写成了一种暴力，一种罪行。这说明，在华兹华斯那里，生存的理由是有一定限度的，生存不能以破坏自然美作为代价。随着那片僻静的树林遭到毁坏，自然的美遭也到了"蹂躏"，诗人充满了愧疚感，甚至是负罪感。值得注意的是，华兹华斯一直在使用性别的术语描写这次暴行。树林在一个"幽深僻静的角落"，是一片"未经碰触的景色"。榛树"悬着诱人的榛果团簇"，似乎在召唤着我的感官。在那里逗留片刻，我"心里涨满快乐"。端坐花间，并和花朵嬉戏，"获得意外的，超过一切想象的幸福"。我把脸贴在块石上，听到低语和沙沙的声音，我的心"在喜悦也来凑趣的恬美的情绪里"，获得"满足和快乐"。性意象的使用，在这样的描写中，使"采坚果"的暴行变成了一种"蹂躏"，一次强暴。

---

① Walter Benjamin：*Illuminations*. trans. Harry Zohn. London：Collins/Fontana Books, 1973, p.258.

　　将原生态的自然比喻成少女,或者处女,是一种古老的修辞传统。至少从17世纪以后,人们就日益将自然视为开垦和征服的对象。笛卡尔的哲学、培根的经验主义、牛顿的物理学逐渐开启了一种二元对立的思维模式,作为思维主体的人逐渐将自己与作为思维客体的外在世界分离开来,将自然视为外在的、机械的、没有灵魂物质存在。人由于具有理性、道德和精神意识,相对自然来说他具有至高无上的优越性。人们相信,理性可以穿透一切奥秘,科学应该将人类智慧的帝国延伸到"自然",去揭示自然中的未知领域。正是因为如此,在西方的科学话语中,神秘的自然像一个女人:她是神秘的和未知的,撩动着科学家的好奇心,她的秘密等待着科学去探索。提到"自然",人们常用"她"来代替"它"。未开垦的自然往往被称为"处女地"。培根在《新工具》中将科学探索描写为"穿透自然的子宫"。伊拉斯姆斯·达尔文(Erasmus Darwin)在《植物园》中将自然描写为"大地母亲",科学技术的精神"刺穿你[自然]的泉眼,打开你的水井",去获取知识和奥秘。大批的工程建筑工人,像军队一样,踩踏在潮湿的泥土上,"用锋利的铁锹刺穿脚下颤抖的泥土。"①这种性暗示十足的话语都指向同一个事实:即"男性统治女性与人类统治自然在逻辑上的同一性"。也就是说,"对自然的占有和对女性的占有之间存在着重要的关联。"②

　　华兹华斯的"强暴"比喻一方面暗示了这个行为的残忍以及他个人的悔恨,同时也刻写了人类对待自然的态度上的某种蛮横。诗歌最后几行常常被认为是一个别扭的结尾,有点"多余"或者"败笔,"③但它却包含着本诗最重要的信息,即诗人从痛苦的教训中深切地领悟到大自然的灵性,意识到自然像生灵一样,应该受到尊重和保护。他告诫他人:"怀着柔情在树荫里走,用轻柔的手碰触——树林有灵魂"。华兹华斯在这里所表达的是一种古老的、与科学相抵触的自然观,在人类不断地将自然视为机械的、没有灵魂的物质存在的时代,华兹华斯将自然看作有生命、有灵魂的生灵,几乎与人类一样,知冷知热。这种自然观曾经在童话里存在,或在更古老的传说和民俗中存在,然而现

① Hutchings, Kevin. Ecocriticism in British Romantic Studies. *Literature Compass*, 2007, 4/1.

② 韦清琦著:《生态女性主义:文学批评的一枝奇葩》,《外国文学动态》,2003年第4期。

③ 张旭春著:《〈采坚果〉的版本考辨语批评谱系》,《外国文学评论》,2006年第1期。

代科学的到来,使这样的自然观几乎消失殆尽。正如马克斯·韦伯(Max Weber)所说,现代性就是一个持续的"世界的祛魅"过程(disenchantment),①现代以来形成的机械性、物质性的世界观认为整个世界并无任何神圣性可言,一切自然现象都可以通过数学原理来计量、通过物理原理来解释,世界上的一切都是人类可以进行控制和开发利用的自然资源。正是这种世界观导致了今天的全球性的环境和生态危机。

华兹华斯的"树林有灵魂",可以说,复兴了古老的、将外在世界视为有感情的生灵的自然观。这样的自然观使他与自然的交流成为可能:"来吧,来瞻仰万象的光辉,/让自然做你的师长"(《转折》);"我成长/同样被美和恐惧所培育"(《序曲》)。这样的自然观也使他从自然中受益无限:"当我孤栖于斗室/困于城市的喧嚣,倦怠的时刻/这些鲜明的影像便翩然而来/在我血脉中,在我心房里,唤起/甜美的激动;使我纯真的性灵/得到安恬的康复"(《丁登寺》)。华兹华斯所做的相当于对自然进行"复魅"(re-enchantment),恢复自然的灵性、神圣性,从而呼吁人类的尊重。"天若有情天亦老",自然不再是冷漠的旁观者,而是能够与人类达到沟通的朋友。

四、柯尔律治与"自然的系统"

塞缪尔·泰勒·柯尔律治(Samuel Taylor Coleridge)对人与自然之间、自然界所有生命形式之间的深层连结有一种直觉性的感知。在《风弦琴》(Eolian Harp)中,他描写了风吹进琴中所产生的旋律,这个比喻的意思很明显:诗人的心灵(风弦琴)从自然界得到灵感(风)而被激活,产生了创作的冲动。"整个自然就是/不同形状的有机风弦琴,/当思想之风,柔软而强劲,/吹入其中,它颤抖着形成了思想"。在这个被称作"浪漫主义比喻"的修辞中,柯尔律治不但将自然视为思想的源泉,将自然的风变为一种超自然的灵感,同时

---

① Weber, Max: "Disenchantment of Modern Life", *From Max Weber: Essays in Sociology.*trans & eds H. H. Gerth and C. Wright Mills, New York: OUP, 1946, p. 129 – 156. 见 Timothy Clark: *The Cambridge Introduction to Literature and the Environment.*Cambridge: CUP, 2011, p.143.

也在人与自然之间建立了一种连接。① 他习惯于用"有机体"（organism）的概念来看诗歌，说它像植物，会生长，其各个部分存在着有机联系，不可拆解等等。他甚至把有机体的比喻延伸到整个自然，认为自然界的所有生命构成了一个"生命整体"（One Life）。这样的世界观使整个自然变成一个整体，其各个部分都自身的价值，同时在整体中又起着相应的作用。伤害其一个部分，就是对整体的伤害。这个世界观也极像 18 世纪生物学所提出的"自然的系统"（the Economy of Nature）概念。

18 世纪可以说是自然的整体性被欧洲科学界认识的时代。1749 年，瑞典科学家林诺斯（Linnaeus）撰写了论文《自然的系统》（*The Oeconomy of Nature*），将整个地球视为一个相互连接、相互依存的生物网络。他认为"我们从自然界中物体的相互关系中看到造物主的明智意图，这些物体相互连接以实现总体目标，产生互利的用途"。在那个年代，科学和宗教似乎还不能完全分开，"自然的系统"概念带有强烈的宗教色彩：既然自然是上帝创造的，那么每一样东西都承载着上帝的意图。虽然它们各不相同，但是在上帝的意图中，它们是相互联结的，一环扣一环。1789 年，伊拉斯姆斯·达尔文（Erasmus Darwin），著名的查尔斯·达尔文的祖父，发表了长诗《植物园》，诗歌去掉了林诺斯的宗教思想，保留了其"自然的系统"概念，突出了植物的光合作用，及其在整个自然的系统中所起到的作用。在其后的一部著作《动物生理学》中，伊拉斯姆斯·达尔文继续强调自然的体系性、整体性，以及生物网络的相互依存性。柯尔律治的"有机体"和"生命整体"的概念得益于他对 18 世纪生物学的发展情况的了解，及其关于"有机体"概念的争论，同时这些思想对他的诗歌创作也产生了重要影响。

《古舟子咏》（*The Ancient Mariner*）描写了一次到南极的冒险航行，古水手随船从英国出发，跨过赤道，到了南极附近。一路上，有一只信天翁尾随船后，捡食船员们丢弃的食物，但似乎也给航行带来了平安。但是，古水手突然拿起弓箭，射杀了这只大鸟。这次毫无理由的攻击改变了这只船的命

---

① Abrams, M. H. "The Correspondent Breeze: A Romantic Metaphor", *English Romantic Poets: Modern Essays in Criticism*. London: OUP, 1975, pp.37-44.

运,招致了"极地精灵"的可怕报复。在回程途中,经过赤道时,风停了,水用完了,烈日高照,炙烤难耐。水手一个接一个地倒地死亡,古水手在酷热、干渴、恐怖的环境中进入了他的人生地狱,生不如死。在经历了难以想象的苦难之后,他看到了水中的水蛇,一种同情心油然而生。这个充满关爱的举动似乎改变了一切,先前水手们为惩罚他而挂在他脖子上的大鸟掉了下来;天降甘霖,滋润了他干渴的喉咙;和风刮起,推动了在烈日下静躺的船舶。在"海底神灵"的推动下,船带着古水手最终回到了英国,回到了他出发的那个港口。然而,古水手的人生和思想却因此完全改变了,他内心燃烧着一种不安和焦虑,迫使他周游各地,对认识和不认识的人讲述他自己的故事,以获得一种内心平衡。

传统的批评将该诗视为一种犯罪与赎罪的故事,表现了基督教的原罪与救赎主题。有人还认为杀死一只鸟太微不足道,不至于产生古水手的恐惧和犯罪感。① 然而,显然这种说法没有切中诗歌的要害,因为诗歌还有另一层意思:古水手在很大程度上是人类的缩影,他不是一个具体的人,而是所有人;他所使用的弓箭一方面是人类赖以生存的工具,另一方面又代表了工业革命所带来的具有毁灭性的技术。他对信天翁的射杀在某种意义上象征着工业社会对自然的破坏,从而引来了自然对人类的可怕报复,就好像射杀信天翁就是对"自然的系统"的破坏,对自然这个"有机体"的损害,从而影响到了自然的"生命整体"。正如詹姆斯·麦库塞克(James McKusick)指出,"《古舟子咏》可以被读成一个破坏生态的寓言。"②古水手最终认识到这种罪恶,对水蛇所代表的大自然产生关爱之情。这种认识上的改变最终改变了他的命运,也使他成为这个生态寓言的践行者和传播者。

"生态"(ecology)一词是由德国动物学家恩斯特·海克尔(Ernst Haeckel)在1866年首先使用。他说,"生态学是关于自然的系统的一整套知识—考察动物与其有机和无机环境的全部关系"。后来在19世纪90年代,美

① Maud Bodkin. *Archetypal Patterns in Poetry. Psychologycial Studies of Imagination*. Oxford: OUP,1974,pp.56-57.

② James C.McKusick.*Green Writing:Romanticism and Ecology*.Basingstoke and London:Macmillan,2000,p.44.

国生态活动家艾伦·斯瓦洛(Ellen Swallow)在推动绿色生活的过程中借用该词,使之得到公众的认知。"生态"一词由"家"(eco)和"学问"(ology)构成,它暗示了地球是生活在其上的所有生命的家。这些生命形态相互联系而构成的网络就是生态,对这些生命形态的任何一个部分的损害都是对整体的损害。也许这就是柯尔律治的生态寓言给我们的启示吧。

五、布莱克与"人类中心主义"批判

威廉·布莱克(William Blake)曾经说,"我的一切知识都存在于《圣经》之中";"《旧约》和《新约》是伟大的艺术密码"。言外之意,如果我们掌握了这个密码,那么我们就获得了进入他的诗歌的钥匙,就可以对他的艺术进行解码,从而理解其中的深意。的确,布莱克在其诗歌中不断使用基督教的创世纪、失乐园、堕落和救赎等概念来解读现代生活,比如,他用"天真、经验、高级天真"来描述人的心理成长过程,用"统一、分裂、再统一"来描写灵魂成长过程,从某种意义上讲,这些都是《圣经》叙事结构—失乐园和复乐园—的思维原型的运用。批评家诺思若普·弗莱说:"布莱克的象征主义就其本原而言几乎完全是圣经式的。"[①]然而,布莱克并不是《圣经》的意识形态的传播者和阐释者,更多的时候,他是这种意识形态的质疑者和批判者。比如,在《天堂和地狱的结合》中,布莱克戴上了狂人的面具,写下了类似于异端邪说的狂言;在《阿尔比昂女儿们的梦幻》中,他对性经验的讴歌可以说是对基督教所倡导的禁欲主义和贞操思想的反动。在布莱克的思想中有一种激进的平等思想与《圣经》中的等级观念和人类中心主义思想相抵触,这些都使他无法苟同基督教所代表的自然观和政治取向。下面我们用一首诗歌来说明这一点。

在《塞尔之书》(The Book of Thel)一诗中,布莱克描写了一个名叫塞尔的姑娘,居住在天上的生命永恒之谷。她对自己的生存状况感到困惑,便与百

---

① Northrop Frye."Blake's Treatment of Archetypes", in *English Romantic Poets:Modern Essays in Criticism*.ed.M.H.Abrams,London & Oxfor:OUP,1975,p.65.

合、云彩、蛆虫、土块对话,以寻求解决困惑的答案。最终,她听从土块的劝说,从生命永恒之谷穿越通往人间的大门。但是,当她看到一个充满泪水和悲伤的世界,害怕得尖叫起来,逃回天上的生命永恒之谷。诗歌是一个寓言,它暗示了心灵的成长必须经历磨难,在痛苦和挫折中才能真正成长和成熟。塞尔姑娘的退缩和懦弱无疑将使她永远处于一种纯真状态,无法达到更高一级的纯真,即"高级天真"。这个寓言与布莱克对天真和经验的理解相吻合,值得注意的是,他对生命永恒之谷的描写创造出了一个生态乐园。在这里,草木茂盛、水天纯净、动物和谐,有伊甸园的影子。小草沐浴着太阳的光辉,但同时也为牛羊提供了食物和芳香;云彩生命很短暂,只有瞬间的闪耀,但是它却变成雨水降落大地,滋润小草和树木。物种不分高低贵贱,都享受着上帝的关爱,"上帝将爱给予一条蛆虫,我知道,将惩罚/那只故意伤害其无助身躯的邪恶之脚"。即使是最卑贱的土块也沐浴着太阳的爱,它们的结合为世界结出了丰厚的果实。

这个童话般的生态乐园的确有着伊甸园的影子,但没有伊甸园的等级区分。在《圣经·创世纪》中,上帝创造了世界,创造了生物和植物,最后创造了人。"上帝保佑他们(人类),对他们说,要多产,要繁衍,遍布世界,使世界屈服:要控制海中的鱼、天上的鸟、陆地上行走的所有生灵"。《圣经》将世界上的生物划分了等级,将人类封为万物的灵长,赋予它控制和使用万物的权利。这个等级划分最终体现在西方文明中普遍存在的宇宙观:即从上到下由上帝、天使、人、动物、植物和物质构成的"生物之链"。正如林·怀特(Lynn White)所说,"《圣经·创世纪》不但建立了人与自然的二元对立,而且坚信人为了自己的目的对自然进行开发是上帝的意旨。"[①]虽然在这一点上《圣经》有被阐释者曲解的可能,但从12世纪基督教在欧洲广泛传播开始,这种理解在西方已经形成了一个传统,影响了西方自然观的形成,为科学对自然进行探索和开发提供了依据,同时也使人类"征服自然"的行为合法化。《塞尔之书》的生命永恒之谷在这一点上显然与伊甸园有着很大区别,它不是一个由人统治的世

---

① Lynn White, Jr., "The Historical Roots of Our Ecological Crisis", in *The Ecocriticism Reader: Landmarks in Literary Ecology*.ed.Glotfelty and Fromm, Athens and London: Georgia UP, 1996, p.10.

界,而是一个各种生物相互依存、相互扶持、和谐共处的世界。正如百合花所说:"我很渺小,但我喜欢在这个河谷生活",得到阳光沐浴、朝露滋润,享受着生存的幸福。

在诗中,塞尔姑娘在某种意义上是人类的化身,代表了人类的欲望和思维。在词源上,"塞尔"的意思是灵魂,也就是说,她有成为肉身的潜能,并且渴望身体的体验,渴望七情六欲,不满足于没有感觉的灵魂状态。她在整个生命永恒之谷中处于一个特殊地位,她是山谷的公主,高踞王座(pearly throne),傲视着山谷里的一切生物,对它们的价值判断基本上是基于这些生物的"用处":小草有价值,是因为它们为牛羊提供食物,其芳香可以使牛羊精神振奋,牛羊也可以用它们插嘴,蜜蜂还可以在其间采蜜。塞尔对这事物的认识有一种工具主义的价值观,即这些事物对人类有用,才有价值。"所有生物/都不是独自生存,也不仅仅为了自己"。如果相反,它们也就没有价值。从 18 世纪的启蒙主义时期开始,这种自然观就在西方的思想史中占有很重要的位置。自然哲学与技术创新一道,促进了人类对自然的统治,人们为了利用自然和开发自然,不断地对自然界的事物进行评估,揭示它们的用处。在这种心态的支配下,人们逐渐将自然界的一切视为工具,认为它们存在的价值就在于它们能够为人类的生存和发展服务。正如凯文·哈钦斯(Kevin Hutchings)指出,这是一种典型的以"人类为中心"的工具主义自然观,[1]即认为自然自身是没有价值的,仅仅是实现人类福祉的手段,除非它成为一种"资源"或者商品,否则它没有内在的价值。

《塞尔之书》对这种以人类为中心的工具主义自然观的批判,也预示了 20 世纪"深层生态学"的出现。[2]"深层生态学"是一种激进的平等主义和生态中心主义话语,认为事物都有其存在的内在价值,并且这个价值不依赖于它们是否对人类有用。正如布莱克在别处所说,"所有生存的事物都是神圣的"。(Daughters of Albion,Plate 8 Line 10)也就是说,人类应该赋予自然与人类同等的道德地位,建立起一种与自然相互关联、相互依存的生态系统,才能够最

---

① Hutchings, Kevin: *Imagining Nature: Blake's Environmental Poetics*. Montreal and Kingston: McGill-Queens UP,2002,pp.84—89.

② Kevin Hutchings. Ecocriticism in British Romantic Studies. *Literature Compass* ,2007,4/1.

终真正保证自然生态不遭到破坏,才能够真正地保护自然。相反,灾难将在不远处等待着我们:诗歌最后,塞尔姑娘进入肉身,体验了做人的喜怒哀乐,也看到了人世间的种种苦难,她惊愕,害怕,退缩了回去。我们可以把这最后的可怕场景视为一种启示录,它在向我们昭示未来,为我们展示生态灾难的可怕后果:"一片悲伤和泪水之地,没有笑容可以看见"。

六、雪莱、济慈和拜伦:素食主义、自我否定力和生态启示录

雪莱(Percy Bysshe Shelley)的"素食主义"思想,应该说,现在已经是人们所熟知的事实,他的论文《为自然饮食辩护》和《论素食》为我们勾勒出他的素食主义主张。他认为人天生就是素食动物,"没有可用以捕捉猎物的利爪,也没有可用以撕扯活物皮肉的尖锐牙齿,"①人的天然饮食是植物的果实,面食和水果,并不包括被屠杀的动物的尸体。只是因为普罗米修斯从天上盗火,使人类能够烹煮食物,将血淋淋的动物肉煮熟,人们才开始接受肉食。但雪莱认为,肉食是人类疾病和罪恶的根源,因为它违反了自然的生活习惯,而疾病就是违反自然生活习惯的结果。另外,食肉会增加人类的残忍性和侵略性,猎杀动物会助长嗜杀的天性,长此以往,人类会堕落到自相残杀的地步,引起战争和流血。可以说,人类因违反自然的饮食规律而牺牲了生命的纯洁和幸福。在雪莱的诗歌中,这些思想也不断地被表现,得到了演绎和发挥。

在《麦布女王》(Queen Mab)中,雪莱描写了一个纯洁的女孩被麦布女王(仙女)带到太空,看到了人类的过去、现在和未来。诗歌展示了人类以往的罪恶、残忍和暴力的历史,也展示了一个平等、博爱和光明的未来。在这个光明的前景中,人类已经放弃了肉食的习惯,达到了与自然的和谐:"这时他不复屠杀面对面看着他的羊羔,/恐怖地吞噬那被宰割的肉,/似乎要为自然律被破坏复仇,/那肉曾经在人的躯体内激起所有各种腐败的体液,并在/人类心灵

---

① [英]雪莱著:《雪莱全集》第三卷,江枫译,河北人民出版社 2005 年版,第 431 页。

中引发出各种邪恶欲望、虚妄信念、憎恶"。"万物不再有恐怖:人已丧失/蹂躏的特权,而成为平等的/一员处在其他平等成员之中:/虽然晚了一些,毕竟,欢乐/与科学已开始出现在地球上"。在《伊斯兰的叛乱》(*Laon and Cythna*)中,雪莱再次表达了类似的观点:"但愿再也不要有鸟兽的血迹/带着毒液来玷污人类的宴席,/让腾腾的热气含怨冲向洁净的天延,/早就应该制止那报复的毒液,/不让它哺育疾病,恐惧和疯狂"。虽然雪莱的素食主义思想的来源比较复杂,且还不是一种现代的动物权益思想,但是里边充满了对动物的同情,对屠杀行为的憎恶。正如提摩太·莫顿(Timothy Morton)指出,雪莱的素食主义与他在政治上的激进主义密切相连,动物权与人权和妇女权受到了同样重视。① 可以说素食主义是雪莱政治上激进的平等主义、博爱思想在环境保护和自然饮食方面的延伸,有着一种生态思想的雏形。这种思想对后世的萧伯纳和甘地都有着重要影响。

济慈(John Keats)的诗歌,人们现在知道,是一种"自我隐退"的诗歌,与其他浪漫主义诗人相比,他的重要区别在于不认同诗人人格的自我膨胀。② 在给理查德·伍德豪斯的一封信中,他写道,"[诗性人格]有别于华兹华斯式或自我主义的崇高;它本质上是一种事物,自然独立。它不是它自己—它没有自我—它是万物又什么都不是—它没有人格—它享受阳光与阴影;这种人格生活在'兴味'之中,无论这种兴味是美还是丑,高雅还是低俗,浓烈还是平淡,低劣还是高尚……诗人是万物中最没有诗性的人,因为诗人没有身份—他一直参与—注入其他形体—太阳、月亮、大海、男人和女人,他们是冲动的产物,具有诗性,有不变的特征—诗人没有。"③这种"自我消解"的举动,济慈称之为"自我否定力"(Negative Capabitlity):即当处于不确定状态、被神秘和疑惑所困时,能够不去追问事实和缘由,不受理性思维的影响,让对美的追求胜过一切其他考量。"如果我在窗前看见一只麻雀,我会融入它的身体,在砾石

① Morton,Timothy:*Shelley and the Revolution in Taste*.Cambridge:CUP,1994,pp.30-32.

② De Mann,Paul"The Negative Path", in *Keats's Poetry and Prose*.ed.Jeffrey N.Cox,London:W.W.Norton and Co.2009.p.542.

③ Keats, John. *The Letters of John Keats*. ed. Hyder Edward Rollins, Vol. I, Cambridge, MA:Harvard UP,1958,p.387.

上觅食"。这样的思想对济慈自然观有着重要影响,对人与自然的关系起到了重要的平衡作用。

在《秋颂》(To Autumn)中,济慈为我们描绘出一幅果实累累的丰收景象,特别是在经过了几个灰暗夏季之后(火山灰遮天蔽日),1819年秋季的"天气"显得那么的迷人和那么的明亮。① 苹果压弯了枝头,葡萄挤满了藤架,葫芦和坚果膨胀得溜圆。秋天女神躺在田野埂间,看着收割下的庄稼,看着榨酒机中流出汁液,被花香所陶醉。秋天的音乐在落日时分也鸣奏起来,河水滔滔、飞虫啾啾,羊群咩咩,燕子欢歌。然而在整个景象中,我们没有看到人的踪影。与济慈的其他诗歌不同,他自己没有出场,似乎刻意要让他的"自我否定力"发挥到极致。在自我隐退之后,诗歌突出了秋天本身,她的优美、和谐、丰饶,在充满了感性的语言中和盘托出,仿佛我们伸手便能够触摸到秋天的质感,望眼便能够捕捉到她的斑斓。自我的隐退与自然的凸显,使《秋颂》一诗的真正主角变成了秋天,从某种程度上讲,调整了人与自然的不对称关系,颠覆了以人类中心的思想范式。正如约翰·费尔斯蒂纳(John Felstiner)所说,济慈的诗歌将事物的本质充分显露出来,创造出"一个人类仅仅在麦茬、羊群、花园中得到一丝暗示的生态系统。"②

拜伦(George Gordon Lord Byron)与自然的关系,从表面上看,比其他浪漫诗人更为疏远。他的题材常常是政治性、社会性较强的讽刺题材,他的场景多是上流社会、爱情、漫游、战争等。然而,他有一首诗让生态批评家眼前一亮,成为拜伦的生态意识的证据,这就是《黑暗》(Darkness)。诗歌描写了一幅世界末日的景象:太阳熄灭了,世界一片黑暗;人们点燃了房屋、宫殿、城市,但是由此而得到的短暂光明很快消失。庄稼因缺乏阳光而停止生长,饥荒造成大面积人口死亡;人们为获取食物发动战争,朋友也因此反目成仇,最终死亡征服了一切。"世界空空荡荡,/人口稠密和国力强大的疆土都成了一整块,/没有季节、没有草、没有树、没有人、没有生命—/一整块死亡"。整个世界陷入了一片死寂,黑暗成为世界的主宰—"她就是宇宙"。拜伦的世界末日很像

① Bate,Jonathan.*The Song of the Earth*.Cambridge,MA:Harvard UP,2000,p.102.

② Felstiner,John.*Can Poetry Save the Earth? A Field Guide to Nature Poems*.New Haven & London:Yale UP,2009,p.54.

《圣经》的启示录,但是其来源可能是多种多样的,牛津版《拜伦诗歌全集》列举了伯内特的《神圣的地球理论》,法国作家格兰维尔的小说《最后的人》,卢克莱修的《物性论》等。但是,他的世界末日并不完全是臆想:"我做了一个梦,但不完全是梦"。约纳森·贝特认为诗歌中描写的太阳熄灭、农业歉收和饥荒是有史实依据的,它与1816年印尼特大火山爆发和由此引起的气候变化有强烈的关联。① 也就是说,《黑暗》不仅仅是拜伦的文学阅读的结果,也是他对自然环境的恶化作出的反应。

环境末世论(environmental apocalypticism)在19世纪并不罕见,它主要是指人类的行为致使自然环境的恶化,进而导致世界毁灭的思想。托马斯·马尔萨斯(Thomas Malthus)关于人口的理论著作《论人口原则》归根到底是一种环境末世论,他认为人口增长的速度远远超出食物产量增长速度,前者呈几何级数增长,后者成算术级数增长,这种情况最终将会导致因食物引起的战争和饥荒,甚至会导致人类的灭亡。② 离拜伦更近一点,玛丽·雪莱(Mary Shelley)于1826发表了小说《最后的人》(*The Last Man*),与格兰维尔的小说同名。小说讲述了人类在一场巨大的瘟疫中走向毁灭的故事。小说有两个主人公,一个在希腊为那里的解放事业而战斗,另一个是和平主义者、素食主义者,反对一切战争。在两个主人公身上我们可以看到拜伦和雪莱的影子。瘟疫就是从希腊的战争地区传播出来的,它横扫欧洲、美洲、非洲和亚洲,无数的人在瘟疫中倒下、死亡。小说开始时瘟疫的幸存者莱昂内尔·威尔尼在罗马的废墟中思考着人类的毁灭,时间是2100年。玛丽·雪莱同样将战争和疾病视为毁灭人类的两大罪魁祸首。其环境末世论思想是20世纪关于人类毁灭的生态文学和非文学著作,如乔治·斯图尔特的《世界延续》和拉切尔·卡森的《寂静的春天》的先驱。③ 而拜伦的《黑暗》一诗在这样一个语境中可以得到更好的理解。

① Bate Jonathan.*The Song of the Earth*.Cambridge,MA:Harvard UP,2000,pp.94-98.

② Garard,Greg.*Ecocriticism*.London and New York:Routledge,2004,pp.93-94.

③ James C.McKusick.*Green Writing:Romanticism and Ecology*.Basingstoke and London:Macmillan,2000,pp.107-109.

七、结语:生态批评及其不满

生态批评是一个跨学科的学问,它涉及生物学、地理学、物理学等科学知识,同时也涉及科学发展史、生态思想史和西方哲学等学科领域。它关注人与自然的关系,致力于改变人与自然的力量不对称、不平衡的现状,提倡用一种关爱和友好的方式对待自然,把自然界的一切生物视为平等的成员,改变人类的傲慢和主宰心态,使地球真正成为所有生命的家园,而不是强者的乐园、弱者的地狱。作为一种世界观和人生哲学,它在环境保护和可持续发展等领域起到了重要作用。然而,生态批评从全球化的视角看是一种政治性很强的批评思想。由于环境与发展是一对矛盾,生态批评也可能被视为西方的阴谋,一种遏制第三世界发展的手段,一种没有必要的"奢侈",甚至是一种"生态法西斯主义。"[1]在西方不断将污染企业迁移到第三世界的时候,生态批评的"环境正义"观念都正在经受着严峻的挑战。另外,生态批评作为一种反工业化、反现代化的思潮,抨击西方启蒙运动以来的理性主义和科学主义,抨击资本主义社会的消费主义,把凯尔特、印第安、禅宗、道教、佛教思想视为替代物,试图用古代神秘智慧为当代生态危机找到一种解决方案,可以说是一种"原始主义"或"复古主义"。它提倡"有机主义"的生活方式和"诗意栖居"的生活理念,可以被视为一种回归前工业化的农耕生活的浪漫幻想。

然而,在全球生态危机日益恶化的大背景中,生态批评在提高当代人们的生态意识、改变人们的生活方式,使其朝着更加健康、更加合理的模式转变的过程中有非常积极的意义。简单地将生态批评抛出窗外是不明智的。从浪漫主义文学研究自身来讲,生态批评建立了浪漫主义文学与当代环境危机的相关性,使之成为当代环境意识的先驱。[2] 作为一种新的研究范式,它的引入改

---

① 张旭春著:《生态法西斯主义:批评的尴尬》,《外国文学研究》2007 年第 2 期;张跣著:《生态批评:必要的奢侈》,《外国文学》2008 年第 4 期。

② Karl Kroeber.*Ecological Literary Criticism:Romantic Imagining and the Biology of Mind.*New York:Columbia UP,1994,p.19.

变了英国浪漫主义诗歌研究的地貌地形,致使浪漫主义诗歌的重新评估和重新洗牌。在生态批评的关照下,以前并不被人们看好的约翰·克莱尔(John Clare)、詹姆斯·汤姆森(James Thomson)等诗人重新获得了人们的重视;以前没有进入人们视线的《黑暗》和《最后的人》等作品也重新得到了关注。同时,经典作家和经典作品的价值和意义也在新的批评模式中有所调整。从生态批评的视角看,华兹华斯的《采坚果》显然比《丁登寺》更加重要,①同样,柯尔律治的《古舟子咏》要比《忽必烈汗》更重要;布莱克的《塞尔之书》要比《天真之歌》更重要。生态批评使我们看到了拜伦、雪莱和济慈的鲜为人知的思想倾向和人生选择。这就使得浪漫主义诗歌的阅读和研究又有了很多的新意,使得一个世纪以前的文学作品又重新焕发了勃勃的生机。

（该文原载《外国文学》2012 年第 3 期,收入本书时略有改动）

---

① Lawrence Buell.*The Environmental Imagination*:*Thaureau*,*Nature Writing and the Formation of American Culture*.Cambridge,Mass:Belknap Press,1995,pp.6-7.

从政治诗学到多元批评：
新中国60年雪莱诗歌研究的考察与分析

英国诗人罗伯特·勃朗宁在《纪念物》（*Memorabilia*）一诗中记录了一次特别的经历：他在书店碰到一个陌生人，说曾经见到过雪莱，其眼神洋溢着荣幸、幸运和兴奋的光芒，布朗宁感到震惊。的确，在雪莱曾经居住过的马洛镇，"凡是他到过的每一处，都是神圣的"，①很多人提起雪莱的名字都会感到非常自豪。牛津大学虽然开除了雪莱，但是在他死后，却为他竖起了雕像，视他为杰出校友。

雪莱生前自比莎士比亚戏剧《暴风雨》中的精灵"艾丽尔"，他乘坐的最后一艘小艇叫"唐璜"；在19世纪，人们曾经称他为"疯子雪莱"或"不信神的雪莱"；马克思称他为"革命家""社会主义急先锋"；批评家阿诺德称他为"美丽而不切实际的安琪儿，枉然在空中拍着他闪烁的银色的翅膀"；在20世纪，萧伯纳称他为"共和派""平等主义者"；叶芝视他的《解放的普罗米修斯》为"圣书"；艾略特称他为"不成熟的诗人"，只能吸引青年读者；有人还将他视为"蛇""撒旦""普罗米修斯"等。的确，不同的时代对雪莱有不同的解读，恰好证明了那句格言：有一千个读者，就有一千个哈姆雷特。新中国的雪莱研究在过去60年中经历了风风雨雨，有过与西方同样的跌宕起伏，本文将就这些变化和走向进行梳理，对研究的侧重点进行描绘和解读，以期提供一个比较清晰的历史发展轨迹。

---

① 张耀之著：《雪莱》（外国文学评介丛书），辽宁人民出版社1981年版，第43页。

一、新中国成立以前:比较文学

早在 20 世纪初,雪莱就进入了中国知识界的视线,而后他对 20 世纪 30 年代的中国诗歌产生过重要的影响。鲁迅曾经在《摩罗诗力说》(1907)中说,雪莱是"神思之人","品行之卓,出于云间;热诚勃然,无可阻遏"。摩罗即恶魔,鲁迅笔下的雪莱是一个"怒目金刚式的恶魔诗人"。对于有着"战斗的一生"的鲁迅来说,半封建半殖民地的中国正好需要雪莱那种叛逆精神:《摩罗诗力说》"立意在反抗,指归在动作"。熊文莉在《雪莱对鲁迅、郭沫若与徐志摩的影响研究》(2003)中,从阐释学和接受美学的视角,探讨了中国作家在接受雪莱时的不同倾向,认为作家自身的政治和艺术需求是形成这种差异的根源:鲁迅、郭沫若和徐志摩在阅读雪莱时都受到了他们已有的"思维定向"和"先在结构"的影响,对雪莱的人生进行过不同程度的改写。在鲁迅那里,雪莱是"摩罗诗人";在郭沫若那里,雪莱代表了诗"从心灵涌向笔端"的激情式的写作;在徐志摩那里,他是一个"爱自由和崇尚理想美"的诗人①。程瑞在《鲁迅和郭沫若对雪莱不同接受视点的比较》(2006)一文中发表了相似的观点,他举例说,鲁迅关于雪莱的资料来自日本明治时代的学者滨田佳澄的《雪莱》,但是对比两者的雪莱,人们会发现滨田佳澄的雪莱没有那么多叛逆性。②

郭沫若在 20 世纪 20 年代就翻译了《雪莱诗选》,他把对自己创作爆发期的影响归功于雪莱和惠特曼。在《雪莱诗选·小引》中,他以"结婚"来比喻自己与雪莱的文学关系。顾国柱、王志清在《郭沫若早期美学观与雪莱〈为诗辩护〉》(2008)一文中认为,郭沫若在诗学上的观点,如灵感说、诗人的社会作用

---

① 熊文莉著:《雪莱对鲁迅、郭沫若与徐志摩的影响研究》,《中国农业大学学报(社科版)》2003 年第 4 期。另见熊文莉著:《雪莱及其作品在 20 世纪初中国的译介和接受》,《文学评论》2005 年第 9 期。

② 程瑞著:《鲁迅和郭沫若对雪莱不同接受视点的比较》,《淮北煤炭师范学院学报(哲学社科版)》2006 年第 2 期。

等有雪莱影响的影子。① 他的《凤凰涅槃》《天狗》《太阳礼赞》等与雪莱的《西风颂》和其他诗歌有众多的相似之处。20 世纪 30 年代的另一位重要诗人徐志摩对雪莱的喜爱也达到了一种痴迷的状态,他被称为"中国的雪莱"。在《读雪莱诗后》一文中,徐志摩说,"诗人每一个字都是有灵魂的,在那里跳跃着;许多字合起来,就如同一个绝大的音乐会,很和谐地奏着音乐,这种美的感觉,音乐的领会,只有自己在那一瞬间觉得,不能分为旁人的"。他不但在诗学思想方面与雪莱类似,而且在人格、生活目标和生活方式上也在雪莱那里找到了共鸣。陆小曼曾经说,徐志摩生平最崇拜的英国诗人是雪莱,甚至雪莱"覆舟的死况"都是他"一天到晚羡慕"的对象。"他说,'我希望我将来能得到他那样的刹那的解脱,让后世人谈起就寄予无限的同情和悲悯'"。②

苏曼殊在《潮音》(1911)中翻译了雪莱的《冬日诗》,收录了其《爱的哲学》。在《〈潮音〉自序》中他三次提到雪莱的《爱的哲学》一诗,对其中爱情观有强烈认同感。在《燕子龛随笔》中,他再次提到雪莱:"英人诗句,以师梨[雪莱]最奇诡而兼流丽。尝译其《含羞草》一篇,峻杰无伦,其诗格盖合中土义山,长吉而熔冶者",可惜该诗译文已经遗失。也许可以这样说,苏曼殊的爱情诗歌是中国古老文学传统与西方鲜活的浪漫主义完美结合的例证,其"情绪的低回伤感,意象的优美轻灵,……是晚唐诗风与雪莱的结合"。③ 吴宓一生倾慕雪莱,在生活经历、感情挫折、个性气质上都与雪莱有相似之处。1930年他在牛津大学进修一年,见到雪莱遗像和遗物,不仅睹物思人,写下了以雪莱为题的一组诗歌《牛津雪莱像及遗物》三首。他的诗歌将自己移情入雪莱的形象,借雪莱形象言说自己的情绪。正如林达在《想象的追逐:吴宓诗歌中的雪莱》(2006)一文中所说,"在诗歌中,我们可以看到一个带有吴宓自身学

---

① 顾国柱、王志清著:《郭沫若早期美学观与雪莱〈为诗辩护〉》,《南都学坛》2008 年第一期。另参见王丽著:《雪莱的〈为诗辩护〉对郭沫若早期文艺美学观的影响》,《毕节学院学报》2006 年第三期。

② 熊文莉著:《雪莱对鲁迅、郭沫若与徐志摩的影响研究》,《中国农业大学学报(社科版)》2003 年第 4 期。另见张静著:《一个浪漫诗人的偶像效应:二三十年代中国诗人对雪莱婚恋的讨论与效仿》,《中国现代文学研究丛刊》2009 年第 2 期。

③ 邓庆周著:《翻译他者与建构自我:拜伦、雪莱对苏曼殊的影响》,《河南社会科学》2007年第 3 期。

养、价值观、情爱观等浓厚底色的雪莱"。①

二、新中国前 30 年:革命诗学

(一) 时代背景

新中国初期的雪莱研究伴随着社会制度和政治思想的巨大变革:中国逐渐从半封建、半殖民地社会走向社会主义社会,逐步实现了工业资产的国有化、农业生产的集体化、农村土地的人民公社化等一系社会制度的改革。同时,在国际形势两极化的大环境中,在社会主义与资本主义两条道路的斗争、无产阶级与资产阶级两个阶级之间的斗争中,新中国逐渐形成了一种摩尼基式的黑白分明、善恶分明的对立思维模式:凡是社会主义的和无产阶级的都是好的、革命的;凡是资本主义的和资产阶级的都是坏的、反动的。在这个时期,文艺的功能和作用被重新定义。毛泽东的《在延安文艺座谈会上的讲话》(1942)又重新被发表,对新时期的文艺工作起着指导作用。在这篇讲话中,毛泽东说:"在现在世界上,一切文化或文学艺术都是属于一定的阶级,属于一定的政治路线的。为艺术的艺术,超阶级的艺术,和政治并行或互相独立的艺术,实际上是不存在的。无产阶级的文学艺术是无产阶级整个革命事业的一部分,如同列宁所说,是整个革命机器中的'齿轮和螺丝钉'"。②

1966 年开始的"文化大革命"与其说是与过去的决裂,不如说是过去的延续,即用狂热的个人崇拜方式将上述思想发展到了极致。红卫兵、大串联、上山下乡、劳动改造等标志性的时代运动席卷了全国,目的就是为了保卫无产阶级政权,反对资产阶级的复辟。在文化领域,人们的思想更加"左"倾,革命和反革命的对立思维渗透到社会生活的一切领域。有意思的是,"文化大革命"并没有引起文化的繁荣,除了几出现代京剧革命样板戏以外,其他文化事业几

---

① 林达著:《想象的追逐:吴宓诗歌中的雪莱》,《保山师专学报》2006 年第 3 期。
② 毛泽东著:《在延安文艺座谈会上的讲话》,载《毛泽东选集》第三卷,人民出版社 1991 年版,第 865—866 页。

乎陷于停滞。雪莱研究在"文化大革命"期间几乎是空白,没有一本书籍和一篇文章出版,这应该是一个悲哀。同时,这样的思想也决定着这个时代的文化和文学研究的走向,使它具有非常特别的时代风貌、非常鲜明的时代特点。

(二) 领袖论雪莱

马克思曾经说,雪莱"从本质上是一位革命家,他会永远是社会主义先锋队的一员"。甚至相对于拜伦来说,他的革命性都更加彻底:拜伦死于 34 岁,我们应该欢呼,因为如果他活着,他会变成反动派;雪莱死于 29 岁,我们应该悲伤,因为如果他活着,他会永远保持为革命者。① 雪莱对于马克思来说是一个重要的历史人物,因为他代表了一种革命精神,一种革命理想。他激进的改革思想、他对腐败社会制度的犀利的批判、他对未来理想社会的憧憬,都受到了后来在英国做研究的马克思的钦佩,同时也给马克思带来了不少灵感。比如,雪莱在《十四行诗:一八一九年的英国》中把英国描绘成欧洲的一个最腐朽的国家:国王昏聩、朝政腐败、人民生活在水深火热之中。军队,绞杀自由;法律,拜金而嗜血;宗教,一本闭阖的书。"这一切全都是坟墓,从中会有幽灵奋飞,/焕发灿烂荣光,照亮着风狂雨暴的年月"(江枫译文)。马克思在《共产党宣言》中可能借用了雪莱的幽灵意象,"一个幽灵,共产主义的幽灵,在欧洲徘徊。旧欧洲的一切势力,教皇和沙皇……都为驱逐这个幽灵而结成了神圣同盟"。对于马克思来说,这个幽灵是希望所在,它飞翔在已经死亡的旧欧洲上空,"照亮"了这片黑暗的大陆。它标志着欧洲即将从坟墓中站起,获得重生。马克思还很欣赏雪莱的早期作品《麦布女王》,曾经将它描述为"宪章派的《圣经》"。苏联学者也称"《麦布女王》有不少地方可以作为马克思和恩格斯的《共产党宣言》的极好的引证"。②

恩格斯在《英国工人阶级状况》(1844)中说,"雪莱,天才的预言家和满腔

---

① 陈嘉著:《英国文学史》第 3 卷,商务印书馆 1986 年版,第 118 页。

② 周其勋著:《试论雪莱的〈解放了的普罗米修斯〉》,《中山大学学报》1956 年第 3 期。范存忠著:《试论拜伦和雪莱的创作中现实主义与浪漫主义相结合的问题》,《文学评论》1962 年第 1 期。

热情的、辛辣讽刺社会的拜伦,他们的读者大多数是工人"。① 的确,工人是雪莱的读者,也是雪莱诗歌的主体,是他的诗歌争取权利的对象。雪莱的革命性可以从他的许多直抒胸臆的政治诗中看出。这些诗歌直接抒发他的政治理想,表达他对专制暴政的愤恨。如《给英国人之歌》号召人民拒绝将自己生产的粮食给统治阶级享用:"英国人民啊,何必为地主而耕?/他们一直把你们当作贱种"(查良铮译文);《十四行诗:一八一九年的英国》把统治阶级描写成吮吸劳动人民鲜血的蚂蟥;《专制暴君的画装舞剧》描写了专制政权镇压争取自由的"彼得卢大屠杀",其中被拟人化的屠杀、虚伪、欺诈、暴政等罪行,戴着国王、大臣、刽子手的面具,在大街上耀武扬威地游行。雪莱的激进思想使他"几乎成为尚未成熟时期的英国工人运动的号角和旗帜"。②

(三) 经典化

马克思、恩格斯、列宁等革命导师对雪莱的评价受到新中国初期的雪莱研究的充分重视。这个时期的雪莱评论有以下几个特点:首先,作家对待革命的态度成为衡量该作家艺术价值的一个标准。由杨周翰、吴元达、赵萝蕤主编的《欧洲文学史》下卷(1965 年完稿、1979 年出版)称欧洲浪漫主义运动"不是一个统一的运动,由于作家的立场不同,形成了两个对立的流派,即消极浪漫主义和积极浪漫主义"。英国"湖畔派"诗人华兹华斯、柯尔律治和骚塞由于在法国大革命失败后,没有继续斗争,而是逃避于山水,因此是消极浪漫主义诗人。而拜伦和雪莱始终支持法国大革命,支持德勒运动和民族解放运动,反对教会和"神圣同盟",因此是积极的浪漫主义诗人③。在这个时期,拜伦和雪莱被视为英国浪漫主义文学的主要代表,其重要性超过了华兹华斯和柯尔律治。

经过 20 世纪的文学理论,我们都知道,文学阅读具有很强的目的性和政治指向性。这个时期的文学教材——范存忠先生的《英国文学史提纲》(1955

---

① 范存忠著:《英国文学史提纲》,四川人民出版社 1983 年版,第 384 页。

② 张耀之著:《雪莱(外国文学评介丛书)》,辽宁人民出版社 1981 年版,第 1 页。

③ 杨周翰、吴元大、赵萝蕤主编:《欧洲文学史》下卷,人民文学出版社 1979 年第 3 版,第 48—49 页。

完稿,1983 出版)和杨周翰等先生的《欧洲文学史》下卷(1965 完稿,1979 出版)——在选择雪莱经典时有着高度的一致性。它们注重从雪莱的作品和人生中发现革命性、叛逆性。评论常常提到雪莱因撰写《无神论的必要性》而被牛津大学开除;他远赴爱尔兰,去要求解放天主教;他与女孩子私奔,以追求恋爱自由;他追随葛德温,信仰其《政治的正义》等。雪莱自己的诗歌作品也表达了对自由、正义等理想的追求:在《麦布女王》中,主人公从宇宙俯瞰人间,见证了世界的腐败和不公正;在《伊斯兰起义》中,人民拿起武器,推翻专制暴君;在《解放的普罗米修斯》中,诗人不但描写了暴君的倒台,而且展望了自由世界的来临:"人人自由,不受限制,/人人平等,不分阶级、种族、国家,/没有畏惧、崇拜、地位和头上的君主"。在《西风颂》中,诗人歌颂了同时是"摧毁者"和"保护者"的西风,它既埋葬已经死亡的旧世界,同时又为即将重生的新世界播下了种子。诗歌"抒发了诗人豪迈、奔放的革命热情"。①

《西风颂》的流行是因为它充满了革命的理想主义和乐观主义:"如果冬天已经来临,春天还会远吗?"(王佐良译文)。雪莱在诗中呼唤变革、呼唤革命,将自由和正义的预言撒向人间。对于中国和苏联学者来说,他就像高尔基描写的海燕一样,在风暴来临的大海上,迎接暴风雨的到来。在《伊斯兰的起义》中,雪莱使用了一个极具象征意义的形象来概括这个故事,即鹰与蛇的空中搏斗:鹰代表了专制和邪恶,蛇代表了正义和自由。在那个以阶级斗争为纲的年代里,这个形象在中国和苏联学者中间引起了强烈的共鸣,被理解为阶级和善恶之间的斗争。在《解放的普罗米修斯》第三幕中,雪莱再次使用鹰与蛇的形象来形容善与恶的最后决战。在这个形象中,也许人们能够看到英国的"彼德卢大屠杀"的影子,看到意大利北部争取从奥地利独立的斗争、希腊争取从土耳其独立的斗争。雪莱作为一个贵族子弟能够背叛自己的家庭,为人民大众的利益而呼唤,为英国和欧洲的自由而讴歌,实则难能可贵,理应受到革命者的嘉奖,理应成为新中国大学英语教育的一个重要部分,进入了新中国的外国文学经典。

---

① 杨周翰、吴元大、赵萝蕤主编:《欧洲文学史》下卷,人民文学出版社 1979 年版,第 66 页。

（四）苏联影响

在新中国初期的雪莱研究中,包括雪莱的经典化过程中,苏联都是重要的影响。我们的外国文学史的参考来源,以及阅读作品的选择标准主要是来自苏联科学院出版的《英国文学史》,其中关于雪莱的章节(第二卷第一分册第七章)被杨周翰译成了中文。① 这种影响一直延续到 20 世纪 80 年代陈嘉先生编著的《英国文学史》(1982 — 1986)和《英国文学作品选读》(1981 — 1982)。比如,宪章运动作为 19 世纪中叶的工人运动,受到了以上几部文学史的重视,这是在西方的文学史和文学选读中所没有的。究其缘由,可能是因为列宁曾经说,宪章运动"是世界上第一次广泛的,真正群众性的,政治性的无产阶级革命运动"。② 另外,恩格斯在《英国工人阶级状况》中引用了一首宪章运动诗歌:"不列颠的儿女,虽说你身为奴隶,/但这不是创物主上帝的本意"。③ 雪莱是宪章运动的偶像,得到过宪章运动批评家的赞赏,他的《给英国人民之歌》成为宪章运动的"战斗进行曲"④。对于新中国的外国文学研究来说,研究宪章运动首先是政治正确的,阶级立场正确的,同时与西方的文学史形成了一种有意义的差异性。

如果我们看一看 20 世纪 50 至 70 年代我国出版的雪莱研究的书籍和论文(数量并不多),那么我们可以发现其中有许多引用苏联学者研究成果的条目(如高尔基、杰米施甘、柯瓦辽夫、伊瓦肖娃等)。在研究范式上,多数也是从领导人的语录出发,然后证明研究对象与语录契合。范存忠先生的《论拜伦和雪莱创作中现实主义和浪漫主义相结合的问题》(1961)一文可以作为一个例子。它首先引用了当时的中宣部副部长周扬的指导性文章《我国社会主义文学艺术的道路》,其中指出历史上最优秀的作家、艺术家总是在他们的作品中"表现出浪漫主义和现实主义这两种精神、两种艺术形式的不同程度的

---

① ［苏］杰米施甘著:《雪莱评传》上、中、下连载,杨周翰译,《文史哲》1956 年第六、七、八期。

② 杨周翰、吴元大、赵萝蕤主编:《欧洲文学史》下卷,人民文学出版社 1979 年版,第 175 页。

③ 范存忠著:《英国文学史提纲》,四川人民出版社 1983 年版,第 390 页。

④ 范存忠著:《试论拜伦和雪莱的创作中现实主义与浪漫主义相结合的问题》,《文学评论》1962 第 1 期。

结合"。然后,文章以拜伦和雪莱的作品为例说明了他们即是如此。在雪莱的作品中具体表现为:"在对现实进行批判的基础上,或者在对现实进行批判的同时,憧憬理想社会,并热情地歌颂这个社会"。①

这一简单化的复述也许对范先生有失公允,因为任何读过范先生这篇文章的人都会意识到,除了程式化的研究思路以外,文章还体现了作者的博学、开阔的眼界和深厚的研究功底。作者对雪莱作品的解读深刻、到位,充满了分析的力量。他所提出的任何观点都有着充分的引证和质证,体现了一个学者的严谨的风范。应该说,程式化的研究模式是那个时代的产物,在那个时代出版的其他雪莱研究论文中(如周其勋:《试论雪莱的"解放了的普罗米修斯"》),我们可以看到大致类似的模式。② 范存忠、杨周翰、周其勋都是那个时代的精英,都是归国学者,可以说是学贯中西。范先生在文章中不但引用了苏联学者,而且还引用了美国现代语言学会、怀特、卡麦伦等人的学术文献。他是中国当时为数不多的在西方名牌大学获得英美文学博士学位的大家,他的学术功底可以从 20 世纪 90 年代出版的《中国文化在启蒙时期的英国》(1931)一书中看出,毋庸置疑。正如浪漫主义时代有它的"时代精神"(Zeitgeist)一样,新中国前三十年的雪莱研究也有它的独特的精神风貌,理解它、正视它才是我们在 21 世纪应有的态度。

三、后 30 年:多元批评

(一) 思想解放

1976 年,新中国的第一代领导人周恩来、朱德、毛泽东相继去世,中国开始了它的巨大变革。"文革"被宣布结束,僵化的思想急需解放。1978 年中国共产党第十一届三中全会对"文革"等若干历史问题做出了定论,历史问题得

① 范存忠著:《试论拜伦和雪莱的创作中现实主义与浪漫主义相结合的问题》,《文学评论》1962 年第 1 期。

② 周其勋著:《试论雪莱的〈解放了的普罗米修斯〉》,《中山大学学报》1956 年第 3 期。

到了解决,全党全国开始向前看,将工作的中心从阶级斗争转移到经济建设,中国进入了改革开放的时代。中国的第二代领导人邓小平开始号召全党寻求中国特色的社会主义道路,提出社会主义不等于贫穷。倡导马克思主义的中国化和与时俱进,提出继承人类一切有价值的思想遗产,实践是检验真理的唯一标准,发展才是硬道理。由此,新中国由毛泽东时代进入到邓小平时代。

在这个以解放思想和改革开放为特征的新时代,中国逐渐建立新型的社会主义公有制,建立社会主义市场经济,打破了对社会主义和共产主义的僵化理解。中国特色的社会主义没有先例,只能摸着石头过河,坚持"白猫黑猫,抓到老鼠就是好猫"的灵活哲学,先后建立深圳等经济特区,进行试点,然后在全国推广成功经验。"劳动致富"和"让一部分人先富起来"的价值观也逐渐使私有财产得到了认可和保护。市场搞活了,经济腾飞了,物产丰富了,证券市场建立起来了,人民生活水平一天天提高,平稳度过了 1998 年的亚洲金融危机,从 1999 年后 GDP 连续 10 年增长 10% 以上,创造了经济腾飞的中国神话。

同时,学术得到了尽可能大的自由,释放了巨大的思想能量。在坚持马克思主义和党的领导的同时,中国并不排斥西方的先进技术和人文思想。许多以前不敢讨论的议题,如人道主义和普世价值,也可以讨论,不敢涉及的研究领域,如性和宗教,也可以研究。20 世纪 80 年代的外语热、留学热使中国人开阔了眼界。流行音乐,时装时尚,原版书籍,外语广播,国外电视等都增加了中国人的人生自由、旅行自由、思想自由。外国思想经典系列和外国文学经典系列逐渐被翻译引进,对中国的文化事业产生了巨大影响,产生了"朦胧诗""摇滚乐"等新的文化现象。外国文学界,以及整体知识界对西方新思想的积极开放的心态,对之产生的崇敬之心,却在后来不得不面对西方对中国的妖魔化和冷战思维。中国的思想解放和对西方思想的包容远远超出了西方对中国的接纳和包容。

更多的雪莱的作品被翻译成中文,《解放了的普罗米修斯》单行本(邵洵美译,1957)和《雪莱抒情诗选》(查良铮译,1958)被重印。《雪莱政治论文选》(杨熙龄,1981)、《麦布女王》单行本(邵洵美译,1983)、《雪莱诗选》(江枫译,1991)、《雪莱抒情诗全集》(吴迪译,1992)、《雪莱全集》7 卷本(江枫主编,2000)陆续出版。安德烈·莫洛亚的《雪莱传》(1923,1981)被再版,波尔顿的《雪莱情史》(1986)被翻译成中文。我国学者也撰写了外国文学评介丛书《雪莱》(张耀之,1981)和《雪莱与〈解放了的普罗米修斯〉》(邱立君,2001)。

(二) 诗学思想

《西风颂》前三节中都有"听吧"或"哦,你听"这样的召唤,但是"让谁来听?"和"听什么?"是两个并不容易回答的问题。郭沫若、查良铮、杨熙龄、袁可嘉等先生都曾经试图解决这些问题,袁可嘉先生曾经指出:"雪莱要我们听的当然不是急劲的风声,而是发自诗人衷心的革命号召",而且"听吧"召唤的对象是"我们",即"读者"。刘文孝在《〈西风颂〉形式琐谈》(1983)一文中表示了异议,他说:"这种解释,就思想的革命性来说,当然没有什么不对,但就诗意本身的脉络和其结构形式来讲,却不大恰当"。因为《西风颂》作为一首赛神曲,即对神的呼唤和祈祷,它召唤的对象只能是西风,而不是读者。将其理解为"革命号召"有悖于其形式的要求,不符合其形式的逻辑。①

暂且不论两个观点的是与非,但这个例子给了我们一个透镜,它折射出雪莱研究在改革开放后的一些新的特征和方向。评论界正在着力于超越革命性和政治性议题,而是转向对它的诗歌形式的研究,探讨诗歌的审美向度,其音韵美、形式美。王洞中在《浪漫主义诗人雪莱的理想主义瑰丽诗篇》(1982)中从"激荡的情思""丰富的想象""美丽的语言""生动的比喻""巧妙的对比"五个方面探讨了雪莱的诗学意义,认为雪莱的"思想如云雀翱翔于苍天之上,其语言如流水,如海波,如狂风,如雄鹰,如鹰啼"。这印证了雪莱本人的描述:"诗人有如夜莺,在寂静的黑夜中,夜莺歌声婉转"。② 陆建德在《雪莱的流云与枯叶》(1993)中,旨在"梳理半个多世纪以来英美文学界对《西风颂》第 2 节中几个用词和比喻展开的也许是枯燥乏味的争论,并由此点出一二个尚有待廓清的问题"。这里,"用词和比喻"指的是流云、枯叶、卷发、枝干四个意象,

---

① 刘文孝著:《〈西风颂〉形式琐谈》,《云南师范大学学报(哲学社科版)》1983 年第 4 期。

② 王洞中著:《浪漫主义诗人雪莱的理想主义瑰丽诗篇》,《杭州大学学报(哲学社科版)》1982 年第 3 期。

"争论"的焦点是英美批评家、科学家对这些词汇构成的图景的不同解读:即四个形象是否能够相互比喻?在雪莱创作的地方能否看到如此景象?"廓清的问题"是"图景"并不是照相式的写实,而是记忆与现实的交汇。[①]

1993 年,郑敏先生在《诗歌与科学:世纪末重读雪莱〈诗辩〉的震动与困惑》中突显了雪莱对功利主义和科学主义的批判,说明了他所强调的"想象力"和"诗歌"所具有的现代意义。郑敏先生分析了 18 世纪以降西方科技领域的突飞猛进,以及由此带来的理性主义、拜金主义、物质主义、民族仇恨、黑手党、纳粹大屠杀、杀戮动物、破坏环境、国际贩毒等问题,认为今天人类所面临的问题印证了雪莱的预言:科学发展强调了大脑的分析和知性功能,却忽视了大脑的想象和悟性功能,造成了"想象力、人性、诗的功能萎缩"。而雪莱在《诗辩》中所推出的诗歌和想象力,正是对西方思维模式日益理性化、社会发展日益商业化的倾向的一种反驳。郑敏先生对《诗辩》的解读已经将它提升到了一个新的思维高度,使它成为对人类文明发展道路的思考,成为雪莱为"医治人类创伤"所开具的一剂良药,对"人类自进入文明就失去的乐园"的追寻。[②] 在这个意义上,雪莱这篇著名论文就不仅仅是诗学文献,而且也是政治和哲学文献。

(三) 政治、宗教思想

在新时期的雪莱研究中,人们不但重视雪莱思想的革命性和批判性,而且更加重视其背后的政治哲学体系,更加倾向于将他放入了一个宏大的人文传统中来考察,探讨他与柏拉图、卢梭、潘恩等人在正义和自由观念上的关系。并且,人们更多的是质疑雪莱的革命性,而不是给予其进一步的证实。比如,王守仁在《论雪莱的"必然性"思想:读剧诗〈解放了的普罗米修斯〉》(1992)一文中认为,雪莱的理想主义和乐观主义背后,不仅有柏拉图和西方人文传统的影响,而且存在着一种非常被动的"必然性"思想。雪莱"摒弃了基督教关于全知全能的上帝的概念",取而代之以"必然性":即一条庞大的、绵连不断

---

① 陆建德著:《雪莱的流云与枯叶》,《外国文学评论》1993 年第 1 期。
② 郑敏著:《诗歌与科学:世纪末重读雪莱〈诗辩〉的震动与困惑》,《外国文学评论》1993年第 1 期。

的因果链索。其逻辑是独裁者注定要灭亡,普罗米修斯并不需要做什么,只需要等待。时候到了,自由和公正的社会就会实现。因此,《解放了的普罗米修斯》与其说是社会变革的预言,倒不如说只是一出"心灵的戏剧",它的一切都发生在雪莱的心里:它只是一个"美丽的理想"。①

张旭春在《雪莱与拜伦的审美先锋主义思想初探》(2004)一文中对雪莱的这种被动消极思想进行了深刻的思考,他认为雪莱的审美先锋主义与人们通常理解的政治先锋主义有很大的区别。他的"貌似激进的政治理想往往是一种与政治革命完全无关的审美乌托邦"。文章借鉴新历史主义的评论,揭示了雪莱的精英主义思想和精心构筑的政治表演。他理想的读者群是"诗歌读者中的精选阶层",他的"诗歌社会功能的定位"不是传播革命思想,而是在"精选阶层"中激发想象。因此,文章总结道:雪莱的"审美先锋思想中虽然也有着美好的社会政治承诺,但是由于坚持强调诗人高高在上的精英身份和艺术具有独立革命的潜能,[他]其实已经放弃了真正的社会革命使命。[他]的革命姿态在本质上仅仅是一种沉醉于审美想象之中的审美表演而已"。②

从雪莱撰写的政治评论来看,他并不主张使用暴力来实现自由和正义的目标,而是更希望通过道德感化和内心变革来达到目的。白正梅在《雪莱与道德学》(2000)总结了雪莱的道德理念,认为在雪莱看来,道德就是幸福,道德学就是达到幸福的科学。因此道德行为就是"就其一切后果和附带因素,适合于产生对最大多数人的最大幸福的行为"。③ 而实现道德目标的途径不是强制,而是人类心灵的基本原则:慈善和公正。罗义华在《雪莱诗歌和道德关系研究》(2008)中认为,雪莱的非暴力观点与他的道德观联系紧密,实现人类理想社会所需要的是"道德力量":"唯有宣传进步思想才能走向这个理想社会,而任何暴力都是与这一实践格格不入的"。文章以《伊斯兰的起义》为例,说明雪莱"并没有回避暴力革命对人类社会改革的可能意义,但是雪莱还

① 王守仁著:《论雪莱的"必然性"思想:读剧诗〈解放了的普罗米修斯〉》,《外国文学研究》1992 年第 4 期。另见秦丽萍著:《关于雪莱诗歌的乌托邦内涵》,《学术交流》1999 年第 4 期。秦丽萍著:《雪莱:关于正义与自由的母题》,《湘潭大学社会科学学报》1999 年第 4 期。陈志萍著:《赋咏激情,追求理想:论雪来的诗性正义和人性正义》,《河南社会科学》2004 年第 4 期。

② 张旭春著:《雪莱与拜伦的审美先锋主义思想初探》,《外国文学研究》2004 年第 3 期。

③ 白正梅著:《雪莱与道德学》,《山西高等学校社会科学学报》2000 年第 8 期。

是以否定性的姿态做出了对这一历史课题的回答"。①

　　雪莱是无神论者,曾经写过《无神论的必要性》。1821 年他在海上溺水后,英国的一家报纸曾经讽刺道:"雪莱这个写反宗教诗歌的作家淹死了;现在他该明白到底有没有上帝了"。但是雪莱与基督教的关系比我们想象的要复杂得多。龙瑞翠、李增在《雪莱的基督教情结》(2009)中认为,雪莱的"无神论脸谱下"存在着浓厚的"基督教情结",他反对的不是真正意义上的基督教,而是世俗的基督教会。他是"站在基督教内部来批判基督教"。② 赵军涛在《阐释学视域下雪莱的基督教观》(2010)一文中几乎得出了类似的结论。文章运用伽达默尔的阐释理论,分析了雪莱在理解基督教的过程中,将自己的"前见"与理解对象的意图进行了"视域融合",从而产生了一种新的理解。他所创造的耶稣形象(博爱仁慈、否定地狱、坚持平等)是他对《圣经》的"误读"和"续完"的结果,"这些理论与其说是基督的教义,不如说是雪莱自身所倡导的理论学说"。③

（四） 西方文论东渐

　　西方文论在 20 世纪 90 年代大量传入中国,文学研究逐渐从文本研究走向了多元化的文化研究。从结构主义到解构主义的发展,产生了女权主义、后殖民主义、新历史主义、原型批评、心理分析、生态批评等一系列批评方法和研究模式。中国的雪莱研究也发生了深刻的变革,在这个潮流中逐渐转型。比如,张德明在《〈西风颂〉的巫术动机》(1993)一文中将这首著名诗歌的结构与古代巫术仪式联系起来,认为雪莱与大自然狂风暴雨之间存在着某种心灵的感应,而这种感应与古代巫师从事巫术活动时所反映出来的心灵感应如出一辙。文章使用了原型批评的模式,来分析诗人所扮演的"俄耳甫斯式的集诗人、巫师、先知、导师于一体的角色"。在这个过程中,西风被理解为新柏拉图主义的"太一"和泛灵论的"摩那"的化身,诗歌的内容也反映了巫术仪式的

---

① 罗义华著:《雪莱诗歌和道德关系研究》,《外国文学研究》2008 年第 1 期。
② 龙瑞翠、李增著:《雪莱的基督教情结》,《四川外语学院学报》2009 年第 1 期。
③ 赵军涛著:《阐释学视域下雪莱的基督教观》,《魅力中国》2010 年第 1 期。

完整过程,"西风依次作用的四重存在——地、天、海、人,恰恰是古希腊自然哲学中的四大元素——土、气、水、火"。文章还引述了人类学巨著、弗雷泽的《金枝》,以及我国学者林惠祥的《文化人类学》,说明"雪莱与西风之间存在一个由分而合、逐渐交融的向心结构,而诗人的身份则经历了一个由人而巫、亦人亦巫的微妙变化过程"。①

西方文论的引入开阔了雪莱研究的视野,避免了批评活动纠缠于雪莱的革命性的议题,从而将研究引向了更为宽阔的领域。张秀梅在《雪莱诗中的孩子意象》(2001)一文中,运用弗洛伊德的理论对雪莱诗剧《钦契》中父亲和女儿关系进行了一次很有意思的心理分析解读,认为剧中的所有罪恶、痛苦、败落都来源于不可抗拒的"性趋力"。根据这种心理分析,《钦契》不再是一个以暴力推翻父权专制的隐喻,而是"表现出一种'错位'的俄狄浦斯情结",即钦契与比阿特丽齐在剧中分别以父亲和女儿的身份出现,而事实上,二者的心理角色正好相反。比阿特丽齐表现得更像一位母亲,而钦契似乎是一个依恋母亲的孩子,他对比阿特丽齐的乱伦渴望说明他把母亲形象投射到了女儿身上。另一方面,文章认为,比阿特丽齐对父亲也有一种依恋,只不过"道德需求"使她将乱伦视为一种罪恶,这恰恰反映了一种"原始压抑"。杀死父亲后,她平静地接受被判处死刑的结果,因为她相信"父亲在阴间正张开双臂等待着拥搂她"。②

宁梅在《雪莱诗歌中的女权思想》(2003)一文中,梳理了雪莱对女性的态度,以及他的诗歌中"大量赞美女性、倡导男女平等、支持妇女解放"的例证。例如在《伊斯兰起义》和《麦布女王》中,雪莱写道:"女人—她早已做了男人的奴隶。/提起她的处境,我忍不住要痛哭—/受尽侮辱,被凄凉的家庭遗弃";"如果女人是奴隶,男人能够自由吗?";"除非自由平等的男女和睦相处,/和平与人性将永远各奔异途";"男人和女人,满怀着爱和信心,/平等地、自由地、纯洁地走上了/那些不再染着朝山进香人/血迹的路径/登上道德的高峰"。雪莱在女性问题上的激进观点与他在政治问题上的激进观点一脉相

① 张德明著:《〈西风颂〉的巫术动机》,《外国文学评论》1993 年第 4 期。
② 张秀梅著:《雪莱诗中的孩子意象》,《廊坊师范学院学报》2001 年第 2 期。

承,这种激进观点背后的出发点就是平等、自由、正义。我们不要忘记他还是《为女性权利辩护》(1793)一文的作者玛丽·沃尔斯通克拉夫特的女婿。文章将雪莱塑造成为一个"世界女权运动的先驱",为女性解放发出了穿越几个世纪时空的呐喊。① 这样的观点虽然通情达理,但显得有点过于简单化。虽然雪莱在诗歌中可以说"登上了道德的高峰",但是他在生活中的情况比想象的更加复杂。

雪莱曾经因两次私奔、与两个女人同时同居、对前妻的自杀异常冷漠而备受责难,被称为"不道德的人",被剥夺了自己孩子的监护权。陆建德在《雪莱的大空之爱》(1995)一文中认为,雪莱不爱具体的人,他"爱上了爱"。他在其爱情诗中苦苦思念的姑娘其实是"乌有之物,象外之象",他"爱得胜过一切的,大概就是这凌虚蹈空的纯粹理念"。② 这大概是雪莱翻译柏拉图《会饮篇》的后遗症吧。陆建德分析了雪莱诗歌与柏拉图哲学中的纯粹理念之间的关系,并把它与诗歌中表现出的"遁世冲动"联系在一起,认为他的那喀索斯式的自恋是他专注于自己、缺少对同胞命运真正关切的原因。无独有偶,英国学者保罗·约翰逊在《知识分子》(中文版 1999)中认为,"同卢梭一样,总的说来他[雪莱]爱人类,但对特定的人他常常是残酷无情"。在实际生活中,他是一个"极端的个人主义者和自我为中心主义者"。约翰逊在书中塑造的雪莱与三十年代起就在中国流行的安德烈·莫洛亚的《雪莱传》(1923)大相径庭,他对雪莱的尖锐批评和攻击引起了中国知识界的强烈反响。在《中华读书报》(2002)上,人们在问雪莱到底是"无私的? 不道德的? 疯狂的?",还是具有"金子之心"? 他到底是天使? 还是魔鬼?③

雪莱固然有瑕疵,但我们应该看到他善良、温情的另一方面:他经常掏出钱来接济穷人,有一次他看见一位妇女光着脚在路上一瘸一拐,他就脱下自己的鞋给她穿上。然后自己光着脚回家,脚都磨破了④。拜伦曾经在一封信中

---

① 宁梅著:《雪莱诗歌中的女权思想》,《贵阳师范高等专科学校学报》2003 年第 4 期。

② 陆建德著:《雪莱的大空之爱》,《读书》1995 年第 4 期。

③ 杨正润著:《无私的? 不道德的? 疯狂的? ——关于雪莱的故事》,《中华读书报》2002 年 2 月 20 日。徐鲁著:《雪莱的金子之心》,《中华读书报》2002 年 9 月 4 日。

④ 张耀之著:《雪莱》(外国文学评介丛书),辽宁人民出版社 1981 年版,第 42 页。

对约翰·默里说，"关于雪莱，你们错得毫无道理。无疑，他是我所认识的人中最好的、最无私的人。我认为不管什么人和他相比，都显得像畜生"。周凌枫在《新历史主义观与传记的雪莱形象》（2007）一文中论证了传记的历史性和叙事性，认为传记与历史一样，"都是叙述者有选择性的主观建构"。莫罗亚和约翰逊都没有书写雪莱作为"社会立法者"和"预言家"的大历史或者宏大叙事，而是选择了零星插曲、轶事趣闻、偶然事件、异乎寻常的外来事物、卑微或不可思议的情形作为书写对象。之所以他们的结论截然相反，是因为他们对证据的使用或压制所至，选择性使他们的传记与小说的情节没有二致。也许约翰逊和莫洛亚犯了同样的错误，他们突出了雪莱的一个方面，而忽视了另一个方面。① 从新历史主义视角来看，这也许是不可避免的。

雪莱与东方的关系也是雪莱研究的一个重要的方面，因为东方常常出现在雪莱的诗歌和戏剧作品中：《伊斯兰的起义》《奥斯曼迭斯》《解放了的普罗米修斯》《含羞草》《印度小夜曲》等都有东方的影子。然而雪莱的东方是一个什么样的形象？他对东方的兴趣来自何方？有何特别的目的？这些都是研究界感兴趣的话题。龙瑞翠和李增在《雪莱迷恋与认同东方神秘主义的表征与动因》（2010）一文中认为，雪莱一生极力反对食肉饮酒，践行着一种东方宗教式的"苦行主义"；《西风颂》中的西风具有破坏与新生同在的性质，是"对印度教湿婆崇拜着迷与认同"的表现。文章作者运用后殖民理论和萨义德的"东方主义"理论对雪莱"对东方的解读中必然存在的误读"进行了分析，认为雪莱的东方是一个"遥远的伊甸园"，但是在西方"集体无意识的文化霸权主义的语境下"，他在"对东方意象、思想、气质、经验等与西方完全不同的因素的持续不断的描述之中其实也在不自觉地重申欧洲的先进和优越"。因此诗人笔下的东方从根本上说不是东方，而是"欧洲物质文明与文化的有机组成部分"。②

张德明的《雪莱〈奥西曼底亚斯〉的"语境还原"》（2009）一文从另外一个

---

① 周凌枫著：《新历史主义观与传记的雪莱形象》，《名作欣赏》2007 年第 24 期。

② 龙瑞翠、李增著：《雪莱迷恋与认同东方神秘主义的表征与动因》，《东北师大学报（哲学社科版）》2010 年第 6 期。另见杜平著：《不一样的东方：拜伦与雪莱的东方想象》，《四川外语学院学报》2005 年第 6 期。

角度讨论了东方与西方的关系。他认为理解雪莱诗歌的关键在于"语境还原":即认识到这首诗歌的直接灵感不是像人们想象的那样,来自伦敦大英博物馆的人面狮身像,而是来自当时的几种游记,以及法国对埃及的征服史。雪莱隐去了"来自古国的旅人"的法国身份,是因为当时英法两国的军事对抗;他谴责古代暴君,实际上是在谴责法国的拿破仑:这位当代暴君不但对埃及进行军事征服,而且试图进行文化征服:他带到埃及的 150 位专家学者没有能够将沉重的人面狮身像运回法国,他的殖民事业就完结了,只留下了 22 卷本历史《埃及记事》。正如文章总结道,"诗篇交织着民族主义情感与共和主义信念、帝国利益与美学理想、古典美与崇高美等多方面的张力和冲突,体现了文学与文化、美学与政治、轻灵的诗歌与写实的游记之间的复杂互动性"。① 文章体现出新历史主义的"厚描"特点和西方马克思主义与后殖民主义的政治批评风格。

四、结语

新中国成立 60 年来的雪莱研究其实主要是后 30 年的雪莱研究。学术界在后 30 年呈现出异常活跃的态势,出版的论文共有 230 余篇,硕士论文 9 篇和诗歌选集和全集共 10 种。这个数量超出了 20 世纪初雪莱传入中国后的 60 年的总和。由于篇幅限制,本文并非是对该领域的详尽研究,有些领域仍未触及,如雪莱与拜伦的文学关系、雪莱与科学的关系、雪莱的悼亡诗等。但是总起来说,对这段历史的梳理可以使我们看到其中一些发展的趋势,一些大的研究模式的变化。

可以说,雪莱研究在中国经历了从服从政治需要,到建立更加多元化研究视角的发展历程。雪莱作为研究对象也随着历史的发展呈现出不同的面貌,造就出不同的形象。在新中国成立后的前 30 年,雪莱研究追随了当时的政治

---

① 张德明著:《雪莱〈奥西曼底亚斯〉的"语境还原"》,《绍兴文理学院学报(哲学社科版)》2009 年第 5 期。

需要,突出了他的激进思想和革命性,将雪莱视为革命者。但在改革开放之后,中国的雪莱研究更加多元化。在后 30 年,学者们从更加多样化的视角来解读雪莱的作品,许多从前未被触及的问题也进入了讨论的领域,雪莱的革命者形象不是简单地被接受,而是被证明具有更多复杂性。如果用一种简单的公式来描述,那么我们可以说,雪莱在新中国的研究中经历了一个从革命者回归到诗人本体的历程。也就是说,近期的雪莱研究更加注重他的诗人特质:他首先是诗人,也许同时也是革命者,对他的研究也转向了更加广阔的领域,更加注重那些虽然是非革命性、但具有较高诗学价值的作品。同时研究成果也急剧增加,形成了一个繁荣的时期。

(该文为国家社科基金重大项目"新中国外国文学研究 60 年"(09&ZD071)阶段性研究成果,原载《外国语文》2011 年第 4 期,收入本书时略有改动)

艾略特与印度：《荒原》和《四个四重奏》
中的佛教、印度教思想

　　根据斯蒂芬·斯奔德(Stephen Spender)回忆，艾略特在一次谈话中曾经说，写作《荒原》的时候，他曾经认真考虑想成为一个佛教徒。① 这话可能有一定根据，因为《荒原》中充满了佛教经典的回响，第三部分"火戒"就是西方禁欲主义与东方禁欲主义结合的结果，最后一部分"雷霆的话"使用了佛教经典《奥义书》的结尾：重复了三遍的"平安、平安、平安"，艾略特说，是"一种超越理解的平安。"②《四个四重奏》也有基督教思想和印度教思想并置的情况，第三首《干塞尔维吉斯》就来自印度教经典《摩阿婆罗多》中的《福者之歌》，印度学者斯瑞(P.S.Sri)说，其中一段几乎就是《福者之歌》第八章第五节的"译文。"③那么，艾略特与印度思想的关系到底如何？ 印度思想对艾略特到底有多么大的影响？

　　艾略特与印度的关系也许不算是一个未开垦领域。由于与印度有关，它曾经吸引了许多印度学者的关注。除了上面提到的斯瑞，还有《艾略特与印度哲学》的作者辛格(Amar Kumar Singh)和《艾略特的印度思想》的作者戈什(Damayanti Ghosh)等。美国学者克利奥·克恩斯(Cleo McNelly Kearns)也写了一本《艾略特与印度学传统》的著作。这些著作都极大地丰富了人们对艾略特继承印度思想的事实的认识，同时也提出了更多的问题、激发了我们对这

---

① Spender,Stephen.*T.S.Eliot*.New York：Vikin,1975,p.20.

② Eliot,T.S.*Complete Poems and Plays of T.S.Eliot*.London：Faber and Faber,1969,p.80.

③ Sri,P.S.*T. S. Eliot：Vedanta and Buddhism*.Vancouver：University British Columbia Press,1985,p.14.

138

个问题作更多的思考。比如,如果说艾略特的思想中融入了许多印度思想的成分,那么他对印度的认识从头到尾是一致的吗？他的基督教信仰如何影响他对印度的兴趣？印度教和佛教在他的思想中占据什么样的位置？下面我们从几个方面来探讨这几个问题的答案。

一、神秘感:初识东方和印度

在艾略特成长的年代,东方是一个神秘的地方,没有多少人到过印度和亚洲,多数人只是道听途说,或者从文学作品中了解到一鳞半爪。东方是一个遥远、神秘的"他者"。在中学时代,艾略特喜欢阅读吉卜林的小说《吉姆》和菲兹杰拉德翻译的《鲁拜集》。从吉卜林那里,艾略特了解到了印度的风土人情,动物植物,地理特征。可以说,印度只是一个具有异域风情的地方,富有异域文化所具有的强烈吸引力。在史密斯学院,艾略特曾经创作过两篇故事,发表在校报上。一篇叫《鲸鱼的故事》,另一篇叫《做了国王的人》。前者是航海冒险的故事,与梅尔维尔的小说情节类似。后者有明显的吉卜林的痕迹,连题目都让人想起吉卜林。故事讲述了一次异域冒险的奇特经历。一个欧洲人(Macgruder)因海难而漂流到一个小岛,这里的部落以为他是上天派来的使者,而拥戴他为国王。但是随着时间的流逝,土著人发现他并不是他们所期待的救世主。上当受骗的部落决定惩罚这个冒牌货,最后他被迫逃离。[1] 这样的故事情节不能不使人想起吉卜林的几乎同名短篇小说《想做国王的人》。艾略特的故事背景虽然是锡兰(Ceylon),但是与吉卜林的卡菲尔斯坦(Kafiristan),即阿富汗东北的偏远山区相差无几。这里的人们贫穷、无知、愚昧、落后、迷信、野蛮,与西方殖民主义者所描述和报告的印度没有多少差别。可以说,这只是艾略特对东方的初步认识,并且这种初步认识还受到了一种意识形态的影响。

----

[1] Sri,P. S. *T. S. Eliot: Vedanta and Buddhism.* Vancouver: University British Columbia Press, 1985,p.14.

进入哈佛大学之后,艾略特对印度有了更进一步的了解。这一次他更加侧重于思想层面和宗教层面的了解。艾略特在大学的专业为哲学和文学,当时哈佛大学的教授中有好几位对东方哲学感兴趣,包括白璧德(Irvine Babbitt)、兰曼(C.R.Lanman)、伍兹(James Woods)等。在研究生阶段,艾略特开始选修梵文和兰曼开设的印度语文学,随后在第二年他有选修了伍兹开设的印度哲学,同时他还选修了日本教授姊崎正治(Masaharu Anesaki)开设的佛教课程。① 在这些课程中,他接触到了《福者之歌》等佛教和印度教经典,也正是在此时艾略特阅读了对他影响甚大的佛教读本:亨利·克拉克·沃伦(Henry Clark Warren)主编的《佛教译本》。其中佛主的布道文《火诫》后来被用到了《荒原》之中。艾略特回忆说,他在哈佛的这段时光里对印度哲学和佛教的专研,使他产生了一种"具有启迪意义的神秘感觉。"②这时出版的"哈佛东方经典系列"丛书也说明佛教和东方对美国学术界的重要性,根据彼德·阿克罗依德(Peter Ackroyd)的说法,这些哈佛教授对印度思想的兴趣具有一个特别的用意:即认为美国的生活经历使他们无法在现代的基督教中找到西方问题的答案,而只能在一种非常不同的宗教哲学中去寻找。而艾略特对印度和佛教的兴趣显然是在仿效他的哈佛前辈白璧德和莫尔(Paul Elmer Moor)。③

二、幻灭:寻求拯救的良方

虽然艾略特否认《荒原》表现了"一代人的幻灭",但实际上长期以来一直存在这样的认识。④ 在《荒原》中,我们见证了第一次世界大战后欧洲人的精神状况:颓废、绝望、精神支柱的崩塌。人们丧失了灵魂,丧失了信仰和精神追

---

① Ackroyd,Peter.*T.S.Eliot:A Life*.London:Abacus,1985,p.47.

② Eliot,T.S.*AfterStrange Gods*.London:Faber and Faber,1934,p.43.

③ Ackroyd,Peter.*T.S.Eliot:A Life*.London:Abacus,1985,p.47.

④ Eliot,T.S.*Selected Essasys*.London:Faber and Faber,1932,p.368.See also Valerie Eliot ed.*The Waste Land:A Facsimile and Transcript of the Original Drafts*.London:Faber and Faber,1971,p.1.

求。他们来去匆匆,犹如行尸走肉,像一个个幽灵。艾略特瞭望伦敦桥上的上班族,感叹道:"我没有想到死亡夺取了如此多人的生命"。伦敦被比喻为但丁的地狱。以这种心情和目光扫视欧洲大陆,艾略特看到的是一片荒原,"一堆破碎的图像":这里只有石块,没有水;只有干旱,没有植物生长;这是一片不毛之地,大地已经死亡。这就是艾略特为 20 世纪 20 年代的欧洲描绘的一幅图景:一片精神荒漠。① 在这样一个情境中,诗人作为一个灵视者和预言家,扮演了一个悲天悯人的角色。他的心灵比其他人更敏感,目光比其他人更锐利。他看到了他人看不到的颓败,感觉到他人感觉不到的痛苦,他因此而倍受煎熬。在见证苦难的同时,他也希望能够找到一副灵丹妙药,来医治欧洲人精神上的创伤,以拯救这片古老的大地,使之重新恢复其活力和生机。正是在这样一种心境中,艾略特找到了印度和佛教。

欧洲文明的崩溃,"欧洲人感情和精神上的枯竭",是第一次世界大战时期的一代知识分子的普遍感觉。小说家亨利·詹姆士(Henry James)说,"文明陷入如此血腥和黑暗的深渊,是对整个悠久历史的抛弃,我们一直以为这个历史在进步,不管有多少坎坷,而现在必须接受目前的一切,将之视为这个历史的目标和意义,这太可悲了,无以言表"。哲学家伯特兰·罗素(Bertrand Russell)说,"我曾经产生奇怪的幻想,觉得伦敦是一个虚幻之地。我在幻象中看见桥梁崩塌沉没,整个城市像早晨的雾气一样瞬间消失。"②为什么几千年的欧洲文明会导致这样一场巨大的灾难? 为什么启蒙运动以来的理性、科学、民主、进步等理想会导致战争、杀戮、强权、贪婪? 如果以基督教和启蒙思想为主导的西方文明已经失去了它的活力,那么与之不同的其他文明和宗教是否蕴含着恢复活力的灵丹妙药呢?

这样的思路不仅存在于詹姆士、罗素、白璧德等哲学家当中,也同样存在于艾略特、庞德、叶芝等现代诗人当中。我们应该记住,庞德对西方文明的批判恰恰将他引向了东方,引向了中国诗歌和哲学。叶芝对西方文明的批判将

---

① Southam,B.C.*A Student's Guide to the Selected Poems of T.S.Eliot*.London:Macmillan 1968, rpt.1981,p.81.

② Coote,Stephen.*The Waste Land*.Penguin Masterstudies Series.Harmondsworth:Penguin 1985, p.9.

他引向了非西方的思想体系,即神秘教和他自己创造的《幻象》象征体系。并且,这样的思维方式并不局限于艾略特那一代人,在整个 20 世纪,西方的知识分子在重复着类似的思维路径。美国 20 世纪 60 年代的诗人金斯堡(Allen Ginsberg)、雷克斯洛斯(Kenneth Rexroth)、斯奈德(Gary Snyder)等对东方的兴趣也正是出于对西方工业化文明的失望。① 如果你自己的文明使你感到失望,那么你就有可能向其他文明去吸取营养。这也许就是艾略特走向印度和佛教的基本原因和基本冲动。

三、人类学:东西方智慧的融合

在《荒原》的原注中,艾略特承认这首诗的题目、结构和象征体系都来自杰希·韦斯顿(Jessie L.Weston)的《从仪式到传奇》。韦斯顿探讨了基督教圣杯传奇的来源,认为它与古代渔王的故事密切相关:即荒原之荒,根源在于渔王身体之"荒"。要拯救荒原,必须寻找圣杯,医治渔王的疾病,使他从衰老和性无能中振作起来。艾略特还承认,他受到另一部人类学著作的重大影响,即詹姆士·弗雷泽(Sir James Frazer)的《金枝》:"任何熟悉这些著作的人会立刻识别诗中所提到的生殖仪式。"②在艾略特时代,人类学不仅是一门异常活跃的学问,而且代表着一种精神:即宽容、开放和平等的学术精神。人类学往往将不同的文化传统放置在一起,对它们进行平行研究,比较它们的异同,以及它们的传承关系。在以上两位人类学家的著作中,我们都能够看到基督教与其他东方宗教仪式的平行比较。艾略特在《荒原》中就是继承了这种人类学精神,以及人类学对东方的兴趣。

在圣杯传奇中,骑士寻找圣杯、以恢复大地活力和生机的故事,并不是一个纯粹的基督教故事。韦斯顿将圣杯传奇的源头追溯到渔王的故事,然后又暗示更早的源头是印度教经典《吠陀经》。在这部印度教经典中,王子(Bhagi-

---

① 钟玲著:《美国诗与中国梦》,广西师范大学出版社 2003 年版,第 10 页。

② Eliot,T.S.*Complete Poems and Plays of T.S.Eliot*.London:Faber and Faber,1969,p.76.

rath)为拯救他的家族和国家,历尽千辛万苦,登上喜马拉雅山,寻找恒河女神,以释放河水、拯救干涸大地的故事与艾略特的渔王的故事有诸多相似之处。格洛弗·史密斯(Grover Smith)认为,《吠陀经》中的这个故事通过韦斯顿的《从仪式到传奇》进入了艾略特的《荒原》。① 印度学者辛格甚至认为,这个故事是"圣杯传奇的印度版。"②

艾略特的"荒原"不仅是西方衰落的象征,也是生动的现实:泰晤士河边的白骨在风中歌唱,似乎显露出死者狰狞的笑容。河上漂浮着空酒瓶、三明治的包装纸、丢弃的硬纸盒、烟头等垃圾,仿佛这是一个被人类抛弃的地方。老鼠在河岸的尸骨中出没,发出沙沙的声响。建筑物倾倒,"耶路撒冷、雅典、亚历山大、/维也纳、伦敦,/不真实。"③如果艾略特这片荒原有一个"渔王",那么他应该是耶稣。按此推理,重新寻回"死去"的耶稣,就是拯救荒原的关键。然而,《荒原》并没有这样推理,而是将拯救的希望寄托于印度佛教:"给与、同情、抑制"三字箴言来自佛教经典《奥义书》中"雷霆"的故事,在此它被视为拯救人类的最高智慧。④

可以说,艾略特的救世秘方是一个东西方智慧的混合物,一种东西方珠联璧合的古老良方。《荒原》的特点之一就是它的思想基石是一个综合的、而不是单一的思想体系。用史密斯的话来说,"这个精神追求部分属于西方传统,部分属于东方传统"。⑤ 艾略特此时还不是基督徒,对于他来说,诗歌与信仰没有必然的联系。在创作的时候,他所寻找的是比喻,是可以表达他的思想的手段。不管是基督教,还是佛教或者生殖崇拜仪式,只要能够表达"荒原"的意念,他都会将它为我所用。

① Smith,Grover.*T.S.Eliot's Poetry and Plays:A Study in Sources and Meaning*.Chicago and London:University of Chicago Press,1965,p.90.

② Singh,Amar Kumar.*T.S.Eliot and Indian Philosophy*.New Delhi:Sterling Publishers Private Ltd.,1990,p.23.

③ Eliot,T.S.*Complete Poems and Plays of T.S.Eliot*.London:Faber and Faber,1969,p.73.

④ Eliot,T.S.*Complete Poems and Plays of T.S.Eliot*.London:Faber and Faber,1969,p.80.

⑤ Smith,Grover.*T.S.Eliot's Poetry and Plays:A Study in Sources and Meaning*.Chicago and London:University of Chicago Press,1965,p.93.

四、欲望：东西方禁欲主义的并置

在《荒原》中，欲望是一个重要主题，在某种意义上被视为西方文明的问题的根源。在诗歌的 400 余行中，我们多次见证欲望的火焰熊熊燃烧，以及在火焰中燃烧的男男女女：在德国阿尔卑斯山度假的贵族男女，在伦敦家中百无聊赖的中产阶级夫妻，深受性问题和生育问题困扰的下层女性，像野兽一样到妓院寻欢作乐的斯温尼，偷欢交媾的银行职员和女打字员，邀请同志到宾馆过夜的同性恋商人等等，而这些又与神话中夜莺遭到强奸的故事，以及瓦格纳歌剧中不该发生的爱情故事交织在一起。可以说《荒原》是欲望的众生相。作为诗歌的叙事者，诗人也是这些现象的见证者。他自比希腊神话中的先知铁瑞西斯，既做过男人，又做过女人，对欲望的两面都有过体验。然而他见证越多，他就越痛苦。在他的早期诗歌中，女性的形象常常激起"不快或恐惧。"①美国学者米勒（James E.Miller）将《荒原》中关于女打字员的描写称为"反女性主义的段落。"②

欲望在东方和西方的宗教中都是邪恶的源泉，因此禁欲主义是东西方宗教的共同特征。由于欲望总是与女性联系在一起，因此女性总是禁欲主义的受害者。女性被视为"祸水"，洪水猛兽。在基督教和西方传统中，夏娃和潘多拉的故事都暗示女性是万恶之源。③ 艾略特显然意识到禁欲的重要性，在《荒原》中，他搬出了基督教禁欲主义的代表之作圣奥古斯丁的《忏悔录》，希望能够浇灭这场欲望大火，同时他还搬出了佛主的《火诫》：在被欲望之火重重围困的情况下，他请求上帝将他从火中救出。"燃烧燃烧燃烧燃烧/哦上帝你把我拔出来/哦上帝你拔/燃烧"。具有讽刺意义的是，这最后一句还没说完，他已经在烈火中殒灭。在这里我们再次看到基督教和佛教

---

① Ackroyd,Peter.*T.S.Eliot：A Life*.London：Abacus,1985,p.44.

② Miller,James E.*T.S.Eliot's Personal Waste Land：Exorcism of the Demons*.University Park and London：Penn State U Press 1977,p.88.

③ ［美］凯特·米利特著：《性别政治》，宋文伟译，江苏人民出版社 2000 年版，第 60—61 页。

的并置,并且这种并置是一种有意的安排。艾略特在《荒原》的原注中说,"东西方禁欲主义的两位代表的结合,形成了这一部分的高潮,这并不是一个巧合。"①

　　艾略特这种平等地对待东西方思想传统的态度非常有趣,然而它并没有持续多久。1927年他在伦敦某教堂接受了洗礼,之后声称自己是"文学上的古典主义者,政治上的保皇派,宗教上的英国国教成员。"②伴随着这一保守主义的转向,艾略特对东方,及其他宗教文化传统的态度也发生了改变。他开始批评前辈诗人阿诺德用诗歌代替宗教的计划,批评他的哈佛老师白璧德的"人文主义",转而极力追捧英国17世纪基督教主教郎斯洛·安德鲁斯(Lancelot Andrews)的宗教思想。他抛弃了先前对东方宗教和思想传统的人文主义关切和人类学兴趣,对这些宗教和思想传统少了一份包容和欣赏。在《追逐异教神》一书中,艾略特显然将基督教视为正宗,而其他宗教和思想则变为"异教神"的追逐者。他的思维中引入了一种二元对立模式,并且在这个二元对立模式中,主与次、正与邪、光明与黑暗、优越与落后的等级秩序异常突出。这一点我们将在《四个四重奏》中清楚地看到。

五、玫瑰花园·旋转世界的中心

　　《四个四重奏》是围绕几个宗教主题展开的一场哲学思辨。在诗中,抒情与沉思交织,感性与理性重叠:"时间现在与时间过去/也许都存在于时间未来之中,/而时间未来也包含在时间过去里。"③《四个四重奏》的开篇《烧毁的诺顿》让思绪回到了过去,回到了记忆中那个特殊的时刻:心灵豁然开朗,从而感觉到形而上的欢乐。欲望和记忆交融,显示出一个永恒世界。记忆中的玫瑰花园,百鸟歌唱,鲜花盛开。干涸的池塘在太阳光的照耀中奇迹般地充满的清水,碧波荡漾,水中还生长"莲花"。我们不禁要问,为什么艾略特在花园

①　Eliot,T.S.*Complete Poems and Plays of T.S.Eliot*.London:Faber and Faber,1969,p.79.

②　Eliot,T.S.*For Lancelot Andrews*.London:Faber and Faber,1928,p.ix.

③　Eliot,T.S.*Complete Poems and Plays of T.S.Eliot*.London:Faber and Faber,1969,p.171.

中安排了与佛教密切相关的"莲花"呢？面对那无以言表的神秘体验,语言的表现力,即使是诗歌语言,都显得苍白。这种体验的强度和深度超出了凡人的感知极限,人们能够感觉到它的存在,但无法确认它的真实性。这个无以言表的"真实"只能用喻说性语言才能表达,也许这就是神秘东方的"莲花"出现的原因。

《四个四重奏》的开篇为我们描绘了一个幻象。用诗歌语言来说,它是旋转世界的中心,或"旋转世界的静止点"。用哲学的语言来说,它既没有运动,也没有停止运动;既不是肉体,也不是没有肉体等等,诗歌就是对这个"光的世界的悖论性体验。"[1]艾略特说它像一只"中国花瓶",永远旋转,但又永远静止。在这里,人们又想起了佛教:佛教在描述"梵"时也是用一系列悖论:"既离我们很远,也离我们很近,既在这个世界中,又不在这个世界"等等。[2] 我们可以看到,东方意象,不管是佛教的莲花,还是中国的花瓶,对这个神秘体验的描写似乎具有强大的表现力。不是因为它们比英语更加优越,而是因为它们产生的陌生化效果似乎超越了英语的程序化的思维和想象,从而得以让永恒的神秘感冲击读者的想象力,达到希望产生的效果。这也许就是为什么穆迪(A.D.Moody)说:"超越语言是《四个四重奏》的根本。"[3]

也就是说,虽然东方在艾略特的想象中仍然占有一席之地,但不是因为它是艾略特信仰的一部分,而是因为它超越了西方的传统语言,超越了英语老套的、刻板的联想,从而能够起到激活思维的作用。在艾略特的思想中,东方充其量只是诗歌创作的一个语言资源。我们可以这样说,此时的艾略特延续了他前一阶段对印度哲学和东方的兴趣,但是这个兴趣已经与从前不同。他将会如何处理这个兴趣在他思想体系中的位置,仍然是一个值得思考的问题,而解决这个问题关系到如何定位艾略特的信仰和哲学探索的方向。

---

[1]　Moody,David.*The Cambridge Companion to T.S.Eliot*.Shanghai:SFLEP,2000,p.144.

[2]　Singh,Amar Kumar.*T.S.Eliot and Indian Philosophy*.New Delhi:Sterling Publishers Private Ltd.,1990,p.29.

[3]　Moody,David.*The Cambridge Companion to T.S.Eliot*.Shanghai:SFLEP,2000,p.147.

六、轮回:合着四季的节拍

《四个四重奏》不是四首诗歌,而是一个相互之间有着内在联系的整体。我们可以将这四首诗歌视为室内乐四个四重奏的四个乐章,可以将它们视为春、夏、秋、冬四个季节,也可以将它们视为气、土、水、火四大元素。如果我们仔细省视《烧毁的诺顿》和第二首《东科克》之间的关系,我们将发现:第一首写永恒,第二首写时间。两首之间的关系可以描述为空气与土壤、天堂与人间、光明与黑暗的关系。东科克村位于英格兰南部,艾略特的曾祖父 17 世纪从这里移居美国。这个偏僻的小村庄受外界的影响比较少,数百年来保持着几乎同样的生活方式。生活就是一种重复,房屋倒了又建,村民死了又生,构成了一种人生的循环。用艾略特的话说,"我的开始就是我的结束。"①

四季更替、生死循环、艾略特的先祖离开英国去美国,而他现在又从美国回英国,这些都是循环往复的形象,类似于佛教的"轮回"。东科克村的人们曾经围着篝火跳舞,"相亲相爱,手挽手,臂连臂",合着四季的节拍,"吃、喝、拉屎和死亡。"②这个篝火舞蹈仪式更加深了先前的循环意象。万物随时间而变化:人的生老和病死、植物的生长和枯萎、帝国的兴盛和衰亡、日子从白天到夜晚、季节从春天到冬天:人间没有永恒的生命,也没有永恒的荣耀。人生就像一个巨大的转轮,人们从最低点转到最高点,然后又从最高点跌落到最低点。辛格说,"《东科克》的土地就等同于羯磨……艾略特描绘了一幅完整的现世图景,其中的行为决定着行为的循环。"③

艾略特对人生的描述与佛教异常相似,他是否有意识这样做我们无法推断。不过,对艾略特产生过重大影响的人类学告诉我们,基督教和佛教,以及

---

① Eliot,T.S.*Complete Poems and Plays of T.S.Eliot*.London:Faber and Faber,1969,p.177.

② Eliot,T.S.*Complete Poems and Plays of T.S.Eliot*.London:Faber and Faber,1969,p.178.

③ Singh,Amar Kumar.*T.S.Eliot and Indian Philosophy*.New Delhi:Sterling Publishers Private Ltd.,1990,p.66.

其他宗教在看待人生的方式上有诸多相似之处。哲学家阿尔德斯·赫胥黎（Aldous Huxley）也曾经指出，在人类不同种族的原始神话中存在着一种"永在哲学"，这种"永在哲学"后来在世界几大宗教中都得到了发展，其主题包括时间与永恒、善与恶、拯救与永生、道成肉身、苦难修行等主题。在《永在哲学》一书中，赫胥黎在"印度的默祷僧人、伊斯兰教的苏菲派信徒、中世纪的天主教神秘主义者"、以及基督教新教、佛教、禅宗等宗教圣人的思想中进行来回比较，梳理主旨大意，揭示共同特征。① 虽然艾略特并不相信"永在哲学"，并且批评过赫胥黎的普世主义思想，但作为一种哲学原型，"永在哲学"反映了各种宗教的共通之处，从而也为我们揭示了艾略特与印度思想的契合。

七、苦海：人世间的缩影

《四个四重奏》第三首《干塞尔维吉斯》描写了大江和大海，同时也描写了与航行相关的渔民生活。"哪里是终了，渔民在浓雾退去时扬帆驶入风尾？"渔民一代又一代在海上作业，出海后有返航，也构成了一个循环。"我们得想象他们永远在往船外舀水，/扬帆和拉网。"②"航海"是从一个地点向另一个地点的运动，它本身就是人生的一种隐喻。对于渔民来说，"航海"是他们的谋生手段，对艾略特来说，航海就是人间生活的缩影。用斯瑞的话来说，"现世的不断变化的表象在此被想象为波涛汹涌的大海，被描写成恐惧和绝望的深不可测的流动。"③

在这里，艾略特的想象又一次与佛教相遇。对于佛教来说，人间就像大海，人们只不过是漂浮在大海上的落水者。他们迷失了方向，不知哪里是陆地，哪里是海岸。他们的一生是漂泊的一生，经受着无尽的煎熬。佛教的箴言

---

① Huxley, Aldous. *The Perennial Philosophy*. London and Glasgow：Collins Fontana Books, 1958, p.14.

② Eliot, T.S. *Complete Poems and Plays of T.S.Eliot*. London：Faber and Faber, 1969, p.186.

③ Sri, P.S. *T. S. Eliot：Vedanta and Buddhism*. Vancouver：University British Columbia Press, 1985, p.32.

"苦海无边,回头是岸"不但是对人间生活的写照,同时也是对迷失的人们的召唤。对于艾略特来说,在人生的苦海上,只需要"一路向前",而不是"一路顺利"。到达彼岸的人们将不是启航时的人们。他所说的"此岸"和"彼岸"可能也是佛教中所说的"此岸"和"彼岸"。航海者的"一路向前"正是为了离开欲望的苦海,到达天堂的彼岸。

在诗歌中,大海并不寂静:波涛声、风声和浮漂发出的声音代表了人间痛苦的"哀号"。然而,它们也在"宣告"人类的希望:耶稣的降临,这可能也是佛教的"回头是岸"吧。在宣布耶稣降临之后,艾略特紧接着将讲述了佛教版的"道成肉身"故事,即印度教主神之一毗湿奴下凡,化身为克利须那,去劝说英雄阿朱那参战的故事。辛格向我们展示,《干塞尔维吉斯》第三部分有多个段落直接来自印度学者斯沃米(Purohit Swamy)翻译的《福者之歌》,几乎"未作任何改动。"①那么我们不禁要问,艾略特为什么要将耶稣降临与克利须那下凡进行并置呢? 这对于我们理解印度对艾略特的影响提供了什么样的暗示呢?

应该说,克里须那的主要观点是:行动与放弃行动都是为了脱离人生的循环,对俗人来说,不必去考虑行动的后果,只需要去做应该做的事情。他的另一观点是:人在死时想到什么,来世他将变成什么,即他那时想到哪一个生命层次,来世就将进入那一个生命层次。斯密斯评论道,艾略特的目的是想证明:过去、现在、将来同时存在,但是只有现在能够被体验到。印度教的故事使他得以强调现时生活和行动的重要性,"因为它不仅影响到自由意志在将来的实施,而且决定着人生全部的德行,羯磨,产生的后果是天堂还是地狱。"②

八、玫瑰与火焰:超越历史和时间

如果《四个四重奏》的中间两首形象地展现了人间生活,那么最后一首

---

① Singh, Amar Kumar. *T. S. Eliot and Indian Philosophy*. New Delhi: Sterling Publishers Private Ltd., 1990, pp.63-65.

② Smith, Grover. *T. S. Eliot's Poetry and Plays: A Study in Sources and Meaning*. Chicago and London: University of Chicago Press, 1965, pp.281-282.

《小吉丁》将实现对人间生活的"超越"。小吉丁是英格兰的一个小地方，但它的意义并不平凡。17世纪曾有一个虔诚宗教团体，通过苦行和修炼，超越了当时的政治和宗教冲突，实现了与永恒的交汇。因此，对于艾略特来说，小吉丁是一个"祷告曾经生效的地方。"①在他到此一游的隆冬季节，树上的雪花突然神秘地变成了鲜花。小吉丁的故事对艾略特来说是一个极富启示意义的寓言，它包含了指引人生冲出时间牢笼、奔向精神自由的教诲。在经历了第二次世界大战、见证了一场人类大灾难之后，通过虔诚和信仰来超越历史的是非，从而实现灵魂与永恒的交汇，不仅是17世纪的宗教团体的成功经验，而且也是艾略特所追求的目标。

"超越"是一种神秘的精神操练，它既是超越欲望和利益，但也不是完全与利益分离，它是通过记忆来达到灵魂的自由。艾略特说，它不是爱，而是"漠然，"②是一种超出了欲望的"大爱"。佛教在修行方面也讲究一种超出人间欲望的境界，佛教的"四大皆空"与艾略特的"漠然"有异曲同工之处。但是，这是否暗示艾略特又受到了佛教的影响呢？那倒未必。也许这就是赫胥黎所说的"永在哲学"吧：在各种宗教中，超越自我都是修炼的目标。"自我越多，上帝越少。神圣永恒和充实生活的获得，依赖于有意识地放弃欲望和私利，放弃自我为中心的思维、感情、愿望和行为，这些构成了不完整和使人分离的生活。"③赫氏还认为，"苦行和有意识的自我泯灭在基督教、印度教、佛教、和世界的其他大小宗教的经典著作中都同样被赋予了不可妥协的地位。"④

可以说，在《小吉丁》中，艾略特汲取思想养分的源泉是基督教。小吉丁的圣徒们的生活和言行为艾略特的"超越"提供了一种榜样、一种路径。艾略特从青年时代起，就对基督教圣徒的事迹充满了好奇，这些包括圣塞巴斯蒂安、圣那喀索斯、圣特利莎、圣十字约翰等。圣那喀索斯爱上了射进他身体的利箭；圣奥古斯丁请求上帝将他从火焰中拔出来；圣十字约翰的"灵魂的黑

---

① Eliot, T.S.*Complete Poems and Plays of T.S.Eliot*.London：Faber and Faber, 1969, p.192.

② Eliot, T.S.*Complete Poems and Plays of T.S.Eliot*.London：Faber and Faber, 1969, p.192.

③ Huxley, Aldous.*The Perennial Philosophy*.London and Glasgow：Collins Fontana Books, 1958, p.106.

④ Huxley, Aldous.*The Perennial Philosophy*.London and Glasgow：Collins Fontana Books, 1958, p.107.

夜"和"否定的道路"都曾激发过艾略特的诗歌想象,使他兴奋不已。用默利(Paul Murry)的话说,他是一个"怀疑论者,但对神秘主义有一种嗜好。"①在《小吉丁》中,艾略特的榜样是圣徒尼科拉斯·费拉和修女诺维奇的朱丽安。前者通过他的虔诚促成了"时间与永恒的交汇",后者在《圣爱的启示》中主张"净化动机",两者都成为艾略特在《小吉丁》中实现"超越"的基本手段。在《四个四重奏》的最后,在它的高潮,佛教和东方消失了,取而代之的是基督教的玫瑰和火焰,以及基督教思想对整个诗歌意义的主导和垄断。

九、结尾:戴维的启示

在《基督教社会奏议》中,艾略特写道,"基督教处于腐朽状态时可以从东方学到许多东西。"②他承认,人文主义学者在促使人们意识到基督教需要理解和审视东方思想的必要性方面做出了贡献,认为"未来的基督教哲学不可能忽视东方思想"。但是,艾略特决不是一个普世主义者,也绝没有将基督教与东方放在同一个水平线上。在同一本书中,他补充道,"没有基督教,智慧是一回事;有了它,智慧就是另一回事。在某种意义上讲,没有基督教,智慧将变成愚蠢,而且智慧决不能代替信仰。"③正如默利指出,在《四个四重奏》的后两首中,"艾略特在使用东方材料时表现出更多的谨慎,在必要时还将印度教和佛教的哲学与经验转化为他起初的基督教意识。"④

英国批评家兼诗人唐纳德·戴维(Donald Davie)曾经撰文评论道,我们应该将《四个四重奏》视为一个整体,视为追求"永恒"的四个连续的步骤、一个完整的思想构架。根据他的观点,《四个四重奏》第一首是"天堂"意识的觉醒,第二首是"人间"生活的写照。这两首形成了天堂与人间的对立,同时也

---

① Murry, Paul. *T.S. Eliot and Mysticism*. London, Macmillan, 1991, p.2-3.

② Eliot, T.S. *The Idea of a Christian Society and Other Writings*. London: Faber and Faber, 1939, p.142.

③ Eliot, T.S. *The Idea of a Christian Society and Other Writings*. London: Faber and Faber, 1939, p.153.

④ Murry, Paul. *T.S. Eliot and Mysticism*. London, Macmillan, 1991, p.152.

形成了永恒与时间、空气与土壤、光明与黑暗的对立。《四个四重奏》的后两首则代表了艾略特为解决这个对立而寻求答案的尝试。不过第三首只是一个虚假的答案,第四首才是一个真正的答案。① 戴维暗示,《干塞尔维吉斯》中的印度教思想仅仅是一个解决问题的可能性,而解决问题的真理包含在《小吉丁》的基督教思想中。

虽然戴维的观点听上去像是西方中心主义或基督教中心主义的结果,但是它比较准确地描述了艾略特在《四个四重奏》中的作为。长期以来,人们没有足够的重视戴维的观点,因此也就没有对《四个四重奏》中的基督教中心主义产生足够的认识。在这里,我们重读戴维六十年前的一篇论文,不是为了赞扬他的西方中心主义思想,而是为他揭示了艾略特思想中的这一倾向,而未意识到其中的问题而感到惋惜。作为结尾,也许我们可以这样说:艾略特作为一名基督徒和西方传统的继承人,其思想具有西方中心主义的特征可以理解,但是作为读者,我们必须意识到其中的问题,并与之划清界限。

(该文原载《外国文学》2010 年第 1 期,收入本书时略有改动)

---

① Davie,Donald."T.S.Eliot:The End of An Era",in Hugh Kenner, *T.S.Eliot:A Collection of Critical Essays*.London:Macmillan,1962,pp.198-200.

旋转在静止中：《四个四重奏》与
艾略特对中国的认知

一、"平行研究"

在《四个四重奏》(Four Quartets)中,T.S.艾略特(T.S.Eliot)用"中国花瓶"来比喻他对永恒世界的神秘体验:永远转动在静止之中。西方读者可能不会留意这只花瓶,但对于中国读者来说,它具有特别的意义。我们会想:为什么是"中国花瓶",而不是"英国花瓶"或者"法国花瓶"? 艾略特对中国知道多少? 中国古典文学和古典文化是否对他产生过什么影响? 由于艾略特在谈话和论文中从未正面谈及中国文化和文学对他的影响,因此许多中国学者在研究艾略特与中国的关系时存在焦虑。1960 年,叶威廉在《静止的中国花瓶:艾略特与中国诗的意象》一文中说,他的主要目的是"在中国诗和艾略特诗的方法中找出一项相似点而做一平行比较研究,而且将不涉及任何可溯源的影响。"[①]虽然在这样一个前提下,叶威廉仍然在艾略特诗中找到了许多中国元素:如"压缩的方法""连接媒介的省略"等,但是他似乎还无法确认艾略特受到过中国文化的影响。

1983 年,赵毅衡在《诗神远游》一书中探讨了"中国如何改变了美国现代诗"。该书的基本论点是,美国诗歌在 20 世纪有两次"中国热",有一大批美

---

① 叶威廉著:《静止的中国花瓶:艾略特与中国诗的意象》,载《叶威廉文集》第三卷,安徽教育出版社 2002 年版,第 64 页。

国现代派和后现代诗人受到了中国古典诗歌的影响,这改变了美国现代诗的历史和发展轨迹,他认为其中受到中国文学影响的诗人就包括艾略特。然而,同叶威廉一样,赵毅衡认为艾略特看上去"是所有美国当代诗人中与中国最不沾边的人"。如果他与中国有什么联系的话,这种联系很模糊:艾略特的创作中仅仅可以看到中国元素。虽然英国诗人约翰·葛尔德·弗莱契(John Gould Fletcher)和批评家芭比特·道依契(Barbett Deutsch)都发现,艾略特的《东方三贤哲之旅》(*Journey of the Magi*)与庞德翻译的李白诗歌《忆旧游寄谯郡元参军》有相似之处:即它对旅行和旅途艰辛的描写"明显有庞德印记",但赵毅衡最后还是认为,艾略特只是不自觉地(自觉地?)采用了李白诗的展开方式。① 在"自觉地"后面所添加的那个问号,同叶威廉的情况一样,表达了在这个问题上的一种不确定性。

1991年,张隆溪在《道与逻各斯》一书中用了整整一个小节("对失语的袭击")来论述艾略特的《四个四重奏》,认为艾略特的"旋转世界的静止点"表示了一种不可言说的真实,与中国哲学中的"道"类似。《道德经》中说,"道可道,非常道"。一方面"道"可以被言说,另一方面它又不能用常言来言说。这正好是艾略特在诗中所说:"词的辛劳,/在重负和紧张中破碎、断裂/它由于不精确而滑落、溜走、灭亡、和衰朽"。一方面,语言不能表达真实,但另一方面它又是诗人必须使用的媒介。因此,张隆溪说艾略特采用了"神秘主义的'假名'或庄子的'非言'的策略来解读这一问题。"②虽然艾略特肯定知道《庄子》和《道德经》,但张隆溪教授不能肯定他读过这两部著作,因此他认为东西方思想存在着某种对应性(commensurability),即"道"对应着"逻各斯"。

1999年,刘岩出版了《中国文化对美国文学的影响》一书,除了赵毅衡所谈到的内容外,书中还论述了"爱默生与孔子"和"梭罗与道家思想"。刘岩的主要观点与赵毅衡类似,但是似乎走得更远。她认为,"中国文化的传统贯穿了美国文学发展史的始终。我们甚至可以说,没有中国文化,就没有美国文学的今天。"③关于艾略特,刘岩说"非个性化"理论和"客观对应物"理论与中国

---

① 赵毅衡著:《诗神远游》,上海译文出版社1983年版,第44页。
② 张隆溪著:《道与逻各斯》,凤凰出版集团2006年版,第98页。
③ 刘岩著:《中国文化对美国文学的影响》,河北人民出版社1999年版,第11页。

诗中体现出来的创作理念极为相似。艾略特对诗歌的定义:即使"可解"与"不可解"的事物融合,"一连串的效果重叠或集中成一个深刻的印象",这些在中国诗中也可找到范例。然而,她揭示这种相似性的尝试仍然停留在平行研究的层面,并且这种尝试也常常表现出一种不得不承认的不能确定性。

朱徽 2001 年出版的《中美诗缘》中将艾略特的"客观对应物"理论与中国古代文论中的"含蓄无垠"的理念平行起来。他认为艾略特的"客观对应物"与"思想知觉化"理论从本质上讲和中国传统诗论中的"因象晤意"理论完全相同:即不直接表述诗人的思想,而是强调用言内之象来表达言外之意,引导读者去感知和领悟诗人的思想感情。朱徽用柳宗元的《江雪》一诗来说明,从"精心选择和安排的一系列意象就可以感受到一种苍凉孤独的氛围,……领悟到诗人对超凡脱俗的理想境界的向往和追求。"①然而朱徽最后得出结论说,中国传统诗论的'含蓄无垠'说与艾略特的'非个性化'之间仅仅"存在的某些'契合'关系"。

应该说,以上几位学者的工作都非常有价值,他们的研究把我们带到了许多我们没有臆想到的地方。比如,叶威廉用孟浩然的《宿建德江》和李白的《玉阶怨》来说明,中国诗中的连接媒介被省略,能够"带引读者活用想象去建立意象间的关系",使诗歌成为艾略特所说的"延长静观的一刻""使意象重叠和集中成一个深刻的印象"。叶威廉认为,艾略特在诗中完全省略"连接媒介"是不可能的,但是他利用"意象的排列"造成一种近乎中国诗省略"连接媒介"的效果。比如《序曲》(Preludes)一诗的意象之间并不发生任何具有戏剧性动向的关系,"它们都在同一平面单纯地存在",叶威廉认为这一点极像中国诗。②

再比如,赵毅衡认为,虽然基督教的东方三贤哲与李白的谯郡元参军相去甚远,但艾略特的《东方三贤哲之旅》一诗的开头具有明显的"中国式对偶句",并且如果将两首诗进行了详细的对照,人们会发现"两首诗都是一个老人对多年前的一次旅行的似乎杂乱的回忆,都用了在当时来说令人感到新奇

① 朱徽著:《中美诗缘》,四川人民出版社 2001 年版,第 434—435 页。
② 叶威廉著:《静止的中国花瓶:艾略特与中国诗的意象》,载《叶威廉文集》第三卷,安徽教育出版社 2002 年版,第 71—74 页。

的散漫的谈家常式的口语"。他引述汉学家亚瑟·威利（Arthur Waley）的话指出，艾略特从中国诗歌中学到了行尾结句的做法，比如在《阿尔弗莱德·普鲁弗洛克的情歌》等早期诗歌中他常常避免跨行绵延。① 而在《东方三贤哲之旅》中，他更多地采用了中国诗歌的行尾结句。

再比如，刘岩指出李白的《玉阶怨》和《静夜思》（艾略特都可能读过）都没有使用"我"字，读者在诗中几乎找不到诗人的个人情感。个人经验已经被上升为诗歌经验，成为人类共同的情感，实现了艾略特所说的"个性泯灭"。反过来，刘岩还认为，艾略特的"客观对应物"理论可以被理解为"在诗中直接地表现诗人对客观世界的感受而不做任何评论和理性思考"，这种做法可能来自约翰·多恩（John Donne），也可能在李白。李白在诗中同样实现了思考与感性的统一，能够"感受"思想，就像感受玫瑰花香一样。

以上几位学者的研究都很睿智，但是在"影响"这个问题上都有点畏缩不前，不敢越雷池一步。虽然他们发现了艾略特吸纳中国诗歌的许多精彩实例，但他们都认为是一种"契合"或巧合。我们在承认这些学者对学术的贡献之余，不禁有一点点遗憾，因为我们想要知道的是，到底艾略特对中国知道多少？有没有可能受到中国文化的直接影响？在以上几位学者那里，我们无法找到答案。

二、影响的"温床"

"影响"作为一个西方文论的关键词在当今已经具有相当不同的含义。在过去，它曾经指一个作家阅读过另一个作家，因此在创作风格和内容上与其有相似之处。影响研究往往是实证研究，即被影响的作家往往有证言，说他读过父辈作家的作品，或者认同父辈作家的创作理念等等。然而，经过20世纪西方文论的洗礼，人们更加倾向于认为"影响"不仅仅发生在如此明显之处，而且也发生在人们没有意识到的地方，有时也不依赖于作家的承认或否认。

---

① 赵毅衡著：《诗神远游》，上海译文出版社1983年版，第42—43页。

比如,艾略特曾经对浪漫主义进行过尖刻的批评,并且极力否认受到过浪漫主义诗歌的影响。然而,20世纪后期的艾略特批评向我们展示,他与浪漫主义的关系是复杂的、深刻的,用哈罗德·布鲁姆(Harold Bloom)的话来说,他存在一种"影响的焦虑"。如果我们看看艾略特的时代和环境,我们会发现他生活在一个"中国热"的时代,一个对东方有极大兴趣的环境之中,"影响"有时并不一定是直接发生的。

艾略特于1906—1914年就读于哈佛大学,师从著名哲学家欧文·白璧德(Irving Babbitt),攻读本科、硕士和博士学位。白璧德不但对印度哲学感兴趣,而且对中国哲学也感兴趣,他还有几位中国学生,其中包括梅光迪和吴宓。白璧德从他的中国学生那里加深了对中国文学和哲学的了解,并且鼓励他们把中国的国学发扬光大。后来梅光迪和吴宓回到中国,加入了东南大学,创办了《学衡》杂志,提倡"昌明国粹,融化新知"。虽然梅、吴二人就读哈佛的时间晚于艾略特,但白璧德对中国文化和哲学的兴趣,艾略特是知道的。在评论白璧德时,艾略特不断地在基督教、印度佛教和中国儒家思想之间来回穿梭。他首先批评白璧德将孔子视为人文主义者,认为孔子与释迦牟尼一样是"宗教的奠基人",虽然他也承认儒家思想还不完全是宗教信仰:"儒家思想的流传是因为融入了一种大众宗教,佛教的流传是因为明确地成为了一种宗教,像基督教一样。"①

虽然艾略特对儒家思想的认识有点像常识,但是他对不同文化和宗教之间的关系表现出一种人类学式的兴趣。詹姆斯·弗雷泽(James Frazer)的人类学巨著《金枝》(The Golden Bough,1890)曾经对艾略特产生过巨大的影响,在这部具有开创意义的著作中,弗雷泽在神话和巫术部分讨论了中国的民俗和西藏的佛教,涉及求雨、宝塔镇河妖、祈求长寿等现象,并且与世界其他宗教和文化形成一种对比。② 在这一点上,艾略特可能受到了他的另一位老师、英国哲学家伯特兰·罗素(Bertrand Russell)的影响。罗素曾经在哈佛大学讲学,艾略特听过罗素的课,1913年艾略特到剑桥大学留学一年,与罗素的交往

---

① Eliot,T.S.*Selected Prose*.ed.Frank Kermode.London:Faber and Faber,1975,p.279.

② [英]詹姆斯·弗雷泽著:《金枝》上卷,徐育新等译,新世界出版社2006年版,第38—40页、第75—76页、第104—106页。

甚密。在二十年代,罗素对比较文明产生了浓厚兴趣,提倡文明之间应该相互借鉴,取长补短,共同建构一个理想的文明结构。罗素在 1920—1921 年访问中国,并且著有《中国问题》(*The Problem of China*,1922)一书。

艾略特与庞德(Ezra Pound)的关系是现代派文学史上的著名轶事。庞德曾经帮助艾略特在芝加哥的《诗歌》杂志发表了《普鲁弗洛克的情歌》(*The Love Song of J.Alfred Prufrock*)一诗,从而使艾略特进入了英美诗歌界,开始了他的现代派诗歌之旅。庞德还为艾略特编辑了《荒原》(*The Waste Land*),将一首上千行的诗歌删节至四百三十余行,不但将几千年西方文明浓缩于几百诗行,而且为现代西方社会把脉诊断、开具拯救良方,从而为西方文学打造了一首千古绝唱。反过来,艾略特在《荒原》的献辞中称庞德为"更优秀的匠人",并且于 1928 年编辑出版了《埃兹拉·庞德诗选》。在前言中,艾略特称庞德为"我们时代的中国诗歌的发明者,"①意思是庞德的翻译其实就是他的创作,翻译只是一个幻象。就像伊丽莎白时代的查普曼翻译的荷马、斯诺翻译的普鲁塔克现在被视为文学作品一样,艾略特也将庞德翻译的中国诗歌视为英美现代派文学作品。

艾略特认为庞德对中国诗歌的影响大于中国诗歌对庞德的影响,因为在他看来,翻译从来都不是"透明"的,它带有译者的思想和视角。正如《泰晤士文学副刊》评论说,"没有任何诗人在用英语表现外国诗歌和外国思维方式方面取得如此巨大的成功,虽然它全然不顾语言准确性方面的要求。"②庞德的自由式翻译也许使中国诗面目全非,但是对于西方读者来说,庞德的译文也许比汉学家理雅各的译文更容易接近。艾略特认为,庞德的中国诗歌就是他自己的创作,是他诗歌发展的一个阶段的产物。对西方一般读者来说,艾略特认为庞德的中国诗歌就是一个奇观,就像"青花瓷、慕尼黑的中国塔和邱园式中国艺术"是奇观一样。③

艾略特所提到的"青花瓷"是白底蓝色图案的中国陶瓷,在 19 世纪末和 20 世纪初的欧美国家非常流行,并且有了英文名称"柳树瓷"(willow pottery),因为

---

① Pound,Ezra.*Selected Poems*.ed.T.S.Eliot.London:Faber and Faber,1928 rpt.1959,p.14.

② Pound,Ezra.*Selected Poems*.ed.T.S.Eliot.London:Faber and Faber,1928 rpt.1959,p.15.

③ Pound,Ezra.*Selected Poems*.ed.T.S.Eliot.London:Faber and Faber,1928 rpt.1959,p.15.

常常有柳暗花明的图案。这种瓷器以大餐盘和茶杯、茶碟为主,很有特色,受到当时英美富贵或文化家庭的青睐,查尔斯·兰姆(Charles Lamb)在《旧式瓷器》(*Old China*)一文中说,在他的时代,所有富贵人家都有一个"瓷器展示柜"(china closet)。艾略特所提到的"邱园"(Kew Garden)是伦敦的皇家植物园,里边有世界各地的植物,特别是热带植物。这个园林在 19 世纪成为英国皇家园林,里边有一座中国宝塔,是园子里的一大景观。同时,里边也有众多中国园林元素,这也许就是艾略特所说的"邱园式中国艺术"。弗吉尼亚·伍尔芙(Virginia Woolf)曾经写了一篇题为《邱园》的短篇小说。19 世纪末,英国园林设计师在慕尼黑建了一座"英国花园",这座花园以伦敦的皇家植物园为模版,也在园子里建了一座"中国宝塔"。艾略特在年轻时到过慕尼黑,也许对这座中国宝塔印象深刻,因此在谈论中国诗的时候,想到这些具有特色的中国符号。

古典诗歌、瓷器、花园作为中国符号暗示着一个遥远的国家,一个历史悠久的文明,充满了神秘、浪漫和异国情调。1934 年,艾略特在《拜异教神》(*After Strange Gods*)一书中说,"中国文明鼎盛时期的优雅和卓越可使欧洲相形见绌。"①这意味着这些中国元素拼凑起来可能是一个巨大的图景,即使是一个微不足道的细节,其后面都可能隐藏着不可忽视的深意。比如艾略特在评论英国 17 世纪的玄学派诗歌时说,《失乐园》的作者弥尔顿就像一座"中国长城",阻碍了玄学派诗歌在英国的发展,致使它在 18 世纪销声匿迹,直到 20 世纪初才重新受到诗歌界的重视。"长城"在这里也许就是一个偶然的比喻,然而为何唯独是长城,而不是其他? 值得我们思考。这些细节合并起来可能形成了一个新历史主义批评所称的"话语群",这个话语群所反映的是注意力、兴趣点和意识形态聚集的场所。

三、"伦敦文化圈"

新历史主义认为,文学不是孤立的现象,它与其生成的历史和文化环境有

---

① T.S.Eliot.*After Strange Gods*.London:Faber and Faber,1934,p.40.

一种互动关系。历史影响着文学,而文学也在影响着历史,因此文学研究必须"历史化"。艾略特的作品中时常出现的中国元素看似一种孤立的现象,实则有着它的深层原因,有着它生成的"温床"。如果我们要认识这些中国元素的真意,我们就必须弄清这个大背景的来龙去脉,充分认识艾略特和与其存在互动关系的"伦敦文化圈"。

这个掀起了中国文化热的"伦敦文化圈"除了庞德,还包括诗人兼画家劳伦斯·宾扬、汉学家欧内斯特·费罗洛萨和亚瑟·威利。劳伦斯·宾扬(Laurence Binyon)是大英博物馆东方书画部的负责人,经常在大英博物馆举办东方艺术的讲座,介绍中国和日本的字画艺术。1908 年,他出版了《远东书画》(*Paintings from Far East*),在当时的英国属于首创。宾扬于 1909 年认识了庞德,并常邀请庞德和其未婚妻多洛茜·莎士比亚到访他的东方书画部,参加他的东方书画讲座。此时,庞德正在通过开展各种文学运动,网罗当时的作家,并且也在利用自己的影响力提携这些作家。他所帮助过的英美作家包括弗洛斯特(Robert Frost)、乔伊斯(James Joyce)、海明威(Ernest Hemingway)等。艾略特于 1914 年左右加入庞德的小圈子,参加他们的定期聚会和文艺沙龙。

欧内斯特·费罗洛萨(Ernest Fenollosa)曾经是日本东京帝国理工大学的教授,在日期间学习了日文和中国古诗。1914 年去世后,他的遗孀将他的遗稿赠送给庞德,其中有从日文译成英文的中国古诗和唐诗,还有费氏的论文《作为诗歌媒介的中国文字》(*The Chinese Characters as the Medium of Poetry*)。庞德对这篇论文大家赞赏,认为中国象形文字的运用可以实现他的"意象主义"诗歌理想。就庞德的性格而言,他不可能不把这些发现引入沙龙的谈话,不可能不把他对中国文学的认识和热情传达给他的朋友圈,让他们分享他的发现和他对诗歌创作的认识。1915 年,庞德将费氏遗稿中的中国诗歌进行了整理和重新翻译,出版了《神州集》,向西方读者介绍了艾略特称之为"青花瓷"一样新奇的外国诗歌。

亚瑟·威利(Arthur Waley)毕业于剑桥大学古典文学系,后来应宾扬之邀,进入大英博物馆。他悉心研读中国和日本文化,成为宾扬的好搭档。受庞德《神州集》的启发,威利也于 1916 年自行出版了 50 本他翻译的中国诗歌小册子《中国诗歌 170 首》或《古今诗赋》(*170 Chinese Poems*),赠送给他的文人朋友，艾略特也得到了一本。继庞德之后，威利的翻译又一次使英国读者体验到中国诗的"天地融合、桂枝飘香、松竹气节和重峦叠嶂。"①在伦敦的布鲁兹伯里文化圈里，威利是唯一一位懂得汉学的人，他在剑桥读书时期曾经与徐志摩交往甚密，受到徐志摩的一句话的启发，他后来写下了《道教徒布莱克》(*Blake the Taoist*,1948)一文，讲述英国浪漫派诗人威廉·布莱克(William Blake)与老庄思想的契合。②他还翻译了日本古典名著《源氏物语》，得到了弗吉尼亚·伍尔芙的肯定。

可以看出，中国文化在现代派的鼎盛时期是一个重要的元素，作为庞德的小圈子的一员，作为他们"星期一聚会"的参与者，艾略特肯定受到了浸泡式的耳濡目染。后来艾略特回忆说，当他感到最得意的时候，总是感觉他"只是在重复庞德诗中的某些东西"③。美国学者帕特利夏·劳伦斯(Patricia Lawrence)在《丽莉·布里斯科的中国眼睛》(*Lily Brisco's Chinese Eyes*,2001)一书中详尽介绍了布鲁兹伯里文化圈与中国的关系。该书的题目来自弗吉尼亚·伍尔芙的小说《到灯塔去》，伍尔夫给书中的画家丽莉·布里斯科赋予了一双"中国眼睛"。这可能有两重意思，第一，她的眼睛长得像中国人的眼睛；第二，她的眼光与中国人相似。那么通过她的眼睛所观察到的人和事，然后再用她的手画出来的绘画也有了中国风格。帕特利夏·劳伦斯在书中勾画了一系列中英文化和文学的对话：朱利安·贝尔(Daniel Bell)与中国作家凌淑华，G.L.狄金森(G.L.Dickinson)与徐志摩，E.M.福斯特(E.M.Forster)与萧乾等双边关系都似乎暗示着一个更大的文化交流图景。

1932年8月，在G.L.狄金森去世时，艾略特在《标准》(*The Criterion*)杂志上刊登了韦德(N.Wedd)撰写的文章，纪念这位曾经写信给《星期六评论》(*Saturday Review*)谴责英国参加八国联军侵略中国的剑桥教授，以肯定的口吻赞扬了他的中国情缘。"这些信札显示，一位儒家和平主义者，带着他对自

---

① ［美]帕特丽卡·劳伦斯著：《丽莉·布瑞斯珂的中国眼睛》，万江波等译，上海书店出版社2008年版，第467页。

② Arthur Waley."Blake the Taoist", *The Secret History of the Mongols and Other Pieces*.London: George Allen & Unwin,1963,pp.177–178.

③ 赵毅衡著：《诗神远游》，上海译文出版社1983年版，第41页。

然和艺术的中国式的秩序感和美感,如何看待罪恶的西方世界的暴力干涉……于是他在剑桥和其他地方的中国学生中间找到了一块友谊的沃土。一些年以后,他获得了阿尔伯特·卡恩旅行奖,得以亲自前往他梦想的中国。这块新的沃土又大大扩展了……从那以后,在这位最热忱的英国儒者身上,中国人民有了一位宣扬者,而很多中国人则与他结为契友。"①

　　1930 年,历时三年时间,艾略特翻译的法国作家和外交家圣约翰·佩尔斯(St John Perse)的长诗《远征》(Anabase)出版。据说艾略特翻译该诗只是为了打破灵感冻结的坚冰,但是选择翻译这首长诗应该还可以说明了其他一些问题。20 世纪初,佩尔斯曾经作为外交人员居住在中国北平,据说,《远征》是佩尔斯穿越中国西部戈壁滩后创作的作品。在诗歌中,他描写了一个部落在"先知"的带领下,深入戈壁,建立家园的故事,象征性地反映了人类历史的发展进程。虽然该诗内容晦涩、艰深难懂,但艾略特对它心存敬佩之心,在他的后期诗歌创作中对它进行模仿,"其影响可见,在形象中,也许也在节奏中。研究我后期作品的人可以发现,这个影响总是在延续。"②

　　所有这些都表明,中国文学和文化在艾略特的创作时代经常出现,在他的心中留下了深刻的印象,"中国花瓶"出现在《四个四重奏》中也就不是偶然的了。如果艾略特读过庞德的《神州集》,读过威利的《中国诗歌 170首》,那么我们有理由相信,他不仅仅是被耳濡目染,而是受到过实实在在的影响,尽管这种影响可能是间接的、不自觉的。虽然艾略特没有公开而直白地承认他受到过中国思想的影响,然而这种影响显然存在,就像他不承认曾经受到过浪漫主义诗歌的影响,但其影响的确存在一样。如果我们相信新历史主义的观点,那么我们可能就不会怀疑,艾略特的"中国花瓶"的确有一个真实的来源。

　　①　N.Wedd."Goldie Dickinson:The Latest Cambridge Platonist". The Criterion, Vol. XII, Jan. 1933, No.47.

　　②　Southam, B.C. A Student's Guide to the Selected Poems of T.S.Eliot. London: Faber & Faber, 1981, p.139. See also Richard Abel. The Influence of St-John Perse on T.S.Eliot. Contemporary Literature, xiv,1973, No.2.

四、"旋转在静止中"

　　《四个四重奏》是围绕几个宗教主题展开的一场哲学思辨,它不是四首诗歌,而是一个相互之间有着内在联系的整体。我们可以将它们视为室内乐的四个乐章;春、夏、秋、冬四个季节;或者气、土、水、火四大元素。如果我们省视它们之间的关系,我们将发现:它们描写永恒与时间、天堂与人间、光明与黑暗、运动与静止的关系。在第一首《烧毁的诺顿》(1935)的第五节,艾略特将这些思考延伸到艺术与现实的关系之上,认为文字的运动形成了文章,但由此产生的意义却是静止的、永恒的;音乐从开始到结束是由音符的运动形成的,但由此产生的旋律却是静止的、永恒的。对于艾略特来说,这种关系恰似一只旋转的"中国花瓶":它永远旋转在静止之中。

　　如果我们将"旋转在静止中"还原到它的历史语境,我们可以看到"旋转"与当时的历史有着密切关系。20 世纪 30 年代,西方的经济危机已经开始,西班牙内战即将爆发,第二次世界大战正在酝酿,用叶芝(W. B. Yeats)的话来说,中心已经无法掌控,一切都在脱缰,混乱即将到来(《第二次降临》)。对于艾略特来说,在这些混乱中,能够有一个静止的地方,在那里思考人生和永恒,是一个特别令人向往的境界。因此,中国花瓶正好代表了这样一个境界,有点像叶芝的《天青石雕》(1936)一诗所呈现的中国智慧:在诗中,两个中国隐者爬上一座高山,在山顶傲视山下的乱世,保持着一种内心的宁静。① 这种乱世之中的宁静正好是艾略特的"中国花瓶"所代表的意境,有一种"旋转在静止之中"的意思。

　　"旋转在静止中"是一种悖论性哲思,是中国古典哲学常常使用的思维模式。但是"中国花瓶"的意象还有可能受到了 I. A. 瑞恰兹的《孟子论心》(*Mencius on the Mind*)的启发。瑞恰兹(I. A. Richards)是剑桥大学教授,是艾

---

　　① 　W. B. Yeats. *Selected Poetry*. Ed. A. Norman Jeffares. London & Basingstoke: Macmillan, 1970, pp. 181-182.

略特作品的早期评论家,与他本人有着很好的私交。1930 年代,瑞恰兹和其学生威廉·燕卜荪(William Empson)先后来到中国,在清华大学和北京大学任教,与中国文化人有着广泛的接触,同时也影响了包括王佐良、李赋宁、金隄等一大批后来成名的中国学人。在此期间,艾略特与瑞恰兹保持了密切的联系,了解到瑞恰兹正在写作《孟子论心》一书。1930 年 8 月,艾略特给瑞恰兹写信说,"阅读异域的文本,就如同要同时站在镜子的两边。这是一个生动却令人困惑的形象。"①

虽然艾略特暗示异质文化之间不可能达到"真正的理解",但是他承认异质文化有值得西方文化借鉴之处。1933 年,艾略特在《诗歌的功用与批评的功用》一书中批评瑞恰兹在《孟子论心》中企图用诗歌来拯救现代人灵魂,同时还认为瑞氏的思想成分复杂,他所谓的"拯救我们"到底指的是哪个族群也是值得思考的。② 艾略特的评论显示他对孟子有一定的了解,在 20 世纪 30 年代已经成为基督徒的艾略特显然在思维层面上将孟子等的东方哲学家视为"异教神"的崇拜者。他对瑞恰兹的批评主要是为了维护基督教的立场,但是可以说在西方文化危急之时,他仍然不惜向东方文化寻求拯救良方,就像他先前在《荒原》中转向佛教和印度教一样。

应该说,孟子的"心性观"与艾略特的"旋转在静止之中"有特别的相似之处。孟子生活在春秋战国时期,战乱使他对内心的宁静有一种特别的渴望。根据胡春燕的解读,瑞恰兹在《孟子论心》中"对于孟子的生活境遇与心理趋向之间的关联性问题予以考察,认为孟子生活在诸种隐匿的混乱之中",而且"为了抵御缺乏浩然正气等心理状态所引发的负面影响,他着力倡导有关养气与修心等学说"③。显然,孟子的心性观的形成与春秋战国时期的社会历史语境,以及他个人的价值取向密不可分。他提倡修身和养性,是一种逃避战乱的静心术,也就是在"旋转中"寻求一种"静止"。

然而,艾略特的"中国花瓶"可能还有另一层意思。在《四个四重奏》中,花瓶是艺术品,其物质性与世界上的万物没有什么两样,同样受到时间和运动

① Richards,I.A.*Selected Letters of I.A.Richards*.New York:Oxford University Press,1990,p.59.

② Eliot,T.S.*Selected Prose*.ed.Frank Kermode.London:Faber and Faber,1975,p.88.

③ 胡春燕著:《〈孟子论心〉对于孟子思想的解读》,《光明日报》2008 年 9 月 25 日。

等自然规律的控制,是不断变化的生活的一部分。但是作为艺术品,当泥巴变成陶瓷之后,它的意义就超越了它的物质性的局限,具有了永恒的价值,因此就是"旋转在静止之中"。"中国花瓶"与济慈的"希腊古瓮"有类似之处:不断变化的生活,一旦被艺术捕捉或书写,就被永恒化,从而获得艺术之真:"美即是真,真即是美"(《希腊古翁颂》)。从这个角度看,艺术与生活的关系其实就是时间与永恒的关系,或者旋转的世界与其静止中心的关系。

瑞恰兹在《孟子论心》中批评了这样一种观点:即中国哲学对现代思想没有任何贡献,仅仅具有历史价值,他认为孟子也许可以改变这种认识。他并没有自诩就是孟子代言人,而是期待他的研究能够增进了解,更加接近孟子的思想。他认为康德思想更加逻辑,而孟子思想更加"诗化",孟子的某些思想,特别是他的"心性论"更加接近他自己对意义的思考、对诗歌与科学关系的思考。[①] 诗歌意义不依赖指涉,而依赖情感。在指涉方面,孟子的语言往往有多重意义,但它们的效果并不依赖指涉,而依赖于它们激发的情感,使不同的冲动达到"和谐状态"。"中国花瓶"所代表的也许就是这样一种诗性的语言。

五、结语

在英美现代派作家中,艾略特也不是唯一的用瓷器来类比艺术的诗人:华莱士·史蒂文斯(Wallace Stevens)的《坛子轶事》和玛丽安·莫尔(Marianne Moore)的《没有天鹅如此优雅》都将瓷器视为艺术的化身。前者将坛子视为艺术想象力,它高居田纳西的原野之上,成为其中心,给予其秩序。后者将镶嵌在法国路易十五时期的大型烛台上的一只陶瓷天鹅视为艺术永恒的象征,在经历了沧桑巨变之后,国王已死,时过境迁,而它却依然屹立于烛台之上。在这些作品中,我们都能够看到艺术与生活的对比,艺术是永恒的,而生活则

---

① I.A.Richards.*Mencius on the Mind:Experiments in Multiple Definition*(1932).ed.John Constable.London & New York:Routledge,2001,pp.8-9.

是不断变化的。有意思的是,史蒂文斯和莫尔都受到过中国诗歌的影响。①

克里斯蒂安·克洛克纳(Christian Kloeckner)认为艾略特的"非个性化"诗学来自 1888 年美国出版的《远东的灵魂》一书,该书作者帕西弗·洛厄尔(Percival Lowell)将东方视为集体主义的化身、将西方视为个体主义的化身。② 艾略特的"非个性化"诗学就是对西方个体主义的否定、对东方集体主义的弘扬。也许正是这么一个否定西方、拥抱东方的情结,产生了艾略特的"中国花瓶":它意味着,追求个性产生混乱,从属集体(传统)产生宁静。对于艾略特来说,艺术就是一个产生宁静的集体,任何人要成为艺术家,都必须放弃个性,服从艺术的权威,从而在其中得到宁静与和谐。在此,艾略特的宗教追求与艺术追求完成了合二为一。

(该文原载《外国语文》2016 年第 6 期,收入本书时略有改动)

---

① Qian,Zhaoming.*The Modernist Response to Chinese Art*.Charlottesville & London:University of Virginia Press,2003,pp.22-43.

② Kloeckner,Christian."Re-Orienting Impersonality:T.S.Eliot and the Self of the Far East", *Modernism and the Orient*.ed.Qian Zhaoming,New Orleans:UNO Press,2012,pp.163-167.

庞德的"东方主义"与中国的民族身份建构

一

　　埃兹拉·庞德(Ezra Pound)是将中国介绍到西方的重要人物之一,虽然他较之莫里逊(Robert Morrison)、理雅各(James Legge)、翟里斯(Herbert Giles)等人要晚,但是他的影响力可能并不亚于这些前人。现在还有多少人使用莫里逊的《汉英词典》? 还有多少人读理雅各翻译的四书五经? 但是我们今天仍然在读庞德,并且可能通过庞德再回过去读莫里逊、理雅各、翟里斯等人,这就说明了庞德作为东西方文化桥梁的作用是重要、不可替代的。但是在我们这个后理论的时代,庞德对中国和东方的书写很容易让人想到其随意的添加和删节,他对中国解读的准确性问题一直困扰着许多读者。我们都知道庞德不懂中文,在多数时候他必须借助其他人来完成对中国的理解。他借助费罗诺萨来理解中国诗歌和中国文字,借助德玛雅来理解中国历史,借助理雅各来理解中国古代经典,借助曾葆荪、方志彤等人来理解中国艺术和中国的少数民族文化,因此,他对中国和东方的理解加入了很多他自己的想象,肯定有偏差和曲解。从后殖民理论的视角来看,庞德犯了"东方主义"的大忌,他出于自身的需要对中国文化进行随意摆布、对中国经典进行任意改动,有"文化霸权主义"之嫌,体现了一个西方文人用东方"他者"来建构自我的一贯做法,其结果是对东方的扭曲和"物化",与真正的东方没有什么关系。①

---

　　① 刘心莲著:《理解抑或误解? ——美国诗人庞德与中国之关系的重新思考》,《外国文学》2001 年第 6 期。

在国内外,有很多学者都研究过庞德的翻译,向我们展示了庞德的准确性存在问题,庞德对中国历史的理解与历史的真实情况之间存在差别。但是庞德与东方主义者的最大区别,正如好几位学者已经指出,是他对待中国的积极、正面和敬仰的态度。他没有像东方主义者那样,将自己的恐惧、担忧以及负面价值投射到东方,从而创造出一个西方的"他者"。正好相反,他是在用东方的理想和东方的智慧来批评他认为西方文化中所存在的问题。① 这一点从某种意义上来说回应了对庞德的后殖民批评,但是,仅仅有这一点是不够的,相对于后殖民批评的理论化程度,这样的回应显得有一点苍白、有一点软弱无力:好像庞德对我们好,我们就应该对他好。要增加回应的力度,回应本身需要更具有学理的基础、理论的支撑。我认为,认识对庞德的后殖民批评的关键,在于看到它背后的一个有问题的假设,即中国是一个不变的、可叙述的、稳定的概念;中国或东方的属性可以被言说,而且有一种言说能够真实地将中国呈现出来。对庞德的后殖民批评正是有基于这么一个假设,它涉及能指和所指的问题、涉及"中国"和"中国文化"这些概念到底是什么的问题、涉及中国的"民族身份"和"民族特性"问题。这些对于我们弄清楚庞德对中国文化做了些什么、是否存在东方主义的"文化霸权"心态都有着重要的意义。

二

我们都知道,庞德对中国文化的认识基本上是建立在儒家学说之上的。他在诗歌中把儒家学说和孔子提升到了一个很高的地位,这样的认识与他的创作来源有密切的关系。在写《中国诗章》的时候,庞德引用了法文版《中国通史》(*Histoire generale de la chine*, 1777 – 1785),其作者德玛雅(Joseph de Mailla)神父是法国耶稣教派的传教士,18 世纪来到中国。在这部著作中,德玛雅将儒家学说视为中国的正统宗教,同时他也意识到儒家与道家和佛教同

---

① 王贵明著:《庞德之于中国文化功过论:与〈理解抑或误解?——美国诗人庞德与中国之关系的重新思考〉的作者商榷》,《外国文学》2003 年第 3 期;祝朝伟著:《建构与反思》,上海译文出版社 2005 年版,第 320—327 页。

时并存,但是,我认为他想象了儒、释、道三家之间的冲突,并且将这种冲突夸张地凸显出来,使之成为欧洲 17 世纪宗教改革时期天主教与新教冲突的翻版。庞德在《诗章》显然中承袭了这样的观点,认为正统的儒教是中国得以繁荣昌盛的原因,也是他急于寻找的东方智慧的核心,因此他对道教和佛教进行了猛烈的排斥。① 从某种意义上讲,将儒学与中国文化联系在一起是耶稣教派对中国的理解,正如庞德发明了中国诗歌,耶稣教派也发明了儒家文化=中国文化的公式。阿里夫·德里克(Arif Dirlik)指出,把中国文化与儒家等同起来,是这些西方传教士,特别是耶稣教会的发明,它促进了儒学作为中国社会象征的符码化。②

据说,利马窦(Matteo Ricci)为中国创造了一个世界的概念,在 17 世纪之前,中国根本没有意识到世界的存在。他帮助中国绘制了第一张世界地图和第一张中国地图,使康熙皇帝第一次看到了长城的全貌和具体位置,从而也使长城成为中国重要的国家标志。然而,随着西方人对中国的渗透,随着他们在中国遇到的困难的增加,西方人对中国的态度也发生了改变。耶稣会曾经得到了清政府的礼遇,他们在中国的传教活动受到了容忍,因此他们大肆赞扬中国的文化和中国的朝廷。但是西洋人要的不仅仅是礼遇和宗教,他们还要贸易、金钱和殖民地。1794 年英国国王特使马嘎尔尼(Lord MaCartney)出使中国,试图说服当时的乾隆皇帝开放市场,进行海外贸易。然而乾隆皇帝要求他在觐见时下跪叩头,马嘎尔尼予以拒绝,他只愿意行单腿下跪礼。这场礼仪之争刺激了乾隆皇帝的自尊,他没有把马嘎尔尼放在眼里,在热河的避暑山庄只是匆匆接见了他,对他带来的科技成果,包括枪炮、时钟等,毫不感兴趣。马嘎尔尼对中国之行非常失望,回国后撰文将中国比喻为一艘即将沉没的巨轮,在海上漂泊,随时可能触礁。③

---

① Mary de Rachewiltz:"Kung is to Pound As is Water to Fishes",*Ezra Pound and China*.ed. Zhaoming Qian. Ann Arbor:Michigan University Press, 2003, p.282, 286.另见 Peter Makin.*Pound's Cantos*.Baltimore and London:Johns Hopkins UP,1992,p.216—217.

② [土]阿里夫·德里克著:《中国历史与东方主义问题》,载《后殖民主义文化理论》,罗钢、刘象愚主编,中国社会科学出版社 1999 年版,第 82 页。

③ [法]阿兰·佩雷菲特著:《停滞的帝国:两个世界的撞击》,王国卿等译,三联书店 1993 年版,第 209—239 页。

19 世纪,中国在西方的国家形象发生了巨大的变化。中国不再是 18 世纪欧洲人崇敬的浪漫国度,不再是欧洲人用以批评自己、讽刺自己的一种工具。整个东方都逐渐变成了落后、专制、性放纵的代名词。而中国则变成了一个停滞的帝国,数千年以来,保持着同一种社会制度,同一种农耕方式,同一种技术水平的庞大帝国。哲学家黑格尔对这种形象的传播起到了很大的作用,他曾经说,"中华帝国是一个神权政治专制国家,家长制政体是其基础;为首的是父亲,他也控制着个人的思想…… 中国的历史从本质上看是没有历史的,它只是君主覆灭的一再重复而已。任何进步都不可能从中产生。"①甚至马克思都把中国看着一成不变的"封建"的"亚细亚"社会。这些林林总总的话语,正如阿里夫·德里克所说,都是"东方主义的再现",它们都是在"用一种从当代意识中汲取的意象、概念和标准重写中国历史,'西方'思想,包括东方主义的'想象地理学',则都是这个意识的组成部分"②。

庞德对中国的认识,在多大的程度上建立在这些东方主义的话语之上,是一个值得探讨的话题。正如我们有一个与会学者所说,庞德不是一个汉学家,他并不知道西方汉学都说了些什么。他的中国观似乎更多地来源于他对中国艺术的体验,其形成的基础是他在波士顿所看到的中国陶瓷、在伦敦大英博物馆看到的中国艺术、在费洛诺萨(Ernest Fellonosa)遗稿中读到的中国诗歌和中国文字。这些中国文化元素对于他来说,具有启示性的意义,使他看到了艺术发展的某种巨大的可能性。对于他来说,"衡量一个社会优劣的基本标准,是艺术能否在这个社会得到繁荣和发展",能够促成中国艺术产生的社会制度必定是一个优越的社会制度。正是这样一种逻辑使庞德在他的中国观掺入了浓厚的理想主义色彩,并且将这种优越性归功于儒家学说。当被问道,你相信什么?庞德说,"我相信《大学》"。他还说,"西方文明是一座森林,美国是一座森林,我要用《大学》的斧子将它们砍成形"。庞德的女儿玛丽·德·拉

---

① [德]黑格尔著:《哲学史讲演录》第一卷,转引自[法]阿兰·佩雷菲特著:《停滞的帝国:两个世界的撞击》,王国卿等译,三联书店 1993 年版。

② [土]阿里夫·德里克著:《中国历史与东方主义问题》,载《后殖民主义文化理论》,罗钢、刘象愚主编,中国社科出版社 1999 年版,第 84 页。

维尔兹(Mary de Rachewiltz)总结道:"孔子之于庞德,犹如水之于鱼。"①

三

如果说庞德对中国的认识有误,那么历史上真实的中国到底是怎样的呢?我们能不能对它有一个客观的认识呢?我们在认识自己的历史时,是否往往也是基于对过去的某些文本的解读,同时也基于对过去另一些文本的排斥呢?马克斯·韦伯(Max Weber)在著名的《儒教与道教》一书中认为,儒家和道家思想不利于资本主义制度的发展,因此阻碍了中国的进步和繁荣。② 在中国的民族身份的建构过程中,西方的思想影响了好几代中国人,"儒家文化=中国文化"的公式使几代中国人将经济、政治、科技的落后视为儒家文化的恶果,因此,儒家学说也就成为破除迷信、实现现代化的最大障碍。然而,当今中国的崛起似乎重新点燃了人们对儒家的兴趣。20 世纪后期兴起的"新儒学"将儒家学说重新定位为中国文明、甚至东亚文明的基础。新儒学认为,我们不但不能再犯"焚书坑儒""打倒孔家店"的大错,相反,我们应该把孔子重新奉为圣人,继承和发扬他的精神,使之为中华民族的崛起出一分力量。国学、孔子学院、甚至电影《孔子》,都是我们给自己重新定位的尝试,儒家学说=中国文化的公式又重新提上议事日程。

应该看到,在有文字记载的几千年文明中,中华文化一直在形成之中,把儒家学说与中国文化的等同是一种解读,或者说是一种误读。中华文明发源于中原,发源于黄河流域。但是中华文明不等于中原文明或黄河文明,中华文明是中原与周边的互动和融合的结果。汉朝与匈奴的关系是一个很好的例子,中原与北方民族的碰撞是农耕文化与游牧文化的融合和交流。我们都知道王昭君远嫁匈奴的故事,她的作用远远超出了所谓的"和蕃",超出了促进

---

① Mary de Rachewiltz:"Kung is to Pound As is Water to Fishes",*Ezra Pound and China*.ed. Zhaoming Qian.Ann Arbor:Michigan University Press,2003,pp.282-289.

② [德]马克斯·韦伯著:《儒教与道教》,张登泰、张恩富编译,人民日报出版社 2007 年版,第 206—211 页。

中原与匈奴和解。从她开始,中国文化开始融入了不同的成分,中华民族也融入了不同的血液。这里不存在谁同化了谁的问题,影响是双方的:汉族为匈奴带来了礼仪和规则,匈奴为汉族带来了彪悍和力量。在形成中国的民族特性的过程中,各个民族都有自己特殊的贡献,最终的中华民族是这些民族融合的结果。

在那个遥远的年代,中原不仅跟北方的少数民族有碰撞,而且跟西方也有碰撞。2009 年,意大利与中国联手在中华世纪坛举办了东西文化交流的展览,展览给我们很多启示。古罗马帝国和中国汉朝曾经同时存在,两个帝国都创造了各自的高度发达的社会和文化体系。中国的北匈奴在向西迁徙的过程中,到达了今天的匈牙利,与罗马军队有过正面的交锋。罗马军队在向东扩张时,也在中国西部留下过印记。甚至在今天中国的西部,在我们同胞的身体里可能仍然流淌着罗马人的血液。甘肃省永昌县者来寨村据说就是已经消失的骊靬古城的遗址,这里的人们有明显的西方人的特征,高鼻子、蓝眼睛等等。据说有一个古罗马方阵在中东征战时失踪,后怀疑是东撤至汉朝的领土,归顺汉朝并定居下来。古城之名骊靬就是英文 legion 的音译。①

我并不是说,古罗马对中国的文明有多么深刻的影响,也许实际上并没有多么深刻的影响,但是这种接触对中国文化本身是一个冲击,不管这种冲击多么微不足道。而中国的文化就是在这种不断交流和冲击中形成和完善的。在唐朝,佛教全面传入中国,(受到了中国朝廷的支持,)逐渐成为中国的主要宗教之一。从《西游记》中,我们能够看到,唐僧赴印度取经是一种官方行为,受到了皇帝的派遣。同时我们也可以看到,佛教在传入的过程中的确与土生土长的道教有着一定的冲突。《西游记》第 46 回"外道弄强欺正法、心猿显圣灭诸邪"描写了和尚在车迟国受到排挤和欺压,从佛教的立场凸显了道士的邪恶。"斗法"一场,孙悟空狠狠地戏弄了车迟国的几位国师,为佛教和当地的和尚出了一口恶气。同样也是在唐朝,我们可以看到中原与吐蕃地区的交往,文成公主进藏在今天的西藏仍然是人人皆知的一段历史,藏传佛教在内地的

---

① David Harris, *Black Horse Odyssey: Search for the Lost City of Rome in China*. Kent Town: Wakefield Press,1991.

传播也逐渐启动。也许正是从这时开始,佛教的重要性被凸显出来。虽然它是外来的宗教,但是它逐渐成为中国最重要的宗教。而土生土长的儒家学说主要是一种行为规范和道德体系,教人如何处事,如何成功,因此它与佛教没有根本的冲突。而事实上,从唐宋以来,中国的历代皇帝都既信奉儒家学说,又是佛教徒。

北宋与周边的交流主要是以领土和政权争端的形式出现。北宋在中原建立了稳固的政权和繁荣的文明,人们生活富足,商旅繁忙,我们从《清明上河图》就可以看到这一点。上海世博会凸现了张择端这幅名画,似乎将它视为中华民族的一个符号,也凸显了北宋对我们民族的自我建构的重要性。但是北宋的繁荣并不意味着它的安宁,周边民族的兴起与扩张,对中原土地和政权都形成了巨大的威胁。他们借助天生的剽悍和勇猛,对北宋政权进行不断冲击。在《岳飞传》《杨家将》和《水浒传》等文学作品中,我们可以清晰地看到北宋末年的内忧外患,以至于最终北宋政府不得不败走临安,也就是今天的杭州,建立南宋。我不知道官方如何看待这段宋金之争的历史。但是从今天的视角来看,似乎我们更应该将鞑靼族、女真族视为中华民族的一个部分,而宋金之争就应该被视为一场内战或兄弟之争。而从这个意义上讲,岳飞不再是一个民族英雄,而是一个政治英雄。他的贡献不在于保家卫国,而在于保卫他效忠的政权。从这个意义上讲,金庸的《射雕英雄传》更加符合我们当今的民族意识。其主人公萧峰作为一个金人,被汉族养父母带大,然后被派往前线,与金人作战。他的双重民族身份,使他在两个民族之间形成了一个天然的桥梁,能够在民族和解、民族团结上起到应有的作用。

元朝与清朝更是中国各个民族进一步融合的时期。元朝是蒙古族的朝代,是所谓的外族统治。但是成吉思汗建立起来的蒙古帝国,不但增加了中原和北方的联系,而且将欧、亚两个大洲连接在一起,更增加了文明之间的联系和交流。柯尔律治描写的《忽必烈汗》也许掺入许多想象的成分,但是《马可波罗游记》写的是真真切切的中国。在中国本土,元朝正式建都大都,奠定了北京成为中国首都的基础,使它成为中华各民族的文化政治中心。明朝和清朝都承袭了这个都城的选址,也将它视为北南东西的纽带、整个国家的心脏。有人说中国的北方边界应该是长城,但是元朝和清朝的建立使这样的说法不攻自破,长城成为蒙汉、满汉几个民族相互融合的不平凡历史的见证。也许蒙古族和满族在统治这个国家的同时也接受了中原文化,但是这也使整个国家更加宽容、更能海纳百川,逐渐形成多民族、多种族国家的特点。藏传佛教在清朝的统治中心建立了它的宫殿,这不光指北京的雍和宫,还有承德的外八庙,山西五台山的部分寺庙也是藏传佛教寺庙。在五台山的中心寺庙,乾隆皇帝的碑文上撰写着满、汉、蒙、藏四种文字,说明当时的清朝已经有一个多民族的国家意识,有一个相对包容的机制。各个民族的文化连接在一起,才形成一个中华民族的大家庭。

四

也许有人觉得我扯远了,但是庞德对中国的解读的确会引发我们对儒家与中华文明关系的许多联想。中华文明的形成过程中,儒家的确占有非常重要的位置。秦朝"焚书坑儒",汉朝"独尊儒术",但实际上百花齐放、百家争鸣的局面没有停止。宋明的理学,科举考试制度使四书五经得以经典化,但是实际上没有改变中华民族兼容并蓄的特征,不断有新的思想和新的传统融入中华文化之中。如果庞德对中国的解读并不正确,那么我们自己了解我们自己吗?我们身处中国,对这里的文明和生活有着活生生的体验,但是我们作为汉族可能有我们特有的视角,我们可能突出中华文明的某一个方面,而忽视其他方面。我们不需要西方来定义我们,但是我们必须建构中华民族共同认同的民族文化身份。我们到底是谁?我们怎么定义自己?值得所有人思考。我们在当代应该怎样把中国呈现给世界?我们的民族特性是什么?这些不仅仅是学者思考的问题,也是国家思考的问题,它已经成为一个重大工程,一个国家战略。

美国人讨论他们的民族特性讨论了一个世纪,从文学和思想领域看,他们整个 20 世纪都在建构他们自己的民族特性。他们将美国特性追溯到早期美国的清教思想,追溯到美国建国之初那些领袖们的建国理想和宏图,追溯到早期美国人的"上帝选民"的选民意识和优越感,追溯到 19 世纪逐渐形成的个人主义和超验主义,追溯到美国向西部扩张的疆界意识,追溯到移民和多种族融合的特殊国情。① 英国相对美国来说,有更加悠久的历史,不存在身份建构问题。但是在这个后殖民时代,大英帝国的前殖民地纷纷与其剥离,甚至不列颠内部、苏格兰和北爱尔兰都在思考他们自己的民族文化身份,以区别于盎格鲁—萨克逊的文化传统。因此,英格兰也开始问他们自己是谁? 什么是英国性(Englishness)? 英国人更加倾向于将他们的传统定位于工业化之前的英国乡村,所谓的人与人和谐、人与自然和谐的"田园英国"。② 英国的清教传统、贵族绅士风度、由来已久的等级制度、岛屿意识以及内捻的民族性格都是人们熟悉的英国民族特性。这些都跟这个国家的历史、宗教、人文、地理等因素有密切的关系。

中国的民族身份的建构应该考虑到以上的诸多因素,应该考虑到我们是一个多民族、多传统的国家,所谓"56 个民族,56 支花,56 个兄弟姐妹是一家"。对历史的追溯不能够忘记我们的民族融合的历史,不能忘记在中华民族形成过程中,各个民族的参与。儒家是中华文明的重要组成部分,但是中华文明涵盖的面更加宽广,两者是部分与整体的关系。儒家、道家、和中国化的佛教都是中华文化的组成部分。庞德的意义不在于他对中国的误读,误读也许不可避免,他的意义在于他使中国重新进入人们的视线,使人们重新思考中国,甚至使我们中国人重新思考自己。他使我们逐渐看到,这在当今这个全球化的世界,民族文化身份的重要性,他使我们认识到,建构我们的民族文化对于中华民族的崛起,对于中国在世界的地位都有重要的意义。

(该文原载《中华读书报》2011 年 3 月 16 日,收入本书时略有改动)

① 单德兴著:《重建美国文学史》,北京大学出版社 2006 年版,第 3—30 页。
② Raymond Williams.*The Country and the City*.New York:Oxford University Press,1973,pp.9-13.

翻译与再现:评钱兆明(主编) 《庞德与中国》

一

　　埃兹拉·庞德(Ezra Pound)的诗歌创作与中国有着深厚的渊源。他与中国的关系可以大致分为三个阶段:在 1920 年以前,他翻译了屈原、陶渊明、李白、白居易等中国诗人的诗歌共二十八首,分别收集在《华夏集》和其他诗歌集中。从 1920—1945 年,他对中国象形文字的"表义方法"产生兴趣,并且企图在他的诗歌中实践和推广这种方法。从 1945—1972 年,他翻译了包括《论语》《诗经》《礼记》在内的多部中国古典文献,企图从中吸取东方智慧的营养。由于庞德的译介,李白的《长干行》现在几乎已经成为英美文学选集的必选作品;《四书五经》也几乎成为庞德研究者的必读书目。庞德的《诗章》(*The Cantos*)有许多部分也因此有了它们的中国名称:第 13 首被称为"孔子诗章";第 49 首被称为"七湖诗章",名称来源于宋代流传下来的诗画作品"潇湘八景";第 52—61 首被称为"中国历史诗章";第 98 首被称为"圣谕诗章",名称来源于它引用的"康熙圣谕"。庞德在他的整个诗歌生涯中,不但借中国诗人之口,表达自己对时事的感想,并且借中国诗歌的美学原则支持他所倡导的"意象派"诗歌理论,同时他也通过对中国古代经典的正面解读,将中国文明推向了西方文化的前沿,使中国的历史、哲学、艺术、政治等方面的思想在西方得以受到关注和重视。如果我们说庞德是中国文化在西方的大使,那也一点不为过。

也就是说,不管庞德在西方意义如何,他对我们中国的意义是深远的。西方也许有人会质疑庞德的政治思想,把他与意大利法西斯和反犹太主义联系在一起;也许还会有人质疑他的现代主义的创作思想,把他与晦涩、艰深的贵族主义美学原则联系在一起;也许还会有人质疑庞德的国际主义大杂烩,把他和"东方主义"的排他倾向或者理想化"他者"的倾向联系起来。但是,由于他的创作提供了一个东方与西方的契合点,凸显了中国研究者的母语文化优势,因此,庞德一直是中国学者和留学生在西方大学从事研究的热点。今天我们所了解的赵毅衡、谢明、黄运特、孙宏,以及本书编者钱兆明都是以研究庞德为博士论文题目或者博士论文涉及庞德。同时,在他们的学术生涯中,他们大多数也延续了先前的兴趣,对这个领域进行了更加深入的研究。1999 年在北京外国语大学召开的"第 19 届庞德国际会议"就吸引了为数不少的、包括上述人员在内的海内外中国学者,钱兆明还是这次会议的组织者之一。

海外的中国学者热衷于庞德研究是一个理所当然的事情。从更宽广的视角来考察,这也是一个有趣的文化现象,并且不仅仅局限在庞德研究本身。我国早期的学者到西方留学时,特别是攻读学位时,往往选择研究中西方文学和文化的联系。在哈佛大学获得文学博士学位的中国学者、南京大学已故教授范存忠先生的博士论文就是主要考察中国在 18 世纪英国文学中的反映。著名学者钱锺书在剑桥大学的学位论文也是考察的同一个领域,只是增加了 17 世纪英国文学。民国时期的 20 世纪二三十年代如此,改革开放后的 20 世纪八九十年代也如此。赵毅衡的博士论文副标题为:"中国如何改变了美国现代诗歌"。谢明和钱兆明的博士论文则直接与庞德有关。叶威廉的研究工作大多数是中西方的文学比较,张隆溪的研究工作大多数是中西方的文化比较。还有更多的中国学者和留学生选择进入美国大学的"比较文学系"或者"东亚研究所",研究中国的古典诗学和哲学,研究华兹华斯与陶渊明、王维等的关系。这些活动都是中国学者在另一个文化圈内,充分利用自己的身份优势和特殊角色寻找自己的位置的尝试。中国学者对庞德研究的热衷也许就是这样一个大的文化背景的反映。如果我们查一查英美的期刊网,我们就可以看到,在 20 世纪 50 至 70 年代,关于庞德的文章主要以西方作者为主。到了 20 世纪 80 年代,中国学者就逐渐进入了该领域,而到了 90 年代,中国学者的比例就有大幅上升,可以说,他们在这一领域已经有了一定的话语权。

<h1 style="text-align:center">二</h1>

一个长期以来引起学术界兴趣的话题是庞德对中国古代诗歌和古代经典的翻译。庞德不懂中文,但却将几乎所有的中国古代经典翻译成了英文在西方出版。当然,他的版本并非这些经典首次在西方面世,在他之前有理雅各(James Legge)和赫伯特·翟理斯(Herbert Giles)的译本。但是为什么庞德的翻译仍然能够出版并且引起公众的关注呢? 庞德的翻译有哪些特别之处呢? 就准确性来说,庞德的译本并不算好,漏译、误译、添加和删减的现象在他的译文中时有出现,并且常常因为他的"误译"受到尖锐批评。叶威廉曾经将庞德翻译过的李白诗歌与原文进行逐字比较,结果发现许多地方与原文不符。①庞德的原文来自就职于东京帝国理工大学的一位美国教授恩内斯特·费诺罗萨(Ernest Fenollosa)留下的手稿,这位教授在日本期间曾经对中国和日本文化产生了浓厚兴趣,并且在日本朋友的帮助下学习汉语并将许多中国诗歌译成了英文。这就是说,庞德的翻译经过了三重过滤,在他之前,已经有了日文和英文的两次翻译。他没有将"老虎"翻译成"老鼠"就已经相当不错了。

然而,新的翻译理论更倾向于将翻译视为一种跨文化的信息转换和跨文化的信息传递。人们要问的是,一种文本进入另一种语言之后,它所承载的思想、文化和意识形态还剩下多少? 美国诗人罗伯特·弗洛斯特(Robert Frost)曾经说,"诗歌就是在翻译过程中所丢失的那一部分"。那么,原文所表现的"生活"在新的文本中是否还存在? 或者有没有变味? 这些问题可能要比个别词汇和短语的准确转换更为重要。比如有人将李白的《长干行》翻译成了很地道的英文,其诗歌形式采用了英文读者熟悉的、适合叙事内容的四行体,具体内容也进行了英语化,从而使英文读者可以立即理解和欣赏它:小女孩的秀发被译成了"一头卷发"(a mass of curls);小男孩骑着竹马,被比喻为一个

---

① Yip, Wai-lim. *Ezra Pound's Cathay*. Princeton: Princeton UP. 1969, p.90.

勇敢的"骑士"(knight with paper helm and shield)。这些词汇所引起的联想是西方读者所熟悉的,从而使诗歌中的人物和背景产生了西化。小女孩变成了一头金发的芭比娃娃,小男孩变成了身穿盔甲的骑士。这样,虽然译诗的语言和形式都很符合英文的习惯,但是原文所表现的那种"生活"没有被传递出去。

庞德的翻译可不一样,首先他保留了"长干"这个地名,西方读者马上会联想到一个异域的地方。另外,诗中的小女孩头上留着一排整齐的"刘海",西方小女孩很少留这样的发型,因此也是西方读者能够想象出一个东方小女孩。小男孩的"高跷"虽然是一个错译,但是"竹马"的"竹"字被保留下来,并且准确地译成了英文。这使得诗歌有了浓厚的地方色彩,让人联想到一个具体的地方,而不是任何一个地方。另外,庞德将"采花"译为"拉花"(pulling flowers),而不是更加英语化的"摘花"(picking flowers)、"采花"(plucking flowers)或者"收花"(gathering flowers)。庞德的译法并非错译,而是一种更古化的表达方法,在《牛津英语词典》上有具体的例证。然而,这种译法同样把读者的想象指向了一个非西方的领域或背景。如果我们将翻译视为一种"跨文化的信息传递"的话,那么我们应该承认庞德的翻译还是基本准确的,这种准确性不是个别词汇的准确性或者相互对应性所决定的,而是因为原文中所表现的"生活"被尽可能地搬入了新的语言。

也就是说,庞德的翻译虽然使中文变成了英文,但是他并不急于将原文完全纳入他的时代和他的地方的语言习惯。甚至可以说,他在某种程度上向人们暗示,这并不是英文,而是一种外文,是原作者的鲜活的思想。当翟理斯把李白的《送友人》译成英文的时候,他将"挥手自此去"译为"做了最后一次道别"(To wave a last adieu we sought)。而庞德却将它译为"作揖道别"(bow over their clasped hands)。庞德的翻译不是一个准确的翻译,但是它将中国的一种文化搬到了英文当中。从某种意义上讲,这种文化的移植要比词语的准确更加重要。这种翻译方法被劳伦斯·文努蒂(Lawrence Venuti)称为"异域化翻译(foreignizing translation),"[①]它不但不淡化两种语言所承载的文化差

---

① Venuti, Lawrence. *The Translator's Invisibility: A History of Translation*. London: Routledge 1992, p.148.

异,而且在某种意义上说是强化了它。这也许就是庞德的翻译的一个重要特点。

由于庞德是一个诗人,因此他在翻译的过程中有时会根据自己的感觉将原文中的表现方式改为他认为更有表现力的方法。原文中他认为多余的,他会毫不犹豫地将其删除;原文中他认为缺少的,他会大胆地为它添加。比如庞德翻译了汉武帝刘彻的一首诗,名为《落叶哀蝉曲》,诗中描写了李夫人离去后诗人的一种寂寞和悲愁。

> 罗袂兮无声,玉墀兮尘生。
>
> 虚房冷而寂寞,落叶依于重扃。
>
> 望彼美女兮安得,感余心之未宁。

庞德的译文基本上遵循了前四句的意思,"罗袂""玉墀""虚房"和"落叶"等意象都在他的译文中出现,并且也写出了诗人的落寞和悲伤。但是刘彻最后两句点题的诗句被庞德省掉了,继而被改写成"一片湿叶贴在门槛上。"①庞德的意图很明显,他要用一个非常具体的形象来表达原诗中用叙述手段表达的那种感情:"感余心之未宁"。

在这个例子中,我们可以看到庞德作为一个意象派诗人对具体、清晰和可视的意象的重视和巧妙运用。同时,我们也可以看到他对中国诗歌的改造、编选和取舍。庞德翻译的另一首诗来自班婕妤的《怨歌行》。原诗通过描写一把扇子,表达了诗人作为正在受到宠幸的宫女对终将被抛弃的命运的担忧。原诗共有十行,前一部分描写扇子的纨素,"鲜洁如霜雪",像明月一样圆,构成一把"合欢扇"。扇子常伴在君主的身边,然而诗人却被忧虑所困扰。

> 长恐秋节至,凉飙夺炎热。
>
> 弃捐箧笥中,恩情中道绝。

庞德的译文将十行原文变成了三行。去掉了前边对"合欢扇"的描写,只用了两行提到"啊,素纨之扇,/像草叶上的白霜",然后,将结尾改为"你也被

---

① 赵毅衡著:《诗神远游:中国如何改变了美国现代诗歌》,上海译文出版社 2003 年版,第168—170 页。

弃置一边"。我们可以看到，"也"字在这里所起的非同凡响的作用。它暗示"被弃置一边"的不仅仅是合欢扇：我的命运与此相同。这样庞德将最后四行的内容浓缩到了一句之中，实现了他的意象派宣言中的承诺：决不用比必需词汇更多的词汇。

至此，我们可以看到了庞德翻译中国诗歌的一些特点，他的误译、漏译、删减和添加都有一个明显的目的，那就是要为他的诗歌创作服务。这也就是为什么 T.S.艾略特称他为"中国诗歌的发明者"①。从另一个角度看，我们可以说，庞德一方面是在翻译，另一方面是在投射，他将他的思想和审美观投射到了中国诗歌当中。从这个意义上说，庞德是真正的"中国诗歌的发明者"。接下来的问题是，庞德所发明的中国诗歌在多大程度上还是"中国诗歌"？庞德所呈现在我们面前的中国在多大程度上还是"中国"？我们都知道，西方人在观照东方的时候，往往将其视为"他者"，并且可能将他们的担忧、恐惧和负面的价值投射到"他者"身上，从而"表现"出一个西方人所想象的东方。也就是说，我们需要问自己，萨义德所说的"东方主义"在庞德身上是否有所体现，或者说这个"东方主义"如何在庞德身上体现？这就是《庞德与中国》一书探讨的另一个问题。

三

从后现代的视角来看，叙述都是带有偏见的，都会受到叙述者的性别、种族、政治观点和意识形态的干扰。也就是说，叙述不能完全真实地反映叙述对象。从这个角度来看，任何叙述都是一种"表现"。从某种意义来说，庞德所表现的中国诗歌的确受到了他自己的审美观点的影响。比如说庞德几乎完全接受了费诺罗萨的论文《作为诗歌媒介的中国文字》(*The Chinese Characters as the Medium for Poetry*)，并且深受其观点的影响。在他的一生中，他津津乐道地谈论中国文字如何做到了"心物同一"，他所使用的例子有"日""东""木"

---

① Eliot,T.S."Introduction",*Selected Poems of Ezra Pound*.London：Faber and Faber 1959,p.14.

"男"等中国象形文字："日"是太阳的形象；"木"是树的形象；两个"木"字放在一起便是"林"；太阳挂在树中间便是"东"；力量加上田野便是"男"。其实，根据统计，在中文里这类象形文字只占 15%—20%，而大多数中国文字并没有达到庞德所想象的"心物同一"的状态。① 也就是说，庞德非常希望中国文字都是象形文字，不管实际上有多少真正的象形文字。这是出于他自身诗学的一种需要，他所倡导的"意象派"诗歌似乎在中国诗歌中找到了印证。简洁、意象叠加、清晰、不加点缀和评论：这些特点似乎都在中国诗歌中实现。他产生这些认识，似乎都是因为他中文欠缺所造成的。但是，我们却从中看到了他所表现的"中国诗歌"或者"中国诗学"中所包含的庞德色彩或者西方色彩。

在萨义德之后，人们都知道西方人的"东方"是一种"建构"。他说："我对东方学文本的分析将重点放在对这种作为表述的表述、而不是作为对东方的'自然描写'的表述上。"②萨义德批评殖民时期的英国人对埃及的误解，暗示他们有掩耳盗铃之嫌。"对'某些英国人'来说，埃及本身是否存在无关紧要，英国对埃及的知识就是埃及。"③如果以此类推的话，西方对中国的认识大致也是如此。在庞德之前，西方人对中国的认识已经经历了几个世纪，正如澳大利亚学者马克林（Colin Mackerras）的研究表明，（范存忠先生和钱锺书先生的研究也有相似的反映），在西方文献中，中国的形象曾经几起几落。④ 成吉思汗之后，中国被看成"黄祸"；马可波罗之后，中国又变为神秘而富庶的国度；18 世纪启蒙运动时期，中国成了贤哲之国；19 世纪西方列强瓜分中国之时，中国又变为停滞的帝国，中国人成为贫穷落后的"东亚病夫"。其实，在每一个世纪西方对中国的认识都是褒贬不一、毁誉参半，只是在 19 世纪贬与毁有所增加。柯尔律治描写的充满诗情画意的热河上都的忽必烈行宫，逐渐变为

---

① Liu,James J.Y.*The Art Of Chinese Poetry*.Chicago：Chicago University Press 1962,p.40.
② ［美］爱德华·W.萨义德著：《东方学》，王宇根译，生活·读书·新知三联书店 2000 年版，第 28 页。
③ ［美］爱德华·W.萨义德著：《东方学》，王宇根译，生活·读书·新知三联书店 2000 年版，第 40 页。
④ Mackerras,Colin.*Western Images of China*. Hong Kong & Oxford：Oxford University Press 1991,pp.262-268.

丁尼生描写的一个保守、落后、不思进取的帝国："宁要欧洲五十年，不要中国一轮回"。

在这样的一个大环境下，庞德在 20 世纪初从美国来到了英国。他并没有分享丁尼生的自信，因为他意识到西方文化有西方文化自身的问题。特别是第一次世界大战后，英美的文化阶层普遍对欧洲过去的历史和价值体系产生了质疑。许多现代派的作家都在诊断西方文明的病根，寻找拯救西方文明的良方。正如艾略特找到了印度教、叶芝找到了神秘教一样，庞德找到了中国和中华文明。在他看来，文学艺术的繁荣往往依赖于社会制度的完善，而英国和西方文学艺术的问题首先是西方社会的政治经济制度的问题。由于有了这样的认识，庞德的关注点开始发生转变。他不仅关注诗学，而且越来越表现出对政治、经济和文化制度的关心。他认为要使文学艺术繁荣，首先要创造一种适合文学艺术发展的社会制度。因此，当庞德 1920 年离开伦敦时，他决心要找到一种可供西方文明效仿的社会模式。他上下而求索，从古希腊找到了中世纪意大利，从古罗马找到了文艺复兴的普罗旺斯，从西方又找到了东方。正是在这样的情况下，他找到了中国。

或者更准确地说，在这时庞德又重新找回了中国。根据埃拉·纳达尔（Ira Nadel）的研究，庞德首次接触到中国可能是在费城的中国博物馆。费罗洛萨、詹姆士·勒格、翟里斯等都只是这种早期兴趣的延续。[1] 正是由于这些原因和特殊心态，庞德对遥远而神秘的中国文明充满了敬仰。在《诗章》第 13 首中，他通过描写孔子教授学生的情景，将这位东方哲人描绘为一位因材施教的伟大教育家。孔子一直是庞德思想中的一个重要人物，几乎从头到尾贯穿了庞德的后期诗歌。特别是在二战结束之后，庞德因与墨索里尼的牵连，被关进了比萨的美军战俘营，孔子的思想似乎成了庞德的精神支柱。他是带着孔子的《论语》被关进战俘营的，以温迪·弗洛里（Wendy Stallard Flory）的话来说，在二战后的极度混乱中，孔子的儒家思想为庞德提供了一个"秩序"，以对付现实中那巨大规模的混乱。[2] 孙宏甚至将孔子的"修身、齐家、治天下"的思

---

[1] Qian, Zhaoming. *Ezra Pound and China*. Ann Arbor: University of Michigan Press 2003, p.16.

[2] Qian, Zhaoming. *Ezra Pound and China*. Ann Arbor: University of Michigan Press 2003, pp. 144-146.

想视为"中国诗章"整体结构的三个阶段,暗示庞德无意中使用了这个思想来规划和安排他的杰作的结构。①

由此可以看出,庞德所表现的中国是一个理想化的中国,而不是一个妖魔化的中国。虽然庞德也将自己的某些价值观和"他者"观念投射到他的"中国"之中,但是他的"东方主义"绝不是萨义德所说的"东方主义",而是正好相反。这一点在《诗章》第49首("七湖诗章")中表现得非常明显。庞德曾从父亲处获得了一本日本画册,画中是中国湖南洞庭湖地区的山水画八幅,传统上称"潇湘八景"。1928年他通过中国留学生曾宝荪的帮助,得以将其中的画中诗译成了中文。② 曾经对庞德有过影响的中国艺术专家、英国人劳伦斯·宾扬(Lawrence Binyon)认为,中国艺术是画与诗的结合,其中的景象与文字相辅相成,相得益彰。庞德对"诗画结合"有着自己的特殊理解,这就是所谓的象形文字的"表义方法"。也就是说,诗歌不是以直截了当的方式表达它的意思,而是像象形文字一样,通过不同形象的组合,间接地表达它的意思。另外,"七湖诗章"的叙述者除了欣赏中国艺术给他带来的诗学上的启示以外,对中国艺术所表现的一种"宁静"和"秩序"也有一种无限的向往。特别是身处第二次世界大战前的混乱之中,叙述者感到这种"宁静"和"秩序"的巨大的重要性。用钱兆明的话说,"通过表现画作中的变化的色调,这一诗章暗示了一个道家主题:回归自然后那种愉悦的解脱。"③

可能读者会问,庞德对中国的这种理想化的描写到底是因为他真正把这个古老的东方国家视为文明的楷模呢? 还是因为他无意识中将它视为一个"高尚的野蛮人"的国度呢? 这个问题似乎很难回答,但是我们所知道的是,他不仅常常将中国当作解决西方社会文化问题的钥匙,而且常常在东西方之间画等号,在西方传统中发现中国智慧,在中国传统中看到西方智慧。在比萨德战俘营中,庞德似乎更加注重儒家文化中关于谦卑和和逊的思想,并且将它与基督教的相关教义进行对比。两种文化的契合点似乎使这一思想具有了更

---

① Qian,Zhaoming.*Ezra Pound and China*.Ann Arbor:University of Michigan Press 2003,p.103.
② 蒋洪新著:《大江东去与湘水余波:湖湘文化与西方文化比较断想》,岳麓书社 2006 年版,第 11—12 页。
③ Qian,Zhaoming.*Ezra Pound and China*.Ann Arbor:University of Michigan Press 2003,p.90.

大的权威性和说服力。温迪·弗洛里将庞德在战俘营中使用过的《祈祷书》与他在里边所作的中文注释进行了详细的对比,结果发现这些来自中国古代经典的文字所包含的思想与基督教的谦卑思想有很大的相似之处。① 在我看来,这并不能说明庞德是在使用儒家的尺度去衡量基督教的教义,而事实上可能恰好相反。因为基督教的思想是他的母语文化的一个部分,有着先入为主的优先地位,庞德对中国文化的取舍恰好取决于庞德自身的需要和是否与他的母语文化特质相契合。

庞德的创作生涯大部分与中国思想为伴,可他真正的思维模式和创作模式还是来自西方的文学和文化传统。如果我们要为他的整个创作的发展,特别是 1920 年后的创作发展,找到一个比喻的话,那么我们最有可能想到的是荷马的《奥德塞》和但丁的《神曲》。虽然《诗章》的内容重峦叠嶂,千头万绪,但是它的叙述者或者主人公,也就是庞德本人的思想有一个明显的发展轨迹:我们看到的是一个灵魂在追求一个目标。这种追求可能与荷马的俄底修斯的追求有共同之处,同时更与但丁的追求有共同之处。庞德也经历了他的"地狱"和"炼狱",也许在他的创作生涯的最后时期,他也将看到他的"天堂"。俄底修斯的"帕涅罗帕"和但丁的《天堂篇》都可以称为他的最终目标的一种比喻,然而也正是在这时,中国又进入了庞德的视线:中国云南的丽江成了庞德的"天堂"的一种镜像。通过美国学者约瑟夫·洛克(Joseph Rock)的文章,庞德了解到纳西族的音乐和宗教仪式,并将其视为中国古典文化的活化石。丽江的天堂般的山水草木,以及人与自然的和谐状态,曾经给予詹姆士·希尔顿(James Hilton)以灵感,使他创作出《消失的地平线》中的"香格里拉"。艾米丽·华莱士(Emily Mitchell Wallace)通过一次实地考察,证实了庞德在最后几首《诗章》中描写的纳西族和丽江的形象并非虚构,而是对这个真实地点的反映。②

---

① Qian, Zhaoming. *Ezra Pound and China*. Ann Arbor:University of Michigan Press 2003, p.152.

② Qian, Zhaoming. *Ezra Pound and China*. Ann Arbor:University of Michigan Press 2003, pp. 193-213.

四

最后,我们可以肯定庞德是西方作家中如此大量使用中国材料的第一人。英国作家罗德雅·吉卜林(Rudyard Kipling)曾经说,"东方就是东方,西方就是西方,东方与西方,永远无法相遇"。但是在庞德的作品中,这种无法实现的"相遇"似乎已经实现,无法弥合的鸿沟似乎已经弥合。庞德对中国、道家和儒家思想的认识都有一种理想主义的倾向,他对整个东方的认识似乎与吉卜林正好相反。庞德所认识和表述的"中国",严格地说不能称之为"中国"(China),更准确地说应该称之为"华夏"(Cathay)。正如贝利·阿亨(Barry Ahearn)所说,后者给西方所带来的联想完全不同。它代表了一个"神秘的、遥远的、浪漫的国度。"①这里边的想象的成分、理想化的成分可能大于实际描述的成分。而这正是庞德在他的历史条件下、在他个人的创作实践中所需要的。"华夏"的概念和理想化的儒道家思想似乎为他眼前的问题提供了一个圆满的答案,使他看到了问题的出路。总之,我们应该感谢庞德,他对中国的正面解读也许为负面的西方汉学提供了一个相反的镜像,从而避免了舆论一边倒的倾向。

(该文原载《国外文学》2007年第4期,收入本书时略有改动)

---

① Qian, Zhaoming. *Ezra Pound and China*. Ann Arbor: University of Michigan Press 2003, pp.43-44.

追寻"物自性":
叶维廉与道家现代主义的形成

    传统上讲,美国现代派诗歌指埃兹拉·庞德(Ezra Pound)、T.S.艾略特(T. S.Eliot)、华莱士·史蒂文斯(Wallace Stevens)、威廉·卡洛斯·威廉斯(William Carlos Williams)等人的作品,这些作品具有一些共同的特征,如碎片化、时空跳跃、追求呈现物自体,而不是隔着语言所看到的世界。这些诗人的一个共同特点就是对中国传统文化感兴趣,从中国文字、古典诗歌、哲学中吸取营养,从中寻找到启发或创作的灵感。赵毅衡在20世纪80年代曾经就告知学术界"中国如何改变了美国现代诗",他的《诗神远游》(1982)现在已经成为比较文学的经典。在近期,美国华裔学者钱兆明(Qian Zhaoming)的一系列学术著作让学术界更加清楚地看到,美国现代派文学从中国获得了什么。他的《现代派对中国艺术的回应》(*The Modernist Response to Chinese Art*,2003)等一系列著作从细节上说明了美国现代派诗人借鉴了许多中国元素,他们的诗歌呈现出某种中国特征。

    在他们之间的这个时期,还有其他许多学者,包括华裔学者和美国本土学者,对这个现象进行了深入研究,其中多数人都着力于研究美国现代派诗人,特别是庞德对中国诗歌和文化的借鉴。经过众多学者的努力,美国现代派诗歌中存在中国元素的事实如今已是学术界的共识,但是这些现代派诗人究竟借鉴了什么中国元素,中国影响到底有多深或多广,仍然没有定论。争论主要集中于现代派诗人对中国文化只是一时的兴趣,还是真正受到了影响而产生了具有中国特色的新诗学?他们对中国的解读是真正把握了中国文化的精髓和实质,还是仅仅将他们自己的想法投射到中国,然后以中国之名推销他们自己的理念？这些问题还没有得到学术界的很好思考。

美国华裔学者叶维廉（Wai-Lim Yip）认为，美国现代派诗歌从中国文化中吸取的营养主要来自道家，特别是从道家哲学的"无言独化"概念中获得启发。叶维廉重点考察了庞德、史蒂文斯和威廉斯诗歌，认为道家思想作为中国传统哲学，在美国现代派诗歌的崛起中起到不可忽视的作用，以至于可以自成一派。其核心的诗学观点就是"无言独化"（empty language，self-transforming），①即物之原初的状态通过诗人不加任何主观修饰的语言表达出来。在诗歌创作中，诗人要释放物之为物的特性，恢复物之本貌，而诗人所做的是最大程度呈现对事物本初状态的感知。②

这是一个具有开创性，也具有代表性的观点，道出了道家思想对美国现代派诗歌影响的深远性和广泛性，以至于美国汉学家石江山（Jonathan Stalling）称叶维廉所描述的美国现代派诗歌为"道家现代主义"（Daoist Modernism）。随着更多的美国现代派诗人的中国特征被挖掘出来，道家现代主义的提法逐渐被人们接受，但同时也引起了来自许多方面的质疑。本文旨在对"道家现代主义"的特征进行梳理，同时也希望对其出现、发展和争论的过程进行追溯，对其得与失、贡献与偏颇进行述评，以期为学术界提供一个比较完整的学术史面貌，为后人进一步研究提供一个基础。

一、道家现代主义

我们都知道，美国现代派诗歌起源于 20 世纪初的意象派诗歌。虽然意象派作为流派存在的时间不长，但是它对现代派的影响非常深远。意象派诗学旨在凸显意象在诗歌中的作用，它认为意象的描写应该追求清晰的轮廓、可辨的线条、实在硬朗和可以触摸的物质感。在庞德看来，这些都与他在中国古典

---

① Wai-Lim Yip. The Taoist Aesthetic：Wu－yen tu－hua，the Unspeaking，Self-Generating，Self-Conditioning，Self-Transforming，Self-Complete Nature.*New Asia Academic Bulletin*，1978，No.1.

② Wai-Lim Yip.*Chinese Poetry：An Anthology of Major Modes and Genres.* Durham：Duke UP. 1997，p.130.

诗歌中发现的特质极其相似。在《中国诗歌》(*Chinese Poetry*,1918)一文中说,这位意象派的领军人物说:"中国诗歌具有某种生动呈现的特质,"并且"某些中国诗人能够呈现他们的素材而不做道德引申,不做任何评论。"①叶维廉在《埃兹拉·庞德的〈华夏集〉》(*Ezra Pound's Cathay*,1969)中认为,这些特质是道家哲学在中国古典诗歌中的具体体现,并且它也反映了"意象派的信仰:'处理素材要直接'(direct treatment of the thing)。"②后来,叶维廉在《比较诗学》(1983)、《中国诗学》(1992)、《距离的扩散:中西诗学对话》(*Diffusion of Distances:Dialogue between Eastern and Western Poetics*,1993)、《道家美学与西方文化》(2002)等一系列著作中进一步使用道家认识论来总结中国古典诗学,认为其核心体现为"言无言"③。

《埃兹拉·庞德的〈华夏集〉》就是叶维廉研究美国现代派诗歌与道家美学关系的开始。在其后的若干部著作中,他对道家美学如何被美国现代诗人继承和发扬进行了深入的思考,发现了许多不为人知的情景和细节。在《比较诗学》中叶维廉指出,中国古典诗歌具有十大特点,可以简单地归纳为"无言独化";时间空间、视觉物象并存;语义或关系不限指;最终达到"以物观物"的境界。④ 他认为庞德在意象派时期,就已经认为最合适及完美的象征即自然事物,他最为关心的是事物的客观呈现,即放弃意象间的主观联系,让意象完全并置。他认为这样的表述已经非常接近道家思想。

"意象并置"是庞德的《诗章》(*The Cantos*)中最重要的技巧之一。在《诗章》第74首中,一个象形的汉字被插入了英文诗行,以呈现一个意象。庞德插入的汉字就是"显",这个汉字被简单地放置在诗歌中间,没有任何文字解释,似乎也没有与周围的内容发生任何联系。但它在诗歌中并非毫无作用,它与其他意象之间有一种本质上的类似,指向同一个目标:它协助整段诗的意象和典故形成了有机的融合。根据郑树森的分析,庞德从埃及"圣甲虫"的绿

---

① Baechler,Lea,A.Walton Litz,and James Longenbach,eds.*Ezra Pound's Poetry and Prose Contributions to Periodicals* 1918-1919.Vol.3.New York:Garland Publishing,Inc.1991,p.84.

② Yip,Wai-lim.*Ezra Pound's Cathay*.Princeton:Princeton UP.1969,p.34.

③ 叶维廉著:《中国诗学(增订版)》,黄山书社 2016 年版,第 36 页。

④ 叶维廉著:《比较诗学》,台湾东大图书股份有限公司 1983 年版,第 77—78 页。

光,推展至中国"蚕丝"的光,又进一步类推至埃里金纳(John Scotus Erigena)的哲学之光。我们都知道,中文的"显"在古文中为㬎,是从日光中看丝的意思。太阳和丝都能发出亮光,因此"显"字直接和引诗的第三、四、六、七、八、十二等行发生关联。"显"又可以用来形容尧、舜、禹等传说中的圣皇(光芒万丈的人物)。引文中的圣利努斯(Linus)、克里提斯(Cletus)和克莱门特(Clement)三位中古基督教圣人也可归入"显"字的照射范围。①

叶维廉认为"意象并置"手法在庞德、史蒂文斯和威廉斯的诗歌中指向了一种"物自性"诗学,这种具有道家色彩的诗学思想为美国现代派诗人提供了一种摆脱西方思维困境的可能性。② 然而,即便如此,汉字的表意性对于英文来说也只能够接近,无法完全获得。甚至英文对汉字的复制都避免不了加入逻辑性、指引性的连结元素,这就可能完全破坏汉字原来并置的物体所造成的共时性,因此庞德只能在诗歌中直接插入汉字,而不能翻译成英文。③

费诺罗萨(Ernest Fenollosa)关于中国绘画和诗歌的手稿,在现代派诗歌与道家美学的结合过程中曾经起到了巨大的作用,他向现代派诗人展示了中国"表意文字"所预示的不同的美学走向。在《道家美学与西方文化》中,叶维廉认为道家美学强调人是万物一分子,物各有其性,应任其自然自发。只有当主体虚位,素朴的天机才能得以回复。美国现代派诗歌在中国古典诗歌中发现的正好是这一点,即避免用人的主观意识来主宰物,而应该"以物观物"。

史蒂文斯和威廉斯在他们的诗歌中以不同的方式贯彻了"以物观物"的理念,史蒂文斯曾经提出"用无知的眼睛看世界"(to see the world with an innocent eye),也就是说,诗人不能把主观意识强加于外在存在,而要排除一切主观意念。在《关于存在》(Of Mere Being)一诗中,史蒂文斯描写了一个真实的现象世界,这个世界存在于思维以外,在这个世界中,万物同时涌现,不受主观意识的左右。④

---

① 郑树森著:《俳句、中国诗》,载《中美文学因缘》,郑树森编,台湾东大图书股份有限公司1985年版,第83—87页。
② 叶维廉著:《道家美学与西方文化》,北京大学出版社2002年版,第66、47页。
③ 叶维廉著:《道家美学与西方文化》,北京大学出版社2002年版,第66、47页。
④ 叶维廉著:《比较诗学》,台湾东大图书股份有限公司1983年版,第171页。

史蒂文斯的"用无知的眼睛看世界"的理念,在叶维廉看来,与道家美学的两个核心概念极其相似:"自然"(顺应万物本性)和"无为"(不加干涉)。道家哲学强调语言的空白,即理想的道家诗人是无言的,"自然"(self-so-complete)就是语言"无为"的意外结果。遵循"无为"原则,诗人能够看到"自然",避免"扭曲事物本貌,让事物自然顺势揭示其存在的特性"。叶维廉所提出的"无言独化"就是让语言空白,让万物自我展示。①

威廉斯的诗学思想也基本上遵循了"物自性"的道家理念,他的"事物之外,没有思想"(no ideas but in things)的观念就是指诗歌应该直呈物象。在《楠塔基特》(Nantucket)一诗中,威廉斯描写了房间里的物品、家具和透过窗户看到的自然景色。诗中呈现的物体,包括淡紫色和黄色的花朵、白色的窗帘、干净的气味、午后的阳光、玻璃托盘上的玻璃茶壶、玻璃杯、钥匙、白色的床,一切都被直接呈现。没用象征,没有指向物外的象征世界,没有主客观的对峙。诗中的物既是客体,也是主体。二者完全融合,合二为一。②

威廉斯推崇中国山水诗的表现手法,是因为它强调诗人和物的直接联系,反映人与物之原初关系。也就是说,诗人的作用只是把物与其原初状态呈现出来。③ 所谓的"无言"不是指诗人不用语言,而是指用透明的语言,能够反映事物的原初状态(the "transparent language" of the originals),这也就是道家诗学所说的"空":诗歌像是一面镜子,反映所看到的真实万物。石江山将这个诗学主张称为以视觉为中心的本体论。④

我们必须承认,美国现代派诗歌在哲学、美学等方面从质疑西方长久以来虚设的超越性开始,到接受道家美学的"物自性"是个渐进的过程。庞德、史蒂文斯和威廉斯对"物自性"的认可是主要的催化剂。⑤ 叶维廉的观点在其后

---

① Yip, Wai-lim. *Diffusion of Distances: Dialogues between Chinese and Western Poetics*. Berkeley: U of California P. 1993, p.65.

② 叶维廉著:《比较诗学》,台湾东大图书股份有限公司 1983 年版,第 176 页。

③ Wai-Lim Yip. *Chinese Poetry: An Anthology of Major Modes and Genres*. Durham: Duke UP. 1997, p.130.

④ Stalling, Jonathan. *Poetics of Emptiness: Transformations of Asian Thought in American Poetry*. New York: Fordham UP. 2010, p.155.

⑤ 叶维廉著:《道家美学与西方文化》,北京大学出版社 2002 年版,第 66 页。

的二三十年间产生了巨大的影响,这些影响从宇文所安、钱兆明、石江山等人的著作中可以看出。但是,他的观点是否真正抓住了美国现代派诗歌的特质?是否存在着对中国影响的夸大? 在后世,特别是在 20 世纪 90 年代之后,日益凸显出来。

二、来自东方主义的质疑

对于中国文化是否真正与美国现代派诗歌存在如此深厚的渊源,评论界存在不同的声音。由于庞德、史蒂文斯、威廉斯等人都不懂中文,他们必须借助他人的翻译来读中国古典诗歌,因此他们对中国文化和哲学的理解可能存在问题。艾略特在 1928 年把庞德称为"我们时代的中国诗歌的发明者。"①他是"发明者",而不是翻译者,这一说法值得我们玩味、深思。它暗示了庞德给我们提供的可能不是中国古典诗歌,而是他想象的中国古典诗歌,简单地说就是他的杜撰。

艾略特是庞德的朋友,他这么说仅仅是对朋友的新作进行善意的调侃。在 20 世纪后期,这样的调侃产生了更多的、艾略特和庞德意想不到的意义。它印证了爱德华·萨义德(Edward Said)在《东方主义》(Orientalism)一书中所指出的现象,即西方学术机器对东方的认识仅仅是他们自己的思想的投射。庞德等人所说的中国古典诗歌是真正的中国古典诗歌吗? 还是他们想象中的中国古典诗歌? 也就是说,他们所说的中国古典诗歌是否真正就是他们的"发明"?

从柏艾格(Steve Bradbury)的《美国对道家哲学的占领》(The American Conquest of Philosophical Taoism, 1992)一文的题目,我们就能够看出他在使用后殖民视角解释美国学者翻译的中国古典文献。他认为,庞德所翻译的《华夏集》(Cathay)给后人建立了一个模式,即对东亚文化的占领式翻译。庞德不懂中文,只是借助费诺罗萨的注释和英文手稿对中国诗歌进行英文再创作,

---

① Eliot, T.S. Introduction. *Ezra Pound: Selected Poems*. London: Faber and Faber. 1959, p.14.

而这种重塑中国诗歌的过程给美国现代主义的崛起编造一种神话,即在吸收异域文化过程中强行加入美国文化内涵。这种传统一直在后世诗人中延续,如肯尼斯·雷克思罗斯(Kenneth Rexroth),W.S.默温(W.S.Merwin)、罗伯特·罗威尔(Robert Lowell)、罗伯特·布莱(Robert Bly)和杰罗姆·罗森伯格(Jerome Rothenberg)对中国素材的翻译大多采用了占领式翻译的模式。

在理雅各(James Legg)、保罗·卡卢斯(Paul Carus)和林语堂等人对《道德经》翻译中,这个问题更为明显。他们不仅加入自由主义新教价值观,而且或多或少加入基督教的普世原则,只是它们都被放置于古代中国背景中。威特·宾纳(Witter Bynner)翻译的《道德经》可以说是美国第一个没有中文基础而完成了《道德经》翻译的诗人,他称自己的译本为《道德经,老子描述的生活方式,一个美国版本》(Tao te ching, The Way of Life According to Laotzu, An A-merican Version)。这是一个以美国文化为主,强调美国现代方言的译本。宾纳用美国方式来解读《道德经》,去除了原文的哲理,仅保留了普通生活经验。他把老子解释为好邻居,就像林肯一样,总是传播普世的博爱教义。而"道"就是"真理",与苏格拉底、柏拉图、托尔斯泰等表达的西方真理一样。在柏艾格看来,对道家思想的如此解释"就是扬基先验主义(Yankee transcendentalism)的拼缀物"①。

在道家哲学的基本概念方面,宾纳认为"无为"就是爱默生(Ralph Waldo Emerson)提倡的个人主义(individualism),即关注自我兴趣胜于关注公众兴趣。"圣人"则为爱默生强调的"自立的人"(self-reliant man)和梭罗(Henry David Thoreau)强调的"明智的人"(sensible man)。道家的"自然"则被解释为内心和外表的一致。柏艾格认为宾纳的译本所体现的是新英格兰诗人对于中国文化一无所知的傲慢,头脑中装入的是《圣经》预言,语言中充满无知的错误,表现了日益军事化和物质化的美国,由于海外成功而充满了傲慢,译本中传递的也是美国自由主义教义。

如果说宾纳对《道德经》的翻译充斥着美国扬基文化,那么柏艾格认为托

———————————

① Moore, Cornelia N. and Lucy Lower, eds. *Translation East and West: A Cross-Cultural Approach*. Honolulu: U of Hawaii. 1992, p.34.

马斯·默顿(Thomas Merton)翻译的《庄子》则是天主教普世价值的再现,即"一个活着的基督徒"宣传"世界除了毁灭和损失一无所有……只有通过自我克制,才能在真正的家园,也就是上帝的世界,发现和拯救人类自己"①。这两个例子说明,他们所"翻译"的道家哲学完全变了味,仅仅是他们自己的思想的投射,与中国的道家哲学可以说完全无关。因此,很难说美国学术界在阅读了这些翻译作品后会受到中国思想的什么影响。

罗伯特·克恩(Robert Kern)在《东方主义、现代主义和美国诗歌》(*Orientalism*, *Modernism*, *and The American Poem*, 1996)一书中也采用了这样的后殖民思维套路。他提到了庞德是"中国诗歌的发明者",提到了萨义德的"东方主义",认为庞德所说的那些"汉字"诗学,包括"象形文字"、透明的语言、词与物的对等(word and world are one)的理念,在西方传统中早就存在。他认为庞德的"汉语"不是真正的汉语,而是在欧洲 17 世纪以来的语言研究传统中被视为"堕落前的语言"或"亚当的语言"的语言。② 这种语言现在已经不存在,而经过庞德理想化的"汉语"实际上变成了这种语言的替身,其象形文字能够将具象和抽象合二为一,因而能够真实地反映外部世界(the world is present in the word)。

庞德的《华夏集》旨在用这样的"汉语"诗学来改造英美诗歌,将英美诗歌从抽象的语言和浪漫主义的泥潭中拯救出来。克恩认为,这只是庞德的幻象,他所推出的汉语诗学不仅仅是欧洲传统的变体,在很大程度上也是美国传统的变体。所谓中国诗歌的"表意文字"和"物自性",其实是爱默生、梭罗以来的美国语言哲学的翻版。③ 庞德在《华夏集》中对中国诗歌《落叶哀禅曲》的翻译更像是对汉语的一种"归化"处理(domestication),经过他"翻译"的诗歌已经不是真正的中国诗歌,而是用意象派诗学改造过的、被西化或者美国化的"中国诗歌",它最终能否叫作中国诗歌都是一个问题。

---

① Moore, Cornelia N. and Lucy Lower, eds. *Translation East and West: A Cross-Cultural Approach*. Honolulu: U of Hawaii. 1992, p.36.

② Kern, Robert. *Orientalism*, *Modernism*, *and the American Poem*. Cambridge: Cambridge UP. 1996, p.6.

③ Kern, Robert. *Orientalism*, *Modernism*, *and the American Poem*. Cambridge: Cambridge UP. 1996, p.39.

爱默生提倡的"自然的语言"实际上就是一种没有堕落的语言,能够真实地反射客观世界的语言。由于英文中的字母符号表现声音,而不是事物本身,这可能阻碍思想和外部事物的沟通。而爱默生的浪漫主义语言观在理念上更接近"亚当的语言"的想法。至于从文艺复兴以来就盛传的"汉语"其实就是亚当使用的语言,在克恩看来,它更多的是对于语言能够表现真实的纯粹西化的理解,而不是对汉语的准确的描述。果真如此,那么庞德和现代派诗歌就没有受到中国文化或道家美学的影响,他们所说的"中国文化"其实都是经过伪装的西方思想。

华裔学者奚密(Michelle Yeh)在《中国诗篇:中国诗歌中显性与隐性内容》(*The Chinese Poem:The Visible and the Invisible in Chinese Poetry*,2004)一文认为,美国人对于中国诗歌的理解实际上是将形式和认识论混淆的结果,他们认为中国诗歌是意象的,由象形文字组成,因此表达了对世界的一种"空而纯粹的认知。"[1]事实上,把中国诗的意象和道家思想和禅宗感悟相提并论,是一种认识上的错误。比如柳宗元的《江雪》(*River Snow*)在被翻译成英文时,译者不仅想象了雪景,也错误地认为诗歌本身蕴含佛道观点。译者不是对于诗歌原文进行解释,而是在英译本中直接注入道家哲学思想。奚密认为这种简单化的翻译不仅限制了读者对原诗意义的理解,而且添加了译者自己的想象,可以说是一种"东方主义式的浪漫主义"(Orientalist Romanticism)。

奚密认为,美国译者错误地追随庞德关于中国诗歌本质是意象的说法,认为汉语在本质上是视觉的载体,而不是语言的艺术再现。这已经成为"在英语中对代表性中国诗歌的标准理解"[2],这种观点来自16世纪天主教传教士,而不是对中国诗歌本身的准确描述。例如,柳宗元的《江雪》表面上充满自然意象,事实上这种意象并不是真实的自然景象的再现,而是诗人运用了诸如比喻、暗示或象征的手法对自然景象的理解。诗中"独钓寒江雪"的"蓑笠翁"更

---

[1] Stewart,Frank.*The Poem Behind the Poem:Translating Asian Poetry*.Port Townsend,Wash.:Copper Canyon Press.2004,p.251.

[2] Stewart,Frank.*The Poem Behind the Poem:Translating Asian Poetry*.Port Townsend,Wash.:Copper Canyon Press.2004,p.251.

多是一种文化符号,其渊源可以追溯至屈原。① 在奚密看来,屈原和渔父分别
代表两种处事态度:屈原代表的是儒家所言"道不同,不相为谋"(《论语·卫
灵公》);渔父代表的是老子所言"和其光,同其尘。"(《道德经》第五十六章)
及庄子所说"虚而委蛇"(《庄子·应帝王》)。因此奚密认为,中国诗中的意
象在文化语境中有更深的含义,翻译活动更需要凸显意象中的文化意义。②

在奚密看来,英译的中国诗本质上是西方的再创作。译者的选择性、译者
对中国诗歌预设的想象、对中国诗歌做出的褒贬、传递了中国的什么价值观、
刻意排除了什么等等,都值得再思索。美国译者错误地认为,比喻在中国诗歌
中不存在,因为这是二元对立的世界观,和中国文化强调天人合一、人和自然
和谐相处、自我要顺其自然等思想格格不入。这是对中国诗歌和文化的另一
个人为的误解,事实上中国诗歌的意象和这些道家美学并无直接联系。她建
议要突破所谓的"中国诗歌"的固定想象,揭开面纱,才能看到其本来面貌。
一旦能够把象形文字和没有修辞的自然意象与道家美学相分离,人们对中国
诗歌的理解会更加宽广。

三、延承与发展

叶维廉在《比较诗学》(1983)中引用了海德格尔所想象的与一个日本人
的对话,来说明东西方"语言及思维相克相生的困扰"。海德格尔认为,"对话
的危机隐藏在语言本身中,并不在讨论的内容中。"因为"假如人籍语言住在
存在的名下,则我们就仿佛住在与东亚人完全不同的屋内"③。在这个对话
中,海德格尔代表了一个西方的语言哲学传统,即东西方语言和思维如此的迥

① 《楚辞·渔父》描写了屈原和渔父的对话。渔父劝他"世人皆浊,何不淈其泥而扬其
波?"渔父劝屈原"与世推移",不必过于清高。屈原则回应为"宁赴湘流,葬身于江鱼之腹中,安
能以皓皓之白,而蒙世俗之尘埃乎?"在屈原看来坚持理想,保持高贵的人格最为重要,为此他不
惜舍生取义也决不同流合污。

② Stewart,Frank.*The Poem Behind the Poem*:*Translating Asian Poetry*.Port Townsend,Wash.:
Copper Canyon Press.2004,p.253.

③ 叶维廉著:《比较诗学》,台湾东大图书股份有限公司1983年版,第11—12页。

异不同,以至于两者竟然不能相互理解,不可相互沟通。张隆溪在1989年完成的哈佛大学博士论文《道与逻各斯》(*The Dao and the Logos*,1992)中所要做的一件事,就是要"拆除种种学术领地之间的藩篱","展示东西方共有的阐释学关注和阐释学策略"。

张隆溪要让我们看到的是,道家哲学与西方哲学一样也关注语言表征世界的有效性问题。老子曾经说,"知者不言,言者不知。"他的意思是,知道那个东西的人是不会言说的,言说者并不真正理解那个东西。庄子曾经说,"辩不若默",或者"道不可言,言非道也"。他的意思是,道是不能够说出来的,能够说出来的就已经不是"道"了。因此,道家哲学是一种"无言之教,"在这一点上,道家哲学与基督教神秘主义有着共通之处,是"一种脱胎于神秘感觉的语言批判"。两者都是在试图表达"他们认为超乎语言的东西"①。

张隆溪将道家哲学的这种"无言之教"转化为诗歌中的"无言诗学",在莎士比亚的《十四行诗集》中,在T.S.艾略特的《四个四重奏》中,在里尔克的《杜伊诺哀歌》中,在马拉美的《瓶中玫瑰》中发现了"无言"的力量、"空白"的意义。艾略特在《四个四重奏》(*Four Quartets*)第一首《烧毁的诺顿》中说,"词的辛劳,/在重负与紧张中破碎,断裂,/它由于不精确而滑落、溜走、灭亡/和衰落,它不再适得其所"。也就是说,语言在所要表达的东西面前是苍白的、无力的。

在第二首《东科克》中,艾略特将创作比喻为诗人"与词和意义的/难以容忍的角力",一场注定要失败的战斗:"这样,每一次冒险/都是新的开始,/是对失语的袭击/——以其褴褛的、总在变质的装备,/一团混乱的情感中,/那未经训练、毫无纪律的情感编队。"②与叶维廉相似的是,张隆溪也认为西方现代派诗人呈现出道家美学的一些特征,所不同的是,他认为这是东西方哲学和诗学中存在的相同性或"同一性",而不见得是一种"影响"。如果叶维廉使用的是比较文学中的"影响研究",那么张隆溪使用的是"平行研究"。

---

① 张隆溪著:《道与逻各斯:东西方文学阐释学》,冯川译,凤凰出版传媒集团2006年版,第63—65页。

② 张隆溪著:《道与逻各斯:东西方文学阐释学》,冯川译,凤凰出版传媒集团2006年版,第91—93页。

钱兆明在《东方主义与现代主义》(*Orientalism and Modernism*, 1995)一书中借鉴叶维廉和张隆溪的观点,分析了李白《送友人》一诗的庞德译本中的"画质特征""形象并置"和色彩的运用,以及道家的"无言诗学"(poetics of silence)。庞德的译本舍弃了诗歌中的"挥手",代之以插画中的"作揖",从而传达了一种别时的"无言"。钱兆明认为,"这个诗歌意境是典型的中国山水诗的意境,它从道家和禅宗哲学中获得能量"。虽然庞德在后来的"中国诗章"中遵从了耶稣教派的"尊儒抑佛、抑道"的倾向,但是"在 1914—1915 年翻译李白的诗歌时,他没有拒绝回应这位唐朝诗人的道家思想"①。

1915 年,庞德给温德汉姆·路易斯(Wyndham Lewis)的《爆炸》(*Blast 2*)杂志提供了他翻译的李白《古风·9》一诗,其中有"庄子梦蝶"一段:"庄子做梦,/梦见他是鸟、蜂、蝴蝶,/他不知为何感觉像是这些,/因此他感到满足。"钱兆明认为,庞德在 1915—1918 年间,都在阅读唐朝诗人兼画家王维,并且将他与法国 19 世纪象征主义诗人于勒·拉弗格(Jules Laforgue)相比较,称王维为"中国 8 世纪的拉弗格"。也就是说,在庞德创作"原稿诗章"(Ur-Cantos)期间,典型的道家诗人王维不断地在他的脑子里出现。可以说,在 1916—1918 年期间,王维对于庞德的重要性,相当于 1913—1915 年间的李白。

钱兆明引用克里斯汀·弗洛拉(Christine Froula)说明,《诗章》第 4 首结尾的那"七行深不可测的诗句"(seven enigmatic lines)来自王维的《桃源行》。庞德将费诺罗萨遗稿中两首王维的诗进行了提炼,然后将它们组合成一个段落。钱兆明认为,从这样的没有关联的并置中,庞德逐渐发展了他后来在《诗章》中广泛应用的"表意方法"(ideogrammic method)。另外,王维在中国文学史上是以道家思想著称的诗人,"在王维的作品中,道家/禅宗的思想得到了充分的发展,这些思想包括无即是有、空即是形式、天人合一以超越天人对立等"②。这些对庞德的影响是可见的,正如休·肯纳(Hugh Kenner)所说,早期的庞德与创作《诗章》第 47 首和"比萨诗章"的庞德一样,"内心深处的冲动都

---

① Qian Zhaoming.*Orientalism and Modernism: The Legacy of China in Pound and Williams*.Durham and London: Duke UP.1995,pp.70-71.

② Qian Zhaoming.*Orientalism and Modernism: The Legacy of China in Pound and Williams*.Durham and London: Duke UP.1995,p.99.

具有道家性质(Taoist in his deepest impulses)"①。

　　钱兆明的研究是一种传统的"影响研究"，注重实证、注重证据。在《现代派对中国艺术的回应》(*The Modernist Response to Chinese Art*, 2003)一书中，钱兆明进一步将这种方法应用于史蒂文斯和玛丽安·莫尔(Marianne Moore)。他将道家美学总结为"以物观物"、"无我"、尚直觉抑逻辑、尚神似抑形似，认为"庞德、威廉斯、莫尔、史蒂文斯等人在重塑[英诗]传统的尝试中，恰恰是在努力寻求客观性、非个性化、非模仿的暗示性。"他们与道家美学在品味和认知上的相似性使后者"在现代派中间很受欢迎。"②钱兆明比较了莫尔的《水母》(*A Jelly-Fish*)的两个版本，③说明该诗的描写具有一种"去主观化"的、"无我"的客观性，一种"对自然的神秘尊重"，这种客观性被莫尔本人总结为"中文'对具体事物的热情'(Chinese"passion for the particular")。"④

　　所谓的"影响研究"与"平行研究"之怪圈在近期被打破。如果两者都注重相似性，那么新的比较文学模式更注重差异性。石江山(Jonathan Stalling)在《空白诗学：亚洲思想在美国诗歌中的嬗变》(*Poetics of Emptiness*: *Transformations of Asian Thought in American Poetry*, 2010)一书中，将研究重点放在了"嬗变"这个概念上，即研究佛教的"空"与道家的"虚"在传入西方的过程中发生了什么样的"诗学改变"。他认为在中国古典诗歌和美国现代诗歌中存在着一种"对无的崇拜"(cult of nothingness)，他从叶维廉的比较文学的"模子"入手，试图找到一个超越叶维廉等人的新模式。叶维廉将两种异质文化比喻为 A 和 B 两个圆，它们的重叠部分，即通约或相似部分，就是比较文学的研究范畴。石江山认为，由于这个"模子"是建立在相对过时的萨皮尔—沃尔夫(Sapir-Whorf)语言决定论基础上，因此存在以下两个问题：1)研究者的视角无法超越 A 圆或 B 圆的限制，因此可能存在偏见；2)A 圆和 B 圆所代表的

---

① Kenner, Hugh. *Pound Era*. Berkeley and Los Angelis: California UP. 1971, p.456.

② Qian Zhaoming. *The Modernist Response to Chinese Art*: *Pound*, *Moore*, *Stevens*. Charlottesville and London: Virginia UP. 2003, p.69, p.70, pp.186-187, p.74, pp.72-182.

③ Qian Zhaoming. *The Modernist Response to Chinese Art*: *Pound*, *Moore*, *Stevens*. Charlottesville and London: Virginia UP. 2003, p.69, p.70, pp.186-187, p.74, pp.72-182.

④ Qian Zhaoming. *The Modernist Response to Chinese Art*: *Pound*, *Moore*, *Stevens*. Charlottesville and London: Virginia UP. 2003, p.69, p.70, pp.186-187, p.74, pp.72-182.

文化本身也是多元的,不能简单地整合。

因此,石江山要做的不是叶维廉所说的"跨文化对话"(cross-,inter-, trans-cultural),而是"异质文化对话"(hetero-cultural)。所谓的"太平洋文化圈"或者"跨太平洋诗学"在根本上是一种"想象"(imaginary),或者是一种抹去了许多差异之后形成的"整体性"(totality)。而实际情况是,它们是互鉴、互动、动态的对话(cross-fertilization),而非单向的影响。石江山对"影响"的理解更多地纳入了后结构主义的理念,更加强调动态互鉴。他虽然并不否认影响的存在,但强调影响的复杂性。通过研究美国诗人加里·斯奈德(Gary Snyder)和韩裔美国女诗人车学庆(Theresa Hak Hyung Cha)对佛/禅的"空"和道家的"虚"做出了何种回应,石江山展示了概念在旅行的过程中所发生的变异,以此说明最终的"空"和"虚"是嫁接的结果。①

四、结语

宇文所安(Stephen Owen)曾经说,叶维廉的道家现代主义诗学值得每一个阅读中国诗歌的严肃读者去了解,尽管大家无需意见一致。② 在叶维廉之前,张钟元(Chang Chung-yuan)在《创造力与道家思想》(*Creativity and Taoism*,1965)一书中,已经将道家思想描述为一种美学。无形的"道"作为万物存在的根源,通过万物来展现其本貌。而万物尽管纷纭万千,最终又会回归本根。诗人通过沉思使自我融入万物,做到"无我"(egoless)。当自然的真实性触动诗人意识的原初本真,他就体验到纯粹的美,或者中国批评家常说的"神韵"。

道家的原初本真和纯粹美是本体论的经验,不同于论证性的思维。诗人

---

① 比较文学的最新理论显示,"影响研究"逐渐过时,人们更加重视概念在接受过程中发生的变异,即理论从 A 到 B 的旅行,以及旅行给理论造成的变形。曹顺庆在《比较文学的变异理论》(*The Variation Theory of Comparative Literature*,2013)一书中认为"变异"是比较文学研究的核心。

② Owen,Stephen. Review of *Chinese Poetry: Major Modes and Genres* by Wai-lim Yip. *The Journal of Asian Studies* 1997,p.37,p.1.

在"静"的状态下达到"无我",诗歌创作超越艺术的努力,在呈现现实世界的镜像中,跨越有限到达无限。诗人对世界的镜像反映,既可以在沉思中逐渐获得,也可以是一种"顿悟"。简而言之,张钟元认为诗歌最高成就是表达一种无穷、无形、未经教育的经验,这种本体论经验最接近"道"。张中元的论述开辟了研究道家美学的先河。

宇文所安在《世界的预兆—中国诗歌的意义》(*Omen of the World:Meaning in the Chinese Lyric*,2004)一文中认为,传统的英语抒情诗传达的是对世界外在体验的修辞化表达,展示对于世界超验意义的理解,而中国古典诗歌表现的是诗人的真实体验,传递出与宇宙秩序的相互关联,物质世界的内在性,而不是象征意义。刘勰在《文心雕龙》中提倡的"文"是一种形式、一种宇宙秩序,或者"道"。人通过语言把天地的艺术形式"文"表达出来,展示的是人的"心"。人通过"心"作用于宇宙之"身",就产生了"文"。

宇文所安所理解的《文心雕龙》其实就是一种道家美学:"真正的诗歌是被动表现自然。"①中国古典诗歌认为最高的创作技巧是没有技巧,最好的诗歌没有人为创作的痕迹。诗歌创作的自然过程是诗人用眼看到世界,诗歌就产生了。只有思想、双眼和写作完全合拍,诗歌才不和言语缠绕,才能毫无阻碍地反映"心"之所感。宇文所安的观点大概也是对叶维廉的"道家现代主义"的继承。

(该文原载《外国语文》2018 年第 3 期,张剑、吴晓梅合著,收入本书时略有改动)

---

① Dale,Corinne H.ed.*Chinese Aesthetics and Literature:A Reader*.New York:State U of New York Press.2004,p.98.

W.H.奥登的"抗日战争"：
《中国十四行诗》对战争和政治的理解

一、引言：历史还原

1938 年 2 月至 6 月,英国著名现代诗人奥登(W.H.Auden 1907—1973)与小说家克里斯托弗·伊舍伍德(Christopher Isherwood)应英国费伯出版社和美国兰登书屋之邀,访问了抗战时期的中国。之后,两人合写了《战地行》(*Journey to a War*,1939)一书,全书包括四个部分:到达前的旅途诗、在中国的旅行日记、人物照片、战地诗《在战时》(*In Time of War*)和《诗解释》(*Verse Commentary*)。他们用日记、照片与诗歌记载了他们在中国,尤其是在东部前线的见闻。

《在战时》共有 27 首十四行诗,1981 年被穆旦完整地翻译成中文。① 但奥登的《短诗全集》(*Collected Shorter Poems* 1927—1957,1966)只收录其中 21 首,并被重新命名为《中国十四行诗》(*Sonnets from China*)。② 从整体上看,组诗不仅仅是一系列战地诗歌,它直接描写抗日战争的部分只占篇幅的一半。组诗的目的是要将抗日战争放在一个更大的历史背景之中去考察。所谓的"战地行"始于英国伦敦,经过了地中海、埃及、当时还是英国殖民地的香港,到达中国内地的多个城市,最终经过日本、美国回到英国。

---

① 查良铮著:《英国现代诗选》,湖南人民出版社 1985 年版,第 107—145 页。

② W.H.Auden.*Collected Shorter Poems* 1927-1957.London:Faber and Faber,1966.该书以下简写为 CSP,并且以文中注形式对诗歌出处进行注明,如(CSP 70)等。

　　国外的评论常常将组诗视为一个西方文人到访战争的经历，反映的是他个人痛苦的心路历程。斯图尔特·克里斯蒂（Stuart Christie）在《定位运动：奥登〈中国十四行诗〉中的实验性东方》一文中，认为奥登的同性恋主体与中国的东方主体有相同的边缘性质，因此奥登不可能在诗中传播"东方主义的陈词滥调"，相反，他的彼德拉克式十四行诗实际上很可能将其崇拜对象从女性转移到了"神秘的能指'中国'"身上。① 我们看到，文章探讨的主题是奥登在身份认同上碰到的问题，而不是战争。

　　国外评论还常常将组诗视为奥登对战争的抽象思考，即人类的起源和选择、历史的"恶"等等。这种普遍化的解读有一定道理，因为奥登在诗歌中的确用了大量篇幅来论证战争的起源和人性的堕落。爱德华·门德尔松（Edward Mendelson）《早期奥登》中称这部作品为"历史考察"，时间跨度从"失乐园和耶稣降生"到"现代科学兴起和工业革命"②。塞缪尔·海恩斯（Samuel Hynes）在《奥登一代》中认为《中国十四行诗》"没有谈论在中国发生的具体战争，或者任何具体战争。它对人类道德状况的描写强调了人类对人类的侵略行径，而不是某人对某人"③。正如斯图尔特·克里斯蒂在另一篇文章中说，《中国十四行诗》有"对具体背景完全拒绝"的倾向。④

　　本文并不认同这种普遍化或纯粹个性化的解读，因为如果我们能够还原《中国十四行诗》的历史，我们就会看到，这个组诗不是抽象的写作，而是基于具体历史事件的写作，是对具体的历史事件的思考。奥登在来中国之前就对这次旅行非常憧憬，他希望能够在中国找到许多问题的答案，他说，"我们会有一场属于我们的战争。"⑤现在看来，中国的抗日战争从某种意义上讲也是奥登的"抗日战争"，是他从他的特殊视角讲述的抗日战争，他的叙述实际上

　　① Stuart Christie. Orienteering：The Experimental East in Auden's "Sonnets from China", in *Before and After Suzie：Hong Kong in Western Film and Literature*.ed.Thomas Y.T.Luk & James P.Rice. Hong Kong：New Asia Coll.，The Chinese U of Hong Kong，2002，p.132.

　　② Edward Mendelson.*Early Auden*.London：Faber and Faber，1981，p.349.

　　③ Samuel Hynes.*The Auden Generation：Literature and Politics in England in the* 1930s.Princeton University Press，1982，p.345.

　　④ Stuart Christie.Disorientations：Canon without Context in Auden's"Sonnets from China".PMLA Vol.120.5（2005），p.1577.

　　⑤ 马鸣谦著：《〈战地行纪〉成书的前前后后》，《书城》2013 年第 1 期。

把战争讯息传递到了西方。

作为中国学者,我们更愿意看到诗歌中所表现的抗日战争,更愿意看到战争给人民带来的痛苦,以及中国人民的爱国热情和抗击日本侵略者的坚强决心。赵文书在《奥登与中国的抗日战争:纪念〈战时〉组诗发表六十周年》一文中将组诗视为"日本侵华暴行的历史见证":奥登提到了"发生在汉口的日机轰炸、闸北的上海保卫战以及南京的日军大屠杀"①。可以说,本文非常认同这样的社会历史视角的研究。

但是,组诗到底描写了什么具体事件和场景呢? 国内的评论没有提供一个完整的、全貌的解读。在 21 首诗歌中,只有第 12 首("南京、达豪集中营")和第 13 首("中国士兵")被评论最多。② 同时,评论往往过于简单,犹如蜻蜓点水,一带而过。本文认为,仔细解读组诗的中国部分(第 12—21 首)会向我们展示一个更加广阔的图景,甚至是以前我们没有看到或不愿意看到的意义,而这样做的最佳途径就是将《战地行》中的《中国十四行诗》与《旅行日记》之间进行互文阅读。在第二次世界大战胜利 70 周年之际,重读这些诗歌似乎意义重大。

二、指挥部与指挥官

《中国十四行诗》第 12 首的背景是一个部队的指挥部:长官在打电话,墙上的地图显示着部队的位置,他正在制定下一步的作战计划。这里远离战场,显得很安全,生活与其他地方没有什么两样:还有人送牛奶。对于这个指挥部来说,"战争就像纪念碑,不会造成伤害"。(CSP 133)根据《战地行》的"旅行日记"记载,1938 年 2 月底奥登和伊舍伍德从香港进入中国内地,接触了不少

① 赵文书著:《奥登与中国的抗日战争——纪念战时组诗发表六十周年》,《当代外国文学》1999 年第 4 期。另见王璞著:《"地图在行动":抗战期间现代主义诗歌的三条"旅行路线"》,《现代中文学刊》2011 年第 4 期;黄瑛著:《W.H.奥登在中国》,《中国文学研究》2006 年第 1 期。
② 赵文书著:《奥登与中国的抗日战争——纪念战时组诗发表六十周年》,《当代外国文学》1999 年第 4 期。另见王璞著:《"地图在行动":抗战期间现代主义诗歌的三条"旅行路线"》,《现代中文学刊》2011 年第 4 期;黄瑛著:《W.H.奥登在中国》,《中国文学研究》2006 年第 1 期。

中国的政界要人。在汉口,由于国民政府的政治顾问威廉·端纳(William Donald)的引荐,他们见到了蒋介石和宋美龄。① 虽然没有见到战争,但奥登在中国政要的办公室里,完全可能见到诗歌中描写的那个指挥部的场景。

坐在指挥部里的长官远离危险,而士兵却在战场上浴血奋战,"为活命而经受恐惧。"(CSP 133)这些士兵与长官一样,都是正常人,有正常的感情:他们会口渴,会想老婆,他们也害怕丧命。不一样的是,他们在战场出生入死,而长官在安全的地方指挥战争。奥登对这样的差异颇有微词:他认为,成千上万的士兵被赶上战场,为的就是一个"谎言",(CSP 133)虽然他并没有说明谎言是什么,也没说明指挥部属于中国军队还是日本军队。模棱两可的措辞使"谎言"有了多重指涉,它可能是日本军国主义的战争宣传,所谓的"大东亚共荣圈""大和民族优越论"等,然而它也可能指中国军队的爱国主义宣传。这可能说明奥登反对的是"战争",而不是参战的哪一方。

《中国十四行诗》第 15 首描写了两个军官的谈话,这次谈话可能对战争走向和个人命运都产生重大影响。诗歌的场景不是战场,而是后方,是一个环境优越的地方:有花坛和草坪,花坛还有园丁照料。军官看上去"训练有素",穿着昂贵的靴子,有专职的司机,应该是一个重要人物。他与另一军官在花坛边交谈,与平常的交谈没有两样:俨然是"一幅正常的生活图景"。然而,事实上他们的军队正在拿着"制造痛苦的精良武器",(CSP 135)等待着一个命令。

"一个语言错误"(CSP 135)可能会让人寒战,可能会造成成千上万人的死亡。奥登显然对发动战争、制造战争的人充满了怀疑,怀疑"他们是否怀着善意"。即使是善意,这些牺牲和代价是否可以成为战争的理据?据《战地行》"旅行日记"记载,奥登和伊舍伍德在中国碰到了许多高官,发现他们对战争表现出一种莫名其妙的轻松。广州市市长在接待他们时说,"日本人非常愚蠢……中国是农业国,他们投炸弹,喔——嘣! 仅仅炸开了土壤,中国人犁地更容易了! 当然也有很多人被炸死,非常残酷,但是我们还有更多的人,不

---

① W.H. Auden & Christopher Isherwood. *Journey to War*. London: Faber & Faber, 1939, pp. 64-68.

是吗？哈,哈,哈,哈!"①

虽然伊舍伍德可能欣赏这样的乐观精神,但是奥登未必。诗歌最后一段为我们展示了战争的严重后果:土地荒芜、士兵牺牲、妇女哭泣、城镇恐怖。这最后的三行体段落是奥登所描写的抗战时期最生动、最形象的中国苦难的图景。当人们意识到一个世界的生存仅仅由几个人决定的时候,人们会质疑这个世界是否运转在一个正常、合理的轨迹上。对于奥登来说,"对生命的尊重"是最大的善,战争就是对生命的蔑视,也就是他所说的战争的"恶"。他把1937年12月的南京大屠杀与发生在德国达豪集中营的大屠杀相比拟:在这些地方,士兵和平民正在惨遭杀戮,"生命变得邪恶"。(CSP 133)

乔治·奥威尔曾经批评奥登将西班牙内战中发生的清党行为视为"必要的暗杀"(necessary murder),认为这是一个道德的错误。② 的确,仅仅在一年以前的1937年,奥登在《西班牙》一诗中仍然在谈历史的选择,仍然在谈革命所必须付出的牺牲。在1938年的中国,奥登的观点发生了巨大的转变。在来到中国之前,在《冰岛来信》中,奥登针对"残酷"的含义举了一个耐人寻味的例子:他看到冰岛人正在宰杀一头巨大的鲸鱼,他认为这是他所见到的"最可爱的动物"。正当人们在宰杀鲸鱼之时,吃饭的钟声敲响了,结果人们把巨大的刀叉插进鲸鱼的身体,然后就去吃饭了,而鲸鱼在阳光下仍然冒着热气。奥登认为这是"人类冷酷凶残行为的非凡景象"③。

的确,今天我们读这些诗歌,我们发现奥登并没有明确谴责日本,没有将战争的罪责归于某个国家或个人。诗歌中的将军的身份比较模糊,我们无法断定他是日本军人,还是中国军人。但是我们可以看到奥登的不安,因为在他看来,发动战争的人也许应该对苦难负责。这里的问题是,难道奥登对中日战争就没有明确的立场吗？难道这不是一场反法西斯的战争吗？难道作为英国人就必须保持这样的中立吗？也许,这些问题在组诗的后面才能得到解答。

---

① W.H.Auden & Christopher Isherwood.*Journey to War*.London:Faber & Faber,1939,p.35.

② George Orwell.*Inside the Whale and Other Essays*.Harmondsworth:Penguin Books,1960,pp.36-37.

③ W.H.Auden.*The Complete Works of W.H.Auden*.Vol.I,ed.Edward Mendelson.Princeton UP & Faber & Faber,2010,p.288.

三、士兵与医院

《中国十四行诗》第 13 首原名《中国士兵》,灵感来源于奥登的中国东部前线之行。据《战地行》"旅行日记"记载,1938 年 3 月—4 月,奥登和伊舍伍德去了郑州、徐州、上海等城市,希望能够看到真正的战斗。一路上他们体验了日军的骚扰和日本飞机的轰炸,同时也体验了中国的蚊虫和瘟疫。他们接触到了战争的难民和各个阶层的中国人,了解到中国抗战的形势。4 月 20 日他们回到汉口后,奥登写下了《中国士兵》,并在为他们举行的一次招待会上(汉口车站酒店[Terminus Hotel])朗读了这首诗。① 次日的《大公报》(汉口版)还刊登了洪深翻译的诗歌译文。

诗歌描写了一个"中国士兵"的死,表达了对他的同情和敬意。在诗歌中,这位士兵被派往中国偏僻的地方打仗,远离中国的文化中心。他的牺牲没有人知道,甚至没有人在乎:他的将军抛弃了他,连虱子都不会再叮咬他。(CSP 134)他的尸体躺在棉被下面,在寒冷的天气中已经变成了冰冻。如果说中国的抗战给奥登留下了深刻的印象的话,其中最重要的一点就是战争对个人造成的伤害。

正如我们看到的,在西班牙之后,奥登对政治的热情正在降低,对战争的结果似乎并不在乎。英国作为一个国家也没有在战争中支持中国,在香港的某些英国人甚至认为这是"两伙土著人之间的争吵"②。奥登所在乎的是在这场战争中遭受痛苦的个人,以及战争机器对个人牺牲的冷漠。他后来回忆说,"中国同西班牙不同,众所周知,在西班牙,人们懂得过去发生了什么,目前又意味着什么。但中国是不可理解的,在这里除了打仗他们从没想过尊重人的生命"③。

---

① W.H. Auden & Christopher Isherwood. *Journey to War*. London: Faber & Faber, 1939, pp. 153-154.

② 马鸣谦著:《〈战地行纪〉成书的前前后后》,《书城》2013 年 1 月刊。

③ 马鸣谦著:《〈战地行纪〉成书的前前后后》,《书城》2013 年 1 月刊。

　　奥登的《西班牙》一诗从某种意义上讲是反战的,因为战争造成的代价实在太大。而在中国,他认为"人的生命"得不到"尊重"的情况也许要比西班牙严重一百倍。可以说,这是奥登对中国时局的一种评论,同时,这也是对《中国士兵》一诗最好的脚注。洪深在翻译该诗时,将"[士兵]被他的将军和他的虱子所抛弃"改为"穷人和富人联合起来抗战",可以说淡化了奥登对中国官方的批评。①

　　然而,《中国士兵》并不是一首讽刺诗,而是一首悼亡诗。诗歌向我们展示了应该采取什么样的态度来对待"人的生命"。虽然这个军人默默无闻,不会载入历史史册,可能人们很快就会把他忘记,但是他没有白白牺牲。他为保卫家园而死,千千万万个像他这样的中国人的死,将换回这个国家的女儿们"不再被畜生侮辱",在有山有水的地方"也会有人烟"。(CSP134)可以说,诗歌通过这个士兵的死,描写了中国人民在抗日战争中所付出的牺牲,从而也写出了一切战争的残酷。

　　《中国十四行诗》第14首描写受伤的士兵在战地医院接受救治的场景。我们看到一个个士兵躺在病床上,忍受着巨大的痛苦,"他们生存、受难;这就是他们的全部"。(CSP 134)据《战地行》"旅行日记"记载,奥登和伊舍伍德到访过郑州和商丘的两家医院,在那里见到了日机轰炸的受害者和受伤的中国士兵。② 奥登感到,虽然他站在这些伤员身边,但他们似乎没有理会。他们就像植物,而他像是"站在别处"(CSP 134):这些挣扎在死亡边缘的伤兵完全被痛苦所吞没,他们唯一能够感觉到的是医疗器具在为他们治疗。

　　这里的关键词是"受难":"伤兵们穿着制服,躺在稻草上,三人共用一条毛毯。医生告诉我们他们几乎没有消毒和包扎用品,没有像样的医用器材",伤口如此溃烂,强烈的气味使伊舍伍德不得不忍住"呕吐"。"没有X光透视机,子弹无法取出,重伤员只有等死。"③从某种意义上讲,奥登将这些士兵比喻为《圣经》中的耶稣,他们正在经受非人的苦难。然而他们的苦难能够像耶稣那样拯救这里的人们吗? 能够换回这片土地的重生吗?

---

　　① 卞之琳著:《英国诗选》,湖南人民出版社1983年版,第161—162页。

　　② W.H.Auden & Christopher Isherwood.*Journey to War*.London:Faber & Faber,1939,p.78.

　　③ W.H.Auden & Christopher Isherwood.*Journey to War*.London:Faber & Faber,1939,p.93.

绷带包扎着这些士兵的伤口,我们难以想象这些伤口给他们造成的巨大痛苦。奥登认为,虽然伤口仅是一种痛,痊愈之后我们不会在乎,可能会把它完全忘记,然而这些士兵的伤口目前没有痊愈,痛苦对他们来说正在进行。"他们还要忍受多少"? 还要忍受多久? 应该说,诗歌提出的问题具有多重意味:即使身体的伤口治愈,他们的精神伤口能够治愈吗? 这是一个无法回答的问题。

四、大英帝国与歌舞厅

《中国十四行诗》第 16 首描写大英帝国,以及英国的全球战略所陷入的危机。"我们的全球故事还未讲完",大英帝国在全世界的殖民事业:"犯罪、胆量、通商,故事还在继续。"(CSP 135)英国的全球霸权正在被逐渐崛起的美国所取代,但是大英帝国的真正瓦解还没有发生,真正的全球范围的"解殖民"运动还未到来。不过,这个全球故事的"叙事者"知道,这个故事不会太长久,很快就要发展到它的结尾了。

诗歌认为,大英帝国是一个"神话",它曾经滋养了一代又一代的英国人。这些英国人有着为大英帝国奉献生命的使命感,视之为他们"为之而生"的事业。然而,历史发展到 1930 年代,这个神话现在正在破灭,年轻的英国人正在抛弃它。更准确地说,是新的时代和新的世界正在抛弃帝国神话。"帝国的捍卫者们"不喜欢,却也很无奈,因为他们正在失去他们曾经统治的地方,那些"他们无法理解的世界"。

中国也许是西方所有大国希望染指的一个区域,据《战地行》"旅行日记"记载,当时在中国的外国人包括民国政府的政治顾问,军事顾问,传教士,医生,外交人员,商人,等等。他们来到中国的目的各不相同:帮助中国,改变中国,掠夺中国,等等。但是当国民政府的广东省省长提出英国可以制止日本发动的这场战争时,奥登和伊舍伍德无言以对:"我们同意,它可以阻止,但它愿意吗? 啊……"①

---

① W.H.Auden & Christopher Isherwood.*Journey to War*.London:Faber & Faber,1939,p.42.

因此,英国人到了香港和中国,下榻在豪华的酒店,却摆脱不了焦虑:"失落如影随形地伴随着他们。"(CSP 135)他们也不得不为他们终将感到"遗憾的东西而遗憾"。他们自认为已经将毕生精力和所谓的"爱"献给了某个"遥远、偏僻的国度",但是他们没有得到当地人的感恩:"当地人对他们怒目圆睁。"1938年2月,奥登和伊舍伍德在香港停留了一周,然而他们所看到的一切使他们的心理五味杂陈。并不是说奥登反对英国的殖民事业,但是他也许已经意识到殖民事业即将走到尽头。诗歌说,东西方的冲突不会停止,除非"自由回归每家每户、每棵树木。"(CSP 135)

《中国十四行诗》第17首描写西方对中国抗战的冷漠。诗歌的场景是一个歌舞厅,或者是一场为达官显贵们举办的舞会。它可能发生在西方,也可能发生在香港,甚至可能发生在中国内地。在歌舞厅里,音乐以令人心跳的节奏对人们诉说着快乐,撩起人们的肉体"对快乐的需求。"(CSP 136)我们可以想象这是一幅纸醉金迷、歌舞升平的场景。

据《战地行》"旅行日记"记载,奥登和伊舍伍德曾应邀在广州市市长家做客,席间有一位军官为大家展示了歌喉,唱了一出戏曲的片段,气氛显得很轻松。① 虽然日记记载的是一次私人宴会,但与诗歌中的舞厅有类似之处。诗中的音乐刺激着肉体的欢乐,但那是一种不伦的欢娱。而真"爱"正在受到战争的威胁:姑娘正在与走上战场的青年告别,恋人正在经历生离死别的痛苦。

在歌舞厅里,音乐在不断变化,也许悠扬动听,但是奥登在音乐中听到的是另一层的意义。这些变化的音符和节奏反映了歌舞厅里的人,无论是西方人、香港人还是内地人,对发生在中国的这场战争的态度。它反映了"我们的立场""我们如何行动",以及"我们迷失方向的状况。"(CSP 136)这些"状况"就是那些舞者对苦难的冷漠,对人性遭到践踏所表现出的袖手旁观的心态。

奥登不能理解的是:是什么使这些舞者如此快乐? 难道是奥地利被德国吞没? 还是在中国上海发生的战火? 1937年8—11月日军攻占了上海,国民党的淞沪会战没有能够阻止日军的暴行。应该说,这些都不是舞者应该感到

---

① W.H. Auden & Christopher Isherwood. *Journey to War*. London: Faber & Faber, 1939, pp. 37-38.

欢乐的事件,相反,这些事件应该激起有良知和正义感的人们的义愤。在此,我们不禁想起了唐朝诗人杜牧的一首《泊秦淮》:"商女不知亡国恨,隔江犹唱后庭花。"

西方、香港和内地的舞者应该受到谴责,但是这更折射出西方大国对这场战争的态度:即所谓的"两伙土著人的争吵"。法国在高唱"天下太平"的论调,仿佛一派"喜气洋洋"。(CSP 136)美国高唱的则是置身事外的孤立主义,它所谓的"爱"其实是一种自私。更让奥登感到失望的是,英国的张伯伦政府与法国和美国差不多。正是西方大国"事不关起,高高挂起"的绥靖政策,造成了"中国被抛弃"的悲剧。奥登在组诗中呐喊道:"让我们不要忘记那些被抛弃的人。"(CSP 137)

五、武汉大轰炸

《在战时》第 14 和 15 首在《中国十四行诗》中被删除,然而这两首诗是奥登和伊舍伍德在中国最真切的战争体验。虽然它们描写的不是战斗和厮杀,但是日本飞机的狂轰滥炸所造成的死亡超过了任何一场战斗和厮杀。"天空骚动,/像一个发烧的额头,痛苦很真切。"[1]紧接着,"探照灯"照亮了人们无法相信、认为不可能存在的景象,"让我们惊讶""使我们痛哭"。

奥登的语言很抽象,但是如果我们查看《战地行》"旅行日记",这个场景就很清楚、很具体。1938 年 3 月 15 日晚,日本飞机对汉口进行了疯狂轰炸:"警报声"响起,街道上"空无一人",然后"那沉闷、具有冲击力炸弹隆隆地投下"。"如果仔细观看,你可以看到日本飞机投弹后炸弹猩红的爆炸,以及四处喷溅的可恶的火星"。伊舍伍德认为,其场景的壮观"像贝多芬的交响乐。"[2]

根据门德尔松的考证,奥登在第一稿中对这次轰炸的描写更为生动:"我

---

[1]　W.H.Auden & Christopher Isherwood.*Journey to War*.London:Faber & Faber,1939,p.272.

[2]　W.H.Auden & Christopher Isherwood.*Journey to War*.London:Faber & Faber,1939,p.71.

们的灯光在骚动的天空寻找，/直到突然，在照亮的空域，/轰炸机独自而邪恶，在灯光中现身。"①（Mendelson 352-353）然后，奥登将这些飞机比喻为"细菌"，在中国的领土上扩散。"突然，在那里它们有六架，排着队形，在高空飞行。就像显微镜突然聚焦，显示出一种致命疾病的病菌。它们飞过、闪亮、微小、致命、感染了夜空。"②

在更大的层面，奥登可能把这些细菌视为战争本身。当时的世界正在感染细菌，并即将因这场疾病而经受苦难。在第二稿中，奥登甚至呼吁中国人民抗击侵略，"抵抗吧，拿出同样的破坏力，同样强大，/所有屠杀都痛苦，但十二级风吹起谁的尘土，很重要。"然而，在终稿中，这些"战争口吻"消失了。门德尔松认为，在修改过程中，具体战时体验被逐渐抽象化，战争"变成了人类心理两个侧面的对立"。③

虽然这话在某种意义上是正确的，但是我们可以看到，门德尔松的例子恰恰说明诗歌所表现的不是抽象的战争，而是具体的历史事件。在《在战时》第15首中，奥登进一步刻画了日本飞行员驾驶战机轰炸中国的丑恶行径。"引擎托着他们飞过天空，/……他们只能看见正在呼吸的城市，/他们需要杀戮的目标。"④虽然奥登没有直接谴责这些飞行员，而是视他们为战争的棋子，正在执行着他们痛恨的任务，但是这些描写直接来自他在中国的经历，是对中国抗战的直接反映。

六、结语：拜伦？ 惠特曼？

休·霍顿在《战地行：奥登、伊舍伍德和燕卜荪在中国》一文中说："奥登的诗歌将战争变成了一个抽象的寓言，没有具体的地理、历史或个人指涉。主人公都是不具体的'他们'，'他'和'我'，运行在地形学上讲是基本

① Edward Mendelson.*Early Auden*.London：Faber and Faber,1981.pp.352-353.
② W.H.Auden & Christopher Isherwood.*Journey to War*.London：Faber & Faber,1939,p.71.
③ Edward Mendelson.*Early Auden*.London：Faber and Faber,1981,p.335.
④ W.H.Auden & Christopher Isherwood.*Journey to War*.London：Faber & Faber,1939,p.273.

无名的世界。"①然而,正如我们看到,如果将组诗与《战地行》"旅行日记"结合起来,这些无名的世界似乎就有了具体的时间和方位。

另外,《诗解释》也显示奥登对当时中国的形势有着很好的理解。他说,中国的威胁传统上来自北方,但现在它来自海上。在日寇大举入侵之时,中国的军民化解了内部的分歧,现在团结起来了。"侵略者是恶毒的,毫不区分的……/他的愤怒摧毁富人,以及所有/居住在贫困中的人们"。同时奥登提醒西方的列强,虽然他们居住在租界,似乎很安全,但是"保护区是一种假象"。当"汉口变得恐怖和死寂,闸北变成嚎叫的沙漠",所有人的生活都会受到影响和"牵连"。②

汉口的《大公报》在刊登奥登的《中国士兵》的同时,还刊登了中国作家田汉的一首诗:"信是天涯若比邻。/血潮花片汉皋春;/并肩共为文明战,/横海长征几拜伦?!"③田汉将远渡重洋来到中国的奥登,比喻为19世纪参加希腊的自由战争并献出生命的拜伦。田汉暗示,正如拜伦被希腊视为民族英雄一样,奥登也将被中国人民记住。

的确,奥登的《中国十四行诗》让西方的人们了解到中国的抗战,唤醒了一部分西方人的良知。但是与拜伦不同的是,他不是一名斗士,而是一名作家。拜伦所做的事,奥登没有可能完成,即使有可能,也未必能够完成。正如爱德华·卡兰所说,"无论他们作为战地记者从伦敦出发时多么像拜伦,他们关于中国的书绝对不像拜伦",诗中褒扬的作家也不是拜伦式的英雄。④

作为一篇战地行纪,《中国十四行诗》可能更像惠特曼的《桴鼓集》(*Drum-Taps*)。奥登曾经在一篇书评中对惠特曼接地气的姿态表达过崇敬之情。⑤ 在

---

① Hugh Haughton.Journey to War:W.H.Auden,Christopher Isherwood,and William Empson in China,*A Century of Travels in China:Critical Essays on Travel Writings from* 1840*s to the* 1940*s.*ed. Douglas Kerr et al,Hong Kong:Hong Kong UP,2007,p.150.

② W.H.Auden & Christopher Isherwood. *Journey to War.* London:Faber & Faber,1939,pp. 290-291.

③ 赵文书著:《奥登与中国的抗日战争——纪念战时组诗发表六十周年》,《当代外国文学》1999年第4期。

④ Edward Callan.*Auden:A Carnival of Intellect.*Oxford:Oxford University Press,1983,p.80.

⑤ W.H.Auden.*The Complete Works of W.H.Auden.*Vol.II ed.Edward Mendelson.Pinceton & London:Princeton UP & Faber & Faber,2010,p.11.

近80年前的1865年,惠特曼曾经做过一次类似的战地行。为了寻找在美国内战中受伤的弟弟乔治,惠特曼来到了弗吉尼亚和华盛顿特区的前线,在战地医院做过护工,见证了战争的惨烈和受伤的士兵所承受的痛苦。惠特曼的这次战地行可以说完成了一个记者的使命,《桴鼓集》构成了一系列关于战争的新闻报道,传递了关于战争和伤亡的消息,向后方的人们讲述着战争真相。

《桴鼓集》特别关注士兵的死亡,特别是那种匆忙、残酷、没有尊严的死亡。他们死后被遗弃在战场,或者被匆匆掩埋,没有人哀悼、没有人怜惜。惠特曼还特别描写了战地医院里的悲惨情景,那里往往是黑暗的、由教堂改造的大厅,地上到处都是伤员。医生和护士严重不足,因此伤员的呻吟没有人理会。惠特曼的陪伴为士兵们带来了一丝安慰,他为他们撰写家书,抚平他们的精神创伤。奥登所描写的中国士兵和医院景象与这些都有相似之处。

惠特曼对美国内战的书写表达了遗憾和关爱,但在政治态度上回避了立场,这可能是因为交战双方都是美国人。惠特曼从一开始就希望战后能够很快实现民族和解,因此保持了一种特殊的中立态度。虽然奥登面对的情况不同,但是我们看到在《中国十四行诗》中也有一种态度不确定的倾向,诗歌的场景多有模棱两可的性质。将军的身份、谎言的内容、歌舞厅的位置等都无法确定,同时我们无法知道他所谴责的对象究竟是谁。也就是说,奥登有一种疑似惠特曼式的中立态度。

但这并不是说,奥登没有立场,或者说有立场错误。在西班牙之后他已经开始相信诗歌不介入政治:"诗歌不会使任何事情发生"。他的诗歌反映现实的方式可能更加细腻、更加复杂。他认为诗歌需要与现实保持一定的距离,否则它就将变成政治宣传,失去艺术的价值。因此,我们看到奥登在《中国十四行诗》中竭力将中国的经验上升到一种人类的经验,视之为战争的一个普遍化的例子。对于中国读者来说,这可能有一点遗憾,但这并不是说它没有反映现实。奥登的确谴责了法西斯,只是更加隐晦一点,更加艺术一点而已。

（该文原载《北京联合大学学报》2015年第4期,收入本书时略有改动）

文化的碰撞与协商：
威廉·燕卜荪的中国经历

一、燕卜荪与文化问题

威廉·燕卜荪(William Empson, 1906—1984)，英国著名批评家、诗人，《复义七型》(*Seven Types of Ambiguity*)的作者，1937年抗日战争时期来到中国，在西南联大任教，随该校辗转湖南长沙和云南昆明，讲授的课程有"现代英国诗歌"和"莎士比亚"。钱钟书的《围城》(1947)和西方学者易社强(John Israel)的《革命和战争中的西南联大》(1998)都对这所流亡大学的生活和工作经历进行了生动的描述：土墙教室、日本飞机的轰炸、图书和教材的缺失、不断搬迁以逃避日军的侵略等。[①] 约翰·哈芬顿的(John Haffenden)《威廉·燕卜荪传》(2005)和燕卜荪的西南联大学生李赋宁、扬周翰、王佐良、许国璋、赵瑞蕻、许渊冲、郑敏、杨苡、穆旦、杜运燮、袁可嘉在他们的回忆文章中都起到过燕卜荪及其特殊的人生经历。他特别的教学方式、他惊人的记忆、他对酒精和数学的嗜好以及酗酒后闹出的笑话都给他们留下了深刻的印象。他讲授的现代英国诗歌课对中国现代派诗歌的成长产生过巨大影响。

---

① 西南联合大学与《围城》描写的流亡大学有类似之处。在这部有时被称为"中国20世纪最伟大小说"中，一个有才华、但玩世不恭的年轻人方鸿渐在海外接受教育后回到中国，抗日战争期间在这所流亡大学教书。他随着流亡大学不停迁徙，辗转中国内地。小说所反映的流亡生活细节，包括偏远的校园、海归的教师、外籍教员、教育部推广牛津剑桥的教学方式、日军的蹂躏和中国军队的顽强抗击、战时邮件的延误、对仍然敌占区的家人和亲属的担忧等等，都与燕卜荪在临时大学和西南联大的经历有诸多相似之处。

　　许国璋说:"我永远不会忘记,1937 年秋和 1938 年春,在南岳和蒙自他同我们一起研读过的那些伟大诗篇。读着美妙的诗篇,诗人燕卜荪替代了先生燕卜荪,随着朗读升华为背诵,词句犹如丛诗魔口中不断地涌出。"①赵瑞蕻说:"一天晚上,他兴高采烈地回家。上了床,便把他的眼镜摘下来,随便往一只破皮鞋深处一塞。第二天起来上课,他仿佛忘掉了过去的一切了,把两只大脚伸进皮鞋里去。他一站起来,才发觉一只鞋子内有异物,使诗人大吃一惊。"②李赋宁说:"因战乱,交通困难,图书尚未运到山上,燕先生仍教'莎士比亚',凭超人记忆,用打字机打出莎剧《奥赛罗》的全文,油印后供学生阅读。"③

　　本文认为,燕卜荪的中国经历还有另外一层意义,即他是一个西方人在异邦生活和工作的典型事例,异邦的思维和生活方式与他自己的思维和生活方式截然不同,因此他感到了一种自我调整以适应新环境的需要或压力。他在这个时期所写的作品不仅记录了他的动荡生活,而且记录了他关于文化和身份问题的思考,记录了他的中国经历如何影响他的学术和批评观点。对这些作品的解读,以及对以上问题的探索,可以帮助我们理解东西方的文化关系,理解文化间如何通过碰撞和协商达到相互包容和理解。

二、中国的炼狱

　　《南岳之秋》(1937)创作于湖南长沙临时大学,是燕卜荪在中国期间写下的一首最重要的诗歌。长沙临时大学由北大、清华和南开大学合并而成,文学院设在南岳的衡山脚下,离长沙 100 公里,因此诗歌取名为《南岳之秋》(*Autumn on Nan Yueh*)。④ 该诗已经被王佐良先生翻译成中文,⑤诗歌围绕一个核心动词 fly

---

① 许国璋著:《是的,这样神为之驰的场面确实存在过》,《英语世界》1991 年 4 月刊。

② 赵瑞蕻著:《怀念英国现代派诗人燕卜荪先生,离乱弦歌忆旧游》,湖北人民出版社 2008 年版,第 45 页。

③ 李赋宁著:《人生历程》,北京大学出版社 2005 年版,第 33 页。

④ William Empson.*Collected Poems*.London:Chatto & Windus,1955,pp.72-80.该书以下简写为 CP,并且以文中注形式对诗歌出处进行注明,如(CP 70)等。

⑤ 王佐良著:《王佐良文集》,外语教学与研究出版社 1999 年版,第 207—217 页。

及其名词形式 flight 而展开,对该词的多义含混现象进行玩味和思考。该词有着双重含义,同时表示"飞行"和"逃亡"。燕卜荪从香港到长沙的确是乘坐飞机,而临时大学的南迁是一种流亡。燕卜荪从英国来到中国也可以被视为一种"逃亡"。1929 年他因被发现在宿舍存放避孕套而遭到剑桥大学的开除,遭受了一种人格的奇耻大辱。可以说,他是在逃避英国陈旧的教育体制、道德窠臼和宗教陈规。玩味"逃亡"的多重含义是典型的燕卜荪式的诗歌批评实践。

以南岳为背景的该诗为读者展示了临时大学的教学和生活。"这间宿舍四张床,/现住两位同事。"(CP 73)燕卜荪与哲学家金岳霖先生同住一间房间,南方的冬天异常寒冷,他穿着中国式棉衣,但仍有患感冒的可能。文学院的教学活动被安排在南岳半山腰的美国圣经学院旧址,没有图书,也没有教材。"课堂上所讲授的一切的内容/都被埋在丢弃在北方的图书馆里"。因此他只有凭着记忆去教学,把作品打印出来,发放给学生阅读。正是因为如此,燕卜荪给他的学生留下了记忆非凡的印象。回忆起的文本有时并不准确,但是他认为,"版本不同不妨碍讨论,/我们讲诗,诗随讲而长成整体"。(CP 74)王佐良先生评论道,诗歌中"整个情调是愉快的",不时还会有"幽默、疑问和自我嘲讽。"①

诗歌将文学描述为逃避现实的一种方式,像坐上"太阳神的车",在想象中翱翔,但是诗人又觉得学生不能"飞"得过高、"逃"得过远。他既要让他们在诗歌中腾飞,又要让他们"停留在原地不变"。② 普通啤酒和"虎骨酒"是他最喜爱的中国饮料,他说这些都可以让他飞翔,像女巫骑着扫帚在天空游荡。(CP 74)他认为,虽然文学可以逃避现实,但却不应该逃避现实。其实,抗日战争的残酷现实是无法逃避的:南岳有中国军队的训练营,有官员到访(包括蒋介石),是日本飞机轰炸的重要目标,"有一次炸死了二百条人命,全在一座楼里,全是吃喜酒的宾客,一个冤魂也不剩"。(CP 77)

《南岳之秋》对文学与政治的关系进行了深入思考。"诗不该逃避政

① 王佐良著:《王佐良文集》,外语教学与研究出版社 1999 年版,第 207 页。
② 燕卜荪描写的情况是当时的现实情况。据易社强在《革命和战争中的西南联大》中记录,南京沦陷后,国内报刊纷纷批评大学生在国家沦陷和人民涂炭之时仍然坐在教室无动于衷。激烈和充满爱国热情的文章呼吁大学生采取行动,保家卫国,而不是"逃避",甘愿成为日本占领的国家的奴才。

治,/否则一切都变成荒唐。"(CP 77)燕卜荪在课堂上讲授叶芝(W.B.Yeats)的诗歌,而叶芝也是文学与政治互动的绝佳例子。在20世纪初的爱尔兰民族独立运动中,叶芝也对现实产生过失望,对暴力感到过厌倦,但面对流血和牺牲,他感到无法置身事外,他的诗歌就提供了最好的证明。但另一方面,燕卜荪也拒绝接受具有煽动性质的文学,"那种革命气概的蹦跳,/一阵叫喊,马上就要同伙/来一个静坐的文学罢工"。他认为这样的文学最多是一种"瞎扯",像学生作业,没什么价值。(CP 76)

《南岳之秋》一方面是燕卜荪的自我辩护,另一方面也是对中国命运的思考。燕卜荪将自己的中国之行视为一种"想去发生大事的城镇"的冲动。"身处现场",他说,比受到那些"新闻"和"官腔"的欺骗要好得多。(CP 78-79)作为一个诗人和学者,他并不想"招摇",并不想成为英雄,但是他辩解说,他不是"废物",来这里也不是为了"替代"那些不得不离开的人。他不是潘达洛斯式的人物:"待在战场全为了咕噜。"(CP 79)他感到,中国正在经受"炼狱"的考验,仿佛是钉在十字架上。然而,他想要弄清"钉在十字架上"是否像《金枝》里所说的那样,意味着"重生"? 在诗歌结尾,临时大学又开始了迁徙,再次踏上逃亡之路。

三、文化冲击

燕卜荪与中国的相遇经过了"文化冲击"的几个典型的阶段:蜜月期、协商期、调整期、掌控期。一开始,他沉浸在一种异国情调之中,对所有事情都感到新鲜。他对佛教充满了向往,把南岳衡山视为"圣山",甚至像信徒一样徒步爬到山顶去朝拜。"我所居住的这座圣山,/对于我读的叶芝有点关系。"(CP 73)他的心境有点像叶芝在《天青石雕》一诗中表达的那种对东方文化的敬意。① 然

---

① 叶芝的《天青石雕》一诗描写一尊17世纪的中国石雕,上面有康熙皇帝的铭文,表现一个和尚和两个随从爬圣山到山顶的情景。叶芝的诗歌创作于第二次世界大战之前,对中国智者面对山下发生的悲剧和混乱所表现出的平和心态表达了极大的仰慕之情。(W.B.Yeats, *Selected Poetry*.ed.A.Norman Jeffares.181)

而,这种兴奋感很快就被沮丧所代替,燕卜荪不断地碰到他感到很奇怪的事件,对他自己的文化认同是一种冒犯。可以说,他经历了一次"文化冲击"(culture shock),一种突然被抛入不同文化环境所产生的困惑和不适。

虽然不懂中文对他来说可能是一种自我保护,但是他还是感到"像一个耳聋的老太太,有一些智力缺陷"。这不是因为他没有时间学习中文,而是因为他"不能对这种语言产生兴趣,它似乎是如此糟糕的语言"。① 他不懂中国晚宴的上菜方式,常常一开始就大开吃戒,后来才发现真正的好菜还在后面。他在参加了一次教师晚宴后说,"这顿饭在结构上差点劲"。他抱怨中国人不喜欢喝英国的红茶:"他们的错误是理想主义的永恒错误:他们让绿茶的完美味道形成一种理念,然后在自己心里强加一种对红茶味道的讨厌。"②他还认为中国人对噪声不敏感:"中国人的哈欠在一百英尺开外都能听见。他们清理嗓门的声音像犀牛即将发起攻击一样。平常的谈话都是粗声大气的刺耳嚷叫。"③

然而,真正意义上的冲击不是发生在日常生活,而是发生在教学过程之中,发生在老师和学生共同面对文学和道德问题的时候。燕卜荪在西南联大工作期间撰写过若干篇论文,后收录于《复杂词的结构》(The Structure of Complex Words,1951)一书中。与《复义七型》一样,该书是对诗歌语义复杂性的研究,燕卜荪在书中多次提到他在中国西南联大和日本东京文理大学教书的经历。这些教学经历不仅为他提供了思考语义复杂性的机会,而且使他的文化身份的他异性得以突显。对于学生作业,燕卜荪不仅批改语言错误,而且重视作业中体现出来的思想意识和思维方式。一名学生在作业中针对《奥赛罗》这样评论道:"苔丝蒂蒙娜的软弱性格是她死亡的原因,她的开放型思想、坦诚和过度的宽宏大量都会引来非议,特别是来自伊阿古。"④这话使燕卜荪产

① John Haffenden.*William Empson*:*Vol.I.Among the Mandarins*.Oxford:Oxford University Press,2005,p.458.

② John Haffenden.*William Empson*:*Vol.I.Among the Mandarins*.Oxford:Oxford University Press,2005,p.460.

③ John Haffenden.*William Empson*:*Vol.I.Among the Mandarins*.Oxford:Oxford University Press,2005,p.485.

④ John Haffenden.*William Empson*:*Vol.I.Among the Mandarins*.Oxford:Oxford University Press,2005,p.465.

生了不小的震惊,在他看来,这样的道德判断是建立在一种"完全非道德的基础上"的,它"击碎了整个西方的道德思考的传统"。①

燕卜荪还发现,中国学生和日本学生对英国诗人豪斯曼(A.E.Housman)的解读存在着巨大差异:日本学生对豪斯曼的宿命论思想极其欣赏,尤其是他特别的战争观,即将战争视为高贵的自杀;②而中国学生却并不认同这样的评价。中国人正在为民族存亡而战,对日本人的"死亡迷恋"不感兴趣。在另一处,他的学生写道,"豪斯曼既不乐观,也不悲观,而是自我满足",像最优秀的中国诗人一样。燕卜荪无法理解,豪斯曼的"自我贬损和自暴自弃"怎么可能像中国诗人的"自我满足"?但是另一方面,他也许明白,这样的观点并不是"愚蠢"的表现,而是因为"它来自一个与我们完全不同的文明"。③ 换句话说,他没有简单地评价学生观点的对错,而是深入思考这些观点背后所承载的文化传统的差异性。

另一个中国学生写了一篇关于英国民谣的论文,在其中说:"民谣应该写得越简单、越通俗(vulgar)越好。"燕卜荪发现,"通俗"一词散发着一股"势利"的味道,暗示了一种蔑视之心,隐藏着对社会底层人民的不屑。它看上去是用词的错误,即"纯粹文字错误",而实际上暗示了一种态度,一种"品味的错误"。燕卜荪说,在"通俗"一词背后隐藏着这样的逻辑:下层人民没有受过教育,因此没有品位、相当"粗俗"。在他看来,"通俗"一词不是一种客观描述,它"暗示说话人的审美或政治观点。"④

今天,也许我们可以说,燕卜荪细致的语义分析使该词汇的涵义复杂化了。应该说,那位中国学生不具备燕卜荪的强烈的阶级意识,这是他特别的成

---

① 我认为,使燕卜荪吃惊的是其中包含的一种暗示,即苔丝蒂蒙娜应该部分地为她的悲剧负责,因为在他看来,她完全就是一个阴谋的受害者:她和丈夫奥赛罗都掉进了伊阿古所设置的邪恶的圈套。而那位学生,由于受到中国传统对女性贞洁有更高要求的影响,认为苔丝蒂蒙娜与凯西奥和伊阿古的关系过于密切,至少是导致她的悲剧的部分原因。这是文化传统不同导致观点不同的又一个例证。

② William Empson.*The Structure of Complex Words*.Norfolk,Conn.:James Laughlin,1951,pp.12-14.

③ John Haffenden.*William Empson:Vol.I.Among the Mandarins*.Oxford:Oxford University Press,2005,p.458.

④ William Empson.*The Structure of Complex Words*.Norfolk,Conn.:James Laughlin,1951,p.403.

长经历赋予的;那位中国学生甚至可能没有意识到这个词背后的特别含义,但是他却将燕卜荪的注意力引到了他过往从来没有注意到的地方。正如他的传记作者约翰·哈芬顿评论道:"日本和中国学生不断地帮助他拷问自己的道德观念,这些道德观念主要来自西方自由主义传统的智慧以及他自己的批评理念;他们主要帮助他证实了他在《复杂词的结构》一书中称为'浓缩理论'基础上所作的批评分析。"①因此,我们可以说燕卜荪对中国学生观点的不解,主要反映了他遭遇中国文化时产生的焦虑,经过与西方视角和理论传统的比较,他逐渐意识到学生的观点来自不同的思想体系,从而促成了一种理解和宽容。这对于文化间的相互接受和包容至关重要。

四、文明与文化

1938 年日军占领长沙后,临时大学迁徙云南,改名为西南联合大学。燕卜荪与他的同事们一起来到云南,在设在蒙自的英语系执教。在云南,燕卜荪接触到一些中国的少数民族,了解到中国的地区差异。西方人类学的最新研究成果,特别是美国人类学家约瑟夫·洛克(Joseph Rock)对纳西族的研究和C.P.菲茨杰拉德(Fitzgerald)对丽江地区的研究,使他了解到云南少数民族的语言、历史和文化传统。他特别欣赏彝族女孩的服饰,认为银饰和刺绣相得益彰,体现出一种艺术美和民族特色。

然而西南联大的师生多数来自东部,代表了中国社会的精英阶层。与云南当地人相比,他们更富有、更开放、受过更好的教育,特别是在对爱情婚姻的态度上更加西化。有些学生甚至视云南人为乡下人或山民。外来人口不仅造成了当地的通货膨胀,而且在当地人当中引起了疑虑,甚至引起了所谓的"文化冲突。"②虽然燕卜荪很欣赏西南联大学生的爱国热情,见证了约300 名学生从长沙步行前往云南,行程 1600 多公里,磨砺了斗志,宣示了抗日

---

① John Haffenden.*William Empson*:*Vol.I.Among the Mandarins*.Oxford:Oxford UP,2005,p.467.
② 易社强著:《革命和战争中的西南联大》,饶佳荣译,九州出版社 2012 年版,第 104 页。

的决心,①但是他并不认同这些学生对当地少数民族群众的歧视,将少数民族视为原始部落或强盗劫匪,好像"野蛮的苗族人要吃他们似的。"②

我们都知道,西方的民族和国家的观念主要建立在语言、宗教和历史的独特性的基础上,这些合起来会产生一种归属感、一种"想象的共同体",以及地缘上的边界意识、政治上的主权意识。③ 显然,燕卜荪认识到少数民族的语言和文化上的差异性,对少数民族受到的所谓歧视感到巨大的失望。他甚至认为他们中间存在着独立诉求和分裂倾向。但是,另一方面,他又不能理解为什么同样是这些少数民族在抗日战争期间与汉族士兵并肩作战、保卫国家,表现出一种兄弟情谊。④ 显然他还不能够理解中华民族这个大家庭的概念。

在《中国》(China)一诗中,燕卜荪从一个欧洲人的视角来思考抗日战争,思考中日两个民族在文化和思想上的差异性。诗歌的核心意象是一个复杂的玄学比喻,酷似17世纪英国玄学诗歌中的奇喻。日本被喻为肝吸虫,中国被喻为肝脏,日本侵略中国恰似肝吸虫侵害肝脏。但是如果我们仔细观察肝吸虫的成长历程,我们将看到,这个复杂的比喻实际上把抗日战争视为中日两个民族相互吸纳和相互同化的过程。肝吸虫幼虫是寄生虫,在蜗牛体内生长。成虫后,它们离开蜗牛、进入水体、爬上青草,然后随青草被摄入牛羊体内,侵害牛羊的肝脏。如果日本是肝吸虫,中国的健康遭到其侵害,那么中国也可能是蜗牛,在其幼虫阶段就将其同化,使之成为身体的一部分,就像"着魔"似的,无法摆脱。(CP 117-18)

赵毅衡说,燕卜荪是在暗示中国"龙"生出了一条日本"毒蛇"。⑤ 其实燕卜荪是在说,日本与中国在许多方面都很相似,"他们像他们,犹如两颗豌

---

① 燕卜荪的"中国作品"《中国谣曲》(Chinese Ballad)是根据《王贵与李香香》的片段改编而成,讲述一个少女送恋人上前线的故事。其中有一个玄学奇喻,表达了对恋人渴望结合的愿望:把两个泥人打碎、搅拌,重新塑造两个新泥人。该诗描写的片段,恋人放下个人幸福、奔赴前线的故事,与西南联大那些学生的爱国热情有类似之处。

② John Haffenden.*William Empson*:*Vol.I.Among the Mandarins*.Oxford:Oxford UP,2005,p.488.

③ Benedict Anderson. *Imagined Communities*:*Reflections on the Origin and Spread of Nationalism*.London & New York:Verso,1991.

④ John Haffenden.*William Empson*:*Vo.l.I.Among the Mandarins*.Oxford:Oxford UP,2005,pp. 497-498.

⑤ 赵毅衡著:《对岸的诱惑:中西文化交流人物》,知识出版社2003年版。

豆"。(CP 158)正如那个玄学比喻所示，虽然日本侵略中国，造成了巨大伤害，但从长远看，"它们将变成一体"，就像肝吸虫和蜗牛融为一体。或者说，日本将被中国吞没，就像肝吸虫幼虫被蜗牛完全同化。① 中国在战争中的痛苦被理解为道家"以柔克刚"的智慧，在事物发展的自然过程中静静地忍受痛苦的"忍"。燕卜荪在注释中写道："释怀，才能增长智慧；退让，才能获得道路，就像在水中一样：这些观点在中国思想中有很长的历史。"(CP 115)燕卜荪明白，中国人性格中有来自道家哲学的柔韧性，虽然日本侵占中国领土，蹂躏中国人民，但从长远看，中国的宏大和柔韧终将吞没日本。

如果对于燕卜荪来说，中国和日本极其相像，"犹如两颗豌豆"，那么那一定是由于他从一个欧洲人的视角遥望中日两国的结果。对于欧洲来说，东亚都是建立在儒家和佛教思想基础上的文明。这个较大的图景展示了这个地区的国家拥有语言、宗教、风俗和思维方式上的一致性。然而，如果他们拉近距离，进入东亚仔细观看，正如燕卜荪在云南观察那些少数民族，他们就会看到甚至在一个国家内部都存在着文化的差异性。因此，燕卜荪视中国和日本为一个整体所暗含的矛盾性其实是一个观察视角的问题，视角的远近将会决定不同的世界图景。

五、东方与西方

葛兰西曾经说，"批判性反思的出发点是认识到你是谁。"②燕卜荪在中国的身份是西南联大的教授，但他也是英国政府的"基础英语"推广计划的成员，为大英帝国的语言政策效力。虽然他来到中国、供职于西南联大可以被理解为一种"逃亡"，但是他每次去来中国都会经由香港，享受着大多数中国人所不能享受的特权。他会不会有一种他称之为"帝国建设者"的优越感，或者负罪感呢？

---

① Christopher Norris. *William Empson*: *Critical Achievement*. Cambridge: Cambridge University Press, 1993, p.281.

② Edward Said. *Orientalism*. London: Routledge & Kegan Paul, 1978, reprt. Penguin, 2003, p.25.

　　燕卜荪在中国期间留下了一篇未完成的中篇小说《皇家野兽》(*The Royal Beasts*)。虽然小说没有完成,但是其情节大致已经清楚。"皇家野兽"指的是一个非洲部落,从外貌看,他们既像人类,又不是人类。他们有人类的四肢,但全身长毛,还有尾巴。他们有语言,也有智力,但他们也像动物,有交配季节。故事一开始,这个部落的领地上发现了黄金,由于它位于英国皇家殖民地和独立的非洲白人国家西罗得西亚之间,因此领地和黄金的归属产生了争议。"皇家野兽"部落更情愿归属英国,以换取英国对他们的保护。如果他们归属西罗得西亚,他们有可能沦为奴隶,而且他们的皮毛还可能招致大规模商业捕杀。

　　从这个简单的复述中,我们可以看到故事反映的是欧洲殖民者对非洲的入侵,这种入侵一开始是武力征服,后来变成了资源掠夺和文化入侵。故事讨论的关键问题是这个非洲部落的身份是人还是兽。如果他们是人,那么按照先前的协定,西罗得西亚将拥有这个地区的所有权。但是如果他们是兽,那么西罗得西亚就将丧失这个所有权。具有讽刺意味的是,这个部落在其头领乌左(Wuzzoo)的带领下,选择被认定为野兽,或"皇家野兽",以换取英国政府的保护,以使其家园免受西罗得西亚侵害。

　　故事中的一个情节是英国殖民者竭力教部落头领乌左说英语。语言能力是人性的主要体现,动物可能有一定限度的语言能力,但是它们不能表达抽象概念。皇家野兽的限定性的语言能力是他们的人性的表现,但是他们的毛皮和尾巴又显示,他们仍然处于进化过程中的低级阶段。这些普遍人性和宗教问题的讨论充满了讽刺意味,但是它们拷问的是我们是否应该视非洲黑人为人? 是否应该给他们宗教救赎? 以及类似的问题。

　　燕卜荪通过人物的口,将该事件与美国南方的蓄奴制相比较,谴责南方政客约翰·卡卢恩(John Calhoun)为蓄奴制辩护,谴责奴隶主将奴隶视为动物和财产的虚伪行为:"他们拥有成千上万的奴隶,还投票支持人人享有自由,说什么这是不可剥夺的权利。"①故事通过欧洲人在非洲的殖民掠夺,批评了

---

　　①　*The Royal Beasts and Other Works*.ed.John Haffenden.London:Chatto & Windus,1986,p.147. 该书以下简写为 RB,并且以文中注形式对诗歌出处进行注明,如(RB 70)等。

欧洲人自认为在非洲传播进步和文明的幌子,暗示了东西方关系的某种张力,同时也影射了燕卜荪自己在中国的他者处境:他被北京的朋友们称为"乌左"。①

燕卜荪在中国,与中国在西方眼中一样,同样是一个另类。在某种意义上讲,中国对于欧洲来说与非洲无异,因为欧洲中心主义视角将欧洲以外的所有土地都视为"东方"。这暗示了萨义德所说的一种思维方式,即将西方和东方对立起来,以便把东方视为西方的镜像。换句话说,如果西方是理性的、进步的、民主的,那么东方一定是非理性的、落后的、专制的:东方正好是西方的反面。② 这个东方是西方的东方化建构,还是西方刻意将负面价值向东方的投射,这不是该文讨论的话题。可以肯定的是,燕卜荪对西方殖民行为的批评,显示了文明之间的接触是文明之间相互理解的基础,因为正如他所说,在碰撞当中西方人才能逐渐认识到,"我们对异邦感情模式的强烈而批判性的好奇心,以及我们对异邦思维模式的坚固的同情心。"③

六、协商与调整

英国诗人罗德亚·吉卜林(Rudyard Kipling)于 19 世纪 90 年代写道,"啊,东就是东,西就是西,两者永不会相遇,/直到天与地匍匐在上帝面前,接受审判"。这首诗名叫《东西方歌谣》(The Ballad of East and West),传统上被理解为东西方分裂的例证,或者为英国在印度的殖民统治进行开脱。事实上这首诗讲述了一个故事,关于一个英国殖民将领与一个印度的土匪头领之间

---

① Haffenden, John. *William Empson*: *Vol. I. Among the Mandarins*. Oxford: Oxford UP, 2005, p.472, p.477.

② 在 20 世纪的批评理论中,自我认识来自与他者的对比。例如,萨特认为主体通过凝视和观看外部世界,将它收归意识之中,获得一种主控感。另一方面,他者的凝视迫使主体追问我是谁、我从哪里来,从而催生一种自我意识。这种自我与他者的关系在后来的哲学家,包括福柯、拉康、列维纳斯、克里斯蒂娃、德里达等的著作中得到进一步发展。正如张隆溪所说,中国是一面镜子,在其中欧洲的自我认识到了它的负面自我。

③ Jason Harding.Empson and the Gifts of China, *Some Versions of Empson*.ed.Matthew Bevis, Oxford:Clarendon Press,2007,p.84.

的冲突和和解：通过协商与对话，最终两人的儿子盟誓成为朋友，肩并肩成为兄弟。吉卜林评论道，"可是没有东，也没有西，没有边界、种族和出生的差异，/只有来自天各一方的两个强者相持不下，面对面站立。"吉卜林的重点实际上不在于东西方的差异，而在于两个个人的友谊和团结，无论他们有什么样的种族、地域和社会背景。

　　传统上，东西方被视为对立面，双方由于思维方式上的差异而被认为不可能进行真正的对话。具体地说，人们认为双方理解世界和现实所使用的概念和范畴无法对接。有些概念和范畴只属于西方，而东方完全没有。例如，有人认为中国没有真理的概念，而在西方这是自古希腊以来的哲学的核心概念。然而，这是对中国文化和中国思想的巨大误解。据张隆溪教授说，不仅古代中国就发明真理的概念，完全是独立发明，而且这个真理概念与古希腊的真理概念非常相似，因此也与从古希腊继承这一概念的西方哲学非常相似。文化比较研究的新趋势是观察东西的"对等性"，或者说双方理解和交流的共同基础。① 那些坚持文化相对主义的人可能只看到了吉卜林诗歌的第一部分，而现在正是他们应该看到第二部分的时候。

　　吉卜林不可能预见他的诗歌出版后一百年所发生的事情，特别是两次世界大战之后，国际社会意识到人类必须用国际法来规范各国的行为，用争端解决机制来处理分歧。吉卜林也不可能预见到国际合作在各个领域的开展，包括医疗、环境、消除贫困、疾病预防、反恐等。信息时代将各国更加紧密地联系在一起，增进了跨文化的理解。虽然在中东等地区，东西方仍然以怀疑的眼光相互对视，但是目前的大趋势是接受对方的差异，甚至把差异视为文化多元性的一种表现。多元文化主义就是以承认他者权利、尊重不同价值体系为特征的、新的意愿和新的意识。哲学将他异性定义为正常的和崇高的，它帮助边缘化的思想获得了更多的认可，甚至帮助它们向中心移动，形成对主流思想的替代。不同文化的人们倾向于将对方视为一个整体的不同部分。这种新的包容与和平共处的精神，是经历了两个世纪的战争与冲突的痛苦教训才获得的，也是经历了文化碰撞与协商的漫长历史才获得的，这种碰撞与协商教会了这个

---

① 张隆溪著：《异曲同工》，凤凰出版集团 2006 年版，第 10—13 页。

世界必须重视相互理解和相互包容。

　　本文认为,威廉·燕卜荪就是这种文化碰撞和协商的典型实例。他的四篇作品《南岳之秋》《复杂词的结构》《中国》和《皇家野兽》向我们展示,他在以不同方式对文化、身份和种族问题进行思考,文化差异是他在中国创作的作品的一个重要主题。这些作品一方面增加了他对文化差异的意识;另一方面文化差异又迫使他反思西方人文传统。从某种意义上讲,他对文化差异的思考并没有强化他的西方视角,相反这使他能够认识到西方的思维方式不是唯一的、普世的思维方式,从而使得他更加能够在东西方之间进行比较和调整、协商和接受。

　　(该文原载《深圳大学学报》2014 年第 1 期,收入本书时略有改动)

威廉·燕卜荪在北京大学:1947—1952

——约翰·哈芬登:《燕卜荪传》第二卷评析一

　　1947年9月,威廉·燕卜荪(William Empson)接受北京大学的邀请,来到北大任教。他曾经在1939年离开西南联大时答应当时的西语系主任叶公超,他会再次来到中国任教,因此他此次的到来应该说是实现了他的诺言。在北京大学期间,他开设了"莎士比亚""17—18世纪英国诗歌""现代英国诗歌"和四年级"写作"四门课程。同时他还应邀为清华大学开设了一门"莎士比亚"课程。除了写作课以外,这几门课程他都曾经在西南联大开设过。从效果来看,应该说"17—18世纪英国诗歌"和"现代英国诗歌"对他的学生影响较大,给他们的印象最深。前者印象深刻是因为他对弥尔顿和玄学派诗歌的理解有独特的见地,后者印象深刻是因为现代英国诗歌对于中国学生来说是新知,第一次被介绍到中国。

　　燕卜荪的教学方式非常特别,他的课程可以说不是口授,而是写在黑板上的板书。据他的学生张金言说,他走进教室后,就开始在黑板上写。"等到写满黑板后,他稍事停顿,只轻轻念一遍,便擦掉再继续写下去。中间从未有间断停顿的时候。"[1]有时候擦子找不到,他会用衣袖去擦。有时候擦子掉到地上,他会抬脚猛地一踢,把班里的学生吓一跳。燕卜荪的板书写得很快,书法刚劲而优美。一节课下来,他满身都是粉笔灰。他的学生们从上课就开始记笔记,到下课时才能收笔。这种教学方式据说是在日本形成的,因为日本学生的英文阅读能力很好,但是口语和听力不行,因此板书和笔记很好地解决了这

---

　　① 张金言著:《怀念燕卜荪先生》,《博览群书》2004年第3期。

个问题。在北大,他的有些学生认真地做了笔记,一学期下来积累了笔记几大本,成为宝贵的资料。

有人认为,燕卜荪用板书上课是因为他很腼腆,不愿与学生对视。记笔记可以使学生从头到尾应接不暇,无暇抬头看他,其实,燕卜荪这样做是有深层次的原因。他认为北大的学生是最优秀的学生,虽然他们是外国学生,但他的课程应该与给英国学生上的课一样,应该是高质量的课程。但高质量的课程常常有一定的难度,口授有可能因为学生听不懂达不到预期目的。燕卜荪说,"我教授的是大学里四年级的学生,就这些学生来看,如果这里的标准不高,那么就没有地方标准高了……学生的困难并不在于他们总体的理解能力的不足,而在于他们听英语口语有困难。因此我把所有内容都写在黑板上,把它们念出来,至少念两遍,然后才擦掉。"[1]

在"17—18世纪英国诗歌"课上,他讲解了弥尔顿、多恩、马弗尔、蒲伯、考伯、柯尔律治等诗人。有一个叫赵绍薇(音译)的学生完整地记录了这门课程的具体内容,整整抄录了120页。这些记录显示燕卜荪的一部分文学观点,他说蒲伯(Alexander Pope)在《论女人》中所描写的女性缺点不是指所有女性的缺点,而是指一个特定阶层的女性的缺点,即贵族或有产阶层的女性。"他对女性的奉承在当今看来似乎完全是一个侮辱。在这样做的时候,他表现出了对所有女性的极端蔑视。"[2]他说考伯(William Cowper)在《被抛弃的人》中将自己等同于劳动者,或者等同于劳动者那个社会,这就是浪漫主义与左派政治之间存在一定联系的佐证。但实际上,他之所以能够这样做,是因为他表达了他的真实想法,而这种真实想法的表达恰好说明他意识到了他的自我,而这个自我恰恰无法等同于他所描写的劳动者。

他讲解的内容有的来自已经出版的著作《复义七型》和《田园诗的若干类型》,有的则是新的想法。他说柯尔律治(Samuel Taylor Coleridge)的《古水手吟》看似表达了一个基督教的道德标准,即"最有爱心者祈祷最有效"。实际

---

[1] John Haffenden, *William Empson*, *Vol II*: *Against the Christians*. Oxford: Oxford University Press, 2006, p.112.

[2] John Haffenden, *William Empson*, *Vol II*: *Against the Christians*. Oxford: Oxford University Press, 2006, p.113.

上,诗歌并不能支撑这样一个道德标准,因为古水手因杀死一只大鸟而受到如此严厉的惩罚、其他水手们因赞同他的行为而遭致死亡的命运都不符合情理。柯尔律治实际上是在表达一个更加古老的、非基督教的道德准则,即在恐怖的情况下喜欢自然,将给予一个人掌控自然的力量。另外,他认为约翰·多恩(John Donne)的诗歌"不断地将这样一种主张,即某个人或某两个人是逻各斯,与哥白尼的这样一种新思想进行碰撞……即在耶稣没有到过的星球上存在生命"。① 如果哥白尼是正确的话,那么其他星球上也应该有类似的耶稣和"道成肉身",否则基督教的"拯救"神话就无法成立。

在"现代英国诗歌"课上,他讲授了哈代、霍普金斯、豪斯曼、叶芝、艾略特、D.H.劳伦斯、奥登、斯蒂芬·斯奔德、迪兰·托马斯等。燕卜荪与艾略特、奥登、迪兰·托马斯都是朋友,对他们诗歌的了解比较深入。关于艾略特(T.S.Eliot),他讲授了《荒原》这首现代派文学的代表作,他说他也喜欢《四个四重奏》,但不喜欢它的最后一个首,因为其过于空洞。在20世纪40—50年代,艾略特在西方文学界的名声如日中天,不懂他就是不懂现代诗歌。因此,燕卜荪将他介绍到中国的大学,对于中国学界是一个贡献。经燕卜荪介绍到中国的另一个重要诗人是奥登(W.H.Auden)。20世纪30年代成名的奥登当时正在成为那个年代的代表诗人,燕卜荪曾经写了一首《给奥登一巴掌》的讽刺诗,抨击奥登的左派观点,以及他关于资本主义即将灭亡的预言。燕卜荪的学生都记得他所讲授的奥登名诗《西班牙》,那时,这首战前创作的诗歌对于中国学生来说仍然是新作。

对于燕卜荪的学生来说,他本人也是一位现代诗人。的确,他在"现代英国诗歌"课上也讲授了自己的两首诗歌:《虚构法理》和《错过的日子》。"他说自己的诗常常被人认为晦奥难懂,实则一旦理解了其关键寓意,并非深不可测云云。"② 与艾略特一样,他受到了英国17世纪的玄学派诗歌的重大影响,在诗中喜欢引经据典,还喜欢用新奇的比喻。燕卜荪说,如果你知道这一点,里边就没有更多秘密了:这与那些你看懂之前都会在你身上起作用的诗歌不

---

① John Haffenden, *William Empson*, *Vol II*: *Against the Christians*. Oxford: Oxford University Press, 2006, p.113.

② 张金言著:《怀念燕卜荪先生》,《博览群书》2004年第3期。

同,它的确没有那么丰富的内涵。《虚构法理》以他父亲为例,批评了英国贵族对财产的占有欲。他们认为从法理上讲,他们拥有了那片土地,就等于拥有了那片土地上的天空,直至外太空,和那片土地下的土壤,直至地心。应该说,诗歌讽刺了占有欲和私有制,但是他告诉他的学生们,这并不是受到 20 世纪30 年代的左派思想影响的结果,而是受到玄学派诗歌影响的结果。①

二

　　1947 年的北京大学位于故宫东北角的沙滩,文学院设在学校的一栋显眼的大楼:红楼。燕卜荪夫妇到达北京大学后,住在东高房胡同 11 号的北京大学教师宿舍,家里安排了一个保姆和一个厨师。燕卜荪虽然受聘于北京大学,但由英国文化委员会支付部分工资,他每年都会为此机构撰写工作汇报。妻子赫塔(Hetta Empson)也在北京大学教授英语,儿子麦格多和雅各布被送进了中国的学校学习。周末或假日燕卜荪夫妇有时会骑车去景山万春亭观光,赫塔会带孩子去国际俱乐部游泳,或去颐和园划船。英国文化委员常常组织学术演讲会和文学朗诵会,燕卜荪夫妇参与了这些活动。在《奥赛罗》的朗诵会上,赫塔扮演苔丝蒂蒙娜,燕卜荪扮演伊阿古。美国领事馆还组织过一次艺术作品展,赫塔的参展作品是一尊半身骷髅雕塑。在北京,有一大批外国教师和外交机构的官员,包括剑桥大学教授 I.A.瑞恰兹(I.A.Richards)、人类学家C.P.菲茨杰拉德(C.P.Fitzgerald)、汉学家大卫·霍克斯(David Hawkes)等,他们有时会在燕卜荪家里聚会。赫塔·燕卜荪的热情和大方给这些聚会增加了气氛,也吸引了北平的外国社区的许多人参与。

　　然而,燕卜荪这次来到北京大学任教的岁月毕竟正值中国社会发生巨大变迁的时期。国共两党的和平谈判已经破裂,内战已经爆发。1947—1948 年国民党军队在东北节节溃败,解放军逐渐向华北推进,很快就将兵临北平。在

---

① John Haffenden, *William Empson*, *Vol II*: *Against the Christians*. Oxford: Oxford University Press,2006,p.176.

北平城,形势与全国一样,国民党政府的独裁和腐败造成了经济衰败、民生凋敝,通货膨胀使货币成为废纸,严重影响了人民群众的正常生活,以至于北平城内怨声载道。在某种意义上讲,这也影响了大学正常的教学秩序。面临着国家的重大变化,教师和学生都人心惶惶、对未来感到非常迷茫。民意的天平逐渐倾向于共产党,越来越多的学生对共产党产生了同情,甚至暗中加入了共产党。

面对这样的局势,国民党政府加强了对大学的控制,宣布晚 10 点至早 6 点戒严,设置路障检查行人。国民党特务经常以清除共产党员为由,无故抓人,甚至实施暗杀,造成所谓的"白色恐怖"。大学生和市民纷纷走上街头,举行"反压迫、反饥饿"的示威游行。1948 年 1 月,北京大学在校园举行了盛大的抗议集会,抗议北平军政府抓捕 5 名大学生。学生们在集会上高唱被国民党政府禁唱的《黄河大合唱》,展示他们叛逆的决心和勇气。燕卜荪参加了这次集会,据他的学生金隄说,校园已经被封锁,他与燕卜荪夫妇三人毫不畏惧,"如入无人之境似的走了过去","径直闯他们的封锁线"。燕卜荪面对军队的枪口,据理力争,最后迫使军队放行。进入校园后,他在红楼后的"民主广场"与师生交谈目前的形势,与受到威胁的师生们同仇敌忾,对学生们所遭受的压迫感到关切和愤怒。①

燕卜荪的传记作者哈芬顿说,燕卜荪并不像金隄所说的那样革命。从他 1948 年写给英国文化委员会的工作汇报来看,燕卜荪一直在竭力教导他的学生不要被一时的冲动冲昏头脑,应该保持自己的独立判断力。在他教授的大学四年级写作课上,他选择了一系列文学批评文章,如布拉德利(A.C. Bradley)的《黑格尔的悲剧理论》和瑞恰兹的《修辞哲学》选段,要求学生每次阅读其中一篇,然后针对这篇文章撰写一篇评论。课程的特别之处在于,燕卜荪鼓励学生在作文中记录下自己的真实想法。他特别告诫学生们,不能盲目接受文章中的观点,必须以批判的眼光来阅读文章内容;另外,他还告诫他们独立判断是大学教育所培养的关键能力,如果不能做到这一点,就连文盲都不如。他觉得这一点对班里的同学,特别是"对有共产主义倾向的同学,有一种

① 金隄著:《英国诗人的深情厚意:悼念燕卜荪教授》,《世界文学》1984 年 5 月刊。

人文主义的影响"。①

　　哈芬顿的判断也许有一定的道理。虽然燕卜荪妻子赫塔是英国共产党员，但他本人不是。他对中国共产党改变中国现状的努力怀有巨大的同情心，但这并不是说他是一个革命者，最多只能说明他思想中有进步的成分。应该说他是一个继承了西方民主传统的"社会主义者"和一个典型的自由主义知识分子，对所有的信仰和教条都持有一种怀疑的态度，都要对它们进行检验和测试。他对苏联的共产主义和美国的资本主义同样持批评态度。他认为苏联的社会制度已经不是真正的共产主义，而是民族主义的变种，它的社会是压迫性的，像乔治·奥威尔（George Orwell）的《动物农场》（1945）。然而，在1948年夏天应邀去美国肯庸学院讲学期间，他也公开批评美国政府帮助欧洲重建的"马歇尔计划"包含了一项帮助日本重建的100亿美元拨款，他认为这无异于重新武装日本。在苏联和美国的社会制度之间，他认为应该还有第三条道路。

　　1949年1月北平和平解放，燕卜荪夫妇与他们的学生一起走上街头，"去欢迎举行入城式的解放军"，见证了北平人民对解放军的热烈欢呼。② 10月1日，新中国中央人民政府在天安门广场举行了盛大的开国大典，根据王佐良教授回忆，燕卜荪夫妇前往观看了大典，并参加了庆祝游行。③ 对于新中国的成立，西方各国政府都采取了观望态度，既不承认，也不建交。美国不愿意放弃他们一直支持的国民政府，同时也害怕新中国投入苏联的怀抱，在业已开始的"冷战"中对美国不利。燕卜荪夫妇一直认为英国政府应该立即承认新中国，使其成为英国的朋友，而不是敌人。赫塔·燕卜荪甚至希望英国共产党同意将她的党组织关系转移到中国来。北京的外国人社区不是所有人都会认同他们的这些想法，甚至可能有微词。面对质疑，燕卜荪的回答是，我们应该给新中国一个机会，毕竟中国共产党与苏联共产党不一样，中国的共产主义实践也许才是真正的共产主义。

---

　　① 　John Haffenden, *William Empson, Vol II*: *Against the Christians*. Oxford: Oxford University Press, 2006, pp.109–110.

　　② 　金隄著：《英国诗人的深情厚意：悼念燕卜荪教授》，《世界文学》1984年5月刊。

　　③ 　王佐良著：《王佐良文集》，外语教学与研究出版社1999年版，第207页。

新中国成立后,北京的市民生活很快恢复了正常,在分配和供给方面有了明显的改善。年轻人被组织成工作队,派到乡下去宣传土改,组织"翻身"运动,燕卜荪的学生金隄参与了这项工作。燕卜荪说"年轻人为了理想而生活",这种局面"使人扪心自问,使人几乎会因为不是共产党人而感到羞愧"。① 1949 年 11 月,北京市人民政府对八大胡同的红灯区进行了取缔,对妓女进行社会主义教育,使她们重新开始新生活。燕卜荪夫妇对这些措施都予以了高度认可。1950 年 1 月,北京市军管会宣布收回清朝末年慈禧太后所签署的不平等条约(1901)中划拨给外国使馆的军事用地。美国对此做出了强烈反应,认为这是对美国大使馆财产的侵犯,从而撤走了使馆人员,断绝了与中央人民政府的一切往来。后来,燕卜荪写信给《约会》杂志(1955)说,所谓的"非法没收"使馆用地的事情并不存在,"这些历史遗留问题'对中国人来说'一直都是一种侮辱",既然中国首都迁回到了北京,它们"就显得更加荒唐。"②

燕卜荪的传记作者哈芬顿认为,燕卜荪对新中国的同情和支持是一种幼稚的表现,③但换一个视角来看,燕卜荪所表现出来的是对新中国的人民和政府的巨大友善。1951 年,朝鲜战争爆发,美国主导的联合国部队长驱直入、直逼鸭绿江。中国人民志愿军被迫进入朝鲜,抗美援朝、保家卫国。美国国会又迫使联合国安理会谴责新中国为侵略者,但燕卜荪认为中国"更多的是一个受害者",是被美国的外交政策逼迫所致:如美国军队迫近鸭绿江,轰炸中国东北,经济封锁,驻军协防台湾等。燕卜荪夫妇甚至还用布袋木偶"编成了一出表现世界人民联合抗击美帝国主义的戏","到处去演出支援抗美援朝运动。"④燕卜荪的左派观点已经引起了美国情报部门的注意,据说有一个《时

---

① John Haffenden, *William Empson*, *Vol II*: *Against the Christians*. Oxford: Oxford University Press, 2006, p.182.

② John Haffenden, *William Empson*, *Vol II*: *Against the Christians*. Oxford: Oxford University Press, 2006, p.188.

③ John Haffenden, *William Empson*, *Vol II*: *Against the Christians*. Oxford: Oxford University Press, 2006, p.177.

④ John Haffenden, *William Empson*, *Vol II*: *Against the Christians*. Oxford: Oxford University Press, 2006, pp.199-200.

代》杂志记者在跟踪燕卜荪的行踪,并为美国情报部门收集他的言论。1950年他再次应邀到美国肯庸学院讲学时,公开批评了美国的对华政策,以及麦卡锡主义的反共大搜捕。他的言行、中国式胡子、中山装都让有些美国人认为他就是一个"共产党人"。①

<h1 style="text-align:center">三</h1>

新中国成立后,许多外国人离开了中国,但是1949年7月,燕卜荪夫妇申请延长了在中国的教职,他们发现北京是一个"民情振奋、前景光明"、充满活力的地方,他们在中国度过的时光"愉快而刺激"。与此同时,人民政府开始了对大学教育的社会主义改造。就文学院而言,这个改造意味着课程设置添加了以马克思主义和社会主义理论为内容的"政治学习"。专业课程设置基本上没有什么改变,但要求在教学视角上做一定的调整。燕卜荪仍然教授"莎士比亚""17—18世纪英国诗歌""现代英国诗歌",但是要求他更多地讲解历史背景,而不是仅仅专注于文学的"语义",或文本的"内部结构"。这样做的原因很简单,把文学放入历史背景中去理解更加符合历史唯物主义的理论,这一点对于燕卜荪来说没有什么问题。张金言说:"他在讲莎士比亚时就详细阐述了伊丽莎白时代的历史背景和文艺复兴时期的精神视野或世界图像。"②虽然他的批评方法常常与美国"新批评"联系在一起,但是他的批评方法绝不是美国"新批评"的"细读",即所谓的文本内部研究。从他的著作《复义七型》来看,他的文本"细读"常常与社会历史联系在一起,并且与道德、宗教、社会问题的探讨密切相关。批评家斯坦利·海曼甚至认为他的《田园诗的若干类型》"从头到尾都隐含着马克思主义色彩"③。

<hr />

① John Haffenden, *William Empson*, *Vol II*: *Against the Christians*. Oxford: Oxford University Press, 2006, pp.199-200.

② 张金言著:《怀念燕卜荪先生》,《博览群书》2004年第3期。

③ John Haffenden, *William Empson*, *Vol II*: *Against the Christians*. Oxford: Oxford University Press, 2006, p.154.

1950年第一次全国高等教育大会在北京召开,会议要求对高等教育进行进一步改革,以适应革命事业的需要。燕卜荪的传记作者哈芬顿认为,燕卜荪顶住了北京大学的巨大压力,在课程改造过程中没有牺牲他的批评原则和政治原则。实际上从他提供的信息来看,燕卜荪对这些课程改造没有抵触,并且十分配合。他这样做不是因为他屈服于压力,而是因为他自己也觉得这种变革值得去尝试。在讲授莎士比亚时,他融入了《朱利厄斯·凯撒》和《科利奥兰纳斯》具有政治意义的剧本。在讲解《亨利四世》和《亨利五世》时,他引入当时英国评论界对莎士比亚的政治解读,称莎士比亚"是一个很聪明的政治家,但是偶然造就了这一点,并不能把他称为都铎王朝的诌媚者"①。在17—18世纪诗歌课上,他建议读柯尔律治的《古水手吟》,因为它"有一个有趣的政治背景:即16世纪的海洋帝国,及其负罪感"。他所说的是古水手射杀信天翁的故事可以被解读为一种寓言:它暗示了西方殖民主义在海外殖民和武力征服过程中犯下的罪行,以及由此产生的负罪感。

"新民主主义"的、革命的课程设置不仅要求课程与革命事业相关,而且要求课程具有一定的实用性,即要求培养学生为革命事业工作的能力,为外交事业和外贸事业服务的能力。如果用外语交流成了首要任务,那么诗歌课就不如小说课更重要。1951年,应北大卞之琳教授的请求,燕卜荪写了一个报告,提出了一个改革的方案。首先他认为,要用英语交流就必须了解英国人的历史和心理,而做到这一点的最佳途径就是学习文学。文学中的词汇常常指向读者没有意料到的意义,正确理解其意义要求读者知道意义变化的历史。另外,文学文本的选择不能过于单一,需要包含一系列不同意识形态的选篇。原因很简单,学习就像吃饭,我们需要不同的食物,否则就太单调。只读革命的材料不行,相反只读反动的材料也不行。"如果你想要学生学习,帮助他们的方法就是提供不同的种类。"②那样他们就会认真阅读,认真思考,然后鉴别真伪。

---

① John Haffenden, *William Empson, Vol II: Against the Christians*. Oxford: Oxford University Press, 2006, p.201.

② John Haffenden, *William Empson, Vol II: Against the Christians*. Oxford: Oxford University Press, 2006, p.219.

　　至于职业训练,燕卜荪提议开设小说课,并且提供了一系列书单,包括从理查德·加奈特(Richard Gannett)的《蚱蜢来了》到 E.M.福斯特(E.M.Forster)的《印度之行》的英国小说。其中克里斯托弗·伊舍伍德(Christopher Isherwood)的《诺里斯先生换乘火车》描写纳粹在德国上台时期的柏林,"不仅关于道德生活的崩溃,而且关于一种崩溃的人面临另一种崩溃的人的思想而感到的惊讶"。另外,他还推荐了《圣经》,认为它有利于学生了解西方历史,给学生一种历史感。哈芬顿认为,这些选择对新中国的当局来说是一种尴尬,具有一种挑逗性,或者说具有一种"颠覆性。"①然而事实是,燕卜荪的选择被爽快地接受了,没有任何修改。燕卜荪后来说,"我自己的教学没有因为政治变革有任何改变,只有最后一年有一个改变,即总体方向上要求教学更加实用……我的上司有点不好意思地对我说,今年能不能将诗歌课换成小说课。我回答说我很愿意,那也会非常有趣。"可以说,燕卜荪并没有抵触这些改革,而是以一种积极的眼光来看待它们,因此也赢得了北大的尊重和重视。

　　燕卜荪在北大时感到对教学真正有影响的是马克思主义、列宁主义、毛泽东思想的"政治学习""批评与自我批评"等思想改造活动,这些活动占用了很多时间,有时候学生没有时间预习课程,也没有时间完成课外阅读。但是这些思想改造活动对燕卜荪的教学内容似乎影响有限。另外,新中国的外语教育对实用性和职业性的强调可能对"纯粹学术"是一个冲击,"莎士比亚"课是燕卜荪的看家本领,也是他的一个学术亮点,但是在 1950 年这门课程变为选修课时,选修该课的人锐减。另外,燕卜荪是一个诗人,当代诗歌和 17—18 世纪诗歌是他的优势研究领域,但是新中国初期的大学对这些课程兴趣不大,1950 年选修"现代英国诗歌"的只有张金言、金发粲和李修国三人。应该说这才是一种真正的遗憾。正如燕卜荪说,英语教育,准确地说大学教育,都是一种人文主义的教育。学生应该学会独立判断,应该培养一种开放的心态。他们应该能够接触各种不同观点,具有对这些观点进行思考和评判的自由,从而培养出一种开阔的视野和胸怀。

---

　　①　John Haffenden, *William Empson*, *Vol II*: *Against the Christians*. Oxford: Oxford University Press,2006,pp.226-227.

四

燕卜荪在北京大学的教学是卓有成效的,他在西语系的同事有朱光潜、潘家询、钱学熙、袁家骅、王岷源、冯至、卞之琳等。"他们的中外文功底深厚,学术造诣各有独到的专长,在教学上也各有千秋。"①在燕卜荪的学生中最有成就的当数刘若愚、金隄、金发燊和张金言。刘若愚(James J.Y.Liu)1926 年出生于北京,毕业于北平辅仁大学,然后考入清华大学研究生院学习英国文学和法国文学。在这个时期,他在清华大学和北京大学聆听了燕卜荪的"莎士比亚"和"现代英国诗歌"课,并且阅读了燕卜荪的《复义七型》,"虽然他告诫学生不要读"。② 1951 年,刘若愚获得英国文化委员会奖学金在英国布里斯托大学攻读硕士学位,同时在牛津大学沃德汉姆学院注册,学习比较文学。毕业后他先后在伦敦大学亚非学院、香港中文大学、夏威夷大学、匹兹堡大学、芝加哥大学和斯坦福大学工作,1967 年成为斯坦福大学教授。他在早期著作《中国诗歌艺术》(1962)中多次提到燕卜荪,借鉴其关于诗歌语义的概念"暗示"和"联想",并将歧义视为诗歌优势,而非缺陷。这些都有燕卜荪思想的影子。③ 刘若愚的其他著作包括《李商隐的诗歌:中国 9 世纪的巴洛克诗人》(1968)、《中国文学理论》(1975)、《语言—悖论—诗学》(1988),以及多篇学术期刊论文,成为比较文学界的著名学者。刘若愚教授曾经获得美国著名基金会古根海姆、全美人文学科研究基金、美国学术研究委员会的科研资助,1984 年成为拉特格斯大学高端访问教授。

金隄 1921 年出生于浙江吴兴县,1945 年毕业于西南联合大学。大学期间,他就翻译了沈从文的小说集《中国土地》(与作家白英合译)在英国和美国出版。1947 年他在北京大学西语系任助教,兼做研究生。他聆听了燕卜荪的

---

① 张金言:《怀念燕卜荪先生》,《博览群书》2004 年第 3 期。

② John C. Wang, Makoto Ueda, Herbert Lindenberger & Patrick Hanan. Memorial Resolution:James J.Y.Liu(1926-1986),retrieved http://histsoc.stanford.edu/pdfmem/LiuJ.pdf(2013-9-19).

③ Liu,James J.Y,*The Art of Chinese Poetry*.Chicago:University of Chicago Press,1962,pp.8-10.

"现代诗歌",并且与燕卜荪夫妇建立了深厚友谊。1949 年初参加解放军四野南下工作团,后调回北京中央军委机关任编译,后又任英文杂志《中国建设》编辑兼记者。1949 年,他翻译的白居易《白马集》在伦敦出版。1957 年他调入南开大学外文系,1977 年转入天津外国语学院。金隄先生曾任英国牛津大学、美国耶鲁大学、圣母大学、德莱赛大学、弗吉尼亚大学、全美人文学科研究中心、华盛顿大学等单位研究员或客座研究员,美国俄勒冈大学客座教授。金隄先生最大的成就应该是翻译意识流大师乔伊斯(James Joyce)的名著《尤利西斯》(1993)上卷,该部分译文早于萧乾和文洁若的译文,并因此获得了台湾1993 读书人最佳图书奖和爱尔兰翻译家协会荣誉会员称号(2005)。1997 年他获得中国作家协会鲁迅文学奖:全国优秀文学翻译彩虹奖(终身成就奖)。

金发燊 1920 年出生于浙江诸暨,1948 年考入北京大学西语系,他是当年选修燕卜荪的"现代英国诗歌"课的三个学生之一。他的毕业论文研究英国17 世纪著名诗人弥尔顿(John Milton)的《失乐园》,燕卜荪是他的指导教师。新中国成立后一直在武汉大学任教。他一生致力于弥尔顿的译介工作,出版了《失乐园》(1987)、《复乐园》(2004)、《斗士参孙》(2004)、《弥尔顿十四行诗集》(2004)、《弥尔顿抒情诗选》(1996)、《弥尔顿传略》(1992)、《莎士比亚十四行诗集》、《哲学的故事》(1997)等译著,以及《失乐园中亚当和夏娃堕落的原因》和《鸿鹄翱翔:弥尔顿与〈失乐园〉》等相关论文。燕卜荪在《弥尔顿的上帝》(147 页)中提到了金发燊,并指其论文有"重大发现",主要是证明弥尔顿作品中的亚当、夏娃"求知有罪"的逻辑讲不通。[1] 这与燕卜荪所想证明的《失乐园》"寓意诸多混乱"、耶稣"在原罪赎罪这一问题上的态度显得比上帝更伟大"的观点不谋而合。金发燊所译的弥尔顿诗歌译法严谨、忠实原著、流畅清新,这使他成为资深的翻译家、弥尔顿文学的研究专家。

张金言 1949 年进入北大西语系学习,他聆听了燕卜荪讲授的"莎士比亚""现代英国诗歌"和四年级"写作"等几乎所有课程。1952 年进入中国社会科学院哲学研究所,后成为研究员。译著有《人类的知识》(1984)、《美国文学艺术史话》(1983)、《现象运动学》(1995)、《文学中的结构主义》、《维特根

---

① 金发燊著:《前言》,载《弥尔顿抒情诗选》,金发燊译,湖南人民出版社 1996 年版,第 3 页。

斯坦:论确实性》(2009)、《维特根斯坦与哲学》(2013),以及《可说的与不可说的:关于维特根斯坦早期哲学中神秘概念的一种解释》等学术论文。在北大读书期间,张金言发现燕卜荪"总是循循善诱,充满友爱之情",待人出乎寻常的平易和亲切。有一天课间休息时,他在北楼楼顶平台见到燕卜荪,顺便问他怎样学习英诗。燕卜荪便请张金言到他家,借给他几本刚从美国带回来的书,包括克林思·布鲁克斯的《理解诗歌》。张金言先生说:"从此我对当代西方文学批评产生了浓厚的兴趣,甚至可以说与它结下了不解之缘。回忆往事,这次拜访成了我一生学术兴趣的起点,对我的研究方向起了决定性的影响。"①他认为名师的指点在他身上产生了潜移默化而又极其深远的作用。遇到"燕师"是他一生中最幸运的一段经历,是重要的人生体验。

　　1952年,燕卜荪离开北京大学回国,不是因为他不喜欢北大,而是因为英国文化委员会认为没有必要继续在中国设立教职。回到英国后,他进入了谢菲尔德大学英文系任教授,后任系主任,直到1971年退休。在他伦敦的家中,一直悬挂着一幅毛泽东主席年轻时的画像。1977年,燕卜荪获得剑桥大学授予的名誉博士学位,1979年获得剑桥大学玛德琳学院荣誉院士头衔,可以说他最终与母校实现了和解。1979年,他获得了英国女王授予的爵士头衔,从此被称为燕卜荪爵士。1984年4月15日他去世后,留下了《复义七型》(1930),《田园诗的若干种类》(1935)、《复杂词的结构》(1951)、《诗歌全集》(1955)、《弥尔顿的上帝》(1961)和《使用传记》(1984)等著作。他被称为英国20世纪最伟大的批评家之一,对美国"新批评",甚至对后现代的"解构主义"文学批评都有重要影响。

（该文原载《国外文学》2013年第4期,收入本书时略有改动）

---

　　① 张金言著:《怀念燕卜荪先生》,《博览群书》2004年第3期。

威廉·燕卜荪诗歌中的阶级、
宗教与政治意识

一

英国著名批评家、诗人威廉·燕卜荪(William Empson,1904—1987)出生于传统的贵族家庭,燕卜荪家族在约克郡拥有良田千亩,每年都可从土地中获得可观的地租收入。这个家族世代居住在约克福利特庄园,庄园内部陈设豪华,是一座典型的维多利亚时期的哥特式建筑,一座绅士的府邸。在这个地方,燕卜荪家族代表了高贵、良好教育、体面和富足。1925—1929年燕卜荪在剑桥大学就读期间,创作了不少关于其家庭的诗歌。这些诗歌反映了他对乡间生活的热爱,在骨子里就有对农业技术的兴趣,对乡下人的勤劳以及对农夫大大咧咧的性格的敬重。同时这些诗歌也反映了他在阶级意识、宗教意识上与他的家庭的分歧。《打鸭》(*Flighting for Duck*)一诗描写了英国乡间的一种普通的娱乐活动,与钓鱼和狩猎类似。诗歌反映了他对大自然美景的观察和欣赏:"肥料蒸发在肥沃的沼泽上空形成雾霭,蒸汽缭绕,像乌斯河敬奉神的香烟"。

> 天上的鼓声是什么? 什么声音
> 从窸窣的灌木丛中做出了回应? ……　　(CP 29)①

---

① Empson,William.*Collected Poems*.London:Chatto & Windus,1955,p.29.该书以下简写为CP,并且以文中注形式对诗歌出处进行注明,如(CP 70)等。

"天上的鼓声"显然是野鸭飞翔的声音,"从蟋蟀丛中做出了回应"显然是猎枪的射击。诗歌将这些慌忙逃窜的鸭群比喻为慢镜头的星星移动,"眼睛将在乱七八糟的一群中看出秩序"。诗歌的末尾几行表达了对宇宙的一种敬畏感觉,夜晚的到来成为万物终有结的迷人象征,略带有萌动的死亡哲学:

> 砰!砰!两只鸭子在鸭群中模糊了;
>
> 为人类而生,终点是人的食物库。
>
> 噼啪地落到刚刚施过肥的原野,
>
> 它们投向了理智的怀抱,奉献敬意。　　(CP 29)

然而,正在剑桥大学就读的燕卜荪深知,他的家庭所代表贵族乡绅时代正在过时,贵族的不劳而获的生存状态不能被现代社会所接受。1928 年燕卜荪在剑桥大学的学生杂志《玛德琳学院报》发表《虚构法理》(Legal Fiction)一诗。他后来把它称之为政治诗,因为诗歌对贵族阶层的自私和贪婪进行了讽刺:在英国的煤炭工业国有化之前,他父亲亚瑟·燕卜荪曾经策划在他的土地上开采煤炭以长期盈利。根据"定居土地法令",这个想法是合法的。它的法理依据就是那个古老的"虚构法理":即如果你有拥一片土地,那么你就拥有这片土地以上的天空,直至太空,同时拥有这片土地以下的土壤,直至地心;如果用横切面来表示,你在理论上拥有的权利范围是楔形的,其末端在地心。

> 你的权利从你的主张向上下延伸,
>
> 没有止境;天上地下都是你的土地;
>
> 你的所属部分有地球的表面和土壤,
>
> 整个宇宙的体积,还有所有星辰。
>
> 你的权利下至所有权利人聚集之地,
>
> 地狱底尖的聚会点,在地球中心,
>
> (你旋转的农庄仍连接在那个轴心上)
>
> 向上穿越星际,领域渐行渐宽。　　(CP 25)

燕卜荪对这首诗歌几乎没有发表过什么评论,只是后来在一次诗歌朗诵会后,他说,他是"约克郡一个地主的儿子,这个地主随着年龄的衰老,有一种想法实际上越来越困扰着他,那就是有邪恶的人在他的土地下面挖煤矿……要证明有人在他的地下采矿,并向他们索取补偿,这异常困难;因此这事一直挂记在他的心上。"①虽然这个注解是温和的,没有挖苦意味,但这首诗歌的构思确实是对父亲的讽刺,称他为奥兹曼迪斯式的人物。② 可以确定的是,诗歌暗示对财产的迷恋应该受到抨击。虽然诗中之"你"可以指读者或者不确定的任何人,但文本的自传性质实不可置疑。燕卜荪与父亲疏离反映了他与父亲所维护的那个资本主义的私有制和私有文化产生了一定距离。

燕卜荪在全家排行最小,与其他家庭成员的年龄差距甚大,因此他常常感觉到像一个局外人、旁观者,可以以一种超然的眼光去观察他的家庭。他感到祖母的观点最为顽固守旧,代表了悲哀僵化的维多利亚贵族精神:即基督教是白人种族的专属信仰,是帝国的独有权利。这些思想在当时来说是习以为常的,但是燕卜荪对此仍然感到不安。他觉得约克福利特庄园就是一个正在消失的时代的遗迹,那里的人们像是一个濒危物种的标本,而他绝不希望继承这个物种的思想。他的姨妈、姑妈们给他一种这样的感觉:她们仅仅是岁月的残留,像彩色陶甬一样,一旦暴露在 20 世纪的阳光中,它们就会崩溃。

燕卜荪与他"可敬的妈妈"劳拉·燕卜荪的关系最为亲密,但即使如此,在他看来她也像是一个奇怪的生灵。像许多少年一样,燕卜荪的思想发展轨迹就是对其父母的期望和价值体系的反叛。他母亲的保守思想、特权思想、对地位的感觉,对他来说都像是一种尴尬。燕卜荪在大学时期就曾经暗示他情愿做一个自由人,不被傲慢的地主身份和责任所羁绊。正如他的传记作者约翰·哈芬顿(John Haffenden)所说,"年轻的燕卜荪似乎在宣布,我是一个波希米亚式的狂野艺术家,一个社会理想主义者,不愿被贴上身份和阶级的标签,不会被如此评判。"③

燕卜荪无法与母亲讨论他的忧虑,无法讨论他为什么拒绝她的基督教信仰,因为这些都会在他与母亲那些过时的价值观之间筑起一道高墙。她的保守思想和基督教信仰是一脉相承的:怀疑她的上帝就是怀疑她的社会地位。

---

① John Haffenden, *William Empson: Vol I. Among the Mandarins*. Oxford: Oxford University Press, 2005, pp.47-48.

② 雪莱的《奥斯曼迪斯》一诗将这位埃及法老描写为暴君、独裁。

③ John Haffenden, *William Empson: Vol I. Among the Mandarins*. Oxford: Oxford University Press, 2005, p.59.

正如他在《虚构法理》中对父亲进行批评一样,燕卜荪在《致一位老夫人》(*To an Old Lady*)中对母亲也进行了批评。诗歌将他母亲描写为一个外星人,与他自己隔了一个巨大的鸿沟。(有意思的是,两首诗都充满了《失乐园》的词汇和意象)。

> 不,拿出你的望远镜;遥望那片土地;
>
> 趁着她的仪式还能够被看见,观看吧,
>
> 她的神庙仍然矗立,在荒漠中变空旷,
>
> 沙浪将它们破旧窗户的花格子推倒。
>
> 她的灵魂的封地仍然矗立,没被召唤,
>
> 许多社会的细节,已经后继无人,
>
> 智慧被用于持家,被用于打桥牌,
>
> 悲剧性的激情,被用于解雇她的女仆。　　(CP 15)

这首不同凡响的诗歌既是一种赞扬,也表达了一种惋惜。诗歌实际上是在说,不管诗人怎样敬重他母亲,她都是生活在另一个世界的人:只有通过望远镜才能瞭望。她的世界很庄严、很宏伟,但是已经腐朽,只是一片荒漠。对于抛弃了母亲的社会和宗教的现代青年燕卜荪来说,世界在空中飘浮:他必须去铸造自己的未来,不能依赖过去和历史。正如他在诗歌的注释中写道:"我们的地球,没有像其他星球一样有一个神的名字命名,它比喻的是一个没有根本信仰作为行动基础的群体。"①燕卜荪与母亲没有共同的认识基础,他选择的生活道路注定要与其家庭分道扬镳。

不管怎样,威廉·燕卜荪在其家族中是一个不同寻常的人,特别是在大学期间,他喜欢与个性倔强、性格怪癖、狂放的人交往,包括作家、艺术家、叛逆者、社会主义者、古怪人士、与社会格格不入的人、不向规则低头的人。他喜欢交往那些并不拥有社会地位或者不愿彰显社会地位的人。在天性和职业上,他都偏离了他的阶级和教养,完全抛弃了贵族阶层的刻板形象。他也有可能有意识地在凸显自己的古怪、滑稽性格,以突出他与父辈那个势利、傲慢的上层社会之间的距离。在他的古怪、偏离常规的行为中,时常也有一种显著的、

---

① Empson, William. *Collected Poems*. London: Chatto & Windus, 1955, p.98.

下意识的叛逆姿态。

二

燕卜荪初到剑桥大学时学的是数学专业,他在数学上的天赋得到了高度赞扬。1928 年师从瑞恰兹(I.A.Richards)教授之后,他才转入文学专业,但是他对科学的兴趣影响了他的一生。可以说,燕卜荪是 20 世纪 20 年代剑桥大学所弘扬的理性人文主义的产物,他像吸收文学一样吸收着新兴科学:在1927 年剑桥大学学生会举办的题为"文学在今天的衰落"的辩论赛中,他说"我们的时代最顶级的文献都是科学文献"。后来,他又在给中国友人钱学熙的信中说:"我觉得当今时代,除了科学之外,实在没有什么富有想象力的作品可言,而且很明显,像爱因斯坦或者埃丁顿这样的物理学家,都在极好地运用想象力。"[1]

燕卜荪的早期诗歌集《诗集》(1935)就是文学和科学很好地结合的产物,然而这些诗歌也为他赢得了晦涩的名声。他在诗歌中常常运用科学知识来隐喻自己对道德和形而上学问题的困惑,用科学知识来想象眼前的世界,并且所运用的科学知识涵盖了一个广阔的范围,包括天体物理学、生物学、植物学、化学、昆虫学、几何学、进化论、人类学、时间理论,不一而足。扬周翰先生说,燕卜荪的诗非常晦涩,但他从来不解释。[2] 的确,他的早期诗歌所涉及的内容太博学,大大超出了一般读者的知识范围。然而,如果我们理解它们的背景,我们就会看到,它们并不是不可理解。

十四行诗《露营》(*Camping Out*)是这样开始的:在晨雾弥漫天空的清晨,女友用湖水刷牙,星星点点的牙膏滴落到水中,看上去就像天上的银河。她以一种微观的方式创造了一个世界。由于水的张力,这些星星点点的牙膏泡又

---

① John Haffenden, *William Empson*: *Vol I. Among the Mandarins*. Oxford: Oxford University Press, 2005, p.364.

② 杨周翰著:《饮水思源——我学习外语和外国文学的经历》,载《外语教育往事谈:教授们的回忆》,上海外语教育出版社 1988 年版。

向外散开,展现出一片天堂。

> 肥皂的张力将星辰的图案放大。
>
> 圣母平缓地出现在天空,
>
> 穹顶张开,容纳主的到来。 （CP 18）

诗歌不仅想象这个女人创造、控制、进入那个想象的世界,而且想象她就是圣母或女神,升入了她创造的那个宇宙之中。在这里,燕卜荪显然是在讽刺基督教有关基督和玛丽亚的身体升入天堂的教义。然而,诗歌笔锋一转,我们看到一艘飞船向太空疾驰:

> 不,是我们在星系间遨游、探寻,
>
> 我们超出光速数千倍的子弹船飞翔。
>
> 谁在星辰间如此移动,谁将使星辰解体;
>
> 看它们在那里模糊,消失,被超越。 （CP 18）

爱因斯坦的相对论认为:"光速是可能达到的最大速度。"任何超越宇宙最高速度的物体都会将宇宙摧毁,因为那样它的质量将会变成无限,这就意味着需要无限的能量才能使它达到那种速度。诗歌最后几行运用了大胆的奇想,充满自信的语气,将爱描写为一次快乐的宇宙飞行。自然世界的构造有毁灭我们的可能,然而我们也能够在爱的世界里逃脱它的威胁,甚至"超越"它。

将科学知识引入诗歌是燕卜荪创作的特点,也只有受过他那样的教育的人才能够做到。他说"我确信自己一直感觉科学家对于世界的看法比任何'文学影响'都更激励人心、更有用"。[1] 然而,科学也为他的诗歌引入了一些令人迷茫和痛苦。人类似乎无法在如此矛盾的知识和经验中构建秩序,因此心灵充满了混乱和迷茫,只有"从绝望中学习一种风格"。正如他的同学凯瑟琳·雷恩(Kathleen Raine)所说,他带入 20 世纪 20 年代的想象力"必须与一个既令人震惊、又令人振奋的新的科学世界观相适应。"[2]

然而,这样做的后果就是对传统的宗教信仰发起挑战。《最后的痛》(This

---

① 《燕卜荪致钱学熙的信》(1947 年 9 月 7 日),见 Haffenden, John. *William Empson*: *Vol I. Among the Mandarins*.Oxford: Oxford University Press,2005,p.364.

② John Haffenden, *William Empson*: *Vol I. Among the Mandarins*. Oxford: Oxford University Press,2005,p.365.

Last Pain)一诗描写了人之将死所感到的最后痛苦:即发现有天堂的存在,但是却无法得到天堂的极乐。他们仿佛是通过"锁眼"看到了那个极乐的世界,但是"门"永远对他们关闭着。诗歌表达的是一种痛苦的不可知论:

> 人们藉以长久安逸生活的所有大梦
>
> 都被神奇灯笼映射在地狱烟幕中;
>
> 我早已暗示过,这就是真实,
>
> 一张粉饰的、玲珑的、透明的幻灯片。 (CP 32)

燕卜荪在注释中解释说:"这首诗的想法是,人的本性就是能构思它自身不可企及的神圣状态。"①正是因为人有这种神奇的能力,所以他才会体验到可望不可及的痛苦。诗歌通过调侃了维特根斯坦的名言:"可以想象的事情就可以发生",调侃了基督教的天堂是一种空想:维特根斯坦根本想象不到这些人可望不可及的痛苦。因此他们不得不生活在自己的神话中,不管多么绝望:

> 假装相信相信是得体的东西,
>
> 再伪装那如此设想出来的状态,
>
> 建造一座完全得体的大厦,
>
> 代替幽灵可以在里边保暖的房子。 (CP 32)

换句话说,人类必须忍受并坚守绝对秩序的观念所带来的痛苦压力,因为人类知道这些观念都仅仅是观念而已。一个怀有这样思想认识的人再回头去看宗教,审视其逻辑,得出以上的结论就是一种必然的结果。

在一篇题为《太空人多恩》的文章中,燕卜荪说:"我们的时代与多恩的时代一样,都相信在其他行星上存在着理性的生命,这很难与信仰相协调,无法相信只有通过基督才能获得拯救…… 通过他的诗我们可以判断,年轻的多恩相信任何星球上都会有相应的道成肉身,也乐于持有这种信仰,因为这自动地将一颗独立的心灵从尘世的宗教权威中解放出来。"②燕卜荪针对基督教发起的最著名和最大的挑战,就是质疑它所宣称的这样一个教义:即"获得拯救的

---

① Empson, William. *Collected Poems*. London: Chatto & Windus, 1955, p.102.

② John Haffenden, *William Empson*: *Vol I. Among the Mandarins*. Oxford: Oxford University Press, 2005, pp.477-478.

唯一途径就是通过耶稣基督"。燕卜荪说,如果你遵循这样一个逻辑,即在我们世界之外还有多个世界,那么有关天文学的争论在任何时候都对基督教文化有着深远的神学和道德影响。

当科学被置于美学或宗教领域去理解时,由此产生的痛苦或矛盾激活了燕卜荪的机智与灵感。关于人类命运,物理学给了我们什么启示呢？爱因斯坦的"狭义相对论"(1916)证明了时空是弯曲的,也就是说,"宇宙没有外缘,若沿着某一空间线持续旅行,你最终将回到起点。我们的宇宙将自己罩在其中。"《世界的尽头》(*The World's End*)就描写了这样一个世界:

> 啊,对自由的渴望,如何才能没有铁窗;
>
> 空间就像大地,圆圆的,有软垫的牢房;
>
> 测量星球的深度,铅垂在背后撞击你;
>
> 瞎子撒旦的声音震荡着在整个地狱。　（CP 6）

这首诗的寓意可以这样描述:我们被我们的宇宙所囚禁,它是一个"有软垫的牢房",它没有铁窗,它"舒适地蜷曲着"。这个事实既是个致命的威胁,也对人类精神是个安慰。一个自我封闭的宇宙,拒绝我们逃脱它的封闭系统;把时空理解为没有"终点",一定会激发人们对精神追求的渴望。

> 影子拒绝散去。世界尽头就在这里。
>
> 这个地点的弯曲防止了它的终结。　（CP 6）

燕卜荪在诗歌运用科学知识并非是将它作为一种时髦,而是为了表达一种痛苦的困惑,展示自己被伦理选择所困扰。他后来说"伦理学的最高事件"就是"道德发现,它常常使个人被他的社会称作叛徒"。在《弥尔顿的上帝》(1963)中,他激烈地谴责基督教的上帝是一个"折磨人的怪兽",把基督教斥责为"折磨崇拜"。正是因为他的坦率和直言,他也许会被许多同胞视为"叛徒"。①

的确,他的几首最好的诗展示了现代物理学可怕的冲击力,以及在现象世界面前,良知所感到的痛苦和惊愕。在严格意义上讲,他的诗歌是玄学探索,

---

① John Haffenden, *William Empson: Vol I. Among the Mandarins*. Oxford: Oxford University Press, 2005, p.480, p.366.

不是关于人类心灵如何想象世界,而是关于现实如何强迫我们去思考它的本质。如果物质的微粒理论被引入量子的真空理论,那么人类关于罪与罚的意识就只不过是投射到完全不真实的存在之上的道德幻象。如果我们现在知道宇宙或多或少是虚空的,我们可能做出这样的结论:道德的束缚,以及我们所想象的上帝的意志,都只不过是人类的玄学想象。对基督教信仰来说,这将是一个巨大的冲击。

三

这些背景知识可能可以帮助我们更好理解燕卜荪在未来岁月中的一些政治选择。燕卜荪不是一位政治诗人,但撰写过不少针砭时弊的诗歌。在他的第二部诗集《山雨欲来》(1940)的前言中,他说他之所以采用与温斯顿·丘吉尔(Winston Churchill)的《山雨欲来》同样的标题,是因为他"意在表现我们正在不祥与困惑中缓步迈向第二次世界大战"。不管他的诗歌风格发生了什么变化,不管是好是坏,它们都"与战争的稳步逼近相关"。燕卜荪的政治诗人身份具有一般和特定的双重含义:诗歌除了表现他在1937年日本全面侵华后,深深投入到中国人民抗日战争和救国图存运动之中,与中国大学的师生同仇敌忾、坚持工作的非凡经历外,还涉及一般性的战争话题,如侵略与战争、梦想与绝望、勇气与恐惧、责任与欲望、死亡与信仰等。

燕卜荪的政治诗歌在语气上具有讽刺而幽默的色彩。讽刺而幽默的斯多葛精神可以鼓舞斗志,取代紧张而困惑的绝望情绪。《给奥登一巴掌》(*Just a Smack at Auden*)讽刺了英国当代著名诗人 W.H.奥登(Auden)和他的追随者——所谓的"奥登帮"——的左派立场。燕卜荪发现他们对即将爆发的第二次世界大战并无多少预见,但却声称资本主义即将在自身的堕落和弊病中灭亡。在他看来,他们武断地运用了当时时髦的弗洛伊德精神分析理论,断言各种难以承受的神经压抑将最终导致资本主义社会的崩溃。

等待收场吧,小子们,等待收场。

还能有什么,还能做什么? （CP 62）

　　燕卜荪后来不断强调,他对奥登的政治立场并无异议,尽管诗歌充满了冷嘲热讽。他只是认为生活是复杂的,充满了不可调和的矛盾,那些自认为掌握了生活答案的人通常只不过是提供了一些过于简单的答案而已。他在1983年写道:"尽管我很难如此精彩地表达,但我完全同意奥登关于二战即将来临、依靠人民阵线是唯一选择的观点。我只是认为他的反复唠叨适得其反。"①可以说,燕卜荪以此向奥登和"奥登帮"喝了一次倒彩。

　　在燕卜荪看来,逃避主义(象牙塔)是"奥登帮"成员的通病,他们有时候看上去仍然活在规范的大学校园里。逃避主义是不成熟所带来的代价,是无法切入当代社会的棘手问题的表现。在《你的牙齿是象牙塔》(*Your Teeth are Ivory Towers*)一诗中,燕卜荪认为奥登等人的逃避主义与瑞士心理学家让·皮亚杰(Jean Piaget)所描写的幼儿心理有相似之处。在《儿童语言与思维》(1926)中,皮亚杰发现,婴儿一般都生活在自我为中心的状态中,"大多数时候他们都在与自己说话",而当代诗歌可以说患上了皮亚杰所说的幼稚病。

　　《挑逗者》(*The Teasers*)一诗通过警句式赞美诗形式,对宗教或政治的空想主义提出了质疑。诗歌认为教条,不管是宗教的还是世俗的,都会以"拯救"为诱饵,承诺给人们一个美好的未来,但是在燕卜荪看来,这些"拯救"的说辞其实并不真实,它们有的无法兑现,有的濒临死亡。

> 唯有它们一死,这些挑逗者和美梦,
>
> 唯有它们一死,
>
> 告诉那小心的洪水,
>
> 把它们讨要之物给它们,说明原委。　　(CP 67)

　　澳大利亚诗人休·梅杰(Hugh Major)曾经向燕卜荪询问这些诗行的意思,燕卜荪说:"在我年轻的时候,那些挑起你的性欲、但又无心满足你的女孩叫作'性欲挑逗者'(cock-teaser);对天堂的信仰,或对共产主义的信仰,便可以与此相比拟。"②政治宣传和宗教宣传往往都会给人们美好的承诺,这些承

① John Haffenden, *William Empson: Vol I. Among the Mandarins*. Oxford: Oxford University Press, 2005, p.407.

② John Haffenden, *William Empson, Vol II: Against the Christians*. Oxford: Oxford University Press, 2006, p.12.

诺要么是"天堂",要么是"美丽新世界",但是它们往往无法实现。它们最终只不过就是骗术,像那些"无法满足你的女孩"一样。

将"拯救"的空想比喻为'性欲挑逗者'似乎有些变态,但是这也增加了讽刺的力度,因为荒唐的想象肯定会加深人们对比喻对象的认识和记忆。政治和宗教的"拯救"承诺像艳遇一样,具有巨大的吸引力,但它们的骗术正在被人们识破,它们大行其道的日子即将终结。人们对这些骗术不用逃避、不用害怕,因为这些骗人的美梦"昙花一现就会消失"。人们只需要"培养你的爱心,/离开要你为它献身的一切,死得其所"即可。

《罗切斯特的沉思》(*Reflection from Rochester*)一诗探讨动物和人类进行屠杀的理由,说明人类屠杀不比动物屠杀更高尚,相反可能更龌龊、更肮脏。在世界局势"稳步走向战争"的背景中,这首诗具有非同寻常的意义。它的灵感来自罗切斯特伯爵的《嘲讽人类》一诗和法国诗人布瓦洛(NicolasBoileau)的《讽刺诗·第八首》,对冷酷的人类和野性的动物进行了对比。他说动物为了生存而本能地进行屠杀,而人类的屠杀则是阴谋诡计和反复无常的产物:我们的侵略性源自自私或伪善。燕卜荪的诗歌在开头和结尾都引用《嘲讽人类》,旨在为他自己的诗歌提供一个框架:

> 它们[动物]撕咬是因为饥饿或爱情
> 可怜的人类依然因为恐惧而武装自己
> 恐惧让他武装自己,武装又让他恐惧,
> 从恐惧到恐惧,不断背信弃义…… (CP 54)

燕卜荪在他自己的诗中从多个视角对战争问题展开思索:个人野心、政治手腕和政治心术,以及性爱崇高化的各种悖论。地雷战和毒气战震撼着堑壕里心灵,使之"无法从无关的绝望中攒积多少安全感"。"战争的血性"被加上了一对引号,更增加了它的"所谓"效果,隔离叙述者与诗歌的隐含态度,使之不针对任何具体对象。传统战争观,认为战争阳刚、可以增强种族血性的思想由来已久,但基于这种战争观的"政策"肯定是指受到尼采及其追随者影响的法西斯和纳粹的政策。日益先进的技术使传统的战争观不合时宜,地雷和毒气对屠杀的意义不仅仅是"单纯的数量变化"。诗歌结尾希望通过历史找到一个可行的先例,但是我们的双眼仍然"茫然":

> 如今我们茫然的双眼寻找一种格局，
>
> 首先要做的是军备竞赛；
>
> 然后玩弄较少纠葛的强制。
>
> "它们拼杀撕咬是因为饥饿或爱情。" （CP 54）

"纠葛"原义是"纠缠、错综复杂"，因此诗歌最后几行的"较少纠葛"实际上在回顾一个失去的世界，一个想象中较为单纯、更为天真的时代。那时，撕咬行为有两个清晰的原始目的：争夺食物和争夺爱情。但人类打造的战争机器发展到如此恐怖的境地，我们已经无法对它加以控制。

燕卜荪关于战争的其他诗歌都是从讽刺的角度对战争进行的戏谑，但是戏谑之中透露着他对战争的认识和洞见。《勇气就是逃跑》(*Courage means Running*)一诗的标题就具有悖论性，它同时指向人生赛场的奔跑和逃跑。诗歌认为勇敢的前提是恐惧：最勇敢的人也必然最直接地感受到恐惧；愉悦和痛苦都同样"预设着恐惧"，这种说法看起来不无怪诞，却又真实可信。另一首诗《死亡的无知》(*Ignorance of Death*)说明我们对死亡一直存在着无知。"佛教徒和基督徒谋划在死亡上达成一致，/把死亡当作他们不同理想的根基"。弗洛伊德说我们都迷恋死亡，因此对死亡的无知已经成为人类创作的灵感，"它是文学武器的扳机"。

> 我的天，要是一个人为了某件事而死
>
> 而非为了自己，确实准备好为之献身，
>
> 不是为了自己，他一定清楚地了解自己。 （CP 58）

在这些诗歌中，燕卜荪以独特的方式体验着世俗的苦闷和形而上的错位感，逐渐进入一种哲学上的临界状态。他逐渐意识到：矛盾可能永远也无法化解，个人的纷扰和哲学的忧虑都必须服从于现实世界的谋生度日，忍耐或可化为甜蜜。

《山雨欲来》的出版正值 1940 年底那几个暗无天日的月份，虽然诗集的出版在英国文学界没有引起多少讨论，但人们普遍认为，诗集体现了人类在哲学、生存、道德和政治的重重焦虑面前所展示的"姿态性胜利"。在多年之后，批评家 G.S.弗雷泽(Fraser)才对诗集有了更准确评论：诗集"总体说来是一部关于公众事件的诗歌，采用的是公众的语调。……诗歌暗示了对英国人民清醒的反法西斯基本立场的深刻信任,英国人民面对轴心国的侵略所表现出的审慎而无畏姿态。这里面丝毫没有奥登式的幼稚信仰……即要么西方文明自动走向终结,要么我们将在未来走向乌托邦。"①

（该文原载《中华读书报》2014 年 9 月 3 日,收入本书时略有改动）

---

① John Haffenden, *William Empson*, *Vol II*: *Against the Christians*. Oxford: Oxford University Press, 2006, p.15.

威廉·燕卜荪的爱情诗歌与同性恋情

一

　　英国著名批评家、诗人威廉·燕卜荪(William Empson,1904—1987)在中国的学界有这极高的知名度,他曾经是西南联大的英语教授,是许多老一辈中国知名学者的英语诗歌启蒙老师。他于1925年考入剑桥大学,1929年以优异成绩毕业。在那里他曾经留下了几段鲜为人知的恋爱史,经历过几次巨大的感情挫折,写下了一些抒发痛苦感受的诗篇。燕卜荪在剑桥时期写下的诗歌中,有很大一部分是关于爱情和欲望的作品。但是在这些作品中爱情总是会遭受不确定性和恐惧心理的打击,同时作品还会体现出性取向的冲突。从诗歌中看,他同时被男性和女性所吸引,欲望和爱恋总是与不信任和失望等情感联系在一起。用他自己的话说,他早期诗歌的主题就是爱情没有得到满足。

　　燕卜荪"值得保留的第一首诗"《蚂蚁》(The Ants)创作于1926年以前,被放在《诗歌全集》(Collected Poems)的开篇,①他说诗歌的主题是"男孩害怕女孩"。诗歌采用了彼德拉克式十四行诗形式,暗示了一种骑士爱情传统;然而这首奇特的"爱情诗"却主要描写了蚜虫从花卉的汁液中汲取营养,而蚂蚁又从蚜虫身上吸取"蜜汁"。这些雄性蚂蚁的唯一行动是藏匿,它们的地下生活使它们能够躲开外部世界所带来的危险。诗歌不无讽刺地赞扬女性是白昼和

---

　　① Empson, William. *Collected Poems*. London: Chatto & Windus, 1955:72-80.该书以下简写为CP,并且以文中注形式对诗歌出处进行注明,如(CP 7)等。

自然秩序的居民,而男性在自己精心保护的地下世界里,避开了她代表的一切,追求着自己灵魂的升华。诗歌第 10 行"多么小的缝隙放进来多么危险的敌人"引用了弥尔顿(John Milton)的《力士参孙》。参孙在诗中抱怨道,"这又有何益可言,前门拒虎,/可后门却引狼入室迎来敌人,/为女性妩媚所征服?"①对这些躲在地下的男人来说,女人就是《力士参孙》中的大利拉、伊甸园里的夏娃;女人既可爱,又可怕。诗歌使用的另外一个典故,莎士比亚的《维纳斯与阿多尼斯》,也强化了"最大的危险是女人"这个主题。莎士比亚以幽默、性感、哀怜的笔触,描写了维纳斯如何对一个腼腆、自负、并严守道德准则的阿多尼斯设下了爱情或欲望的迷局。故事的结局是阿多尼斯拒绝了这个女人,并且为此付出了生命的代价。只有当读者真正体会到诗歌将女人描写为敌人时所使用的力度,才能真正体会到这样一个观点:即女人是终极捕食者。

燕卜荪的另一首早期诗歌《阿拉克尼》(Arachne)是对《变形记》里的同名故事的另类解读。它与其说是写爱情,不如说是写女性所具有的"灾难性傲慢"。阿拉克尼是一位天才的织锦姑娘,她挑战女神密涅瓦与她进行一场织锦比赛,最终她被变成了蜘蛛。奥维德(Ovid)的寓意是控诉"上天的不公平":密涅瓦完全是受到了嫉妒的驱使才对阿拉克尼,及其织锦反映的"神的爱情"感到愤怒。奥维德显然想激起我们对阿拉克尼的同情心,而燕卜荪则把重点放在阿拉克尼所谓的傲慢上——原因是它伤害了男性的自尊和气节。在诗中,阿拉克尼已经被变成了蜘蛛,她看着一只雄性蜘蛛在独白。她的性欲望被描写得如此强烈,有时甚至显得有点淫乱,在任何意义上讲,她都是一个男性吞噬者。既然她被刻画成一个狂野、毫无耐心的蜘蛛,要让她终止恋情显然就是一桩不太可能的事情。虽然诗歌大部分都在描写男女相互依存、相互补充,但在最后几行里,她露出了所谓的真相:与其说女性变成了威胁,不如说她对男性构成了一种侮辱。1959 年在录制诗歌唱片时,燕卜荪删除了这首诗,他说"因为我现在认为它的品味太低下。它说的是男孩怕女孩,像通常一

---

① [英]约翰·弥尔顿著:《弥尔顿抒情诗选》,金发燊译,湖南文艺出版社 1996 年版,第 173 页。

样,但其实是男孩对女孩太粗鲁。我认为它表达了一种相当令人讨厌的感情,那就是我删除它的原因。"①

《露营》(*Camping Out*)一诗发表在燕卜荪自己编辑的剑桥大学学生杂志《实验》的 1929 年第二期,该诗已经被翻译成了中文。② 从根本上讲,这是一首描写现实的诗歌:在晨雾中,天空倒映在湖面上显得模糊不清,用湖水刷牙的女人看上去就像银河的创造者,将星星点点的牙膏滴落到水中,因为水的张力,这些牙膏泡又散开去。她以一种微观的方式,创造了一个世界——"让上天模仿……她的方式"——她像圣母或者女神一样能够将她创造的东西抛入宇宙之中。虽然燕卜荪在这里也是讽刺基督教关于基督和玛丽亚的升入天堂的教义,但是这首诗也想象这个女人能够创造、控制并穿透一个不同的世界。

该诗的早期读者、燕卜荪的剑桥女同学、也是他的爱慕者凯瑟琳·雷恩(Kathleen Raine)被诗歌中的现代意识所震惊。她不能理解这首诗里的爱在何处,她后来为该诗作注时写道,"你可以说,性(或爱)的偶然性以及由此产生的焦虑是他的主题。当所爱的人不过是 98%的水构成的化合物的表面张力和粘性(当时的一本教科书甚至称坎特伯雷大主教都是由这些构成的;当然他的信仰也差不多相同——而为什么马克思和伯特兰·罗素不一样呢?)灵魂为之叹息的也不过如此。"③她不能理解诗歌还能够思考这样的实质性问题。当时的雷恩视燕卜荪为"神一样的青年",她几乎迷恋上他。她说,"他的在场会让我们所有人着迷。他匀称的头,他俊俏的五官,他的眼睛、充满光芒的诗人眼睛",像雪莱一样,是神灵下凡。而燕卜荪对她只有崇敬:她太好了,不可能是真的。虽然燕卜荪请她吃饭,还带她去探访导师 I.A.瑞恰兹(I.A. Richards),但他认为她太纯洁,不可触摸。

---

① Haffenden, John. *William Empson: Vol I. Among the Mandarins.* Oxford: Oxford University Press, 2005, p.125.

② 王佐良著:《王佐良文集》,外语教学与研究出版社 1999 年版,第 206 页;另见蒋洪新著:《大江东去与湘水余波:湖湘文化与西方文化比较断想》,岳麓书社 2006 年版,第 37—38 页。

③ Haffenden, John. *William Empson: Vol I. Among the Mandarins.* Oxford: Oxford University Press, 2005, p.161.

二

在对女孩有一种恐惧的同时,燕卜荪对男孩子有一种亲近。在 1928—1929 学年,他爱上了一个叫德斯蒙德·李(Desmond Lee)的特别帅气的男同学。他的一系列"书信"诗就是写给这个学古典学、成绩优秀、高大优雅、金发碧眼的小伙子的。这个系列的前四首诗创作于他在剑桥大学的最后一年,《书信 V》(*Letter V*)创作于 1930 年代初的东京,这说明他在很长一段时间中都在迷恋德斯蒙德·李,但是他的情感没有得到对方的回应。这个系列的最后一首《书信 VI》(*Letter VI*)创作于 1935 年 3 月 23 日李结婚之时,在燕卜荪生前没有出版。根据李的陈述,这个诗歌系列的起因是他偶然引用了一句法国哲学家帕斯卡(Blaise Pascal)的名言:"无限空间的永恒沉默让我恐惧",结果燕卜荪极力反对里边的伤感情绪。第一首诗就是燕卜荪对帕斯卡尔观点的回应。燕卜荪每写完一首诗都会抄送给李一份打印稿(除了《书信 VI》)。

《书信 I》(*Letter I*)是一首逗乐的爱情诗。它通过帕斯卡对星际空间的描写,写出了爱人对黑暗的非理性恐惧:那个星际空间像"没有鱼类遨游的网络""延伸的闲暇",星系飘浮在这个海洋上,一个平静的海洋。然而对于燕卜荪来说,这个星际空间也可能是交流的平台、对话的空间:"所有私密都是它们的礼物;它们隔着/深渊眉目传情。"诗歌表面上对两个潜在的恋人能否被空间连接起来表示怀疑——空间已经被非欧几里德几何学"扭曲",但它的基调是令人欣慰的:

> 给予光明应有位置的黑暗在何处?
> 把你的脸庞遮住的黑暗在何处?

也就是说,恋人害怕的绝对黑暗是通过绝对光明建立起来的。诗歌的最后两行很机智地把恋人的注意力引向这样一个事实:诗人的激情很像太阳的能量。它当前虽然炽热,但其最终命运可能也是耗尽能量,变成天狼星 B(所谓的天狼星伴侣),停止发光,温度归零。燕卜荪用一个充满机智的奇喻表达了这样一个不同寻常的悖论:不在乎热还是冷,只希望满足他的爱。它的作用是将恋人引离形而上的困惑,引向他的欲望:像太阳一样,他可能"火焰过于炽烈,以至于会变得冰冷,并遮掩那无以言状的火焰翻腾"。

《书信 V》的真正主题是探讨恋爱对象作为身体和作为形而上主体的区别。这也是诗人写给自己的诗,暗示宇宙异化了,朋友陌生了,而他应该欢迎这样的事情发生。诗歌使用了一个物理学奇喻,试图在"原子的偶然汇聚"中抓住恋人。

> 你可以说不是中心,而是外壳,
>
> 光的轨迹,而不是原子的完美形状;
>
> 如此离题的赞美不惊人,但不乏温存,
>
> 可以获得更多亲密,以换取更少希望。

虽然科学所强调的物质恋人并不是诗人眼中充满渴望和羞涩的恋人,并且物质的恋人需要数学的微积分来真正定义其物质性,但是诗人将科学的原理变成了求爱的手段。这样,他们可以"获得更多亲密,换取更少希望"。虽然同床共枕的希望"更少"了,但至少他们可以真正实现相互了解。我们可以看到,诗歌在描写求爱的同时,它也在描写一个形而上学的概念:求爱的术语与物理学术语实现了互换。尽管诗歌有嬉戏的倾向,但它实际上也是含情脉脉的。燕卜荪告诉他的恋人,你可能最终不是目前显现出来的你,但是我的常识告诉我,我可以描写我看见的你,并且希望以此抓住你。

> 你赐予我的这些诗行反过来可化为利箭;
>
> 或成双成对,擦肩而过,在你的关节处,
>
> 无痛的箭把你像十字架一样钉在墙上。

诗歌赞扬恋人是他的缪斯:德斯蒙德·李赐予了他这些诗行。尽管诗中晦涩和难以捉摸的数学微积分可能使他困惑,但它也足以暗示燕卜荪所想要表示的性主动:毕竟,"你赐予我的这些诗行反过来可化为利箭",而且"无痛的箭把你像十字架一样钉在墙上"。诗歌在这里将李比喻为圣塞巴斯蒂安,暗示李已经成为他的欲望的殉难者,同时也对爱具有免疫力。至少诗人暗示,那个圣塞巴斯蒂安的形象是同性恋的偶像。

《书信 VI》仍然是以单相思和绝望的情绪开始。虽然燕卜荪清楚他对帅

气腼腆的德斯蒙德·李怀有同性恋情，但并没有把它公之于众，至少没有完全地和毫不含糊地向他传递这个信息。虽然李对燕卜荪的追求不是没有察觉，但他显然拒绝承认这一点，拒绝回应这份感情。在诗中，燕卜荪写道：

> 恐惧你纯洁的、冷冰冰的美丽
> 像白垩丘陵一样冷冰、粗犷和清新——
> 这个比喻现在对我显得陈旧，仅因为
> 它驱使我坠入年轻而空虚的爱——

诗歌还记载了燕卜荪与德斯蒙德·李在剑桥的一次难忘的经历。李在自传中这样记载："我们一群人在河上划船。那是一个灿烂的夏日，我们划过了拜伦潭，吃过了午饭。马尔科姆·格里格是我们六七人中臭名昭著的同性恋，总是装扮这个角色，戴着宽边的天鹅绒礼帽等等。比尔显然对他到处炫耀感到恶心，在毫无警告的情况下，将他推入了河中。我们很快把他打捞起来，然后比尔在回程中脱下了自己的衣服，让马尔科姆穿上，而在自己腰间捆了一条毛巾。他穿成这样，其他人显然都不愿意与他一起回去，因此这个任务落到了我身上。我们两人在一条船上往回划，比尔在划船回去的大多数时候都仅仅穿着毛巾。"①针对这件事，诗歌回忆道：

> 我记得只有一次我在你眼前洗浴，
> 仿佛注意到这个残忍的系列事件，
> ——我想是第一个事件——灰色的眼睛
> 圆睁、奶白光芒，直勾勾地盯着我
> 不知道怎样看待接下来出现的事情。

约翰·哈芬顿（John Haffenden）在《燕卜荪传》中说，"'书信'系列诗歌的'真正主题'可以说是针对德斯蒙德·李的欲望，李是这些书信的唯一灵感；其'保护性表面主题'是'男孩'想'女孩'的可怕欲望。然而，这些诗歌中恋人的身份事实上丝毫不影响人们对它们的理解；像任何诗歌一样——像任何爱情诗一样——使它们生效的、必须用来解释和评价它们的，不是它们被编码

---

① Haffenden, John. *William Empson: Vol I. Among the Mandarins.* Oxford: Oxford University Press, 2005, pp.237-238.

的个人信息,而是它们包含的一般和普遍化的力量。"①

<h1 style="text-align:center">三</h1>

　　燕卜荪第一次真正的恋爱发生在他的剑桥大学晚期。那时,他正要参加毕业考试,但这段感情丝毫没有影响他的学业,他不仅在毕业考试中获得优异成绩,并全票当选为玛德琳学院"查尔斯·金斯利副院士"(Charles Kingsley Bye Fellow)。恋人的身份现在已经清楚,是伊丽莎白·威斯克曼(Elizabeth Wiskeman),一个德国移民的小女儿,比燕卜荪大七岁,在剑桥大学攻读历史学博士学位。他俩的感情应该是真挚的、强烈的,对燕卜荪来说也是很重要的,因为他把她正式介绍给自己的导师 I.A.瑞恰兹。从后来发现的证据看,燕卜荪可能有时在晚上带威斯克曼回宿舍过夜。在那个年代,这种事情不仅会被理解为缺乏道德,而且可能被理解为大逆不道。1929 年夏天,一名清洁工在替燕卜荪搬迁宿舍时,发现了他在抽屉里存放的避孕套。这件事情被大肆宣扬,成为一个轰动性的丑闻。玛德琳学院为此举行了院务会特别会议,在燕卜荪的导师瑞恰兹缺席的情况下,决定开除燕卜荪,取消他的副院士头衔,将他的名字从学院名册上永远删除。

　　燕卜荪因此受到了沉重的打击,并且感到非常委屈。在接受调查的过程中,燕卜荪承认使用过避孕套,但是对于他的对象是何人这个问题坚决保密,从而保护了威斯克曼的名誉。从后来的证据看,他们的行为也许是一时冲动,燕卜荪并没有淫秽和下流的举动。威斯克曼一生未嫁,追求了一个卓著的事业。在第二次世界大战前的大部分时间她都居住在德国,为《新政治家》和其他杂志撰写关于德国形势的文章,不断向英国警告纳粹的崛起和对和平的威胁,曾被盖世太保囚禁。1937 年,应皇家国际关系学院的邀请,她开始撰写第一本书《捷克人和德国人》;随后又于 1939 年写了《没有宣战的战争》。在战

　　① Haffenden,John. *William Empson:Vol I. Among the Mandarins*. Oxford:Oxford University Press,2005,p.239.

争期间,她是英国驻瑞士公使团的助理新闻专员,其职责是收集欧洲全部敌占区的非军事情报,并因此进入了纳粹的黑名单。1965 年她获得了牛津大学的荣誉博士学位,被描述为"现代的卡桑德拉,活着记录了她预言的战争",一位"获得了国际声誉的历史学家"。

被剑桥大学开除之后,燕卜荪来到伦敦,以写作为生。在伦敦,燕卜荪结识了一位剑桥大学的毕业生、在伦敦某医院做实习生的艾丽斯·奈什(Alice Naish)。当时艾丽丝已经订婚,但是订婚有父母包办的色彩。在碰到燕卜荪之后,他们相处得很好,一起去看电影,一起去女王音乐厅听音乐会,在伦敦街头步行游逛。燕卜荪还会把地铁里"灵丹妙药"的广告拿来解构一番。艾丽斯后来说,他很渴望与她分享他的工作和想法,有时还引用他自己诗歌中的诗行,"他教会我用不同方式看问题,以新的方式看世界"。① 但是这个充满爱恋的关系终止于一个令人遗憾的误会。两人第一次发生关系之后,艾丽斯心情非常纠结,而燕卜荪在街上碰到她居然没有理会。艾丽斯以为燕卜荪鄙弃她的行为,视她为放荡之人。但实际上,燕卜荪有高度近视,可能没有看见。在伤心之中,艾丽斯选择了离开。

艾丽斯·奈什嫁给了她的未婚夫卢多维克·斯图尔特。在剑桥大学读书时,她在临床工作上表现出了巨大的天赋,在诊断方面发展了特别的才能,她获得了大学颁发的几乎所有奖励。后来她因为在医学研究方面的成就而成为国际知名专家、放射性流行病学研究的开拓者。她陆续当选为皇家内科医学院最年轻的女性院士,牛津大学社会医学高级讲师。1985 年她当选为皇家社会医学和公共卫生学院院士,还获得了诺贝尔奖提名。1991 年在意大利获得了流行病学拉玛扎尼奖,最终她获得伯明翰大学荣誉教授。我们很难想象她与燕卜荪的结合会产生什么样的神奇结果,而后来他们的确有了第二次握手的机会,但最终没有上演有情人终成眷属的童话故事。

这两次恋爱经历可能是燕卜荪性取向从同性恋转向双性恋的开始。1933年燕卜荪接受日本东京文理大学的教职而来到东方。那年夏天,他与一个名

① Haffenden, John. *William Empson*: *Vol I*. *Among the Mandarins*. Oxford: Oxford University Press, 2005, p.270.

叫春(Haru)的日本女孩产生了一段恋情。春是一个身材纤弱的漂亮姑娘,烫着最时尚的波浪发型。她的家在横滨,自己在东京的德国驻日大使家里做侍女。一般来讲,西方人到了东方,都会找一个情妇,聊以自慰。特别是到了日本,人们会想到"蝴蝶夫人",想到那温柔、贤惠和顺从的东方女人。但是对于燕卜荪来说,他与春的关系绝不仅仅是一场逢场作戏或剥削性的性接触。这段感情激发他写下了《晨歌》(Aubade),他在日本创作的为数不多的诗歌之一,也是一首罕见的、直接透露私生活的诗。诗歌以一场地震开始,地震将这对熟睡的恋人惊醒,女人的第一反应不是尽快冲出宅子去逃命,而是要乘出租车赶回家。因为如果"他"被地震惊醒,发现她不在,就会大喊大叫。有人认为诗歌中的这个"他"是春的丈夫,但是燕卜荪坚决否认,称她只是一个侍女。

诗歌中不断重复着这样一句话:"看来最好的选择就是起身离开。/坚定站立的心是因为你飞不掉。"两行诗反映了责任与欲望之间的互相冲突。"起身离开"既是指中断恋情,也是指流亡者归国的决心。但是哪一个选择更高尚呢,留下来娶了这个女人,还是听从祖国和政治立场的召唤? 这个问题成为诗歌议论的焦点,最后它还是呼吁要服从大局,目前的承诺要服从长远的责任。任何一个选择都不会令人满意,不会减少痛苦,因此现实主义原则最终占据了上风。

> 正是在矛盾中,它们突显出来。
> 看来最好的选择就是起身离开。
> 起身,是让人振奋的坚决回答,
> 坚定站立的心是因为你飞不掉。

燕卜荪说:这最后几行的"主要意思是,如果世界大战即将发生,那你就不可能从战争中摆脱出来。"①三十年后,他在一次访谈中对这首诗进行了解释,"我在日本时…… 通常在殖民地待了多年的人会警告年轻人:不要去娶日本女人,因为十年之内我们就会与日本开战,那时你娶了个日本女人就会有大

---

① Haffenden, John. *William Empson: Vol I. Among the Mandarins*. Oxford: Oxford University Press, 2005, p.329.

麻烦,这首诗就是关于这个的"。诗歌体现了一种"被动的忍受。我们必须承受它,我们不可能躲避历史的现实"。于是,诗歌似乎在说:我们不能结婚,我们必须准备好分离。①

四

　　燕卜荪的同性恋倾向究其根源可能是来自他早年生活环境的影响。在他生活的年代,贵族学校都是男孩学校,这种特殊的、没有女性的生活环境很容易使它的学生人群形成同性恋情。牛津大学和剑桥大学在当时几乎也是男生学校,在男孩子发育和成熟的关键时期(青春期),他们的周围没有女孩。因此,他们很容易在同性之间建立深厚的友情,而这种深厚的友情与同性恋情只有一步之遥。在燕卜荪的时代,同性恋还是一个时髦的事情。在他进入剑桥大学前,著名作家奥斯卡·王尔德(Oscar Wilde)因同性恋而受到起诉和监禁。剑桥诗人 A.E.豪斯曼(Housman)、W.H.奥登(Auden)等也是同性恋。燕卜荪在剑桥大学先后喜欢过洛克兰、赫克洛兹、德斯蒙德·李,他的日记中也有对鸡奸、手淫等性行为的渴望。性问题有时也是大家公开讨论的一个话题,在1926年5月4日剑桥学生会举办的题为"当今的青年堕落了"的辩论赛上,燕卜荪想到了同性友情,这一概念有点像 D.H.劳伦斯(Lawrence)在《恋爱中的女人》中所提出的同性情谊。

　　这次辩论赛的特邀辩手路德维奇(A.M.Ludovici)是《为女人辩护》(1923)一书的作者,他宣称"一个自我控制的人格,就像一根潮湿的火柴,点不燃。现代青年的内敛倾向非常危险。性格的本质就是抵抗"。燕卜荪读过路德维奇的书,知道路氏鼓吹的是一种传统的雄性力量,以及男性对女性的不懈追求。但是,燕卜荪信仰男性友谊这一古老的希腊观念,那天晚上他以愠怒的心情在日记中写道:"我本想驳斥路德维奇的观点;正常的男人不需要 96

---

① Haffenden, John. *William Empson: Vol I. Among the Mandarins*. Oxford: Oxford University Press, 2005, p.327.

个女人,在蜜月期间他是男人,然后在女人计划着秋天生孩子的时候,男人又回到同性恋状态,他需要男性朋友,社交夜晚,'文明'……弗洛伊德证实,为了保证家庭延续,我们把性放到了一边,使它具有俄狄浦斯的性质;为了保证文明延续,我们再次移动目标,'爱我们的邻居'。文明不是女眷成群。"①

即使在1929年他经历了真正的恋情之后,燕卜荪仍然在异性恋和同性恋之间纠结。他不得不努力克服天性中的厌女症恶魔。他寻求女性的陪伴,但他有时仍然被男性所吸引,在不同的性取向之间挣扎。在伦敦期间,他的老同学卡鲁·梅雷迪思(Carew Meredith)就居住在附近,燕卜荪在温切斯特公学读书时曾经讨好过、甚至可能渴望过他。梅雷迪思和他的妻子西比尔居住在梅克伦伯格广场(Mecklenburgh Square)附近的一间地下室里,这里成为他们经常举行聚会的场所。据燕卜荪剑桥时期的同学约翰·所罗门(John D. Solomon)说,梅雷迪思对燕卜荪的影响"具有同性恋的性质",至少在早年是如此。梅雷迪思的妻子西比尔对燕卜荪最刻骨铭心的记忆是,在1930年10月为《复义七型》举行的聚会上,她差点没有被他掐死。她说这次恐怖的突然袭击没有任何直接理由:"他仅仅是不喜欢我。"燕卜荪可能是在醉酒状态才对一个女人如此施暴,据他的传记作者哈芬顿说,这件事说明他对所有女人具有根深蒂固的敌意,或者说他的行为与性嫉妒有关。②

1933年在他的日本教职即将结束之前,他曾经企图强行与一个日本出租车司机亲热,这件事被告到警察局和他工作的学校。他向朋友解释说,日本男孩与女孩看上去没有多少差别,暗示他把那个司机错当女孩,企图否认他的同性恋倾向。但是一个与他有过较多接触的日本女教师在日记中说,她的这位英国老师有"仇女情结",暗示他与男孩子更加亲近,而对女孩子更加疏远。燕卜荪在日本与他的学生们建立了深厚的情谊,同时也在游泳池结交了一些同性朋友。他与他们一起游泳、郊游、远足、吃饭、喝咖啡、在大海里游泳、在沙

---

① Haffenden, John. *William Empson: Vol I. Among the Mandarins*. Oxford: Oxford University Press, 2005, p.122.

② Haffenden, John. *William Empson: Vol I. Among the Mandarins*. Oxford: Oxford University Press, 2005, p.268.

滩上摔跤、上剧院看日本能剧等。有时他还喜欢在家里的阳台上光着身子晒日光浴。他写信给他的导师瑞恰兹说,日本女性是一个不可知的领域,对他这样的西方男子的兴趣最多也是理论上的。他感到日本男人有一种幼稚病和自负心理,这对他既有诱惑,又使他感到恼火,显然他需要的是更加令人满足的伙伴。

<h1 style="text-align:center">五</h1>

1939 年,在结束了中国西南联大的任教后,燕卜荪回到英国,于 1940 年加入了 BBC 的中文部,做广播监听工作,与乔治·奥威尔(George Orwell)是同事。在 BBC 内部举办的一个宣传工作培训班上,他认识了一位叫赫斯特·亨利埃塔·克鲁斯(Hester Henrietta Crouse)的同行。她出生于南非,后来移居英国,早年在非洲学习过雕塑,后来在伦敦做过模特,开过救护车,最后在 BBC 非洲部任职,燕卜荪称她为赫塔(Hetta)。他俩认识后,相互都非常欣赏,于 1941 年 12 月 3 日在伦敦的圣史蒂芬教堂举行了婚礼,燕卜荪的兄长和姐姐,以及赫塔的同事见证了婚礼。在接下来的两年里,他们生下了两个儿子,一个叫麦格多,一个叫雅各布。燕卜荪结婚的消息对他的朋友来说是一个不小的新闻,不是因为他娶了一个非洲女孩,而是因为结婚这事本身。他们认为燕卜荪的双性恋倾向根本不可能使他走进婚姻的殿堂。在婚礼后的聚会上,燕卜荪肯定喝了不少酒,最后在朋友们离开时,他也对赫塔说,"啊,亲爱的,我也走了",然后就回到了他从前居住的地方。[①] 他显然忘记了他刚刚结婚,以后要与赫塔一起生活。

1947 年,燕卜荪携夫人与孩子再次来到中国,在北京大学任教,教授莎士比亚、17—18 世纪英国诗歌、现代英国诗歌,还有英语专业四年级的写作课。后来他们见证了新中国的建立,据说还参加了开国大典的游行,他们也见证了

---

① John Haffenden, *William Empson*, *Vol II*: *Against the Christians*. Oxford: Oxford University Press, 2006, p.45.

建国初期的社会变革,以及逐渐展开的公私合营、思想改造、抗美援朝等历史事件。在中国,赫塔以其美貌和充沛的精力赢得了许多人的好感,在北京的外国人社区中也有不少追求者,甚至与一位来自美国的叫沃尔特·布朗(Walter Brown)的年轻教师发生了一段婚外情。有意思的是,燕卜荪没有感到嫉妒,没有感到愤怒,而是容忍、接纳,甚至纵容赫塔的行为。1948年,他写了一首题为《妻子赞》(The Wife Is Praised)的诗歌(没有发表),深情地赞美了赫塔的慷慨大度,让他们的爱情生活里有了一种"三角的安排"。

> 我爱你是因为我想占有你?
> 这似乎太荒谬,我忘记了。
> 因为热切地想象着的那种爱,
> 时间还没有把它歪曲,
> 总是一场三角形的恋爱。
> 我喜欢你和年轻男子同床,
> 他们是兴奋剂,陪衬和装饰,
> 那时他们也会委身于我。

　　1952年他俩回到英国,燕卜荪在谢菲尔德大学获得了教授职位,但赫塔拒绝到伦敦以外的地方生活。这样的两地分居使他们感情进一步疏远。赫塔在此后的生活中又有了新的情人彼得·史密斯(Peter Duval Smith),甚至还生下了情人的孩子,但燕卜荪却一直与他保持着夫妻关系,不愿意离婚。与此同时,燕卜荪本人在20世纪50年代初也与他的旧情人、那位曾经的实习医生、现在是国际知名医学专家的艾丽斯·奈什重逢。从那时到1971年退休,燕卜荪都一直跟她保持着很好的关系,他说,"我从来没想到在我这种年龄还会有现在这样的性兴奋。"①的确,据燕卜荪的传记作者哈芬顿说,艾丽斯"拯救"了他,把他从那些可能发生在他身上的不健康的、或许危险的同性性行为中解救了出来。尽管如此,燕卜荪的同性恋倾向仍然没有消失,他经常向年轻的小伙子寻求他所谓的友好、单纯的性关系。我们可以这样说,当他与女性保持良

---

① John Haffenden, *William Empson, Vol II: Against the Christians*. Oxford: Oxford University Press, 2006, p.384.

好的性关系时,他的同性恋倾向可能会被暂时压制下去,而当他与女性的关系碰到困难时,这种同性恋倾向就会重新浮现。妻子的出轨难道对他来说无所谓吗?唯一可能的解释就是他对异性失去了兴趣。

(该文原载《中华读书报》2013 年 10 月 23 日和 11 月 6 日,收入本书时略有改动)

"诗歌的破产",还是现代意识?
——评《现代诗歌评介》

　　文学上的"现代"现在已经是一个历史术语,它指的是距今大约五十至一百年前的 20 世纪的前五十年。这个时期是英美文学史上的一个非常重要且文学作品非常丰富的时期。它的文学派别包括世纪之交的唯美主义,20 世纪20 至 30 年代的现代派,40 年代的新浪漫主义、启示派和自白派,50 年代的运动派、黑山派和"垮掉的一代"。M.L.罗申索尔(M.L.Rosenthal) 的《现代诗歌评介》(*The Modern Poets:A Critical Introduction*)就是针对这个时期的英美诗歌的综述和评介。它从世纪之交的唯美主义开始,详细阐述了现代派诗歌的起源,兴起和发展,以及现代派之后的英美诗歌发展的新方向。

　　这一时期,从历史来讲,也是一个从传统到现代转型的新旧衔接的时期。第一次世界大战和工业化的深入发展使西方的社会和文化经历了一次巨大的变革。新的历史环境和历史因素迫使人们重新审视和重新评价传统的文化和价值体系,进而建构起一个适合历史发展的新的思想体系和价值体系。在这个历史时期,人们产生了一种强烈的"现代意识",感觉他们进入了一个与过去完全不同的时代,进入了一个"现代"时期。机器和现代技术完全改变了世界的面貌,改变了人们的思维方式。人们的时空概念与传统的模式不同,人们对世界的认知也已经"现代化"。在这样的历史条件下,诗歌创作也进行了一个重大的转型,主要是诗人们在诗歌形式上做出的种种创新。他们从不同角度寻求新的表现形式,冲破传统思维的束缚,用充满现代气息的方法来表现现代的现实。这就产生了人们现在所常常讨论的现代派。

　　现代派诗歌是《现代诗歌评介》所讨论的重点,占了本书三分之二的篇幅。它用了三个章节的篇幅来讨论现代派的重要作家叶芝(W.B.Yeats),庞德(Ezra Pound)和艾略特(E.S.Eliot),对他们的诗歌和观点进行了详尽的解读。从我们的角度来回顾这段历史,20 世纪前期的英美诗歌,特别是现代派诗歌,往往与晦涩、难懂、玄奥和朦胧联系在一起。艾略特的《荒原》和庞德的《诗章》对一般读者和一般的英文专业的学生来说都是可望不可即的。它们的时空跳跃,它们的上下不连贯,它们所包含的无所关联的比喻和奇想,它们在整体意图上的缺失,它们的快速的场景转换,这些对于习惯于传统诗歌的读者来说都是一个挑战。最初的西方评论家与我们现在的一般读者有着同样的感觉。温特斯(Ivor Winters)说它的结构是"几何级数的跳跃";昂特梅耶(Louis Untemeyer)说它是"炫耀学问的招摇过市";赫夫(Graham Hough)甚至说它整个就是"诗歌的破产"。① 但是,在经过了约半个世纪之后,特别是到了本书成书的 20 世纪 60 年代,人们对现代派诗歌的认识变得更加理智,更加合理。人们在现代派诗歌中发现了它非常特别和非常有创造性的一面。

正如本书在开篇所说,现代派诗歌所表现出来的是"感知力的开阔",同时也是与传统的"断裂。"②它表现出与维多利亚时代所完全不同的感性特征和人文关怀。首先它对世界的认识更加开阔,更加自由。它冲破了维多利亚时代的道德标准和诗性概念的束缚,将诗歌引向了前一个时代所不愿触及或不敢触及认知领域。现代派诗歌在对都市中的贫穷,堕落,愚蠢,道德沦丧,文明衰败等主题的表现为诗歌注入了新的活力和更广阔的内容。法国象征主义诗歌的都市情结,特别是波特莱尔(Charles Baudelaire)《恶之花》的影响,为英美现代派诗歌展示了新的视角和新的创作可能性。对愚蠢和堕落的讽刺,对精神空虚的不满,对文明衰败的叹息似乎都表达了与维多利亚时期诗歌完全不同的观点和态度,为诗歌注入了新意。

现代派诗歌对视野的扩展不仅仅表现在它内容的丰富和认知范围的扩大。在许多方面,它还试图将传统与现代,西方与东方融为一体,形成一个包

---

① Ivor Winters.*In Defence of Reason*.Denvor:U.of Denvor P.,1947;Graham Hough.*Image and Experience:A Study in Literary Evolution*.London:Gerald Duckworth,1960.For Louis Untemeyer's essay,see Michael Grant ed.*T.S.Eliot:The Critical Heritage*.London:Routledge Kegan Paul,1982.

② [美]M.L.罗森萨著:《现代诗歌评介》,外语教学与研究出版社 2004 年版,第3—4页。

容面广阔的审美意识。艾略特宣称,在一个诗人的作品中,"不仅最好的部分,而且最具个性的部分,都是他的前辈诗人流芳百世的最明显之处"①。诗人在表现一种感情时,应该能够将这一感情与过去的诗人所表达过的类似的感情进行比较,并且通过比较使过去和现在并存,从而实现交流和共同升华。艾略特在 430 余行的《荒原》中企图将西方两千年的历史和文明浓缩于一炉,庞德的《诗章》企图以一个航行者的精神在世界文明史中纵横遨游。评论家戴维(Donald Davie)说,现代诗人在创作时似乎有一个博物馆的心态,古今东西的事物全部进入了他们的视野,他们随意挑选这些事物,然后将它们放在一起。从而实现了传统与现实,身边与世界的融合,形成了现代诗歌所特有的包容一切,横贯古今的时空意识。②

这样的诗歌的确是一种非常不同的诗歌,它在阅读习惯和思维方式上都对读者提出了更高的要求。现代派诗歌史诗般的和包容一切的想象力,它的深刻的忧患意识,它对西方文明的历史和未来走向的思考,对文明的衰退和道德的沦丧的忧虑,它对现代文明从衰落中复苏和重振的期望,这些特点都形成了重要的时代特征,并贯穿于同时代的其他诗人。

《现代诗歌评介》对其他重要的现代诗人也进行了回顾。这些诗人都或多或少地具有共同的时代特征,但他们也与前边提到的现代派巨匠有所不同,各有自己的明显特色。弗洛斯(Robert Frost)特运用了更加传统的形式来描写比较传统的题材,诗歌反映的感情往往来自新英格兰的农场和乡间的经历。斯蒂文斯(Wallace Stevens)和威廉姆斯(William Carlos Williams)更加强调美国经验和美国题材,关怀美国本土的历史和现实,两位都致力于意象的写实,不主张对意象进行主观评说或进行提炼升华,即"思想不存在,除非在物体中"。③ 卡明斯(E.E.Cummings)更加强调在文字顺序上的实验和文字打印效果上的创新,在许多诗歌中运用了讽刺的手法,特别是在描写第一次世界大战的诗歌中,将讽刺的效果掌握得恰到好处。缪尔(Edwin Muir)和麦克德米德

---

① T.S.Eliot.*Selected Prose of T.S.Eliot*.Ed.Frank Kermode.London:Faber,1984,p.38.

② Donald Davie.*The Poet in the Imaginary Museum*.Manchester,1977,pp.45-46.

③ William Carlos Williams.Against the Weather(1939);Wallace Stevens.Not Ideas about the Thing,but the Thing Itself,*The Collected Poems*.New York:Vintage Books,1990,p.534.

（Hugh MacDiarmid）将苏格兰的题材与现代派的风格相融合,并且引入了苏格兰民间文学和方言的成分,形成了形式独特的现代风格。这些诗人与前边提到的现代派巨匠一道创造了现代诗歌,同时也用他们不同的题材和不同的表现形式丰富了现代诗歌的内涵。

还有一组诗人可以说也与几位现代派巨匠有一定区别,但也具有他们自己的现代特色。这就是劳伦斯（D.H.Lawrence）,克雷恩（Stephen Crane）和奥登（W.H.Auden）。劳伦斯不管是在他的小说还是在他的诗歌中,都对现代文明和现代工业化对人性的压抑进行了批判,他认为人的天性和与生俱来的感情是神圣的,而文明、教育和宗教的发展过程就是对这些天性的压抑和毁灭。他在诗歌中往往希望通过对人性的改造,实现人性回归和复兴,从而创造一个全新的世界。对"新天地"的展望也在克雷恩和奥登的诗歌中有着明显的体现。虽然他们的"新天地"有着不同的内容,但他们都是希望通过内心的革命以达到改变现实世界的目的。克雷恩的《桥》就是一个新时代的象征,也是期盼新时代到来的彩虹。奥登则更希望通过政治改革来创造一个更加美好的世界,他所代表的20世纪30年代的左翼作家在一定程度上通过激进思想和革命行为表达了他们为理想而奋斗的决心。这些诗人希望通过再造文明从而达到西方复兴的思想与现代派巨匠的追求有异曲同工之处。

现代派诗歌已经离我们有大半个世纪之遥,对现代派诗歌的评说也已经几经起伏。现代派不仅创造了新的表现形式和新的思想内容,更重要的是它创造了新的阅读习惯和思维方式。比如说现代派诗歌表面上支离破碎,像一堆"碎片"的集合,但其实在现象背后存在着更高层次的连贯,就像音乐被各种主题和变奏所连接而形成整体一样。瑞恰兹（I.A.Richards）说,现代诗歌打乱了叙事的顺序,诗歌各个部分呈空间的组合关系。① 读者无法用时间顺序来理解它们之间的联系。通过半个世纪的发展,人们已经接纳并适应了这样的表现形式。又比如说现代派诗人认为诗歌在创作完毕之后已与诗人无关,诗歌已成为具有"独立生命"的,由音韵意象所构成"有机体",不能改写或重写;因此诗歌评论不能探究"作者意图",只能通过"细读"探索诗歌内在的相

---

① I.A.Richards.*Principles of Literary Criticism*.London,1928.

互联系和表意效果。① 可以说"新批评"从理论和实践上都是现代派诗歌理念的结晶,它反过来又对现代派诗歌进行论证和诠释,从而创造了现代派诗歌存在的氛围,使它从新生事物演变成创作标准。

然而当现代派诗歌取代传统诗歌成为时尚的同时,它本身也成为后来诗歌叛逆的对象。现代诗歌的一统天下从某种意义上讲是通过叛逆来实现的,特别是艾略特对浪漫主义的批评,对弥尔顿(John Milton)和18世纪的批评是他进入诗歌主流的一个重要的行动步骤。现代派对历史的重新解读,为它的立场和诗歌性质建立了明确的定位和定义。现代派的这种叛逆策略可以说或多或少地存在于英国20世纪后半叶的诗歌之中,它们对自己的定义和定位或多或少是通过对现代派的反拨来实现的。比如20世纪40年代的"新浪漫主义"和"启示派"就是从形式上和创作理论上对现代派的修正,本书所提到的托玛斯(Dylan Thomas)等人所强调的不是现代派所推崇的理性思考,形式完美,而是感情的喷发,神力的启示。又如20世纪五六十年代的"运动派"就是将诗歌的视角从包容一切的想象和对文明进程的思考拉回到平常的生活和发生在邻居和同事之间的微妙纠葛。拉金(Philip Larkin)等人所关心的不是西方文明的衰落,而是英格兰和它所建立的帝国的衰落,是英国传统的生活方式在现代化的进程中的逐渐消失。

在美国,后现代的诗歌也逐渐在脱离现代派诗歌所确立的方向。在20世纪40年代,以洛厄尔(Robert Lowell),施瓦兹(Delmore Schwartz)和雷特克(Theodore Roethker)所代表的"自白派"放弃了诗歌的"非个人化"原则,撕下了诗歌中发言人的面具,将诗歌中的"我"与诗人的"我"等同起来。对自我的表现,对内心的痛苦与忧郁的探索,对心理的矛盾变化的跟踪,这些更能使我们想起浪漫主义时期的诗人,而不是20世纪的现代派。20世纪50年代和60年代的"黑山派"和"垮掉的一代"与现代派也有着太不一样的想法和太不一样的表现手法。奥尔森(Charles Olson)的"抛射诗"摒弃了传统诗歌的抑扬格节奏,以呼吸的长度来决定诗行的长度,比现代派的"自由诗"更加自由,但也更加新奇。金斯堡(Allen Ginsberg)等人在社会责任和个人自由之间的认识

---

① 赵毅衡著:《新批评文集》,中国社会科学出版社1988年版,第187、208页。

远不是现代派诗人的保守主义和古典主义所能等同的。早在1942年,贾雷尔(Randell Jarrell)就宣称,"我们所知道的现代主义——这个世纪最成功,最有影响的诗歌流派——已经消亡。"

这些是本书作者所无法看到的,因为他离这些诗人的年代太近,可以说他就是置身于那个年代的人。因此他所看到的仅是一片"极度的混乱"。随着现代派进入历史,与之有着紧密联系的"新批评"也逐渐过时。人们的审美趣味逐渐发生了改变,人们对历史的解读也已大不相同。英国"浪漫主义"诗歌重新成为20世纪60至70年代英美批评界的新宠,华兹华斯和雪莱等人又重新受到了批评界的公正对待。亚伯拉姆斯等人的研究不但推翻了现代派对浪漫主义的评价,而且对现代派诗人的"反浪漫主义"进行了深入的剖析。布鲁姆(Harold Bloom)将这种"反浪漫主义"视为受到浪漫主义影响之后所产生的一种逆向反应,即"影响的焦虑。"①由于这种观点的深入发展,批评界所看到的不再是现代派的"反传统"精神,而是现代派怎样成为浪漫主义诗歌的延续。克尔莫德(Frank Kermode)认为20世纪现代派的象征主义诗学直接来源于浪漫诗人对诗歌意象的崇拜。②福莱(Northrop Frye)认为浪漫主义作为一个思潮并没有在20世纪初结束,而是一直延续至今日。作为浪漫主义的第二个阶段,现代派,包括五十至六十年前英法的反浪漫主义运动,都最好被理解为"后浪漫主义"。③

现代派诗歌作为一个重要的文学领域有众多的研究者和研究成果。在阅读现代派诗歌的过程中,有几本书是必须知道的。李维斯(F.R.Leavis)的《英国诗歌的新方向》,布鲁克斯(Cleanth Brooks)的《现代诗歌与传统》和肯纳(Hugh Kenner)的《庞德时代》代表了早期的评论方向,对我们从内部去理解现代派诗歌和掌握它与传统的关系有很大帮助。后期的评论中比较重要的有克尔莫德的《浪漫意象》,伯恩斯坦(George Bornstein)的《浪漫主义的变形》和佩尔斯(Roy Harvey Pearce)的《美国诗歌的延续》。这些著作都更强调以一种新的视角来看待现代派诗歌与传统的关系,对我们进一步了解这个领域有一

① Harold Bloom.*The Anxiety of Influence*.New York,1973.
② Frank Kermode.*The Romantic Image*.London,1957.
③ Northrop Frye.*A Study of English Romanticism*.New York,1968.

定的帮助。这些评论要么抓住了现代派诗歌的某一个发展方向,要么对某些现代诗歌进行了详细解读。对历史现象和细节进行了高度的概括和重新的整合,它们的重心是"批评"。另外还有一些研究成果是以"史"为重心的,这些包括本书和伯金斯(David Perkins)的《现代诗歌史》和斯瓦兹(Delmore Schwartz)的《现代派的基石》。本书作者罗申索尔是美国著名的文学评论家,对现代诗歌有深入的研究,他还与S.M.戈尔(S.M.Gore)合著有《现代诗歌系列》。

综上所述,《现代诗歌评介》比较适合中国的学习者和研究者使用。它深入浅出,高度概括了20世纪前五十年的诗歌发展轨迹,详细描述了这个时期诗歌发展的主要方向,对重要的诗人进行了深入细致的分析,同时又没有遗漏一部文学史所应该收录的重要作家。它将历史和评论结合起来,既不是史实和作家的简单列罗,也不是选择性极强的文学批评。它对历史的评介有评论家的风范和洞察力,它对具体文学现象的评论又有史学家的完备和不偏不倚。它是一部较好的文学史综述著作,值得向我国读者推荐。

（该文原载 M.L.Rosenthal.The Modern Poets:A Critical Introduction,外语教学与研究出版社 2004 年版,收入本书时略有改动）

当代诗歌与小说

《北京即兴》、东方与抗议文化：
解读艾伦·金斯堡的"中国作品"

　　艾伦·金斯堡（Allen Ginsberg）是美国"垮掉的一代"的精神领袖,他的名字常常与离经叛道、狂浪不羁,酗酒、吸毒、同性恋联系在一起:他是一个无所不为的"坏孩子"、美国联邦调查局在案的"危险分子"。在哥伦比亚大学读书时,他曾因在窗玻璃上涂写下流文字而被停学;因在宿舍藏匿盗窃赃物而被逮捕,最后被判精神失常而关进哥伦比亚大学精神病医院。1955 年他以《嚎叫》（*Howl*）一诗闻名美国,逐渐成为那一代诗人的代表人物。1984 年他与加里·斯奈德（Gary Snyder）、托尼·莫里森（Toni Morrison）、威廉·加斯（William Gass）、汤婷婷（Maxine Hong Kingston）等组成美国作家代表团,对中国进行了一个月的访问。除了与中国作家广泛接触,在苏州和西安参观访问外,金斯堡还在中国多所高等院校举办诗歌朗诵会,拉着簧风琴朗诵《嚎叫》。① 在中国期间,他写下了包括《北京即兴》（*Improvisation in Beijing*）、《一天早晨,我在中国漫步》（*One Morning I Took a Walk in China*）、《读白居易》（*Reading Bai Juyi*）等诗歌作品,其中有六首收录于诗集《白色裹尸布:1980—1985》,一首收录于诗集《都市问候:1986—1992》。

　　在西方,美国作家代表团访华的经历零星地见诸金斯堡的传记和其他类似文献,但是他在这段时间创作的诗歌鲜有人问津。在中国,金斯堡的中国经历和中国作品被多位学者提及,赵毅衡、张子清、文楚安、贺祥麟、刘岩、朱徽等都曾经对这几首诗做过评介,文楚安还曾经翻译过这些中国作品,认为金斯堡

---

　　① 见贺祥麟著:《难忘金斯堡》,《国外文学》1998 年 2 月刊;张子清著:《中国文学和哲学对美国当代诗歌的影响》,《国外文学》1993 年 3 月刊。

的"中国组诗独具魅力,向西方读者打开了一扇了解中国的窗户",①然而,这些诗歌所反映的"问题"没有得到讨论。这些学者都给我们以重大启示,但是也留下了一些没有回答的问题。比如金斯堡到底在这些诗歌中建构了什么样的"中国形象"？它们对这个异质文化表达了怎样的态度？东方和佛教对金斯堡的诗歌创作具有怎样的意义？这与他的抗议文化有什么关系？这些都是本文要思考和解决的问题。

一、文本与真实

1984年10月,金斯堡作为美国作家代表团成员在北京参加了一个题为"灵感的来源"的座谈会。根据座谈会的发言纪要,他后来创作了《北京即兴》。在诗歌中,他回答了"我为什么写诗?"这个问题。他说,"我写诗,因为庄子不知道自己是蝴蝶还是人,因为老子说过水向山下流,因为孔子说过要尊重老人。"(CP 938)②金斯堡对中国古代哲学和文学经典表示了浓厚兴趣,对其中表达的观点表达了熟悉和认可。这些观点主要来自他阅读过的西方学者出版的书籍,包括庞德(Ezra Pound)翻译的中国古代经典。他说,"我写诗,因为庞德告诉西方青年诗人要注意中文的象形字。"(CP 938)庞德的榜样使金斯堡意识到中国诗歌在语言运用方面的特别之处,与自己的诗歌理念不谋而合。

虽然金斯堡到1984年才看到真正的中国,但是他对中国和东方的兴趣始于他事业的早期,1953年他从纽约大都会博物馆看到了日本古代绘画,受到了极大的冲击。后来他又从纽约公共图书馆的艺术书籍中看到中国南宋画家梁楷的《释迦出山图》,从而获得灵感创作了《释迦牟尼从山上下来》(*Sakyamuni Coming Out from the Mountain*)。③ 1962年他游历了印度和亚洲,在那里他研

---

① 文楚安著:《久违了,金斯伯格:论金斯伯格的中国组诗》,《外国文学》1994年5月刊。

② Allen Ginsberg, *Collected Poems* 1947–1997. London: Harper Collins, 2006, p.594.该书以下简写为CP,并且以文中注形式对诗歌出处进行注明,如(CP 70)等。

③ Ball, Gordon. Beat Meets East, *Beat Meet East: An Anthology of an International, Interdisciplinary Conference on the Age of Spontaneity*. Ed. William Lowlor & Wen Chu-an. Chengdu: Sichuan UP, 2006, p.386.参见文楚安编译:《金斯伯格诗选》,四川文艺出版社2000年版,第29页。

读了藏传佛教的经典,认为西藏文化是"地球上最伟大的文化,如此独特,不可能在任何其他地方开花结果。"①这次经历对金斯堡形成了巨大的冲击,他在笔记中写道,"我突然感到不愿意受制于那种非人的力量,那种拓展认知范围的道德责任,只想随心所欲,做自己,生活在现在……我突然感到能够自由地爱我自己,也爱身边的人,爱他们本身,爱我自己本身。"②

佛教对于金斯堡来说是一个奇特的"灵感"。他说,"我写诗,因为我遵守菩提萨埵的四大誓言":1)需要解放知觉的造物不计其数;2)自己的贪婪愤怒愚昧没有极限;3)个人的心境多得无数;4)灵魂苏醒的路径遥远无际。也许我们不能理解金斯堡的性政治与"佛陀达摩冥想"有什么关系,但是至少它暗示了金斯堡的思想结构中浓厚的东方色彩。1967年他在意大利拜访了埃兹拉·庞德。在庞德对自己的错误发出了悔恨的自白时,他引用了《易经》来宽慰他,献上了一份"祝福",表现了一个"犹太佛教徒"的宽宏大量。③ 在1970年代,他结识了一位定居美国的西藏喇嘛,定期参加后者举办的禅修班,奉他为精神导师,取法号"达摩狮"(Dharma Lion),向他学习坐禅和冥思,尝试他所提议的即兴创作。正如诗人北岛在《失败之书》(2004)中写道:"东方宗教使他那狂暴的灵魂安静下来,像拆除了引信的炸弹。"④

到1984年为止,中国对于金斯堡来说仅仅是文本化的中国,仅仅存在于书籍之中。他才第一次看到真正的中国正是当年10月的中国之行。11月,在美国作家代表团返美之后,金斯堡开始在河北大学讲学。正是这次讲学经

---

① Schumacher, Michael. *Dharma Lion: A Biography of Allen Ginsberg*. New York: St. Martin's Press, 1992, p.376.

② Schumacher, Michael. *Dharma Lion: A Biography of Allen Ginsberg*. New York: St. Martin's Press, 1992, p.394.

③ Schumacher, Michael. *Dharma Lion: A Biography of Allen Ginsberg*. New York: St. Martin's Press, 1992, p.492.

④ 北岛著:《失败之书》,汕头大学出版社2004年版,第5页。金斯堡诗歌的最后一个"灵感"是苦难,包括个人和社会两个层面。金斯堡父亲是犹太人,母亲是俄国人,加入了共产党,最后死在疯人院。他自己是同性恋、瘾君子,有时还有狂想症。另一方面,他也关心社会苦难:"我写诗,因为东西方百万富翁驾驶着罗尔斯罗依斯小卧车,而穷人没有足够的钱来补牙。"(CP 821)他关心贫富差异、关心蒙古和美国西部的过度放牧所造成的荒漠化;原子弹对人类造成的威胁;希特勒杀害的"六百万犹太人"都是他关心的对象。(CP 821)从这个意义上讲,金斯堡不仅仅是一个自白派诗人,还是一个具有批判现实主义的诗人。

历,使他对中国有了真正的切身体验。为了授课,他重读了惠特曼(Walt Whitmn)的《草叶集》(*Leaves of Grass*),并创作了《我如此热爱老惠特曼》(*I Love Old Whitman So*)一诗。他再次被惠特曼的诗意瞬间所感动:"酒吧童的眼神,采石犯人胡须上的汗水,太阳光中的妓女"等等。(CP 900)正如《加利福尼亚的超市》(*A Supermarket in California*)一样,金斯堡表达了对惠特曼的敬意,他们之间既是心灵的神交,又是身体的接触:"触摸这本书就是触摸一个人。"(CP 900)惠特曼式的自由诗体裁、绵长的诗行、平行的结构、囊括一切的清单、预言家式的口吻,用金斯堡的话说,这样的诗歌可以让他"无阻碍地呼吸"。惠特曼的诗歌风格的恢宏,思想的包容性,似乎可以将世界上所有的现象纳入他的诗作:"我很大,我包含了大众"。

在河北大学期间,金斯堡还创作了《一天清晨,我在中国漫步》一诗。诗歌记录了一名城市漫步者在保定进行的惠特曼式的游逛:他从校园出发,走进街道,甚至深入到这个当时仍未完全开放的城市的深处。我们跟随着他的眼睛,见证了改革开放初期的中国的一个角落。像惠特曼在曼哈顿漫步、在布鲁克林的渡轮上瞭望一样,金斯堡的诗歌运用了惠特曼式的"列举",捕捉到各种奇怪的细节:在河北大学门口学生们正在"舞剑";早餐摊上正在出售像"多纳圈"一样的油饼;一辆辆驴车拉着砖头和石头;小贩摆在摊上出售"香烟""中国桔子",以及"一盘一盘的花生,亮晶晶、指头般大小的冰糖葫芦。"(CP 903)理发匠在路边摆出凳子,在墙上挂起镜子,给一个学生理发,"黑色头发剪至耳朵,齐刷刷横过后颈部"。"煤球"晾晒在人行道上,大白菜堆放在楼前,"等着被取回去下锅"。(CP 903)吸引金斯堡眼球的显然是一种不同于美国的生活方式,一种具有他异性的异国情调。

文楚安先生说,"我们丝毫看不到金斯堡对中国'阴暗面'的嘲弄……如果对照他那用强烈的蔑视描写美国城市生活的诗,便不难看出诗人对中国的真挚的感情。"① 然而,看似用中立态度列罗的各种细节背后却暗藏着不安,暗藏着对中国社会缺乏人文关怀、缺乏尊严、以及环境污染的关切:鱼贩"盆里大大小小的鱼头,被砍下、仍活着";肉摊上,"半拉猪身子放在案板上,两只蹄

---

① 文楚安著:《久违了,金斯伯格:论金斯伯格的中国组诗》,《外国文学》1994 年 5 月刊。

子往外伸着"；绞肉机绞着牛肉，"白色脂肪红色肌肉和肌腱合在一起被绞成了肉的面条。"（CP 903）这些形象使人想起了痛苦、流血和不人道的屠宰。从工厂的巨型烟囱冒出的"黑色的烟雾直冲云霄"，天空中弥漫着灰白色的雾霾，"隔一个街区，我就无法看见那烟囱。"（CP 903）骑自行车进城的妇女们都用"口罩捂住鼻子和嘴巴"。金斯堡所描写的最令人恶心的场景是一个大型停车场的茅厕："进入厕所，蹲在一块砖上，排泄你的脏东西/或者站着撒尿，对着一个大洞，里边满是淡黄色的、一小时前拉的粪便，发出咯吱的响声。"（CP 904）

也许金斯堡并不是在刻意丑化中国，也许这些确实是他在中国的所见。他的写实主义描写可能有点令人作呕，但这是他的一贯风格：他在《嚎叫》中描写的那些细节也许并不比这好多少。我想他一定是在诗歌中追求一种对中国文化的异质性感觉，用戏谑的方式将他的所见所闻呈现出来，以飨美国读者。他有点像传统的西方游记作者，像萨义德（Edward Said）在《东方学》（Orientalism）中所提到的那些法国游记作者，用敏锐的观察捕捉着异国情调："东方被观看，因为其几乎是冒犯性的行为是怪异性的取之不尽的来源；而欧洲人则是看客，用其感受力居高临下地巡视着东方……东方成了怪异性的活生生的戏剧舞台。"①

二、古代与当今

金斯堡看到的"真正"中国，与他在文本里所读到的古代中国形成了一个鲜明的对比。他对文本中国与现实中国的态度是不同的：前者积极、后者消极。1984年11月在上海复旦大学访问期间，他患上了严重的感冒。在宾馆里卧床休息时，他阅读了路易·艾黎（Rewi Alley）翻译的《白居易诗歌200首》，写下了《读白居易》（七首）。组诗总体上是金斯堡的中国见闻的回放，看似一时的遐想，细节的杂乱堆砌，没有什么结构，但是在细节背后，在惠特曼式

---

① Said, Edward. *Orientalism*. London：Penguin, 1977, p.103.

的自由诗行里,包含着金斯堡对白居易的敬意、对中国给予他的特殊照顾的感谢、对成千上万民众的贫穷境况的同情、对故去亲人(父母)和故乡的怀念、对当代中国历史的思考、对佛教信仰的重申等等,基本上与路易·艾黎的《白居易诗歌200首》的七个部分相对应:1)在人民中间;2)社会与政治诗歌;3)朋友与亲人;4)偶感;5)自然描写;6)妇女命运;7)自我描写。①

在诗歌中,白居易的古代中国与当代中国遥相呼应,金斯堡在古代中国中窥见了当代中国的影子。在第一首中,金斯堡躺在宾馆里,享受着暖气片带来的温暖("在这个国家这是稀罕的东西"),暖气这个特意为外国人安装的奢侈品对他来说是一种尴尬,因为"有成千上万的人在寒冷中发抖"(CP 905):工人在黑暗中唱歌,用以保暖;戴白色头巾的大婶在保定街边卖柿子;船夫在长江三峡的岩石岸边拉纤;农夫在无锡用竹扁担挑水到菜地里浇水。贫富差异是金斯堡挥之不去的思绪,与那些苦难的人们相比,他是著名诗人,不用做苦力,这更增添了他的负罪感。后来他再次提到他是"来自地球那边的富裕国家",在中国"享受着有暖气的房间"(CP 905)、优质医疗和特殊餐饮。这些情感似乎都有白居易的《卖炭翁》《秦中吟》等诗歌的影子,金斯堡的感慨大概是对白居易的著名诗句的回应:"可怜身上衣正单,心忧炭贱愿天寒";"幼者形不蔽,老者体无温"。

金斯堡在白居易身上看到了自己的镜像:"我也是看上去面色苍白,头发稀疏。"白居易与朋友的友谊使他感动得"捂住我的双眼而哭泣"。(CP 907)②在第三首中,金斯堡因为自己的朋友在美国受到迫害而心情沉重,犹如"一只鸡,砍掉头仍在跑,/从脖子喷出的鲜血洒满农家小院。"(CP 907)金斯堡感到自己与白居易有如此多的契合,以至于在第四首中他的思绪沿着长江

---

① Alley,Rewi.*Bai Juyi*,200 *Selected Poems*.Beijing:New World Press,1983,pp.vi-vii.

② 在第二首中,一名"无知而好争辩"的中国学生不能接受金斯堡的同性恋思想,对他的信心造成了沉重的打击,使他产生了强烈的挫败感。他认为自己纵有改变世界的雄心,可能什么也做不到:"我为什么要装出一副英雄的模样,/费那么大的劲去完成非人力之所为"?金斯堡的挫折感与白居易在其诗歌中表达的挫败感有一定的相似之处。后者曾经从长安贬谪到江州,然后再贬到忠州,政治抱负一再受挫。像许多中国古代文人一样,他事业不得志,有一种解甲归田、回归山林的冲动。不过,"种豆南山下"多是一种抱怨,一种策略,目的是等待机会,东山再起。同样,金斯堡的挫败感也是一时的情绪,并非彻底放弃。

"逆流而上/漂到了三峡以西"，漂到了白居易曾经做过县令的四川忠州。白居易曾经以两江汇合为题，表达了一种合二为一、珠联璧合的思想：两只鸟在九月的寒冷中比翼双飞；两棵树在同一片泥土中暗中牵手；两只苹果结在同一枝头。受此启发，金斯堡有"两个思绪在梦中一起升起"的感慨，希望中美两国的友谊能够"合二为一"。（CP 907）

金斯堡不但与古代中国认同，而且对当代中国表达了负面的感受。第五首题为"中国支气管炎"，是金斯堡对当代中国现实的思考。他列举了他在中国的所见所闻：长江三峡、"大跃进"、反右运动、"文化大革命"，饥饿、迫害、牛棚、上山下乡等。他深感传统中国已经一去不复返："《金莲花秘藏》已经被伤痕文学所代替"，"坐禅冥思受到非议。"（CP 908）在当代，上海女孩梦想着洛杉矶的电影明星；武术气功受到马克思主义理论家的赞赏；穿蓝布衣服的人很有可能给单位打了小报告。同前几首一样，金斯堡以猎奇的视角，回忆了在广州的市场里，"多汁鲜美的烤全狗"正在出售，"眼睛从面部突起"。（CP 908）在竹制脚手架上，劳动的工人彻夜地喊着"嘿哟、嘿哟"的号子。针对"劳动人民创造历史"的马克思主义原理，金斯堡评论道，从中国历史看，从秦始皇开始，人民群众就是任人鱼肉的对象，而不是历史的主人："我们无足轻重，我们算什么"。在工人"嘿哟、嘿哟"的劳动号子中，金斯堡听出了英文的"绞死你，绞死你"（Hang yu hang yu）。（CP 908）

诗歌最后一首题为"白居易《宿荥阳》的变奏"，是金斯堡对白居易诗歌的模仿。① 白居易在诗歌中描述了回乡的经历，对照过去与现在，面对沧海桑田的变化，他感慨万千。金斯堡在他的诗歌中也表达了同样的感情，仅仅将内容更换为他自己的童年：他说，"我在新泽西的帕特森市长大"，离家时 16 岁，现已 58 岁。他回忆了故乡的家、街道、商店、他初吻的那个女孩、他的父母等等。这些都已经消失了，"只有大瀑布和帕赛克河像过去那样"静静流淌。（CP 909）我们也许可以将这些感慨理解为人生短暂，世事变幻，只有大自然是永恒的。正是来自白居易的类似感慨在金斯堡心中引起了共鸣。

---

① Alley, Rewi. *Bai Juyi*, 200 *Selected Poems*. Beijing: New World Press, 1983, p.303.

三、背景与前景

在金斯堡的其他中国作品中,中国仅仅是背景,而不是内容。在保定创作的《W.C.威廉斯作于我的梦中》(*Written in My Dream by W.C.Williams*)一诗中,他梦见威廉斯正在为他指点诗学上的迷津:"没有必要/装饰/把它打扮成/美/没有必要/扭曲/…… 使之/被人理解。"(CP 901)诗歌很好地戏仿了《红色手推车》(*The Red Wheelbarrow*)的形式(两行一诗节,一诗节四至六音节,没有标点符号),成功地将金斯堡自己的诗歌理念植入了威廉斯的口中,从而获得了一种诗学上的权威性。同样,金斯堡在昆明期间创作的《黑色裹尸布》(*Black Shroud*)一诗,虽然以昆明饭店的 12 层为背景,但却讲述了一个与中国无关的故事。1984 年 12 月 25 日,金斯堡在云南民族学院与师生"愉快地读过了圣诞节"。① 回到了饭店,他感到一阵恶心,他冲进卫生间,将"油腻的鸡肉"和"发霉的面包"呕吐出来。在他的梦里,他看见母亲冲进帕特森老家的卫生间呕吐。处于生命最后阶段的母亲正经受病痛的折磨,"尖叫并且用头撞墙"。(CP 911)在医生的暗示下,金斯堡拿起斧子,砍下了母亲的头颅。

文楚安先生认为,这个噩梦与事实不符,因为金斯堡素来有"恋母情结",对母亲感情深厚,在母亲去世后写下了感天动地的长诗《卡第绪》(*Kaddish*)。② 其实,我们应该看到,金斯堡对母亲存有巨大的愧疚。他不能在身边照顾她,致使她在孤独中死去:"终于——不再孑然一身活在世上——两年的孤独——没一个亲人伴随。"他甚至没有能参加母亲的葬礼。这种愧疚之情在《黑色裹尸布》中异常强烈,因此有理由相信,这个杀母情节是一个隐喻:强烈的愧疚感使金斯堡将母亲的死归咎于自己的遗弃,自责被转化为一个"杀母情节"。金斯堡的恐怖故事没有结尾,但暗示了他向警方投案自首,

---

① 张子清著:《中国文学和哲学对美国当代诗歌的影响》,《国外文学》1993 年 3 月刊。
② 文楚安著:《久违了,金斯伯格:论金斯伯格的中国组诗》,《外国文学》1994 年 5 月刊。

他称这个噩梦为"羯磨噩梦"(Karma nightmare)。羯磨在佛教中指"决定来世命运的所作所为",即此生中的"业"。佛教认为这些"业"将决定该人在转世轮回中上层次或下层次。如果说该诗与中国有关,那么我们可以说,金斯堡的自责心理由于佛教因素得到了放大,以至于成为噩梦。

金斯堡在昆明还创作了《世界的业》(World Karma)一诗,该诗虽然表面上描写中国,而它的实际用意不在于此。中国仅仅是一个开头:秦始皇用兵马俑代替活人随葬;明朝皇帝为了避免其坟墓被盗掘,把修墓工匠一起活埋。在现当代中国,成千上万的科学家和知识分子因为质疑当今的政治或主义而遭到迫害。他还对人口爆炸表示了忧虑,说200年以后,美国将像中国一样拥有10亿人口,学生将由号码来代替,"六人挤在一张床上",(CP 913)早晨醒来朝地上吐痰,然后争前恐后地冲向盥洗间,只有一块肥皂。早餐是半块培根,加上麦饼和鸡蛋。虽然他看到的是中国,但是他思考的却是美国。

该诗虽然以中国开头,实际上大部分是在控诉全世界的恶。它谴责苏联1952年8月12日屠杀意第绪语诗人;美国的地方官枪杀印第安人、中国人、犹太人和黑人;西班牙斗牛士杀戮公牛,法西斯屠杀无政府主义者;法国视阿尔及利亚为法国的一部分,"不惜杀戮任何不认同的人";(CP 913)他们向印度支那输入鸦片,使其永远对法国着迷;德国先有皇帝,后有希特勒,还有以科学和诗歌为荣的"一群畜生",居住在神秘的黑森林,还建立了奥斯维辛集中营;意大利有黑手党,火车从来不正点;穆斯林扩张主义者和一神论者相信他们的神是唯一的神,不信者将被处死,他们不惜发动圣战。在这首诗中,金斯堡把"业"的概念突出了出来,说明世界并不太平,邪恶仍然存在。他以佛教的理念来看待世界的恶,更加深了对恶的理解。在诗中,金斯堡的关注焦点都不是东方,东方仅仅是一个背景。

四、"亚洲使欧洲复兴"

虽然金斯堡见到了真正的中国,但是他对中国社会的接触很有限,认知也很肤浅。真实的中国与他所熟悉的"文本化的中国"又如此不同,因此他对中国的描写带有一种猎奇的心态。① 中国对于金斯堡的意义并不在于它多么好、多么真实,而在于给他提供了一个抗议的渠道。正如钟玲所说,他们"对西方的文化及宗教传统感到不满,对当时的政治、经济、社会现状感到不满,而东方的某些文化恰好能满足他们内心的需求或弥补其缺憾。"②

在这个意义上说,东方是金斯堡从五十年代开始就在经营的一种"叛逆工程"的一个部分。我们还记得他曾经在《嚎叫》(*Howl*,1955)中以愤青的方式猛烈地批判美国社会和西方文化,发出了垮掉的一代的怒吼。他用现实和超现实的手法表现了那一代人的"挫败感"和"垮掉感",揭露了美国社会对所谓的青年精英的迫害:他们"被疯狂毁灭,饥肠辘辘赤身露体,歇斯底里,"(CP 134)他将美国社会比喻为可怕的巨兽摩洛神(Moloch):正张开大嘴,吞噬着人才、生命和想象力。在《向日葵箴言》(*The Sunflower Sutra*)一诗中,他又将美国比喻为一座巨大的废弃的工场,认为现代工业毁灭了那一代人的灵魂。(CP 146)

有人说,1984年已经58岁的金斯堡不再是从前的叛逆青年,不再以正统文化为敌,已经成为美国文学艺术学院成员(1973)、美国全国图书奖的获得者(1974)——甚至他还被允许查阅了他在联邦调查局和中央情报局的"危险分子"档案——但是在20世纪70至80年代,他仍然参加朋克运动(punk movement)和反越战的抗议集会,仍然被新一代叛逆青年视为精神领袖,被辍学青年奉为崇拜对象。应该说,他叛逆的精神实质没有改变。放弃西方的正统宗教、转信佛教本身就可以被理解成一种叛逆。他曾经多次、在多个场合以弹奏簧风琴为伴奏,口念《般若波罗蜜多心经》和《摩珂迦罗颂》,表演他的佛教信仰,这种姿态本身就充满了叛逆精神。

如果把这个问题放入一个更大的背景,那么我们可以看到,用东方文化来改造西方文化是金斯堡等一系列西方文人的浪漫幻想,被萨义德称为"后启

---

① 金斯堡1984年对中国的访问在一定程度上改变了他对中国的认识。他多了一些现实主义,少了一些理想主义。他的"中国作品"向人们展示:中国是落后的,污染是严重的;中国人无视屠宰动物的血腥、残忍和痛苦;传统中国(包括它的思想、文学和宗教)是辉煌的,而在当今这种辉煌已经不再;当代中国的政治制度导致了内斗、迫害和贫穷。金斯堡对中国的"性禁忌"表现出了强烈的不解,他说你不能吃饱了、喝足了,然后去告诉一个没吃没喝的人应该做什么。

② 钟玲著:《美国诗与中国梦》,广西师范大学出版社2003年版,第14页。

蒙神话"(post-Enlightenment myth)。① 这种行为的缘起是对西方文明的不满。从启蒙运动以来,西方的理性、技术和科学促进了西方社会的进步和发展,致使西方成为世界的领导者。然而这个启蒙运动所代表的理性和科学导致了物质主义、机械主义和异化,导致了两次毁灭性的世界大战,也导致了种族清洗、贫富差异和环境污染等现象。向东方寻求智慧以解决西方的问题,"欧洲通过亚洲获得新生,"②在英美文学中有深厚的传统。庞德曾经翻译了中国的四书五经和中国古典诗歌,在《诗章》(The Cantos)中他不仅书写和传播中国文化,而且将中国模式视为世界文明的典范。艾略特在《荒原》(The Waste Land)中不仅描写了欧洲文明在第一次世界大战后出现的精神凋敝、宗教衰落和道德沦丧,而且提出了向印度寻求解决问题的答案。赵毅衡在《诗神远游》中列举了40多位美国诗人对中国文化的兴趣,认为中国改变了现代美国诗歌的发展轨迹。③

　　佛教和东方都为金斯堡的叛逆提供了契机和支点,使他得以从外部对美国文化的弊端进行抨击。他的"犹太佛教徒"姿态、他对中国和东方文化的痴迷都向世人表明,美国文化需要改造和更新,从而达到一种抗议和叛逆的目的。因此拥抱东方其实是满足了他自身的一种需求。他完全可能并不在乎这个给他提供契机和支点的地方是中国还是其他的地方,只要能够帮助他实现抗议和叛逆的目的,就可以。他吸收东方文化和思想,但仍然在很大程度上以西方为本位,取其所需,而对其他细节视而不见。他书写的是东方内容,探讨的是西方议题。因此金斯堡的中国仍然是想象的中国,是为特定目的建构的中国。我们今天读他的作品有意义,是因为他为我们展示了一个美国人如何认识中国,以及在对异邦的认知过程中所必然发生的东方化和东方主义化的偏差。

（该文原载《外国文学》2014年第3期,收入本书时略有改动）

---

① Said,Edward.*Orientalism*.London:Penguin,1977,p.115.
② Said,Edward.*Orientalism*.London:Penguin,1977,p.115.
③ 参见赵毅衡著:《诗神远游:中国如何改变了美国现代诗》,上海译文出版社2003年版。

农村包围城市:
加里·斯奈德的中国之行与生态政治

一

加里·斯奈德(Gary Snyder,1930——),美国"垮掉的一代"的著名成员,凯鲁亚克的小说《皈依佛法的浪子》的主人公原型,曾经在加州大学跟随华裔学者陈世骧学习汉语,翻译了中国唐代诗人寒山的诗歌 25 首,在日本修学佛禅长达十余年。赵毅衡曾经问他:"中国影响到底有多大?"他的回答是:"在五六十年代是百分之八十"①,其思想和作品受中国影响之深,令人惊叹。但是,斯奈德所说的中国主要是古代中国,而非现当代中国。钟玲在《史耐德与中国文化》一书中对斯奈德作品中的中国影响进行了归纳性梳理,深入探讨了儒佛道思想、中国古典诗歌和绘画的影响,而对现当代中国仅仅是触及而已,可谓蜻蜓点水,不能不说是一个遗憾。

原因之一是,斯奈德在 54 岁之前没有访问过中国,他所了解的中国都来自书本。直到 1984 年 10 月,斯奈德跟随美国作家代表团访华,他才有幸第一次与金斯堡、莫里森、汤婷婷等代表团成员来到了中国。赵毅衡对这次访问能够产生多少诗学效果,表示了怀疑。他说即使这些美国作家来到了"现实中国",也不可能从中汲取多少"诗的灵感",因为"现代中国与中国古代诗中的

---

① 赵毅衡著:《诗神远游:中国如何改变了美国现代诗》修订版,上海译文出版社 2003 年版,第 74 页。

中国反差太明显,现代中国并非古典诗美的出色的体现者"。①

　　然而事实是,金斯堡在中国创作的 10 余首诗歌和斯奈德在中国创作的两首诗歌,以及他们后来对"现实中国"的书写,似乎都暗示了这次访问有着特殊的意义。在北京,美国作家代表团与中国作家一起举行了一次关于创作源泉的研讨会,斯奈德在会上发言说,他的创作灵感来自高山、森林和土地,他追求人与人、人与自然的和睦相处。我们知道,他在美国西部内华达州的大山中生活了多年,对那里的一草一木都具有深厚的感情。因此他常常被认为是一个把大自然看得比什么更加重要的生态诗人。

　　斯奈德在发言中引用了中国唐朝诗人杜甫的《春望》一诗,来说明他对大自然的热爱。他说:"我们在这个社会,有什么狗屎舆论没关系,山河在就行,那就是国家,那就是爱国,那就是我们爱的东西,那就是起点。"也就是说,他把"国破山河在,城春草木生"的著名诗句解读为"国破"无所谓,只要"山河在"就可以,从而暗示了大自然的重要性大于国家的重要性。

　　可以说,斯奈德对杜甫的引用是一种典型的挪用,因为他的引用改变了杜甫诗歌的原义。杜甫在"国破山河在,城春草木生"两句诗歌中,表达了一种亡国之痛,说明他对国家因战乱而破败,感到无限悲哀。因此才有了后面的:"感时花溅泪,恨别鸟惊心。"斯奈德把爱国说成是爱一个国家的山山水水,而不是爱这个国家的政权或统治者。对于一个生态诗人来说,这也许是可以理解的,毕竟大自然是他强调的重点:朝代可以更迭,但自然不可以。

　　钟玲批评斯奈德断章取义,扭曲了杜甫诗歌的原意,②但从另一个意义上讲,这可能正是斯奈德想要的效果。他对杜甫巧妙的误读,使杜甫的诗歌产生了他所想要的意义,不能不说充满了智慧,但同时在他的解读背后我们又可以发现一种特别的政治含义,我们可以称之为生态政治,或者"垮掉的一代"的叛逆。国家不重要,山河更重要:这也许就是一种政治,它在国家和生态之间做出了一种选择,一种带有颠覆性的重新评价。这也许就是斯奈德的生态政

① 赵毅衡著:《诗神远游:中国如何改变了美国现代诗》修订版,上海译文出版社 2003 年版,第 107 页。
② 钟玲著:《史耐德与中国文化》,首都师范大学出版社 2006 年版,第 124 页。

治的核心。

在访问中国期间,斯奈德还写了一首诗歌,名为《柿子》(*The Persimmons*),其中表达的观点与他解读《春望》时表达的观点大致相同。诗歌描写了美国作家代表团去长城和十三陵参观的经历,北京郊区的柿子的丰收景象给他留下了深刻的印象。卡车、农用车、人力车将柿子运往城市,沿着街道川流不息,像流水一般地。他说,那些柿子有着"落日的深红色,每颗果实都是夏季留下的一缕阳光"。(NN 352)①让他感到新奇的是,路边上全是卖柿子的农夫,绵延数公里。他在路边向一位大爷买了一些柿子,吃得很开心,因此有了一些感悟。

斯奈德的观点基本是,皇帝终究会死,但是柿子树不会。那些曾经统治这片土地的皇帝已经躺在十三陵的地宫中,但是柿子树仍然很繁茂,在十三陵四周生机勃勃地成长。他说,那些曾经消费柿子的皇帝已经不再,"柿子比他们寿命更长"。帕特里克·默非(Patrick Murphy)评论道,"由于这种果实的历史比中华帝国的历史还要长,因此它已经成为[这个国家的]一个更有意义的标志,超过了[斯奈德]被带去看的长城和十三陵。"②

诗中有这样一行诗被重复了两次,值得我们思考。在诗的中间和结尾,斯奈德说,"人们和柿子树永存",(NN 353)意思是,代表国家的皇帝已经死了,但代表大自然的柿子树和普通人将延续。从这个意义上讲,斯奈德的《柿子》一诗不仅与他对《春望》的解读一脉相承,而且与哈代对国家与土地的理解也可有一比。在《在"列国分裂"之时》(*In Time of "The Breaking of Nations"*)一诗中,哈代描写了第一次世界大战期间的英格兰乡村和在这片土地上默默耕耘的农夫,感叹道:"虽然国家改朝换代,/但这个景象将持续。"只是,斯奈德比哈代走得更远,在认为最重要的是河山,而不是统治这片河山上的具体王朝的同时,他几乎否定了对国家的忠诚,以凸显对山河的忠诚。

---

① Snyder, Gary. *No Nature: New and Selected Poems*. New York & San Francisco: Pantheon Books, 1992. 该书以下简写为 NN, 并且以文中注形式对诗歌出处进行注明, 如(NN 70)等。

② Murphy, Patrick D. *Understanding Gary Snyder*. Columbia, South Carolina: University of South Carolina Press, 1992, p.151.

二

斯奈德 1984 年访问中国时所表达的观点有两个层面值得我们注意。第一个层面是这个观点的叛逆性和颠覆性,第二个层面是他对中国材料的处理方式。也许读者不一定能够识别斯奈德思想的叛逆性和颠覆性,因为它并不那么显在,而是隐藏得比较深。它需要我们对它的历史背景进行梳理,需要进行某种程度的历史还原,才能把其中的颠覆性挖掘出来。另外,他对中国材料的处理方式不是一种引证,而是一种挪用。他通过对中国材料的误读,或者对中国材料的扭曲,使之能够表达他所想要表达的生态思想,从而为他的生态政治服务。下面我们先看这个问题的第一层面。

虽然斯奈德的生态政治显得比较温和,并不像金斯堡的同性恋和吸食大麻那样令人发指,然而,如果我们将它放入其历史语境中,也许它的叛逆性和颠覆性也不像我们想象那样孱弱。斯奈德的逻辑是国家不重要,因为国家就是政权,政权可以改变。而承载这个国家的土地,即他所说的河山,就不一样了,它将永远存在。即使政权不在了,这片土地还将永存。在这个逻辑的背后是一种这样一个观点,即忠诚于这片土地比忠诚于这个国家更重要。

"垮掉的一代"是美国现代诗歌的一个叛逆团体。作为"垮掉的一代"的一员,斯奈德的叛逆性主要来自他的生态思维。他没有写过类似于《嚎叫》的诗歌,没有吸食大麻的嗜好,也没有尝试过同性恋。他的叛逆性来自他的生态立场,来自他为维护生态而对社会和政府进行的批判。他会批评工业化,批评城市化,批评西方文明对生态的破坏。他会崇尚佛教和东方文明,抛弃基督教和西方思维模式,这个选择本身就是一种叛逆。说土地更重要,土地上的国家不重要,这就是对造成生态退化的西方文明和人类治理体系的拒绝。这难道还不够叛逆吗?

然而,在 1984 年的中国,斯奈德用这样的观点想说什么呢? 他是否要将矛头直指中国的国家政权呢? 我们认为,那倒未必,因为他对美国政府的批评也同样尖锐。在来到中国之前,斯奈德发表了《致所有》(*For All*, 1983)一诗,描写了美国诺基山地区的自然景色:"九月中旬的早晨""赤脚趟水",在阳光照耀下,溪水"欢唱和闪耀",卵石发出特别的"味道"等等。诗歌结尾将美国公民要成为公民必须立下的誓言改写为:"我发誓要效忠土壤,/龟岛的土壤,/以及这片土壤上居住的所有生灵。"斯奈德在诗集的题解中写道,"龟岛"(Turtle Island)是印第安人对美洲大陆的古称,"美利坚合众国,及其州和县,都是人为地和不准确地强加于现实土地上的地理概念。"(NN 204)

斯奈德所追求的公民身份,不是美国国家的公民,而是美国生态圈的公民,他认为后者"比政治秩序具有更深远的有效性和持久性"①。1980年,他在一个采访中说,他将要寻求改变自己与国家和民族的关系,要研究他居住的这个生物圈,包括气候、植物、地貌、水系、文化等,"所有这些活动都是为了让心灵打破政治边界的束缚,以及其他任何习惯性和传承性的地区边界概念"。② 如果我们在这样一个背景下来阅读斯奈德的《柿子》一诗,那么我们就会发现诗里隐藏的具有颠覆性的政治观点其实是他的生态政治的一个部分,它对土地所表达的超越国家的忠诚,与他通常表达的生态观点没有什么两样。

下面我们再来看问题的第二个层面,即斯奈德对中国材料的处理方式。我们前边说过,"挪用"从根本上讲是一种另有目的的引用,斯奈德不仅仅是引用中国材料来证明自己的观点,而且是扭曲引用的材料来达到自己的目的。从根本上讲,挪用是一种后现代的批评手段,其中掺杂着戏谑、戏仿和反讽的因素,而不是简单的引用。在批评的同时,挪用者希望建立起自己的立场和观点。

斯奈德对《春望》的挪用并不是他第一次这样做,在这之前,他多次使用过"挪用"的方法对当代中国的政治理念进行改写和改编,从而达到建立他自己的观点和立场的目的。在《革命中的革命中的革命》(*Revolution in the Revolution in the Revolution*,1969)一诗中,他挪用了中国共产党的"农村包围城市"

① Gray,Timothy.*Gary Snyder and the Pacific Rim*:*Creating Counter-Cultural Community*.Iowa City:University of Iowa Press,2006,p.285.

② Gary Snyder.*The Real Work*:*Interviews & Talks*,1964-1779.ed.William Scott McLean.New York:New Directions,1980,p.24.

的观点,来说明农村是受压迫、受剥削最为深重的地方。他说,"最强烈的革命意识往往存在于/受剥削最深重的阶级之中"。他所说的"受剥削最深重的阶级"不是马克思所说的农民和工人,而是自然中的"动物、树木、水、空气、青草"。(NN 183)

在诗歌中他还引用了"哪里有压迫,哪里就有反抗"的观点,来说明我们这个世界需要一场生态革命。他首先将文明与资本家和帝国主义等同起来,把它们都定义为压迫者,然后将工人与自然等同起来,将它们定义为被压迫者,表达了一种朴素的生态马克思主义思想。他在诗中写道:"如果文明/是剥削者,那么群众就是自然。/党就是/全体诗人。"(NN 183)他认为诗人应该像共产党领导工人阶级反对资本家的剥削一样,旗帜鲜明地反对人类文明对自然的剥削和压迫。

斯奈德所说的"压迫者"还包括理性,他说"如果抽象、理性的思想/是剥削者,那么群众就是无意识。/党就是/瑜伽练习者"。(NN 183)我们可以看到斯奈德将压迫和被压迫的关系从社会延伸到了文明和心理层面:即理性思维是压迫者,无意识是被压迫者。我们应该这几个意义上来理解题目中的三重革命。第一层是马克思主义意义上的社会和政治革命,第二层是自然意义上的生态革命,第三层是个人心理意义上的无意识革命。

当然,斯奈德的革命重点是生态革命和无意识革命,他的革命武器是瑜伽和佛教:"力量来自吠陀经祈祷文中的音节。"(NN 183)与马克思主义相同的是,他的最终目标也是推翻剥削阶级,从而让被压迫者获得自由和解放。但他与马克思主义不同的是,他所要实现的不是共产主义,而是人与自然的融合,他称之为"天人合一"(Communionism)。

三

以上只是斯奈德的当代中国书写的一个很小的部分。如果我们看他的其他诗歌,那么我们可以看到,他所主张的生态思想的表达路径是多种多样的,但基本都是采用对中国材料进行挪用的方法。《致中国的同志们》(*To the*

Chinese Comrades,1967)一诗看上去是描写中国当代政治,但是实际上也是他的生态思想的一种表达方式。这首长诗可分为两个部分,第一部分描写毛泽东的其人其事、中国政治和中国生态,第二部分描写斯奈德自己在20世纪50至60年代的经历,以及他对中国的看法。那么,两个部分如何连接起来呢?大致如下。

诗歌第一部分以中国政治开始,特别是中苏的矛盾,两国的军队20世纪60年代在边界对峙,战争一触即发。毛泽东勒紧裤腰带,归还苏联的贷款,为中国争了一口气。诗中还谈到香港,在新界的松树茂密的山上,斯奈德眺望中国大陆,他看到的是一片"树桩的原野",暗示了树木都被砍掉的荒凉景象:"大量的泥土流失。山脉变得荒凉","山丘光秃","来自鄂尔多斯的沙尘暴","延安的黄土","冰川萎缩和消失,像夏季的云",等等。(BC 187-188)①

毛泽东也许是斯奈德实现生态理想的一个希望。"翻过这座雪山/我们就将见到毛主席!"(BC 187)诗歌将毛泽东塑造成为一个生态英雄,着重渲染了这位中国领袖在长征和延安时期的简朴生活,如粗布衣衫、油纸雨伞、土制饭碗、古旧的公文包、随风飘逸的头发、自制的烟卷、窑洞等,这些细节都将毛泽东塑造成为一个大山里的人,与中国古代的寒山类似,当然也与斯奈德自己类似,过着斯奈德想要的那种简朴生活。

诗歌第二部分主要写斯奈德自己在美国科罗拉多州的大山中的一些经历。毛泽东在长征中翻雪山、过草地的时候,斯奈德只有四岁。1951年,他在大学时期开始学习中国文化和美国的印第安文化,学习中国的书法,以及如何使用筷子。他在大山中与伐木工人为伍,吃粗面包,住简朴的工棚。由于他有中国情结,对米饭和酱油情有独钟,伐木工人有时候拿他开玩笑说,"斯奈德,你他妈就像是一个中国人。"(BC 189)斯奈德感觉好像那些大山就是释迦牟尼曾经逗留过的地方。

斯奈德还回忆了他的一段难忘的恋爱经历。他与她曾经在梨花树下漫

---

① Gary Snyder.*The Back Country*.New York:New Directions,1968.该书以下简写为 BC,并且以文中注形式对诗歌出处进行注明,如(BC 70)等。

步、接吻,傍晚手拉着手漫谈列宁和马克思,"我的手伸进她的上衣,解开了她的胸罩","她馨香的呼吸,在五月太炽热了"。(BC 189)他与她在绿树、鲜花、清泉之中,犹如一对亚当与夏娃。恋爱中的斯奈德认为全世界的人都应该以爱心相待,而不应该有前边提到的那些对抗和战争。但是后来她去了北京,仿佛把他的爱也带到了遥远的东方。

在这里,斯奈德个人的爱与事业的爱汇合到了一起。中国与他的那个她合二为一,变成了他的恋爱对象。最后,他呼吁毛泽东"不要抽烟",不要生产炮弹,不要理会那些西方的哲学家,而要多种树,坚持农耕,在河里游泳,穿粗布军装。(BC 190)这样他就会成为斯奈德生态理想的化身,他们就能够一起去喝酒,成为朋友。

我们可以看到,斯奈德所谈的政治最终都会回归生态。他把年轻时政治上的激进倾向(毛泽东、列宁和马克思)运用到了生态诉求之中,使他的生态政治也增添了一份激进:他说,"我们需要一场生态革命"。金斯堡的激进主义主要是反对社会对个性的压制,反对资本主义的泛商业化对创造力的吞噬。斯奈德的激进主义主要是反对人类对生态的破坏,反对人类在自然面前所表现出来的傲慢,不管这种傲慢是来自西方,还是来自东方。

总体上看来,20 世纪 60 至 70 年代的斯奈德与那个时代的激进知识分子一样,受到了马克思主义的深刻影响。他继承了李约瑟关于中国革命是道家思想在当代的延续的观点,认为道家的"齐物论"思想从根本上讲是反压迫、反父权的平等思想,它"跨越了铁器时代的声音障碍,原封不动地从另一头传出来"[1]。他赞扬中国人民的勤劳勇敢和植树造林,但不赞同在中国进行的灭麻雀运动。[2] 从这些细节看来,马克思主义对斯奈德来说,不仅仅是"关于人与人平等的科学",而且也可能也是关于人与自然平等的科学。

---

① [美]盖瑞·史耐德著:《山即是心:史耐德诗文选》,林耀福、梁炳均编,联合文学出版社 1990 年版,第 265 页。

② Gary Snyder.*The Real Work*:*Interviews & Talks*,1964−1779. ed. William Scott McLean. New York:New Directions,1980,p.127,p.129.

四

斯奈德1984年访问中国期间还写了一首诗叫《枫桥边》(*At Maple Bridge*)，诗歌描写一次去苏州城外寒山寺的游览经历。在寒山寺，他想起了唐朝诗人张继的《枫桥夜泊》，想起了其中描写的江枫渔火，以及来自寒山寺的钟声。他在《枫桥边》一诗中除了误将"寒山寺"当成寒山出家的寺庙外，还描写了正在搅拌沙石和水泥的工人们，他们显然是在修建旅游设施。他仿佛听到寒山寺的钟声，飘过浪花拍打的古渡口，飘过了太平洋："石阶渡口，／空无一人，浪花拍岸，／钟声悠扬，／跨过大海。"①

钟玲对这首诗歌的解读几乎已经成为理解这首诗的标准答案：她说这一钟声跨越古今、横越东西方，具有一种"文化混杂性"，将中美两国的诗歌连接在一起。"工人正在进行造桥的工程，史耐德在这一辑译中也筑成一道坚实美观、中西合璧的桥梁，以跨越东西方文化的鸿沟。"②但是，斯奈德引入中国材料的主要目的可能还不在于表达对中国文化的敬意，而在于书写保护古代文化与发展当代旅游业的矛盾。沙子和水泥这些现代建筑材料与古韵十足的寒山寺和古渡口存在着明显的不协调，反映了"斯奈德对迅速工业化和现代化的中国日益拥抱市场经济、忽视藏传佛教和实施非生态政策等所持有的怀疑态度"。③

斯奈德的生态政治是他批判现代社会的强大武器，它可以帮助他与伤害自然的行为作斗争。《地球母亲：她的鲸鱼们》(*Mother Earth：Her Whales*)创作于1972年联合国斯德哥尔摩环境会议期间，后发表于《纽约时报》。诗中列举了地球上受到人类威胁的动物：猫头鹰、蜥蜴、麻雀等。对中国的环境问题，

---

① Gary Snyder.*The Gary Snyder Reader*：*Poetry*，*Prose and Translations* 1952–1998.Washington D.C.：Counterpoint，1999，p.544.

② 钟玲著：《史耐德与中国文化》，首都师范大学出版社2006年版，第46页。

③ Stalling，Jonathan.*Poetics of Emptiness*：*Transformations of Asian Thought in American Poetry*. New York：Fordham UP，2010，p.119.

斯奈德没有避讳,甚至有相当犀利的批评。他说,"麋鹿/两千年前曾经生活/在黄河的滩涂上,其家园后来变成了稻田。/洛阳的森林在公元 1200年/就被砍伐,造成了泥沙流失。"(NN 236)

斯奈德认为,这次联合国环境会议的参会各国不是来谈贡献,而是来谈利益,不是来谈拯救地球,而是来谈瓜分地球。日本不思考如何保护鲸鱼,而是思考哪一种鲸鱼可以猎杀。它像传播淋病一样向大海倾倒甲基汞。这个"佛教国家"做出这样的事情,让斯奈德倍感失望。巴西对亚马逊流域的自然资源进行大规模开发,并将此视为"主权"内的事情。中国的麋鹿、东北虎、野熊、猴子都变成了"去年白雪"、杳无踪迹。肥沃的土地变成了"5000 辆卡车的停车场"。(NN 236)美国和加拿大对北美大陆生态圈发动的"战争"被也纳入了他谴责的范围之中。

在这些例子背后,斯奈德谴责的是"几乎所有现代文化的哲学基础:人类中心主义",①即诗歌中所说的"人是最宝贵的生物"。然而,谁能够"为绿叶说话? 为土壤说话?"第一世界的强权与科学家政府? 第二世界的帝国主义与资本家? 第三世界的男性共产党官僚? 他认为,他们都不能。因此,斯奈德号召蚂蚁、鲍鱼、水獭、狼、麋鹿"站立起来"! 号召直立的树、飞翔的鸟、游弋的鱼、"两条腿和四条腿的人们,团结起来"! (NN 237)既然人类不可能为它们说话,它们应该自己为自己争取权利。

我们要特别注意的是,"站立起来!"(Rise)和"团结起来!"(Solidarity)在斯奈德创作该诗的年代都是革命词汇,它们充满了革命的含义。《国际歌》的歌词是这样说的:"起来,饥寒交迫的奴隶,起来,全世界受苦的人……这是最后的斗争,团结起来到明天,因特纳雄奈尔就一定要实现。"在这里,斯奈德再次挪用了当代的社会政治话语,将"革命"精神和"革命"斗志运用到他的生态诉求之中。这就是他所说的"我们需要一场生态革命"。

我们认为,斯奈德的"生态革命"的核心就是"农村包围城市",至少在1984 年之前是这样的。欧洲和美洲的"城市化"在后工业时代已经发展到了

---

① Murphy,Patrick D.*Understanding Gary Snyder*.Columbia,South Carolina:University of South Carolina Press,1992,p.121.

极致,美国大概有 80% 的人口都居住在城市,并且"城市化"还在向无人的荒野蔓延。斯奈德在《前线》(*Front Lines*, 1974)一诗中将城市与荒野的边界比喻为双方战斗的"前线",将开发商、伐木企业比喻为"癌症",他们不断毒害和侵蚀森林的边界。他呼吁人们划出一条界限,阻止电锯和推土机对大地母亲的"强奸"。(NN 218)

斯奈德号召人们融入荒野当中,去过一种简朴的生活。他自己的生活就是这种"荒野理想"的一个范例。如果具有"荒野理想"的人群增加到一定程度,那么可以推测城市会萎缩,乡村会扩大。这不但可以逆转城市化的蔓延,而且还能够实现"农村包围城市"的初衷。艾德温·福尔森(L. Edwin Folsom)评论说,"斯奈德宣布要重新开放疆界,努力向东推移,逆转美国西进运动的历史进程,促进荒野向文明地区进发,从而将深藏于人们心底的能量释放出来。"[1]也许就是斯奈德所说的"农村包围城市"的真正含义。

(该文原载《国际汉学》2019 年第 4 期,收入本书时略有改动)

---

[1] Folsom, L. Edwin. Gary Snyder's Descent to Turtle Island: Searching for Fossil Love. *Western American Literature*, 1980, No.15.

写作的边界:谢默斯·希尼的政治诗学

一

文学与政治有着一种微妙的关系,两者的结合曾经产生过雪莱的《给英国人民的歌》和《1819 年的英国》等经典诗歌。但是在 20 世纪,文学与政治的结合引起更多的是怀疑,特别是在后冷战时期,西方文艺界更倾向于将"政治文学"视为一种"政治宣传"。文学一旦与政治沾边,它就被认为失去了艺术的独立性,成为被政治利用的工具。其结果就是牺牲艺术价值而屈就政治需要,艺术就成了政党的传声筒。20 世纪 40 年代的"新批评"曾经试图斩断文学与作家、社会、历史(包括政治)的关系,然而即使是这种坚持文学"自足性"和"自律性"的理论似乎也无法完全摆脱与政治和意识形态的纠缠。一方面文学必须保持自身的独立性,另一方面文学作为一种文化产品又无法与社会、政治和历史完全脱离干系。这一两难境地在 20 世纪 70 至 80 年代的北爱尔兰诗歌中表现得尤为明显,并且在某种程度上,这一两难境地成为当代北爱尔兰诗歌的一种无法摆脱的议题,构成其独特的诗学特征。同时,它也在这个地区导致了艺术创造力和想象力的一次巨大释放,促进了当代北爱尔兰诗歌的发展和繁荣。

20 世纪 60 年代末,北爱尔兰的天主教和新教的派系纷争,伴随着领土归属问题,引起了北爱尔兰两派之间的血腥械斗,俗称"麻烦"。① 同胞相残、部

---

① Hennessy,Thomas.*Northern Ireland:The Origin of the Troubles*.Dublin:Gill and Macmillan,2005,pp.1-15.

299

族仇杀导致了一种冤冤相报的恶性循环,文学不可避免地要面对这个现实,并对它对做出反应。当时北爱尔兰最著名的年轻诗人谢默斯·希尼(Seamus Heaney)在他的诗歌中描写了他所见证的这场悲剧,但是他拒绝加入任何一个派别,而似乎像一个局外人,从遥远的外围静静地观察着那里发生的一切,用诗歌表达着同情、惋惜、痛心等感情。虽然他也将自己手中的笔比作"武器",虽然他的天主教家庭出身使他对天主教社区的诉求具有更多的同情,但是他始终保持着一种模糊的态度,并不急于对政治问题进行干预。他津津有味地阅读丹麦历史学家 P.V.格罗伯(P.V.Glob)的《沼潭人》(*The Bog People*,1969),偶尔将泥潭里发掘出来的古代尸体,即氏族社会的暴力受害者,与当今北爱尔兰的暴力受害者联系起来,从古代的苦难和黑色的泥土里去寻求"表达我们苦难的意象和象征"。①

希尼在《北方》(*North*,1975)和《田间劳作》(*Field Work*,1979)等诗集中表现出的暧昧的政治态度,以及其中包含的"历史决定论"受到了同行的猛烈抨击。② 虽然他缄口不言自己的政治立场,但他却一次又一次不由自主地描写北爱尔兰的政治冲突。他描写那里社区的分裂、仇杀、葬礼、英军的坦克、戒严、搜查、误杀等等:"三夜之后,/他们[英国军人]在德里枪杀了十三人。/墙上的标语说,伞兵团 13,堡格塞 0"。这里的足球比赛语言使《伤亡者》一诗描写的悲剧呈现出一种黑色幽默,里边当然没有谴责的意图,诗人也无意说明冲突双方的对与错、是与非,但是读者可以隐约察觉 13∶0 的比分意味着什么。英国军人在"血腥星期日"的军事行动,以及天主教社区在这场冲突中所得的 0 分,对希尼来说不会是偶然,他对事实的选择已经为我们表明了他的态度。诗中这位无辜的渔夫朋友,以及诗人认识或熟识的其他人在一夜之间死于非命,这些给希尼增加了许多的压力,也促使他对自己的选择进行反思。③ 但他仍然感到诗歌不应干预族群争斗,应该保持中立的立场,保持艺术的独立性。

---

① Heaney,Seamus.*Preoccupations*.London:Faber and Faber,1980,p.56.

② Longley,Edna.*North*:'Inner Émigré' or 'Artful Voyeur'? *The Art of Seamus Heaney*.Ed. Tony Curtis.Bridgend:Poetry Wales,1982,pp.65-95.

③ Neil Corcoran.*The Poetry of Seamus Heaney:A Critical Study*.London:Faber & Faber,1998, p.97.

他就像一个"内心的移民",不断地在逃避;就像一个"狡诈的窥视者",只能够见证,不能将自己牵连进去。

虽然希尼曾经决心将笔杆当成"武器",但他同样意识到他必须"管住自己的舌头"。① 爱尔兰的文学前辈向他展示了艺术独立性对于一个作家是多么的重要。叶芝从参与政治,到离开政治,最后到对政治暴力彻底失望,给了希尼巨大的启示。叶芝(W.B.Yeats)面对 1916 年的复活节起义,以及所付出的生命代价,只能够发出悲情的感叹:"可怕的美诞生了。"乔伊斯的经历同样可以支持希尼的选择。乔伊斯的灵魂在《站岛》组诗中告诉希尼,他有"义务"和责任"返回到工作中",不是去争论英语属于英国人还是爱尔兰人:英语"属于我们"。也就是说,英国和爱尔兰的文学传统密不可分,诗人的教育包含了英国文学和爱尔兰文学两个传统。这正是希尼等爱尔兰诗人作为英语作家无法完全拒绝英国文学传统的原因。乔伊斯的另外一个忠告是:为艺术而艺术。诗人不是为政治斗争而写作,而是"为快乐而写作"。关键是文学与政治的接触必须"保持在一个切面上"。② 也就是说,诗歌应超越政治,最多与政治保持一个"切面"的交汇。

对于希尼来说,历史就是这样一个"切面"。在《惩罚》一诗中,泥炭里挖掘出来的女尸表明,"社区复仇"的历史可以追溯到爱尔兰人的祖先。古代的女孩因通奸而被处死,当代北爱尔兰的女孩因与英军士兵恋爱,而被社区视为通奸,视为"背叛"。她们受到的惩罚同样来自社区的公愤、部落的"复仇"。对于诗人来说,两者同样是野蛮的、原始的暴力。这样,当代政治通过历史反映出来。诗歌与政治的另一个"切面"是语言。北爱尔兰冲突双方具有共同的历史、文化和语言,他们的发音界定了他们的身份。在《河岸》一诗中,希尼指出,对于 Broagh 一词的结尾 gh,"外地人"很难发声。他后来解释说,"该词是爱尔兰的地方发音,统一党人和民族党人都能做到,而英国人做不到。"③他暗示,共同的语言本应该将爱尔兰人团结起来,成为共同的凝聚力和认同感,

① Heaney,Seamus.*Finders Keepers:Selected Prose* 1971-2001.New York:Farrar Straus Giroux, 2002,p.197.

② Heaney,Seamus.*New Selected Poems* 1966-1987.London:Faber and Faber,1990,p.193.

③ Heaney,Seamus.*Among Schoolchildren*.A John Malone Memorial Committee Pamphlet,1983.

而现实却不是这样。这里边所包含的遗憾和失落是对北爱尔兰政治的绝妙评论,因此语言问题与政治问题形成了一个"切面"的交汇。这里边所包含的"倾角"实际上构成了北爱尔兰的政治诗学。下面我们将以希尼 20 世纪 80 年代发表的两部诗集具体说明这个政治诗学在他的诗歌中的具体体现。

二

1984 年希尼发表了诗集《站岛》(Station Island)。诗集第一部分是抒情诗,第二部分是《站岛》组诗,第三部分是《史文尼复活》组诗。第一部分延续了希尼早期对历史和现实的关怀,但多了一些神秘感。诗歌背景仍然乡间和农场,但是乡间的人和事常常伴随着诗人的幻视和幻听:石头、原野、风似乎都在发声,对他传达着某种信息。《野鸭》一诗描写了打鸭、退毛、吹野鸭声带、发出野鸭叫声的经历。"发声"是一个重要意象,通过他人的声带,发出自己的声音,是诗集的一个重要主题。它就像一个寓言,暗示了诗人特殊的创作策略。《北爱尔兰的黄昏》一诗记录了诗人童年的记忆,但这个记忆又一次与当代北爱尔兰的政治现实纠缠在一起。邻居是个优秀的木匠,曾经做了一艘战舰,作为圣诞礼物送给少年希尼,这一举动充分表现邻里关系的融洽。但如今,如果他们重逢,双方都会很尴尬。由于宗教派别不同,可以想象他们在礼节性寒暄中,极力回避那个无法触及的话题:派系纷争。正如莫里森评论道:"什么也不说,不管说什么,是他认同的习惯。"①

第二部分《站岛》描写一系列想象的阴阳之会。位于多纳哥郡德格湖中"站岛"又名"圣帕特里克的炼狱",是爱尔兰天主教徒的朝圣之地,三天的朝圣活动包括祷告、禁食、光脚行走十二站的历程。诗人想象在此与曾经认识、或曾经知道的十二人的亡灵进行对话。诗人邂逅的亡灵,除了前边提到的乔伊斯,还有《德格湖朝圣者》的作者卡尔顿;一个神学院学生基南,他后来成为

---

① Morrison, Blake. Encounters with familiar ghosts. *Times Literary Supplement*, Oct. 19, 1984, p.1191.

天主教神父死于海外传教活动；诗人的中学老师默菲和诗歌引路人卡文纳赫；诗人的足球球友斯特拉哲恩，他后来死于宗教派系冲突；1981年在狱中绝食而死的爱尔兰共和军成员。像在《野鸭》中一样，诗人又一次借他人的声带发声，或者更准确地说，他"瞬间地、感人地把声音归还给死者"。① 这些亡灵，有些也像那只野鸭一样，被残忍地"枪杀"。与这些亡灵相会给诗人以极大的震撼，特别是因教派纷争而冤死的亡灵似乎对诗人"远离政治"的立场是一种责难，反复地触发关于政治与艺术关系的内心辩论。

第三部分《史文尼复活》通过历史人物的口，谈诗人自己的政治选择。史文尼是中世纪时期的北爱尔兰国王，在基督教和英国政治力量进入北爱尔兰之前，这个王国已有它自己的文化传统。由于他抵制基督教而触犯了基督教传教士圣罗南，遭到后者的诅咒。因此，史文尼在战争中发疯，变为一只鸟，在爱尔兰上空飞翔。诗人重新讲述这位历史人物的故事可能有两个原因：第一，史文尼代表了凯尔特"异教"与基督教的文化冲突，"是爱尔兰宗教演变进程的历史写照；"②第二，他可以被视为一个"流放的""有罪孽感的"的艺术家，代表了"想象力的自由与政治、宗教和家庭责任之间的冲突"。这后一点与希尼自己的情况正好对应。《在桦树上》一诗描写鸟在树中看到的不同景象，农业社会和现代社会的分界；《第一次飞翔》描写栖息在树上的鸟受到搅扰而迁徙，从"吃战场残留物"到"掌握天空新高度"；《在路上》描写诗人驾车行驶在路上，受到圣灵召唤，突然飞翔起来。在这些诗中，史文尼（鸟）和希尼（诗人）缠绕在一起，无法分辨。希尼坦言，史文尼这个人物仅仅是"一个存在，一个寓言，去发现我自己的一些感想。如没有这个寓言，这些感想无法用文字表达。"③

1987年希尼发表了诗集《山楂灯》（*The Haw Lantern*）。诗集有两个比较明显的主题：第一，对北爱尔兰政治的思考，特别是诗人自己在这场非常艰难

---

① Neil Corcoran. *The Poetry of Seamus Heaney: A Critical Study*. London: Faber & Faber, 1998, p.97.

② 李成坚：《希尼〈迷途的斯威尼〉译本意涵的文化解读》，《外国文学》2008年6月刊。

③ Heaney, Seamus. Unhappy and at Home, Interview with Seamus Deane. *The Crane Bag*, Vol I, 1977, No 1.

的斗争中采取的立场,以及这个立场所引起的后果。第二,对诗歌创作的思考,特别是对创作的本质和特点的思考。第一个主题主要通过寓言来实现。比如,《石头判决》一诗写希腊神话中赫耳墨斯(Hermes)因杀死天狗阿尔戈斯(Argos)而受到审判的故事,但是诗歌的真正意图并不在此。诗人的目的是用希腊神话来思考他自己在北爱尔兰宗教冲突中的政治选择,因为他感到他自己也正在受到北爱尔兰舆论的"审判"。在诗歌中,众神以石头投票表决,宣判赫耳墨斯无罪。投在他身体四周的石头堆积起来,形成了一座圆形堡垒。这似乎暗示了诗人的一个愿望:作为在北爱尔兰教派冲突中保持沉默的人,他希望得到一个类似的判决:石头不是砸向他的头,而是宣判他无罪。

第二个主题多是用"现实"作为比喻来思考语言问题,同时,反过来也通过对创作的思考达到对现实进行评论的目的。诗集以《字母》开始,以《谜》结束,暗示了创作过程中写下的文字就像一个个"谜",需要我们去破解。也就是说,在它们的表面意义背后,有着需要被破解的秘密。《字母》讲述了诗人小时候学习英文、拉丁文和爱尔兰文字母的经历,一开始他是通过生活经历来学习字母,把 Y 看成树权。然后在他长大后他反过来通过字母来理解生活,一捆捆架起来的麦秆像希腊字母 ∧,从而反映出文字与现实、文本与经验之间的互动和转换。正如一位评论家指出,诗集"对作家的创作程序,对'文字'和'真意'的观察,比希尼创作生涯的任何时候都更加仔细"。①

《写作边界的来信》一诗想象北爱尔兰边境的车辆检查站是"写作的边界"。像车辆和人员在此接受严格检查一样,作家也将接受公众舆论的检查,这是希尼对作家自由和社会责任关系的又一次思考。《良心共和国的来信》一诗写一个旅行者来到了"良心共和国",了解到同情心、家庭和孝顺的品德在这里倍受重视。最后在他离开时,他受到该国国人嘱咐,一定要在回国后成为他们的代言人。诗歌的寓言性质非常明显,共和国的代言人身份是许多人对希尼的期待。《期待的省份的来信》将北爱尔兰当代历史的进程描写为动词语气的变化:第一部分的"祈愿语气",第二部分的"祈使语气"和第三部分的"陈述语气"暗示了北爱尔兰的天主教政治力量从请愿到行动的发展过程。

---

① Corcoran, Neil. From the Frontier of Writing. *Times Literary Supplement*, June 26, 1987.

"来信"系列展示了希尼运用"换喻"和"转喻"的能力,同时也进一步显示他对现实的理解与写作的思考相互支持、相互说明。科克伦称这一组诗歌为诗集中"风格最有趣的发展,它们展示了一种新的诗歌智慧"。①

三

希尼的诗学困境不是一个个案,它折射了一个时代和那个时代诗歌的困境。其他诗人也同样在寻找他们自己的答案,也受到希尼的影响。虽然保罗·马尔杜恩(Paul Muldoon)、汤姆·保林(Tom Paulin)和西尔兰·卡森(Ciaran Carson)在诗歌创作上与希尼有许多不同,甚至他们视希尼为超越的对象,②但是在艺术与政治关系上,他们似乎发展了类似的策略。在《边界委员会》一诗中,马尔杜恩将天主教和新教社区的紧张对峙投射到一条小巷中。戈莱利巷将小镇分为两个部分,形成两个社区的分界线。诗中写道,这天的大雨奇怪地下在分界线的这一边,另一边滴雨未下,仿佛雨也知道这条界限。在组诗《另一种声音》中,保林将20世纪60年代末的北爱尔兰在宗教、意识形态和归属问题上的分裂与俄国历史上类似的情况相比拟,重演了考斯基与曼德斯坦的大辩论。在诗中,考斯基的政治热情、英雄主义和参与历史进程的意愿逐渐让位于象征主义诗人曼德斯坦的逃避,艺术的政治历史责任逐渐让位于"超越历史"的唯美主义。然而,曼德斯坦艺术的自我封闭终究是一种梦想:他最终不仅被政治卷入,并且成为政治斗争的牺牲品。③ 卡森的《贝尔法斯特五彩纸》一诗表面上描写一个作家的写作过程,但诗中所有的字符和标点似乎都在暗示一个防暴队的抓捕行动:其迅猛如"从天而降的惊叹号",其武器和器材像"一堆破裂的字符",爆炸本身像一个"地图上的星号"。作家正在大脑里构思一个句子,但他发现"所有的小巷和街道都被堵住了,被句号和分号"。

---

① Corcoran, Neil. From the Frontier of Writing. *Times Literary Supplement*, June 26, 1987.

② Bradley, Anthony. Contemporary Irish Poetry: The North's Hegemony. *Contemporary Literature*, XLI, 2000, No.1.

③ Corcoran, Neil. *English Poetry since* 1940. London and New York: Longman, 1993, pp.212-213.

当代北爱尔兰诗歌向我们揭示了这样一个道理:文学与政治既有关系,也有距离。应该承认,文学有它自身的规律和独立性,它不是政治的工具。它应该是一种审美活动,美学价值是它唯一的追求,美学标准是它的唯一标准。也应该承认,文学应该保持其纯洁性,不能与其他学科牵连,成为政治学、历史学、心理学和社会学的影子。然而,过分强调纯粹的美学价值可能会造成文学的"孤立主义",走向"为艺术而艺术"的象牙之塔。从20世纪80年代开始,人们越来越倾向于认为,俄国形式主义和英美"新批评"对文学自律性的追求是一种作茧自缚的自我设限,不利于文学批评参与现代社会的发展进程,也不利于文学批评自身的发展。"我们越来越意识到,'实用批评'['新批评']失败了,不但在与社会的关系上,而且在大学中也一样。"①

文学作为一种审美话语必须追求美学价值,这是一种共识,但这并不是说审美话语是一种"空中楼阁"。文学作为一种文化产品必将深深扎根于社会历史之中。即使是坚持"文学自律性"的文学批评流派也不能完全与意识形态割裂,并且很可能还有它自身的政治目标和社会功用,虽然它自身并不一定能够意识到这一点。俄国形式主义本身就是对苏联文学过分政治化的一种反动。英美"新批评"所强调的文本"统一性"和"整体性",即文本内部矛盾达到和谐统一,其本身在"冷战时期"的国际和国内矛盾中就具有明显的政治意义。其另一个重要概念"文本的有机整体性"也反映了"新批评"的美国南方"重农主义"思想。也就是说,完全超越了社会历史的审美话语是不存在的。②

谢默斯·希尼的政治诗学向我们展示了文学与政治发生关系而不沦为政治工具、仍保持其文学独立性的途径。坚持创作与生活的连续性是当代北爱尔兰诗歌的一个显著特征,正如批评家尼尔·科克伦指出,希尼对苏联和东欧诗歌的兴趣,特别是对象征主义诗人曼德斯坦的兴趣,实际上是一种"自我描述",在对这些诗人的研究中,他达到了一种自我认识。③ 希尼认为,当代北爱

① Hartman, Geoffrey. *Criticism in the Wilderness: The Study of Literature Today*. New Haven, Conn.: Yale UP, 1980, p.286.

② Terry Eagleton. *Literary Theory: An Introdutction*. Oxford: Blackwell, 1983, pp.49-50.

③ Neil Corcoran. *The Poetry of Seamus Heaney: A Critical Study*. London: Faber & Faber, 1998, pp.209-213.

尔兰诗歌与二战后的东欧诗歌一样,都是对"苦难的见证",诗歌在"不愉快"的历史中引入"快乐原则",在死亡面前保持着生命力。在这个意义上讲,它对苦难生活是一种"补救"。但是对希尼来说,诗歌不仅仅是为了政治目的而再现苦难。它超出历史,而不仅仅与之对应。诗歌的社会"力量,即作为揭露和纠正非正义行为的手段,常常被人们呼吁",然而容易被忽视的是诗歌的另一个侧面,即"真正视诗歌为诗歌,在它自身范畴内将它树立起来,使之成为一个矗立的奇观、一个用语言手段施加的压力"。①

(该文原载《英美文学研究论丛》2010 年春第 12 辑,收入本书时略有改动)

---

① Seamus Heaney.*Finders Keepers*:*Selected Prose* 1971-2001.New York:Farrar Straus Giroux,2002,p.284.

改写历史和神话:评英国诗人
卡罗尔·安·达菲的《世界之妻》

常言道,每一个成功的男人背后总有一个贤惠的女人。然而在西方,每一个成功的男人背后似乎总有一个沉默的女人,她们往往无名无姓,人们对她们知之甚少。英国第一位女性桂冠诗人卡罗尔·安·达菲(Carol Ann Duffy,1955—)的诗集《世界之妻》(*The World's Wife*,1999)为读者呈现了一系列这样的"沉默的女人"。这些"世界之妻"有些确有其人,有些完全是想象。她们既有古代的,也有现代的;既有温顺的,也有桀骜不驯的;既有受害者,也有施暴者。但是她们都依附于男性名人:如皮革马利翁、赫尔米斯(梅杜萨)、西西弗、伊索、力士参孙(大丽拉)、洗礼者约翰、拉撒路、莎士比亚、浮士德等等,甚至还有雨果《巴黎圣母院》中的卡西莫多、电影《金刚》里那位力大无比的大猩猩。围绕着这些文化名人往往有许多传奇,达菲的《世界之妻》对这些传奇进行了仔细解读,甚至进行了颠覆和重构。

诗集的题目来自乔治·艾略特(George Eliot)的《弗洛斯河上的磨坊》:"舆论在这种情况总是具有女性的属性——不是世界,而是世界之妻",原文是在描写"闲话"或"流言蜚语"的性质,但呈现了社会对女性的一种性别偏见。① 达菲的目标就是暴露这些性别偏见,她的手段是改写历史和神话。在一次访谈中,她说,"我想要拓展这些故事,引入更多真实的层面。我想要向原作添加,而不是删除内容"。下面我们以诗集中的六首诗歌为例,展示达菲

---

① Lanone,Catherine.Baring Skills,Not Soul:Carol Ann Duffy's Intertextual Games.*E-rea*:*Revue Électronique d'Études sur le Monde Anglophone*,2008,Vol.6,No.1.

是如何向原作添加内容的。我们将看到,她的后现代女性视角使这些古典故事显示出更多的复杂性和启迪性。

一、改写沉默

《安·哈撒韦》(*Anne Hathaway*)一诗讲的是莎士比亚的妻子。根据莎士比亚传记记载,安·哈撒韦(1556—1623)比莎士比亚大九岁,婚后六个月生下他们的第一个孩子,可能属于未婚先孕,而莎士比亚也有可能是在不情愿的情况下被迫娶了这位怀孕的大婶。有人认为安很有心计,其姓名被解读为:安有手腕(Anne hath a way)。另外,我们都知道莎士比亚在婚后两年便外出发展,八年不知去向,直到退休时才衣锦还乡,在家乡购置了豪宅,过着绅士生活。

由于莎士比亚夫妻长期分居,有人怀疑他们感情不佳。有人甚至怀疑,妻子安可能与其他男人有染。因此莎士比亚在撰写遗书时,没有给她留下什么遗产,仅仅给了她一张"第二好的床"("Item I give unto my wife my second best bed")。传统上人们把这解读为莎翁对安的惩罚,或者对她的侮辱,有人甚至以此为题写了一本传记叫《第二好的床》。显然,"第二好的床"已经成为一个神话、一个抹黑安的神话。达菲在《安·哈撒韦》一诗中让莎士比亚这位沉默的妻子开口讲话,从她的视角来讲述自己的故事,以澄清流言,匡正视听。

在诗歌中,安已经料理完莎士比亚的后事,正在回忆他们的夫妻生活。莎士比亚曾经创作了伟大的爱情作品,在那张"第二好的床"上,他也亲自践行了他所描写的伟大爱情。莎翁对安的爱,与那些伟大的作品一样,充满了想象力,他的一举一动都像在写诗。他与安在"第二好的床"上写出了世界上最优美的"传奇"。达菲在诗中运用文学的隐喻想象了他们的爱情:"我的身体对于他,/是更温柔的押韵,是回响,是谐音。"(WW 30)①他的"动词"在我的"名词"中央舞蹈。诗歌运用了十四行诗这种通常描写爱情的诗歌形式、也是莎

---

① Duffy, Carol Ann. *The World's Wife*. Harmondsmill: Macmillan, 1999, p.30. 该书以下简写为WW,并且以文中注形式对诗歌出处进行注明,如(WW 70)等。

翁最擅长的诗歌形式,以一语双关和充满暗示的语言,想象了莎翁对安的轰轰烈烈的爱,从而颠覆莎翁遗赠"第二好的床"对安妮进行侮辱的传言。

按照达菲的理解,伊丽莎白时期的习俗是,"最好的床"往往留给客人使用,"第二好的床"才留给主人自用,因此,第二好的床谈不上是什么污辱。如果有客人"在最好的床"上爱过,那么他们写出的仅仅是大白话,毫无味道。而莎翁遗赠"第二好的床"实际上是一个爱情的表白,因为那张床见证过他们的爱。正如阿芙利尔·霍纳(Avril Horner)所说,"达菲并不关心具体的历史时刻,她关心的是西方思维模式所暗示的一种价值体系,正是这种价值体系造成了不平等,以及贻害无穷的性别角色的'僵化'。"①

二、改写温柔

《皮革马利翁的新娘》(Pygmalion's Bride)一诗改写的是希腊神话,塞浦路斯王皮革马利翁爱上了他自己的雕塑作品,一座少女雕像。虽然他知道这是雕像,但仍然对她热恋,不能自拔。爱神阿弗洛狄特被其执着的爱情所感动,赋予了雕像生命,使二人终成眷属。达菲的诗歌并没有简单重述这个故事。诗中这位新娘是一位传统的、含蓄的姑娘,她"千呼万唤始回头,犹抱琵琶半遮面",有一种少女特有的腼腆和矜持:"我很冷,像雪花,像大理石。"(WW 51)然而这种冷漠似乎特别符合西方男性对传统女性的期待,它完全就是男性所喜欢的那种特有的女性特质。诗中这位新"狼"亲吻了她的嘴唇,说了许多甜言蜜语,给她购买了贵重的礼物,如"珍珠、项链、戒指",抚摸她的身体,甚至将手指插入她的体内,然而她的心是"冰",是"水晶",没有任何反应。

在这里,我们可以看到现实与神话的巧妙对应,从而获得一种反讽式的惊喜。由于我们知道现实中的新娘其实是神话中的雕像,她的冷漠也就获得了一种合理性,甚至是合法性。同时,在现实中这种矜持又是男权社会对女性的

---

① Horner, Avril. "Small Female Skull" : Patriarchy and Philosophy in the Poetry of Carol Ann Duffy, *The Poetry of Carol Ann Duffy*: *"Choosing Tough Words"* .ed.Michelis, Angelica & Antony Rowland.Manchester : Manchester UP , 2003 , p.105.

期待,因此它对男权思想又是一种揭露。在达菲看来,女性应该做自己,而不应该迎合男性。因此,在诗歌后半部分,这位新娘开始改变自己、改变人格,从含蓄和矜持中走出来,变成了一个"新女性",仿佛就是一团烫手的火焰。她不是接受亲吻,而是以激情回应亲吻。她不是接受爱抚,而是主动去示爱:她变得"很火辣,很癫狂/身体拱起、弯曲、扭动","开始发出爱的呻吟",还"要为他生孩子"。(WW 52)整个变化就是从一座雕像变成了一个活生生的人,从一个被爱的淑女变成了一个主动出击的"辣妹"。

这一改变震惊了这位新"狼",他控制不了这样一个没有规矩的女孩,同时被她的主动出击所吓倒,只得逃之夭夭。正如苏珊娜·布朗德(Susanna Braund)所说,"诗歌是对那种男性的直白讽刺,他们喜欢女性被动,一旦女性采取了主动,他们就感到恐惧:'就这么简单'。"①故事的结局像是一出喜剧,男女双方的力量对比发生了戏剧性的变化:不是女怕男,而是男怕女。同时,故事的结局也与古代神话形成了反讽式的对照,那种圆满的大结局,男女结合并从此过上幸福生活的大结局,被悲剧性的分离所代替:新娘说,我"再也没有见过他"。我们在神话中读到的浪漫爱情,在现代社会中变成了婚姻悲剧。那种浪漫爱情的基础是男性主导、女性服从,正是由于这个大前提的改变,那种浪漫爱情才消失了。诗歌是怀旧?是欢呼?值得我们思考。

二、改写反抗

《美杜莎》(Medusa)的故事同样来自希腊神话,根据陆谷孙主编的《英汉大词典》,美杜莎是"三个蛇发女怪之一,她原是凡俗女子,因触犯雅典娜,头发被变成毒蛇,面目也变得极为丑陋,凡看她一眼的人都变成石头。她最后被珀尔修斯杀死,头颅被割下,装在雅典娜的盾牌上"。在达菲的诗中,美杜莎显然是一个现代女性:由于被丈夫背叛,她"怀疑、疑惑、嫉妒"。虽然她丈夫

---

① Braund, Susanna. "We're here too, the ones without names", A Study of Female Voices as Imagined by Margaret Atwood, Carol Ann Duffy, and Marguerite Yourcenar. *Classical Receptions Journal*, 2012, Vol 4, No.2, pp.190-208.

是一个男神般的人物："完美的人,希腊的神",(WW 40)但他跟别的女孩厮混,这使这位现代美杜莎快要发疯。复杂的心情完全改变了她:她头发倒竖起来,变成了毒蛇;她满口污言秽语,都是毒液;她泪水喷涌,都是子弹;她还长出了獠牙,可以伤人。她变成了一个"美杜莎",一个蛇发女妖。

嫉妒是基督教的"七宗罪"之一,在基督教传统中,嫉妒被人格化为毒蛇,口中喷着毒液,因此达菲的比喻显得特别贴切。在斯宾塞(Edmund Spenser)的《仙后》中,嫉妒骑着一匹狼,心里藏着一条毒蛇。在达菲的《美杜莎》一诗中,这位妻子已经被逼疯,她失去了理智,变得面貌丑陋,像蛇发女妖一样。但是她曾经也美丽过,年轻过。诗歌似乎在问,她变成现在的模样到底是谁的错? 在此,人们可能会想起"阁楼上的疯女人",想起那些因婚姻不幸而失去理智的女性。西方传统把美杜莎刻画为女妖,然而这首诗歌所拷问的是,到底是谁把她变成了妖怪? 从这个意义上讲,诗歌是对父权制的控诉。

作为女妖,她有着把生命变成石头的魔力。"你害怕了吗?"她问他,"你最好害怕。"(WW 40)诗歌对这一魔力进行了渲染:她看了一眼蜜蜂,蜜蜂变成了石子,坠落到地上;她看了一眼猫,猫变成了砖头,打翻了它正在喝的牛奶;显然,她是在利用这些魔力对他进行威胁,她似乎是在说,如果你不收敛,下一个被变成石头的将是你。"我看了一眼抽鼻子的猪,/一块顽石/就在猪粪中打滚"(WW 40):顽石在猪粪里打滚,是神话中的情节,同时也是男人的肮脏和不检点行为的隐喻。在诗中,神话与现实达到了完美的结合。一方面我们感到美杜莎的比喻非常贴切,另一方面我们从一个非常特别的角度重新体验了美杜莎的神话,领略了诗歌赋予这个神话的现代意义。

的确,诗集对男性有诸多的负面描写:除了这里所提到的"偷情者",男人还是"婴儿拐骗者,令人讨厌的诗人,色诱者,蹩脚的恋人,贪婪的资本家,嚎叫者,嫉妒、恶毒、无趣的丈夫,恋物癖,阳具崇拜者,无情的强人,挥舞伟哥的纠缠者,行为放荡的王子,恶魔,猩猩,猪"等。除了莎士比亚以外,诗中的男性几乎全是令人生厌的人物。① 阿芙利儿·霍纳认为,这些负面描写表现了

---

① Rowland.Antony.Love and Masculinity in the Poetry of Carol Ann Duffy.*English*,Vol 50,Autumn 2001.

诗集对异性恋的否定，同时也是它最终走向女性同性恋理想的铺垫。"达菲诗集的发展路径是通过塑造女性强人以达到自我重构的目标。"[1]

三、改写觉醒

《欧律狄刻》(*Eurydice*)的故事来自希腊神话中关于奥尔弗斯的故事。在神话中，欧律狄刻是奥尔弗斯(Orpheus)的妻子。在新婚之夜她被毒蛇咬伤而死，奥尔弗斯悲痛不已，遂以他美妙动听的歌喉打动冥王，使其承诺让其妻欧律狄刻返回人间。但冥王的条件是，在引领妻子返回人间的路上，奥尔弗斯不得回头。最终，奥尔弗斯未能履行承诺，欧律狄刻回到了阴间。

我们看到，欧律狄刻在神话中只是一个配角。她没有声音，没有思想，仅仅是一个沉默美人。然而在达菲的诗歌中，她摇身一变，成了主角。她不仅有思想，有智慧，而且知道怎样表达自己的心声。整首诗歌就是欧律狄刻为女同胞读者讲述的故事。她的意思大致可以总结为以下几点：第一，她现在在冥界，那里"语言停止了，仅是一个黑暗的句号"；(WW 58)第二，这个地方"很适合"她，因为她可以避开那个男人的追求，享受她的"永垂不朽"；第三，正是在这个时候，那个人突然出现了。我们可以想象那是一个什么情景：她完全不敢相信她的耳朵，她说："我宁愿死去。"(WW 59)

达菲所塑造的这个欧律狄刻形象具有许多现代意义，它不仅仅是古代神话的重复。第一，欧律狄刻不再是神话中的沉默美人，而是一个现代女性。她具有强烈的表达欲望，她不愿再做别人的"缪斯"，不愿意在别人的诗歌中被称作"亲爱的、黑女士、白女神"；她说，"我宁愿为自己说话。"(WW 59)第二，她是一位知识女性，有自己的主见，为丈夫录入诗歌文稿时，批评他的诗歌使用了过多的"抽象名词"。第三，她不再是一个任人摆布的人物，而是一个有主体意识的个体，她知道自己想要什么：她"竭尽了一切力量，诱使他（丈夫）

① Horner, Avril."Small Female Skull": Patriarchy and Philosophy in the Poetry of Carol Ann Duffy, *The Poetry of Carol Ann Duffy*:"*Choosing Tough Words*".ed.Michelis, Angelica & Antony Rowland.Manchester：Manchester UP,2003,p.107.

回头",(WW 61)从而满足了她留在冥界的愿望。第四,欧律狄刻具有现代女性的智慧,她没有央求奥尔弗斯"让我留下",没有使用暴力夺走他怀里的诗歌,而是赞扬他的诗歌是一篇"杰作",正如苏珊娜·布朗德指出,这种赞扬是"他的虚荣无法拒绝的",①从某种意义上讲,是虚荣使他落入了圈套。

欧律狄刻离开丈夫之后感到了一种从未有过的自由,她不愿意再回到从前的生活,被"禁锢在他的意象、明喻、隐喻"之中。的确,诗歌将婚姻的牢笼与语言的牢笼相比拟,婚姻对女性的禁锢在诗中被表现为男性话语对女性的禁锢。欧律狄刻不愿意再生活在那些"八行体、六行体、四行体、双行体"之中。对她来说,那样比地狱还糟糕。正如凯瑟琳·兰龙(Catherine Lanone)所说,诗歌"对原型情景的改写,目的是使女性人物……重获话语权与存在感"。②

四、改写欲望

《莎乐美》(Salome)的故事来自《圣经·新约》,关于爱情与暴力。莎乐美是希律王的养女,她爱上了洗礼者约翰。后者曾经在沙漠中为耶稣举行洗礼,被视为耶稣的先行者。然而他被指控传播邪教,被希律王逮捕入狱。希律王喜欢看莎乐美跳舞,答应只要她为他跳舞,洗礼者约翰就由她处置。然而,莎乐美遭到了洗礼者约翰拒绝,她因爱生恨,向希律王索要了约翰的头颅。最后,这颗被砍下的头放在餐盘里,呈给了莎乐美。在奥斯卡·王尔德(Oscar Wilde)改编的《莎乐美》中,莎乐美深情地亲吻了放在餐盘里的约翰的头。这个故事在西方几乎是家喻户晓,由于情节离奇,它曾经被许多作家改写。在人们心目中,莎乐美是一个"妖冶女人"(femme fatale),她爱上了谁,谁就会倒霉。

---

① Braund, Susanna. "We're here too, the ones without names", A Study of Female Voices as Imagined by Margaret Atwood, Carol Ann Duffy, and Marguerite Yourcenar. *Classical Receptions Journal*, 2012, Vol 4, No.2, pp.190-208.

② Lanone, Catherine. Baring Skills, Not Soul: Carol Ann Duffy's Intertextual Games. *E-rea: Revue Électronique d'Études sur le Monde Anglophone*, 2008, Vol.6, No.1.

　　达菲在诗歌中塑造的现代莎乐美是一个堕落女性,她酗酒、吸毒、乱性。从她的自述中,我们可以看到,她寻欢作乐地度过了一整夜,早晨起来仍然受到酒精的困扰。她记不清谁上了她的床:"彼得？西蒙？安德鲁？约翰?"(WW 56)她现在只看到"放"在枕头上的头。她有一点精疲力竭,但对那颗头颅毫无惧怕、毫无怜悯,甚至有一些冷漠。那颗头颅曾经代表了她的爱:外观英俊、头发黝黑、胡须浓密。虽然眼角泛起了皱纹,但嘴唇红晕俊美,知道如何讨女人的芳心。她曾经吻过那双嘴唇,但现在它已经冰冷。

　　所有这些细节让我们看到了这个女人的内心:她憎恨男人,冷酷无情。她杀死的这个男人不是第一个,也不是最后一个:她说"我曾经做过","我肯定还会做"。(WW 56)虽然这些男性受害者都是她爱过的人,但在她扭曲的心灵中,他们只是她的羔羊,是她利用和玩弄的对象。有人将她解读为系列杀人犯,然而我认为,这里的"系列杀人"可能是一个隐喻。这个现代莎乐美不停地跟男人睡觉,不停地把他们甩掉,以达到伤害他们的目的。从隐喻上讲,把他们甩掉就是已经把他们"杀掉"。而枕头上的那颗头颅仅仅是一个幻象,是她内心阴暗的杀人欲望的投射。也就是说,这个现代莎乐美仅仅在内心上演了那个著名的历史神话。

　　虽然现代莎乐美是一个堕落女性的形象,但同时她也是一个男性惧怕的形象。传统上男性希望女性是羔羊,而在这个故事里女人把男人当成了羔羊,从而翻转了传统的男女角色,颠覆了传统男女的力量对比。男性所希望看到的那个"天使"被一个无恶不作的"坏女人"所替代。她不再是男性怜爱的对象,而是他们惧怕的对象,从而颠覆了父权制对女性的禁锢,颠覆了父权制期待的柔弱女性形象。

五、改写力量

　　《女金刚》一诗是对经典电影《金刚》(*King Kong*)的改写,它充分利用了读者的背景知识,颠倒了影片中的男女权力关系。电影的故事发生在 1933 年的美国,一名勇于冒险的企业家及电影制作人杰克率领摄制组到荒岛拍摄外景。他们在岛上遇到土著和恐龙的袭击,女主角安妮的尖叫声唤来一只巨大无比的大猩猩,它就是金刚。这只连凶悍的恐龙也惧怕几分的大猩猩,却偏偏爱上了安妮。其后金刚被带回了纽约,但这却是它悲剧命运的开始,金刚受到了军队和警察的围捕。为了带安妮再看一次美丽的日出,它带着她爬上了帝国大厦,从而陷入重围。它与飞机展开了最后决战,不幸摔下了帝国大厦,为自己的爱人谱写了最后的悲歌。可以看出,这是一个"美女与野兽"的爱情故事。

达菲的《女金刚》一诗把这个故事颠倒了过来。诗歌是女金刚的独白,讲述她的爱情历程。故事情节与电影类似,但是主人公的角色进行了对换。巨大无比的一方不是男性,而是女性:男性变成了娇小的玩物。女金刚爱上了来到荒岛的摄制组成员,"我的小男人",与他有了一段他不太情愿的浪漫爱情:女金刚说,"他就会爬到/我张开的手中,坐下;我就会轻轻地/……剥下他的衣衫,/用我的舌尖舔他葡萄一般的肉体。"(WW 31)然而,电影很快就拍完了,"我的小男人"回纽约去了。经过了一个月的挣扎,女金刚终于忍不住来到了纽约,在水泥森林里,在一个个窗户中寻找。最终,她在一间公寓里找到了他,看到他的卧室中贴着她的巨幅照片。"我把他从房间拎出来,/像从盒子最上一层拎起一块巧克力/让他夹在我的食指与中指间摇晃,/以此逗乐和示爱。"(WW 33)

的确,女金刚具有令人惧怕的力量,正如利兹·约克(Liz Yorke)所说,"在《女金刚》中,达菲似乎探讨了一种男性特有的恐惧,一种害怕在强大女性手中被毁灭的恐惧。"①女金刚带着她的"小男人"回到了荒岛,"他被紧紧攥在她的手里,被她剧毒的和压倒一切的爱所制服"(WW 33):他们在一起度过了幸福的十二年。诗歌像是在讲述一个童话,但实则在对童话进行戏仿。在"我的小男人"死后,他并没有逃脱"玩物"的命运。女金刚将他制成了干尸,其大小对她来说正好与项链上的吊坠差不多,被挂在她的胸前,成为永久的纪念。"我现在就把他戴在脖子上,/完美、风干、眼眶镶嵌了绿宝石。"(WW 33)

---

① Yorke, Liz. British Lesbian Poetics: A Brief Exploration. *Feminist Review*, No.62, "Contemporary Women Poets", 1999, Summer.

这一可怕的形象使人想起了耶稣受难。我们意识到,男性对女性的压迫固然可怕,然而颠倒过来其实同样可怕。诗歌并非鼓吹女性沙文主义,而是以一个故事展现性别不平等所产生的可怕后果。

六、故事新编

我们叫以看到《世界之妻》(*The World's Wife*)实际上是一部"故事新编",它看似谈古代,实则谈现实。历史故事或神话中的人物与当代的人物相对应,实际上相当于古典故事在当今的重演。但这个重演不是简单的重复,而是被赋予了新的内容和当今意义。因此,我们在《世界之妻》中读到的故事,与古典故事有相似之处,但又不是那个古典故事。虽然不是那个古典故事,但又有那个古典故事的影子。故事的原型和新版存在着差异,但又有着千丝万缕的联系;两者存在张力,但又存在对应。正是这种若即若离、似曾相识的情景给人一种惊喜。正如凯瑟琳·兰农指出,"它挪用了经典话语,但达到了一种反向的意识形态质询。"①

《世界之妻》的主题显示出传统女性主义书写的典型特征,即由觉醒、反抗、自由构成的三部曲。诗集的发展模式也符合传统的女性主义书写的发展模式,即从认识到受压迫地位,到反抗压迫,到为争取自由而斗争。有批评者认为,这是女性主义的老生常谈,其源头可以追溯20世纪60年代和70年代的第一波女性主义批评。② 甚至可以追溯到20世纪初的经典女性主义批评家西蒙妮·波伏娃和弗吉尼亚·伍尔夫。然而,虽然女性主义思想广为人知,但是性别不平等仍然广泛存在。有些甚至内化到了女性的大脑之中,得到了女性的认同。因此,女性主义思想本身需要翻新,《世界之妻》就是翻新和进

---

① Lanone,Catherine.Baring Skills,Not Soul:Carol Ann Duffy's Intertextual Games.*E-rea*:*Revue Électronique d'Études sur le Monde Anglophone*,2008,Vol.6,No.1.

② 见 Rowland.Antony.Patriarchy,Male Power and the Psychopath in the Poetry of Carol Ann Duffy,*Posting the Male*:*Masculinities in Contemporary British Literature*.eds.D.Lea and B.Schoene-Harwood.New York:Rodopi,2003,pp.125-126.

一步强化女性主义思想的新尝试,在 21 世纪都有它的现实意义和价值。

在风格上,达菲的诗歌绝不是 20 世纪女性主义书写的简单重复。西蒙妮·波伏娃(Simone de Beauvoire)和弗吉尼亚·伍尔夫(Virginia Woolf)的著作是对男权社会的理性分析,而达菲诗歌的典型手段是对它进行嬉笑怒骂。理性分析曾经起到了它的作用,但是在 21 世纪,幽默和戏仿似乎具有更多的颠覆力和破坏力。正如凯瑟琳·瓦伊纳(Catherine Viner)指出,《世界之妻》比达菲的早期诗作更加"快乐",里边有更多的"机智":"她能够把喜剧元素和严肃元素融合到同一首诗歌里。"①的确,达菲的魅力在于她的"顽皮的幽默感",她用不同寻常的幽默与讽刺,试图将邪恶"讥笑"出了历史舞台。

达菲的后女性主义诗学并不表现在她对性别、身份、性取向、异化、欲望等问题的探索,而表现在她在探索中"凸显了表征、客观性和真实性的困境。"②后现代改写的目的往往不是为了还原历史、以正视听,而是为了表达诉求、发出呼吁。达菲的《世界之妻》的重要性不在于它是否反映了历史真相,而在于它发出了女性的声音。历史是书写的结果:这个观点在当今已经被广泛所接受和认同。视角的不同、侧重点的不同、选择细节的不同、排列组合的不同都会产生不同的历史叙事。《世界之妻》正是利用了历史书写的这一特点,重构历史和神话,表现出了过人的创造性和想象力,凸现女性主义的视角和观点。换句话说,写历史其实是为了写当下,通过凸显历史的另一种可能性,反映了当下的困境和迷茫。

(该文原载《外国文学》2015 年第 3 期,收入本书时略有改动)

---

① Viner,Katharine.Metre maid-*The World's Wife.The Guardian*,Saturday 25 Sept.1999.
② Rees-Jones,Deryn.*Carol Ann Duffy*.Plymouth:Northcote House Publishers,1999,p.3.

解除管制的缪斯:20 世纪末的英国诗歌

当代英国诗歌的概念随着时间的推移不断地更新着它的内容。1962 年企鹅公司出版的《新诗》(*The New Poetry*)收入了菲力普·拉金(Philip Larkin)和泰德·休斯(Ted Hughes)等当代诗人。然而,二十年以后,这些诗人逐渐去世,当年的诗人已经成为历史。企鹅公司又在 1982 年推出《当代不列颠诗歌集》(*The Penguin Book of Contemporary British Poetry*),这本诗集介绍了谢默斯·希尼(Seamus Heaney)、詹姆士·芬顿(James Fenton)和克雷格·雷恩(Craig Raine)等当代诗人。在十二年后的 1994 年,人们心目中的当代诗人又有所不同。在这一年,英国诗歌协会的机关刊物《诗歌评论》推出了一本名为"新一代诗人"的专号,介绍了西蒙·阿米蒂奇(Simon Armitage)、格伦·马克思韦尔(Glynn Maxwell)、迈克尔·霍夫曼(Michael Hoffman)和唐·佩特森(Don Paterson)等新诗人。更近一点,在 1998 年,企鹅公司又推出了对 20 世纪后半叶的英国诗歌有总结性的诗集《1945 年以来不列颠和爱尔兰诗歌集》(*The Penguin Book of Poetry from Britain and Ireland*)。在这个集子中,1994 年的新一代诗人已经变成了英国诗坛的活跃力量。要谈英国诗歌的现状,我们也许可以用最后两本书为线索,把它们所收集的诸位诗人进行整理、分类,最后弄清英国诗歌在当代的发展和演绎。

英国诗歌在 20 世纪的发展似乎是一个接着一个流派在进行相互取代。翻开一本像样的文学史,你就会发现这个发展大致是从反传统的现代派到反现代派的各种流派。从 20 世纪 40 年代以后逐渐出现了新浪漫派,超现实主义,表现主义,运动派,集团派,贝尔法斯特派,极微派,苏格兰派,利物浦派,火星派等。从诗人来讲,这段历史也是一个繁荣时期,如果我们按传统的做法在每十年中找出一个最有成就的诗人,那么从 20 世纪 20 年代到 70 年代可能有 T.S.艾略特(Eliot),W.H.奥登(Auden),狄兰·托玛斯(Dylan Thomas),菲力普·拉金,泰德·休斯和谢默斯·希尼。然而,20 世纪 80 年代以后的诗歌深深扎根于第二次世界大战后的 50 至 70 年代,这里面有叛逆,也有延续,因此不能完全孤立地把 80 年代和 90 年代视为一个封闭的现象。因此,要谈英国诗歌在 1980 年至 2000 年间的发展,大概要从 20 世纪 70 年代后期谈起,要涉及谢默斯·希尼以及他那一代诗人。

一

　　谢默斯·希尼(Seamus Heaney,1939—　)这位当代最著名的北爱尔兰诗人是 20 世纪 70 年代在集团派的代表人物菲力普·霍布斯勃姆(Philip Hobsbaum,1932—2005)的鼓励和支持下成长起来的。希尼和一些年轻诗人每星期一晚聚集在霍氏的公寓,朗读他们的诗作,互相鼓励,互相指正。希尼的早期诗作充满了对童年的回忆、对他出生和生长的爱尔兰乡村的眷恋、对家庭和爱尔兰农庄文化的自豪。他从对家庭传统的挖掘发展到对民族文化历史的追溯,企图从中为北爱尔兰的民族纷争与领土归属问题找到一个答案或解释。作为天主教家庭的后代,希尼深深地意识到他的根在爱尔兰的文化传统,但作为诗人,他又不能放弃他所接受的英国文化传统的教育,他的目的在于将二者有机地结合起来,创造一种新的诗歌语言和诗歌创意。

　　希尼从早期的《自然主义者之死》、《通向黑暗之门》和《北方》等集子中的乡土气息和民族自觉意识,逐渐走向《朝圣岛》(1984),《山楂灯》(1987)和《幻视》(1991)中的哲学深度和象征朦胧。正如凯·拜伦(Catherine Byron)指出,"由于他逐渐地,一本一本地,进入了抽象和纯理性的领域,希尼正在离开乡间生活的现实,去追寻学术的、人迹罕至的高度。"[1]有趣的是,以上三本集

---

[1]　Catherine Byron. Word Carver Hewn From the Land. *Times Education Supplement*, 1996, April 26.

子的创作正好与他出任哈佛大学的修辞学教授和牛津大学的诗歌教授同时,也许正是因为学院的理性环境驱赶了希尼的"乡村缪斯"。但是,令凯·拜伦惊喜的是,在希尼最近的一本诗集《酒精水准器》(1996)中,他似乎又回到了那潮湿、充满泥土芳香的童年生活,实现了他诗歌发展的一个圆周。

希尼是英国当代诗坛上的一颗巨星,一股不可忽视的力量。企鹅公司1982 年出版的一本具有影响力的《当代不列颠诗歌集》把他放在首位,目的不仅在于把他视为当代诗歌的开始,而且有意暗示他已成为当代英国诗歌的主旋律。也许 1995 年的诺贝尔文学奖更证实了这个预言。然而,当代英国诗歌的地域性特别强,希尼和其他一些在霍布斯勃姆指导下成长起来的诗人,如德里克·马洪(Derek Mahon, 1941—),迈克尔·朗利(Michael Longley, 1939—)的确形成了一股力量,他们同后来成长起来的保罗·马尔登,汤姆·波林和梅德·麦加琪恩等一起促成了北爱尔兰 20 世纪 70 到 80 年代的所谓的"文艺复兴"。他们身处北爱尔兰的纷争和"战乱"之中,不得不对艺术与政治、个人与社会、有意识的创造与直觉性的灵感等关系作出反应,从而形成了他们特有的历史使命感和紧迫感。

然而在同时的英国本土,诗人们所关心的并不是政治与艺术的关系。与希尼几乎同时的英国诗人道·邓恩(Douglas Dunn, 1942—)和托·哈里森(Tony Harrison, 1937—)更关心的是养育他们的生活环境与他们所接受的教育之间的矛盾。这两位诗人都是在 1944 年的"巴特勒教育法案"资助下离开他们生长的下层社会,靠奖学金读完了大学的。他们对英国社会中的文化与非文化层次、特权与非特权阶层、富有与贫贱都有一定的了解,从而深深地理解英国社会中所存在的鸿沟。由于造就他们的生活环境不同,两位诗人都对他们所接受的教育、所获取的"文化"感到不安。已经成为"文化人"的两位诗人再回到他们所熟悉的社区和贫民窟,去观察他们曾经度过的生活。然而,他们更多地体会到的是他们自己的异化,他们与他们的根的脱离。邓恩的《特利街》以深切的同情描写了英国赫尔市的下层社会,以亲切的态度观察了在那里繁衍的、贫贱而又富有活力的生活。作为观察者,诗人同时也是被观察的对象,他的"文化"和儒雅与他所看到的现实之间的矛盾被活生生地表现了出来。这本书确定了邓恩诗歌的基调,他后来的集子《更幸福的生活》

(1972)，《野蛮人》(1979)，《圣基尔它岛的议会》(1981)都以下层生活为题材，反映了英国社会的贫富差别，反映了"文化"的虚伪和"贫贱"的朴实。"野蛮人"这个题目本身就是一个反讽，这本书通过历史上、想象中、和现实里的"野蛮人"与"文明"和"文化"之间的冲突，表达了作者所从属的那个阶级的成员的不满和敌意。不同于以前的集子，这个集子采用了严格的诗歌格律和文雅的语言模式，它采用了"文化"和"文明"的手段对"文化"和"文明"进行了一种无言的批判，构成了所谓的"奖学金仔的报复"。① 在邓恩的后期作品《哀歌》(1985)和《但丁的架子鼓》(1993)中，这个主题仍然存在，但是当他把主题引向新的领域时，往往作品就失去了那原有的力量和感染力。

哈里森的阶级意识却从另一个角度表现出来，在他看来下层社会的人们被剥夺的不仅仅是财富和劳动，而更重要的是文化和表达能力。他的同胞和阶级成员过着贫困和艰难的生活，其最根本的原因是他们被剥夺了接受教育的机会。因此，他从最初的《口才学校》(1978)，《口才学校》第二集(1981)，到后来的《V》(1985)都是写他在英国里兹市的贫民窟的经历和他接受大学教育后与这种受压迫的生活的分离。在他的诗歌里，口才和表达能力是进入上层社会和获得特权的先决条件，而那些生活在社会底层的人们被排斥在社会的边缘，正是因为他们的语言与正统的英语格格不入，也正是因为他们没有成功和获取特权所需要的"文化"。所以在哈里森的诗歌中，阶级之间的冲突多表现为语言上的冲突，他的作品不断地将中产阶级英语的正统和文雅与所谓的"暴民"语言的粗俗和表达能力的欠缺对立起来。在以"暴民"为题的两首十四行诗中，工人在大会上的起哄并未表达出他们的意愿，他们表达不清的语言似乎与老板的保卫人员的武器碰撞声相对峙，而不能爆发成更有摧毁性的力量。他们受压迫的事实在这个场面中充分地反映了出来，并且这个受压迫的命运似乎与他们的语言能力有关。他们被剥夺了受教育的机会，同时也就被排斥在欧洲的正统文化和经济传统之外。

邓恩和哈里森是英国 20 世纪 70 至 80 年代的诗坛上独具特色的诗人，但

---

① Neil Corcoran.*English Poetry since* 1940.London & New York：Longman 1993，p.156.

他们并不能完全代表那个年代的英国诗歌。事实上,这个时代的英诗拥有不少小团体,彼得·波特(Peter Porter,1929—2010),彼得·雷德格洛夫(Peter Redgrove,1932—2003),乔治·麦克白斯(George MacBeth,1932—1992)等在20世纪60年代的"集团派"里成长起来的诗人在70年代变得非常活跃。他们谈不上拥有共同的美学观点,但是他们都相信诗歌可以公开讨论,并且可以接受建议和进行修改。在他们的作品里,我们可以感觉到这个集团的诗歌所共有的形式上的协调和意义上的明晰。另外一个小团体是与《评论》杂志有关的、被称作"极微派"的几位诗人:伊恩·汉密尔顿(Ian Hamilton,1938—2001),雨果·威廉姆斯(Hugo Williams,1942—   )和大卫·哈森特(David Harsent,1942—   )。他们都擅长写短诗,并且在短中求精。他们的创作特点显然与美国20世纪60年代的詹姆士·赖特和罗伯特·布莱有相似之处,并且肯定受到20世纪初的意象派诗歌的影响。他们的目的在于用短小的抒情诗体、用精炼和具有图像感的语言去捕捉事件或感情的一瞬间。虽然他们的诗歌常常能给读者一瞬间的惊喜,然而却常常在感情的调子上千篇一律:无非是写忧郁,伤感,凄切动人的感受。最后一个小团体可以称之为"后现代派",他们的代表人物是克里斯托弗·米德尔顿(Christopher Middleton,1926—   ),罗伊·费希尔(Roy Fisher,1930—   ),和J.H.普林恩(J.H.Prynne,1936—   )。虽然以象征和朦胧而著称的现代派诗歌在20世纪后半叶很不景气,但是它并没有消亡。以上几位诗人均从现代派泰斗埃·庞德那里汲取了创作和美学的源泉,借鉴了同时代的美国黑山派,特别是查·奥尔森的诗歌理论,在形式上进行标新立异的创新和尝试,他们的诗歌属于马乔里·培尔洛夫(Marjorie Perloff)所定义的"庞德传统。"①与同时代的诗人不同,他们鄙视那种流行的、把个人生活作为创作素材的做法,认为诗歌必须放弃以自我为中心,把诗人视为一个能够让经验演出和冲撞的舞台。与此相对应,他们的诗歌打破了推论和叙述的连贯性,创造出与一般读者隔绝的象牙之塔:晦涩甚至令人费解的朦胧诗。

---

① Majorie Perloff.*The Dance of the Intellect*:*Studies in the Poetry of the Pound Tradition*.Cambridge:Cambridge University Press 1985,pp.1-32.

二

在 20 世纪 80 年代,英国诗歌逐渐进入了一个多极化和地域化的局面,以地区和团体为界限的各类诗歌和诗人继续繁荣,没有统一的美学理论作为基础,也没有统一的审美兴趣和追求。我们很难把这十年的诗歌视为一个派别或者一个运动,它的成就是多样的和各具特色的。在北爱尔兰出现了继希尼、马洪和朗利之后的第二代诗人:保罗·马尔登(Paul Muldoon,1951—),汤姆·波林(Tom Paulin,1949—)和梅德·麦加琪恩(Medbh McGuckian,1950—)。与他们的前辈诗人一样,他们继续关注着北爱尔兰的前途和命运。派别的斗争和流血冲突,以及这片领土的归属问题使他们对爱尔兰的民族特性非常敏感。北爱尔兰的根和文化传统究竟来自何处成为他们关注的焦点。虽然他们在这方面继承了希尼的主题范畴,但他们寻求到不同的观照角度。希尼把爱尔兰的方言视为这片土地上进行流血冲突的双方的共同点和他们实现和解的潜在基础;而马尔登却认为方言显示了另一种"爱尔兰特性",一种充满了危险和虚假的偏执。希尼从考古发掘中看到了爱尔兰的根,从古代的暴力和冲突看到了当今暴力的不可避免;而波林却无法在爱尔兰的泥土里听到暴力和冲突的预言,从而否认了当今的爱尔兰与古代斯堪的那维亚的联系。但是,新一代爱尔兰诗人并没有超出民族自觉意识这个主题,从而表现出与希尼这一代诗人的既不同、又相似的联系。

女性诗歌可以说是 20 世纪 80 年代诗歌的一个特色,麦加琪恩对北爱尔兰的命运和作为女性的命运同样地关注。在英国本土,安·史蒂文森(Anne Stevenson,1933—)和卡罗尔·鲁门斯(Carol Rumens,1944—)创作了富有特色而又比较温和的女权主义诗歌作品。与早期的女权主义者不同,她们并不致力于性别对抗的分离主义。如果早期诗人芙·艾德可克和珍·约瑟芙都不反对把女性文学分离出来创造一个独立或平行的文学传统,同时也不反对把自己的作品视为女权主义运动的一部分的话,那么,史蒂文森和鲁门斯却反对把她们的诗歌扣上女权主义的帽子。她们认为优秀的作者应该是一个个

体，而不是男性或女性。文学的传统应该是由优秀的作者共同创造的，不管他
们是男性或是女性。这种以反对"女性诗歌用女性语言和为女性"为特色的
"后女权主义"标志着旧的、充满了政治色彩和火药味的激进女权主义已经过
时，同时也标志着 20 世纪 80 年代女权主义的新发展。① 但是，这并不意味着
史蒂文森和鲁门斯的诗歌不再是女权主义诗歌，同时也不意味着传统的女权
主义在 20 世纪 80 年代完全消失。丹尼丝·莱利（Denise Riley）在诗中为女
性受到压迫所提出的抗议和对歪曲女性的传统文学的讽刺可以说都是女权主
义的激进抗争。史蒂文森和鲁门斯虽然反对传统的婚姻制度给女性带来的压
迫，但她们并不把女同性恋和单身母亲家庭作为出路。她们与莱利等的共同
点在于她们对"女性经验"的关注，对女性在婚姻和社会中的地位的不满，和
她们希望暴露传统文学中女性所扮演的角色的荒唐。她们的意图也许都是希
望在作品中克服传统文学的偏见，创造一种新的、能够毫不歧视地表现女性的
语言和文学形式。

　　20 世纪 80 年代的英国还出现了一批以写叙事诗著名的诗人。詹姆士·
芬顿（James Fenton，1949—　）,安德鲁·莫星（Andrew Motion，1952—　）,彼
得·雷丁（Peter Reading，1946—　）和布莱克·莫里森（Blake Morrison，
1950—　）可能在政治、艺术、宗教等方面并不持完全相同的观点，但是他们
都反对 20 世纪 50 至 60 年代美国"自白派"诗人极端的自我表演，和他们把这
种自我表演当成一种优越性的做法。在他们看来，要写出好诗并不需要事先
去品尝自杀是什么滋味，感情的波折也不需要用自杀或其他极端的行动才能
表现出来。总之他们反对艾·阿尔弗莱兹在《新诗》里所提倡的那种"自白"
性的表演癖。相反，他们希望通过客观的描写和叙述来折射他们的内心世界。
莫星的诗歌选集《危险的游戏》（1984）充满了个人经历和个人感情，但它并不
是通过宣泄表现出来。"公开的秘密"一诗写一个贵族家庭的故事：父亲是一
个蹩脚的猎手，但为了贵族面子他不愿让这个事实受到传扬。儿子通过女仆
得知这个秘密，而这个泄密的时刻正是两人偷吃禁果之时。最后诗人和女友
出现在诗的结尾，他告诉她这只是一个编造的故事，但它包含了不愿直说的意

---

① 　Neil Corcoran. *English Poetry since* 1940. London & New York：Longman 1993，pp.228-229.

义。也就是说,我们所听到的故事仅仅是一个外壳,是里边隐藏着真实意图的寓言。父亲的无能表现了英国贵族阶层的衰落,儿子对秘密的毫不避讳表现了贵族后代的愧疚和负罪感,但此诗真正要说的可能是两个人关系的疏远或破裂。"安·弗兰克藏匿处"记叙了诗人参观这个坐落在荷兰阿姆斯特丹的著名房屋。躲藏在这里的犹太姑娘安·弗兰克最终被纳粹逮捕的经历本来可以成为一个很明显的政治题材,但诗人与姑娘冤魂的对话却恰恰缺少读者所期望的政治意义。表面的记叙成了诗人内心对人类灾难的真正关切和诗人的内心忧郁的实在外现。

作为叙事诗的作者,这些诗人的题材是多种多样的,并且常常记叙具有奇观效应的事件,如战争、谋杀、飞机坠毁、轮船失事等。更有趣的是他们并不避讳当今所发生的重大事件,如柬埔寨战争、美国对利比亚的轰炸、英国的马尔维纳斯战争、苏联击落南朝鲜客机、黎巴嫩的流血冲突等。然而这些表面的事件常常被变成手段,来表现作者不希望"公开的秘密"。并且这些事件的叙述者也不一定是秘密的知情者,他们常常同读者一样在竭力地理解、渗透和发现这些"秘密"。詹·芬顿的"德国安魂曲"以及以这首诗命名的集子(1981)都充满了这样的"戏剧性反讽"。"德国安魂曲"通过一个情景的描写反映了战争给德国人带来的深刻的心理影响。大批的人们每年捧着鲜花去墓地悼祭亡灵,就像去参加一个可怕的"婚礼",一个可能使他们忘记过去的礼仪。战争的牺牲品是如此众多,以至于墓地构成了一座死者的"城市"。在他们的墓碑上,你可能看到他们的住址和工作时间,因为他们死得如此突然、如此众多,以至于石匠权且用他们的门牌作了碑文。在这首诗中,无论是这些事件的叙述者,还是他的好奇的询问者都可深深地感到这段纳粹历史给当今德国造成的心理压力。在这段表面的故事的背后所隐藏的,正如诗人写道,"是你已经忘记,你必须忘记的东西。/你必须终身不断忘记的东西。"也就是说,诗歌想说的东西并没有直说,而是寄寓在所讲述的这个故事之中。与"自白派"诗人不同,芬顿和其他叙事诗人没有在诗中进行喧闹的表演,相反,他们躲到了故事的背后。他们的思想感情通过叙事折射出来,显得更加含蓄和意味深长。

20世纪80年代最著名、最引人注目的诗人可能要数被人们称为"火星派"的克雷格·雷恩(Craig Raine,1944——)和克里斯托弗·雷德(Christopher

Reid,1949—　　)。"火星派"的名称来自雷恩的著名诗篇"一个火星人寄一张明信片回家"。诗歌写火星人在地球的观感,他以新奇和浓厚的兴趣叙述了他所看到的物体和事件。那些既平常又为广大读者熟悉的东西在他的眼里增添了无限的神秘感和吸引力。雾是疲于飞行的天空栖息在大地的身体;雨是大地所变的电视,它能把色彩变得暗淡;电话能够"睡眠",当你拿起它,它还会"打呼"。雷恩创造这样一个想象的火星人意在从一个特殊的角度来观察我们所熟悉的世界,从而还新奇和神秘于我们几乎麻木的感官。雷恩这首诗的确有它的代表性,它不但为诗人早期的代表性诗集(1979)提供了题目,而且表现了这个派别的诗人的特别的追求和创作目的。他们所寻求的"朴实的目光","净化的感受"与 20 世纪 20 年代俄国形式主义文艺理论家希克洛夫斯基所提出的艺术的"陌生化"作用有相似之处。雷德的"一整派资产阶级原始人"写的是一个中产阶级家庭的后花园里休闲的情景。一派舒适和闲怡的环境在诗人眼里渐渐地变成了鼓吹返璞归真的卢梭所寻求的原始森林。作为中产阶级富裕和奢侈的象征的后花园被放进了一个特殊的视角,从而产生了不同寻常的效果。

　　"火星派"的风格有它一定的意义,它把艺术作为我们重新认识世界的工具,让艺术使人们过分熟悉的世界露出新的意义、新的诱惑,因此吸引了戴·斯威特曼、帕·夏特尔等不少追随者。但是,它也有它的局限性,"火星派"诗歌常常依赖于奇特的比喻和新颖的视角,这些特点不仅自身的价值有限,而且也制约了诗歌的题材,引起了一些读者的怀疑。① 要超出这些自身的局限性,"陌生化"的含义必须扩大,必须变得更加灵活,以适应创作的需要。从《富裕》(1984)开始,雷恩逐渐把注意力引向新的层面,以追求"陌生化"的新的应用领域。"一次乡间漫步"写诗人和女儿走在一条泥泞的道路上,看到日夜处理着废物的污水处理厂、燃烧着麦茬的田野和被火光照亮的墓地。然而渐渐地,在诗歌引言的提示下,我们意识到这次乡间漫步实际上是一次但丁式的地狱之行。污水处理厂逐渐变成了一个象征,废物也变成了死亡和生命的终止,

---

① 　Antony Thwaite.*Poetry Today:A Critical Guide to British Poetry* 1960–1984.London & New York:Longman 1985,pp.124–127.

而田野也燃烧出地狱的火焰。这时,诗人提醒他的女儿"不要害怕",因为电线上的燕子,教堂顶上的维修工,和墓地里的修坟人都向他们显示了生命的存在,显示了死亡无法战胜的东西。这里的地狱之行虽然保留了"火星"诗歌的风格,但它使经验的陌生化有了更加深刻的意义。

雷德在后期的诗歌,特别是《卡婕林娜·布拉克》(1985)和《在充满回音的隧道里》(1991)里,把"火星派"的异陌生化概念扩大到英语语言本身。卡婕林娜是东欧女诗人,也是雷德诗歌的主人公。为了表现这位生活在"铁幕"时期的东欧诗人的思想和经历,雷德精心地模仿了她那不地道的英语,仿佛雷德的诗歌真是这个外国人讲英语的真实记录。"铁百合花"一诗写的是宣传车上的喇叭,它走街串巷广播着官方的意志,最后这个意象被发展成为噩梦似的"新现实":"对哥白尼的宇宙说的抗议"。虽然雷德在这里仍然是用陌生化的眼光在观察一个平常的现象,但是,它异陌生化的语言就已经创造了一种新奇,并且就是对它所表现的异常的现实的最好描写。

20世纪80年代的英国诗歌无论从诗人来讲、还是从诗歌来讲都是一个逐渐个人化和分散化的时期。我们把这些诗人和诗歌分成了不同的类别,为的是便于介绍、便于掌握,其实际情况比我们所看到的可能要复杂得多。比如,我们把马尔登放在北爱尔兰新一代诗人里介绍,但他也写了不少叙事诗,可以说是一个很好的叙事诗人;芬顿被我们归入叙事诗人一节,但是也有人把他视为"火星派"诗人,[①]实际上"火星派"这个名称就是他首先提出的。也就是说,我们前边所提到的"多元化"和"多极化"的倾向是存在的,并且有所发展。不管诗人属于那一个团体,他(她)的最优秀的诗歌往往是作为个体的创作,而不是作为这个团体的一部分。20世纪80年代的英国诗歌的特点是它已经超出了"运动"或"派别"的时代,而形成了一种分散的和多样的局面。也许当这个时代进入更遥远的历史之后,它会显出不同的形状,或者它的形状会更加明显。但目前我们所看到的是一颗颗璀璨的星星,虽然它们并没有形成明显的队列,但它们各有特色,闪闪发光。

---

① 王恩衷、樊心民著:《当代英美流派诗选》,安徽文艺出版社1991年版,第204页。

三

在 20 世纪 90 年代,随着英国政治上的"放权分治",经济上解除"集约经营",英国诗歌也走上了更加深度的地域化和分散化的道路。我们很难说 20 世纪 90 年代的英国诗歌有一个统一的审美特征,也很难说它的作品是基于一个统一的美学理论。我们所能看到的是英格兰诗歌、苏格兰诗歌、北爱尔兰诗歌和威尔士诗歌。再仔细一点,也许我们可以看到郊区诗歌、城市诗歌、学究诗歌、后现代诗歌、苏格兰英语诗歌、苏格兰方言和盖尔语诗歌、北爱尔兰政治诗歌、黑人诗歌、女性诗歌等。与英国的经济和政治状况相同,英国的艺术也开始走向市场。"英国铁路""英国航空""英国电讯"等经济航空母舰一统天下的局面一去不复返,从而形成了由这些公司与不同大小、不同实力的公司相互竞争的局面;同样,在政治上它现在也逐渐在打破由维斯敏斯特的国会全面决策的局面。北爱尔兰议会、苏格兰议会和威尔士的议会的相继成立使英国政治上的分散化统治逐渐形成。与此相应,伦敦这个文化的中心逐渐也在失去它的中心的地位。英国最优秀的诗人、艺术家不一定非来自伦敦,或者说伦敦的诗歌和艺术并不一定被他人所模仿和效法。他们也不一定来自剑桥和牛津,而是来自不同的背景。与其他一切中心一样,伦敦和剑桥牛津也逐渐成为一个中心,而非唯一的中心,它必须与其他的文化繁荣地区相竞争。①

20 世纪 90 年代的英国诗歌是如此地分散化、如此地多元化,我们已经无法用单一的概念去描述它。"后现代主义"的概念已经如此地混乱,它已经无法描述任何年代。同时,我们可以看到,离今天越近,作这样的归纳也就越困难、越有疑问、越有争议。"英国诗歌"这个概念已经无法像从前那样能够包含英格兰、苏格兰、威尔士和北爱尔兰的诗歌。在叶芝的时代没有爱尔兰诗人会介意被称为英国诗人(British poet)。英国的概念包含着不列颠群岛和爱尔

---

① See Sean O'Brien."Who's in Charge Here?", *The Deregulated Muse:Essays on Contemporary British Poetry*.Newcastle upon Tyne:Bloodaxe Books,1998,pp.13–16.

兰岛,"英国"更多地意味着"英语"的概念。然而这种状况在 20 世纪 80 年代和 90 年代已经不再能够行得通。随着北爱尔兰归属问题的日益严峻,随着苏格兰民族主义的兴起,"英国"(British)更多地意味着"英格兰"。对于北爱尔兰的不少当代诗人来说,特别是对于天主教出身的、具有共和主义倾向的诗人来说,北爱尔兰现在的状况可以与波兰在 20 世纪 50 年代的状况相比拟。谢默斯·希尼(Seamus Heaney)和汤姆·波林(Tom Paulin)就曾公开将英国军队进驻北爱尔兰视为苏联军事占领波兰的翻版。希尼曾经对他自己的作品被收集到企鹅公司 1982 年的出版《当代不列颠诗歌集》而感到不安,因为他拒绝被称为"不列颠"诗人。① 虽然希尼在诗中累次宣称不介入政治,但是他的诗歌一次又一次地回到这个主题,从而使人感到他实际上离不开政治。受到他影响的西尔伦·卡森(Ciaran Carson,1948—)和马修·斯威尼(Matthew Sweeney,1952—)等后生诗人同样面临着介入政治还是保持艺术的独立性的艰难选择。可以说北爱尔兰问题已经成为当代爱尔兰诗歌的最重要的主题。

在苏格兰,情况与北爱尔兰有所不同,但是争取文化上的独立或者自立的精神同样存在。大多数苏格兰人并不希望从英联邦独立出去,虽然有少部分人坚持在为此而不懈地努力。苏格兰所特有的民族自豪感和他们比较敏感、比较脆弱的自尊使许多苏格兰人把他们自己视为在英联邦中受压抑、受歧视的民族。由于苏格兰长期以来有着不同于英格兰的历史、宗教、法律和文化传统,由于苏格兰地处边远的北部,在发展的机遇和资金的注入方面远远落后于英格兰和威尔士,以至于使不少苏格兰人感到失望。少数英格兰人可能有意无意地对苏格兰流露出鄙弃的态度,就像我们有些无知的城里人对待乡下人一样。这在一定程度上也激怒着苏格兰人。所以英格兰与苏格兰之间的矛盾常常表现为社会阶层或社会阶级之间的矛盾。当代苏格兰诗人如道格拉斯·邓恩(Douglas Dunn,1942—),凯瑟琳·杰米(Kathleen Jamie,1962—),唐·佩特森(Don Paterson,1963—)等都在不同程度上描写过被歧视的感

---

① See Nigel Alderman & C.D.Blanton.ed.*A Concise Companion to Postwar British and Irish Poetry*.Chichester,West Sussex:Wiley-Blackwell,2009,p.93.

觉,揭露过那些自以为是的人们的虚伪和无知。文化传统的不同也使苏格兰诗人不断地思考他们在不列颠文化中的地位,W.N.赫尔伯特(W.N.Herbert, 1961—)就将他的诗歌称为"分叉的舌头",以表示他所使用的英语和苏格兰语所分别代表的两种传统。罗伯特·克劳福德(Robert Crawford,1959—)在诗歌中致力于促进苏格兰和英格兰的对话,使两种传统在交流中共同发展。这些有关传统问题的思考都在一定程度上使苏格兰诗歌在内容上更加多样化、更加富有想象力。

英格兰作为不列颠联合王国的主体在各地域的民族主义和独立运动中往往承受最大的压力,成为受冲击的主要对象。苏格兰和北爱尔兰的民族主义者往往把不列颠视为英格兰,或者视为英格兰帝国霸权的工具。所以英格兰的文化人在这方面感到沉重的压力,他们非常小心不敢以不列颠去包括某些苏格兰和北爱尔兰现象,而必须直接称之为苏格兰和北爱尔兰。在英格兰内部,随着20世纪中叶英帝国的解体,英国诗人的眼光逐渐从一个"日不落帝国"的开阔的视野回归到英国本土,去寻求一种初始的、基本的英格兰传统。①这种倾向不但包含着对英国人传统的生活方式的探索,包含着对这种生活方式受到工业化和全球化的冲击所发出的感叹,而且也包含着对英语本身作为文化载体的挖掘:使英语在诗歌中所创造的语境能够将英语在历史进程中所积淀的语义全部表现出来。这样的意图支持着菲力普·拉金(Philip Larkin, 1922—1985)、泰德·休斯(Ted Hughes,1930—1998)和杰弗里·希尔(Geoffrey Hill,1932—)的最典型的诗歌。

然而,进入20世纪90年代之后,对语言的纵向的挖掘似乎已成为步人后尘。20世纪90年代最活跃的英格兰诗人西蒙·阿米蒂奇(Simon Armitage, 1963—)和格伦·马克思韦尔(Glyn Maxwell,1962—)已无法大踏步走进传统,虽然他们也不同程度地将他们的想象力的大门向历史敞开。在视野的收缩和前辈诗人的成就的夹缝中,他们选择了现时:将现时的"青年文化"的语言、俚语、广告词、传媒语言、体育语言非常自然地、贴切地写进诗歌,与传统

---

① David Kennedy.*New Relations*:*The Refashioning of British Poetry* 1980-94.Bridgend:Poetry Wales Press,1996,pp.57-59.

的诗歌语言相融合。他们也选择了讽刺性的模仿和反语：他们描写俗套，但是他们并不接受俗套，而是讽刺俗套。而讽刺和反语也常常成为他们的诗歌的主要关注对象，有时这些既是他们诗歌的形式，也是他们诗歌的内容。也就是说，20 世纪 90 年代的诗歌的重心在一定程度上已经从内容转移到了语言的形式之上。

另外，英格兰诗人似乎也无法像拉金那样能够心安理得地去寻找一个"传统的英国"：视英国为一个统一的民族似乎已经不可能。诗人对他们各自地域的忠诚似乎不能上升为对整个国家的忠诚，而只能停留在地域的范围。阿米蒂奇的约克郡和奔宁山脉只是英国北部而已，不能构成整个英民族的共同经历。马克思韦尔的威尔温城也仅仅是南部某城而已，而非有整体的、民族的代表意义。他们所看到的英国显然与拉金等人所想象的英国大不一样，他们所想象的英国已经不是浪漫的、田园式的国度，而是市内的贫民窟、日间托儿所，酒店的游泳池等现代的都市机构。前辈诗人对传统生活的眷念已经不再适用。"英国民族"的概念曾经有着公认的内涵，而现在这个概念已经不能成为共识。各人有各人的看法，统一的思想认识体系已经打破。

从全英国来看，20 世纪 90 年代的诗歌已经打破了英语创作一统天下的局面，在语言运用上变得更加多样化。方言的使用在诗歌中越来越普及，越来越流行。丽兹·洛克赫德（Liz Lochhead,1947— ）和汤姆·伦纳德（Tom Leonard,1944— ）的苏格兰方言、弗雷德·达奎埃尔（Fred D'Aguiar,1960— ）和大卫·达比丁（David Dabydeen,1956— ）的加勒比方言、林顿·约翰逊（Linton Kwesi Johnson,1952— ）的印第安部落英语，都是方言创作的新尝试和典型例子。方言是英语，但又与英语有着众多的差别，可称之为"替代英语"（alternative Englishes）。① 方言一方面体现着人物的身份，将人物的特殊经历更加形象、更加准确地表现出来，另一方面这样的诗歌又需要读者对它进行解码，与标准英语对照，生产出一种差异意识。在经历这种差异，并使它自然化之后，读者可能会融入这种由特别的语言构成的特别经历。也就是说，这

① Neil Corcoran.*English Poetry since* 1940.London & New York：Longman 1993,p.199；See also Simon Armitage & Robert Crawford.Democratic Muse,*The Penguin Book of Poetry from Britain and Ireland since* 1945.London：Penguin Books,1998,pp.xix-xx.

些替代英语会给读者创造出一种差异感,一种异化、无能为力和焦虑的感觉,任何一个不熟悉这种语言的文化符码内涵的人都会有这样的感觉,它不可避免地排斥读者,把他定位为局外人。但是另一方面,读者又会通过阅读,体会到一个再学习的过程,达到一种"融入"的境界,以至于更加理解方言在创作中的重要作用。正如大卫·达比丁指出,它让人"接触到原汁原味的素材","人物的与众不同,以及他们生存状态的特别性"。①

20世纪90年代的英国已经成为一个越来越多元文化的国家。随着移民政策的更加宽松和文化政策的更加自由化,英国人的面孔逐渐从单色向多色转变。移民、留学生、商人、游客都让昔日的英国人体会到纽约那种文化大熔炉的感觉,但是移民在这个国家的待遇和生存状况并不乐观。特别是在文化领域,移民身份可能构成职业和其他障碍,移民作家在获得出版和认可方面仍然困难重重。随着各种移民信息的普及,以及种族意识的觉醒,使他们当中的一批原籍为加勒比海地区的诗人如格雷斯·尼科尔斯(Grace Nichols,1950—   )、杰基·凯(Jackie Kay,1961—   )、弗雷德·达奎埃尔和大卫·达比丁等,逐渐把他们的身份、语言、传统、生存状况变成了诗歌创作的题材,揭露英国文化体制在种族、性别和阶级层面地歧视行为,揭露出版界对移民和女性诗人作品的排挤。由于几代人的抗争,移民文学逐渐得到了关注,移民诗人的作品也得到了认可。从林顿·约翰逊的《英格兰是一只母狗》(1980),到格雷丝·尼科尔斯的《肥胖黑女人的诗歌》(1984),到大卫·达比丁的《苦力奥德赛》(1988),到弗雷德·达奎埃尔的《大英臣民》(1993),我们体会到了这些非白人诗人的成长历程和他们得到的日益关注,同时我们也体会到了他们的抗争和抗议。

四

1998年由诗人西昂·奥布莱恩(Sean O'Brien)执笔的当代诗歌研究专集

① David Dabydeen. *Slave Song*. Denmark: Dangaroo Press, 1984, p.14, p5. See David Kennedy. *New Relations: The Refashioning of British Poetry* 1980-94. Bridgend: Poetry Wales Press, 1996, p.260.

被取名为《解除管制的缪斯》。1998 年企鹅公司的总结性的 20 世纪后期诗歌集的前言被取名为《民主的声音》。"解除管制"和"民主"都在一定程度上反映了这个多元化的倾向。诗歌出版业也不再被费柏、牛津大学、企鹅等大公司所垄断。许多 20 世纪 90 年代的优秀诗人都不在这些出版社出版,而是在布勒戴克斯(Bloodaxe)、波力耕(Polygon)、卡卡奈特(Carcanet)等新兴出版社出版。这些出版社的出现促进了文化界的自由竞争,它们的崛起也构成了诗歌出版的多足鼎立的局面,促进了英国诗歌的繁荣。

1998 年是英国诗歌的悲伤的一年,苏格兰著名诗人伊恩·克莱其顿·史密斯(Iain Crichton Smith,1928—1998)和英国桂冠诗人泰德·休斯相继殒世。桂冠诗人的继承问题在英国成为热门话题,也许它是许多诗人梦寐以求的头衔。虽然这个职位的俸禄非常微薄,一年只有两瓶并不昂贵的葡萄酒,但是它所能带来的名声和宣传效应是惊人的,它几乎可以使人一夜之间成为明星。但是这个职位的要求也是很高的,它不但需要诗人已经有较大的成就和较高的名望,而且需要他有保皇主义的政治态度和能够为皇家服务的愿望。泰德·休斯就曾经写过诗作为女皇和皇太后的生日等皇家重大庆典捧场。这是他的任务,而并不一定是他的情愿。所以当桂冠诗人必须具备多重的素质。对于这个职位,许多诗人都在考虑的范围之内。英国诗歌界提到过道格拉斯·邓恩,但是他的苏格兰民族主义倾向一定会使他拒绝这个职位。同样,获得诺贝尔奖的希尼也绝对会拒绝这一职位,也绝对不适合作皇家的桂冠诗人。《中华读书报》提到了托尼·哈里森,但他的贫民出生和贫民意识不一定对他的入选有利。在热烈的讨论中,许多诗人都被提到过。他们包括有名和不太有名的诗人,如卡洛尔·安·达菲(Carol Ann Duffy,1955—)、温迪·科普(Wendy Cope,1945—)和罗杰·麦格夫(Roger McGough,1937—),桂冠最终落到了相对保守的安德鲁·莫星头上。

诗歌在英国像在许多其他国家一样挣扎在现代文化的边缘,诗人已经不可能以写诗为生,但是从事一个长期的职业也许会使诗人忙于生计而无暇创作。所以在英国多数诗人都仍然是自由撰稿人(freelance writer),并且生活来源不稳定。文化促进机构如各地的艺术委员会(Arts Council)可以为诗人提供一些资助,大学也可以为诗人提供一些短期的职位,如在每一所大学你都能见到的"驻校作家"(Writer in Residence)或"驻校诗人"(Poet in Residence)。在这里,他们为有志创作或有兴趣的大学生和社会人士提供一些创作指导,同时也得到一些薪金。虽然这种生活来源并不能解决作家的生活问题,但它能使作家与常人更贴近,使作家能够将他们的创作热情和献身文学的精神传给许多的未来的作家。大学也许因此成为许多诗人的摇篮。虽然诗歌与金钱无缘,但英国仍然有一个全国性的诗歌日(National Poetry Day):十月八日。这个节日往往是诗歌朗诵会的高潮,也是提醒人们看到诗歌的存在的时节。这些和常年进行的朗诵会也多在大学举行,它们所吸引的也多是大学的听众:诗歌的研究者、爱好者和学生。无疑大学在英国诗歌的促进方面起着重要作用,同时这也使英国诗歌与大学有着越来越重要的联系。这是好事、是坏事,只有时间才能做出判断。

（该文原载《当代外国文学记事 1980—2000·英国卷》,马海良、张剑主编,商务印书馆 2016 年版,收入本书时略有改动）

共识的破裂:当代英国诗歌的
多元化与族裔化倾向

　　当代英国诗歌常常指 20 世纪 80 年代以后的诗歌,这些诗歌往往是后现代的产物。后现代的特征之一就是"去中心"和"去权威"。这种"去中心"和"去权威"的倾向常常导致一种多元化的局面。在《新关系:英国诗歌的重构 1980—1994》(*New Relations:The Refashioning of British Poetry* 1980-1994)一书中,大卫·肯尼迪(David Kennedy)将 20 世纪 90 年代的英国诗歌特征归纳为"共识的破裂。"①所谓"共识的破裂",就是说当代英国诗歌不再有一个统一的审美特征,不再有一个共同的美学理论,我们所能看到的是一种地域化和分散化的局面:英格兰诗歌、苏格兰诗歌、北爱尔兰诗歌和威尔士诗歌。我们还可以把这些诗歌划分为郊区诗歌、城市诗歌、学院派诗歌、后现代诗歌、盖尔语诗歌、苏格兰语诗歌、北爱尔兰政治诗歌、黑人诗歌、女性诗歌等。批评家西蒙·阿米蒂奇(Simon Armitage)和罗伯特·克洛福德(Robert Crawford)在英国后现代诗歌中听到了一种"民主的声音",西昂·奥布莱恩(Sean O'Brien)在后现代英国诗歌发现了一位"解除管制的缪斯"。②

　　我们应该注意到,"民主"是政治学术语,"解除管制"是经济学术语,两个术语的使用说明英国诗歌的多元化与英国的经济政治状况有诸多相似之处。

---

　　①　David Kennedy.*New Relations:The Refashioning of British Poetry* 1980-94.Bridgend:Poetry Wales Press,1996,p.14.

　　②　See Simon Armitage & Robert Crawford.Democratic Muse,*The Penguin Book of Poetry from Britain and Ireland since* 1945.London:Penguin Books,1998,pp.xix-xx;Sean O'Brien.Who's In Charge Here?,*The Deregulated Muse:Essays on Contemporary British Poetry*.Newcastle upon Tyne:Bloodaxe Books,1998,pp.13-16.

当代英国在政治上走上了"放权分治"（devolution）的道路，打破了由英国国会全面决策的局面。北爱尔兰议会、苏格兰议会和威尔士的议会的相继成立使英国政治上的分散化治理逐渐形成。在经济上，当代英国走上了解除"集约经营"（deregulation）道路。"英国铁路""英国航空""英国电讯"等经济航空母舰一统天下的局面一去不复返，从而形成了由这些公司与不同大小、不同实力的公司相互竞争的局面。与此相适应，文化领域也在发生着类似的事情。伦敦这个文化的中心逐渐也在失去它的中心地位，英国最优秀的诗人、艺术家也不一定非要有剑桥和牛津的教育背景。在去中心的浪潮中，伦敦、牛津和剑桥逐渐成为一个中心，而非唯一的中心。诗歌出版业也不再被费柏、企鹅、牛津大学、剑桥大学等大公司所垄断。许多优秀诗人都是在布勒戴克斯（Blood-axe）、波力耕（Polygon）、卡卡奈特（Carcanet）等新兴出版社出版。英国的文化发展呈现出多元化和相互竞争的态势。

现在，我们已经无法用单一的概念去描述当代英国的诗歌，除非我们用"后现代"这样的笼统的概念。"英国诗歌"这个概念已经无法像从前那样能够概括这个地方出现的诗歌。也许在叶芝的时代，没有北爱尔兰诗人会介意被称为英国诗人（British poet），然而这种状况在20世纪80和90年代也已经改变。北爱尔兰著名诗人、诺贝尔奖获得者谢默斯·希尼（Seamus Heaney）曾经对企鹅公司将他的作品收录到《当代不列颠诗歌集》（1982）提出异议，因为他拒绝被称为"不列颠"诗人。[1] 1999年苏格兰出版的一本新诗集取名为《梦幻状态》（Dream State），但是英文的"梦幻状态"也可能被理解为"梦幻国度"。这里边包含的民族情结和国家情结非常明显，也闪耀着一种争取文化独立或民族自决的精神。这些对身份和传统问题的思考在一定程度上为当代英国诗歌注入了活力和想象力。

一、反对语言霸权

对于当代英国诗歌来说，不但共识已经打破，而且作为创作语言英语也不

---

[1]　See Nigel Alderman & C.D.Blanton.ed.*A Concise Companion to Postwar British and Irish Poetry*.Chichester,West Sussex：Wiley-Blackwell,2009,p.93.

再能够一统天下,方言的使用在诗歌中越来越普及。丽兹·洛克赫德(Liz Lochhead,1947—　)和汤姆·伦纳德(Tom Leonard,1944—　)用苏格兰方言创作、弗雷德·达奎埃尔(Fred D'Aguiar,1960—　)、林顿·约翰逊(Linton Kwesi Johnson,1952—　)和大卫·达比丁(David Dabydeen,1956—　)用加勒比方言创作、梅德·麦家琪恩(Medbh McGuckian)和努拉·岗诺(Nuala Ní Dhomhnaill)用爱尔兰语创作。苏格兰诗人 W. N. 赫尔伯特(W. N. Herbert,1961—　)将他的一本诗集称为《分叉的舌头》(*Forked Tongue*,1994),以表示他继承了英语和苏格兰语两种诗歌传统。谢默斯·希尼在一首诗中,将英语比喻为辅音,将爱尔兰语比喻为元音。语言的差异性使语言不但具有凝聚力,也具有排他性。在后现代英国,语言已经卷入了政治,语言的选择已经包含着政治意义。①

当代英国诗歌不再仅仅是英语诗歌,它是生活在这片土地上的、不同民族的诗人所创作的诗歌。过去英语诗歌叫 English poetry,现在叫 Anglophone poetry。两者的区别就在于后者去除了民族的概念。游离在标准英语之外的方言,既与英语有联系,又与英语有差别,被称为"替代英语"(alternative Englishes)。② 方言一方面体现着人物的身份和特殊经历,另一方面又需要读者对它进行解码,与标准英语对照,生产出一种差异意识。读者在经历差异,并习以为常之后,会体验到这种由特别语言构成的特别经历。也就是说,"替代英语"会给那些不熟悉这种文化符码的读者制造出一种差异感,一种异化、焦虑、甚至无能为力的感觉,它不可避免地排斥读者,把他定位为局外人。但另一方面,读者又会体会到一个再学习的过程,达到一种"融入"的境界,以至于更加理解方言在创作中的重要作用。

对于从西印度群岛移居到英国的一批黑人作家来说,用加勒比海方言创作不仅仅是一种语言选择,也是一种反抗。方言从语言角度反映了加勒比海

---

① See W.N.Herbert.*Forked Tongue*.Newcatle-upon-Tyne:Bloodaxe,1994;Seamus Heaney,"A New Song",*New Selected Poems* 1966-1987.London:Faber and Faber,1990,p.27.

② Neil Corcoran.*English Poetry since* 1940.London & New York:Longman 1993,p.199;See also David Kennedy.*New Relations*:*The Refashioning of British Poetry* 1980-94.Bridgend:Poetry Wales Press,1996,p.260.

的前殖民地与帝国核心的宗主国之间所存在的一种张力。也就是说，反抗压迫，首先是反抗宗主国的语言霸权和文化压迫。正如大卫·达比丁说，"加勒比海诗人面临的挑战是，如何砸碎强加在我们身上的五音步抑扬格的枷锁，如何使用一种适合我们国土地貌的诗歌节奏"。在他看来，使用加勒比海方言，是对西印度群岛的口头文化的很好传承："飓风不会以五音步节奏来咆哮。"①大英帝国曾经把英语强加给殖民地来巩固对他们的统治，而现在来自殖民地的作家把方言强加给宗主国，以实现对其权威的颠覆。达比丁指出，方言让人"接触到原汁原味的素材"，"体验到人物的与众不同，以及他们生存状态的特别性"。②

二、殖民记忆

据统计，在 20 世纪 70 年代，来自加勒比海的移民在英国就已经达到了 500 万。到 1991 年，他们已经占英国人口的 5.5%，这种移民潮被一首诗歌形象地比喻为"反向殖民"（colonization in reverse）。③ 英国人的面孔逐渐从单色变为多色，英国人逐渐体会到纽约那种文化大熔炉的感觉。老一辈加勒比海移民大都怀揣着梦想来到英国，但是他们向往的幸福生活并没有降临到他们身上。失业、贫穷、歧视、排外等现象使移民在这个国家的生存状况并不乐观。从新一代加勒比裔诗人的作品来看，他们经历了从理想到幻灭、从希望到绝望的过程。他们的作品展示了种族意识的觉醒，内容包括他们对身份、文化传统、生存状况等题材的探索，以及对英国社会体制中种族、性别和阶级歧视现象的揭露。下面我们通过几位移民诗人的作品，来观察以上这些主题是如何被书写和阐释的。

---

① David Dabydeen. Old English Creole. *Poetry Review*, Special Issue：New Generation Poets, Spring 1994,84,29.

② David Dabydeen：*Slave Song*. Denmark：Dangaroo Press,1984,pp.14-15.

③ Louise Bennett,"Colonization in Reverse"（1966）,quoted from Louise Bennet homepage at http://louisebennett.com/,retrieved 15 July,2014.

出生于英属圭亚那的大卫·达比丁(David Dabydeen, 1955—　)具有强烈的"根"的意识,这赋予了他的诗歌以特别的声音,使他的作品弥漫着挥之不去的殖民记忆:奴隶贸易、奴隶贩运、种植园、黑人所受到的剥削和压迫等。《奴隶之歌》(Slave Song, 1984)描写了加勒比海地区甘蔗农场的苦力,以及他们受剥削、受压迫的生存境况。达比丁曾经在英属圭亚那的甘蔗种植园长大,对那里的奴隶制、战争、疾病、男权、独裁统治、贫富差异非常熟悉。那里原始和古朴的地貌,覆盖着浓密的森林,里边也有危险的野兽。达比丁说,"我们生活在汹涌的大西洋和原始的亚马逊森林之间的一个狭长地带……粗犷的自然地貌往往引起敬畏,也引起巨大的恐惧感",有点像《加文爵士和绿衣骑士》的某些场景。但是在这里没有悬疑和鬼怪,而只有黑皮肤的人。如果英国殖民者把这些黑皮肤的人视为悬疑和鬼怪,并竭力驱逐他们:这是因为这些黑皮肤的人们"处于文明边缘,在性习惯和语言上都对文明构成了威胁。"①

达比丁的另一首诗《特纳》(Turner, 1993)既是对奴隶贸易和奴隶贩运(Middle Passage)的重新书写,又是对非洲裔英国人的现实命运的深入思考。诗歌的灵感来自英国画家威廉·特纳创作于 1840 年的一幅画《奴隶船》。达比丁说,奴隶贩子和船主常常将死亡和垂死的黑奴抛入大海,以要求保险公司赔偿他们的运输损失。那时,奴隶常常被视为商品,如果他们病了就会跌价,因此不如把他们抛进大海。特纳的《奴隶船》抓住了抛尸入海的一个场面,永远凝住了事件的一个瞬间。画面展示有一个黑奴被扔进了大海,饥饿的鱼群蜂拥而至。达比丁的诗歌就以该人为主人公,想象他一个半世纪之后的今天醒来,发现自己仍漂浮在特纳的大海上。他皮肤漂白了,性别也不确定了,他渴望重生,但是却无法摆脱过去的悲惨记忆。在某种意义上讲,他的命运折射了一个半世纪以来非洲裔黑人的命运。他既不能获救,也不会淹死,被凝固在生死之间。

① David Dabydeen. Old English Creole. *Poetry Review*, Special Issue: New Generation Poets, Spring 1994, Vol 84, No.29.

三、现实苦难

来自英属牙买加的雷盖乐（reggae）配乐诗人林顿·克威西·约翰逊（Linton Kwesi Johnson，1952— ）更加注重来自加勒比海的移民在英国的现实生活苦难：即他们在英国艰难的生存状况、他们所承受的种族歧视以及英国警察的种族暴力。诗歌《英格兰是只母狗》（*Inglan Is a Bitch*，1980）描写了一位来自西印度群岛的移民在伦敦的悲惨命运。他一直生活和工作在社会最底层，从"洗盘子工"到"挖掘工"，他一干就是 15 年。在辛苦了一辈子后，在 55岁时，他被解雇了。诗歌将英格兰（Inglan）斥为"母狗"，至少暗示了这么两点：1）对黑人在这个国家的生活境遇感到不满；2）对受到不公平的对待表达抗议。宗主国对移民的这种"内部殖民"（internal colonization）更加深了殖民时期就业已存在的黑白对立，以及压迫与反抗的对立。①

约翰逊的诗歌常常以生动的画面再现撒切尔时期的英国警察的种族暴力。《创造历史》（*Mekkin Histri*，1983）用叛逆的口吻质问政府官员、警察和右翼政客：你们知不知道我们的感受？ 如果你们知道，那么"你认为你还能把我们踩在脚下持续多久"？ 诗歌控诉了这些人的邪恶勾当、肮脏政治、法西斯暴力，预示如果这种状况得不到改变，受压迫者的"伤口不能愈合"，那么他们将行动起来，砸烂汽车、烧毁大楼，就像 1981 年发生在伦敦布里克斯顿区的种族骚乱（Brixton Riots）一样。约翰逊的文字把雷盖乐节奏和政治思想相结合，传达了城市中受压迫的黑人社会的贫穷、失望和希望。他的诗歌同时在英语的自然节奏和音乐节奏中穿梭，像打火石一样，击出了自由的火花。

约翰逊的诗歌多数与种族政治有关，书写加勒比海移民在英国的生存感受。在 2008 年的一次访谈中，他说："写作是一种政治行为，诗歌是一种文化武器。"②应该说，20 世纪 80 年代的种族骚乱使英国政府吸取了教训，也在很

---

① Jahan Ramazani. Black British Poetry and the Translocal, *The Cambridge Companion to 20th-Century English Poetry*.ed.Neil Corcoran.Cambridge：Cambridge UP，2007，pp.208-209.

② Nicholas Wroe.I did my own thing.*The Guardian*，8 March 2008.

大程度上改变了英国加勒比海移民的生存状况。到 20 世纪 90 年代,种族主义的暴力逐渐减少,种族骚乱也鲜有发生。移民所争取的更多是平等的权利,以及人格上的尊严。如果人们观察约翰逊在 20 世纪 90 年代以后的诗歌,人们会感到在他诗歌中曾经燃烧的那种义愤逐渐在消失。虽然他的诗歌全集取名为《我的革命朋友》(*Mi Revalueshanary Fren*,2002),但是其中的诗歌并没有以前那样"革命",而是更加平和、更加理智。他成为第一位入选企鹅出版社的现代经典系列的黑人诗人。

四、文化差异

　　格雷斯·尼科尔斯(Grace Nichols,1950—　　)二十七岁时从英属圭亚那来到英国,对于她来说,移民经验首先是一种文化碰撞的经验。移民就像一株热带植物被移植到温带,那艳阳高照的海滩变成了灰霾压抑的天空。她的诗集《肥胖的黑女人的诗歌》(*The Fat Black Woman's Poems*,1984)描写一个生活在西方的肥胖黑人女性的经历,对西方的女性观和审美观提出了挑战。当肥胖的黑女人上街购物,橱窗里苗条的时装模特似乎在对着她咧嘴而笑,然而她坚持认为"美是一个肥胖的黑女人",从而给普遍的性别压迫增添了种族差异的内涵,构成了对帝国文化价值观的"逆写"。在《飘过浴盆泡沫里的肥胖黑女人大脑的思绪》(*Thoughts drifting through the fat black woman's head while having a full bubble bath*)一诗中,尼科尔斯写道,"臀部肥胖的天空/……/臀部肥胖的我,我多么想用脚/踩住人类学的头颅/在历史学面前/摇晃我的奶子/……/把肥皂塞进/瘦身产业的/贪图利润的轮辐"。诗歌表现出对"以瘦为美"的西方观念的叛逆,对建立这种审美观的人类学、历史学,以及对从女性身上赚取利润的瘦身产业的蔑视。

　　尼科尔斯的另一部诗集《懒惰女人的懒惰思考》(*Lazy Thoughts of a Lazy Woman*,1989)进一步将殖民地和帝国核心进行跨地理和跨文化的比较,更加凸显了两地的人们在生活习惯和思想方式上的差异。诗歌《热带死亡》(*Tropical Death*)通过观察东西方在表达悲伤方式上的区别,进一步强化了这种文化和种族的差异。西方人面对死亡和送别亲人时表现得异常平静和安详，在尼科尔斯看来，这是一种压抑、一种毫无必要的克制，而非洲人面对亲人的离去常常会哭天抢地、痛不欲生，把所有痛苦和悲伤都发泄出来。诗集以不同途径表现了女性的力量，表现了她们在性别、身体、母性、文化、精神层面的特殊认知方式。虽然诗中的"我"虽然处于殖民历史和父权历史的边缘，但她的话语体现了黑人女性的能力和知识，挑战着黑人整体的根深蒂固的自卑心态。诗歌呼吁黑人女性，"用每一个舞步，践踏，/……/自我否定的/扭曲历史"。

《飓风袭击英国》(*Hurricane Hits England*)一诗将加勒比海的气候现象搬到了英国，从而凸显了加勒比海和英国的地理和人文差异。英国的气候多雨、多阴霾，但比较温和，没有飓风这样剧烈的气候现象。诗中这位来自加勒比海的叙事者感到压抑和沉闷，一场飓风的到来，打破了这种沉闷，在外界制造了巨大的混乱，把大树都连根拔起，但是却使她的心灵得到了释放："啊，我什么我的心挣脱了锁链"。在这种跨文化的比较之中，尼科尔斯凸显了加勒比海文化的特殊性，以及与西方文化的差异性。尼科尔斯近期诗歌《惊扰飞鱼》(*Startling the Flying Fish*, 2006)采用了神话模式描写了加勒比海的历史与现实。主人公是加勒比海仙女加勒沃玛(Cariwoma)，她从云端俯瞰加勒比海的过去和未来：奴隶制的悲惨经历和当今加勒比海人的大移民。评论者萨拉·克劳恩(Sarah Crown)说，诗人将"其他神话中的人物抽出，植入她自己的场景之中"，从而形成了一个宏大壮丽的历史画卷。①

五、身份杂糅

诺贝尔奖获得者德里克·沃尔科特(Derek Walcott, 1930—)出生在加勒比海的英国前殖民地圣卢西亚，是荷兰人、黑人和英国人的后裔。他在牙买加受教育，在美国和英国从事诗歌创作。他的经历和思想反映了后殖民作家

---

① Sarah Crown.The Seamstress of the Caribbean.*The Guardian*, 17 June 2006.

的典型的身份困境:他们受过西方的教育,说流利的英语,对同胞保持着批判性的距离。然而在西方他们又是移民作家,不完全认同西方,也不被完全认同。沃尔克特在长诗《飞翔号帆船》(*The Schooner Flight*,1979)中宣称,"我没有国家,只有想象力国度(I have no nation,but imagination)/继白人之后,黑人也不要我/当权力摆向他们那边/前者以铁链锁住我然后道歉说:'历史就是这样'/后者说我不够黑,不足以让他们骄傲"。批评家奎迈·安东尼·阿皮亚(Kwame Anthony Appiah)将后殖民作家称为"一群买办知识分子",他们通过"文化商品"在西方和第三世界之间进行协商和调解。[1]

这些后殖民作家往往继承的两种文化传统,处于一种两边都不能被完全接纳的边缘状态(limbo),形成了他们特有的身份杂糅(hybridity)。沃尔科特的《来自非洲的遥远哭述》(*A Far Cry From Africa*,1962)一诗描写了 1952 年发生在肯尼亚的基库裕族的武装起义,以及英国殖民当局对起义的血腥镇压。诗人以痛惜的口吻展现了冲突后留下了一个尸横遍野的原野,像布满动物残骸的"非洲乐园"。然而,由于诗人有一半白人血统,因此在痛惜双方生命逝去的同时,仍然怀有一种深深的负罪感,仿佛他也参与了这次暴行似的。"我该如何在非洲和我所爱的英语之间抉择?/是背叛二者,还是把二者给我统统奉还?"诗歌表达了一种复杂的情感,既对殖民主义的暴行感到痛恨,又不得不承认自己对英语的喜爱。正如谢默斯·希尼所说,"非洲和英国都在他的血液里。来自他所受的教育的人文主义声音和来自他的家园的声音一直在坚持要求它们各自的完整,并把他拉向两个不同的方向。"[2]

沃尔科特最著名的诗歌是《奥姆罗斯》(*Omeros*,1989),诗人以欧洲经典荷马史诗《伊利亚特》和《奥德赛》为蓝本,演绎了一部加勒比海的现代史诗。在沃尔科特看来,荷马史诗不仅是希腊和特洛伊之间的战争,也是双方将领阿基里斯(Achilles)和赫克托耳(Hector)之间的战争,目的是为了争夺美女海伦(Helen)。移植到加勒比海之后,诗歌暗示了 1782 年发生在圣人岛(Les

---

①   Kwame Anthony Appiah.*In My Father's House*,*Africa in the Philosophy of Culture*.New York:Oxford University Press,1992,p.194.

②   Seamus Heaney. The Murmur of Malvern, *Derek Walcott*: *Modern Critical Views*. ed. Harold Bloom.Philadelphia:Chelsea House Publishers,2003,p.6.

Saintes)的海战：英国和法国曾经为争夺殖民地曾经在此血战，英国人的军港就是海伦。在平行的当代故事中，阿基里斯是一个渔夫；海伦是一个退休的英国海军上校家的女佣，现在是阿基里斯的妻子；赫克托耳是一个旅游大巴的司机，海伦的追求者。围绕着海伦、阿基里斯和赫克托耳之间的感情纠葛，史诗展开了一个穿越时空的宏大故事。诗歌在形式上和内容上都将欧洲和加勒比连接起来，其诗艺深深扎根于欧洲传统，并对其表现出一种深深的认同。正如评论家西昂·奥布莱恩(Sean O'Brien)所说，沃尔科特的诗艺是"后殖民美学的典型例子"，它对西方文学传统的挪用是"一种占有，在规模上不亚于之前的帝国主义(对殖民地)的占有。"①最令人信服的是，他能够将这个传统完全挪用于为加勒比海后殖民想象服务。

我们可以看到，当代英国加勒比海裔诗人主要探讨历史、种族、身份、性别、文化差异、民族性等议题。他们从殖民记忆、生存现状、文化差异和身份杂糅四个方面书写他们的离散经验，形成了雅翰·拉马扎尼(Jahan Ramazani)所说的"地理和文化移植的诗歌"，表达了多元和滑动的身份定位。② 1969年，企鹅出版社出版了一本名叫《阿尔比昂的儿女》的新诗集，又名为"地下诗歌"(Children of Albion：Poetry of the"Underground"in Britain)，汇聚了英国的主流之外的实验诗歌和移民诗歌。然而这些主流之外的诗歌在20世纪90年代已经不再是"地下诗歌"，他们已经从地下走到了地面，获得了更大的知名度。他们不再需要躲躲闪闪，而是代表了当代英国诗歌的多元文化的几个重要潮流，是当代英国诗歌多元化格局中珍贵的一部分。

（该文原载《英美文学研究论丛》2015年春第22辑，收入本书时略有改动）

---

① Sean O'Brien.Derek Walcott：Critical Perspective(2005)，British Council Literature website，http：//literature.britishcouncil.org/derek-walcott，retrieved 12 July 2014.

② Jahan Ramazani. Black British Poetry and the Translocal, *The Cambridge Companion to 20th-Century English Poetry*.ed.Neil Corcoran.Cambridge：Cambridge UP，2007，p.200.

苏格兰的胜利:20 世纪的苏格兰诗歌概览

  1996 年,美国评论家琼·柯瑞勒斯(Jon Corelis)在一篇题为《从苏格兰到郊区:目前英国诗歌的概貌》(*From Scotland to Suburbia:A Landscape of Current British Poetry*)的文章中认为,当前英国最优秀、最有趣的诗歌出自苏格兰,或者至少与苏格兰有关。① 的确,在过去的八九十年中,苏格兰诗歌从弱小走向强大,从单一走向多元,表现出旺盛的生命力和巨大的创造热情。在这八九十年中,苏格兰造就了一大批诗人,他们涉及了广泛的题材,抒发了各种不同的情感。这些包括对爱情的追求,对美的向往,大自然和人的关系,死亡与永恒,混乱与秩序,孤独与困境,灵魂的顿悟与想象力的提升等。这些诗作往往优美新颖,在语言的应用方面不但挖掘了"苏格兰语"和"盖尔语"的潜力,同时也对英语的表现力给予了极大的扩展和延伸。因此我们或许可以说,真正意义上的"苏格兰诗歌"是在 20 世纪才形成的,并且与民族意识和身份意识的觉醒密切相关。

  综观 20 世纪苏格兰诗歌,人们会发现它有一个很显著的特点。诗人们都非常关注苏格兰本身,描写它粗犷豪放的地域;描写它坚硬的顽岩,它盛茂的石楠、蓟草和蕨草;描写它的岛屿,湖泊,丛林和那里居住的人们。他们这样做并不是想突出苏格兰的地方特色,而是抒发一种民族自豪感,一种渴望把这个地方视为一个单一的民族实体的愿望。也就是从这个时候,苏格兰开始有了一种"本位诗歌",一种不需要附属于其他文化传统的、自身独立的诗歌。苏

---

① Jon Corelis.From Scotland to Suburbia:A Landscape of Current British Poetry,*Chapman 87* (1997),p.5.

格兰诗歌开始有了自己的定位,自己的定义。苏格兰诗人开始立足苏格兰本土,思考他们与外界,特别是与英国诗歌的关系。

一

"苏格兰诗歌"作为一种独立的文学现象的出现有它的历史和现实的根源。传统的苏格兰诗歌一直与英国诗歌并存,并被视为后者的一部分。苏格兰诗歌只是一个地域的概念,并不表示某种特殊的属性和文学传统。15世纪的苏格兰诗人亨利森(Robert Henryson),邓巴(William Dunbar)和道格拉斯(Gavin Douglas)追随英国诗人乔叟,被视为乔叟的继承人,其诗歌被视为英国诗歌在苏格兰的发展。19世纪的彭斯(Robert Burns)也许从来没有被视为英国浪漫主义运动的一部分,但是人们仍然认为他有着与英国诗人华兹华斯等人相似的情趣和审美特点,而他是否出生在苏格兰的一个叫埃洛威的地方并不重要。同样司各特(Walter Scott)也被视为一位英国小说家和诗人,而他只不过是碰巧出生在苏格兰的爱丁堡。其他20世纪以前的苏格兰作家汤姆森(James Thomson),卡莱尔(Thomas Carlyle)和史蒂文森(Robert Louis Stevenson)都可被视为英国文学的一部分。文学史家在考察这些作家的时候,往往强调他们如何参与当时英国的主流文化,如何对这个主流文化做出贡献,从而将他们纳入一个叫"英国文学"的文学传统之中。T.S.艾略特(T.S.Eliot)在一篇题为《苏格兰文学存在吗?》的文章中将苏格兰文学的发展分为四个阶段,认为它在这最后一个阶段完全消失在"英国文学"之中而不复存在。①

苏格兰的历史也许也能够证明这一点。这个国家分为北部"高地"和南部"低地"两部分,这里一开始居住着皮克特人(Picts)和凯尔特人(Celts),他们说的是一种叫盖尔语的土著语言。凯尔特人是不列颠岛的早期居民,他们在这里建立了独特的文明。后来在公元450年左右,盎格鲁-撒克逊(Anglo-Saxon)才来到这里,将凯尔特人赶到了北部山区和岛屿上。凯尔特文化是早于英国文

---

① T.S.Eliot.Was There A Scottish Literature?.*Athenaeum*,1 Aug 1919.

化,并有别于英国文化的另一种文化,它至今在苏格兰高地和岛屿上仍然在延续,而苏格兰低地则受到英国文化的影响而逐渐英国化。在历史发展的进程中,苏格兰对英格兰的统治一直有着抵触情绪,两地曾经发生过数次流血冲突。后来在 1707 年,有苏格兰血统的斯图尔特家族登上英国国王的宝座,才结束了两地数百年来的抗争与仇恨,在政治和经济上走上一体化的道路,建立了不列颠联合王国。从此南北居民都成为联合王国的臣民,维斯敏斯特的国会成为国家的决策者,伦敦成为政治、经济和文化的中心。在这样的条件下,苏格兰作家被视为英国文学的一部分也就是自然的事了。

但是苏格兰一直有着它自身的文化传统,它自身的语言,宗教,法律和教育体系,并且一直保持着这些特色不被联合王国的制度所同化。苏格兰一直使用着不同的婚姻制度,税收制度,不同的入学年龄,不同的学制和考试制度。苏格兰教会的加尔文主义和长老教主义也使它的宗教信仰有别于英国的国教。除了盖尔语以外,英语在苏格兰也形成了一种特殊的方言,一种区别于南方英语的特殊的语言:苏格兰语。苏格兰的威士忌,袋笛,格呢裙,蓟草等都定义着这个民族的特性,使它有着被视为不同的国家的可能性。在 20 世纪初,特别是在第一次世界大战后,英国"日不落帝国"内部的民族情绪高涨。在印度、伊拉克、埃及和非洲,各殖民地的地方政府纷纷要求英国政府下放权力,实行自治。1922 年,爱尔兰从英国独立出来,这无疑也使苏格兰开始觉醒,从而看到了获得某种自治或独立的可能性。

二

在文学领域,苏格兰和英格兰的联合到 20 世纪初已经经历了五百年。按艾略特的说法,两地的文学到此时已经达到了完全的融合。但是对于苏格兰来说,在它成为英国的一个省份的同时,苏格兰文学也就变成了一种边缘的文学,以至于到最终完全不存在了。这使苏格兰的一些作家感到不安。休·麦克德米德(Hugh MacDiarmid)在他著名的长诗《醉汉看蓟草》中首先哀叹苏格兰的衰落,通过对过去辉煌历史的回顾和把它与现实进行比较,表现出对苏格兰命运和前途的严重关注。诗中数次提到苏格兰与英格兰的战争,强调苏格兰的受压迫地位,并对苏格兰在不列颠联合王国中的地位表示强烈不满。麦克德米德认为苏格兰的复兴依赖于苏格兰传统的发扬光大,苏格兰诗歌的复兴依赖于一种不同于英语的创作媒介的出现。他强调"苏格兰语"对于诗歌创作的重要性,并在他自己的诗中创造出一种不仅能够准确流利地表现他的思想,同时又充满了神奇的表现力的苏格兰语。对于他来说,一种语言不仅仅是一堆杂乱无章的文字,它积淀着一个民族深厚的文化历史,它包含着这个民族的思维方式和生活态度。所以使用"苏格兰语"或"盖尔语"本身就是对传统的继承。他希望通过语言的复兴唤醒在历史进程中被忘却的,或者在沉睡的"苏格兰心灵"。用苏格兰和盖尔语思维,从而彻底地清除和摆脱英语对苏格兰文学的影响,实现"苏格兰的复兴"。

麦克德米德的思想和行动影响了一大批苏格兰作家,古德瑟·史密斯(Sydney Goodsir Smith)在《致约翰·加什利书》中为苏格兰语作了激烈的辩护。他将苏格兰语比喻为威士忌,认为它充满酒精,充满想象力。而相比之下英语却像英格兰盛产的津酒,软绵绵、疲沓沓,有气无力,根本无法表达苏格兰人的刚毅和豪放的性格。克莱其顿·史密斯(Iain Crichton Smith)在《弄臣》中将他自己比喻为一名小丑,身穿两种颜色的衣衫,这两种颜色分别为英语和盖尔语。但是在经历了风风雨雨之后,这两种颜色已经混合成另一种让人无法理解的颜色。在老一辈苏格兰诗人中,麦凯·布朗(George Mackay Brown),罗伯特·盖瑞阿克(Robert Garioch),古德瑟·史密斯使用了苏格兰语。梭利·麦克林(Sorley MacLean),德瑞克·汤姆森(Derek Thomson)和克莱其顿·史密斯使用了盖尔语,这足见语言在苏格兰复兴运动中的重要性和巨大作用。

对苏格兰传统的认识和觉醒,首先表现在对土著文化和土著生活的描写。麦凯·布朗的奥克尼(北部岛屿)和那里的渔民;德瑞克·汤姆森的盖尔人民间传说;克莱其顿·史密斯的路易斯岛和那里的坚硬岩石;道格拉斯·邓恩(Douglas Dunn)的圣基尔达岛和那里遥远的社区都包含着对这些地方的语言和文化传统的歌颂,同时也对这些文化的逐渐消失表达了深深的遗憾。德瑞克·汤姆森的《油》描写了苏格兰北部丰富的石油资源,这些石油资源可能使苏格兰的"油灯"一代一代燃烧下去,永不熄灭。但问题是这盏油灯的灯芯是否能深入这地下的油层,言外之意,苏格兰传统的香火是否能够延续下去,要取决于苏格兰人是否能够成功挖掘自己的传统。威廉·苏塔(William Soutar)的《苏格兰》将这个国家想象为一个"现实与未来之间"的国度。如果你没有特别的视力,你无法看到它的存在。诗歌期待着将来的某个时候,苏格兰人能把这里称为"家"。从而改变他们目前这种"无家可归"的感觉。

苏格兰诗歌所关注的另一个重要题材是苏格兰人的生活:特别是大城市里下层人民的贫穷和被剥夺的地位。这也许是苏格兰在整体上被边缘化的结果之一。诺曼·麦克格(Norman MacCaig)的爱丁堡院落和爱德温·摩根(Edwin Morgan)的格拉斯哥居民楼都是苏格兰贫民区的影缩。垃圾、坑洼、裂缝、老鼠、爆裂的水管都反映着那里的贫穷。道格拉斯·邓恩和W.S.格雷翰姆(W.S.Graham)也对都市贫民区做过生动感人的描写。在他们的作品中,贫穷与犯罪都不是与生俱来,而是人们的受教育权被剥夺所致,因为受教育权与话语权、决策权、分配权和各种其他权利紧密联系在一起。他们描写下层生活,不是为了谴责民风粗俗,而在于从这些不利的环境中发现尊严,从不幸的人们身上发掘闪亮的东西。因此他们的描写往往充满了同情,充满了对不公正的命运的谴责。同样丽兹·洛克赫德(Liz Lochhead)和汤姆·伦纳德(Tom Leonard)的诗歌都以格拉斯哥为背景。前者对都市经历的高度浓缩和精心提炼,后者对都市生活的幽默的反讽,都反映出他们对他们的城市的热爱,对他们的出生地的依恋。那里的粗俗和贫穷都具有一种吸引力,因为它们构成这个地方的特点。在《耶稣殉难处》中,梭利·麦克林写道,他没有看见耶稣在十字架上受难,但他看到格拉斯哥和爱丁堡的贫民正在备受煎熬。他们的痛苦显然比耶稣在十字架上受难的痛苦更大。耶稣来到世界拯救这里的人们,但是他却没能拯救苏格兰都市的贫民。

对苏格兰政治地位的关注和对苏格兰题材的挖掘是20世纪苏格兰诗歌的两个主要特点。但是苏格兰的政治是复杂的,苏格兰与英格兰的联系也是复杂的。在文学领域内对苏格兰独立的期望并不与政治现实的发展同步。虽然苏格兰正在获得更多的自治权,虽然苏格兰国民党要求独立的呼声非常响亮,但是毕竟大多数苏格兰人没有与之认同。相反,他们希望苏格兰留在联合王国的框架里。如果苏格兰能够在这个联合王国中享有相对的独立性,享有与之相应的发言权和话语权,能够保持自己的文化传统,并享受对国家资源的合理分配,那么多数苏格兰人都愿意维持联合王国的基本构架。可以说苏格兰对独立的要求是浪漫的、富有诗意的,但也是缺少选民基础的。不过,作为对不平等的抗议,作为一个民族保护自身权益的呼吁,作为引起外界注意的一种策略,它有一定的合理性和积极意义。

三

新一代苏格兰诗人正是在这样的背景下成长起来的。他们没有老一辈苏格兰诗人那么富有战斗精神,但是他们继承了前一个时代的许多观点、意识和态度。他们在政治上也许更成熟,因为他们摒弃了以往的许多偏见和过失。他们的诗歌首先是诗歌,而不是政治说教。他们没有激进的攻击性和挑衅性,而首先是作为一个诗人在不断地完善他们的艺术,思考他们的人生。这点在1998 年出版的一本新诗集《梦幻状态》(Dream State)中得到了反映。这本书收集了 20 世纪 80 和 90 年代成名的苏格兰诗人的作品,"梦幻状态"描写了他们处于创作兴奋时的一种特殊心理状态。但是,它的英文名称 Dream State 又可理解为"梦幻国",它在暗中或者从一个非常微妙的面层反映了一种愿望,一种梦想,一种希望苏格兰成为一个国家的浪漫和诗意的幻想。

卡洛尔·安·达菲(Carol Ann Duffy)在《原籍》中描写了她小时候随父母到英格兰定居的经历。作为一个苏格兰人,她在语言和环境上都遇到了不同程度的麻烦。但是她并没有从政治的角度来审视整个事件,而是把"移民"的痛苦看作一种"成长"的经历。约翰·伯恩塞德(John Burnside)在《走出放逐》中描了类似的移民经历,但他把他在英格兰的一段生活描写为一种"放逐"。在苏格兰高地和岛屿上,"放逐"是一种具体的现实。那里恶劣的自然环境和贫瘠的土地使这里的居民不得不接受重新安置,移居到其他的地方,如澳大利亚,加拿大或英国大陆。这些居民不得不放弃他们自己的文化和生活方式,寄居他乡而成为侨民。在新的国家中,他们并未融入新的社会和新的文化,而是像外国人生活在放逐之中。"放逐"这个词本身就表达了一种不安,一种渴望返回的愿望,梦想着"孩子们站在门前,拧着提包和外衣……回家"。①

诗人所描写的是一种具体的、可以被广大读者理解的经历,但同时也写出了他们作为苏格兰人在这种经历中的特殊感受和特殊视角。罗伯特·克洛福特(Robert Crawford)在《苏格兰》中描写了从空中俯瞰到的这片国土,他所看到的是一个微小的或者缩微的国家,像一个集成电路板或者电脑芯片。但是读者能够理解到"缩微并不等于心胸狭隘,"②一方面微小的芯片是电脑的核心,另一方面微小的苏格兰能够在不列颠联合王国中起到不可缺少的作用:微小但非常重要。诗歌强调了苏格兰的民族性格,也写出了苏格兰在联合王国中的地位。凯瑟琳·詹米(Kathleen Jamie)在《苏格兰先生和夫人死了》一诗中将苏格兰这个国家投射到两个典型的苏格兰人身上。这两位苏格兰人拥有他们国家一样的姓名,但是他们已经死了,就像苏格兰作为一个国家已经不存在一样。诗歌通过两位老人的去世提出了如何对待文化遗产的问题。他们的遗物包括工业的、农业的、文化的和旅游的产品,它们正堆放在垃圾场,面临着被推土机推走的危险。作为当代苏格兰人,诗人认为她的国家死亡与否,取决于后人是否能够将上述遗产继承下来,发扬光大。

虽然苏格兰和苏格兰文学的地位问题贯穿了20世纪苏格兰诗歌,但是它的内容远远不只是这些。我们所读到的是包括不同经历、不同内容的,充满巨大活力和表现力的文学作品。克莱其顿·史密斯的女孩(《两位姑娘在歌唱》)在枯燥的旅行中从灵魂的深处唱出了纯粹的欢乐;丽兹·洛克赫德的镜子(《镜子之歌》)被砸碎,同时也反过来砸碎了镜子前这位女性的形象,使她重新构造了她的自我,获得了新的生命;唐·帕特森(Don Paterson)的恋人(《独自忍受》)在孤独和悔恨中借酒浇愁,在酒精和奇想中发泄他的怨恨,最终在巫术般的仪式中沦落为一个愤世嫉俗,看破红尘的醉鬼。这些都表现出

---

① John Burnside:"Out of Exile",《现代苏格兰诗歌》,张剑译,外语教学与研究出版社2002年版,第266页。

② Robert Crawford:"Scotland",《现代苏格兰诗歌》,张剑译,外语教学与研究出版社2002年版,第270页。

诗人的不同的风格,不同的技巧和不同的思想感情。这些诗歌的形式多种多样,它们包括从很严格、很难写的韵律诗,到很自由、很松散的自由诗的几乎所有体裁。在语言的风格上,它们使用了包括从很崇高、很抒情的文言到很地道、很随便的口语的诗歌语言。在语言种类上,它们使用了标准英语,低地方言和高地的盖尔语三种语言。虽然这些诗人并不都是一流的诗人(其中相当一部分是的),但是他们共同创造了一个"苏格兰诗歌"现象:充满了艺术的追求,充满个性化的智慧,特别易于为读者理解,易于为读者接受和欣赏。

　　苏格兰诗歌的发展远远没有结束,它所走过历程与19世纪美国诗歌所走过的历程有相似之处。美国诗歌一开始也紧跟英国文学的步伐,从而形成了一种模仿性的文学,可与英国诗歌一起被视为统一实体。然而从19世纪开始,美国的作家开始提倡"独立"精神,提倡创作有自己国家特色的文学。因此到20世纪上半叶,美国文学基本上与英国文学实现分离,从而形成了一个有自己特色的"美国文学传统"。苏格兰诗歌在20世纪初开始产生民族意识,经过一个世纪的发展,它基本上形成了它的文化和文学特色。将它的诗歌视为一个独立的传统、一个有别于英国诗歌的文学传统成为可能。苏格兰的特殊地位为苏格兰诗歌提供一个明确的目标和充足的紧迫感,这些都促成了苏格兰诗歌在20世纪的繁荣。在爱丁堡,在格拉斯哥,在圣安德鲁斯,在丹地都出了许多具有实力或潜力的新诗人。在"英国诗歌协会"(Poetry Society)1994年出版的《诗歌评论》(Poetry Review)的"新生代诗人"(New Generation Poets)专刊中,有二十个英国新诗人被推荐给读者,其中有三分之一是苏格兰诗人。它构成了一个所谓的"苏格兰胜利"。①

　　(该文原载《现代苏格兰诗歌》,外语教学与研究出版社2002年版,收入本书时略有改动)

---

① Douglas Dunn.Caledonia Dreaming.*Poetry Review*, Vol 84, Spring 1994, No.1.

社会转型的文学再现：
诺贝尔获奖作家作品评析

一、理论定位

　　"社会转型与文学再现"的命题一方面涉及社会，另一方面涉及文学。简单地说，它是"文学反映历史"这个古老的、朴素的命题的另一种呈现。以这样的命题来看英国文学，乔叟（Geoffrey Chaucer）的《坎特伯雷故事集》（*Canterbury Tales*）是一幅英国中世纪社会各阶层的群像，它反映了当时城市的兴起，以及手工作坊的出现所引起的社会关系的变化。莎士比亚（William Shakespeare）的《哈姆雷特》（*Hamlet*）反映了英国文艺复兴时期关于"生命链条"的宇宙观正在洗牌，以上帝为中心的思维模式正在向以人为中心的思维模式转变。莎士比亚的另一部作品《威尼斯商人》（*The Merchant of Venice*）不仅仅是仁慈与残忍、慷慨与吝啬、善与恶的较量，从某种程度上它反映了欧洲文艺复兴时期的外向型经济和海外贸易的兴盛，以及这些贸易活动所带来的人口流动和种族冲突，有点像我们今天所经历的全球化现象。即使是弥尔顿（John Milton）的《失乐园》（*Paradise Lost*）也不仅仅是"为上帝的行为正名"的作品，在某种意义上，它反映了英国 17 世纪的清教革命，以及革命者在困境中仍然寻求反抗的斗争精神和革命意志。

　　然而，在我们这个"后理论时代"，简单的、朴素的"文学反映历史"的命题已经不再能够让人信服，人们对文学与历史的关系的认识要比这复杂得多，在这个简单的历史主义命题前边必须加上一个"新"字。原因在于：1）在我们的

354

时代,历史的真实性已经受到了质疑,因为真实的历史无法赎回,现存的历史仅仅是"叙事",仅仅是书写;2)历史与文学之间的关系不仅仅是文学反映历史那么简单,它们其实是相互影响、相互协商的互动关系;3)历史书写总是选择性的、维护官方利益的,因此历史学的任务之一就是把被压制、被删除的历史重新呈现出来。①

这些"新历史主义"的命题可以给我们很多启示。"社会转型与文学再现"的命题虽然并不探讨文学与历史之间复杂的互动和协商,但是也与"新历史主义"的观点部分吻合。纵观英语文学的历史,我们可以看到文学作品不仅仅呈现一个国家、社会、地区在特定时期、在政治、经济与文化等方面的变化和转型,而且往往能够深入历史的细微之处,以小见大地反映历史。从这个意义上讲,文学反映历史的方法与一般的宏大历史叙事有着很大的差别。

笛福(Daniel Defoe)的《鲁滨逊漂流记》(*Robinson Crusoe*)是一个关于海难的故事,但它也反映了当时正在形成的大英帝国及其对海外扩张的历史,其中的核心人物鲁滨逊和星期五实际上反映了欧洲白人与有色人种之间的不平等关系。柯尔律治(Samuel Taylor Coleridge)的《古水手吟》(*The Rhyme of Ancient Mariner*)也是一部关于海难的文学作品,但它不像某些评论家所说,是诗人的内心挣扎的"外部投射。"它所呈现的内心痛苦和负罪感,与19世纪的奴隶贸易在整个欧洲的心里所投下的阴影不无关系。在这个意义上讲,雪莱(Percy Bysshe Shelley)的《奥斯曼迭斯》(*Ozymandias*)也不仅仅表达了作者对埃及法老的独裁和权势的批判。如果我们把这首诗放回到英国的旅行文学的语境中,放回到英国当时流行的"埃及热"的语境中,我们会发现它实际上全方位地反映了英法两国在埃及的帝国事业和殖民争夺。

应该说,20世纪的文学理论全面超越了形式主义的"内部研究"批评范式,把文学阅读全面引向了社会和历史研究。除了新历史主义以外,其他理论如文化唯物主义、西方马克思主义、文化研究,也对社会历史在文学中的再现表现出极大兴趣。在浪漫主义诗歌研究和文艺复兴时期戏剧研究中,阶级、性别、种族、宗教、政治、民族性、战争、东西方关系、社会转型等问题几乎都是研

---

① 盛宁著:《新历史主义》,扬智文化事业股份有限公司1996年版,第80—81页。

究热点。

二、再现模式

文学与历史的区别在于,文学不直接书写历史;文学讲个人经历、个人命运和个人感受,通过个人的体验折射历史的发展。文学的历史书写往往涉及被卷入了复杂历史进程的个人的悲剧,或者历史的变迁给个人的身体和精神造成的苦难。华兹华斯(William Wordsworth)的《序曲》(*The Prelude*)就是关于个人在法国大革命的风暴中所经历的危机,以及后来这个个人如何在大自然怀抱中获得救赎的过程。因此,《序曲》主要是华兹华斯"心灵的成长"的叙事,但同时它也折射了法国大革命所引起的社会和历史的变迁。

"折射"是需要强调的关键术语,因为这个术语定义了文学再现历史的特殊方式。法国大革命被狄更斯(Charles Dickens)的《双城记》(*A Tale of Two Cities*)称为"充满希望,也充满绝望的时代",换言之,它是欧洲大陆从贵族时代走向共和时代的转折点。然而,小说没有被直接书写法国大革命的宏大画卷:巴士底狱的攻占、旧王朝的覆灭、断头台、血流成河等细节都是通过一个见证者、一个医生,一个叫马奈特的普通法国人的经历折射出来。这场大革命的血雨腥风与这个当事人的遭遇纠缠在一起,使社会的悲剧、国家的悲剧与个人的命运相互映射、相互补充。狄更斯从小历史中反映大历史。

因此,文学再现历史主要是通过书写个人体验和个人命运来完成的。在社会转型过程中,有些人不由自主地、毫不情愿地被卷入了历史的风暴,有些人由于个人原因,跟不上变化的脚步,从而被历史的车轮碾压而造成悲剧命运。福克纳(William Faulkner)的短篇小说《献给爱米丽的一朵玫瑰花》(*A Rose for Emily*)所反映的,就是美国南北战争后的重大社会变迁,以及一个南方贵族小姐无法接受这个变迁,最终导致她灭亡的个人悲剧。艾米丽是旧世界的受益者或者留恋者,她的感情和心灵寄托仍然停留在旧世界里。当新的时代来临时,她无法接受与之而来的新的价值和规范,这是历史进程中不可避免和令人遗憾的结果。

　　田纳西·威廉斯（Tennysee Williams）的戏剧《欲望号街车》（*A Street Car Named Desire*）所反映的也是美国内战历史给个人命运造成的悲剧。南方的贵族小姐布兰奇（Blanch）在内战结束后，从南方来到了纽约。在这个平民社会中，她期待得到曾经在南方得到过的骑士般的关照，期待人们把她奉为贵族大小姐，结果她所得到的是粗俗、暴力和贫穷。从布兰奇的经历，我们不仅看到了当时美国南北社会在价值观和社会结构上的差异，而且看到了南方的贵族社会和贵族精神在新的时代已经成为过去，正如小说《飘》所说，它已经随风飘逝。

　　有些人会拒绝和排斥，有些人会怀旧和惋惜。T.S.艾略特（Eliot）的《荒原》（*The Waste Land*）通过古今对比，将一战后的伦敦比喻为但丁的地狱，表达了一种今不如昔的惋惜之情。在诗中，一战老兵斯维尼（Sweeney）混迹于伦敦各大妓院，对那里的"夜莺"实施强暴。在艾略特看来，斯维尼就是希腊神话中的国王特鲁兹，是强奸少女、割下她的舌头、把她变成夜莺的暴行在现代的延续。在艾略特的另一首诗中，虽然这个一战老兵仍然在妓院寻欢，但他却笼罩着一种血光之灾。毫不知情的斯维尼即将遭遇到从特洛伊战争归来的阿加门农的命运。据说，阿加门农被谋杀的过程也伴随着夜莺的歌唱。

　　艾略特讲这个故事有两重意图，第一，他希望展示现代社会的道德沦丧，作为见证者，他像先知特瑞西斯一样，内心经受着痛苦的煎熬。第二，他希望通过这个人物让人们看到，古代的战争英雄阿加门农在当代已经蜕变成了斯维尼，蜕变成一个既不英勇、也不道德的反英雄。在哀叹现代社会堕落的过程中，艾略特告诉我们：时代已经变了！《圣经》的先知变成了当代的算命先生；埃及艳后变成了中产阶级家庭主妇；莎士比亚戏剧变成了百老汇的音乐剧，伦敦也在这些变化中变成了但丁笔下的地狱。

　　的确，第一次世界大战对于欧洲人来说，意味着传统的终结，也意味着现代性在欧洲的诞生。惋惜和怀旧使得五十年后的英国诗人菲利普·拉金（Philip Larkin）把一战描写为"天真时代"的终结。他感叹，"这种天真已经不再，已经变成了过往，/无声且无息"。在艾略特和拉金的哀叹声中，我们意识到现代与传统的冲突，意识到欧洲已经从布莱克所说的天真状态进入了经验状态。这个转变可以理解为一次新的堕落，就像亚当和夏娃从天堂堕落人间一样。

的确,社会巨变在文学中的再现,无论是法国大革命,还是美国内战,还是第一次世界大战,都是文学研究的重要话题。正如我们都知道,重要的历史文化节点,如封建农业社会向工业化社会和城市化的转型,传统的生产与流通社会向现代消费社会的转型,从殖民时代向后帝国时代的转型等,均是文学批评关注的热点。下面我们以这三个视角为依据,聚焦几位诺贝尔文学奖获得者的作品,看看社会转型和历史变迁如何在他们的作品中得到反映。

三、石黑一雄:大英帝国的消失

石黑一雄(Kazuo Ishiguro)的小说《长日留痕》(*The Remains of the Day*)一般认为是关于一个英国管家的故事,将这个管家跌宕起伏的个人情感与他在特定历史时期的不凡经历结合起来,反映了英国人的民族特性。但是,仅仅将小说视为一个管家的故事,甚至将它视为英国民族特性的反映,都是不够的。应该说,小说通过一个管家的故事折射了更加宏大的英国历史,即英国在二战中所起到的作用,以及二战后英国社会所发生的巨大变迁。

"管家"这个职业是英国贵族时代的残留,它不但让人想起英国的贵族传统,而且让人想起大英帝国曾经的辉煌。然而,在故事的开端,即二战刚刚结束,这些传统和光环都正在消失。首先,管家史蒂文斯(Stevens)工作的贵族庄园已经易主,原来的主人达林顿勋爵(Lord Darlington)已经将庄园卖给了一个叫法拉第(Mr. Faraday)的美国富商。这个细节不是简单的情节安排,而是英美两国二战后在经济、政治、军事和国际影响力等方面力量对比发生变化的一个折射。美国逐渐在世界范围内主导国际事务,构建新的国际秩序,成为世界霸主。而英国则从日不落帝国逐渐衰落,在昔日殖民地纷纷独立的浪潮中,失去了对世界霸权的掌控。庄园的易主不但是英美经济实力变化的隐喻,而且也是英美两国世界影响力的交接的隐喻。管家即将要服务的对象不再是昔日的大英帝国及其缔造者,而是世界新的霸主,以经济实力征服了世界的美国人。

　　其次,管家史蒂文斯不但迎来了新的庄园主人,而且逐渐意识到他毕生献身的所谓事业其实并不值得他为之倾力奉献。在故事一开始,他接到昔日的同事肯顿小姐(Miss Kenton)的来信,暗示她婚姻走到尽头,女儿已经成人,希望回到庄园服务。整部小说可以说就是史蒂文斯对过往岁月的回忆,追溯他与肯顿小姐共事的经历,以及他们两人从相识到相知的感情纠葛。史蒂文斯征得了新雇主的同意,开车前往康沃尔郡,探访现在已经是本恩太太(Mrs. Benn)的肯顿小姐。于公,他希望重新雇佣肯顿小姐回达林顿庄园工作,于私,他希望探望旧相识,虽然不一定能破镜重圆,但也可重叙往日旧情。整部小说就是史蒂文斯在前往康沃尔郡路上的思绪,以及他思想进步的心路历程。

　　作为管家,史蒂文斯应该说是一个极端称职的人物。他忠于职守、尽职尽责、鞠躬尽瘁,永远把事业摆在了人生的第一位。为了尽职,他不惜牺牲个人利益,得到庄园主人达林顿的赏识。同为管家的肯顿小姐与他搭档共事,知彼知己、日久生情,多次向他暗示和表白。虽然史蒂文斯对肯顿小姐也颇有好感,但是为了忠于职守,他婉拒了肯顿小姐的好意,牺牲了自己对她的感情。传统的英国人的性格保守,生活态度严肃。他们正襟危坐、不苟言笑,其绅士派头向人们昭示着一种个人神圣不可侵犯的尊严。从某种意义上讲,史蒂文斯就是传统英国人的代表,他的身上反映了典型的英国人的特性。

　　庄园的主人达林顿仿佛就是大英帝国的代理人,在史蒂文斯眼里,他就是大英帝国的化身。第一次世界大战后德国经济和军事实力的膨胀,使得德国人不再满足于一战后签订的凡尔赛条约所安排的国际秩序。希特勒上台后,德国对外扩张的野心和复仇心态更是得到了推波助澜。以达林顿为代表的某些英国人极力斡旋,企图帮助德国解决条约不公的问题。在达林顿庄园,他接待了美、德、法、俄国政府的代表,举行了关于德国问题的谈判和会议。① 作为见证者,史蒂文斯对他的主人充满了自豪,虽然作为仆从,他并不理解谈判的具体内容,但是他知道这些谈判将影响欧洲的时局和世界的未来。为了坚守岗位,他甚至没有守望病重垂死的父亲,导致最终老人遗憾地独自离开。

---

　　① Kazuo Ishiguro. *The Remains of the Day*. Charnwood Edition. Anstey, Leicest.: F. A. Thorpe, 1990, pp.99-100.

我们现在知道在国际谈判破裂之后,欧洲发生了什么。应该说,第二次世界大战彻底改变了欧洲,也彻底改变了英国。小说对传统英国和传统欧洲的秩序有着一种"怀旧"式的伤感。大英帝国没有了,"管家"职业所代表的贵族社会也已消亡,美国正在成为新的世界霸主,正在建立新的世界秩序,这些社会的转型通过史蒂文斯的"怀旧"情绪向我们展现了出来。然而,小说并没有盲目地怀旧,没有对正在破产的大英帝国和达林顿进行盲目地理想化。小说反映了史蒂文斯思想转变的心路历程,在前往康沃尔的路上,他了解到了敦刻尔克大倒退,以及达林顿代表的"绥靖政策"和"反犹"倾向所带来的危害,[①]认识到他自己的僵化、愚忠、不近人情的勤奋所造成的误入歧途。通过描写人物的思想认识的进步,应该说,小说提供了关于英国历史和英国民族性的一次深刻反思。

四、沃尔科特:解殖民的创伤

德里克·沃尔科特(Derek Walcott)的《奥姆罗斯》(Omeros)以史诗的笔触为前英国殖民地、加勒比海圣卢西亚描绘了一幅独立后的民族重建的宏大画面,然而这幅宏大历史画面是通过几位典型的加勒比海人和大英帝国移民的具体生活和思想得以反映的。《奥姆罗斯》以古希腊荷马史诗《伊利亚特》为蓝本,把阿喀琉斯和赫克托耳等史诗英雄搬到现代加勒比海,用圣卢西亚渔民和大英帝国移民作为主人公,上演了一场惊心动魄的现代版的英雄史诗。

英国二战老兵普朗克特(Plunkett)为了治愈心理创伤来到圣卢西亚,把这里当成了自己的家。二战给他留下了难以治愈的心理创伤,他在对历史的反思过程中,将古代的特洛伊战争、近代加勒比海的殖民战争和第二次世界大战串联起来,逐渐把所有战争都视为为争夺财富和霸权的殖民战争。在18世纪,英国和法国曾经在加勒比海发生过"七年战争",其中一场决定性海战就

---

① Kazuo Ishiguro. *The Remains of the Day.* Charnwood Edition. Anstey, Leicest.: F. A. Thorpe, 1990, pp.100-101.

发生在圣卢西亚的"圣人群岛"（Les Saintes）。当时法国舰队就驻扎在"海伦港"（Helen），其旗舰就名为"帕里斯"（Paris），从而印证了特洛伊战争与殖民战争的关联，同时也促使普朗克特对大英帝国的历史及其帝国事业进行重新定义和重新认识。历史反思以及随之产生的负罪感是他个人创伤治愈过程的开始。

曾经在普朗克特家工作的女仆海伦（Helen），像荷马史诗中的海伦一样，是现代加勒比海版的绝色佳人，是两个圣卢西亚青年阿喀琉斯（Achilles）和赫克托耳（Hector）的追求对象。在沃尔科特的笔下，海伦就是圣卢西亚的象征，拥有圣卢西亚景色一样的迷人魅力。她曾经是英国人的奴仆，而现在她是圣卢西亚人热爱的对象。在这样的构思中，我们不难看出，沃尔科特绝妙的政治历史想象。圣卢西亚在独立后拷贝了大英帝国的党派政治和民主选举的政治体系。阿喀琉斯和赫克托耳对海伦的追求，从某种意义上，反映了圣卢西亚政治生活中各个党派的政权角逐，只是这个角逐被上演为一场浪漫爱情的争风吃醋，极具讽刺的意味。

同时，阿喀琉斯和赫克托耳的竞争也反映了圣卢西亚在文化重建和民族身份重建中的分歧。阿喀琉斯和赫克托耳都是加勒比海渔民，在 20 世纪 70 年代解殖民之后，他们像很多其他渔民一样放弃了出海打鱼的生活，来到首都喀斯特里斯谋生。在后殖民时代，圣卢西亚面临诸多关于重建和发展的问题。走什么道路？用什么模式？都是困扰圣卢西亚人的棘手选择。最初，海伦嫁给为阿喀琉斯，一位相对传统的、把根追溯到非洲的民族主义者，然而她似乎对他并不满意。在争吵中阿喀琉斯远赴非洲寻根，而海伦却投身到赫克托耳的怀抱。

赫克托耳是一位出租车司机，他拼命地拉客挣钱，可以说是圣卢西亚的资本主义发展模式和市场经济的崇拜者。加勒比海国家在独立之后，纷纷效仿前宗主国的经济制度，圣卢西亚的首都喀斯特里斯就极力想成为第二个华盛顿市。但是模仿并不成功，反而造成了物欲横流、金钱至上等社会弊端。赫克托耳驾驶着他的出租车拼命奔跑，最终跌落悬崖，葬身大海。在诗歌中，这些后殖民的社会巨变，在诗歌叙事者（即沃尔科特的化身）从国外归来时对"明天更美好"的口号表示出的轻蔑中，在穿过森林和草原的高速公路以及灰砖修建的酒店时所表示出的遗憾中,充分反映出来。①

加勒比海人在传统和现代的选择中进退维谷:如何对待包含帝国遗产,似乎是解决问题的关键。阿喀琉斯的朋友菲罗克忒忒斯(Philoctete)在捕鱼时被渔船的锚刺伤而留下了非同一般的伤口,这伤口久治不愈,疼痛化脓,持续发出难以接受的恶臭,②与英国二战老兵普朗克特的心理创伤形成了对应,具有深远的象征意义。最后,菲罗克忒忒斯在一种特殊的草药的治疗下才得以恢复,这种草药源自非洲,在加勒比海生长,它吸纳和混合了两地土壤的营养,散发着与脓疮同样刺鼻的气味。③ 这里的象征意义很明显:重建加勒比海文化,不是以怨报怨,在仇恨中发出恶臭,而是放下历史包袱,让伤口弥合;不是完全抛弃所谓的帝国遗产,而是将帝国遗产与当地文化进行杂糅,形成一种独特的后殖民文化。这样殖民创伤才能完全愈合。

五、库切:种族隔离的终结

J.M.库切(J.M.Coetzee)的小说《耻》(Disgrace)应该说呈现了南非社会由种族隔离时代,向种族融合的民主时代转变的历史画卷,但是这个宏大的历史故事是通过主人公卢里教授(Lurie)的个人经历得以展开。南非的种族隔离时代实际上是帝国时代和殖民时代的延续,是少数白人统治多数黑人的时代。卢里教授作为这个时代的残留,具有一种似乎是理所当然的优越感,对自己的行为给他人造成的伤害拒不承认。但是,在这个社会巨变中,当他和家人也承受了被驱逐、被剥夺、被凌辱的痛苦之后,他开始意识自己的罪过,逐渐走上了救赎之路。

小说开始的强奸案件具有强烈的暗示性,卢里教授因追求一个黑人女学生而被学校调查,最终被认定为强奸而被学校开除。在西方的大学中,师生恋是绝对禁止的。由于师生之间存在的不平等身份,存在着教师滥用强势地位

---

① Derek Walcott.*Omeros*.Milan:Adelphi eBooks,2003,p.400.

② Derek Walcott.*Omeros*.Milan:Adelphi eBooks,2003,pp.411-412.

③ Derek Walcott.*Omeros*.Milan:Adelphi eBooks,2003,pp.416-419.

达到个人目的风险,因此无论师生是否恋爱,师生发生性关系都会被认定为强奸。虽然这个情节反映的是现实情况,但是在小说中"强奸"变成了一个历史的隐喻:种族隔离制度和殖民统治实际上就是白人利用自身的强势地位对黑人实施的控制,是在占人口大多数的黑人民众并没有同意和授权的情况下对他们实施的统治,从某种意义上这就是一种"强奸"。

卢里教授不承认强奸并拒绝道歉,他宁愿被学校开除,丢掉他的饭碗,丢掉他的事业,也不承认自己有错。他离开了那所大学、离开了那座城市,到乡下去投奔他的成年的女儿露西(Lucy),希望在田园生活中,在意大利歌剧和英国浪漫主义诗歌中,寻求到一点慰藉。然而,在后种族隔离时代,他的这种可怜的自尊并不能给他带来任何帮助和救赎。接二连三发生的事情,让他感受到社会已经变化,时代已经改变,必须以一种新的态度对待生活,以一种平等与和解的心态来看待南非的所有人,而艺术和种族的傲慢在新的情况下可能都无济于事。

卢里的女儿被强奸的情节与小说开头的强奸案件一前一后、遥相呼应,具有一种以其人之道还治其人之身的味道,一种以眼还眼、以牙还牙的反讽。露西在乡下曾经拥有一片土地,经营着一个收入不错的农场,并且雇佣了若干个黑人在农场工作。在后种族隔离时代,她的一部分土地被没收,并且分配给了她从前雇佣的黑人工人。这里边的主仆关系逐渐在发生变化,种族之间的权利关系也逐渐被颠倒。直到有一天,她被几个黑人青年推进了一间农舍,发生了黑人对白人的性暴力。

在事情发生之后,她并没有报警,而是吞下了这颗苦果,这也许就是小说题目中所说的"耻"。[①] 而几个黑人青年像什么事情都没有发生一样,出没于农场之中,并且参加了在那里举行的一个聚会,有说有笑,没有任何惧怕,也没有任何愧疚。[②] 小说呈现的这个情节显然有对新制度和新时代的不满,甚至是一种抗议。社会的转型和变迁,通过个人的体验和个人的苦难,呈现在我们眼前。它暗示着新和旧的对比、现在与过去的差异。这种差异有时是一种发

---

① J.M.Coetzee.*Disgrace*.Harmondsworth:Penguin,2000,pp.111-112.

② J.M.Coetzee.*Disgrace*.Harmondsworth:Penguin,2000,pp.131-132.

展,还是一种倒退,值得人们思考,但是肯定不应该建立在冤冤相报的基础之上。

小说中的动物诊所也具有它的隐喻功能。它隐喻了满怀报复心理的黑人占据统治地位的情况下,对待白人像对待动物一样的南非现实。在协助贝芙·肖(Bev Shaw)工作的时候,卢里渐渐发现自己的身份已经从一个大学教授,转化为一个真正意义上的护狗员(dog-man):"护狗员"可以理解为一个职业,也可以理解为"像狗一样的人"。① 从这一个意义上讲,卢里被纳入了一种特别的生存状态,他在其中的处境与诊所中等待被处理的狗并没有什么两样。

正是在这样的苦难中,卢里逐渐意识到,他在小说开始时的傲慢无助于南非社会的新旧过渡,无助于南非社会的和解,无助于公正合理的新制度的建立。在小说最后,卢里踏上了救赎之旅,他回去向受害者道歉,向学校道歉,甚至下跪以求得原谅。个人的救赎与时代的救赎合二为一。

结　语

我们看到,文学作品着眼于小历史,以个体经验来反映大历史。"社会转型与文学再现"这个命题的重要性,不在于文学反映了历史,而在于文学所反映的"社会转型"是一个值得探讨的话题。无论是第二次世界大战,还是解殖民,还是种族隔离的终结,它们所代表的社会巨变、它们引起了历史走向的何种改变、它们给个人带来了何种痛苦,这些才是探讨这个命题的主要作用。

在过去四十年中,中国也经历了一次重大的社会转型,这次重大的社会转型铸就了我们今天改革开放的中国、"一带一路"倡议的中国。在中国的历史上,我们从未像今天这样如此接近"中华民族伟大复兴",从未像今天这样如此接近"中国梦"的实现。在这个宏大叙事的背后,14亿中国人作为个体在这个社会转型中的体验,才真正是文学创作的素材。文学批评应该从这些不同

---

① 　J.M.Coetzee.*Disgrace*.Harmondsworth:Penguin,2000,p.129.

个体的体验中看到历史的走向，以及这个历史走向给不同的个体带来的不同命运，从而弥补宏大叙事的盲点。

正如我们都知道，重要的历史文化节点，如封建农业社会向工业化社会和城市化的转型，传统的生产与流通社会向现代消费社会的转型，从殖民时代向后帝国时代的转型等，都逃不过作家的火眼金睛。从文学中，我们可以分享更多的历史智慧和洞见，以更好地理解文学反映社会转型的不同形式，理解文学如何在宏大叙事与个人体验之间找到的平衡，理解不同的个人对社会转型的不同态度。这才是探讨"社会转型与文学再现"这个命题的真正意义。

（该文原载《中华读书报》2018 年 10 月 17 日，收入本书时略有改动）

大屠杀与性犯罪：二战典型
战争罪的文学与文化再现

一

　　2015 年 10 月 9 日,"南京大屠杀档案"成功进入了联合国教科文组织"世界记忆名录"。遗憾的是,中国同时申报的"慰安妇——日军性奴隶档案"未能申报成功。无论落选原因是什么,我们都可以肯定,慰安妇问题是第二次世界大战期间日本侵略中国的重大战争罪行之一。华裔美国学者张纯如著名的《南京浩劫》(1997)的英文名称叫"强奸南京"(*The Rape of Nanking*),这个"强奸"比喻准确地把握住了日军 1937 年 12 月 13 日进入南京的性暴力实质。它不仅仅是大屠杀,而且也伴随着大规模的强奸、轮奸、奸杀等性犯罪。

　　张纯如认为,南京只是日军慰安妇制度的开始。在那以后,一共有约 20 万来自朝鲜、菲律宾、印度尼西亚和中国妇女被诱拐、购买、绑架到日军慰安所,为他们提供性服务,遭到了官方的、制度性的性奴役。[①] 中国向联合国教科文组织申报的"慰安妇——日军性奴隶档案"涉及 1931 — 1949 年间在华慰安妇的资料,来自黑龙江、吉林、辽宁、南京、上海等地的中央档案馆以及上海师范大学慰安妇研究所,包括文字资料和照片,共分五大类 29 组,记录了慰安妇的痛苦遭遇。

---

　　① ［美］张纯如著:《南京浩劫:被遗忘的大屠杀》,杨夏鸣译,东方出版社 2007 年版,第 60 — 62 页。

在战后举行的远东国际军事法庭东京审判中，美国牧师、国际红十字会南京委员会主席约翰·马吉作证说："每天都有强奸事件的发生。很多妇女、甚至儿童惨遭杀害。如果一名妇女拒绝或反抗的话，她就会被枪杀或刺死。我照了一些相片，拍了一些录像，记录了这些妇女所受的伤，有些妇女的脖子裂开了，全身都是伤口。"①日军第16师团第33联队的士兵井户直次郎在回忆时说，"（强奸）是所到之处都有，所到之处都目睹过扛着女人或强奸妇女的场面，连老太太也抓"。南京陷落两天后，他的部队在下关征发，在一处民宅中发现一个年轻媳妇，对其实施了强奸。"干完后，虽然对方说'不要'，但还是对准胸口开枪杀死了。"②

根据严歌苓小说改编的电影《金陵十三钗》（2011）所反映的就是日军攻占南京之后强征民女充当慰安妇的故事。影片一方面展示了南京保卫战的惨烈，以及国际友人利用国际完全区对中国难民实施的救助，另一方面影片也展示了日本占领军在城里烧杀掠抢、奸淫妇女的丑恶行径。影片的主要情节是13名南京歌伎为保护金陵女子大学的学生，不惜牺牲自己，代替他们充当慰安妇的故事。影片的艺术价值我们暂且不论，但是它反映的强征慰安妇的历史是不容否认的。

据考证，日军在南京的官方慰安所一共有20多家，包括夫子庙地区的"皇军慰安所""日华亲善馆""日支亲善馆"；白下路地区的"故乡楼慰安所""浪速慰安所""大华楼慰安所"；桃源鸿3号的"共乐馆慰安所"；利济巷2号的"东云慰安所"；中山东路的"浪花慰安所"；湖南北路楼子巷的"菊花馆慰安所"；太平路白菜园的"青南楼慰安所"；相府营的"满月慰安所"；鼓楼的"鼓楼饭店中部慰安所"；贡院街和市府路永安里的"人民慰安所"；铁管巷四达里的"上军南部慰安所"；铁管巷山西路口的"上军北部慰安所"；以及"惠民桥升安里慰安所"；"傅厚岗慰安所"；"龙潭慰安所"；"四条巷慰安所"；"下关慰安营"等。

---

① 杨夏鸣编：《南京大屠杀史料集7·东京审判》，江苏人民出版社2005年版。参见第二部分"起诉方有关日军南京大屠杀的证据"中的"马吉的证词与回答质证"。

② ［日］松冈环著：《南京战·寻找被封闭的记忆——侵华日军原士兵102人的证言》，新内如等译，上海辞书出版社2002年版，第299页。

联合国"慰安妇"问题调查报告(1996)对慰安妇制度下了这样的定义:慰安妇制度是二战时期日本政府强迫亚洲各国妇女充当日军士兵的性奴隶,并有计划地为日军配备性奴隶的制度,是日本法西斯违反人道主义、违反两性伦理、违反战争常规的制度化的、无可辩驳的政府犯罪行为。① 2003 年 12 月 20 日,朝鲜慰安妇朴永心来到南京市白下区利济巷 2 号的慰安所。回想起二战期间的痛苦经历,老人不禁老泪纵横。联合国的调查报告称"慰安妇"现象是世界妇女史上空前的、最为惨痛的妇女被奴役的记录。②

二

其实,大屠杀和性犯罪是第二次世界大战的一对怪胎,无论在东方战场,还是在欧洲战场,它都同样在发生。卡罗尔·哈灵顿(Carol Harrington)在《性暴力的政治化》(*Politicization of Sexual Violence*,2010)一书中记载,德国的 SS 党卫军在他们占领的领土上也建立过类似慰安所的军妓制度,在西部的法国,他们会接管现有的妓院,加以改造和利用;在东部的俄罗斯,没有现成妓院,他们就建立新妓院。当他们占领了一个城市或者村庄,他们就会在街上抓女性,或者在职业介绍所选择貌美的女性,然后将她们带走。但是由于种种原因,这些性犯罪没有得到系统的、彻底的揭露。

一开始,纳粹的种族政策限制还士兵与他们认为是劣等种族的女子发生性关系,这些所谓的劣等种族包括犹太人、黑人、斯拉夫人、吉卜赛人等。然而,为了避免士兵到军营之外寻求毫无管制的欢乐,纳粹当局逐渐放宽了这些规定。根据当事人的叙述,1941 年纳粹占领波兰城市利沃夫(Lvov)时,他们就强迫犹太妇女充当军妓。1942 年纳粹头目希姆勒(Heinrich Himmler)颁布法令说,党卫军成员与波兰女性发生性关系是一种犯罪,将受到军事法庭的处置,然而我并不反对在妓院或者与官方控制的妓女发生关系,因为在这样的情

---

① 苏智良著:《日军性奴隶:中国慰安妇真相》,人民出版社 2000 年版,第 153—154 页。

② 参见陈丽菲、苏智良著:《追索:朝鲜"慰安妇"朴永心和她的姐妹们》,广东人民出版社 2005 年版。

形下，一般不会造成怀孕生子或者感情纠葛。①

纳粹认为，性行为可以增加男性的斗志和工作激情，因此他们还在劳工营中建立妓院。1942 年他们在奥地利莫特豪森（Mauthausen）的劳工营开设了第一家妓院，用访问妓院的机会作为一种工作奖励。② 妓女常常每晚接待10—20 次，她们的行为受到严格的监视，禁止她们与来访者接吻，有时她们还受到看管的强奸。有些劳工拒绝使用这些妓院，将它们视为对他们侮辱。有些党卫军成员还强迫女性化的男性充当同性恋性伴侣，白天充当仆人，晚上提供性服务，不从便被处死。

在战俘营，他们利用性作为工具来羞辱、惩罚、贬损女性战俘。一名捷克地下抵抗组织女战士回忆说，在星期天或者无聊的日子，党卫军就会将女性战俘集中起来，点名，拔光她们的衣服，命令她们在监狱中走步操练，以供他们作乐。他们还强迫男性战俘羞辱或强奸女性战俘，女性战俘常常被迫趴在地上，如果男性战俘拒绝强奸，那么这些法西斯就会将木棍插入她们的阴道，用他们的皮靴将这些木棍踢进去，对她们进行惨无人道的身体折磨。③

在东部战场，纳粹军人针对平民的性犯罪有更大的曝光率，苏联在纽伦堡国际战犯法庭呈交的材料"莫洛托夫记录"（Molotov note）中，提供了大量的关于俄罗斯妇女和少女遭到纳粹军人强奸的证据。在斯摩棱斯克州（Smolensk），他们将一整个饭店变成了妓院，强迫女性提供性服务，而不听从安排的女性常常遭到屠杀。16 岁的梅尔楚科娃（Melchukova）被德国士兵强行带入了一个树林实施强奸，当另外两个妇女也被强行带入同一个树林时，她们看到梅尔楚科娃被刺刀钉在一块木板上，被竖起来靠在一棵大树上，即将死亡，她显然拒绝为纳粹士兵提供性服务。最后，当着这两个女性的面，他们残忍地割下

---

① Harrington, Carol. *Politicization of Sexual Violence: From Abolitionism to Peacekeeping*. London: Ashgate, 2010, pp.74–75.

② Harrington, Carol. *Politicization of Sexual Violence: From Abolitionism to Peacekeeping*. London: Ashgate, 2010, p.75.

③ Jeffrey Burds. Sexual Violence in Europe in World War II, 1939–1945. *Politics and Society* Vol.37, pp.44–45, No.1 (March 2009).

了她的乳房。①

1987 年,在犹太大屠杀发生近 50 年之后,英国桂冠诗人卡罗尔·安·达菲(Carol Ann Duffy)写了一首《流星》,再次将犹太大屠杀的创伤呈现在人们面前。在诗中,一位犹太女性的亡灵打开尘封的记忆,以碎片式的叙事,讲述了犹太人在纳粹集中营所遭受的残害与蹂躏。当行刑队停止了射击,人们都已经倒下,有人掰断了她的手指,取下了她的"结婚戒指"。然后,有个士兵发现她没有死,因此"解开了裤带",对她实施了"强暴"。② 最后,还有一个婴儿在哭泣,一个士兵上前去,对准她的眼睛开了一枪。

这位叙事者冲破了个体的心理障碍和民族禁忌,将个人所遭受的凌辱和民族遭受的创伤公之于众,让人们直面这个 20 世纪最大的人类悲剧。主人公的个人记忆与犹太民族的集体记忆交织在一起,用"解开裤带"和难以启齿的"强暴"作为隐喻,不单揭露了战争在道德层面犯下的罪恶,而且揭示了更为复杂的种族关系和政治关系。这位女性的身体已经成为整个犹太民族的隐喻,她的灾难就是犹太民族在二战中所遭受的强暴。

三

不管是日本军国主义还是纳粹,犯下如此的滔天罪行人们都可以想象和相信。但是,美军、英军、法军和其他同盟国军队是第二次世界大战的正义之师,他们打败了德国和日本的法西斯军队,解放了欧洲和亚洲。然而,性犯罪在他们当中同样在发生,只是情节和程度轻重可能有所不同。美国大片《狂怒》(Fury,2013)讲述了 1945 年二战后期美军在欧洲战场节节胜利、进入德国本土作战的故事。美军坦克小分队在攻占一个德国小镇之后,发现一户人家仍然有女人留守,便立即破门而入,将家里的两个女人(母女),从藏匿处拉

---

① Harrington,Carol.*Politicization of Sexual Violence:From Abolitionism to Peacekeeping*.London:Ashgate,2010,p.76.

② Carol Ann Duffy.*Collected Poems*.London:Picadore,2015,p.65.

出来,站在他们面前。影片故意放慢了节奏,军人的每一个动作都具有模糊的双重含义:似乎是制造伤害,但结果只是要求提供服务。从军人的眼光中,母女俩感受到了一种莫名其妙的威胁。提供服务的要求很模糊,最终指挥官接受了早餐服务,年轻的士兵接受了"爱"。

影片竭力渲染小分队的队长和士兵共同表现出来的难得的克制,从而将这次事件描写为一次文明的占领。我们看到,是在分队长的强制下,那群士兵才没有碰那位女孩一根指头。而那位经历青葱的年轻士兵没有结婚、不曾恋爱,似乎与女孩是很合适的一对。因此,在分队长的安排下,他与德国女孩进入了那个房间。然而我们可以想象,在占领军强行进入,在枪口的胁迫下,那位女孩是否还有别的选择? 两人在房间里的"爱"是一种强制,还是媾合,还是其他? 不得而知。

一直以来,美国人都相信,他们的士兵在德国的行为很干净,如果他们与德国女性有染,那也是因为他们手里有许多具有诱惑力的商品,如罐头、咖啡、香烟、尼龙袜等:性行为是交易的结果。曾经流行这样的说法,"美国人打败德国军队花了六年,但仅仅用了一天,就用巧克力征服了德国女人",①但事实与此大相径庭。根据美国学者罗伯特·利里(J.Robert Lilly)在《暴力夺取》(*Taken by Force:Rape and American GIs in Europe in World War II*)一书中记载,美国军人在德国的性犯罪达到了触目惊心的程度。他们一共强奸了大约 1.4 万德国妇女,最大的 69 岁,最小的只有 7 岁。他们不光是在德国,而且在盟国法国也因多起性侵事件被起诉,其中有 29 人因性犯罪被判处死刑。

罗伯特·利里在针对二战期间的美军性犯罪的调查中,记载这样一个事件。1945 年 3 月,在战争结束前 6 周,六名美军乘着夜色来到了一个德国村庄。当时村子里大多数人都已经逃离,只有 18 岁的夏洛特和母亲凯瑟琳还在坚守。这些美国人闯入了他们的家,将夏洛特从壁橱里拖了出来,按倒在床上,对她进行了轮奸。尽管夏洛特向母亲大声呼救,但是躲在暗处的凯瑟琳面对美军的暴行,没有任何办法,只能忍痛听到女儿被美军糟蹋,束手无策。如

---

① Harrington,Carol.*Politicization of Sexual Violence:From Abolitionism to Peacekeeping*.London:Ashgate,2010,p.84.

果她挺身而出,她也会成为美军的猎物。① 这个事件与《狂怒》的情节何其相似,只是实事与影片的再现何其不同!

当时,美军的确有"非亲善政策"(non-fraternization policy),意思是不能与德国妇女发生性关系,但是美国士兵对这个政策的理解是:"没有交谈的性交就不算是亲善"。他们有时候在强奸之后会给这些德国妇女留下一些礼物,并把这视为一种交换或者嫖宿。军人常常把强奸当成一种"娱乐",而不是犯罪。美军当局在处理性犯罪案件时,只是轻描淡写,达不到震慑和遏制的作用。只有那些残忍的或变态的强奸行为才被送上军事法庭,甚至有士兵因此被处死,但这些人多是黑人士兵。而白人士兵做同样的事情,却没有受到处罚。

四

2015 年诺贝尔文学奖获得者、白俄罗斯作家阿勒克谢维奇(Svetlana Alexievich)曾经写过一本书,叫《战争中没有女性》(*War's Unwomanly Face*,1985)。该书记录了一系列苏联军人(包括男性和女性)所讲述的他们在二战后期占领德国的经历。其中一人回忆说,"我们当时年轻,强壮,四年没有女性陪伴。因此我们就抓德国女人…… 常常十人强奸一个。当时没有那么多成熟的女性,她们都逃跑了,躲避苏军。因此我们只有抓幼女,12 或 13 岁。如果她哭喊,我们就把她的嘴堵起来。我们觉得是这只一个乐。现在我无法理解我那时的作为,我来自一个良好家庭……可那就是我"。②

这看上去像是一个个案,但其实它只是冰山一角。从 2008 年开始,英国的《卫报》《独立报》和《每日电讯》陆续发表文章,讲述二战后期苏军在德国领土上的性犯罪。据说,这些性犯罪没有得到清理,是因为德国是战败国,德

① J.Robert Lilly.*Taken by Force：Rape and American GIs in Europe in World War II*.London：Palgrave Macmillan,2007.
② 参见［苏］斯·阿列克茜叶维契:《战争中没有女性》,吕宁思译,昆仑出版社 1985 年版。另见 Svetlana Alexievich,*The Unwomanly Face of War*,New York：Random House,2018.

国女性遭到性侵的事情是一个禁忌,没有人敢提这件事情。最早提及这段历史的是 1954 年出版的一个受害者的自传《一个女人在柏林》(*A Woman in Berlin*):"闭上眼,咬紧牙,不说话。但是当内裤被撕开,牙齿禁不住打颤起来,我感觉按在我嘴上的指头散发着马匹和香烟的恶臭"。"眼睛看着眼睛。没有恶心,只有冷漠,脊柱似乎都僵硬了。"①她只是遭到强奸的众多女性之一。

2008 年《一个女人在柏林》被拍成了电影,从而给了许多受害者以开口的勇气。在事情发生 60 多年之后,受害者已经年事已高,已经无所顾忌,更愿意将难以启齿的往事公之于众。德国格雷夫斯沃尔德大学(Greifswald University)的心理学教授菲利浦·库沃特(Phillipp Kuwert)组织了一个调查团队,对这些受害者进行了走访,记录她们的创伤经历,就像亚洲学者走访慰安妇一样。这是二战结束以后第一次有人对这段历史进行科学调查,库沃特教授认为,"对强奸和长期沉默导致的创伤进行科学系统的研究,在我们的知识系统中是缺位的"。

在英国和德国报刊发表的文章中,有的从个人角度讲述了受害的过程和经历,以及事情在她们心里造成的严重和终身的创伤;有的讲述苏联红军性侵德国女性留下的孩子们寻找父亲的故事;有的报道关于这段历史的某本书籍遭到了封杀;有的甚至报道德国前总理科尔的妻子汉娜洛尔(Hannalore)在当时遭到性侵的故事。② 英国历史学家安东尼·比弗(Antony Beevor)在《柏林:倒台 1945》(*Berlin:The Downfall 1945*,2002)一书中说,根据当时医院记录中大幅增加的堕胎率推算,大约有两百万德国女性在二战结束时遭到了强奸,其中 10 万起案件发生在柏林。③

苏联作家索尔仁涅琴(Aleksandr Solzhenitsyn)曾经参加了抗击德国法西斯的战争,随苏军打入了德国本土。在《普鲁士夜晚》(*Prussian Nights*,1977)一诗中,他写道"豪仁街 22 号,/没被烧毁,仅被抢夺。/墙边的哭泣,几乎听

① Anonymous,*A Woman in Berlin*(1945).Intr.Anthony Beever.London:Picador,2006,p.88.

② Beevor,Antony.They raped every German female from eight to 80.*The Guardian*,1 May 2002;Roberts,Andrew.Stalin's army of rapists:The brutal war crime that Russia and Germany tried to ignore.*Daily Mail*,24 October 2008.

③ Beevor,Antony.*Berlin:The Downfall 1945*.London:Penguin Books,2002,pp.409-410.

不见。/母亲已受伤,几乎死亡。/躺在床上的女孩,业已归天。/有多少人曾骑在她身上?/一个小分队,一个连也许?/女孩被变成了女人,女人被变成了死尸……/母亲哀求道:'杀了我吧'!"①

五

　　人们可能会思考:第二次世界大战为什么会出现如此大规模的性犯罪?为什么性犯罪会在交战双方同时出现?不分正义与非正义之师?从动机上讲,无论是美军还是苏军,对德国妇女的侵害都可能是一种报复。纳粹军队曾经给他们造成了巨大伤害和屈辱,在进入德国领土之后,他们又遭到了德国军队的顽固抵抗,造成了巨大伤亡。因此他们对德国妇女的强奸可能是泄愤或复仇。同样,日军和德军在遭遇抵抗越大的地方他们的泄愤情绪也会越强烈。然而,女性主义认为,报复可能不是二战期间性犯罪的主要原因。当时的军队,无论是轴心国军队还是同盟国军队,似乎都把自己视为征服者,而不仅仅是胜利者,觉得自己有权利得到一切战利品,包括敌国的女人。在男权社会中,女性往往被视为男性的财产,糟蹋他们的女人也是对他们的羞辱,或者对他们的财产的侵害。

　　然而,这里边可能还有一个更深层次的原因。英国著名作家威廉·戈尔丁(William Golding)曾经写过一部小说,叫《蝇王》(*The Lord of Flies*,1954),大致讲述了这样一个故事:在一场未来的核战争中,一架飞机带着一群六岁至十二岁的男孩从英国本土转移到南方疏散。飞机被击落,但成功地迫降到一个无人荒岛上,男孩们在那里组成了一个小社会。一开始他们还能和睦相处,但后来由于没有文明社会的法治管束,人性的恶逐渐膨胀,以至于发生互相残杀的悲剧结果。人类社会是建立在法治的基础上的,人们的行为受到法律、宗教、道德以及各种规则的约束。法治将规范权利与义务,抑制强者、保护弱者,

---

　　① Gertjejanssen,Wendy Jo.*Victims*,*Heroes*,*Survivors*:*Sexual Violence on the Eastern Front during World War II*.PhD diss.,University of Minnesota,2004,pp.322-323.

实现基本的公平和正义。然而在战争状态下，在法治被暂时中止的状态下，人性的另一面会毫无约束地暴露出来，就像在那个无人荒岛上，社会可能变成了一座弱肉强食的森林。在这样的状态下，女性往往是首当其冲的受害者。

（该文原载《中华读书报》2016 年 6 月 1 日，收入本书时略有改动）

选择等于判断吗？
——澳大利亚文学与中国读者

2018年1月,李尧教授翻译的《澳大利亚文学经典》(10卷)由青岛出版社出版,在澳大利亚的大学和文学界引起了广泛的关注。他收录的经典包括怀特的《人树》、肯尼利的《内海的女人》、米勒的《浪子》、赖特的《卡彭塔利亚湾》、凯里的《凯利帮真史》、卡斯特罗的《候鸟、萦系中国》、周思的《黑玫瑰、红线》、麦卡洛的《呼唤》、菲茨杰拉德的《我在中国的岁月》和沃克的《光明行》。应该说,这个系列是高度反映个人视角和个人判断的选择。入选的书籍是幸运的,但是没有入选的书籍是否说明其文学性或者重要性不足吗？这个系列的构成应该说是可能引起争议的,入选与否让人怀疑是作者对这些作品做出的评判,人们甚至可能质疑其选择的标准。

同年4月,西悉尼大学和澳大利亚国立大学为这套丛书举行了发布会,邀请了李尧本人、澳大利亚作家尼古拉斯·周思(Nick Jose)、西悉尼大学教授盖尔·琼斯(Gail Jones)、北京外国语大学教授张剑和李建军共同举行了一次"中澳文学对话会"。应该说,对话会主要是庆祝该丛书的出版,但是对话会也聚焦一些人们可能关心的问题:澳大利亚文学的本质、内容、风格问题,以及李尧教授翻译的澳大利亚文学作品的选择问题。

一、什么是澳大利亚文学？

与英国文学悠久的历史相比,澳大利亚文学相对年轻。作为英国文学的一个分支,澳大利亚文学经历了一段自我塑造和身份构建的时期。1985 年,当北京外国语大学的胡文仲教授到澳大利亚的巴拉腊特参加澳大利亚文学研究会的年会时,他发现已经没有人谈论"什么是澳大利亚文学"了,这也意味着在当时,这一问题已不再是一个值得讨论的话题。①

我认为澳大利亚作家在 20 世纪中后叶所面临的情况,与爱尔兰和加勒比海地区的作家面临的情况类似。大部分澳大利亚作家是英国人的后裔,英国文化深植于他们的成长过程中。莎士比亚、弥尔顿、华兹华斯、笛福、奥斯丁、狄更斯是他们所受教育的一部分。澳大利亚作家和英国作家说同一种语言,他们自然在文学特色和规范上也有许多相同的见解。因此,在 20 世纪 80 年代之前,澳大利亚文学一直被视为英国文学的一部分。

然而,澳大利亚由于在地理位置上与英国相距甚远,越来越意识到自己是一个亚太国家。胡文仲教授提到的有关"什么是澳大利亚文学"的争论,很有可能是澳大利亚人企图从英国分离出来、建立独立的澳大利亚身份的努力的一部分。这也可能是 20 世纪 90 年代关于澳大利亚是否变为共和国的辩论背后的动力。将澳大利亚文学独立出来,与它的母体文学——英国文学区分开,可能是为了在其早已实现的政治独立的基础上,进一步实现其文化独立。

在爱尔兰和加勒比海地区,谢默斯·希尼(Seamus Heaney)、德里克·沃尔科特(Derek Walcott)和类似的作家也在将自己与英国传统区分开来进行着相似的挣扎。他们从英语和英国传统中汲取了太多东西,因此不得不好好思考如何处理他们在成为作家之前与英国文化建立的紧密关系。在解殖民后的环境中,他们无法完全抛弃已经继承的传统,而只能在其中引入改变,从而开辟出一条不同的道路。我认为澳大利亚作家为了形成自己的地方特色和独特风格,也做了同样的努力。

美国在 19 和 20 世纪,在殖民时期结束以后的很长时间里,都仍无法摆脱英国文学对他们的影响,因为那曾经是他们文化传统的一部分。爱默生(Emerson)在 19 世纪 50 年代谈到自力更生和文化独立,但直到 20 世纪 20 年代,美国作家依旧将欧洲视为文明的中心。从《流亡者归来》(*Exile's Return*)和

---

① 胡文仲著:《澳大利亚文学论文集》,外语教学与研究出版社 1994 年版,第 56 页。

《亨利·亚当斯的教育》(*The Education of Henry Adams*)等书中可以看出,美国的流亡作家如亨利·詹姆斯(Henry James)、埃兹拉·庞德(Ezra Pound)、欧内斯特·海明威(Ernest Hemingway)等,都去了欧洲以寻求文化的踪迹。在文学的规范与评判问题上,美国长期以来都依赖英国和欧洲。

美国现代派诗人托·斯·艾略特(T.S.Eliot)在 20 世纪 30 年代曾经写了一篇文章题为《苏格兰文学存在吗?》,探讨了英国文学和苏格兰文学中的中心与边缘问题,并把拜伦作为苏格兰作家加以贬低——在今天看来他的观点会显得政治不正确。① 但考虑到历史时期的局限,我们也不能过多责怪艾略特。直到 1945 年 F.O.马蒂生(F.O.Matthiessen)出版了《美国的文艺复兴》(*American Renaissance*),美国人才意识到他们的文学可以作为一种不同于英国文学的独立传统来传授和学习。惠特曼(Walt Whitman)、狄金森(Emily Dickinson)、霍桑(Nathaniel Hawthorne)、梅尔维尔(Herman Melville)、爱默生(R.W.Emerson)和梭罗(H.D.Thoreau)成为美国文学传统的奠基者。

也就是说,只是在二战之后,在解殖民运动和美国的崛起后,曾经统一的"英国文学"才逐渐分裂成了七八种民族文学,我们现在才有可能去探讨若干英语国家的若干种"英语文学"(如美国、澳大利亚、加拿大、爱尔兰、新西兰以及加勒比海地区的前英属殖民地的英语文学),而不必去问诸如"什么是澳大利亚文学?"和"苏格兰文学存在吗?"之类的问题。

胡文仲教授认为,人们对澳大利亚文学的认知真正发生改变的时间是1981 年,那年利奥妮·克雷默(Leonie Kramer)出版了《牛津澳大利亚文学史》(*The Oxford History of Australian Literature*)。当然在这之前,在 20 世纪 30 至70 年代,也有人尝试构建澳大利亚文学史,但直到 20 世纪 80 年代,我们才见证了一个真正的改变,这时学术界才真正开始认真和严肃地对待澳大利亚文学。② 胡文仲教授的话之所以重要,是因为它提醒我们需要将澳大利亚文学放入其社会环境中来看待,需要特别注意作家撰写的澳大利亚内容,以及他们区别于英国作家的澳大利亚特色。澳大利亚文学与澳大利亚身份的想象特别

---

① Eliot,T.S.Was There A Scottish Literature?.*Athenaeum*,1 Aug 1919.
② 胡文仲著:《澳大利亚文学论文集》,外语教学与研究出版社 1994 年版,第 78—82 页。

相关,与澳大利亚作为一个亚太地区的多元文化国家特别相关。

二、再现澳大利亚经历

在这样的背景下,我们就能更好地理解李尧教授翻译的《澳大利亚文学经典》的意义。北京外国语大学胡文仲教授、悉尼大学的罗伯特·狄克逊教授(Robert Dixon)和时任澳大利亚驻华大使安捷思(Jan Adams)分别为这10册译文集作了序,帮助我们了解译文集出版的目的和澳大利亚文学取得的成就。

对澳大利亚文学来说,描写与澳大利亚这个国家相关的内容非常重要,因为要成为澳大利亚文学,必不可少的一点就是澳大利亚的经历。亚历克斯·米勒(Alex Miller)所著的《浪子》(*The Ancestor Game*)描述了不同种族的移民的祖先梦。其中的人物史蒂文·缪尔,奥古斯特·施皮斯和他的女儿格特鲁德,以及浪子(Lang Tzu)都表现出一种焦躁不安的文化错位之感,对澳大利亚的欧洲式文化表现出一种矛盾心态。年轻的时候离开英国来到澳大利亚的史蒂文多次尝试回归,但都没有成功。奥古斯特·施皮斯虽然不断念叨着要回家乡德国汉堡,却始终未能付诸行动,他的女儿也一样。浪子的名字决定了他的命运:这个词在中文中意味着漂泊不定的远方游子。

然而这场回归"游戏"并不都是输家。尽管他们渴望祖先的家园,渴望归属自己真正属于的地方,米勒笔下的所有人物都没有离开澳大利亚,每个人都通过自己的方式意识到,归属与漂泊是澳大利亚籍的欧洲人共有的一个矛盾心态:在所有的欧洲文化中,这种矛盾的归属与疏离感都存在。

布赖恩·卡斯特罗(Brian Castro)的《候鸟》(*Birds of Passage*)的主人公是谢默斯·欧阳。他是一个澳大利亚籍的华裔,即"ABC"。他的父亲曾在中国满清政府担任官职,在19世纪50年代的淘金热期间,他来到了澳大利亚。他的母亲是一个生活在澳大利亚的英国移民。从欧阳的家庭可以看出,他不完全是中国人,不完全是澳大利亚人,也不完全是英国人,就像小说作者一样。卡斯特罗出生于香港,他的父母有着葡萄牙、中国和英国的血统,后来,他成为澳大利亚公民。从此我们可以看出,身份问题是澳大利亚文学的一个突出特点。中国读者可能无法完全理解这个问题,因为中国没有类似的问题,或者这种问题在中国并没有那么突出。

在书中,谢默斯·欧阳对自己的边界身份感到极端困惑:"是的,我是ABC,字母表的前三个字母。这个身份跨越了两种文化。是的,ABC。我是一个难民,一个流放的人。我的心灵和头脑都放错了地方。我不来自任何国家,也无法回到任何国家。"①这种疑惑感与迷失感相互叠加,使得他深刻地感受到自己身份分裂的不幸:"我真的是一个没有国家的人。"卡斯特罗的小说将身份问题置于19世纪鸦片战争、农民起义,华人海外移民的宏大巨变的历史背景之中。

身份问题一般存在于移民国家。因为在移民国家中,不同国家的人居住在一起,本地人和新移民会产生政治、经济和文化的冲突。亚历克西斯·赖特(Alexis Wright)的《卡彭塔利亚湾》(Carpentaria)便深入讨论了这种冲突的历史。书中的故事发生在昆士兰西北部卡彭塔利亚湾的一个虚构的小镇德斯珀伦斯。在那里,普瑞克尔布什的原住民与其他移民发生了激烈的冲突,包括与当地的白人居民、当地的执法部门、政府官员和一个在他们神圣土地上采矿的跨国公司。

故事讲述了卷入这场冲突的三个男人间的关系:睿智、务实、耿直的诺姆·凡特姆;虔诚的萨满教僧莫吉·费希曼,以及诺姆的儿子威尔·凡特姆。威尔抛下父亲的家,与费希曼一起踏上了横跨澳洲的心灵之旅,然后带着费希曼身上的一些特质回到了家乡。这本小说不仅仅记录了政治和种族的冲突,也描绘了澳大利亚土著人民异常丰富的文化传统。

在澳大利亚这样的多元文化并存的社会中,历史和祖先是影响人们经历的重要因素。关于出身、移民和蔓延至澳洲以外的根,似乎每个人都有话要说。考琳·麦卡洛(Colleen McCullough)的《呼唤》(The Touch)一书以19世纪50年代的淘金热为背景,讲述了苏格兰出生的亚历山大·金罗斯和他的苏格

---

① 〔澳〕布赖恩·卡斯特罗著:《候鸟·萦系中国》,载《澳大利亚文学经典》第6卷,李尧译,青岛出版社2018年版,第9—10页。

兰新娘伊丽莎白·德拉蒙德,以及神秘的茹贝·考斯特凡和她具有中国血统的儿子李的传奇故事。金罗斯有一笔神秘的财产,他在苏格兰的亲戚以为这是他通过淘金获得的,但实际上这个谜团将由他刚刚踏上澳大利亚这片土地的妻子伊丽莎白一点点解开。

伊丽莎白将会发现,那位从前宣扬无神论的叛逆青年、懒惰的锅炉制造商的学徒现在已经成了一个重要人物,甚至有一个城镇以他的名字命名。但是她同样会发现,金罗斯还有一个情妇茹贝。并且,这不只是一个情妇,她还是金罗斯公司的合伙人。这家公司不断扩张,不再仅仅进行黄金交易。伊丽莎白将会发现,茹贝的儿子李的父亲是正处于困境中的华人社区的头领,而金罗斯打算把李培养成一个绅士,甚至还有可能让李接手他的公司。这本小说和《荆棘鸟》一样,是一部爱情小说和世家传奇,充满了悲剧、伤感、历史和激情,表达了一种身处异乡的人们的错位感,以及开始新生活的急切需要。

三、书写中国元素

李尧翻译的 10 卷本《澳大利亚文学经典》在某种程度上讲反映了他对澳大利亚文学的理解和看法。他的译文集不仅收录了著名作家帕特里克·怀特(Patrick White)、托马斯·基尼利(Thomas Keneally)和彼得·凯里(Peter Carey)的作品,而且还特别收录了描写中国移民在澳大利亚经历的作品。布赖恩·卡斯特罗的《萦系中国》(After China)就讲述了一个华裔建筑师和澳大利亚白人女作家在他设计的酒店里相遇的故事。内敛的建筑师被女作家深深吸引,但却小心翼翼地通过古代中国美妙的故事,编织着两人的罗曼史。他并不知道她已患癌症病危,即将离开人世,还讲述着道家经典中通过控制欲望以得永生的故事。最终他了解了她的困境,也意识到他要挽救她的行为多么具有讽刺意味。

建筑师设计的酒店像一个奇怪的迷宫,坐落在水面上,并不牢靠。由于酒店随时可能被海水吞没,我们和主人公都意识到,如果疾病有其时限,那么只有讲故事才能驱除时间。小说通过颂扬生命的故事建构了与西方不同的中国想象,与许多当代爱情故事中的矫情和吊胃口的做法也形成了差异,使读者重新思考与爱情和生存同样重要的问题。

在尼古拉斯·周思的小说《黑玫瑰》(The Rose Crossing)中,来自英国的园艺家爱德华·波普尔、他的女儿罗莎蒙德和一个水手在遭遇海难后被困于非洲沿海的一个岛屿。同样被困在岛上的还有一群中国难民,其中包括被流放的中国亲王太昭、老太监卢陆以及失事船上的船员。周思的另一部小说《红线》(The Red Thread)则是一部以现代上海为背景的爱情小说。小说中的上海被过去的记忆萦绕,有古代也有现代的记忆。澳大利亚的女画家茹丝·加勒特、其代理商沈复灵和"既是光耀女王,也是街头混混"的韩,一起编织出中国清朝作家沈复的《浮生六记》的故事。

作为《浮生六记》英译本的译者,周思在自己的小说里创造性地引用了这部中国古典作品。在沈复灵拿到用于拍卖的《浮生六记》初版残存的四记后,他遇到了茹丝,并且确信他和这位澳大利亚女画家就是沈复书中主角,即沈复和陈芸的化身。而且,当韩在夜店中遇到这一对爱人后,她感到自己与茹丝和沈复灵有着十分紧密的联系。① 于是这三个人在现代上海演绎出一种似曾相识的情节。《浮生六记》的残稿以陈芸的去世为结局,而在《红线》的最后,沈复灵得知茹丝身患癌症,这使他迫切地寻找《浮生六记》遗失的章节,希望这个悲剧的故事有一个不同的结局。

在这类作品中,中国元素发挥了重要作用,这大概也是译者李尧教授收录这些作品的一个重要原因。当然,译者应该考虑读者以及图书市场的特殊偏好,中国元素可能给中国读者带来一种亲切感。大卫·沃克(David Walker)教授的《光明行》(Not Dark Yet)把家族的历史和澳大利亚的历史联系在一起,追溯了沃克家族五代人的历史,从曾曾祖父母19世纪50年代在南澳大利亚定居开始,到20世纪90年代作者的母亲去世。回忆录的前半部分的许多章节的场景都在巴拉,这是阿德莱德以北156公里的铜矿小镇,沃克家庭是当地知名的商店店主。

---

① 周思著:《黑玫瑰·红线》,载《澳大利亚文学经典》第7卷,李尧译,青岛出版社2018年版,第277—278页。

对于中国读者来说，卢克·戴伊的故事对他们具有特别的吸引力。卢克·戴伊是巴拉的一个中国商人，因娶了沃克家的女孩而成为这个家族的一员。在这里，个人叙事与作者本人的学术兴趣互相交叉，沃克教授通过讲述戴伊的生活，重新审视了在种族歧视、民族主义和"白澳政策"盛行的时期，中国人在澳大利亚社会的地位。沃克教授透视了 20 世纪初澳大利亚小镇生活的实质，包括其优点、局限和狭隘的妒忌心理。

查·帕·菲茨杰拉德（C.P.Fitzgerald）的回忆录《我在中国的岁月》（Why China）记录了他从 1923 年来中国到 1949 年中华人民共和国成立这一时期的经历。在试图回答为什么他对中国有兴趣的问题之后，菲茨杰拉德回忆了他在中国从事的不同工作，在中国西南部的旅行（从昆明到重庆再到贵阳），在云南省与白族村民度过的时光，以及他对白族的历史、语言和文化所做的研究。正是在这一时期，他为人类学著作《五华楼》搜集了资料。

对于中国读者来说，这本回忆录吸引人之处在于它从另一个角度讲述了中国 20 世纪的历史。它从一个外国人的视角，讲述中国争取国家稳定的悲壮斗争和建立国家的艰难历史，包括特别令人感兴趣的历史片段，比如 1919 年日本在《凡尔赛和约》签订后接管德国在青岛的租界的阴谋，1924 年军阀冯玉祥将皇帝和皇室驱逐出紫禁城的故事，1925 年国民革命军的北伐以及对汉口的占领，1937 年日军进攻上海以及抗日战争的全面爆发。作者本人会说汉语，甚至能用汉语和黄包车夫就车费进行讨价还价，这让本书更具可信性。但是据菲兹杰拉德本人说，在 19 世纪 30 年代学习汉语的外国人都会被人视为"疯子"。①

四、构建澳大利亚经典

李尧教授的译文集《澳大利亚文学经典》中的 10 部作品是高度个性化选

---

① ［澳］查·帕·菲茨杰拉尔德著：《我在中国的岁月》，载《澳大利亚文学经典》第 9 卷，李尧译，青岛出版社 2018 年版，第 41—42 页。

择的结果,自然无法全面呈现澳大利亚文学的丰富性和多样性。这些选择肯定带有李尧教授个人的偏好,比如他选择了《人树》(The Tree of Man)而不是《风暴眼》(The Eye of Storm),选择了《内海的女人》(A Woman of Inner Sea)而不是《辛德勒方舟》(Schindler's Ark),选择了《呼唤》(The Touch)而不是《荆棘鸟》(The Thorn Birds)。但是总体来说,这套译文集很好地呈现了澳大利亚文学的特点和宽度,可以帮助像我这样的新读者获得一个很好的指引。如果这套译文集将来有一天需要扩充,我认为一定要加上亨利·劳森(Henry Lawson)、班卓·帕特森(Banjo Paterson)、克里斯蒂娜·斯特德(Christina Stead)、大卫·马洛夫(David Malouf)、A.D.霍普(A.D.Hope)、朱迪丝·赖特(Judith Wright)、莱斯·穆瑞(Les Murray)、大卫·威廉姆森(David Williamson)、蒂姆·温顿(Tim Winton)等人的作品。

帕特里克·怀特的《人树》讲述了一个虚构人物斯坦·帕克的一生。斯坦是一个农场主,在悉尼以外一块未开垦的土地上建立了自己的农场。从他青年时期直到生命终结的半个多世纪中,我们看到了一个早期的澳大利亚拓荒者的艰苦劳作:清理土地,种植作物,搭建居所;也看到他和艾米的婚姻,他们在大洪水中遭受的损失,他们和邻居欧多德太太和玛德琳的关系,二人的孩子雷伊和塞尔玛的成长,一战期间斯坦在澳大利亚陆军的服役,艾米和一个推销员的婚外情,雷伊的犯罪生活和在悉尼的服刑,塞尔玛和一个律师的婚姻以及她在悉尼的上流生活。

这部小说不仅写了一个男人与其家庭半个多世纪跌宕起伏的人生和历史,它也是一部记录了澳大利亚,尤其是悉尼地区历史变迁的史诗般的作品。早期开拓者在悉尼城外开垦荒地并定居的经历,是早期欧洲人来到这片广袤土地建立文明的缩影。在小说中我们看到其他拓荒者纷至沓来,使这个地区变成了村庄,并且出现了乡绅大宅格拉斯顿伯里庄园。但是,那场烧毁庄园的大火大概预示着特权阶级的没落和城市的兴起,年轻人们被城市里的商学院、律师事务所和剧院等深深吸引。最终,帕克农场所在的地区被分成了许多小块,在上面建起了房屋,悉尼郊区逐渐形成。在这些人物的人生背后,是他们生活的土地的历史。

托马斯·肯尼利(Thomas Keneally)的《内海的女人》讲的是凯特·盖弗

尼—科金斯基的幻灭的故事。凯特是一个漂亮的女继承人，从"监狱般的"悉尼逃到澳大利亚北部，过上了漂泊的生活。她的幻灭是因为丈夫保罗出轨，加上在一场大火使两个孩子失去了生命，她为孩子的死感到深深的自责。这让她舍弃了婚姻和遗产，逃到曾经是内海的澳大利亚内陆沙漠地区。在那里，凯特成了米亚姆巴小镇的铁路酒店的女招待，与像她一样的出逃者成了朋友，这些出逃者还包括一只雌性鸸鹋和一只叫奇夫利的雄性袋鼠。在与形形色色的人打交道的过程中，凯特经历了痛苦和挑战，这些人包括善良的罪犯詹莱和嘎斯·斯库尔波戈，还有她的丈夫保罗的邪恶亲信伯恩赛德。

故事对澳大利亚现代社会进行了一次全面探索，包括人物的善与恶，其矛盾复杂性令人无法解释，包括悉尼城市生活的腐败和遥远内陆生活的狂野和质朴。回到悉尼，凯特从她的叔叔弗兰克·奥布莱恩那里得知，是保罗放了那场大火，而且大火要伤害的目标原本就是她。尽管如此，她没有追究，依旧希望远离是非，在离婚协议中不要丈夫一分钱，甚至像对待朋友那样对待丈夫的情人。肯尼利用丰富的叙事塑造了一个复杂而令读者信服的女主人公形象，一个令人钦佩的幸存者。

彼得·凯里（Peter Carey）的《凯利帮真史》（*The True History of the Kelly Gang*）以浪漫的笔触描绘了澳大利亚历史上的三位亡命英雄的传奇一生。小说再现了凯利帮的成员奈德，从他的立场上还原了凯利帮的故事。小说的内容就是奈德·凯利在被执行死刑之前，写给女儿的一封长信。据他所言，他的父亲生前是一名罪犯，被流放到塔斯马尼亚岛；他的母亲艾伦一家——奎因家族，也是惯犯。警察时时监视着他们家的一举一动，并且试图敲诈艾伦，想占她的便宜。警察以盗窃和宰杀别人的牛的罪名将凯利的父亲关押了起来，尽管实际上父亲是替他顶罪，而他的行为不是偷盗和杀害，而仅仅是偷盗和抹去了牛身上的烙印。在奈德·凯利的故事中，警察被描绘成了压榨和残害百姓的恶势力，而他所谓的罪行则是对统治阶级压迫的反抗。

在父亲死后，凯利与家人四处流浪、居无定所。在母亲奎因家人的资助下，他们最终在葛林罗旺一带定居下来，在那儿购买了一些土地，成了"有土地的农民"，或者定居者。他们遵纪守法，通过养马、驯马艰难维持生活。即使这样，他们一家还是成了当地警察的眼中钉。年轻的奈德一时间给丛林大盗哈里·鲍威尔做了学徒,并且参与了几起犯罪活动。他因为偷牛和其他违法行为好几次入狱服刑。

小说被称作"真史",是因为它试图颠覆过去的宣传对凯利帮形象的诋毁。凯利作为一名罪犯有可能被理解为一个叛逆者和反抗暴政精神的化身。① 在回忆过程中,凯里作为不可靠的叙事者可能粉饰或掩盖他的罪恶。他的故事结尾——他们与警察的最后一次冲突——不仅使凯利帮成了亡命之徒,也可能印证警察的压迫与暴虐。他们一家被控告持枪伤害了警察菲茨帕特里克,而实际上起因则是菲茨帕特里克试图强奸凯利的妹妹凯特。在逃亡的过程中,他们枪杀了追来的一群警察。最终,因为朋友的背叛,他们在混战中都被警察枪杀,只有奈德活了下来。

五、超越文学的对话

我相信,李尧教授作为一名翻译家在最大程度上做到了忠实原著。对于文化上不可翻译的因素,他为读者提供了脚注,而不像其他译者那样,为了读者的需求,对文本进行强行的本土化、归约化,或者删除其中的内容。李尧教授的翻译原著对作者表示出高度的尊重。的确,所有的文学翻译都是再创造的过程。无论是选择行为还是翻译行为,都反映了译者和译入语读者的需求。

这一点引导我们来到我的要讲的最后一个问题,即中国文学的英译,而不是英语文学的汉译。在澳大利亚乃至整个西方世界,外国人对中国文学的兴趣远不及中国人对英语文学的兴趣。在某种意义上讲,西方读者对中国文学感兴趣并不完全是出于文学方面的原因。他们更希望看到中国作家的作品充满了政治性含义,甚至持有不同政见,就像以前他们期盼苏联作家或者社会主义阵营的作家表现出的政治性和异见性。

西方作者如艾伦·金斯堡(Allen Ginsberg)和加里·斯奈德(Gary Snyder)

---

① 《凯利帮真史》(《澳大利亚文学经典》第5卷)讲述的故事与《水浒传》类似,是一个"官逼民反"的故事。它反对的是公权力对个人权利的侵害。在英美文学传统中,最著名的类似故事可能是"绿林好汉"罗宾汉的故事。

在书写中国时也可能很政治化,他们会对西藏问题表现出担忧(斯奈德),对压制同性恋表现出愤怒(金斯堡)。澳大利亚诗人詹妮弗·梅登(Jennifer Maiden)在诗集《液氮》(*Liquid Nitrogen*,2010)中,将澳大利亚、美国、印度、挪威、埃及以及中国的政治问题编织成一系列散文诗或对话。

这可能是西方读者群体喜欢的故事。如果一个澳大利亚编辑要出版一套当代中国文学作品的选集,就像李尧教授出版的这套译文集一样,我猜想或多或少会包含以上所提到的那种类型的文学作品。这不是因为这些作品更震撼人心,或者文学价值更高,而是因为它们可以投"市场"所好。西方图书市场的这种趋势可能反映了西方世界妖魔化中国的趋势,在意识形态上与升级版的"中国威胁论"一致,试图诋毁中国的全球影响力,贬之为"锐实力",而将美国的霸权主义赞美为"软实力"。中国从未以如此尖刻的态度看待过西方!

(该文原载《澳大利亚研究》2018年第2辑,收入本书时略有改动)

真实与虚构：
评科尔·姆托宾的小说《布鲁克林》

　　真实与虚构有区别吗？传统上，这个区别被理解为历史与文学的区别，历史是真实的记录，而文学则是虚构的故事。但是在我们的时代，这种区别似乎逐渐被模糊化了。虽然文学仍然被认为是虚构，但是它有时候似乎也是基于真实发生的事件；虽然历史被认为是过去真实发生的事件的记录，但由于它包含着历史作者个人的选择和视角，最多可以被理解为一种"再现"或者"表征。"由于我们无法赎回真实的历史，因此我们看到的历史仅仅可以理解为一种叙事、一种文本。后结构主义，或者解构主义思想，已经深入到我们时代的方方面面，它不仅解构了真实，也解构了身份、性别、种族等过去人们习以为常的概念。它让人们停顿下来，对这些概念进行重新审视、仔细思考。

　　科尔姆·托宾（Colm Toibin）2009 年 5 月出版的小说《布鲁克林》（*Brooklyn*）就让人们回到了真实与虚构这一挠人的问题。托宾是当代爱尔兰著名小说家，毕业于都柏林大学，曾任爱尔兰新闻月刊《麦吉尔》（*Magill*）的编辑。他以 2004 年出版的小说《大师》（*The Master*）引起了轰动，成为家喻户晓的作家，并因此获得 2006 年的 IMPAC 都柏林国际文学奖、《洛杉矶时报》年度图书奖、以及英国布克奖提名。《大师》写美国作家亨利·詹姆士（Henry James）的私密生活，与另一部关于詹姆士的小说《作者、作者》（*Author, Author*）几乎同时出版。后一部小说的作者是大名鼎鼎的大卫·洛奇（David Logde），相比之下，托宾是一个名气和年龄都较小的后生，但托宾的小说不但销售量更多，而且引起的关注远远超出前者，却抢尽了风头。① 2008 年这本书在中国翻

① 陈榕著：《为亨利詹姆士的心灵画像——读〈大师〉与〈作者，作者〉》，《外国文学》2007年第 1 期。

388

译出版。

《布鲁克林》是托宾的第六部小说,同样受到了巨大关注。《华盛顿邮报》刊登了题为《没有地方可与家比》(*No Place Like Home*)的评论文章,以及托宾自己的自述文章《一部小说的起源》(*The Origins of a Novel*)。应企鹅中国公司与上海九久读书人公司邀请,托宾进行了他的首次中国之旅。于 11 月 7 日至 13 日访问了上海、北京两地,之后赴香港担任 2009 年度亚洲布克奖评委。11 月 9 日和 11 月 11 日,他分别在上海复旦大学外文学院和北京外国语大学英语学院作了题为《一部小说的起源》演讲。从这些演讲中,我们也许可以得到关于"真实与虚构"的问题的答案。

《布鲁克林》讲述一个叫艾丽思(Ellis)的爱尔兰女孩 1950 年代初到美国纽约谋生的故事。在爱尔兰的一个小镇上居住着一位平常的母亲,丈夫已经去世,她独自带着两个女儿生活,一个叫洛丝(Rose),一个叫艾丽思。30 岁的姐姐洛丝聪明、贤惠,照顾着日益衰老的母亲。妹妹艾丽思学习会计,准备找一份工作自食其力。突然有一天,镇上来了一个美国神父弗拉德(Father Flood),在认识艾丽思之后,热心地提出要带她到美国去找一份工作。艾丽思从来没有想到过离开她的小镇,更不要说去大洋彼岸的美国。她一直想象她应该像她的母亲一样,生在这个小镇,长在这个小镇,认识所有的人,找一份喜欢的工作,嫁一个合适的丈夫,然后回家相夫教子。这突如其来的提议让这位小镇姑娘心潮澎湃,但又无所适从。她向往远方的美国和外部的世界,同时她又对这个远方的、神秘的、陌生的地方充满了恐惧、忧虑、不确定的感觉。在姐姐洛丝的鼓励下,艾丽思决定抓住这个机会。她从英国的利物浦登上了开往美国纽约的客轮。

到纽约之后,弗拉德神父将艾丽思介绍给一个朋友,在他的商店里工作,并且租住在一间出租屋里。艾丽思聪明能干,工作出色。但是思乡之情突然困扰着她,每当她接到家人的来信,她都会感到一股切肤之乡情。"所有这一切像一份巨大的沉重,压迫着她,一时间她感到想哭。仿佛是心中的痛迫使她潸然泪下,而克制的巨大努力似乎也于事无补。"[1]她的感觉仿佛就是永远离

① Colm Toibin.*Brooklyn*,*A Novel*.Sydney:Pan Macmillan Australia Pty Ltd,2009,p.66.

开,像她的父亲多年前去世一样,永远也见不到她的亲人和故土。为了缓解艾丽思的思乡之情,在她生活和命运的关键时刻,弗拉德神父再次出现。在他的引导下,艾丽思进入了一所夜校,去学习会计学,同时也让繁忙冲淡她的乡愁,让知识填补内心的空缺。弗拉德神父对她说:"所有人都会有这种经历,但它很快就会过去。有人过去得快,有人过去得慢。没有什么难的。"①

在布鲁克林学院的夜校,艾丽思认真学习,通过了所有课程,获得了成为会计师的资格。同时,在弗拉德神父的教堂举办的舞会上,艾丽思认识了一个叫托尼的男孩,爱情逐渐来到了她的心中。这位意大利移民的儿子是一名管道工,虽没有富有的家庭背景,但他的善良、耐心和得体都给艾丽思留下了深刻印象。他的几个兄弟都是多吉乐尔队的乐迷,都有着开创一番事业的宏大志向。正当艾丽思向往着美好未来的时候,突然爱尔兰传来了不幸的消息,姐姐洛丝去世,她决定马上启程回家。当她回到爱尔兰,又回到那熟悉的小镇,见到那些熟悉的人们,她几乎无法使自己再次离开。是放弃美国的新生活?还是留下来,回到日思夜想的家乡?在小说结尾,艾丽思经历了痛苦的抉择。

这个故事看似很平常,但是涉及"离散"和"身份"问题。对于爱尔兰这样一个国家来说,"移民"是一个很特别的历史记忆。爱尔兰曾经是殖民地,在很长一段历史时期一直都很贫穷,常常闹饥荒(斯威夫特在《一个卑微的提议》中曾经建议英国殖民者购买并食用爱尔兰婴儿,以缓解那里的贫穷)。直到20世纪初,爱尔兰人到海外谋生仍是一个较普遍存在的现象,就像半封建半殖民地的中国有很多人到海外谋生、成为华侨一样。爱尔兰人一开始移民到英国(特里·伊格尔顿曾经认为《呼啸山庄》里的希斯克利夫就来自爱尔兰),后来他们又移民到美国、澳大利亚和新西兰等国(美国总统奥巴马的祖母就有爱尔兰血统)。现在在美国仍然有大量的爱尔兰移民的后裔,他们的政治压力曾经使美国总统克林顿在"北爱尔兰"问题上想有所作为,引起了英国的不满。

托宾显然对于早期爱尔兰移民的生活有着浓厚的兴趣。在《一部小说的起源》(2009)一文中,他谈到纽约西北部的天主教堂,在美国任教期间,他曾

---

① Colm Toibin.*Brooklyn*,*A Novel*.Sydney:Pan Macmillan Australia Pty Ltd,2009,p.75.

加入了该教堂的唱诗班。他说:"这曾经是一座爱尔兰教堂,但现在教众中很少爱尔兰人。每当星期五我们练习演唱时,我都能够感觉到那些故去的灵魂,爱尔兰移民曾经把这座建筑当成他们在美国的家,一个远离家的家。我就开始想象为他们工作的爱尔兰神父的模样。"①[4]也许这个想象的神父后来成了小说中的弗拉德神父:一个充满了善意、热心助人的人物。他的存在使得这个故事得以延续,没有他,艾丽思就不可能到美国;没有他,艾丽思更不可能在那里立足。每次艾丽思的生活或思想出现危机,都缺少不了他的帮助和支持。

"离散"所引起的问题不仅仅是"身份"的问题,而且有"乡愁"的问题。"落叶归根"不光是一个中国人的传统,可以说所有有移民历史的国家都或多或少有这样的传统。托宾将"乡愁"和"身份"两个问题联系起来,缠绕在一起,形成剪不断、理还乱的整体。艾丽思到美国之后,首先遇到的就是思乡的离愁。托宾指出,"非常平常的事或物都可以引起对家的思念。面包圈,格子尼,海,在爱尔兰时你根本不留意的东西"。他在北京外国语大学的演讲中提到了他在美国得克萨斯州任职时的经历,那里的大片的土地使他感到非常不适。"在爱尔兰时,你可以很容易就来到海边。但是,在得克萨斯你向任何一个方向开车半天都见不到海"。著名爱尔兰诗人谢默斯·希尼(Seamus Heaney)在他的《沼泽地》(*Bogland*)一诗中提到了同样的问题。正是因为美国和爱尔兰在地理上的差别,一个微小的变化都常常可以让人产生一种厚厚的"乡愁"。应该说,这样的细节构成了小说中非常浓重的一笔。

艾丽思在美国定居、融入那个社会的同时,也感受到移民在一个新的国家或新的地方常常遇到的困惑。她到底是爱尔兰人,还是美国人? 如果她已经是美国人,那么她为什么还有那么多的乡愁? 她是爱尔兰美国人,还是仅仅是美国人? 美国人前边的"爱尔兰"有意义吗? 意义何在? 这些都是小说所暗示、但又没有回答的问题。也许只有后殖民主义理论才能对这些问题进行有效的梳理,也许这正是小说拨动当代读者神经的地方。正如《华盛顿邮报》评论文章作者约纳森·雅德勒(Jonathan Yardley)指出,这本书"描写了爱尔兰认同在一个新的地方持续不断"的主题,以及"爱尔兰人,即使在他们努力想

---

① Colm Toibin.The Origins of a Novel.*Washington Post*,Sunday,May 24 2009.

成为彻头彻尾的美国人的时候,也常常感到的乡愁。"①在小说结尾,艾丽思回到了爱尔兰,但是她面临着两个痛苦的抉择:留下,还是回到美国? 小说没有给出答案,而是将它留给了读者的想象。

在《一部小说的起源》中,托宾主要讲述了他的这部新作的创作源泉,即这个故事的缘起。1967 年,在他 12 岁时,他的父亲去世,家里来了许多悼唁的人们。从那以后的一个月里,家里经常有好心的邻居来访,以驱散他母亲心中的孤独。其中有"一个女人对我母亲讲述了她女儿到布鲁克林的经历,滔滔不绝…… 几乎 40 年以后,我才把我听到的这些事,她女儿去布鲁克林、然后又回来的故事梗概,写成了小说。"②这段话不仅仅是这部小说的具体起源,而且也包含着一种创作理念。在北京外国语大学的同名演讲中,托宾使用了亨利·詹姆士(Henry James)的例子,来说明小说与生活的关系。作为《大师》的作者,他深知詹姆士的生活经历构成了《一个女士的画像》的创作基础:詹姆士的表妹就是伊莎贝尔·阿切尔的原型。就像 1967 年的那个听来故事就是托宾的《布鲁克林》的灵感一样。

这样的小说美学出自《大师》的作者,是可以理解的。这本关于亨利·詹姆士的书是小说,还是传记? 小说与传记作的区别何在? 在《大师》中,这些问题似乎都很难回答,因为真实与虚构之间的差别似乎很小。③ 同时托宾也强调,虽然小说家的创作源泉一定是来自生活,但是他决不是一切照搬,而是拿来、改变、增加、减少,有时候把自己的经历嫁接到人物身上,形成新的排列和组合。这些不同的材料,在小说家的想象力的熔炉里进行加温、熔化,然后锻造出新的、不同于生活的艺术。据说,当托宾重新见到那位讲故事的女人时,他并不把她视为小说中的人物,虽然她可能会指责他把她们写进了他的小说。

《布鲁克林》是一个关于爱和伤痛的动人故事,关于责任和个人自由关系的痛苦选择。小说没有《大师》厚重,但充满了美妙和动人之细节。小说对五

---

① Colm Toibin.The Origins of a Novel.*Washington Post*,Sunday,May 24 2009.

② Jonathan Yardley.No Place Like Home.*Washington Post*,Sunday,May 24 2009.

③ Colm Toibin.The Origins of a Novel.*Washington Post*,Sunday,May 24 2009.

十年代的纽约生活描写细腻、逼真;对人物感情的刻画亲切、动人。小说充满了怀旧的情绪,但是并不盲目怀旧。对纽约的移民经受的各种各样的歧视并不回避,特别是爱尔兰下层移民所受到的白眼和排挤。作为对"家"的追寻,对"家"的意义的考察,小说有它的普遍意义,"远远超出了艾丽思的个人奋斗。"①

（该文原载《外国文学动态》2010 年第 4 期,收入本书时略有改动）

---

① Jonathan Yardley.No Place Like Home.*Washington Post*,Sunday,May 24 2009.

英美文学与中国

"秃顶先生应该知道":
范存忠先生的英国之行 1944—1945

　　讨论范存忠先生的生平和贡献,特别是要谈出一点新的东西,不是一件容易的事,因为范先生的生平事迹已为大多数人们熟知。特别是在南京大学王守仁教授主编的《雪林樵夫话中西》一书出版之后,人们对范先生一生的教育和学术活动已经不再陌生。本文将把视角聚焦在两个方面:第一是范存忠先生 1944—1945 年对英国的访问,第二是范先生对中国英语教育事业发展的贡献。范先生将毕生的精力都投入到中国英语教育事业中,因此,讨论范先生的一生,自然也就是讨论中国英语教育的发展和现状。

一

　　20 世纪 80 年代学习英语的人们都会知道。范先生是中国英语届的老前辈,对中国英语教学的发展做出过卓越的贡献。在 21 世纪的今天,范先生的影响仍然是巨大的,范先生的书籍和教诲仍然在被引述和转载。《学习报》的一位作者引述范先生的话说:"怎样学好英语? 我的回答是两句话:练好基本功,扩大知识面。"①两句话虽然平凡,但出自一个"英语语言文学专家"的口,自然有了它的说服力。《绍兴理工学院报》的一位作者引述范先生说:"语言

---

① 范存忠著:《练好基本功,扩大知识面》,《英语世界》1982 年第 4 期。另见杨仁敬著:《练好基本功 扩大知识面——范存忠教授论英语学习》,《外国语(上海外国语学院学报)》1988 年第 5 期。

的学习就是那种习惯与感觉的养成。"①这里所强调的是学习习惯和英语语感培养的重要性。同样,各种介绍英语学习方法的文章都在转述范先生的话。一位作者引述范先生的话说:"我体会到学习语言和学习曲子一样,学曲子贵在能唱。"这里说的是英语口语的练习。"早晨一起来,学生们就在屋外,树下,千遍万遍地读……不到半年,舌头听使唤了,一些句子,不用思索就跑到嘴里来了。"另有一位作者引述范先生的话说,"读得顺,同时也要有正确的理解,使其能适合实际生活的需要。在朗读过程中,一旦碰到精彩的段落,不妨回过头来细细咀嚼。这就是所说的'精泛并举'"。范先生学习英语的经验已经使几代人受益。他在翻译方面的经验也是人们经常借鉴的智慧之源。范先生曾经说,"严格地说,译品最好能和原作品相等……内容相等,形式相等,格调相等,只是所用的语言不一样"。这是范先生对"信、雅、达"的强调,虽然"完全等同"是一个理想,这个理想很难完全实现,但是在他看来,翻译也是一种再创造的过程,有些作品"经过译者的再创造,还可以胜过原作"。

范先生对中国英语界的贡献远远不只是在英语教学和翻译方面。他对中西文化的比较研究和英国文学学科在中国大学的创立都有过杰出的贡献。范先生是我国较早的留美学生,他 1931 年在哈佛大学获得博士学位,回国后,受聘于当时的中央大学,后担任该大学文学院院长。20 世纪的 30 年代,"英国文学"在英美的许多大学都仍然是"新"学科,在中国的大学里更是如此。范先生从英语教学入手,为学生编写了《英语学习讲座》《近代英国散文集》等,促进英语学习的展开。1949 年后,中央大学改为南京大学,范先生继续在南京大学外文系担任教授。根据他多年授课的经验,编了《英国史提纲》和《英国文学史提纲》,成为我国大学英语专业这两门课程的奠基者。厦门大学杨仁敬教授在论及《英国文学史提纲》时说,"范存忠先生从欧洲文学的大格局来审视英国文学,重视历史,社会和作家的关系,将英国文学的发展与英语的变化密切联系起来,突出了作家的风格,注意基本概念的释义,实事求是地评

---

① 杨仁敬著:《我国青年学习英语的指南》,载《雪林樵夫论中西》,王守仁、侯焕璨编,南京大学出版社 2002 年版,第 162 页。

价作品的主题和作家的倾向,坚持了唯物辩证法。"①范先生的《英国文学史提纲》与陈嘉的《英国文学》(4 卷本 1982 — 86) 和王佐良的《英国文学史》(1996)可以说为英国文学学科在中国大学的创立和发展起到了关键的作用。

范先生的专业研究方向为 17 世纪和 18 世纪英国文学,但对 19 世纪的彭斯、雪莱、拜伦也有专题研究,他的论文《狄更斯与美国问题》有较高的引用率。范先生对 18 世纪的小说,传记,游记,散文等都进行过很深入的探讨,他特别关注中国文化对启蒙时英国的影响,他的论文《〈赵氏孤儿〉杂剧与启蒙时期的英国》《中国花园建筑与 18 世纪英国趣味》和《中国的人文主义与英国的启蒙主义》论述了中国的建筑思想和人文思想在欧洲的启蒙时期的作用,对澄清东西方文化的交流产生了一定的影响。在范先生 1987 年去世后,他的论著手稿也逐渐被整理出版,2001 上海外语教育出版社出版的《中国文化与启蒙时期的英国》一书已经成为比较文学和中西文化交流的经典论著,被全国各大学的比较文学系列为参考书目,而范先生本人也与梁宗岱,陈铨之,季羡林,戈宝权等老一辈著名学者一道被视为推动我国比较文学研究复兴的第一代杰出学者。范先生的书籍则被视为中英比较文学的"开山之作"。一位评论者在论述这些学者的著作时说,"那个时代撰写的多种比较文学教材反映着当时的学术水平,培养一代年轻的比较文学爱好者,并在高校比较文学教学中呈现出自己无可代替的价值"。

范先生还有一点贡献被人们所记住,那就是他对中国人访问英国的历史进行了考证。根据范先生研究,第一个到达英国的中国人是南京人沈福宗(Michel Shen FoTsoung,米歇尔为其教名)。他于 1687 年随耶稣会士柏应理(Philippe Couplet)来到法国,后转往英国,和牛津大学东方学家托马斯·海德(Thomas Hyde)相识。至于他在牛津待了多久,我们不得而知。但我们根据海德的《遗书》(Syntagma,1767),知道沈福宗第一次给海德写信是在 1687 年 1 月 25 日,最后一次是在 1688 年 2 月 1 日。我们也不知道沈福宗会不会讲英语,但他留在海德《遗书》里的几封信以及有关中国语言和娱乐的说明文字,

---

① 杨仁敬著:《〈英国文学史提纲〉给我们的启示——纪念范存忠教授逝世 10 周年》,《外国语(上海外国语大学学报)》1998 年第 1 期。

大多用拉丁文写成。因此我们可以较为肯定地判断,他能讲拉丁文,而拉丁文当时正是学术界的通用语。范存忠教授最后不无惋惜地说:沈福宗的大部分书信谈论的是生活杂事以及非常粗浅的中国文字及口头用法等常识。若沈福宗当时能向牛津人展示自己民族更杰出的成就的话,他肯定会在英国更引人注目。范先生关于沈福宗考证填补了一项空白,把中英关系史的一个重要史实勾勒出一个朦胧的轮廓,为后世的史学家和中英关系的研究者提供了佐证。

二

范先生对中国英语界的贡献是巨大的和人人共知的。对于本文作者来说,在范先生诞辰 100 周年之际回忆和缅怀范先生的成就还有一些特别的原因。作为 1984 年的南京大学外文系的毕业生,本文作者是南大的校友,我的学士学位证书上印有作为"学位委员会主任"的范先生的印章。作为范先生的硕士研究生,我被选为国家公派的留学生,他为我撰写了出国留学的推荐信。作为留英的学生,我特别对范先生在英国的访问经历感兴趣。范先生1944 年至 1945 年在英国牛津大学(Balliol College)做访问学者,并在那里讲学一年。当时在牛津的中国学子非常少,王佐良、许国璋、吴世昌、裘克安、陈家庚、程镇球等都是 1945 年以后才去的牛津。当时在牛津的中国学者只有两位江西籍的作家,一位是熊式一,另一位是蒋彝。熊式一先生是早期的留学生,学语言文学专业,曾将传统的京剧《王宝钏》改编为英语话剧而成名,该剧曾经在英国上演 900 多场,受到观众的欢迎。蒋彝先生也是早期留学生,学化学专业,但对中国画和中国书法有所钻研,曾经出版英文《中国画》和《中国书法》,将中国书画艺术介绍给西方,曾在许多学校成为教科书。范先生作为英国文学的教授和研究中西文化交流的学者加入了他们的行列。三人形成了一个小圈子,经常在一起聚会。

根据熊式一先生之子,北京外国语大学教授熊德倪先生回忆,当时正值第二次世界大战期间,他家原在伦敦,由于德国纳粹对伦敦的轰炸,他们家才辗转迁移到了牛津。蒋彝先生也就是这时来到牛津的。由于熊式一先生全家来到了牛津,有一个安身落脚之处,而蒋先生和范先生都是一人独居,因此,熊家成了他们经常光顾的地方。范先生比熊式一先生小一岁,对于当时就读中学的熊德倪教授来说,范先生是长辈,只是偶尔与他有所接触。范先生的温文儒雅,彬彬有礼,西装笔挺的学者风度给他留下了深刻的印象。熊德倪教授仍然记得范先生在牛津的"中华俱乐部"作的关于中国文化的演讲,吸引了不少对中国文化感兴趣的学生和学者。范先生讲中文时有浓浓的江苏口音,但英语却流畅而纯正。他交流很自如,思维很敏捷,言谈举止都很有涵养。当时只有41岁的范先生略有一点谢顶,所以在熊蒋两人的圈子里有"秃顶先生"的称号。这一方面表明三人的关系密切,相互可以外号相称,另一方面范先生的学问也是秃顶的原因之一,每当遇到一些难题时,熊蒋二人都会说,"秃顶先生应该知道"。

在20世纪40年代的中国,国共两党的斗争从未停止。尤其是在1945年抗战胜利以后,国共合作破裂,两党的争斗有加剧之倾向。这样的政治斗争逐渐被留学生带到了国外,在牛津的留学生最多时人数达到20人,其中也分为亲共和亲国的两派。亲共的学生往往不敢露出自己的身份,恐怕惹出麻烦。两派学生各自有自己的组织,各自有自己的活动。这种政治斗争在范先生访英的1944—1945一年中并未开始,也未激化。所以范先生在英国的访问相对比较平静,并未受到国内的政治斗争的影响。这使他能够专心致志,从事他的研究。可以想象,他在英国的访问对他后来对狄更斯、雪莱、拜伦、彭斯等人的研究打下了基础,同时为他先前的《中国文化与启蒙时期的英国》增加了感性的认识。本人在1984年第一次,也是唯一一次见到范先生的时候,他还饶有兴趣地谈起当时他乘船抵达英国南安普顿港,然后乘火车北上的情景。在言谈中,可以看出他对这次访英的印象深刻,各种细节似乎都历历在目。

范先生1945年离开牛津回国,回到南京的中央大学。在离开牛津之前,范先生结识了一位在牛津学习的留学生徐诚斌,后来徐经范先生推荐也到中央大学任教,再后来在香港成为一名天主教的主教。根据熊德倪回忆,范先生的提前回国有两个原因。一个原因是二战结束,长途旅行更加安全,也更加顺利。另一个原因是他还有一个未公开的计划,那就是成家。有一位小姐在南京等待他的归来。1945年,范先生在南京结婚。

至此,范先生的英国之行就结束了。曾对范先生有着深刻影响的一本书叫《野草》,它的作者鲁迅先生曾经在日本留学。鲁迅先生在日本学习了科学知识和先进技术,但是这并没有改变日本人对中国的蔑视。因此,鲁迅先生毅然弃医从文,回到了中国,献身于中国的思想启蒙运动,去唤醒沉睡的中华民族。范先生在当时的历史时期身居异国,不知道是否也有鲁迅先生那种遭人歧视,被人白眼的亲身经历。但可以肯定,作为当时的留学生之一,作为觉醒的一代知识分子,他选择回国应该是当时的留学生回归祖国、报效国家、致力于中国崛起的举动的一部分。

三

中国的改革开放已经有 24 年,中国的面貌已经发生了天翻地覆的变化。中国的英语界和英语学习的状况也发生了巨大的变化。在范先生所见到的中国改革开放的初期,中国的英语学习人群主要是英语专业的学生,英语专业学生的英语能力要远远超出非英语专业的学生。随着时间的推移和英语教育水平的普遍提高,中国的英语学习的主要人群变为非英语专业的人员,英语水平的差距也在缩小。到 2003 年的今天,全国非英语专业的大学生就有百万之众。加上各种对英语有需求的人群,出国,外事,外贸,海关,部队甚至出租司机,人数是相当可观的。英语已经名副其实地形成了一种产业。

与之相关的是,英语专业的人群在这样一个大市场中,已经是微不足道。中国英语界的大多数人群往往不以研究英语或英美文学为目的,而仅仅视英语为工具。他们所需要的往往是如何能够在短期内能够掌握使用英语的一些技能。英语的功用性逐渐突显,市场的调节也起着巨大的作用。引领中国英语界的人物逐渐变成了一些非英语专业的人士,或能够把握市场风云的人物。这就使英语专业逐渐边缘化,也使一些有深度,有底蕴,但并不大众化的知名学者逐渐受到淡化。

在一个知名网站所做的一个调查中,"改革开放以来影响中国英语界的十大人物"包括了我们所熟悉的《许国璋英语》的主编许国璋教授,《新概念英语》的作者亚历山大教授,《大学英语》主编胡文仲教授和英语教学法的研究专家桂诗春教授。几位教授不但学问博大精深,而且他们的教材能够深入大众,畅销多年,他们入选是可以理解的。"十大人物"中还包括有争议的,后来出现的企业家式的人物,如"新东方学校"的校长俞敏洪,"疯狂英语"的创始人李阳。而曾经在八十年代的英语界有深远影响的范存忠、陈嘉、王佐良、李赋宁等老一辈知名学者却不在其中。

这里,本文非不想去质疑"十大人物"评选活动的权威性。这里想说的是,时代的变化,环境的变化,英语界人群构成的变化都是 20 年前无法预料的。如果范先生作为英语教学的创始人之一回到 21 世纪的今天,他一定会对当今的英语界感到陌生。

(该文原载《南京大学学报》2003 年 12 月 30 日,收入本书时略有改动)

读者反映论:评王佐良先生的英美诗歌研究

一

王佐良先生毕业于清华大学和西南联大,他的学术生涯的起步是在清华大学,应该说他学术上真正的成熟是在英国的牛津大学茂登学院,在那里他撰写了英文论文《约翰·韦伯斯特的文学声誉》(*The Literary Reputation of John Webster*,1975)。对于王公来说,清华大学是他的学术生涯中非常重要的一个阶段,他后来也一直居住在清华大学,对清华怀有深厚的感情。但是他的一生大部分时间都在北京外国语大学工作,从 1949 年 9 月回国,到 1995 年先生去世,他在北外整整工作了 40 多年,曾任英语系主任和北外副校长。可以说,他学术研究的黄金时代是在北外度过的,特别是改革开放后的 15 年中,他一共出版了 16 本著作,差不多是一年一本。

王佐良先生的著作全集《王佐良全集》(2016)由外语教学与研究出版社出版,一共 12 卷 26 本,加上他主编的著作 12 本,一共 38 本,可以说是著作等身。他在研究领域涵盖了英国文学研究、美国文学研究、比较文学研究、文学史研究、翻译研究、文体学研究等。但是如果我们仔细查看他的著作全集,我们会发现他的研究重点是英美诗歌,而不是其他。在他的 26 本著作中,只有两本关于戏剧,即《约翰·韦伯斯特的文学声誉》和《莎士比亚绪论》,另有两本关于散文,即《英国散文的流变》和《并非舞文弄墨》,但是我们几乎看不到小说的专论,只有一些小说简论,散见于《照澜集》和其他集子中,并且这些简论确实很简,常常一个小说家大概有 600—800 字的介绍。

李赋宁先生在谈到王公时说:"我们在昆明上大学四年级时,燕卜荪(William Empson)先生讲授当代英美诗歌。佐良对英诗的浓厚兴趣,他后来对英诗的研究和翻译,以及他自己的诗歌创作,可能都与燕师的启发和教导有关。"①燕卜荪是现代英国批评家,著有著名的《复义七型》,曾经在西南联大教授英国现代诗歌,影响了王公那一代中国学者和诗人。王公自己在《我为什么要译诗》一文中也说,他译诗"主要是因为[他]爱诗,原来自己也写诗,后来写不成了,于是译诗,好像在译诗中还能追寻失去的欢乐"。②

应该说,王公的大部分研究精力都用在了诗歌上。他撰写了《英国诗史》《英国浪漫主义诗歌史》《英诗的境界》,编辑了《英国诗选》,翻译了《彭斯选集》和《苏格兰诗选》。即使他在讨论翻译、文体学和比较文学时,他举的例子都是诗歌。比如在《论契合》《翻译:思考与试笔》《论诗的翻译》《风格与风格的背后》等都是如此。在他主编的《五卷本英国文学史》中,他也主要负责诗歌部分的撰写。除此以外,他本人也是一位诗人,一生创作了至少52首原创诗歌。这些都可以说明王公的一生与诗歌结下了不解之缘。

二

王公的英文论文《英语诗歌与中国读者》(*English Poetry and the Chinese Reader*)应该说是他写的最优秀的论文之一,既有分析的力量,也有总括的高度,给人印象深刻。在这篇文章中,王公对比了中国与日本学术界对英国"玄学派"诗歌的认知差异:日本对玄学派不以为然,而中国却对之兴趣盎然。为什么呢? 王公说,这是因为玄学派诗歌的特点早在中国唐代诗歌中早就有所体现,它所使用的奇喻、感性与理性有机结合等等手法,都在中国读者心中能够激起一种回响。玄学诗歌不能激起日本读者的回响,是因为日本传统文学中没有这样的特点。因此,王公得出结论说:"一个国家对外国文学做出的反

---

① 王佐良著:《王佐良文集》,外语教学与研究出版社 1997 年版,第 3 页。
② 王佐良著:《王佐良文集》,外语教学与研究出版社 1997 年版,第 491 页。

应,告诉我们更多的是这个国家本身,而不是外国的文学。"①

王公的这个观点与"读者反应论"很相似:他认为,我们选择读什么外国文学?我们对什么作品感兴趣?都不是简单的选择,它反映了我们自身的兴趣和爱好。如果想得更深入一点,我们会发现,它可能还反映了我们自身的评判标准、审美标准,甚至反应我们自身的意识形态与现实需求。王公举了几个例子,来证实这个观点,值得我们仔细玩味。第一个例子是拜伦(George Gordon Lord Byron)的《哀希腊》在中国很流行,翻译版本有七种之多,胡适、闻一多、卞之琳、马君武、苏曼殊、查良铮、杨德豫,都是大家的译文,各有特色。另外,在我们各种各样的英国文学和英国诗歌教科书中,都收录这首诗。但是如果我们看一看西方的教材,如《诺顿英国文学选读》,我们就找不到这首诗。在研究拜伦的《唐璜》的文章和专著中,评论这首诗的文字也非常稀少。可能不是因为这首诗写得不好,而是因为它对于西方的意义不如对于我们中国的意义那么重大。中国和希腊都是文明古国,创造了辉煌的文化,但是在近代都衰落了。20世纪初的中国和19世纪的希腊一样,是一个半殖民地国家。这就是为什么《哀希腊》对于我们中国是如此重要,因为我们也有希腊那样的希望摆脱殖民和奴役、振兴国家的梦想。王公认为,这首诗的流行反映了汉族知识分子反抗清政府压迫的情绪,"正是这种情绪的蔓延导致了满清王朝的灭亡"。②

王公举的第二个例子是雪莱(Percy Bysshe Shelley)的《西风颂》。这也是一首在中国非常流行的诗歌,王公本人就翻译了这首诗,在他之前郭沫若也有一个非常流行的译本。王公说这首诗"启发了整整一代中国的知识分子"。③如果我们看一看中国和西方对这首诗的理解,我们会发现双方的观点存在很大的差异。西方的评论的确充分理解到这首诗的革命性,充分理解它对破旧

---

① 王佐良著:《文学间的契合——王佐良比较文学论集》,顾钧编,外语教学与研究出版社2005年版,第81页。

② 王佐良著:《文学间的契合——王佐良比较文学论集》,顾钧编,外语教学与研究出版社2005年版,第82页。

③ 王佐良著:《文学间的契合——王佐良比较文学论集》,顾钧编,外语教学与研究出版社2005年版,第82页。

立新的渴望，但是西方更倾向于把这场革命视为内心的革命，或者想象力的革命，而不是真正的社会变革。在中国，这首诗正好契合了我们对社会变革的渴望，"冬天已经来临，春天还会遥远吗？"这是人们对革命胜利后即将到来的美好明天的期待。王公认为，雪莱本人可能都不会意识到这首诗在中国能够达到如此完满的效果。这两个例子都说明了王公在文章开始时所提出的那个观点，即一个国家对外国文学做出的反应，告诉我们更多的是这个国家本身，而不是外国的文学。我们中国很重视这两首诗歌，是因为它们表达了我们想表达的思想和愿望，它们反映更多的是我们的现实需求。

在另一篇英文论文中，王公再次提到了这个观点。这篇论文题目是《中国的莎士比亚时刻》(*The Shakespearean Moment in China*)，它主要向外国读者介绍 1986 年在北京和上海同时举行的莎士比亚戏剧节。文章一开始，他回顾了莎士比亚在中国的翻译史，提到了林纾、田汉、卞之琳、朱生豪等。但是他主要想要说的是，北京和上海的莎士比亚戏剧节真正把莎士比亚带到了中国，甚至把莎士比亚进行了中国化，因为戏剧节上演了京剧版本的《奥赛罗》、昆曲版本的《麦克白》、黄梅戏版本的《无事生非》、绍兴戏版本的《第十二夜》和《冬天的故事》。也许有人会认为，这些改编剧目是对莎士比亚的创新，但是王公认为，改编这些剧目的最大动力其实不是创新莎士比亚，而是为了复兴中国的传统戏剧。王公说，戏剧节为我们展示了这样一个事实，即"莎士比亚能够帮助中国戏剧走出困境，为中国戏剧提供新的、同时又是熟悉的剧情和人物。"①这说明了什么呢？还是那个观点，即一个国家对外国文学做出的反应，告诉我们更多的是这个国家本身，而不是外国的文学。

三

中国读者对英语诗歌是如此，那么英语读者对中国诗歌是否也如此呢？

---

① 王佐良著：《文学间的契合——王佐良比较文学论集》，顾钧编，外语教学与研究出版社 2005 年版，第 77 页。

在著名的《论契合》（*On Affinity*）一文中，王公在开篇就举了美国诗人詹姆士·赖特（James Wright）的例子，来说明中美诗歌之间存在着一种契合。赖特的诗歌《冬末，越过泥潭，想起了古中国的一个地方官》（*As I Step over a Puddles at the End of Winter*，*I Think of an Ancient Chinese Governor*）写的是唐代诗人白居易贬谪江西九江、然后又贬谪四川忠州的极不得志的故事。在赖特的诗歌中，白居易从九江逆流而上，经过长江三峡，抵达忠州，其抑郁和压抑的情感尽显无遗。王公评论道："20 世纪 60 年代，一位美国诗人在密西西比河畔写下自己的寂寥；9 世纪，一位中国诗人惴惴不安地乘一叶小舟，被纤夫拉着船在长江上逆流而上——你无疑可以感觉到这两位诗人之间的契合。"①

赖特对白居易的讴歌与他自己的孤独和沮丧有很大的关系。赖特出生于明尼苏塔州的马丁费里市，这个工业化小城镇见证了美国 20 世纪 30 年代的大萧条，工人的生活标准急剧下降、贫穷状况在美国社会迅速扩大。20 世纪 40 年代他参加了占领日本的美军，回国后他进入了大学，师从诗人兰瑟姆（John Crowe Ransom）和雷特克（Theodore Roethke）。受到了他们的影响，他在诗歌生涯的初期出版了两本诗集，获得了弗罗斯特诗歌奖，进入了耶鲁青年诗人系列。然而，他感到极度的抑郁和沮丧，不仅仅因为他的婚姻的解体，可能也因为有一种对自己诗艺的不满。

这种不满和抑郁在《冬末，越过泥潭，想起了古中国的一个地方官》中充分表现出来，他发现白居易在贬谪途中的心境与他自己是何其的相似："你在群山之外是否找到了与世隔绝的人们的城市？你是否紧握那根磨损的纤绳的末端，一千年没有放手？"赖特的抑郁来自他心中的一种对目前诗歌的不满。从某种意义上讲，白居易是他寻求改造自己诗歌的努力的一个部分。他不仅阅读和翻译了白居易，而且阅读和翻译了奥地利诗人乔治·特拉克尔（Georg Trakl）、拉美诗人凯撒·巴列霍（Cesar Vallejo）、帕布罗·聂鲁达（Pablo Neruda）。他对这些诗人的兴趣也是出于重塑自己诗歌的需要。他说，翻译将"迫使你在自己的语言中寻找对应的语言，不仅是对应的语言，还有对应的想象。

---

① 王佐良著：《论契合——比较文学研究集》，梁颖译，外语教学与研究出版社 2015 年版，第 3 页。

这样你将被迫用另一种语言去理解诗中的想象,这肯定对你会产生影响。"①

其实,在赖特的时代有许多美国诗人都有一种改造和振兴美国诗歌的冲动。在《诗人勃莱一夕谈》一文中,王公记录了他在20世纪80年代澳大利亚举办的"作家周"期间与美国诗人罗伯特·勃莱(Robert Bly)的交往,介绍了勃莱对美国诗坛的看法。勃莱认为美国诗歌还没有真正成熟,在技巧上和内容上都仍然依附于英国诗歌。然而,美国人要写出真正的美国诗,就必须摆脱英国的影响,摆脱"英国的韵律和英国的文人气"。美国诗必须扎根于美国的土壤,用美国的内容和美国的节奏来表现诗人的感情。勃莱本人在寻求"新的诗歌的可能性"中,积极地向外国诗歌汲取了营养。他说"美国诗要摆脱英国诗的传统,就要面对世界,向外国诗开门。"②

《想到〈隐居〉》(Thinking of Tu Fu's Poem)一诗就是他阅读中国唐代诗人杜甫(王佐良先生误认为是白居易)之后产生的诗艺结果。勃莱在"作家周"上朗诵了这首诗:"这一情景——高大的诗人,古朴的长琴和那说话式的朗诵——都在[王公]的心上留下了难忘的印象。"③与赖特一样,勃莱也向西班牙诗人、拉美诗人敞开了心胸,他翻译了洛尔迦、聂鲁达、巴列霍、特拉克尔等。他对中国诗歌的青睐也不仅仅限于白居易,他对李贺、陶渊明等人都非常热衷,认为陶渊明是"19世纪英国华兹华斯的精神上的祖先"。勃莱说:"我认为美国诗歌的出路在于,向拉丁美洲的诗学习,同时又向中国古典诗学习。"④

说到这里,我们可以说赖特和勃莱对中国诗歌的兴趣都反映了他们自身的需求,他们自己在诗歌翻译和阅读上的取舍更多地反映了他们自己在诗歌创作上的理念。从某种意义上讲他们从中国诗歌中读出来的东西,也正是他们在诗歌创作上所寻觅的东西。从而这再次证明了王公在《英语诗歌与中国读者》一文中所推出的观点:一个国家对外国文学做出的反应,告诉我们更多的是这个国家本身,而不是外国的文学。

---

① Miller, James E. *Heritage of American Literature*. Vol Ⅱ, San Diego: Harcourt Brace & Company, 1991, p.1643.
② 王佐良著:《王佐良文集》,外语教学与研究出版社1997年版,第646页。
③ 王佐良著:《王佐良文集》,外语教学与研究出版社1997年版,第646页。
④ 王佐良著:《王佐良文集》,外语教学与研究出版社1997年版,第648页。

四

　　最后,我想把这个王公多次说明的观点运用到他自己身上,来看看他的学术生涯和研究选择。我们前边说了,他在一生中绝大部分时间都在研究诗歌,英国浪漫派诗歌、美国现当代诗歌、中国现代派诗歌。用他自己的观点来理解,我们能不能说:他选择研究诗歌更多地反映了他自己的审美标准、审美判断和现实需求?王公不仅仅是诗歌研究的大家,他本人也是一位诗人。他一生谈得最多的诗人是英国的拜伦、雪莱、彭斯、麦克德米德;美国的惠特曼、狄金森、勃莱、赖特;中国的戴望舒、查良铮、卞之琳等。他在阅读那些诗歌和诗人的过程中,是否也有一种寻求榜样的意图?他自己的诗歌是否受到了他所欣赏的那些诗人的影响呢?这些问题都值得我们研究。

　　从技巧上讲,王公写得最好的诗可能是《异体十四行诗》八首(1941—44),在诗中他描写了他与夫人徐序的爱情故事:不是婚后居家过日子,而是恋爱中的激情奔放。"今夜这野地惊吓了我。唯有/爱情像它一样地奇美,一样地/野蛮和原始。我要找着你,/让你的身子温暖了我的。"①恋爱中的青年顾不得规矩、得体,"教养"在这里已经不适用了,他们之间只有爱的疯狂。他们不是修剪得整整齐齐的"私家草地",围着安全的围墙,而是泛滥的河水,"在长林茂草,在乱石里回旋"。诗歌有一点莎士比亚十四行诗的味道,说明王公对莎士比亚的研究已经渗透到他的诗歌里。

　　在《账单》(1983)一诗中,王公描写了20世纪80年代一次旅行的经历,他在诗歌中罗列了他在途中所看到的许多人和事,包括不道德、不文明、不雅观、不礼貌、不环保的现象。在诗歌中,王公对这些现象表现出了一种深恶痛绝,甚至把这些现象比喻为"地狱"。诗歌的题目来自他所熟悉的美国诗人沃尔特·惠特曼,他说:"惠特曼善于开账单,/我以他为师。"②王公在此运用了

---

　　①　王佐良著:《王佐良文集》,外语教学与研究出版社1997年版,第576页。
　　②　王佐良著:《王佐良文集》,外语教学与研究出版社1997年版,第614页。

惠特曼的列举手法,把他所看到的丑恶现象列举了出来,达到了很好的艺术效果。这再次说明王公在研究英美诗歌时,无形中是在寻找他的榜样,寻找他的艺术源泉。

在《论契合》中,王公列举了中国学术界翻译的诸多外国文学作品,说"中国特别受到了西方文化中的某些因素的吸引,就是那些在特定时期能够回应中国的需求和期待的因素。"①王公说,中国读者在阅读西方文学作品时,在内心深处可能都是在寻找一种精神的慰藉,一种艺术创新的榜样。

王公一生研究西方诗歌,同时也写了50多首原创诗歌。他的原创诗歌主要创作于20世纪30至40年代和80至90年代。在这些诗歌中我们可以看到一位诗人的天赋,但是应该说,由于某种原因,这些天赋没有被充分地挖掘出来。可以说王公有成为一位大诗人的潜质,只是这些潜质没有被充分培育和发展。最终我们有了一位大学者,少了一位大诗人。在《网与屏》(1990)一诗中,王公对自己一生的成就没有表现出应有的骄傲,而是有一种莫名的懊悔,仿佛他虚度了一生似的。他说,渔夫用他的网"网过远海的银鱼,/宽阔的梦,偶尔还有长虹,/手臂无力了,但没有虚度"。而他自己呢? 他说,"我只有这些旧本子,/写的是别人的才智,/也曾谱过一点音乐,/歌声却早已停歇。"②

(该文原载《外国文学》2016 年第 6 期,收入本书时略有改动)

---

① 王佐良著:《论契合——比较文学研究集》,梁颖译,外语教学与研究出版社 2015 年版,第 8 页。

② 王佐良著:《王佐良全集》第 11 卷,外语教学与研究出版社 2015 年版,第 660 页。

想象的博物馆:评吴元迈(主编)
《20世纪外国文学史》

一

文学史的编撰工作是我国外国文学研究的一个重要的组成部分。"文革"10年中,外国文学研究停顿下来,文学史的编撰也停止。20世纪80年代改革开放之后,外国文学研究复兴,文学史的编撰又得以开始。我们还记得,1979年出版的扬周翰、吴元达、赵萝蕤主编的《欧洲文学史》上、下卷对外国文学研究所起的推动和示范作用。其实,它的上卷于1964年出版,下卷在当时已经完稿,但是由于"文革"遭到停印,直到1979年才得以出版。它的出版对于我国改革开放初期的外国文学研究的意义是可想而知的。从那以后的20时年中,文学史的编撰工作一直是外国文学研究的一项重要内容,也有几部重量级的英国文学史面世。陈嘉主编的《英国文学史》英文版四卷本(1981——1986)是教育部委托编撰的文学史教材,也是当时最完整、最权威的英国文学史教材。它对于当时刚刚改革开放的中国来说,是一个开阔眼界、拓宽视野之作。然而,经过10年的使用,它的一些弱点逐渐显露出来。作为教材,它过分依赖于苏联的一些观点和价值判断,在改革开放10年之后,特别是苏联解体之后,教材显得有一点陈旧。1992年,国家社会科学基金支持了王佐良、周珏良等人的《五卷本英国文学史》(1994——2005)的重点项目。编撰工作集中了当时最优秀的英国文学的研究专家,也代表了当时我国英国文学研究的最好成就。它避免了以前文学史的一些不足,然而,到21世纪初它的弱点也逐渐显露出来。它出版时间过长,且内容截止于 20 世纪 80 年代。从 21 世纪看来,该书在出版完整之时,其内容已经不能算最新。

从过去 27 年的经验看来,每过 10 年左右就应该有新的文学史面世,以满足新的需要和新的需求。正如 T.S.艾略特(Eliot)在谈英国文学史时所说:"每过一段时间,我们就需要一个批评家出现,来整理我们过去的文学,将过去的作家和作品进行重新编排,从而建立一个新的秩序。"①现在,我们已经又有了新版本的《欧洲文学史》,在内容上比扬周翰等人的版本有了许多充实,其他的文学史同样也有更新的需求。在 20 世纪结束之际,我国的外国文学研究界也许有必要将刚刚过去的世纪的文学进行整理。吴元迈主编的《20 世纪外国文学史》(凤凰出版社、译林出版社 2004 年版)也许就是适应这种需求而出版的文学史力作。该文学史受到了"国家社科基金"的支持,是国家需要的"重大项目"。它将 20 世纪的外国文学作为一个整体来看待,试图为过去的世纪写下一本总结性的文学史。与王佐良等人的《五卷本英国文学史》一样,该书也是集体智慧的结晶,是当前外国文学研究的众多知名学者共同努力的成果。不同的是,它汇集世界各地文学于一身,其内容不仅涵盖了美、英、法、德、俄等文学大国,也有菲律宾、越南、朝鲜、土耳其、中东欧、阿拉伯等国家和地区的文学。编者均来自社科院、北大、北外、南大、上外等我国知名文学研究院所的知名学者。从某种意义上可以说,该书是我国外国文学研究的一个成果展示。但是同时它也有集体作品所共有的一些局限性,正如吴元迈先生所说:"理论审美观点和价值评判标准的某些差异,文本风格的不一致等"都是不可避免的,"甚至联大小作家、作品的评述,在字数上都很难按预先规定的要求做到。"②

二

《20 世纪外国文学史》将一个世纪的外国文学汇聚到一起,将这个世纪分

---

① Eliot,T.S.,*Selected Prose*.ed.Frank Kermode,London:Faber and Faber 1975,pp.86-87.
② 吴元迈主编:《20 世纪外国文学史》第一卷,凤凰出版社、译林出版社 2004 年版,第 19 页。

为五个时期,每一卷讲述一个时期的文学故事(五卷分别为"世纪之交""1914—1929""1930—1945""1946—1970""1970—2000")。这样编排有它明显的优点,但对有些读者来说,也许这同时也是它的不足。世界上各个国家的文学的发展都有它们自己的特点和脉络。有时候,这些特点和脉络在这个具体国家的历史整体中更容易理解和把握。从这个意义上讲,该书在将各国文学史拆分到各个分册的同时,可能也牺牲了各国历史发展的连贯性,或者说,它对这种具体国情的重视程度没有满足读者的期待。但是,从另一个角度来看,我们不可否认,世界历史,特别是20世纪的世界历史,有一定的总体性和全局性。随着交通、通讯和全球化的发展,世界各国历史的发展方向都具有一定的共同特征和共同趋势。即使在20世纪初,历史事件的影响范围也远远超出了单个国家的边界。比如说,第一次世界大战(1914—1918)对欧洲各国的影响可能有所不同,但这个影响的后果也有许多共同特点:人们第一次感到现代战争的残酷性和毁灭性;关于古代英雄和他们的英勇行为的浪漫幻想被击碎;对战争的片面鼓吹在减少,而对战争的反思在增加。这些现象在欧洲各个大国的文学中都共同存在。从这个意义上讲,将各国文学拆分开来,按照时期进行整合,又有它的合理性。

另外,在20世纪20至30年代出现的现代派也是一个很有趣的现象。对现代工业文明的反思、对时间和空间的重新理解、对传统和现代的关系的定位等,都形成了一些全球性的兴趣点。现代主义思潮可以说是发生在世界范围内的一个普遍的思潮。人们对现代性自我意识在短时间内突然增强,仿佛世界在当时突然进入了一个完全不同的时代,在观念、时空感、认知方式等等方面与过去完全割裂。如果这样的事件是一个世界范围的事件,那么,将同一个时期的各国文学进行对比研究就将是一个相当有趣的事情。比如,现代派在英国的发生和发展与在土耳其的发生和发展有什么不同?或者与它在菲律宾的发生和发展有什么不同?对这些问题进行思考也许会引导人们的研究得出很有意义的结论。《20世纪外国文学史》将各国的现代派文学放到了一个分卷之中,使我们得以将这个时期的各国文学放在同一个视野之中去考察,这个编排本身也许就是一个有趣的尝试。

也许人们并没有意识到今天我们所谈论的"全球化"并不是始于今日。

在第二次世界大战(1945)结束之后,美国人和欧洲人就具有了全球意识。美苏在全球形成的两大阵营和"冷战"开始了它们在全球范围内的争斗和角力。在朝鲜、越南、古巴、中东,一个看似微不足道事件也许都具有全球的意义。在这样的历史条件下,也许我们无法将各个国家的历史或文学完全分离开来,它们总具有千丝万缕的联系,这也许是《20世纪外国文学史》编排理念的一个基础。如果我们再看20世纪60至70年代的学生运动和激进主义思潮,我们也许会看到同样的发生模式。学生上街游行、高呼口号、激进的理想主义、特别的生活方式、性解放和嬉皮士,这些不仅仅发生在美国,有些也不同程度地发生在法国、英国和亚洲。甚至20世纪60至70年代的"婴儿潮"也都是一个全球性的事情。因此,从这个意义上说,20世纪世界各国的历史和文学无法被完全分离开来。将它们放在一起、放在一个视野内、放在一本书里进行比较研究体现了一种全球意识和多元意识。

无可否认,我们时代的时空观正在发生巨大的变化,在许多领域,共时思维正在代替历时思维。现代技术使人们能够在同一时刻感到过去和现在的共存,甚至过去与将来的共存。现代交通工具使我们的地球变得越来越小,可能已经不存在所谓的偏远的角落:卫星技术能够在瞬间提供世界任何一个角落的照片和数据。我们在特定的时间和空间里能够感到所有时间和空间的同时存在,我们就好比在一个"想象的博物馆"里:过去的和现在的、中国的和外国的展品都在一个特定时空里同时展示。[1] 读《20世纪外国文学史》也许就有这样的感觉。或者说,它对读者的阅读习惯提出了一个挑战,它需要读者有一种新的时空感,才能真正体验和理解这样一个五卷本文学史的用意。如果我们有了这样的时空感,那么,将美国文学和俄罗斯文学放在一起可能就是一种必要;将美国文学和泰国文学放在一起也不应该是一种奇怪的事情。也许正是因为这样的安排,它可能使人们得以避免某些视角的盲点,从而洞察美国文学和泰国文学的某些特别的方面。比如,我们可能会更加深刻地体会到美国文化的强势地位,以及它在世界各地特别是泰国的影响。也许人们对美国文学史的思考又多了一个亚洲维度,或者说第三世界维度。

---

[1]　Davie,Donald.*The Poet in the Imaginary Museum*.Manchester 1977,pp.45-46.

三

在英美,或者说在全世界,文学史的写法都在发生变化。所谓文学史就是将文学的发生和发展的历史展示给读者。传统的文学史多致力于提供信息、介绍作家和作品、按照时间顺序将作品和作家罗列出来。传统的文学史家的任务与编撰学家类似:他的功用是收集、编排、更正、校对等,总之,他的编撰功能大于批评功能。而在现代的文学史中,编撰的功能在萎缩,批评的功能在扩大:它不但描绘历史的发展脉络,而且也描写文学时期的更替和文学流派的变化,评判作家的历史地位和作品的审美价值。《哥伦比亚英国诗歌史》和《哥伦比亚英国小说史》也许就代表了这种发展趋势,两书都由一篇篇独立的文章构成,而每一篇文章都是对一个时期,或者一个文类,或者一个文学现象的评论。两书打破了传统文学史的时期和流派的分类,以一种更加灵活的方式来对待年代的划分,从而使每一个章节有一个更加宽泛的历史跨度。① 比如,"19世纪小说与帝国"一章将19世纪作为一个整体来看待,而不是分为"浪漫主义时期""现实主义时期"和"自然主义时期",这样就更加突出了"帝国""东方和西方""殖民主义"等人们关心的主题。"本奈特、威尔斯和现实主义的持续"一章将两位作家放入现实主义这个传统来考察,而不是简单地介绍和评价它们的作品,这样就更加突出了两位作家在现实主义这个传统中的地位,以及它们对这个传统的贡献。这样的编排无疑是增加了批评的力度和对作品的评价空间。《20世纪外国文学史》也有着这一个方面的努力。虽然从总体上讲,它的批评功能还不是那么的强烈,但是它在这个方面的努力是一个可喜的进步,也是超出过去文学史写法的一个亮点。

每一个时代都有它自己的审美特点,都有它特有的关注点和兴趣对象。文学史家永远应该立足于当前,去审视过去,因为当前的新发展会影响我们对过去的看法。在这里,让我们再引用一段T.S.艾略特的话来说明这个问题。

---

① 陆建德著:《导读·哥伦比亚英国小说史》,外语教学与研究出版社2005年版,第2页。

他说:"现存的艺术经典本身构成了一个理想的秩序,这个秩序由于新的(真正新的)作品被介绍近来而发生变化……因此每件艺术作品对于整体的关系、比例和价值就重新调整了,这就是新与旧的适应。"①由于观察点的不同,由于新思想和理论的出现,人们对文学史的看法也必将不同。有些作家可能会更加引起我们的共鸣,有些作家则会淡出我们的视野。有些作家会变得更重要,有的作家的重要性则会减损或者折扣。由于在 20 世纪 70 年代文学理论的出现,艾略特所说的艺术经典所构成的"理想秩序"已经打破。比如,理论使我们更加清楚地意识到传统经典的形成过程,意识到种族、阶级、性别和其他因素在经典形成过程中的作用。为了克服经典形成过程中的主观性,各种文学选集和文学史都在修订自己的选篇和作者结构。《诺顿英国文学选集》第 7 版(2004)与第 6 版和第 5 版(1962)在选篇上就有很大的区别。这种趋势在《20 世纪外国文学史》中也有所体现。就英国文学而言,女性作家的选篇增加了(吉恩·里斯[Jean Rhys],帕梅拉·汉斯福德·约翰逊[Pamela Hansford Johnson],芭芭拉·皮姆[Barbara Pym]),非英国裔作家也增加了(奈保尔[V.S.Naipaul],拉什第[Salman Rushdie],石黑一雄[Kazuo Ishiguro])。经典的内涵已不再是 19 世纪的阿诺德(Matthew Arnold)或者 20 世纪的李维斯(Leavis)所定义的"伟大传统,"②从总体上讲,它的内容应该更加适应 20 世纪后半叶的价值取向和审美选择。正如吴元迈先生所说,"欧洲中心主义"被打破了,③我们也许还可以补充道,白人中心主义、中产阶级中心主义和男性中心主义都被打破了。

的确,文学理论在 20 世纪后半叶的文学研究中占有越来越重要的地位。1966 年在美国霍普金斯大学召开的"结构主义"大会成为欧陆文学理论进入英美文学研究的一个重要的转折点。④ 德里达、拉康、巴特、福柯、海德格尔、克里斯蒂娃、巴赫金等人的理论逐渐进入英美文学研究的主流,改变了文学研

① 赵毅衡主编:《新批评文集》,中国社科出版社 1988 年版,第 26 页。
② Leavis, F.R.*The Great Tradition*.Harmondsworth:Penguin 1948, rpt.1986,p.9.
③ 吴元迈主编:《20 世纪外国文学史》第一卷,凤凰出版社、译林出版社 2004 年版,第 2 页。
④ 盛宁著:《导读·论解构》,载《论解构》,[美]乔纳森·卡勒著,外语教学与研究出版社 2005 年版,第 1 页。

究的方法和方向。现今的文学研究越来越倾向于从某个理论角度出发,去对具体的文学文本进行解读和批评。在经历了解构主义和其他后现代思潮之后,研究活动更具有颠覆性和批判性。文学研究全面突破了形式主义的研究方法,更倾向于将作品放入一个更加广阔的社会文化或历史背景中,从而使文学研究真正成为跨学科的实践活动。在这样的历史条件下,为 20 世纪外国文学写历史,特别是为 20 世纪英美文学写历史,可以说无法绕过理论这一块。就英国文学而言,文学理论在 20 世纪后半叶的文学史中应该占有相当大的分量,在这一点上,《20 世纪外国文学史》满足了人们的期望。在 20 世纪 60 年代,以理查德·霍加特(Richard Hoggart)为首的"伯明翰大学文化研究中心"曾经是 20 世纪文学理论发展史中的一个界碑。该中心的"文化研究"拓展了文学研究的范围,逐渐将文学与大众文化、青年亚文化和同性恋等社会文化问题结合在一起。在 20 世纪 80 年代,特里·伊格尔顿(Terry Eagleton)将西方马克思主义运用于文学批评,从探讨文学兴起的社会背景入手,到关注审美过程中的社会权利的运作,他为人们揭示了"文学性"和"审美"等所谓的普世性观念背后所掩盖的强势文化对弱势文化的权力关系。① 所有这些都在《20 世纪外国文学史》中写下了浓重的一笔。

最后,综上所述,我们不难看到《20 世纪外国文学史》是一本具有时代气息的著作。在内容的编排方面,在反映外国文学领域的最新动向和发展方面,在文学史的写法方面,它都代表了 21 世纪的动向和趋势,同时,它也回应了 21 世纪外国文学研究界对文学研究的关注和需求,是一套不可多得的参考书。

(该文原载《外国文学》2006 年第 4 期,收入本书时略有改动)

---

① 吴元迈主编:《20 世纪外国文学史》第五卷,凤凰出版社、译林出版社 2004 年版,第 206 页。

统　　筹:张振明　孙兴民

责任编辑:池　溢

封面设计:徐　晖

版式设计:王　婷

责任校对:吕　飞

图书在版编目(CIP)数据

英语文学的社会历史分析/张剑 著. —北京:人民出版社,2020.12

(新时代北外文库/王定华,杨丹主编)

ISBN 978－7－01－022627－9

Ⅰ.①英…　Ⅱ.①张…　Ⅲ.①英语文学-文学研究　Ⅳ.①I106

中国版本图书馆 CIP 数据核字(2020)第 218377 号

英语文学的社会历史分析

YINGYU WENXUE DE SHEHUI LISHI FENXI

张　剑 著

人 民 出 版 社 出版发行

(100706　北京市东城区隆福寺街 99 号)

北京新华印刷有限公司印刷　新华书店经销

2020 年 12 月第 1 版　2020 年 12 月北京第 1 次印刷

开本:710 毫米×1000 毫米 1/16　印张:26.75　插页:1 页

字数:410 千字

ISBN 978－7－01－022627－9　定价:96.00 元

邮购地址 100706　北京市东城区隆福寺街 99 号

人民东方图书销售中心　电话 (010)65250042　65289539